INA LEMKO

WANTED - PYTHIA GESUCHT

Roman

Die Autorin wuchs in einem mittelalterlichen Städtchen in Franken auf. Nach dem Abitur und einer Dolmetscherausbildung war sie in mehreren Verlagen tätig und studierte Geschichte, Politik und Archäologie. Sie verbrachte einige Jahre in China und Kolumbien und übte bis zu ihrer Pensionierung eine Lehrtätigkeit an einem Gymnasium aus. Durch viele Aufenthalte wurde Griechenland zu ihrem zweiten Wohnsitz.

Für Benjamin

Bibliografische Information der Deutschen Nationalbibliothek: Die Deutsche Nationalbibliothek verzeichnet diese Publikation in der Deutschen Nationalbibliografie; detaillierte bibliografische Daten sind über dnb.dnb.de abrufbar.

Die automatisierte Analyse des Werkes, um darauf Informationen insbesdonere über Muster, Trends und Korrelationen gemäß § 44b UrhG (Text und Data Mining) zu gewinnen, ist untersagt.

© 2024 Ina Lemko
Umschlagillustration © 2024 Annette Fernandes

Herstellung und Verlag:
BoD – Books on Demand, Norderstedt

ISBN: 978-3-7597-0592-1

Inhaltsverzeichnis

BUCH I — 9

- I-1 Prolog — 11
- I-2 Über und unter den Wolken — 14
- I-3 Rauchsignale — 23
- I-4 Mann, Männer … — 33
- I-5 Der Anfang vom Ende — 84
- I-6 Vertreibung über Vertreibung — 94
- I-7 Der Anfang – schwarze Augen — 98
- I-8 Das Hase-Igel-Spiel — 118

BUCH II — 161

- II-1 Der Weg ins Land der Götter — 163
- II-2 Ankunft — 185
- II-3 Das magische Dreieck — 214
- II-4 Kleopatras Geheimwaffe … — 229
- II-5 Die bucklige Verwandtschaft — 239
- II-6 Brücken über Brücken — 275
- II-7 Der Rächer — 289

BUCH III — 315

- III-1 Der Dreierbund — 316
- III-2 Pythia gesucht — 338
- III-3 Als die Hähne dreifach krähten — 361
- III-4 Botschaften und Götter - — 399
- III-5 Noch ein Ende vor dem Anfang — 427
- II-6 Sonnwende — 435
- III-7 Sonne der Gerechtigkeit — 459
- III-8 Wunder über Wunder — 478

III-9 Zeus kuschelt mit Hera	486
III-10 Sendboten der Musen	501
III-11 Wanted	514
III-12 Juan d'Austria in Planung	525
III-13 Philemon und Baucis	534
III-14 Krieg und Frieden	545
III-15 Endlich Frieden	567
III-16 Und drei Tage	577
III-17 Hermes	586

BUCH I
DER ANFANG VOM ENDE
Der Garten Eden

Übereile deine Reise nicht,
Es ist besser, sie dauert lange,
so daß du reich wirst an all dem,
was du unterwegs gewonnen,
ohne immer zu hoffen,
daß dir das Ende die wahren Reichtümer schenkt.
(Konstantinos Kavafis)

I-1 Prolog

Papier, Papyrus, Pergament! Fetzen nur, Buchstaben. Vergänglich! Nicht für die Ewigkeit geschaffen! Wer glaubt, mit dem Edikt des Kaisers Theodosius aus dem Jahr dreihundertachtzig nach Christus ließen sich Götter zu einem Nickerchen aufs Altenteil abschieben, oder gar, sie würden in der Ewigkeit auf Nimmerwiedersehen verschwinden, der irrt! Der hatte nie ihre Gegenwart erspürt, weder im strahlenden Licht der Sonne vor den marmornen Säulenstümpfen ihrer Tempel, noch in dunklen Nächten, wenn sich der Blick in den Sternenhimmel erhebt und im millionenfachen Funkeln in der Tiefe der nicht endenden Unendlichkeit verliert.

Wann hatte ich begonnen, die Götter zu suchen, ihnen nachzuspüren? Wann erahnte ich ihr Wirken nicht nur dort oben in den glitzernden Sternenhaufen? Nie und nimmer hätte ich während meines Studiums der Menschheitsgeschichte vermutet, daß Götter einmal eine wichtige Rolle in meinem Leben einnehmen, und erst recht nicht, daß ich eine Rolle bei ihren Planungen spielen würde. Hatten sie ein Auge auf mich geworfen? Mir listig zugezwinkert: 'Wir haben einen Job für Dich. Die Stelle der Pythia ist neu zu besetzen. Schau mal, was du daraus machen kannst, es liegt an dir! Wir sind an deiner Seite!'

Der Arbeitsbereich der Pythia ist kein Beruf wie jeder andere. Man kann ihn nirgendwo erlernen, an keiner Universität studieren, es gibt keinen offiziellen Dienstherrn, keinen rechtlich abgesicherten Vertrag, der klar und deutlich die Aufgabenbereiche umreißt. Die Götter selbst erwählen ihre Repräsentanten.

Zugegebenermaßen zog mich die griechische Antike und damit untrennbar verbunden auch die griechische Götterwelt in besonderem Maße in ihren Bann. Ich vernachlässigte die Seminare über die Mittlere Geschichte, also die Phase, in denen meine einstmaligen Vorfahren irgendwo im Heiligen Römischen Reich deutscher Nation die Grundlagen für meine heutige Existenz schufen. Erst recht ignorierte ich die Römer! Ich vermied so weit wie möglich den Kontakt mit ihnen, obwohl sie nicht unwesentlich an dem Nickerchen der Götter beteiligt waren. Sie hatten für meine Verhältnisse zu viele Kriege geführt. Und wenn ich an die Gladiatorenkämpfe im Kolosseum dachte und an das viele Blut, das dort geflossen war, wurde mir immer schlecht.

Bereits bei meinem ersten Besuch der berühmten Orakelstätte zu Delphi im Rahmen einer universitären Exkursion nach Griechenland kamen mir Zweifel an der Wirksamkeit des Edikts des Kaisers Theodosius. Mit einem Federstrich und einem Siegel auf einem Stück Pergament wollte er das Ende der Götter einleiten. Ich blickte in den blauen Himmel und an den Säulenstümpfen vorbei über die Touristenströme, die wie bei einer Prozession zum Tempel zogen und war überzeugt: Sie residieren vereint dort oben auch heute noch und wachen über uns. Götter existieren ewiglich. Würden jedes Jahr Millionen von Menschen an diesen Ort strömen, abertausende von Kilometern zurücklegen, wenn sie nicht erhofften, den Hauch des Göttlichen zu spüren?

Der letzte Rest von Zweifeln verschwand bei näherer Beobachtung des Geschehens rund um das Heiligtum. Hatte Apollon, der lichteste aller Götter, vielleicht eine neue Marketing-Strategie eingeschlagen? Die Durchdringung der Welt auf eine sanfte, geduldige, kaum bemerkbare

Weise? War nicht mehr der stille, demütige Pilger mit einem ängstlichen Zicklein als Opfergabe unterm Arm die anvisierte Zielgruppe, sondern in den Zeiten der Globalisierung die Ausweitung der Einflußsphäre in Richtung Japan, Frankreich, Rußland, China? Vielleicht hatte sich Apollon im Götterrat zu Wort gemeldet: Es seien andere Zeiten angebrochen und die brächten auch für die Götter gewisse Vorteile. Die vielen Fremden plünderten keine Tempelschätze, stellten keine unbequeme Fragen, und erwarteten keine zweideutigen Antworten. Priester und Tempeldiener könnten ersetzt werden durch Fremdenführer in den gängigen Sprachen. Sie hielten sich an rechtlich einwandfrei fixierte Arbeitsverträge. Lediglich für seine Weissagungen und Botschaften sei es immer schwieriger, eine geeignete Auserwählte zu finden. Woher sollte er eine Pythia nehmen und durch sie seinen Einfluß auf das Weltgeschehen kundtun?

Vielleicht kreisten die göttlichen Überlegungen im weiten Universum und kreisten und kreisten - bis mich Apollon dort unten im Besucherstrom erfaßte und in seiner Zielgeraden erfaßte.

Diese Gedanken entsprangen natürlich meinem menschlichen Naturell und der Codierung, der auch ich im täglichen Leben unterworfen war und die unbemerkt in mich eindringen konnte. Schnell verwarf ich meine irrlichternden Gedankenströme. Jahre später jedoch fragte ich mich: Hatte es dort unter den Säulenstümpfen begonnen oder viel früher? Wann hatte ich die Götter erspürt, wann ihre Stimmen vernommen?

I-2 Über und unter den Wolken

'Nicht schon wieder diese verrückten Stimmen!' Eine beringte Hand schob die Samtvorhänge zurück, drohte mit der geballten Faust: 'Ruhe da oben!' Theodosius, Kaiser des West- und Oströmischen Reiches, wälzte sich in den übereinander getürmten Decken und Laken des Bettes, hielt sich die Ohren zu, und schrie pausenlos: 'Aufhören, aufhören! Ruhe da oben!' Das Wispern und Raunen bündelte sich zu einem säuselnden Kanon: 'Schaff' sie ab! Schaff' sie endlich ab! Berge von Gold winken dir!' Die wortschwangere Sphärenmusik drang durch die schweren Vorhänge, die vom Baldachin bis auf die Marmorfliesen hinab wallten, fand den Weg in die schlaftrunkene Gedankenwelt des Theodosius, verdichtete sich wie Wollflocken, die zu einem einzigen Faden gesponnen werden. 'Gold', murmelte er - immer noch in seinen Träumen gefangen. 'Gold', rieb er sich die Augen, setzte sich im Bett empor. 'Gold!', formte sich die erhellende Erkenntnis: 'Wieviel Gold spare ich, wenn ich sie alle abschaffe, wenn ich die vielen Götter auf einen reduziere. Einer langt! Berge von Gold, wenn ich die Tempel schließe, die unzähligen Feiertage streiche und die Götzen-Priester davonjage.'

Theodosius! Kaiser des West- und Oströmischen Reiches! Ich sah ihn vor mir. Die Schriftrolle mit den schöngemalten Buchstaben lag neben dem Bett auf einem Tisch mit kunstvoll geschnitzten Beinen, daneben das Schreibwerkzeug und der Siegellack. Die Flamme der Lampe flackerte ein wenig. Theodosius richtete sich schlaftrunken auf: 'Eine geniale Idee! Eine Agenda 380! Mit dem vielen Gold könnte ich endlich meine Widersacher besiegen.' Theodosius schob den Vorhang beiseite, rieb sich die Augen, sein Blick fiel auf die marmorne Tischplatte. Ein Leuchten verklärte seine Gesichtszüge. Die nackten Füße tappten über die kalten Fliesen. 'Ich bin der Größte!' brummte er. 'Ich werde in die Geschichte eingehen! Auf diese Idee muß man erst einmal kommen.' Er ließ sich schwer in den Sessel fallen, las die Zeilen auf dem Pergament laut vor sich hin und ließ jedes Wort auf der Zunge zergehen: 'Alle Völker, über die wir ein mildes und maßvolles Regiment führen, sollen sich, so ist unser Wille, zu der Religion bekehren, die der göttliche Apostel Petrus den Römern überliefert hat.' Seine Hand glitt nach unten, der Zeigefinger hielt inne: 'Das bedeutet, daß wir gemäß apostolischer Weisung und evangelischer Lehre an eine Gottheit des Vaters, Sohnes und Heiligen Geistes in gleicher Majestät und heiliger Dreifaltigkeit glauben.'[1] Die Feder kratzte sperrig auf dem Pergament. Die traumschwere Hand drückte das Siegel in den Lack - ein kleiner roter Klecks. Der Dolchstoß für die Götter war besiegelt.

Der Papyrus mit dem kleinen roten Klecks bewirkte Großes: Er ebnete einem neuen Gott den Weg. Die Agenda 380 begann, die Welt über den Wolken neu zu ordnen und die Welt unter den Wolken radikal zu verändern.

Die Regentropfen perlten an den großen Fensterwänden ab, rannen nach unten und verloren sich in den grünen Grasbüscheln der Rasenfläche. Die Ruhe der Universitätsbibliothek verlieh dem vor mir liegenden Drei-Kaiser-Edikt

---

[1] Dreikaiseredikt vom 28. Februar 380

Flügel. Ich blickte durch die regennassen Fenster in die grauen Wolken und ließ die Tragweite der wenigen Zeilen auf mich wirken. Die Folgen für alle künftigen Generationen standen im Raum und formten Fragen über Fragen. Können Götter, die das Geschick der Menschen seit Tausenden von Jahren durch Glück und Leid begleiten, ausgelöscht werden durch einen Federstrich? Auch tote Götter regieren, so hatte ich es gelesen. Tote Götter? Verschwinden Götter ins Nirwana, ins Nichts, ins Nirgendwohin durch ein bißchen hingeworfenes Gekritzel von Menschenhand? Götter altern nicht, so die überkommene Lehre, sind unsterblich, existieren ewiglich und wissen von Natur aus alles. Vor allem: Sie lesen keine Papyrusrollen, auch wenn sich der Verfasser Theodosios der Erste nennt, Kaiser des West- und Oströmischen Reiches, Herrscher über das ruhmreiche Imperium Romanum, somit ein durchaus ernstzunehmender Vertreter des Menschengeschlechtes.

Mein Blick folgte den rinnenden Regentropfen, während die Geschichte der Menschheit in Kurzfassung an mir vorbeizog. Nach reiflichen Überlegungen festigte sich die Überzeugung, die Götter selbst mußten Theodosius zu diesem Schritt bewogen haben und ließen ihn pausenlos durch ihre Musen die ihnen genehmen Worte einflüstern: ‚Jetzt schreib doch endlich, schreib schon, zier' dich nicht so, die Götter wollen es, wir haben genug von eurer Unvernunft, von den nicht aufhörenden Streitereien, von eurer Gier nach immer mehr und den Kriegen da unten!'

So mußte es gewesen sein. Denn irgendwann damals schon vor Theodosius Zeiten hatten die Götter aufgehört, sich in die weltlichen Dinge einzumischen und alle Bittgesuche, Hilferufe peu à peu an den allwissenden und allesehenden Gott weitergereicht. Das belegten all die Texte, die vor mir auf dem Schreibtisch lagen. Er wurde mehr und mehr zum Ansprechpartner für die verworrenen

Dinge der Welt. Er mußte beim Kampfgetümmel entscheiden, wer war Sieger, wer Verlierer, er half bei großen und kleinen Anliegen und baute zunehmend seine Vernetzung mit Hilfe redegewandter Sendboten aus, bis er durch seine Vertreter auf Erden zum Dreieinigen, Alleswissenden, Allessehenden erklärt wurde, zum Gott Vater, Gott Sohn und dem Heiligen Geist.

Schauten die Götter friedfertig zu? Kam die Ablösung zur rechten Zeit? Die gewichtigen Fragen lösten sich förmlich von den Seiten der wissenschaftlichen Werke vor mir und verselbständigten sich.

Es gab nur eine Erklärung für ihr Verhalten: Die Götter wollten es so und nicht anders. Sie packten die Gelegenheit beim Schopfe, verabschiedeten sich zu einem Nickerchen, reichten ihre Verantwortung und ihre nun schon Tausende von Jahren währende Sorgfaltspflicht für das Menschengeschlecht wie beim Staffellauf weiter an den Dreieinigen, den Alleswissenden, den Allessehenden. Sie faßten die Beschlüsse, die auch mich und mein kleines Leben betrafen, lange vor dem entscheidenden Jahr 380 nach Christus. Es gab nur eine Erklärung: Sie konnten den ausufernden Übertretungen ihrer Gesetze dort unten nicht mehr zusehen. Nicht nur das Gemetzel, das die Römer im Kolosseum zur Belustigung der Menschenmassen veranstalteten, schrie gen Himmel. Das Jammern aus unzähligen Schlachtfeldern drang jahrhunderte-, jahrtausendelang zu ihnen aus dem gesamten Mittelmeerraum empor, aus dem Norden der Welt ebenso wie aus dem Süden, aus dem Westen wie aus dem Osten.

Sicher erging es ihnen so wie mir, wenn ich in den Büchern über die Geschichte der Menschheit die Berichte über die armen Opfer las und mir schlecht wurde bei der Vorstellung des vielen Blutes, das vergossen wurde. Sprach etwa einer da oben ein Machtwort und rief in die

Götterrunde: Sie hören nicht auf unseren Rat, sie machen, was sie wollen? Wir müssen andere Saiten aufziehen?

Vielleicht beschlossen sie im Großen Rat, jetzt ist ein Wechsel geboten, ein Neubeginn, ein neuer Anlauf, um wieder Ordnung in das Chaos zu bringen. Einer jungen, unverbrauchten göttlichen Kraft würden die dort unten mehr Respekt zollen. Ein Gott, dem noch keine Vorurteile entgegenschlugen, dessen Name noch nicht für jeden Mist mißbraucht wurde, der diese unvernünftige Meute besser bändigen konnte. Ihn sollte man in die vorderste Reihe rücken.

Daß man von den Göttern seit dem denkwürdigen Edikt des Theodosius nur noch wenig und später gar nichts mehr hörte, mußte nicht zwangsläufig bedeuten, daß sie sich gänzlich und für alle Zeiten in die himmlischen Sphären zurückgezogen hätten. Vielleicht wollten die altgedienten Götter prüfen, ist dieses Menschengeschlecht überhaupt zur Einsicht fähig. Kann der allessehende und alleswissende Gott diese streitende, gierige Bande mit Hilfe einer fortschrittlichen Reformpädagogik oder durch mehr Belohnung als Bestrafung oder mehr Bestrafung als Belohnung in andere Bahnen lenken? Götter denken in langen Zeitdimensionen. Es liegt nahe, daß sie sich nach ihren Beschlüssen entnervt für ein kleines Nickerchen irgendwo ins große Universum zurückzogen und dieses Gewusel da unten erst einmal weiter wuseln ließen, solange die göttlichen Träume nicht nennenswert gestört wurden. Bis der Alleswissende und Allessehende Dreieinige Gott ein Symposium einberief, um dem Götterrat von seinen Erfahrungen zu berichten.

Ich sah sie vor mir, wie sie zusammensaßen und fragten und bohrten: Brachten die letzten zweitausend Jahre Gewißheit über den erwünschten Lernerfolg?

Ich sah ihn vor mir, hörte seine Antwort und ahnte das Resümee: Es fiel ernüchternd aus: Man habe zwar eine übergeordnete Institution mit dem Namen Vereinte Nationen geschaffen, um Streit zu schlichten und Not zu lindern, begann er seine Zwischenbilanz über die Verwaltung der Welt. Als er fortfuhr, verzogen sich die Mundwinkel der Versammelten schmerzhaft. Der Alleswissende und Allessehende deutete nach rechts unten, nach links unten, dann rundherum. 'Aber sie hören nicht auf, sich gegenseitig umzubringen. An vielen Ecken und Enden der Welt flammen Kämpfe auf, immer wieder Kämpfe! Und nicht genug: In Laboren horten sie tödliche Viren und in unterirdischen Bunkern eine Waffengattung, die bis in den Götterhimmel strahlt und sowohl die Welt über als auch unter den Wolken in Schutt und Asche legen kann. Und als wäre das nicht genug: In nie gekanntem Größenwahn veranstalten sie seltsame Tänze um ein goldenes Kalb, das ihnen den letzten Verstand raubt und ihre Gier ins Unermeßliche treibt.'

Vielleicht hatte er nach zweitausend Jahren intensiven Bemühens bei seinem Bericht vor dem Götterrat nach unten gewiesen: 'Ich habe die Nase voll von all den Querelen und den Hilferufen. Kaum habe ich dem einen Konflikt den Deckel aufgedrückt, brodelt es am anderen Ende der Welt. Habe ich nicht einen Sohn mit einer jungen Maid gezeugt und diesen verkünden lassen: Wenn dich einer auf die linke Wange schlägt, dann halte ihm die rechte hin? Statt die friedfertige Lehre zu befolgen, zetteln sie sogenannte ‚gerechte' Kriege an. Es sprießen überall religiöse Fanatiker wie Pilze aus den Werken von angeblich heiligen Büchern empor, vermehren sich wie die Karnickel und behaupten frech, im Namen Gottes Köpfe abschlagen und die Altäre der Götter verwüsten zu dürfen. Und in ihrer Blindheit haben sie auch noch begonnen, Flora und Fauna zu zerstören, alles, was wir mühsam in langen Zeiträumen geschaffen haben. Sie sind dabei, die gesamte Welt zugrunde zu richten.

Sie kennen keine Ehrfurcht mehr vor Gott und den Göttern. Unvernunft und Gier regieren die Welt.'

Vielleicht trat der Allwissende und Allsehende einen Schritt zurück, wies höflich nach unten. 'Bitte - jetzt seid ihr mal wieder dran.'

War es so oder so ähnlich da oben abgelaufen? Wer konnte das schon wissen! Die Beschlüsse der Götter sind unergründlich und für uns Winzlinge während unseres kurzen Erdenlebens nicht durchschaubar. Vielleicht hatten sie ein weiteres Symposium einberufen und vereinbart, sie wollten sich zusammentun, um gemeinsam die Kümmernisse auf der Erde zu lösen und dem Morden, dem Schießen, dem Bomben, dem Köpfeabschlagen und dem Tanz ums Goldene Kalb ein Ende zu bereiten und wieder Ehrfurcht vor Flora und Fauna und allem, was die Götter in ihrer Weisheit über Millionen von Jahren geschaffen hatten, in die Herzen des Menschengeschlechts neu einzupflanzen. Meldete sich Apollon, der Sonnengott, zu Wort und schlug vor, er würde die Sonne öfter und heißer scheinen lassen, falls sie nicht hören sollten? Beklagte sich seine Schwester Artemis, ihre schönen Wälder lägen darnieder? Schloß sie sich gar mit einem Vorschlag für den Strafenkatalog an? Sie würde nicht nur ein wildes Wildschwein wie in Kalydon schicken, sondern aus den auftauenden Permafrostböden Mammutherden oder den Tyrannosaurus Rex auferstehen lassen. Zuerst aber käme ihre Geheimwaffe zum Einsatz: Fledermäuse mit einer winzig kleinen Botschaft, die sich um den gesamten Erdball verbreiten würde. Am Anfang könnten die erst einmal für Ordnung sorgen. Hephaistos nickte eifrig. Ihm sei dieses Gegrabe in der Erde und die Plünderung der Bodenschätze auch zu viel. Bald würde ihm das Eisen für seine Schmiede ausgehen. Poseidon pflichtete ihm bei. Sogar auf dem Boden des Meeres stünden krachmachende Maschinen herum, verbreiteten Angst und Schrecken unter den Meeresbewohnern und verdreckten alles. Die Götter sollten möglichst schnell ihre Sendboten auf die Erde schicken. Da endlich schaltete sich der oberste der Götter ein. Zeus kraulte sich nachdenklich den Bart: 'Wir beginnen am Nabel der Welt. Delphi ist der richtige Ort. Ich werde umgehend meine beiden Adler zur Berichterstattung losschicken.' Hera polterte aufgebracht in die Runde: 'Schluß mit deiner Kompromißbereitschaft! Das alleine hilft nicht. Wir machen Nägel mit Köpfen und entscheiden hier und heute! Apollon kann schon mal seine Nymphe Kastalia in Delphi auffordern, geeignete Zielpersonen auszuwählen, beispielsweise eine Pythia, die unsere mahnenden Stimmen hört und unter den Menschen verbreitet. Die Zikaden als Boten der Musen müssen wie zu Zeiten des Philosophen Sokrates instruiert werden, während des Zirpens das Menschengeschlecht genauestens zu beobachten, um den Musen Bericht zu erstatten.'

Von allen Seiten wurden Vorschläge eingebracht, und gleichzeitig verlängerte sich der Strafenkatalog, bis Apollon einschritt: Stop! Wir werden es erst einmal im Guten versuchen. Wir könnten einige Versuchspersonen auswählen, um den Frieden peu à peu in die Welt zu tragen und die Gedanken des Menschengeschlechts wieder auf ein gott- und göttergefälliges Verhalten zu lenken, hin zu mehr Achtung und Ehrfurcht vor unserer Schöpfung. Ich werde die Nymphe Kastalia in Delphi beauftragen, eine Pythia zu suchen, die unsere Stimmen hört. Dann sehen wir weiter!

Vielleicht spielte während des Symposiums noch ein anderer Grund eine zusätzliche und nicht zu vernachlässigende Rolle, der Apollon und die Götter versöhnlich stimmte.

Götter können jedes kleinste Geräusch auf Erden wahrnehmen, jeden einzelnen Seufzer, jedes Lachen, jedes Flehen, jedes Stöhnen. Und sie können riechen! Den Gestank von kokelnden mit Fett umwickelten Knochen hatten sie über lange Zeiträume bei den Opferfesten der Menschen zu ihren Ehren toleriert. Zuhause aber labten sie sich an Ambrosia und Nektar und dachten im Stillen: Es ist ja gutgemeint. Sie haben Hunger dort unten, sollen sie ruhig das Fleisch essen und uns ein bißchen stinkenden Rauch schicken. Irgendwann werden sie merken, daß wir uns von Süßem ernähren. Wir Götter sind Naschkatzen. Sprachens und warteten erst einmal ab.

Bis nach dem Vortrag des allessehenden und alleswissenden Gottes und dem Ende des Symposiums ein ungewohnt süßer Duft aus einem Kafeneon am Hang einer kleinen Stadt in ihre Sphären drang, der aus den vielen Gerüchen durch die Ausgewogenheit der sorgfältig kombinierten Zutaten hervorstach und Apollon versöhnlicher stimmte. Die süß-duftende Verlockung verriet eine seltene Begabung ihres Schöpfers, eines griechischen Zuckerbäckers: Eine theologisch geprägte Schulung, die in einer geschmacksdominierten Kreativität ihren vollkommensten Ausdruck fand: Aus einem zarten, weißgefalteten Papier, das sich leicht nach außen öffnete und den Blick freigab auf etwas Dunkles, Rundes, etwas Pralinéeartiges mit Schokoladenumhüllung, entströmte der köstliche Duft von feinster Bitterschokolade, leicht angerösteten Mandeln, knusprigem Krokant und dazwischen floß der Schmelz von hauchdünnem Nougat.

Öffnete sich das Guckloch nach unten ein wenig? Überlegten sie: 'Welch ein köstlicher Geruch! Wir Götter sind Naschkatzen. Sollen wir den Menschen noch eine Chance geben?

I-3 Rauchsignale

Es war ein langer, ein weiter Weg. Die geheimnisvolle Welt von Göttern erschließt sich nicht an einem Tag. Alles begann bereits in früher Jugend. Ich folgte wißbegierig den Spuren, ohne zu ahnen, daß sie bereits Vorbereitungen trafen, um meinen Blick für ihre Gegenwart zu öffnen. Damals gab es den Lieben Gott an Sonntagen, an den übrigen Tagen der Woche die Grimmschen Erzählungen in friedlicher Koexistenz mit der bunten, vielfältigen Götterwelt in den Büchern des Großvaters. Der Liebe Gott und die Götter existierten ohne Kompetenzüberschreitung friedlich nebeneinander.

Gedanken an den Lieben Gott ließen das Wasser im Mund zusammenlaufen. Er war untrennbar verbunden mit Schweinsbraten und Kartoffelknödel und bestimmte den Ablauf der Sonntage. Nach der Rückkehr vom Kirchgang wartete ich sehnlichst auf den Augenblick, in dem der duftende und knusprige Braten zusammen mit den Klößen in der Mitte des festlich gedeckten Tisches stand. Der göttliche Einfluß auf einen gut gefüllten Magen war unübersehbar.

Eine weitere sonntägliche Kompetenz des Lieben Gottes prägte mein Modebewußtsein. An diesem Tag wußte ich, heute ist Sonntag, heute ist der Tag des Lieben Gottes. Am Sonntag durfte ich das neue Kleidchen anziehen. Großvater holte seinen Anzug aus dem Kleiderschrank, wirkte groß und elegant und hatte sich einen bunten Schlips um den Hals gebunden. Großvater nahm mich an die Hand, und wir stapften bei Wind und Wetter, Kälte und Hitze, Regen und Schnee, in dünnen Sommerklamotten, in dicken Wintermänteln und Mützen gemeinsam zur Wallfahrtskirche der Muttergottes in den Weinbergen. Die Heilige Maria thronte dort vergoldet, bunt bemalt und sehr traurig mit ihrem toten Sohn auf dem Schoß inmitten eines barocken Altars, eingeglast zwischen marmornen Säulen, bewacht und behütet von vier leidvoll und stumm auf den marmorierten Fußboden blickenden Engeln. Die trauernde Maria bildete das Herzstück der gotischen Kirche genau an der Stelle, an der sich die vier Kirchenschiffe kreuzten. Der markante Platz lenkte den Blick gleichzeitig auf die vielen Wundertaten, die gläubige Christen durch das Flehen zu ihrem Bildnis erfahren hatten und die auf den vielen an den Wänden hängenden Bildtafeln sorgsam dokumentiert waren.

Heilungen kannte ich ansonsten nur von dem allseits respektierten Doktor, der offensichtlich die Nachfolge von Maria in den Weinbergen angetreten hatte. Marias Hilfe schien mit der Zunahme der medizinischen Kenntnisse reduziert, aber eine kleine Nische mit einem Marienbildnis und brennenden Kerzen zeugte davon, daß immer noch Bittgesuche an sie herangetragen wurden, auch wenn keine Dokumentationen über neue Erfolge aushingen.

Der Blick zu der wundertätigen Maria war während der sonntäglichen Gottesdienste an der Seite des Großvaters oft verstellt. Eingeklemmt zwischen den Amen- und Gloria singenden Gläubigen blieb mir, so klein wie ich war, nur der Blick nach oben und dort eröffnete sich eine bunte Welt aus Mustern, Ornamenten, Kreisen mit Kreuzen, verschlungenen Reben, Blumengirlanden, Engeln. Die bunten Gemälde strebten entlang der gotischen Rippen zum Mittelpunkt des Gewölbes, in dem ein goldenes Dreieck mit einem Auge prangte. Mit diesem Auge könne der Liebe Gott alles sehen, erklärte der Großvater, und das Dreieck zeige, daß es drei Personen des Lieben Gottes gäbe.

Der Sohn des allwissenden Auges, das unverwandt von oben die Gläubigen beobachtete, hing über dem Hauptaltar freischwebend an einem riesigen Kreuz. Mein Blick wanderte oft hinauf zu dem väterlichen Auge und hatte Mitleid mit ihm. Schließlich mußte es Tag und Nacht das Leid dieses bedauernswerten jungen Mannes mit ansehen, der festgenagelt am hellen Lindenholz und auch im Winter immer halbnackt unsägliche Qualen erlitt, das zeigten die traurigen Gesichtszüge mit der Dornenkrone und die schmerzhaft verzogenen Mundwinkel.

Mit der dritten göttlichen Gestalt, dem Heiligen Geist verband ich keine kindheitsprägenden Erinnerungen. Er trat in Form einer Taube nicht besonders augenfällig in Erscheinung. Seine Aufgabe beschränkte sich hauptsächlich auf die Förderung der Fremdsprachen am Pfingstfest, an dem zumindest die Menschen in früheren Zeiten an diesem einen Tag jeder jeden verstehen konnten, so stand es in dem Heiligen Buch, aus dem von der hoch über den Gläubigen schwebenden Kanzel vorgelesen wurde.

Die Geschichten von dem allwissenden Gott, seinem Sohn und dem Heiligen Geist zu erzählen, war nur besonderen Personen vorbehalten. Sie besaßen das Privileg, das Vorlesen feierlich mit Gesang und ausgedehnten Ritualen zu zelebrieren. Im normalen Leben trugen sie unscheinbare, braune Wollkutten, die sie mit einer Kordel um die Taille zusammenhielten, und die, schon immer der jetzigen Mode um Jahrhunderte voraus, Kapuzen trugen. Man sprach sie mit Pater kombiniert mit meist fremdklingenden und ungewöhnlichen Namen an. Sie genossen das Privileg, in dem uralten Kloster neben der Kirche wohnen zu dürfen, zu dem außer ihnen niemand Zugang hatte.

An Sonn- und Feiertagen scheuten sie keine Mühen, ihr Äußeres den Geschichten anzupassen, die sie erzählten und sich wie die Zauberer in Großvaters Märchenbücher zu verkleiden. Meist zelebrierte der Älteste unter ihnen die sonntäglichen Rituale in einem bestickten langen Gewand, sang und schritt hin und her, die Arme oft nach oben werfend oder seitwärts ausgestreckt, während er in einem goldenen Gefäß dunkle Beeren entzündete und Gerüche verbreitete, die einem die Sinne vernebelten und von dem einen schlecht und schwindlig werden konnte. Der weite, bestickte Umhang wehte dabei wie ein wandelndes Märchenbuch mit den vielen bunten, silbernen und goldenen Symbolen. Man brauchte offensichtlich den Heiligen Geist, um diese Bildersprache zu enträtseln.

Wenn der feierliche Augenblick des Aufstiegs zur Kanzel und die unmittelbar bevorstehende Geschichtenerzählung nahte, konnte man wegen der eintretenden Stille genau hören, wer an einer Erkältung litt und spürte formlich, wie unangenehm und tiefsitzend der Husten sein mußte, der von den Wänden des ansonsten mucksmäuschenstill gewordenen Raumes widerhallte und dessen Hartnäckigkeit plötzlich alle mitfühlen konnten. Das Öffnen des großen goldenen Buches markierte den spannenden Augenblick, in dem feierlich und langsam der Titel der Geschichte verkündet wurde.

Das goldene Buch war kein Werk, das verschlossen unter goldenen Siegeln ruhte, selbst wenn es zugeklappt auf der Kanzel lag. Alle darin verwahrten Erzählungen waren schon einmal zwischen den Seiten herausgeschlüpft, denn sie wiederholten sich jährlich. Jedes Wort sprach ich im Geiste mit, wenn berichtet wurde, wie jener Jesus von Nazareth, der am Hochaltar am Lindenkreuz so unsäglich leiden mußte, zu seinen Lebzeiten über das Wasser schritt, eine ganze Hochzeitsgesellschaft verköstigte, Kranke heilte,

Wucherer aus dem Tempel jagte, sich selbst aber nicht retten konnte oder wollte, als ihn die Römer einsperrten. Nach dem Gottesdienst schien der Großvater oft recht hilflos, wenn er erklären sollte, wie man Wein in Brot verwandelt oder sich Brot von alleine vermehrt. Das müsse man eben 'glauben', gab er resigniert meinem Bohren nach!

Trotz dieser Ungereimtheiten, denen ich bereits im zarten Alter von wenigen Jahren nachzuforschen versuchte, fand ich die Erzählungen über diesen Gott in drei Personen, der im Himmel über den Wolken wohnte, äußerst spannend. Ich stellte mir Bethlehem vor, die Krippe, das Getümmel im Tempel zu Jerusalem und das Durcheinander, als all die geldgierigen Händler vertrieben wurden. In große Schwierigkeiten mit diesem allwissenden und alles sehenden Auge konnte man nicht nur in Bethlehem gelangen, das erfuhr ich am eigenen Leib. Der eine Gott, der alles sah, alles hörte und dem nichts auf dieser Erden verborgen blieb, war ununterbrochen präsent. Er sah zu, wenn kleine Kinder ihren Teller Suppe nicht auslöffeln wollten, weil sie keine Linsen mochten. Er wußte sofort, daß sie Lügen erzählten, wenn sie behaupteten, sie seien satt, obwohl sie noch Hunger hatten, aber das Essen nicht schmeckte. Er sah es, wenn man flunkerte und beteuerte, man habe sich schon die Hände gewaschen. Das allessehende Auge brachte somit viele Nachteile im täglichen Leben mit sich und erforderte entweder ein äußerst gerissenes Taktieren mit permanent schlechtem Gewissen und der stetigen Angst, beim Lügen erwischt zu werden - oder aber den zwar oftmals nicht so einfachen Weg, die Wahrheit zu gestehen und daher von vorneherein größeren Konflikten mit dem lieben Gott aus dem Weg zu gehen und dafür die kleineren Strafen auf dieser Erde in Kauf zu nehmen.

Anders verhielt es sich mit den Göttern, Dämonen, Elfen und Feen und vielerlei Geistern und Gestalten, die aus

Großvaters Büchern schlüpften, wenn er sich am späten Nachmittag auf das grüne, samtbezogene Sofa setzte und eines der Bücher aufschlug, das griffbereit auf dem kleinen Tisch an der Seite lag. Ich rückte aufgeregt meinen kleinen Schemel zurecht, atmete tief ein und wartete gespannt, welche Geschichten heute an der Reihe waren. Der Großvater setzte gemächlich die Brille mit der schmalen Nickeleinfassung auf, schaute kurz auf seine Enkelin und verkündete, indem er die Augenbrauen nach oben zog und mir zunickte: „Heute schauen wir einmal, wie es dem tapferen Schneiderlein erging."

Während er langsam eine Zeile nach der anderen las und mich zwischendurch zur Bekräftigung seiner Worte kurz über die Ränder seiner Brille ansah, begannen seltsame Dinge: Ich sah das dünne naseweise Männchen mit den nach allen Seiten abstehenden Haaren flink vom Tische springen, um sein Brot mit dem frischgekauften Mus zu bestreichen. Ich roch die süß duftende Marmelade und das kleine Männchen tanzte mitten durch die Stube, während es kräftig hineinbiß. Unverwandt blickte ich bei der nächsten Geschichte auf den Großvater, der die sieben Fliegen zwischen den Buchseiten heraus scheuchen konnte, die das kleine, quirlige Bürschchen mit einem einzigen Schlag erledigte. An anderen Tagen lugte der böse Wolf aus den Seiten und schlich dem Rotkäppchen hinterher, oder Rapunzels goldene Flechten quollen zwischen den einzelnen Blättern hervor.

Großvater war ein Zauberer, ein Magier, der die in Buchstaben gepreßten Gestalten zum Leben erweckte. Er konnte an dem Rad der Geschichte drehen und uns beide in längst vergangene Zeiten zurückversetzen. Er geleitete mich zusammen mit Hänsel und Gretel durch den dunklen Tannenwald. Ich zitterte mit den beiden vor Angst vor dem Hexenhäuschen, und ich atmete erleichtert auf, als alles ein gutes Ende nahm und beide wohlbehalten in ihr Elternhaus zurückkehrten. Oft versuchte die Großmutter die Märchenstunden abzukürzen und verwies darauf, das Kind sei viel zu aufgeregt. Ich blickte sie entrüstet an und schüttelte energisch den Kopf. Großvater schaute kurz über die Ränder seiner Brille und sagte: „Gut, noch eine einzige Geschichte, und dann gehst Du schlafen!"

Großvater klappte den Deckel des Buches zu, blickte noch einmal über den Rand der Brille auf seine immer noch mucksmäuschenstill auf dem Schemel sitzende Enkelin, setzte die Brille ab und legte sie zu den Büchern auf den Tisch. Er konnte das tapfere Schneiderlein, Rotkäppchen und den bösen Wolf zurück in die Bücher schicken, und sie wurden wieder zu gedruckten Buchstaben auf einer der vielen Seiten. Manchmal, wenn ich ein letztes Mal auf das Buch blickte, sah ich die vielen Gestalten, die an allen Ecken der Buchseiten herauslugten, mit den Füßen unruhig scharrten, die Fingerspitzen zwischen den Blättern, als ob sie eindringlich darum bitten würden, ans Licht gelassen zu werden. Die Gestalten hüpften weiter in meinen Gedanken, begleiteten mich ins Bett, ich konnte sie abrufen und tanzen lassen, sie wurden lebendig, wenn ich es wollte, ich mußte nur ganz lang und intensiv an sie denken.

An einem dieser Abende öffnete Opa sein abgegriffenes, altes Brillenetui, holte umständlich seine runde Nickelbrille heraus und ergriff ein Buch, das ich dort noch nie wahrgenommen hatte. Er blickte mich wie immer zum Beginn einer Geschichte über die Gläser hinweg an. Gespannt wartete ich. Diesmal begann unsere Märchenstunde nicht mit "Es war einmal." Diesmal öffneten sich die Türen zu einer anderen Welt.

Später fragte ich mich oft, sandte er an diesem Tag so etwas wie Rauchsignale in das Universum, hinauf zu den Göttern, damit sie uns sehen konnten?

Er erzählte von einem Land im Süden, in dem das Sonnenlicht heller leuchtet, Orangen- und Zitronenbäume betörend duften, von dem blauglitzernden Meer, auf dessen Wellen Boote schaukeln, die ihre Waren aus fernen Ländern beziehen. Auf den Märkten verkauften die Menschen Feigen, Trauben, Getreide für das Brot, und wunderschön bemalte Töpferwaren. Ihre Städte schützten sie mit starken Mauern rund um einen Hügel, auf dessen Spitze eine Burg thronte. Statt Rapunzel mit den goldenen Flechten, die mitten in einem dichten Eichenwald in einem Turm hauste, erschloß sich mir die lichte Welt des antiken Hellas. Ich hörte das sanfte Rauschen des Meeres, das Knarren der hölzernen Schiffe, wenn sie an die Hafenmauer der Insel Ithaka anlegten und ungeduldig auf- und abschaukelten und auf die Abreise nach Troja warteten. Ich begleitete den listigen Odysseus, als er den steilen, felsigen Weg zu den Booten hinabstieg, während der warme Südwind mit dem buntbestickten Gewand seiner Gattin Penelope spielte und die Tränen des Abschiedsschmerzes verwehte. Ich segelte mit Odysseus mitten hinein in die Stürme, die die Boote wie Nußschalen an den Felsen zerschellen ließen und erkannte, daß eine Errettung vor dem Ertrinken nur mit Hilfe der Götter möglich schien. Der Blitze schleudernde Zeus erinnerte auf den bemalten Vasen mit seiner kräftigen männlichen Gestalt, mit dem kurzen Bart und den leicht um den Körper geschlungenen Gewändern an den Lieben Gott. Nur saß an Zeusens Seite seine eifersüchtige Gemahlin Hera, die damit beschäftigt war, seine vielen Liebesabteuer zu durchkreuzen, aber ähnlich wie Maria in den Weinbergen den Menschen und ganz besonders den Frauen zu Hilfe eilte. Die anderen Götter teilten sich die vielen Aufgaben auf dieser Erde und scheuten nicht davor zurück, sich bei Kompetenzüberschreitungen gehörig die Meinung zu sagen.

Überhaupt schienen die Götter viele menschliche Eigenschaften zu besitzen. Sie gebärdeten sich kämpferisch, streitsüchtig, die männlichen Gottheiten fanden menschliche Frauen unwiderstehlich, ganz besonders der oberste aller Götter. Zeusens Verführungsversuche der Gattinnen anderer Männer waren phantasievoll eingefädelt, aber letztendlich eine grobe Täuschung, manchmal nahe an einer Vergewaltigung. Selbst die schöne Europa, Urmutter unseres heutigen Staatengebildes, wurde Opfer seiner trickreichen Entführung.

Mir blieb nicht verborgen, daß auch die Menschen in früheren Zeiten über ähnliche Sorgen und Nöte klagten wie Eltern und Großeltern. Es gab nicht genug zu essen, irgendwo plagte ein Zipperlein, das Geld reichte hinten und vorne nicht und wenn es besonders dicke kam, mußte man um Angehörige trauern, denen weder der Doktor noch die Götter helfen konnten. Damals wie heute schickten sie ihre Gebete hinauf in den Himmel in der Hoffnung, daß die dort oben ihre Bitten hörten. Die Geschichten in Opas Büchern berichteten vom Flehen der Krieger um die Gunst der Götter, bevor sie sich anschickten, hilflose Gegner niederzumähen, während gleichzeitig die am Boden Liegenden zu den gleichen Göttern flehten, sie mögen sie vor diesem brutalen Ende durch das drohend über ihnen hängende Schwert verschonen. Wie verzweifelt mögen oft die Himmlischen gewesen sein, wenn von beiden gegnerischen Lagern die gleichen Bitten an sie gerichtet wurden. In den Büchern wurde manchmal vom 'Rat der Götter' berichtet. Sie hielten Symposien ab, um Entscheidungen zu fällen, schienen also nicht allwissend wie der Liebe Gott der Wallfahrtskirche, sondern pflegten eher demokratische Sitten wie in der heutigen Zeit. Manchmal waren die Götter unsicher, manchmal launisch, manchmal parteiisch und manchmal verfolgten sie egoistisch ihre eigenen Interessen. Dann wiederum konnte man den Eindruck gewinnen, daß sie selbst Hilfe benötigten, genau wie die Menschen auch.

Als mich Großvater tiefer in die mythenreiche Welt der Götter einführte, saß ich schon nicht mehr auf dem Schemel zu seinen Füßen, sondern auf der Lehne des Sofas. Wir beugten uns gemeinsam über die Bücher, bis die Uhr an der Wand schlug, sich eine kleine Holztür öffnete und ein hölzerner Vogel immer wieder 'Kuckuck Kuckuck' rief und uns daran erinnerte, daß es schon spät in der Nacht war.

    Irgendwann schien die Armlehne von Opas Sofa zu schmal, die Bücher blieben zugeklappt und verschwanden von dem kleinen Tisch und ich beschloß, das Land der Götter zu suchen.

I-4 Mann, Männer ...

Während des Studiums der Geschichtswissenschaften stattete ich den in einem besonderen Raum ausgestellten Gips-Repliken immer wieder einmal einen Besuch ab und vertiefte mich in die Details. Ich verglich römische Skulpturen mit griechischen Skulpturen, römische Nasen mit griechischen Nasen und landete irgendwann bei den Füßen. Im Großen und Ganzen ähnelten griechische Füße den römischen. Kein Wunder, hatten die Römer doch vieles von den Statuen der Griechen abgekupfert. Beim Vergleich der Zehen stach jedoch ein deutlicher Unterschied in der Länge hervor und mündete in der Erkenntnis, daß die Ausprägung antiker griechischer Zehen eindeutig der Form meiner eigenen Zehen ähnelte. Ich betrachtete ausgiebig meine Füße und verglich sie mit mehreren griechischen Statuen. Immer das gleiche Resultat. Gab es eine Erklärung?

Seit der Einführung in die geheimnisvolle Welt der Sagen und Mythen am großelterlichen Tisch hatte der Süden eine unwiderstehliche Anziehungskraft auf mich ausgeübt. Lag diese Faszination nicht nur in den Büchern der frühen Kindheit und ihren Geschichten begründet? Hatten etwa die Füße meiner Ur-Ur-Ur-Ahnen, also des älteren Homo sapiens, nach der Vertreibung aus dem Paradies und dem Auszug aus Afrika auf der Wanderschaft gen Norden einen kleinen Schlenker Richtung Griechenland genommen? Lag vielleicht dort meine eigentliche Heimat? Gut denkbar, daß meine Vorfahren nach der kurzfristigen Annäherung vor vielleicht vierzig-, fünfzigtausend Jahren an die stämmigen Neandertaler irgendwo zwischen dem Sinai und Jordanien, so jedenfalls die Forschungen über die kurzweilige Liebschaft zwischen dem Homo neanderthalensis und Homo sapiens auf seinem unaufhaltsamen Vordringen in jeden Winkel der Welt, den Weg Richtung Hellas einschlugen.

Das Erkennen dieser nicht zu verleugnende Fußverwandtschaft traf mich wie ein Blitzschlag. Eindeutig wies die Größe meines zweiten Zehs auf eine griechische Vergangenheit. Das entlarvende Glied meiner Füße überragte den großen Zeh und war zumindest in der groben Form identisch mit den schönen Marmor- oder Bronzefüßen griechischer Statuen. Verstärkend kam meine Vorliebe für alles Blaue hinzu. Wie ein Magnet zog mich diese Farbe an - auf gemalten Bildern der Im- und Expressionisten, auf Kleiderstoffen, beim Blick in den Himmel.

Es gab noch weitere Indizien: Hatten meine vererbten Gene während der im Dunkeln liegenden Vergangenheit meiner Vorfahren viele Jahrhunderte, vielleicht Jahrtausende unter dem südlichen Himmel verbracht? Hatten meine Ahnen dort, umhüllt von angenehm warmen Temperaturen, die Sternenwanderung vermessen, um den Termin für die Aussaat der Felder zu errechnen, ihre Fische mit der Harpune erlegt, Ziegen gezüchtet, Kinder gezeugt? Wurde ihr gesamtes Leben von der Kindheit bis zum Greisenalter, vom frühen Morgen bis in die tiefe Nacht, bestimmt durch ein angenehm warmes Klima? Bis sie von den Römern als Sklaven ins heutige Italien verschleppt wurden und nach dem Ende des römischen Imperiums ihre Wanderung Richtung Germanien begannen? Diesen Verdacht legte meine ausgesprochene Abneigung gegen den Winter nahe. Ich trug bereits zu Beginn der kalten Jahreszeit Daunenjacken, Lammfellstiefel, dicke Rollkragenpullover, litt unter kalten Händen und Füßen und fühlte mich im Bett erst wohl, wenn mich üppige Federdecken umhüllten und die Füße in dicken, selbstgestrickten Socken steckten.

Zog es mich wie ein von unsichtbarer Hand gesteuertes Schiff magisch in den heimatlichen Hafen zurück? Lag der Autopilot in den Genen verankert und fand zielsicher die richtige Einfahrt? Der Leuchtturm, der mir den Weg wies und dessen Licht ich folgte, mußte in winzigen Chromosomenabschnitten verankert liegen. Wenn mich mein Schicksal in dieses südliche Land verschlug, bedeutete es nichts anderes, als eine Rückkehr in eine frühere Heimat. Vielleicht, so dachte ich später, hatten mich gar die Götter zurückgerufen und den vererbten Genschnipseln oder den unsterblichen Atomen die Anweisung einprogrammiert: Deine Reise geht in Richtung Süden.

Als ich mich auf einer staubigen Straße neben meiner noch jungen Liebe in einem kleinen Auto langsam dem Süden näherte, konnte ich diesen Zusammenhang noch nicht erahnen. Damals kreisten meine Gedanken überwiegend um eine Urgewalt, die alle zur Gruppe der säugenden Wesen gehörenden Weibchen und Männchen spüren, sobald sie dem Kindesalter entwachsen. Der üppig gemixte Verliebten-Cocktail und die frisch aktivierten Hormone überzogen die Reise wie einen Aufbruch zurück zum verloren geglaubten Paradies. Unser erster gemeinsamer Urlaub! Flitterwochen ohne Trauschein! Gemeinsam erlebte Abenteuer! Adam und Eva, die sich aufmachten, um den Garten Eden zu finden. Wir beiden Turteltauben würden nicht nur unser atemberaubendes Zusammensein vertiefen. Unsere Honeymoon-Reise würde in ein Land führen, von dem ich seit meiner Kindheit geträumt hatte - mitten hinein in den Süden. 'Dort wo die Zitronen blühen', hieß ein Lied, das ich auf dem Klavier oft und nicht ungern gespielt hatte, obwohl mir schon damals bewußt war, daß ich niemals den Karrieresprung zu einem Virtuosen auf diesem schwierigen Instrument schaffen würde. Der Gedanke an Zitronenplantagen, gelben Früchten und betörend duftenden weißen Blüten ließen mich tapfer auf die weißen und schwarzen Tasten einhämmern, während sich Bilder von gleichbleibender Wärme und üppiger Natur verfestigten! Meine Phantasie entführte mich mit jedem Anschlag tiefer in dunkelgrüne Zitronenhaine und mitten im Winter in eine immerzu angenehm temperierte südliche Landschaft.

Der Süden, weder Pullover und Daunenjacken im Gepäck, dünne T-Shirts auf dem Leib, Badesachen in der Tasche, lag zum Greifen nahe vor uns. Griechenland lockte nicht nur mit einer üppigen südländischen Natur, seiner besonderen Geschichte, sondern vor allem mit den Gedanken an unser erstes längeres Beisammensein bei Tag und Nacht. Keine Eltern, keine Freunde, keine wichtigen und unwichtigen Telefonate. Das alltägliche Leben blieb zurück, abgestreift, sobald unser Gepäck verstaut war und wir in unserem kleinen Gefährt saßen. Es war der Aufbruch in die große Freiheit.

Als wir mitten durch den Balkan tuckerten, kehrte ich hin und wieder trotz der Liebe, die angeblich blind macht, durch ein sich ab und zu öffnendes Realitätsfenster in die Wirklichkeit zurück. Ich sammelte in diesen Phasen viele bezaubernd schöne, aber auch fremdartige Eindrücke. Das blauglitzernde Meer entlang der Adria-Küste, dahinter aufsteigend üppig grüne Berghänge, die sich mit schroffen und bizarren Felslandschaften abwechselten, weiter im Süden Pinienwälder mit harzigem Duft und irgendwann das langsame Hinübergleiten der Vegetation in eine gelbdominierte, halbvertrocknete und kleinwüchsige Pflanzenwelt - bis hin zu kahlen, wie silbern wirkenden Karstlandschaften, die in den immerblauen Himmel aufstiegen oder in das

Türkis des glasklaren Meeres hinab tauchten. Die vielfältigen atemberaubenden, ständig wechselnden Landschaften drangen trotz der Hormonschwemme tief und anhaltend ins Bewußtsein und hinterließen Spuren, die diese unstillbare Sehnsucht nach dem Süden verstärkten.

Mit der Vegetation veränderte sich auch die Kultur in südlicher Richtung. Überreste der Römer wechselten sich ab mit venezianischen Bauten; ganze Städte, bis in den letzten Straßenwinkel, legten Zeugnis über eine lange Geschichte ab und erzählten durch den Reichtum der Architektur von einem gewinnträchtigen Handel früherer Epochen entlang der Küste. Uralte byzantinische Kirchen und Klöster standen unweit von türkischen Minaretten, Zeichen der türkischen Fremdherrschaft nach der byzantinischen und fränkischen Periode. Die landestypischen Besonderheiten konnten sich bereits nach wenigen Kilometern ändern und von einer türkisch geprägten zu einer italienisch dominierten Bausubstanz über dem Hügelkamm wechseln.

Die geplante Route führte vom Meer hinweg und in südlicher Richtung um Albanien herum ins Landesinnere. Die grüne Vegetation wich mehr und mehr halbhohen Bäumen und Büschen, stachligen, dornigen Sträuchern mit wenig Blättern. Gelegentlich reckte sich ein Baum mit vertrocknetem Laub aus den abgeernteten Feldern. Die Temperaturen kletterten mit jedem Kilometer, den wir uns vom Meer entfernten, weiter in die Höhe. Gefühlt führte die Straße direkt in Richtung Äquator. Die Hitze wurde zunehmend unerträglicher. War dies der Süden, von dem ich während meiner gesamten Kindheit geträumt hatte? Hier wuchsen keine grünen Zitronenbäume mit duftend weißen Blüten! Kleine, halbhohe Büsche wechselten sich mit dornigen Sträuchern und dürren Disteln ab. Über die gelben Stoppeln der abgeernteten Getreidefelder flimmerte die heiße Luft. Ich fühlte deutlich, wir näherten uns der glühendheißen Sahara, obwohl Afrika zumindest auf der Karte noch einige Tausend Kilometer entfernt lag!

An einer Tankstelle zeigte das Außenthermometer 52 Grad.

„Zweiundfünfzig Grad!" stöhnte ich bei unserem Zwischenstop und deutete auf die Wand.

Hagen versuchte die Temperaturen gefühlsmäßig nach unten zu korrigieren und mit physikalisch untermauerten Erklärungen erträglicher zu gestalten:

„Das Thermometer ist defekt, oder die Sonne hat auf die Mauer geschienen."

Seine nassen Haare, die strähnig am Kopf klebten, und sein Bemühen, möglichst schnell zu tanken, um der Sonne zu entfliehen, bestätigten eindeutig die angezeigten zweiundfünfzig Grad. War es in Wirklichkeit noch heißer und das Thermometer hatte den Geist aufgegeben, weil es diese Hitze nicht mehr ertragen konnte? Vielleicht blieb es bei zweiundfünfzig Grad stehen, während es in Wirklichkeit auf sechzig zuging und wir wie Spiegeleier gebraten wurden. So jedenfalls fühlte sich die unerträgliche Hitze an.

Während ich die Knöpfe meines durchnässten Kleides öffnete, beobachtete ich zwei Schmetterlinge, die über die verdorrten, gelben Grashalme hinweg taumelten und sich im gleißenden Blau des Himmels verloren. Mit welchen Anlagen hatte die Natur solche Geschöpfe ausgestattet, um sich mitten in der glühenden, alles versengenden Mittagssonne in die Lüfte zu erheben, ohne einen Hitzeschlag oder Verbrennungen fünften Grades zu erleiden. Und erst die Zikaden! Sie zirpten unbeirrt ohne Pause aus allen Ecken und überzogen die Landschaft mit einem Konzert greller Tonfolgen. Die ausgedörrte Landschaft präsentierte sich als ein Schmelztiegel aus flimmernder Luft und nervenden Tönen. Wir waren gefangen in einer unwirklichen, in Hitze erstarrten Natur, die den Atem anhielt und angespannt darauf wartete, daß es Abend wurde und die gnadenlos herab brennende Sonne am Horizont verschwand.

Kein Vogelgezwitscher drang ans Ohr, kein Lüftchen wehte. Die Hügelkette am Horizont setzte sich in der aufgeheizten Luft als zarte Abgrenzung von dem alles überspannenden blauen Himmel ab. Ein dünner Stamm neben der Tankstelle zeigte mit den halbvertrockneten Blättern, daß der kleine Baum schon lange keinen Regen mehr gesehen hatte und sich die letzten Kräfte in den gelblichen Überresten des Blattwerks konzentrierten, um der Sonne zu trotzen.

„Haben wir uns verfahren? Sind wir in Afrika gelandet?", fragte ich Hagen. "Wo geht es zum Meer? Ohne Sightseeing-Umwege-Tour zu byzantinischen Kirchen oder römischen Tempeln!"

Der kurze Aufenthalt in der Sonne während des Tankens ließ sein T-Shirt triefend vor Nässe am Körper haften, als komme er gerade aus der Dusche. Wir mieden jeglichen Körperkontakt, die Hormone hatten ihre Produktion eingestellt, der Verliebten-Cocktail machte Pause. Wir gönnten uns keine Umarmung, keine noch so kleine Berührung. Wir waren damit beschäftigt, zu überleben, jeder für sich alleine.

Vom Nebensitz kam ein stilles, ergebenes Seufzen. Hagen beugte den Kopf über die Karte auf meinen naßgeschwitzten Knien und deutete auf eine Straße, die sich grün markiert in vielen Windungen mitten durch eine Berglandschaft zu einem Meerbusen schlängelte.

„Wir könnten durchs Gebirge fahren, kurvig aber schön! Der kürzeste Weg."

Mein nasser Zeigefinger zog eine feuchte Spur entlang der Markierung bis zum Ende der grünen

Schlangenlinie. "Der Golf von Korinth! Das Meer! Wasser! Wir suchen uns dort einen Platz zum Übernachten und morgen sehen wir weiter."

Die grüne Straße entpuppte sich als ein Kleinod landschaftlicher Schönheit. Sie wand sich entlang eines ausgetrockneten Flußbettes und mit diesem wie ein Zwillingspaar in endlosen Kurven um die Berge. Ein Abhang folgte dem nächsten, ein Berg dem anderen, ein Labyrinth aus immer neu aus dem Boden wachsenden Felsen. Dann wieder kroch die Straße einen Berg hinauf, hinab, hinauf, bis sie nach endlosen Serpentinen erneut auf das leere Bachbett traf. Die dicht stehenden Bäume am Ufer verrieten, daß zu einer anderen Jahreszeit reichlich Wasser über die rundgeschliffenen Kiesel plätscherte. Wir schlichen im Schneckentempo um die Berge und im Slalom um die ausgefahrenen Löcher der Straße. Es nahm kein Ende. Ich spürte mit jedem Atemzug, wir waren im Land der Hellenen angekommen. Die hiesigen Götter, die Geister der Unterwelt, die Riesen, die in den Bergen hausten, alle zusammen hatten sich gegen uns verschworen. Ich erinnerte mich an die alten Sagen: Die Berglandschaft glich einer Hydra. Kaum hatte Herakles einen Kopf abgeschlagen, wuchs ein neuer. Wir befanden uns im Land der Götter und Mythen.

Die Sonne neigte sich bereits gegen die Bergkuppen, da öffnete sich die Schlucht und verlor sich in einer flachen, sanft abfallenden Landschaft. Grüne Felder zogen sich bis zu einem blau funkelnden Streifen - das Meer. Endlich das Meer!

Hagen klopfte hektisch auf dem Lenkrad herum: "Wir haben es geschafft, wir haben es geschafft!"

Er bremste abrupt, stellte den Motor ab. Wir eilten nach draußen, fielen uns in die Arme und sprangen übermütig auf der Straße herum. Die Höllenfahrt durch die

Berge war zu Ende, der ausgedorrte Glutofen des Landesinneren lag hinter uns.

Wir folgten der erstbesten Straße zum Meer hinab. Der holprige Schotterweg quälte sich in die Ebene in Richtung Steilküste. An die Felsen schmiegten sich weitentfernt die Häuser einiger kleiner Dörfer, davor Olivenhaine und begrünte Berghänge, die an die Küste grenzten. Ein Hauch von salziger Luft überzog die Haut, drang in die Nase, die Lunge.

Unsere Sitze schwankten auf dem staubigen, holprigen Weg hin und her, wie bei einem Ritt auf einem Esel. Wir tuckerten im Schritt-Tempo weiter und erreichten den höchsten Punkt des Hügels. Der Blick öffnete sich weit über das Meer hinweg und zu einer im Dunst verschwimmenden Bergkette. Hagen drosselte abrupt den Motor, bremste, bis der Wagen bockend und holpernd und Staub aufwirbelnd zum Stehen kam. Er sagte kein Wort, beide schwiegen wir, schauten uns an und konnten es kaum fassen. Wenige Kilometer entfernt schob sich eine Landzunge ins Meer. Die weißen Schaumkronen der anbrandenden Wellen umsäumten die grüne Landmasse wie ein zartes Band, ein wenig weiter erhoben sich Inseln aus dem Blau. Schneeweiße Häuser mit gelblich-roten Dächern schoben sich dicht ans Wasser heran. Riesige Platanen und Eukalyptusbäume umringten eine kleine Kirche mit rundem Kuppeldach und verrieten, hier fließt reichlich Wasser. Bäume umgaben den kleinen Ort, in Reih und Glied einer neben dem anderen. Es mußten Plantagen sein, die sich bis an den Fuß der Berge zogen.

Der Süden, die Phantasie meiner Kindheit! Keine dürren, abgeernteten Weizenfelder, über denen die heiße Luft flimmert und die Sonne gnadenlos aus dem endlosen Blau des Himmels niederbrennt. Hier standen wir vor dem Eingang zum Land, in dem die Zitronen blühen. Die

Torturen der letzten Stunden fielen ab, als hätte es sie nie gegeben. Wir standen vor unserem Ziel.

Die weißgekalkten Häuser reihten sich mit kleinen Vorhöfen an einander, Maulbeerbäume, Platanen warfen ihre Schatten auf den Schotterweg. Das Dorf lag wie ausgestorben vor uns.

Wir hielten inmitten der kleinen Ortschaft. Ich öffnete die Tür, stieg aus und streckte reflexartig die Glieder in alle Richtungen, um die Strapazen der Slalomfahrt mit den unzähligen Schlaglöchern abzuschütteln. Die Fischerboote im kleinen Hafen. verrieten mit ihrem bunten Anstrich nicht nur eine sorgfältige Pflege, sondern auch kreative Gedanken. Stimmen drangen ans Ohr - Kinder, die lachend auf uns zustürmten - und dann - ich glaubte mich zu verhören:

„Where do you come from?"

Das glatte Englisch wirkte wie ein Faustschlag, wie die Ausnüchterung nach zu viel Wein. Waren wir nicht auf einem kaum befahrbaren Schotterweg am Ende der Welt angekommen? Ein halbwüchsiger junger Mann löste sich aus dem Knäuel und steuerte auf uns zu.

„Do you want to stay here? I will try to find a room for you!"

Wir tauschten Blicke aus. Hagens leicht nach oben gezogene Mundwinkel und der verblüffte Ausdruck in den Augen zeigten deutlich seine Überraschung.

"Wo sind wir? In einer englischen Kronkolonie? Reinstes Queens-Englisch!"

„Alles wirkt freundlich und einladend", deutete ich auf die Häuser und die Boote. "Wir könnten trotzdem fragen, was er uns zum Übernachten anbietet. Es wird bald dunkel."

Kinder umringten das Auto, lachten, schwatzten auf uns ein, nicht in Englisch, sondern in Griechisch. Hier war Griechenland, meine Füße standen auf griechischem Boden, nicht auf einer englischen Dependance.

„Sie sagen, ihr Dorf sei schön, wir sollten hierbleiben", übersetzte Hagen.

Einige Frauen waren den Kindern gefolgt und gestikulierten und redeten in eine Richtung weisend auf den englischsprechenden jungen Mann ein, der sofort übersetzte:

„There is a small old house, no comfort, but you have water and a bed and tomorrow you can tell us, whether you like it und you will stay here. For breakfast you can come to the taverna, they have bred and yoghurt."

Es gab also ein Bett, es gab Wasser, es gab ein Dach über dem Kopf, es gab Brot. Er wies auf ein kleines urwüchsiges Kafeneon. Vor dem weißgekalkten Gebäude schattige Maulbeerbäume und dunkelblaue Kaffeehaustischchen.

"It is nice in our small village."

Ja, es war wirklich hübsch hier. Inzwischen hatte sich das halbe, vielleicht das ganze Dorf, zumindest der weibliche Teil mit den Kindern um uns geschart. Sie gestikulierten, schnatterten, lachten durcheinander und redeten auf uns ein. Hagen fiel der Part der Entscheidung zu, das sah ich an den Gesten, dem Ausdruck, mit dem sie laut auf ihn einsprachen. Die vielen freundlichen Gesichter, die neugierigen Kinderaugen - wir konnten unmöglich ablehnen. Ohne seine Griechischkenntnisse preiszugeben, antwortete Hagen nach meiner kopfnickenden Zustimmung unserem Übersetzer:

„It is very nice here and if it is possible: could you show us, where we could sleep?"

Eine junge Frau begann auf uns einzureden. Der junge Mann wies an den Rand des Dorfes. "It is outside of the village."

Einige der Kinder nahmen uns in ihre Mitte, als ob sie ihr ganzes Leben lang auf uns gewartet hätten und wir liebe Freunde oder Verwandte seien und alle zogen mit uns entlang des Meeres hin zu einer kleinen Bucht.

Der schmale Weg führte zu einer Plantage. Unser Dolmetscher schob sich durch die Kinderschar zu uns nach vorne. Er pflückte ein Blatt von einem der Bäume, knickte es in der Mitte, hielt es sich an die Nase, schnupperte kurz daran und reichte es an Hagen weiter.

„Lemon-trees, you can smell it."

Hagen atmete tief ein und drückte es mir in die Hand. "Riecht wie eine reife Zitrone."

Aus den geöffneten Poren strömten ätherische Öle mit dem angenehm säuerlich-herben Zitronenduft. Ich schloß die Augen, ich sog die Frische ein. Ich war angekommen. Ich stand mitten zwischen Zitronenbäumen. Ich stand verschwitzt, abgekämpft und müde im Traum meiner Kindheit, hielt ein geknicktes, duftendes Zitronenblatt wie einen Schatz in der Hand.

„Wir sind da!"

Hagen deutete auf ein etwas windschief wirkendes Dach mit gelblich-beigen Ziegeln. Der Pfad wand sich ein letztes Mal durch die Bäume und mündete in einen mit Kiesel aufgeschütteten Platz. Die Zweige eines betagten Maulbeerbaumes mit weitspannendem Blätterdach reichten bis an die hellblaue Eingangstür des aus Natursteinen gemauerten Häuschens und spendeten einem hellblauen Tisch und zwei windschiefen Bänken Schatten. Selbst während der heißesten Sommertage mußte es im Schutz des großen Baumes kühl sein, sicher keine zweiundfünfzig Grad - diese Zahl hatte sich magisch ins Gedächtnis gefräst.

Vom Vorplatz aus schoben sich Stufen halbverdeckt zwischen überhängenden Gräsern an wilden Irisbeeten vorbei zu einer steinernen Umrandung mit einem runden Holzdeckel. Auf den verwitterten Brettern stand ein verbeulter Metalleimer, festverknotet mit einem Strick, der sich in vielen Windungen um eine eiserne Kurbel drehte, ein Relikt aus einer anderen Zeit. Keine zwanzig Meter entfernt schimmerte durch grüne Macchia-Sträucher am Rande des Grundstücks das Meer.

"Oh, sorry" unterbrach unser Übersetzer meinen Rundblick und strahlte uns beide an. „Here we are! I forgot to tell you, I am Timeo", stellte er sich höflich vor und gab erst Hagen und dann mir lachend die Hand, mit einem leicht bedauernden Ausdruck in den Augen, als entschuldige er sich, daß er nicht schon längst seinen Namen genannt hatte. Er mußte meinem Blick auf den Eimer gefolgt sein, denn er wandte sich an die neben ihm stehende junge Frau und bestätigte meine Vermutung:

„Here you have water", deutete er auf den Brunnen.

Die junge Frau ließ ihm keine Ruhe und redete heftig gestikulierend und in alle Richtungen deutend auf ihn ein. Sie öffnete den Deckel eines am Maulbeerbaum befestigten Behälters mit einem Wasserhahn, zeigte auf den Brunnen, zeigte auf den Stamm und lachte uns an. Timeo lachte ebenfalls: „Here is your shower!"

Hatte er die Worte verwechselt? Die Dusche? Ich runzelte zweifelnd die Stirn. Ich sah einen kleinen Wasserbehälter zum Händewaschen. Aber ich war beruhigt, denn Timeo lachte ebenfalls und seine Heiterkeit setzte sich bei jedem neuen Erklärungsversuch fort, als sei Dolmetschen eine sehr lustige Aufgabe.

Er drehte sich um, wies auf das kleine Haus mit einer Geste und einem Ausdruck in den Augen, als seien ihm sämtliche Geheimnisse dieses Fleckchens Erde vertraut und

45

er der stolze und kompetente Makler des Hausbesitzers. Die junge Frau stand lächelnd und nickend neben ihm. Er bedeutete uns mit einer Handbewegung, ihm zum Eingang zu folgen und drehte den verrosteten Schlüssel in der hellblauen Holztür leicht herum, um sie zu öffnen. Immerhin gab es hier keine Einbrecher. Der Schlüssel schien immer im Schloß zu stecken.

Die alte Tür quietschte und weigerte sich, uns einzulassen. Also deshalb konnte der Schlüssel getrost steckenbleiben. Timeo mußte mit dem Knie nachhelfen, er zuckte leicht zusammen. Die festsitzenden Türangeln verursachten Geräusche, als schrien sie nach Öl und drohten damit, auseinanderzubrechen. Timeo blickte irritiert auf die Scharniere, stieß trotz des furchterregenden Quietschens mit dem Knie unbarmherzig gegen das Holz, bis er den Durchgang für uns einen Spalt breit geöffnet hatte.

"It needs some oil."

Er wagte mutig als Erster den Schritt ins Dunkel und weiter durch einen kleinen Flur mit übereinander gestapelten Seemannskisten zu einem halboffenen Durchgang.

"Nobody is living here, therefore it smells a little bit." Wie im Reflex hastete er zum Fenster und öffnete es. Es roch nach einem unbewohnten Haus und selbst noch mitten im Sommer nach Schimmel. Er klappte die fast bis zum Boden reichenden blauen Holzläden nach außen und das halbe Dorf lachte uns von draußen durch das geöffnete Fenster an, die Kinder winkten uns zu und auch die junge Frau stand mitten unter ihnen und lachte und nickte.

„Here is your living-room."

Timeo wies jetzt schon wieder freundlich und gutgelaunt auf den offenen Kamin, zeigte auf ein kleines blaugestrichenes und mit Nägeln zusammengezimmertes Gestell – offensichtlich hatte es einmal zur Aufbewahrung von Tellern und Tassen gedient. Neben der rußigen

Kaminöffnung in der Wand und dem darüber angebrachten weißen Sims quetschten sich zwei schmale über Eck stehende Bettgestelle zwischen die Wände. Davor ein nackter, grauer Zementestrich als Fußboden, das war also die gemütliche Sitzecke vor dem flackernden Kaminfeuer.

„Please follow me."

Eine körperliche Annäherung zwischen Timeo, Hagen und mir ließ sich kaum vermeiden. Wir stießen bei jedem Schritt in dem winzigen Häuschen aneinander. Hagen mußte beim Durchschreiten der Türöffnung den Kopf einziehen. Timeo half ein wenig nach und schubste uns einen nach dem anderen zurück über den Flur und hinein in den zweiten Raum.

„Here is your sleeping-room."

Er lachte umwerfend und mit Schalk in den Augen. Offensichtlich fand er den Anblick des alten Metallgestells mit der uralten Matratze sehr lustig.

„You can choose which bed is the best one."

Mit leichtem Schulterzucken und Bedauern im Gesicht wies er zur Tür des von ihm als Wohnzimmer deklarierten Raumes:

„The beds are very old and not so good."

Timeos Gesicht schaltete um auf Normalzustand und zeigte weder Lächeln noch Gefühlsregung, der Rundgang war beendet, die Geheimnisse des Hauses gelüftet. Er wollte sichtlich so schnell wie möglich zurück ins Freie. Mehr an Annehmlichkeiten barg das Haus nicht, keine Toilette, kein Bad, kein Waschbecken. Jetzt verstand ich, warum Timeo den Metallbehälter am Maulbeerbaum belustigt als „shower" bezeichnet hatte.

Timeo schien erleichtert, wieder in die frische Luft treten zu können, atmete erst einmal hörbar ein und aus und führte uns dann zu einem kleinen, halboffenen Anbau. An die Außenmauern des Wohnzimmers schloß sich so etwas wie ein im Verfall begriffener Stall ohne Tür an, überdacht mit Schilf. Ein schiefstehender Tisch lehnte sich an die Wand, als brauche er Halt, um nicht umzufallen. Drei, vier Tiere mochten einmal hier Platz gefunden haben - Ziegen, Schafe zur Versorgung der Familie mit Milch, Wolle und Fleisch. Der Tisch diente vielleicht als Ablage für die Eimer, gefüllt mit schäumender Ziegenmilch nach dem Melken.

„If you want to stay here longer, you can use it as a kitchen, you can buy a small stove for gaz and can cook on the table."

Timeo lachte verschmitzt und deutete auf den wackligen Tisch. Natürlich erkannte er die Einsturzgefahr der wackligen Tischbeine und wußte, daß auch die Mauern nicht mehr den stabilsten Eindruck machten. Die als Dach fungierende Schilfeindeckung und die querliegenden Latten konnten die Steine wohl kaum zusammenhalten. Es schien ratsam, sich in dem kleinen Anbau vorsichtig zu bewegen, sich nirgendwo anzulehnen und keine unbedachten Aktivitäten zu entfalten.

Timeo wollte seinen Rundgang abschließen, sein umwerfendes Lachen drückte aus: 'Führung beendet!' Der verschmitzte Ausdruck und die guten Englisch-Kenntnisse verrieten nicht nur einen gebildeten jungen Mann, sondern auch einen hellwachen Geist mit Menschenkenntnis, der sein Gegenüber genau taxierte und selbst hier am Ende der Welt die hereingeschneiten Fremden sehr wohl interpretieren konnte als abenteuererprobte Verliebte, die als primäres Ziel eine gemeinsame Zeit im Paradies anstrebten, die weder durchgelegene, modernde Matratzen noch ein einsturzgefährdeter Ziegenstall zu erschüttern vermochten.

Nicht nur Timeo hatte uns während seiner Funktion als Dolmetscher und Hausmakler in Schubladen und Erkennungsraster eingescannt. Das versammelte Dorf verfolgte gespannt jeden Schritt, jede unserer Reaktionen. Sie warteten. Vor allem für die Kinder gab es keine Zweifel. Natürlich würden wir zustimmen, drückten die lachenden Augen aus. Die Sonne war bereits hinter den Bergen verschwunden, uns blieb nur noch eine kurze Zeitspanne, bis die Nacht hereinbrach.

„Besser als wild campen", nuschelte ich möglichst ausdruckslos seitwärts in Richtung Hagen, um seine Reaktion abzuwarten und die gespannt auf uns ruhenden Blicke weder zu enttäuschen noch Zustimmung zu signalisieren.

"Zumindest für eine Nacht. Schlafsäcke, Campingsachen haben wir dabei. Was spricht dagegen?"

Hagen nickte mir kurz bestätigend zu.

„Thank you very much, Timeo", wandte er sich an unseren Übersetzer. „It is very nice here, but please could you show us how to get water?"

Timeo wandte sich an die junge Frau, die offensichtlich die Örtlichkeiten am besten kannte. Sie packte Hagen kurzentschlossen am Arm und zog ihn hinter sich die Stufen hinunter zur Steinumrandung. Sie schob an dem großen runden Holzdeckel und bedeutete ihm anzupacken, obwohl mir schien, als habe sie mehr Kraft als er. Beide wuchteten die Abdeckung empor und stellten sie an die Seite. Die junge Frau kniete sich auf die gemauerten Steine, nahm den am Seil befestigten Kübel in die eine Hand und drehte mit der anderen an der eisernen Kurbel. Seil und Eimer verschwanden in einem dunklen Loch, Meter für Meter. Ein freundliches Lachen und schon hielt Hagen das Seil in der Hand. Er begriff verblüfft, drehte, drehte, und schaffte es, einen Eimer Wasser hochzuziehen. Das Dorf, die Frauen, die Kinder und ich fanden das sehr lustig. Wir lachten vereint, während die junge Frau immer wieder Kippbewegungen vorführte. Hagen schien nicht zu begreifen. Die junge Frau sprach auf Timeo ein, griff selbst zum Eimer und kippte Hagens Beute energisch über das Iris-Beet aus.

„The first water you cannot use. Nobody lived here for a long time. But the water is very good, very clean and very cold, you will see it."

Die junge Frau nickte uns bestätigend zu.

„How is your name?" läutete Timeo die Endphase der Verhandlungen ein. Kaum hatte uns Hagen vorgestellt, eilte die junge Frau über die Treppen durch die Kinderschar mit weit ausgebreiteten Armen auf mich zu, drückte mich trotz meines nassen, verschwitzten Kleides so herzlich, als seien wir beste Freundinnen und habe nur auf diesen Augenblick gewartet.

„Jota", deutete sie auf ihre Brust, überschüttete Hagen mit ihrem Lachen und nahm ihn, beide Hände vor sich hinstreckend, um erst einmal den gebotenen Sicherheitsabstand zu einem männlichen Wesen zu wahren, in ihre Arme auf.

Damit war der Mietvertrag besiegelt. Timeo klopfte Hagen noch ein wenig auf der Schulter herum und kauderwelschte mit Jota. Das versammelte Dorf wurde dabei über den Stand der Dinge unterrichtet. Alle nickten freudig, drängten sich an unsere Seite, um uns „kalos irthate" zu wünschen, uns ein wenig anzufassen und sich wieder zurück zum Dorf auf den Weg zu machen.

Hagen übersetzte nuschelnd in meine Richtung 'gute Ankunft, herzlich willkommen' und rannte gleichzeitig Timeo, der sich mit dem Troß in Bewegung gesetzt hatte, hinterher.

„We forgot to speak about the price."

Timeo zuckte hilflos mit den Schultern, Jota zuckte hilflos mit den Schultern und brummelte schließlich irgend etwas vor sich hin.

„You can give, what you want" übersetzte Timeo, nahm mich und Hagen den einen rechts, den anderen links, und wir zogen mit dem Treck zurück zu unserem Auto an der Mole.

Am Hafen winkten uns alle zu und verabschiedeten uns mit einem 'Kali nichta'. Sie wünschten uns also alle eine gute Nacht, das verstand ich inzwischen. Timeo beeilte sich noch einmal, uns seiner Hilfe zu versichern.

„Ask me, if you need something! See you tomorrow in the Kafeneon for breakfast", klopfte Hagen freundschaftlich auf die Schulter, winkte und verschwand hinter einer blauen Tür, während wir uns im Auto auf den Weg entlang des Meeres zu unserer antiquarischen Schlafstatt auf den Weg machten.

Die Dämmerung war bereits der Nacht gewichen. Das Dorf lag bald hinter uns, die Lichter aus den geöffneten Fenstern schrumpften zu immer kleiner werdenden hellen Punkten. Die gedämpften Laute, das Klappern, Türeschlagen, Rufen einzelner Stimmen, verebbten, bis sie mit den Geräuschen der anbrandenden Wellen verschmolzen und uns nur noch das Zirpen der Zikaden und das sanfte Auf- und Abfluten des Meeres mit dem leise vor sich hintuckernden Geräusch des Motors umgab. Nach einer letzten Biegung und einem kurzen Anstieg erreichten wir die sich unter dem Schleier der Dunkelheit ausbreitenden Zitronenhaine. Wir waren alleine mit uns auf dem Weg zu unserem abenteuerlichen Nachtquartier.

Kurz vor dem kleinen Häuschen hielten wir auf dem holprigen Weg, der sich schemenhaft in der Dunkelheit der Macchia-Hecken verlor und dort endete. Wir mußten unser Gepäck im Dunkeln zusammensuchen und es auf dem schmalen Pfad ohne Laterne, ohne Licht zu unserem Nachtquartier tragen. Die Felsen der beginnenden Steilküste formten wie in einem Amphitheater zum Meer hin einen Schutzwall um das Anwesen. Die sanft emporsteigenden Hänge vermittelten im Schatten der Nacht Geborgenheit, als läge das Häuschen am Ende der Welt und wir seien ganz alleine und eins mit der Natur. Der Geruch von Kräutern lag in der Luft, wilder Thymian, Pfefferminze, vermischt mit den winzigen Partikeln der zu Staub gewordenen Erde und den salzigen Aerosolen des Meeres. Über uns breitete sich die Nacht aus, die Sterne blitzten und funkelten klar und rein. Ich suchte und fand den großen Wagen, den kleinen Drachen. Die Sternenhaufen der Milchstraße legten sich wie ein Band über den dunklen Himmel. Einzelne Punkte leuchteten größer, andere kleiner, manche wechselten wie Morsezeichen Licht und Farbnuancen.

Trotz des atemberaubenden Gefühls, unter der klaren Pracht eines südlichen Sternenhimmels zu stehen, holte uns die Realität schnell ein. Die Nacht war eindeutig zu früh hereingebrochen - jedenfalls für uns. Ich versuchte mich an die Dunkelheit zu gewöhnen und ein wenig Ordnung im Chaos des Autos zu schaffen, vor allem die beiden Schlafsäcke und unsere Kulturtaschen zu finden. Hagen nuschelte über den Bodenmatten kriechend:

„Die Taschenlampe! Weißt du, wann wir sie zuletzt benutzt haben? Wir brauchen sie unbedingt, die Taschenlampe ist wie eine Lebensversicherung!"

„Keine Ahnung."

Während wir nach dem Notwendigsten zum Überstehen der Nacht suchten, schoben sich aus dem Dunkel des Bergrückens erst schwache Strahlen, dann eine schmale, rötlich leuchtende Ausbuchtung.

„Wir brauchen keine Taschenlampe", tippte ich Hagen auf die Schulter, legte die Schlafsäcke beiseite. Eine unwirkliche Situation! Eine unwirkliche Wirklichkeit! Kaum waren wir am Ende der Welt angelangt, am Ende unserer Reise, zeigte sich der Mond, als wolle er uns die Schönheit des Südens vor Augen führen und uns die Botschaft überbringen: Hier wohnen die Götter, die Prüfungen des

Herakles liegen hinter euch. Selene, die Mondgöttin heißt euch willkommen!

Der Mond! Unsere Heimat lag in einem Land, in dem der Himmelstrabant dem Männlichen zugeordnet wurde. Er war bis ins Innerste hinein von allen Seiten durch unzählige naturwissenschaftliche Erklärungen beleuchtet, vermessen, analysiert. Auf zahllosen Seiten wurde dokumentiert, woher er komme, was er sei, was er bewirke, aus was er bestehe. Der Mond als Objekt der Forschung verknüpft mit der Frage nach seinem materiellen Wert, nach Bodenschätzen bis hin zur Möglichkeit eines lukrativen Weltraum-Tourismus - ein Ticket für einmal Mond hin und zurück! Der Aufbruch menschlicher Wesen zu dem fast 400.000 km entfernten Himmelskörper der Start ins Weltall, die Entzauberung der Götter, die Eliminierung des Geheimnisvollen durch Rationalität. Der menschliche Verstand siegte über das Irrationale, selbst über das Nichterklärbare. Selene, die Mondgöttin, die Welt der Götter samt dem Lieben Gott wurden vom Thron gestoßen, entzaubert, entgöttlicht: Sternenhaufen, Gaswirbel, Galaxien, dunkle Löcher - Folgen des Urknalls.

Das größer und intensiver werdende Rot bahnte sich mit dem Heraustreten aus der Schwärze der Nacht den Weg in tiefste Gefühle, weckte Sehnsucht nach Nähe zu einer anderen Welt.

"Selene", durchbrach ich leise die Stille."

Halbrund drängte die Ausbuchtung aus den Umrissen der Berge, schob das Dunkel sanft leuchtend beiseite. Selene, dachte ich! Die Götter, sie lebten immer noch im Land der Hellenen. Ein Lied aus den Kindertagen stieg aus den Tiefen der Erinnerung empor. Ich begann ganz leise:

„Der Mond ist aufgegangen, die goldnen Sternlein prangen am Himmel hell und klar".

Hagen hob den Kopf aus dem Dunkel des Wagens und fiel kaum vernehmbar ein, als wolle er nicht stören.

„Wie ist die Welt so stille und in der Dämmrung Hülle, so traulich und so hold. Als eine stille Kammer, wo ihr des Tages Jammer, verschlafen und vergessen sollt!"

Ich trat einen Schritt vor, umfaßte ihn mit den Armen, den Kopf an seinen verschwitzten Rücken geschmiegt. Wir vergaßen Taschenlampe, Wasserflaschen und verfolgten das heller werdende Leuchten, die langsame Wandlung zu einer großen Scheibe, die sich in Zeitlupe aus dem Schatten der Berge befreite und die Wanderung übers Meer antrat.

Wir konnten im silbrigen Licht still und verzaubert alles Notwendige zusammensuchen. Auf dem schmalen Pfad zu unserem Häuschen huschten die Strahlen durch die Blätter des Zitronenhains und zeichneten ein wechselndes Schattenspiel auf unseren Weg. Hagen summte leise vor sich hin, die Melodie ging in Gesang über.

„Seht ihr den Mond dort stehen? Er ist nur halb zu sehen und ist doch rund und schön. So sind wohl manche Sachen, die wir getrost verlachen, weil unsre Augen sie nicht sehn."

Wir stellten still die Rucksäcke ab und ließen uns erschöpft und müde mit einer Wasserflasche in der Hand auf die Bank fallen. Wasser! Wir tranken ohne abzusetzen. Wir rutschten eng zusammen, lehnten uns aneinander in den verschwitzten, am Körper klebenden Stofffetzen mit Gerüchen nach Straße, Hitze, Staub und Schweiß. Die strähnigen Haare fielen über die Stirn. Der Blick fing das Meer ein, die kleinen Inseln, über die hell und rund die Mondgöttin ihre stille Bahn zog.

Wie lang saßen wir ohne ein Wort Seite an Seite? Hagen begann zu summen, nahm mich fester in den Arm und beugte vorsichtig den Kopf dicht an mein Ohr, als ob dies nur für mich alleine bestimmt sei.

„Wir stolzen Menschenkinder" sang er leise, „sind eitel arme Sünder, und wissen gar nicht viel, wir spinnen Luftgespinste, und suchen viele Künste, und kommen weiter von dem Ziel."

Hielt ich die Augen geöffnet, geschlossen? Ich wußte es nicht und auch nicht, wieviel Zeit verronnen war. Ich kehrte in die Welt zurück, in meine Welt. Ich verspürte den Drang, die Glieder zu bewegen, ich wollte den Platz sehen, den wir gefunden hatten. Ich nahm hinter dunklen Hecken die silbrige Oberfläche des Meeres wahr. Das leise Mahlen der Wellen am Strand folgte in stetigem Auf und Ab einem gleichbleibenden Rhythmus. Das Zirpen der Zikaden drang als Hintergrundgeräusch ins Bewußtsein.

Der Mond war höher gewandert. Er hatte unbeirrt seine Bahn gezogen. Langsam und unmerklich schob er sich über die Mitte der kleinen Insel hinweg und tauchte die Umrisse in ein silbriges Licht. Durch das Blätterdach des Maulbeerbaumes huschte ab und zu ein schmaler Strahl über den Tisch bis zur Tür und streifte unsere abgestellten Rucksäcke.

Hagen lachte leise vor sich hin. „Morgen früh weihen wir die Dusche ein."

Er lockerte den Griff um meine Schulter und strich eine klebrige Strähne aus meiner Stirn:

„Hier ist das Ende der Welt! Nichts ist zu hören, nur Meer und Zikaden. Nicht einmal ein Laut aus dem Dorf."

Er tippte mit dem Zeigefinger auf meiner Nasenspitze herum. „Die Frauen! Sie haben sicher inzwischen ihren Männern über die hereingeschneiten Fremden berichtet."

Er lachte laut auf. „Von dem zotteligen Mann und seiner verwahrlosten und klitschnassen Freundin."

Hagen zog mich dabei ein wenig enger an sich heran. „Ein Liebespärchen aus Deutschland wie aus dem Bilderbuch." Er lachte immer lauter und drückte mich fester.

„Ungewaschen, ungekämmt, müffelnd. Die Krönung wird sein, wenn sie ihren Männern erzählen, daß wir in einem Haus nächtigen ohne Wasser, ohne Strom, kein Klo."

Wir lachten schallend bei dieser Vorstellung. Wir waren auf unserer abenteuerlichen Fahrt zu Nomaden geworden.

Hagen spann weiter an seinen Bildern aus dem Dorfleben:

„Die Männer haben inzwischen von ihren Hausdrachen das OK fürs Kafeneon erhalten, um den neuesten Klatsch über das fremde Pärchen mit einem Ouzo zu begießen."

Ich sah das Szenario vor mir, das Gedrängel, das Hangeln nach einer Sitzgelegenheit, das Zusammenrücken um die blauen Tische.

„Nein", ergänzte Hagen, „nicht nur einen Ouzo, der Wirt stellt die ganze Flasche auf den Tisch. Touristen im Dorf! Das Ereignis muß begossen werden."

Ich sah sie, die Männer, junge, alte, wie sie ein Gläschen nach dem anderen kippten.

„Meinst du, Timeos Mutter hat ihm Freigang gewährt? Er ist vielleicht 15, höchstens 16", überlegte ich. „Er ist der Held! Er war schließlich der Hauptakteur als Dolmetscher. Vielleicht ist das heute so etwas wie die Aufnahme in die Männergesellschaft. Schließlich hat er sich für die Zukunft des Dorfes als Tourismusziel eingesetzt."

Ich erinnerte mich der vielen neugierigen Kinderaugen. „Vielleicht dürfen die Kinder auch länger wachbleiben. Sie müssen dieses Erlebnis doch loswerden. Vielleicht feiern sie alle zusammen und tanzen um die kleinen blauen Tische."

Wir sprachen durcheinander, eine Vision jagte die andere. „Und der Ouzo fließt in Strömen", lachte Hagen. „Der Tavernenwirt wird uns morgen früh ganz besonders freundlich begrüßen. Schließlich verdankt er uns ein sattes Umsatzplus."

"Wir werden jetzt erst einmal unser altes Bett einweihen", entschied Hagen. „Morgen früh, wenn wir zum Frühstück erscheinen, haben sie neuen Gesprächsstoff."

Er zog mich von der Bank hoch und sang leise bis wir vor dem Häuschen standen:

„So legt euch denn ihr Brüder, in Gottes Namen nieder, kalt ist der Abendhauch, verschon' uns Gott mit Strafen, und laß uns ruhig schlafen, und unsren kranken Nachbarn auch."

Beim Öffnen der Tür schlug uns Hitze und Modergeruch entgegen. Mit dem Licht der Taschenlampe drapierten wir in dem von Timeo als Schlafzimmer deklarierten Raum die Schlafsäcke vorsichtig über die Flecken und Löcher in der alten Matratze, um die Öffnungen für die kratzigen Fasern nicht noch weiter aufzureißen. Wer weiß, mit was das Innenleben ausgepolstert war und welche Untiere sich im Lauf der Jahre eingenistet hatten. Der schwache Lichtkegel erhellte die Umrisse des alten Bettes. Unsere Schlafsäcke, alles lag bereit zum Hineinsinken in den ersehnten Schlaf in dem alten Häuschen mitten im Zitronenhain. Hagen stellte die Taschenlampe auf den Boden und zog sein klebriges T-Shirt über den Kopf.

„Es ist heiß und mieft!", bemerkte er kurz.

Ich zog und zupfte an meinem Schlafsack, um ein weiteres Loch in der Matratze abzudecken. Je mehr ich zog und zerrte, umso mehr spürte ich die aufgestaute Hitze. Durch die geschlossenen Holzläden drang das Zirpen der

Grillen, das leichte Rauschen des Meeres, aber kein Lufthauch fand den Weg zum Bett. Die geschlossenen Läden verwehrten nicht nur gierigen Stechmücken den Zugang, sondern versperrten auch das Eindringen der kühlen Nachtluft. Da halfen auch nicht die in ganzer Breite geöffneten Fensterflügel. Die Erinnerungen an das Thermometer mit den zweiundfünfzig Grad ließen sich nicht mehr verdrängen. Der Modergeruch stand zäh und ohne Bewegung im Raum, drang in die Lunge, umschloß die Haut und verdichtete sich mit dem Schweiß zu einer zähen Masse. Schlaf? Nein, an Schlaf war in diesem Raum nicht zu denken!

„Wir müssen die Fensterläden öffnen, sonst ersticken wir."

Hagen hatte sich der naßgeschwitzten und an den Beinen klebenden Hose entledigt, verzog bei meinem Vorschlag schmerzhaft die Mundwinkel.

"Was ist, wenn wir Besuch von draußen bekommen? Wir können wählen: Hitze oder Stechmücken."

Es war eine schwierige Entscheidung. „Und wenn wir erst einmal ins Meer springen?", dachte ich weiter. „Wir schalten die Taschenlampe aus und öffnen die Läden. Wenn wir zurückkommen, ist es hier drinnen angenehmer."

Wir überließen unser Schlafzimmer der hereinströmenden Nachtluft in der Hoffnung, daß weder Stechmücken noch andere herumstreunende Wesen den Weg zu unserem Bett suchen würden. Im Schein des Mondlichtes tasteten wir uns an dem silbrig schimmernden Teppich der wilden Irispflanzen und den hell leuchteten Steinen des Brunnens vorbei. Zwischen den dunklen Büschen am Ende des Grundstücks öffnete sich ein schmaler Durchgang. Der Strahl der Taschenlampe fiel auf einige schiefe Stufen. Jahrzehnte mußten vergangen sein, seit sich die letzten Bewohner durch die dornigen Hecken gezwängt hatten.

Und dann lag das Meer vor uns. Der Saum der Wellen überspülte einen breiten Kieselstrand. Wir hüpften Hand in Hand über die rundgeschliffenen Steinchen, streiften alles ab, was klebrig auf der Haut hing, und schwammen zu den steil aufragenden Klippen. Die Erinnerung an den überhitzten Tag, an Schlaglöcher, an dürre Getreidefelder löste sich wie Meerschaum auf. Das silbrige Licht der Mondgöttin ließ das Plankton glitzern und überzog Arme und Beine, als seien wir in Gold gehüllte Königskinder. Unsere Hände fanden sich, wir umfaßten uns, schwammen zurück zum Ufer und glitten auf die Kiesel. Das Auf und Ab der Wellen umspülte die Haut, flutete durch uns hindurch. Wir lösten uns auf im weichen Licht der Mondgöttin, verwuchsen in eins und einzig. Es gab nichts anderes. Bis wir nur noch still das gleichmäßige Plätschern der Brandung spürten.

Irgendwann begannen wir ohne Worte unsere Glieder, Arme und Beine zu entwirren, uns aufzusetzen, die verstreut am Strand umherliegenden Kleider zusammenzusuchen. Als wir das Haus erreichten, hatte die warme Nachtluft die Reste der salzigen Wassertropfen auf der Haut getrocknet. Hagen holte aus dem Auto ein Laken und hängte es an die herausstehenden Nägel im Holzrahmen vor das geöffnete Fenster. Das weiße Tuch hüpfte wie ein kleines Nachtgespenst mit dem Luftzug hin- und her. Ich hoffte, daß nur die erfrischende Brise zu unserem Bett finden würde und nicht die lästigen Blutsauger. Nach dem verzauberten Verschmelzen in den Wellen lag die Frische des Meeres immer noch kühl auf der Haut. Ich freute mich auf das Hineinsinken in das alte Bett. Ich sehnte mich nach Ruhe, dem Ausstrecken der Glieder und dem Hinübergleiten in einen tiefen Schlaf.

Einige der Warnsignale bei Timeos Führung hatte ich im Überschwang meiner Freude offensichtlich zu positiv interpretiert. In seinem Blick auf das alte Bett lag eine Mischung aus Skepsis und eine Spur von ‚irgendwie werdet ihr das schon überstehen', oder: ‚Wartet erst einmal ab, was da auf euch zukommt!' Vielleicht auch: ‚Ihr werdet euer blaues Wunder erleben!' Ich hatte mein Augenmerk nicht so sehr auf das Interpretieren von Timeos Augenausdruck gelenkt, sondern auf das alte Bettgestell. Ich stellte es mir schön vor, unter den originellen Verzierungen am Kopfteil einzuschlafen. Im Laufe der Nacht und der zunehmend realistischeren Einschätzung der positiven Auswirkungen altgriechischer Schmiedekunst auf den Nachtschlaf meinte ich, den schattenhaft wahrgenommenen Ausdruck in Timeos Augen anders deuten zu können. Er kannte die Tücken, die in und unter derartigen Bettgestellen lauern. Vielleicht hatte er selbst einmal in solch einem Bett geschlafen oder er mußte sich jeden Morgen die Klagen seiner Eltern anhören.

Kaum hatten wir uns auf unseren Schlafsäcken ausgestreckt, offenbarte sich das verborgene Geheimnis unter der Matratze. Es dauerte nur wenige Minuten, bis wir uns in der Mitte des Bettes trafen. ‚Das wird schon nicht so schlimm sein', dachte ich, schubste Hagen sanft aus meiner Kule auf seinen angestammten Platz zurück und drehte mich auf die andere Seite. Auch Hagen scheute sich nicht, mich mit unwirschen Knurrlauten aus seinem Revier zu vertreiben, wenn ich, kaum eingeschlafen, mich automatisch zur Mitte bewegte. Irgendwann gaben wir beide erschöpft unseren Widerstand auf und arrangierten uns notgedrungen damit, Rücken an Rücken wie siamesische Zwillinge die Nacht zu verbringen.

Die stickige Hitze des Raumes war durch die weit geöffneten Holzläden einer erträglichen Temperatur gewichen. Das kleine flatternde Nachtgespenst vor den

Fensterflügeln sorgte immer wieder für einen kühlen Luftzug von draußen. Dieses Problem hatten wir zufriedenstellend gelöst. Aber es dauerte nicht lange, bis ein nerviges „SZSZSZ" den Anflug von Kamikaze-Fliegern ankündigte. Aus unserer mittigen Kule heraus schlugen wir abwechselnd oder auch gleichzeitig zu. Ich hörte im Halbschlaf Hagens Arm auf seine Schenkel klatschen und wurde hellwach in der Gewißheit, daß die vertriebenen Vampire auf mich ausweichen würden. Die herbeigesehnte Nachtruhe bestand aus einem Staccato-Schlaf, unterbrochen durch Schubsen und Knuffen, und dem Schlagen nach Steckmücken und Kratzen an den juckenden Einstichen. Während der wechselnden Wach-Schlafphasen erschienen immer wieder Bilder über die Prüfungen des Herakles. Wenn uns die Götter erneut auf die Probe stellten, so taten sie dies in dieser Nacht mit mehrfachen Anforderungen, sozusagen als moderne Variante und Fortsetzung der ursprünglichen zwölf Aufgaben. Wie viele Prüfungen herakleischen Ausmaßes hatten wir eigentlich schon bestanden, fragte ich mich in dieser Nacht, und wie viele hielten die Götter noch bereit? Ins Land der Götter zu gelangen und sich dort einzurichten, war kein leichtes Unterfangen.

In den kurzen Halbträumen warteten die nächsten Überraschungen. Aus den Löchern krochen all die Schatten vormaliger Schläfer aus der Matratze. Wer hatte vor uns in dieser Kule gelegen, wer wurde hier gezeugt und sprang jetzt munter im Dorf herum? Vielleicht würden wir morgen die Erbauer des Häuschens kennenlernen, vielleicht saßen sie friedlich vor der Haustür unten im Dorf und hüteten ihre Enkel. Vielleicht hatten uns ihre Nachkommen mitsamt Enkel und Urenkel vorhin durch das geöffnete Fenster so lustig angelacht, weil sie die Tücken des alten Bettes kannten. Beispielsweise diese junge Frau, diese Jota, die so gut über die Örtlichkeiten Bescheid wußte! Vielleicht entsprang sie selbst einer dieser unruhigen Nächte ihrer Eltern, die in dieser Kule zur Mitte hin zusammenrollten, sich schupsten, nicht schlafen konnten und denen deshalb gar nichts anderes übrigblieb, sich die Zeit zu vertreiben und sich zu begatten. Wie viele Kinder mochten sie wohl während des nächtlichen Spiels gezeugt haben? Deshalb also die langen hellblauen Bänke unter dem Maulbeerbaum. Vielleicht beschlossen sie, die Matratze sozusagen als Erinnerung an die vielen schlaflosen Nächte und die unzähligen Liebesakte einfach hier im Haus zu belassen als Mahnung an ihre Nachfahren, welche Folgen durchgelegene Betten nach sich ziehen. Vielleicht faßten sie den Entschluß, ins Dorf zu ziehen und schliefen jetzt bei einem Ihrer zwölf Kinder in einem neu gebauten Haus auf neuen Betten und amüsierten sich über das deutsche Pärchen auf ihrer alten Matratze. Beim Frühstück im Kafeneon würden wir das sicher erfahren.

    Irgendwann in der Nacht hatte ich resigniert aufgegeben. Ich schlug weder nach Stechmücken noch nach Hagen, die Arme lagen erschöpft und bleischwer neben mir und sehnten sich nach Ruhe, genau wie Kopf und Beine. Von mir aus konnte jeder hier drinnen tun und lassen, was er wollte, konnte knurren, knuffen, um sich schlagen, Blut saugen! Ich würde geduldig alles über mich ergehen lassen.

    Bis ich irgendwann registrierte, daß etwas Helles sich Raum schaffte. Die geschlossenen Lider schienen durchlässig zu werden, die Ohren hatten sich geöffnet. Zikaden zirpten in den Gehörgängen, Kiesel malmten, Wellen rauschten, wichen zurück und warfen erneut mit Kieselsteinen um sich. Ich spürte, daß die Beine laufen wollten. Vor allem irritierte mich ein unangenehm taubes Gefühl im Arm. Die Bilder von neuen Prüfungen des Herakles zogen sich so schnell sie aufgetaucht waren wieder zurück in die Traumablage, während der Drang, die Augen zu öffnen und sich dem durch die Lider fallenden Licht zu stellen und nach dem Gezirpe und dem ruhelosen Meer zu sehen, zunahm. Die Nacht mit ihren Torturen hatte ein Ende gefunden, es war Zeit aufzuwachen.

Mein erster Blick aus den sich vorsichtig öffnenden Lidern galt Hagens Rücken und meinem darunter liegenden eingeschlafenen Arm. Vorsichtig zog ich ihn hervor und verzichtete darauf, Hagen aus der Kule zurück auf seinen Platz zu verweisen. Ich nahm erleichtert wahr, daß kein ‚SZSZSZ' herannahender Kamikaze-Flieger zu hören war. Sie verdauten in irgendeiner dunklen Ecke mein geraubtes Blut und schliefen sich in aller Ruhe aus.

Am Saum des kleinen Nachtgespenstes fielen schmale Bündel von Sonnenstrahlen in den Raum und zogen einen leuchtenden Strich über den dunklen Zementboden. Das weiße Laken flatterte leicht im Wind und öffnete mit jeder Wölbung einen Spalt für die kühle Morgenluft. Verschlafen folgte ich mit den Augen den hellen Streifen auf dem Fußboden, die beim Emporflattern des Tuches den Weg zum Bett fanden und kurz den Fuß streiften. Ich versuchte den Strahl mit dem Zeh zu fassen, mit ihm zu spielen, bis er sich blitzschnell zurückzog. Wie spät mochte es sein, früher Morgen, später Morgen, wo stand die Sonne, vielleicht bereits im Zenit? Wie warm, wie heiß war es draußen? Wie sah das Amphitheater im Tageslicht aus, das Meer, die Inseln, die Berge der Peloponnes?

Der eingeschlafene Arm zwickte und gab keine Ruhe, bis ich ihn ausgiebig in alle Richtungen streckte. Das Bett folgte meiner Bewegung mit leichten Schwingungen. Hagen knurrte unwirsch und reagierte reflexartig mit einem Herumrollen nach außen, er hatte in der Nacht dazugelernt. Wir drehten gleichzeitig die Köpfe zueinander. Ich nahm schmale, verquollene kleine Schweinsäuglein wahr, darunter tiefe Ränder und wußte auch ohne Spiegel, wie ich selbst aussah, während wir uns in der Erkenntnis unserer lädierten Schönheit belustigt anlachten. "Wehe du schlägst heute noch einmal nach mir", warnte mich Hagen vor sich hingrummelnd. "Schau mich an", konterte ich, "Die ganze Nacht habe ich kein einziges Auge zudrücken, du hast mich nicht nur verprügelt, sondern auch noch die Schnaken auf mich gehetzt!"

Ich sprang aus der Kuhle, lief mit bloßen Füßen über den Zementboden zur hellblauen Eingangstür und zog und zerrte an dem runden Griff. Ich wollte das Meer sehen, den Platz vor dem Haus, den Zitronenhain. Das Holz wehrte sich, ächzte und kratzte auf dem Boden, die Angeln quitschten, als riefen sie um Hilfe.

Die anstrengende Nacht war mit dem Blick in den hellen Tag vergessen. Wir liefen mit nackten Füßen über die groben Kiesel zur Bank. Die Blätter des Maulbeerbaumes filterten die Sonnenstrahlen und zauberten im Spiel mit Wind und Sonne leuchtnde Flecken auf den Tisch. Vor uns öffnete sich das in der Abenddämmerung wahrgenommene Amphitheater im prallen Sonnenschein. Die Brise kräuselte die Oberfläche des Meeres. Die rotgelben Felsen der Steilküsten hoben sich aus dem Blau empor und umschlossen eine kleine Bucht. Einige Felsenbrocken ragten aus dem Wasser, als hätte sie ein Riese mit lockerer Hand vor sein Reich gestreut, ein Stück entfernt die grünen Hügel der Inseln. Die gegenüberliegenden Berge wirkten bereits am frühen Morgen dunstig. Nur die oberen Ränder des Gebirgszuges setzten sich deutlich von dem glasklaren Blau des Himmels ab. Das Zirpen der Zikaden untermalte das leichte Rauschen der wiederkehrenden Wellen.

"Das Paradies", drückte mich Hagen halb fragend, halb ungläubig an sich. "Wir haben das Paradies gefunden." Hagen überlegte pragmatisch. "Wollen wir im Dorf fragen, ob wir bleiben können?"

Adam und Eva im Garten Eden ohne drohende Vertreibung unter einem schattigen Maulbeerbaum mit dem weiten Blick übers Meer, rundherum Zitronenhaine. Natürlich wollte ich bleiben. Meine Gedanken kreisten pragmatisch um die naheliegenden Probleme und entwickelten Ideen, um das Paradies mängelfreier zu gestalten. Vielleicht den Bettrahmen stabilisieren? Die Blutsauger draußen halten? Gab es in der Nähe eine Stadt, in der man ein Fliegengitter erstehen konnte? Neben den Vorkommnissen in der Nacht kamen die noch nicht gelösten Bedürfnisse während des Tages hinzu. An vorderster Stelle stand Wasser. Wasser schien das dringlichste Problem im Paradies. Der Probelauf am Brunnen stand noch aus. Aber waren diese Mühen nicht untrennbar mit dem Schicksal der Menschen seit Adam und Eva verbunden? Die ehernen Regeln menschlicher Plagerei galten nicht nur außerhalb des Paradieses, sondern auch hier mitten im Garten Eden. Von unserer freundlichen Lehrmeisterin hatte ich gestern gelernt: Wasserschöpfen war Männerarbeit. Ein kurzer Druck der Ellbogen und ein Blick in Richtung der Blechdusche - und der Alltag im Paradies begann.

"Ich geh ja schon."

Interessiert verfolgte ich die ungewohnte Tätigkeit des Wasserschöpfens und rief aufmunternd:

"Den mußt du wegkippen hat Jota geraten."

„Du bist der Mundschenk und prüfst das Wasser", kam die Aufforderung, die Schwerstarbeit früher Bauernkulturen mit ihm zu teilen. Wir knieten und saßen abwechselnd auf dem flachen Steinrand, folgten mit gebeugtem Kopf dem sinkenden Eimer, freuten uns wie kleine Kinder an dem runden Kreis, den er beim Eintauchen in die Oberfläche des Wassers zog. Wir gossen einen Eimer nach dem anderen in das wilde Irisbeet, bis das Wasser nicht mehr getrübt von rot-brauner Erde und kleinen Steinchen schien.

Im Flur entdeckte ich eine große, verbeulte Metallschüssel auf den alten Seemannskisten. In diesem Behälter brachten wir uns erstes selbstgeschöpftes Wasser wie eine Trophäe an den Tisch, holten unsere Camping-Becher aus dem Gepäck, probierten erst vorsichtig und tranken dann voller Begeisterung. Unser erstes selbstgeschöpftes Wasser! Es schmeckte süßlich und frisch. Wasser, das sich seit Tausenden von Jahren den Weg von den Bergen herabströmend durch das Gestein zum Meer bahnte.

Mit den nächsten Eimern füllten wir unsere Baumdusche, spülten sie frei von Spinnen und Käfern und den Hinterlassenschaften von Jahrzehnten. Der kleine Hahn sorgte für ein wohldosiertes aber intensives Vergnügen. Unser erstes jungzeitliches Duscherlebnis! Der langsame Zufluß verlieh dem Wasser den Hauch von Kostbarkeit aus der Tiefe der Erde. Die Kühle wirkte wie eine Kur für die verquollenen Augen. Wir konnten sauber, erfrischt und wohlriechend zu unserem Frühstück ins Dorf aufbrechen und unseren gestrigen Eindruck korrigieren.

Am Hafen tobten die Kinder. Timeo hatte das Geschrei an der Hafenmole gehört, kämpfte sich durch den Schwarm, der uns umringte, zu Hagen vor und klopfte ihm wie seinem besten Freund auf die Schulter.

"How did you sleep? Did you sleep well?"

Mir fielen sofort meine Schweinsäuglein ein. Aber das schien ihm nicht aufzufallen. Er nahm Hagen am Arm, winkte mir zu, und wir steuerten mit dem Schwarm von Kindern im Schlepptau auf die blauen Tische des Kafeneon zu. Der Wirt kam uns mit weit ausgebreiteten Armen entgegen, drückte Hagen, als gehöre er zu seinem engsten Freundeskreis. Ich verblieb, von der Männerwelt weitgehend verschont, inmitten der lärmenden Kinder.

Hagen begann griechisch zu sprechen, er lüftete sein Geheimnis und der Wirt drückte ihn nach den ersten Worten in der Landessprache überrascht und begeistert mehrere weitere Male und deutete auf einen Stuhl. Ich stand inmitten des Kreises der hüpfenden und an mich herumziehenden Kinder, als gehöre ich zu ihnen und sie zu mir.

Timeo bemerkte als erster, daß ich mit Hagen angekommen und in irgendeiner Weise mit ihm verbunden schien. Über die Köpfe der Kinder hinweg winkte er mir zu und deutete auf den Platz neben Hagen. Der Wirt war inzwischen ins Innere verschwunden, nachdem er sich fürsorglich versichert hatte, daß Hagen gut auf dem Stuhl saß. Aus der Tür der Gaststätte steuerte eine Frau mit einem Tablett auf uns zu, stellte Gläser und einen Krug Wasser vor uns ab und lachte uns mit einem so freundlichen Ausdruck an, als seien wir nahe Verwandte. Sie streckte Hagen beide Hände entgegen. Hagen konnte den Küßchen rechts und links nicht entfliehen. Danach wiederholte sich die Zeremonie des Drückens und Umarmens bei mir.

"Dimitria" nickte sie, goß einen Wortschwall über mich aus, zwischen dem ich es schaffte, mich ebenfalls vorzustellen. Sie wies nach drinnen und sah uns fragend an.

"Sie fragt, wie wir unseren Kaffee haben möchten, ohne Zucker, mittelsüß oder pappsüß", übersetzte Hagen.

"Mittel langt."

Kaum saßen wir auf den Stühlen mit dem Bastgeflecht, die zur Grundausstattung jeder griechischer Taverne gehören, mußte sich Hagen erneut erheben. Wie aus dem Nichts baute sich ein hochgewachsener Mann mit angegrauten Locken vor uns auf, trat auf Hagen zu, reichte ihm die Hand und begrüßte ihn in Englisch. Mit Staunen verfolgte ich die in akzentfreier Sprache vorgetragene Vorstellung. Er sei 'Michalis'. Er möchte uns ganz herzlich willkommen heißen und hoffe, daß es uns hier in seinem

Heimatdorf gefalle. Er würde sich freuen, wenn wir uns entschließen könnten, zu bleiben. Er könne uns helfen, eine schöne Unterkunft zu finden und uns in jeder Hinsicht behilflich sein.

Mir flogen die englischen Höflichkeitsfloskeln kombiniert mit griechischer Gastlichkeit um die Ohren. Ich wähnte mich nach unserer langen und abenteuerlichen Reise wie endgültig an der Ziellinie angelangt, als hätte das Dorf nur darauf gewartet, um von uns beiden Herumvagabundierenden aus dem Dornröschenschlaf geweckt zu werden. Hagen revanchierte sich. Auch er freue sich, hier zu sein und beendete schließlich den englischen smalltalk, indem er erst auf sich und dann auf mich als seine Freundin verwies und uns vorstellte. Meine Erwähnung löste ein leichtes Kopfnicken in meine Richtung aus und Hagen bat höflich, ob er sich nicht zu uns setzen wolle. Die Wirtsfrau Dimitria baute das Frühstück vor uns auf, kleine Tassen mit dem typischen griechischen Kaffee, aus dessen Satz man beim Umdrehen mit viel Phantasie seine Zukunft ersehen konnte. Und für jeden eine Schale Joghurt mit einem großen Kleks Honig verziert. Sie rückte einen zusätzlichen Tisch für das Brot heran, sprach kurz mit unserem neuen griechischen Freund, wahrscheinlich ob er seinen Kaffee ohne, mittelsüß oder pappsüß trinken wolle, und verschwand.

Während der nachfolgenden Unterhaltung konnte ich in Ruhe als nicht weiter wahrgenommenes Anhängsel meinen Kaffee trinken, den Joghurt und das knusprige Weißbrot essen und entspannt dem Wortwechsel unbeteiligt vor mich hinkauend lauschen.

Hagen hatte Michalis gleich zu Beginn versichert, daß dies ein besonders schönes Dorf sei, die Leute seien so freundlich, wir hätten gut geschlafen und wir würden gerne hierbleiben. Michalis wußte also Bescheid und holte weit aus, um uns und ganz speziell Hagen über alles

Wissenswerte zu informieren. Ich erfuhr als schweigsamer und kauender Lauscher die Antwort auf alle Fragen, die mir in der Nacht im Halbschlaf durch den Kopf gegangen waren. Die gesamte Geschichte des Dorfes zog an mir vorbei. Unser Nachtquartier gehörte der Gründerzeit des Dorfes an. Die ehemaligen Besitzer besaßen als erste den Mut, sich nach dem Abzug der Türken aus der Sicherheit des Bergnestes zu befreien und hier unten am Meer bei ihren Grundstücken einen Neuanfang zu wagen. Unser griechischer Freund wies dabei über das Dach der Taverna hinweg auf einen Bergrücken, hinter dem verborgen das Mutterdorf lag. Die Einwohner zogen während der Besatzungszeit der Türken und bis zum ersten Weltkrieg den Schutz des Dorfes mitten in den Bergen der Nähe zu ihren Feldern vor und ritten auf ihren Eseln hinab, um Oliven- und Zitronenhaine zu bewässern. Erst nach der endgültigen Gewißheit, daß die Türken nicht mehr zurückkehren würden, folgten nach und nach weitere Familien, bauten ihre Häuser und die Kirche. Unsere Gründerfamilie lebte lange Zeit fast alleine mit den Kindern in dem Häuschen am Meer. Die nette Jota, die Hagen in die Kunst des Wasserschöpfens eingewiesen hatte, war die Frau eines der Söhne, ein zweiter lebte in Deutschland.

Unser griechischer Freund lüftete auch die Geheimnisse der im Dorf verbreiteten englischen Sprachkenntnisse. Er war als junger Mann nach Australien ausgewandert und hatte dort mehr als zwanzig Jahre gelebt. Nach seiner Rückkehr gründete er eine Sprachenschule in Athen und verbrachte jedes Jahr die heißen Sommermonate, in denen die Schule geschlossen blieb, in seinem Mutterdorf am Meer. Jetzt verstand ich, warum uns Timeo hier am Ende der Welt in englischer Sprache begrüßt hatte. Michalis war sein Onkel, denn - so hatte ich erfahren - das halbe Dorf war mit dem anderen halben Dorf verwandt. Michalis deutete in alle Richtungen und erklärte, daß dort ein Cousin seiner Mutter wohne, dort seine Tante, und die Frau des Wirtes sei über seinen Bruder mit ihm verwandt. Sie seien selbst zwölf Geschwister gewesen, neun davon noch am Leben.

Nachdem Michalis den inzwischen von Dimitria wortlos auf den Tisch gestellten Kaffee ausgetrunken hatte, registrierte er, daß Hagens Joghurt noch unberührt auf dem blauen Tischchen stand. Er bedachte erst den halbgefüllten Brotkorb und dann mich mit einem kritischen Blick, der besagte, da hat sie sich tatsächlich über das Brot hergemacht und fast alles vertilgt. Er schien nach dieser Feststellung sein Vorstellungsgespräch beenden zu wollen.

"You have breakfast, I don't want to disturb you. If you want to stay here, I'll speak with my cousin."

Hagen nickte eifrig, blickte mich an, ich nickte ebenfalls und so zog Michalis los mit einem "See you later". Hagen konnte endlich seinen knurrenden Magen füllen, aber ihm blieb nicht viel Zeit. Kaum auf den Grund seines Joghurt-Schälchens angelangt, kam Jota mit zwei Kindern an der Hand auf uns zu. Es hatte sich im Dorf herumgesprochen, daß Hagen griechisch sprach, denn sie überschüttete Hagen mit einem Wortschwall, der meinen Ohren wie ein Buch mit sieben Siegeln erschien. Aber Hagen und Jota verstanden sich, lachten, plauderten und Hagen versuchte zwischendurch zu übersetzen:

"Sie freut sich, daß es uns hier gefällt, und auch ihr Mann freut sich. Ob wir gut geschlafen hätten? Ihr Cousin hat ihr erzählt, daß wir hierbleiben möchten. Das Häuschen ist frei, wir können dort wohnen."

Halb fragend ergänzte er: "Was hältst du von drei Wochen Urlaub am Ende der Welt?"

Ich war begeistert. "Natürlich, sag ihr, wir würden gerne bleiben!"

Hagen begann erneut damit, das Buch mit den sieben Siegeln mit unverständlichen Lauten zu füllen und mit einem gelegentlichen Kopfnicken zu untermalen. Als Abschluß ging Jota auf Hagen zu, drückte ihm ein symbolisches Küßchen rechts, dann links auf die Wange, dann kam ich an die Reihe.

Dies war der Beginn der Inauguration in das Dorf, dem noch weitere Zeremonien folgen sollten. Jota verwies auf ihr Haus, ein Stückchen weiter am Strand. Wir könnten nach dem Frühstück vorbeikommen, um alles Weitere zu besprechen. Sie nahm ihre beiden Kinder an die Hand und verabschiedete sich.

Wir winkten Dimitria zu, um zu zahlen und ernteten ein energisches Kopfschütteln und einen unverständlichen Wortschwall. Hagen übersetzte: "Es ist bereits bezahlt, sie wollte den Namen nicht verraten, entweder war es unser griechischer Freund oder unser Wirt." Hagen protestierte eine Weile ohne Erfolg, bedankte sich dann artig, und Dimitria nickte und lachte.

Jotas Häuschen lag versteckt in einer Seitenstraße nur wenige Meter vom Meer entfernt. Vor dem Haus glühten die lilafarbenen Blüten einer bis zum Dach reichenden Bougainvillea, ein Orangenbaum warf seinen Schatten auf die dunkelblauen Lamellen der Holzläden. Irgendwo kreischten Kinderstimmen. Ein schmaler Durchgang führte in einen kleinen Innenhof. Kaum hatten uns die beiden spielenden Kinder entdeckt, verstummten sie und sahen uns abwartend mit großen Augen an. Bunte Plastikfäden an einer der offenen Türen bewegten sich leicht und strahlend stand die Hausherrin mit einem Tablett mit Wassergläsern und zwei kleinen Schälchen vor uns. Sie hatte uns schon erwartet.

"Es sind Pflaumen mit Mandeln, sagt sie", übersetzte Hagen den Wortschwall. "Süßkram als Begrüßung ist Sitte in Griechenland. Wir sind im Land der Götter, die naschen auch!"

Ich dachte an Ambrosia und Nektar, biß tapfer in die kandierten Früchte und spülte die zuckrige Pflaume mit viel Wasser hinunter. Ich verstand jetzt, warum überall Wasser gereicht wurde - also nicht alleine der Hitze wegen.

Während ich noch über die Zahnbeschaffenheit der Griechen und die Auswirkungen des Zuckers auf den Körperumfang nachdachte, redete Jota auf Hagen ein. Sie verschwand durch die schwingenden Plastikschnüre ins Haus, erschien mit einer alten Petroleum-Lampe, drehte an einem kleinen Rädchen an der Seite, während ihr Blick zwischen uns hin- und herpendelte.

"Es ist noch ein Rest Petroleum in der Lampe. Man kann die Flamme größer oder kleiner stellen. Sie meint, es würde für heute abend reichen. Sie hat den Namen des Geschäftes im nächstgrößeren Ort genannt, in dem wir Petroleum kaufen können. Und sie fragte, ob wir nicht heute abend zum Essen kommen möchten, um ihren Mann kennenzulernen. Da führt kein Weg vorbei, das gehört zur griechischen Gastfreundschaft." Das Abendprogramm war also beschlossene Sache.

Die beiden Kinder hatten sich in eine Ecke verdrückt, die Neugier war erloschen, sie spielten gedankenverloren mit Stöckchen, Steinchen und bunten Bechern.

Auf dem Weg zum Hafen flanierte ein Trupp Männer im Gleichschritt entlang des Meeres. Aus der Mitte der Gruppe ragte der schwarze Hut eines großgewachsenen Papas, das Haar zu einem kleinen Zöpfchen im Nacken gebunden. Die schwarze Soutane wehte bei jedem Schritt hinter ihm her. So stellte ich mir Jesus mit seinen Jüngern am See Genezareth vor. Beim Näherkommen zog ein freundliches Grinsen über das gebräunte Gesicht, er nickte würdevoll in unsere Richtung und machte mit dem gesamten

Trupp eine Hundertachtziggrad-Wendung in unsere Richtung. Wenige Meter vor uns löste sich die schwarze Gestalt aus der Schar der Jünger, steuerte auf Hagen mit weit ausgestreckten Armen zu und umfing ihn so herzlich, als habe er endlich das verlorene Schaf der Herde gefunden. Er drückte ihn mit seiner gesamten Leibesfülle, küßte ihn rechts und links auf die Wange. Ich erkannte sofort die Gefahr. Hagen hielt die Petroleumlampe in Händen. 'Lieber Gott hilf, daß die Lampe nicht zerbricht', dachte ich, 'der Papas hat einen wohlgenährten Bauch.'

Der Liebe Gott half. Hagen hielt nach dem Ende des christlich-orthodoxen Willkommensgruß-Rituals das wichtige Teil unseres neuen Hausstandes unverletzt in Händen. Der Papas trat einen Schritt zurück und redete heftig mit verschmitzt blitzenden Augen auf ihn ein, während die Jünger in gebührendem Abstand ebenfalls freudig nickten und geduldig warteten. Ich verstand auch ohne Worte, dies war das offizielle Empfangskomitee des Dorfes, die geistliche Komponente zu Michalis als Vorsitzendem der Dorfclans. Als sich die Begrüßungszeremonie dem Ende zuneigte, nickte die schwarze Gestalt auch mir zu, die Jünger nickten ebenfalls in meine Richtung und zogen wieder im Gleichschritt ins Gespräch vertieft am Meer entlang.

"Das Frühstück ist beendet", leitete Hagen zum Tagesprogramm über. "Alles ist besiegelt, wir werden die nächsten drei Wochen im Häuschen an der Bucht mit kirchlichem Segen und der Genehmigung des Dorfes verbringen."

Hagen nahm mich an der Hand, und ich spürte an seinem Händedruck seine Freude. Wir liefen zum Auto, um in den Zitronenhain am Meer zurückzufahren, die Petroleumlampe in Sicherheit zu bringen und zu überlegen, wie wir unsere Herberge aufpeppen konnten.

Auf der blauen Bank und dem Tisch spielten die Sonnenstrahlen immer noch mit den Blättern des Maulbeerbaumes. Schnell waren wir uns einig, wir mußten auf jeden Fall nach einem feinen Maschendraht Ausschau halten, um die Fensteröffnungen gegen Stechmücken abzudichten. Ein Gaskocher stand ebenfalls ganz oben auf der Liste, die Gasflasche gab es im Dorf. Hagen hatte diese wichtige Information von Jota erhalten. Wir mußten ebenfalls in der Lage sein, uns Kaffee oder Tee zu kochen oder ein Ei zu braten. Zur Grundausstattung für unsere windschiefe Küche gehörte ein Topf und eine Pfanne, vielleicht etwas Draht, um die Schilfeindeckung an einigen Stellen zu flicken, damit uns das Notdach nicht auf den Kopf fiel. Die Liste auf dem Notizblock wurde lang und länger. Petroleum, eine weitere Petroleumlampe für abends auf der Bank im Freien, Batterien für die Taschenlampe für den Notfall, Öl für die quietschende Türangel, und und und ... Das wichtigste aber schien eine Stabilisierung des Bettes. Als wir den durchgelegenen Drahtrost im Tageslicht begutachteten, beschlossen wir gleichzeitig, auf das Ehebett zu verzichten und auf die beiden Liegen im Kaminzimmer auszuweichen.

Mit einer langen Liste machten wir uns auf den Weg. Die wenigen Meter zum Auto ließen einen drückendheißen Tag erahnen. Wir holperten kaum schneller als ein in die Jahre gekommener Esel den Weg entlang, der uns gestern in der Abenddämmerung zu unserem Paradies geführt hatte. Unser neu gewonnener Freund Michalis hatte die Strecke in die nächstgrößere Stadt genau beschrieben.

Es war fast Mittag geworden, als wir das Zentrum im Stadtkern erreichten. Beim Öffnen der Autotür schlug uns eine heiße, träge Luftmasse entgegen. In Gedanken überflog ich unsere Einkaufliste und ergänzte sie um alles Notwendige für mindestens eine Woche. Wer wußte schon, wann wir diese lange Fahrt noch einmal unternehmen würden. Hagen stöhnte, wischte sich die Schweißperlen von der Stirn.

"Vielleicht sollten wir noch Kekse oder haltbaren Käse mitnehmen? Wer weiß, wann wir wiederkommen."

"Salami", ergänzte ich. "Salami hält sich auch ohne Kühlschrank."

Trotz der Hitze pulsierte ein reges Leben und Treiben, ein Hin und Her zwischen Geschäften und Kafenea. Hier schlug das Herz der Stadt, pulsierte die Lebensader der gesamten Region. Eine uralte Platane reckte weitspannende Äste über einen großen Platz. Dem Umfang des Stammes nach hatte der Baum vielen Generationen Schatten gespendet. Ich stellte mir Muselmane in Pluderhosen und langen Gewändern vor, auf dem Kopf einen Fez. Statt den Tavli-spielenden griechischen Männern im Kafeneon rauchten die Wasserpfeifen. Es gab türkischen statt griechischen Mokka. Ob das lebendige Denkmal wohl noch die Venezianer erlebt hatte? Waren unter den ausladenden Zweigen schon die Byzantiner über den Platz galoppiert, oder die Franken hatten ihre Pferde an den Stamm gebunden und legten - zurückkommend von den Kreuzzügen - eine Rast unter dem schattigen Blätterdach ein?

Während wir im Schatten der Platane auf die großen Schaufenster eines Supermarktes zusteuerten, zog die südliche Lebensweise in all ihren Facetten vorbei. Gruppen von Männern hielten ihre Schwätzchen, schlugen sich auf Schulter oder Arme, lachten laut und herzlich. Frauen umarmtensich lange und ausgiebig und küßten sich zur Begrüßung. SIe unterstrichen ihre Worte eindrucksvoll mit vielen Gesten. An der Bushaltestellte wartete geduldig eine lange Schlange mit Einkaufstüten, Taschen und kleinen zusammengeschnürten Paketen. Würden sie in kleine Ortschaften zurückfahren, ähnlich wie unser Dorf am Ende der Welt? In einer Auslage hing das Hinterteil eines Schweines und die

Hälfte eines Rindes, der Fleischer mit einer blendend weißen Schürze strahlte Ruhe aus, er unterhielt sich vor der Tür mit einigen Männern. Schwein und Rind konnten warten. Das Schaufenster einer Bäckerei erinnerte daran, daß es bereits auf die Mittagszeit zuging, mein Magen meldete sich knurrend beim Anblick des frischen Weißbrotes. An den Obst- und Gemüsegeschäften stapelten sich vor der Tür die Erzeugnisse der Bauern im gesamten Spektrum einer bunten Farbpalette. Tomaten glänzten groß und rot in den Kisten, dunkle Auberginen türmten sich neben gelben, roten und grünen Paprika, davor Okra, Zucchini, Knoblauch und Wassermelonen, alles was eine griechische Hausfrau benötigte. Den Rest gab es im daneben liegenden Supermarkt.

Die Tür stand weit geöffnet. Ein freundlicher älterer Herr kam direkt auf uns zu, als wir zögernd am Eingang verweilten. Er begann auf uns einzureden, schien erfreut, als wir eintraten, begrüßte uns überschwenglich, als seien wir alte Freunde. Im Besonderen richtete sich die Zuwendung auf Hagen, der die lange Liste in der Hand hielt.

Das vor meinen Augen ablaufende Ritual griechischer Kontaktaufnahme hatte ich gerade draußen auf dem Platz in vielen Variationen beobachtet. Über Hagen prasselte eine gezielt ausgewählte Variante ein: Verbale Überflutung, Schulterklopfen, freundliches Kopfnicken. Aus dem Wortschwall konnte ich die Redeformel 'ti kanete' herausfischen. Der Supermarktbesitzer war also an unserem Wohlbefinden interessiert und fragte, wie es uns gehe. Das steigerte nicht nur die Kauflust, ich hätte gerne geantwortet, es ginge mir gut, aber noch besser würde es mir gehen, wenn die Hitzewelle endlich vorbei wäre.

Hagen war weiteren über die Gesundheit hinausziehenden Fragen ausgesetzt. Die beiden gestikulierten, lachten, schwatzten, als erzählten sie sich gerade ihr gesamtes Leben. Auch wenn ich kein Wort verstand, sah ich an

Gesten und Augenausdruck, Hagen gehörte bereits zur großen Familie der ganz besonders geschätzten Kundschaft. Einige Male mußte Hagen einiges über meine Identität preisgeben. Der freundliche Herr nickte verständnisvoll und aufmerksam in meine Richtung und bedachte mich mit einem wohlwollenden Lächeln. Wir wurden durch die ausgedehnte Begrüßungszeremonie voll in den Supermarkt integriert und Hagen genoß das Privileg, in die Geheimnisse der gut gefüllten Regale und ganz speziell in die besonderen Angebote eingeweiht zu werden.

Da gerade neue Kundschaft in den Eingang drängte, kam Hagen nicht mehr dazu, mir die wichtigsten Details der Unterhaltung zu übersetzen. Der Supermarktbesitzer zog Hagen noch schnell zu einer Kühltheke, verwies auf einen sehr hart aussehenden Käse und eine Salami, schnitt eine dünne Scheibe ab und drückte sie, aufgespießt auf das Messer, Hagen in die Hand, um sich sofort mit einem ganz speziellen auf die neue Kundschaft zugeschnittenen Begrüßungsritual den gerade Angekommenen zu widmen.

Hagen hatte Zeit, sich wieder um meine Person zu kümmern, verstaute die Salamischeibe im Mund und übersetzte kauend und auf die Kühltheke deutend: "Der alte Käse hält sich auch ohne Kühlschrank, wir werden uns vielleicht die Zähne daran ausbeißen, hat er prophezeit, dafür könne er keine Garantie übernehmen, aber der Käse wird auf keinen Fall Schimmel ansetzen. Außerdem sei die Salami besonders delikat, luftgetrocknet und deshalb ein bißchen teurer, aber sie halte sich wochenlang."

Wir durchforsteten die Regale, entdeckten Kekse, Salz, Zucker und sonstiges für den Grundbedarf unseres neuen Haushaltes, orderten die nicht nur ein bißchen sondern sehr viel teurere Salami und den ewig haltbaren Käse. Ich drückte Hagen die in meiner Handtasche verwahrte Geldbörse in die Hand, um seinen Nimbus als griechisch sprechenden Haushaltsvorstand zu unterstützen. Ich hatte verstanden: der Mann zahlt, die Frau verhält sich im Hintergrund, während sie ihm einflüstert, was alles noch fehlt oder viel zu teuer scheint.

Nachdem Hagen die Rechnung ohne Murren trotz der sehr teuren Salami beglichen hatte, verabschiedete uns der freundliche Supermarktbesitzer mit einem Überschwang an Gefühlen und wies erklärend auf den großen Platz mit den vielen Kafenea und den Tafli-spielenden Männern unter der schattigen Platane. Er hob und senkte in schneller Abfolge den Arm, was offensichtlich bedeuten sollte, es gehe noch ein Stückchen weiter in die gleiche Richtung. Hagen hatte verstanden und schien gut informiert, wo wir die übrigen Artikel unserer Einkaufsliste abarbeiten konnten. Er steuerte nach dem Einladen unseres Vorrats in das Auto eine Seitengasse unweit des Supermarktes an. "Der Gaskocher!" wies er auf ein Schaufenster mit einer Fülle unterschiedlichster Gegenstände. In der Auslage prangte tatsächlich ein zweiflammiger Herd, wie ihn Jota empfohlen hatte.

Die äußere Dekoration des Geschäftes zeigte ohne aufwendige, unnütze oder kostspielige Werbemaßnahmen, daß man hier alles finden konnte, was es im Supermarkt nicht gab: Vor den Fenstern der Auslage reihten sich auf dem Gehweg Eimer und Plastikgefäße aller Größen aneinander. Daneben Besen in mehreren Varianten, als struppige Exemplare oder zarte mit weichen Haaren. An der Holzeinfassung der Tür baumelten an langen Schnüren Glöckchen für die Ziegen, darüber Drahtrollen. Neben Bast gab es Kanister, Sägen, Pickel, Schaufeln, alles was in keinem funktionsfähigen Haushalt auf dem Lande fehlen darf.

Hagen trat neugierig durch die Eingangstür und verschwand in einem langen Gang mit bis zur Decke gestapelten Schachteln und Kisten, die ihren Inhalt durch ein außen befestigtes Musterexemplar anzeigten. Gelegentlich hörte ich ihn nach dem Verkäufer rufen, während ich in der Auslage die zarten Körbchen mit dem dünnen Gitter betrachtete und eine Verwendungsmöglichkeit überlegte. Auf der Holztheke begannen sich die Artikel zu häufen, die Hagen in den dunklen Schluchten entdeckt hatte. "Es fehlt noch der Mückenschutz", rief er mir im Vorbeigehen zu und verschwand. Anders als im Supermarkt, in dem er bis auf Salami und Käse lustlos das Zusammensuchen aller für einen neuen Hausstand notwendigen Artikel verfolgt hatte, trat er hier zusammen mit dem Verkäufer tatendurstig in Aktion. Ich hörte die beiden aus allen möglichen Ecken lachen und scherzen und erfreut zählte der Herr des schluchtendurchzogenen Imperiums nach der Rückkehr zum Holztisch die notierten Zahlen auf dem Zettel zusammen und präsentierte die Rechnung.

"Nur noch Topf und Pfanne fehlen", klärte mich Hagen über seinen Großeinkauf auf und zeigte auf die lange Zahlenreihe. Ich hatte verstanden, Hagen war auch hier der Finanzminister und ich zog unsere Gemeinschaftskasse aus der Handtasche. Er wollte nach außen hin seine monetäre Potenz demonstrieren. Und als Mann besaß er auch belastbare Muskeln. Der freundliche Verkäufer hatte das sofort erkannt, klemmte ihm den Gasherd unter die Achsel, drückte ihm die anderen Tüten in die Hände und erklärte vor der Tür unseren weiteren Weg. Ich schaute Hagen fragend an.

"Die Töpfe und Pfannen und ein Stückchen weiter die Harpune und die Flossen."

"Flossen, Harpune?"wunderte ich mich.

"Wäre es nicht toll, wir könnten frischgefangenen Fisch essen? Der Verkäufer hat mir das Geschäft dort empfohlen."

Ich entnahm dem leicht fragenden Ausdruck, daß zu einem Domizil aus der Jungsteinzeit unmißverständlich die selbsterlegte Beute gehörte. Vielleicht steckte noch ein Überbleibsel der frühen Menschheitsgeschichte in den Genen der Männer. Wo durften sie ohne Jagd- oder Angelschein den unterdrückten Drang aus den Zeiten der Jäger und Sammler ausleben? Nur am Ende der Welt, nur im Paradies.

Mit Tüten bepackt kehrten wir zum großen Platz mit der schattigen Platane zurück. Die Rückbank des Autos füllte sich. Beim Einräumen klebte nicht nur das T-Shirt unangenehm auf der nassen Haut. Die Sonne hatte den Zenit erreicht und die Hitzewelle machte jeden Schritt, jede Bewegung zur Anstrengung und trieb immer neue Schweißperlen aus den Poren.

Hagen faßte mich trotz Hitze um die Schulter und zog mich zu einer kleinen Gaststätte mit großen Töpfen.

"Wir gehen erst einmal etwas essen, bevor wir mit knurrendem Magen zurückfahren."

Ich überflog den Inhalt der Tiegel, die hinter einer Glasscheibe im Wasserbad geöffnet und ohne Deckel auf Kundschaft warteten und entdeckte ein Lieblingsgericht - gefüllte Paprika und Tomaten. Hinter der Theke rührte ein weißbeschürzter Koch demonstrativ mal in dem einen, dann in dem anderen Topf und blickte uns dabei immer wieder fragend an. Ich deutete durch die Scheibe.

"Du willst essen gefüllte Tomaten?" Ich traute meinen Ohren nicht. "Gefüllte Tomaten gut. Wo du kommen her?"

Schweißperlen standen auf dem Gesicht. Er wischte sich mit dem Ärmel über Stirn, Wangen und Kinn.

"Hitze schrecklich" entschuldigte er sich und zog dabei die Schultern hoch. "Du deutsch, ich zehn Jahre München, wo du wohnen?" Er schloß Hagen in seine herzliche

Begrüßung ein und wandte sich abwechselnd von einem zum anderen.

"Dir gefallen Stadt? Dir auch? Was du essen?" rührte er eifrig weiter im Topf herum. "Ganz gut, Hackfleischröllchen."

Hagen deutete auf das empfohlene Fleischgericht.

"Oder du willst Huhn?", zeigte er auf den nächsten Tiegel. Hagen schüttelte den Kopf.

"Hackfleischröllchen und gefüllte Tomaten."

Unser deutschsprechender Koch häufte riesige Portionen auf die Teller und erzählte als Zugabe seine Lebensgeschichte.

"Ich Georgo", stellte er sich vor. Er war vor vielen Jahren nach Deutschland gekommen, aber "Frau Maria Heimweh". Die Frau hielt es vor Sehnsucht nach ihrer Familie nicht mehr aus, sie spreche kein Deutsch. Sie seien noch nicht lange hier. "In Griechenland wenig Arbeit" zuckte er bedauernd die Schultern. "Und wenig Geld, aber Familie wohnt hier."

Ein deutschsprechender Tavernenwirt mitten in der Fremde, mitten in der gerade erst entdeckten historischen Altstadt, mitten in Hellas! Dieser verschwitzte, freundliche Koch kannte unsere Sprache, zwar ein wenig holprig, aber er war vertraut mit unserer Heimat, unseren Sitten, unseren Verhaltensweisen. Wir hatten so etwas wie einen halben Landsmann getroffen. Hellas rückte näher Richtung Germania, ohne lange und anstrengende Tour durch den gesamten Balkan.

"Du sitzen, ich bringen gefüllte Tomaten und Hackfleischröllchen", deutete er auf die Tische unter dem Segeltuch. Ihm schien es ähnlich zu gehen, auch seine Freude sah man am Lachen, an den Augen und erst recht an den Tellern. Die gerade entdeckten Verbindungen schlugen sich nicht nur in riesigen Portionen nieder, sondern auch in

einer ganz besonders herzlichen Bedienung, als seien wir alte und vertraute Freunde und bei ihm ganz privat seine Gäste.
Das Essen schmeckte köstlich, gut gewürzt und die mit Reis gefüllten Tomaten und Paprika genau die richtige und leichte Kost bei dieser Hitze. Das frische Brot knusperte, wie ich es mir vorgestellt hatte, als mir bei dem Blick in die Auslage des Bäckerladens das Wasser im Mund zusammenlief und der Magen zu knurren begann. Der Wasserkrug wurde automatisch nachgefüllt.

Nach dem Essen verabschiedeten wir uns satt und bettschwer mit dem Gefühl, in einer fremden Stadt einen Anker geworfen zu haben. "Wir kommen wieder", verabschiedeten wir uns und prophezeiten ihm, er würde sicher beim Aufbau seiner neuen Existenz Erfolg haben, das Essen habe köstlich geschmeckt.

Der Abend bei Jota und Thanos verlief gastfreundlich und üppig. Keine der typischen Spezialitäten der griechischen Küche fehlte. Wir mußten alles und von jedem der vielen Teller, die sich in der Mitte des Tisches häuften, probieren. Wie von Zauberhand lagen ständig neue Köstlichkeiten vor uns. Jota und Thanos warteten nicht, bis wir aufgegessen hatten, sondern sorgten immer wieder für Nachschub auf unseren Tellern. Keftetakia, Pastitsio, Huhn, Proben von dem selbstgemachten Feta, den eingelegten Oliven, ein Stück Wurst von dem eigenen Schwein, Salat aus dem Garten, es wollte kein Ende nehmen.

Während des Essens lüftete Thanos die letzten Geheimnisse über unser Domizil. Der jüngste Bruder hatte nach dem Tod der Eltern das alte Häuschen mit dem Zitronenhain übernommen, er lebte und arbeitete in Deutschland. Jota kritzelte auf einen Zettel seine Anschrift, verbunden mit der freundlichen Frage, ob wir ihn besuchen und etwas Olivenöl für ihn mitnehmen könnten. Wir erfuhren von den vergeblichen Versuchen des Dorfes, eine Straßenanbindung zu erhalten. Die öffentlichen Kassen seien leer, hieß es immer wieder, vielleicht im nächsten Jahr. Es gäbe dringlichere Projekte, als ein winziges Dorf am Ende der Welt mit einer Asphaltstraße zu versorgen. Unser freundlicher Wirt gab trotzdem die Hoffnung nicht auf und hatte an einem der Strände begonnen, ein kleines Hotel zu bauen. Vielleicht sah er in uns den Beginn des touristischen Aufschwungs.

Thanos selbstgekelterter Wein von dem Traubenstock, der sich ums Haus rankte, rundete das griechische Festmahl ab und ließ uns in fröhlicher Stimmung zurück zu unserem Häuschen am Ende der Welt fahren.

Ab diesem Abendessen gehörten wir zu der großen, weitverzweigten Familie, die eine Hälfte des Dorfes mit der anderen verband, weil jeder mit jedem irgendwie verwandt war.

I-5 Der Anfang vom Ende

RRRRums, der Schlüssel drehte sich. Einmal! Zweimal! Das schabende Geräusch verriet, das Tor wurde einbruchsicher verschlossen. Zu guter Letzt schob sich donnernd ein Riegel davor. Ein Schild verkündete: Hier kommt mir keiner mehr rein. Macht euch vom Acker! Die Faulenzerei im Paradies hat ein Ende!

Splitternackt, nur mit ein paar Feigenblättern bedeckt, blickten Adam und Eva verdutzt auf ihre Blöße, sahen ungläubig auf den steinigen Weg, und ahnten erschrocken ihre Zukunft. Sie hatten vom Baum der Erkenntnis genascht und ihr sorgenloses Dahinleben eingetauscht gegen den unwiderruflichen Hinauswurf aus dem Garten Eden. Das Lustwandeln mit gefülltem Magen gehörte der Vergangenheit an, zärtliches Turteln war reine Zeitverschwendung, stürmische Sexorgien ohne Folgen nur noch Erinnerung. Unter Schmerzen würde Eva fortan die Plagen zur Welt bringen, die sich - so die Prophezeiung - auch noch gegenseitig die Köpfe einschlugen. Das Paradies war Geschichte.

Vielleicht rief ihnen der Liebe Gott noch hinterher: "Hier im Garten Eden will ich meine Ruhe haben. Zieht eure Plagen gefälligst alleine groß. Hatte ich euch nicht gesagt, ihr sollt nicht herumnaschen? Der Garten Eden ist zu klein für eure Sippschaft und den Nachfahren der Sippschaft, und deren Nachfahren, undsoweiterundsofort. Ihr werdet mit dem Naschen nicht mehr aufhören, das hatte ich geahnt. Und das Gequengel und Kindergeschrei den ganzen

Tag - nein, das halte ich nicht aus. Fort mit euch! Sucht euch einen anderen Platz!"

So oder so ähnlich lauten die Überlieferungen. Im Laufe der Jahrtausende wurde das folgenschwere Ereignis Generation für Generation weitererzählt und erhellte allen Nachfahren ihren im Dunklen liegenden Stammbaum. Manchmal änderte sich bei der mündlichen Weiterverbreitung die Wortwahl, manchmal nur die Betonung, oder es schlichen sich Übersetzungsfehler ein. Wer sprach schon in früheren Zeiten mehrere Sprachen. Vielleicht versank unsere Herkunft im Genuschel einer saftigen Erkältung im Winter, und schon erhielt das Schicksal unserer Stammeltern eine andere Wendung. Bis heute erfreut sich die Schöpfungsgeschichte aus dem Paradies einer weiten Verbreitung mit verschiedensten Interpretationen, da sie die wichtigste aller Fragen aufwirft: Woher kommen wir und wohin führt unsere Reise? Und in jedem von uns sitzt tief im Inneren verankert die Sehnsucht nach den verlorenen Zeiten im Paradies.

Über lange Perioden der Menschheitsgeschichte hinweg erzählten die Alten am abendlichen Feuer den Enkeln neben den vielen anderen Geschichten auch die über diesen folgeschweren, verbotenen Genuß vom Baum der Erkenntnis. Was mochten die von harter Arbeit Erschöpften gefühlt haben, wenn die Mägen knurrten? Vielleicht seufzten die Erwachsenen schicksalsergeben in Gedanken an ein sorgenfreies Leben. Vielleicht fügte manchmal einer vielsagend zwischen den Pausen in Richtung der staunenden Kinderaugen hinzu: "Ihr seht, wer nicht hören will, muß fühlen, so ergeht es denen, die nicht folgen wollen". Die Oma warf demonstrativ und zornig noch ein weiteres Holzscheit in die Flammen, während sie innerlich mit ihrem harten Schicksal haderte und dachte: 'Wegen ein bißchen Herumnaschen diesen Mist hier!' Die Kinder verkrochen sich erschrocken in die dunkelste Ecke des Langhauses, zogen die Felldecke über den Kopf, denn ihnen fiel schlagartig ein: Oh weh! Hatten sie nicht heute einen Apfel aus Nachbars Garten gemopst? Bis sie sich mit dem Gedanken trösteten, daß sie gar nicht mehr aus dem Paradies vertrieben werden konnten, da sie überhaupt noch nie im Paradies gewesen waren, das signalisierte der knurrende Magen. Mit diesem beruhigten Gefühl schliefen sie im flackernden Schein des Feuers ein und vergaßen ihren Hunger.

Die gemeinsamen abendlichen Runden an der wärmenden Glut wurden Jahrtausende später abgelöst durch ein Sitzen am Tisch über Büchern gebeugt. Der Nachwuchs bestaunte andachtsvoll die Bildchen des nackigen Adams und der schönen Eva, keusch und verschämt ein Blatt zwischen die Beine gepreßt. Bei den Erzählungen der Großeltern stellten sie sich ein Schlaraffenland vor, in dem Milch und Honig fliessen und gebratene Hühner in den Mund fliegen. "Seht ihr", drohte mahnend der Großvater und schlug das Buch zu, "so ergeht es denen, die nicht hören wollen. Hier steht es, schwarz auf weiß: Wer nicht hören will, muß fühlen! Also schreibt euch das hinter die Ohren!"

Irgendwann fand die Erzählung vom Verlust des Paradieses Eingang in das Goldene Buch der Wallfahrtskirche zu Maria in den Weinbergen. Jahr für Jahr wurde die Schöpfungsgeschichte und der gnadenlose Hinauswurf des ersten Paares der Menschheit mit den traurigen Folgen von der Kanzel herab verkündet und mit der Mahnung versehen, man müsse die Überlieferung, verzeichnet in dem ehrwürdigsten aller Bücher, glauben und die zehn Gebote strikt befolgen. Den Unfolgsamen und den Ungläubigen drohe zu dem Verlust des ohnehin schon verlorenen Paradieses das ewige Schmoren in der Hölle. Und der Großvater mahnte: "Siehst du, so ergeht es denen, die nicht hören wollen."

Auf diesem Weg bahnte sich das traurige Los unserer Stammeltern den Weg in mein Reservoir abgespeicherter Geschichten. Das folgenschwere Schicksal meiner Urahnen wurde nur gemildert durch die beruhigende Hand des Großvaters, die meine Finger sicher umschloß, um mich durch drohende Gefahren zu leiten und mich vor allen oder zumindest vielen der sonstigen Ängste zu schützen.

Bei der Erzählung aus dem Goldenen Buch der Wallfahrtskirche zur Maria in den Weinbergen war es anders als bei dem tapferen Schneiderlein, das vergnügt aus dem Buch sprang, wenn der Großvater mit dem Lesen begann, das mit der Nadel in der Hand im Zimmer herum hüpfte und mit mir lachte. Adam und Eva blieben nach dem sonntäglichen Kirchgang verborgen im Hintergrund - nackig, frierend mit einem Blatt zwischen den Beinen. Sie rührten sich nicht in ihrer Ecke bis zum nächsten Jahr und der erneuten Verlesung ihres traurigen Schicksals von der Kanzel herab. Aber mit jedem Jahr und mit jeder Lesung wuchs in mir die Sehnsucht nach dem Paradies, wurde größer und blieb tief im Inneren verankert.

Irgendwann, als mich nicht mehr die Hand des Großvaters umschloß, hatte ich Mitleid mit unseren Stammeltern und versuchte, sie aus ihrer versteckten Ecke herauszuholen und mich ihrem traurigen Schicksal zu nähern. Wie ein Mosaik schob sich Frage um Frage vor diese und somit unserer aller Geschichte und gab keine Ruhe. Schließlich haftete an uns allen noch zusätzlich eine Erbsünde, so der Abt in der Wallfahrtskirche, die von Geburt an ohne unser Zutun bis zum Lebensende an uns klebt und die ich ebenfalls abklären wollte, um sie loszuwerden.

Als große Hürde erwies sich zunächst die Mahnung des Abtes, nicht am Wahrheitsgehalt aller im Goldenen Buch festgehaltenen Geschichten zu zweifeln. Kritische Fragen verstummten meist durch die verkündete Drohung, zu den geächteten 'Ungläubigen' zu gehören, die sich wie ein zappelnder Fisch in einem Fischernetz in den Maschen ketzerischer Gedanken verfingen, um entlarvt aus der Gemeinschaft der 'Gläubigen' ausgestoßen zu werden. Das Dogma über den wahren Glauben strich durch jede Ecke der gotischen Wallfahrtskirche, schallte von den Wänden, hingt wie ein zäher Klebefilm an den alten Gemälden, umhüllte die leidenden Engel, die das Gnadenbild der Maria in den Weinbergen bewachten. Es sprang mitten hinein in das Herz des Betrachters, wenn er unter der Kreuzigungsgruppe aus Lindenholz stand, die einstmals im rechten Glauben und ohne jedweden Zweifel erschaffen wurde.

Wären da nicht die Stufen, die den Weg nach draußen öffneten. Mit wenigen Schritten gelangte man aus der Wallfahrtskirche der Maria in den Weinbergen über drei ausgetretene Steintreppen zurück in die mit Mühsalen beladene Welt. Mit jedem Schritt verdünnte sich der Klebefilm des zweifelsfreien Glaubens und mit der letzten Stufe und dem metallischen Klang der ins Schloß schnappenden schweren Holztür fielen alle Hürden und Hindernisse. Die Gedanken begannen sich mit dem Aufsetzen der Füße auf das ausgetretene Kopfsteinpflaster unter dem blauen Himmel und im Schein der Sonnenstrahlen frei zu entwickeln. Sie gingen ihre eigenen Wege und kehrten zurück zu dem Anfang all unserer Probleme und der wichtigsten aller daraus resultierenden Fragen. Wie, wann und wo entstand das Paradies und das Menschengeschlecht? Wie kam es zu dem folgenschweren Verlust? Und vor allem: Warum gibt es für uns nicht eine kleine, winzige Chance auf Rückkehr in dieses verlorene Land samt der Tilgung der schwerwiegenden Erbsünde? Warum keimt in jedem von uns die unstillbare Sehnsucht, zu paradiesischen Zuständen zurückzukehren?

Die Ungenauigkeiten und breit klaffenden Lücken der Überlieferung sprangen mit der gebührenden Distanz zu dem direkten Einfluß des Abtes und der zunehmenden Entfernung zur Wallfahrtskirche der Maria in den Weinbergen und der Häufung einschlägiger Literatur auf dem Schreibtisch geradezu ins Auge. Sie warfen mehr Fragen auf, als sie Antworten zu geben vermochten. Manchmal flackerte der ketzerisch einzustufende Verdacht auf: Vielleicht wurden manche Ereignisse verschwiegen, von Generation zu Generation mehr und mehr geschönt, bewußt anders formuliert oder ganz unterschlagen. Oder der Nebelschleier der Jahrtausende hatte manches gnädig verhüllt, anderes verklärt.

Bei ersten Recherchen fielen ähnliche Erzählungen aus anderen Regionen dieser Welt über unserer aller Menschwerdung auf. Mythen aus den Zeiten der vielgestaltigen Götterwelt berichten über die Formung der Gattung Mensch aus Erde und Feuer gemengt. Von Region zu Region konnten sich die verwendeten Materialien in ihrer Grundsubstanz gravierend unterscheiden. In einigen Überlieferungen ist von einem himmlischen Adam die Rede, ein anderes Mal war er aus Ton modelliert. Manche Erzählungen beschreiben ein Geschöpf aus Geist und Blut als Mischung der vier Elemente.

Meine geistige Verwirrung vollendeten die Werke antiker Dichter und Denker, die der Vertreibung aus dem Paradies zumindest zeitlich näherstanden, darunter so bedeutende Namen wie Hesiod, Platon und Aristoteles. Der göttliche Erfindungsreichtum bei der Schaffung des Menschengeschlechts schien diesen Berichten zufolge grenzenlos. Er bediente sich edler Metalle, mischte etwa Gold, Silber, Eisen und Erz unter das Ausgangsmaterial.

Auch diese Quellen blickten zurück auf bessere Zeiten und erwähnten nicht nur einen Gott, sondern ein goldenes Zeitalter in der Nähe von Göttern. Das Menschengeschlecht gedieh fern von Übeln, Mühsal und quälenden

Leiden, die den Tod bringen. Alle lebten ohne Not und in einem sorgenlosen, liebevollen Miteinander. Aber auch diese Überlieferungen erwähnten Vergehen der Übermütigen. Sie wurden aufmüpfig, frech, heimtückisch und versuchten, den göttlichen Schutzherren Knochen anstatt der leckeren Innereien beim Festmahl unterzujubeln.

Keiner versündigt sich ungestraft gegen Gott. Dies gilt für alle Zeiten und auch für den Plural, die vielgestaltige Götterwelt - die Strafe folgt auf dem Fuß. In allen einschlägigen Quellen unseres Kulturkreises waren die Zeiten des sorglosen Schlemmens und Dahindämmerns vorbei. Auch die von den Göttern in die mit Mühsalen beladene Welt Geworfenen waren wie im Goldenen Buch der Wallfahrtskirche der Maria in den Weinbergen meist nackt, darüber hinaus manche unbeschuht und unbewaffnet Auch hier der ernüchternde Tausch für die grobe Verfehlung: Nach dem sorglosen Leben in göttlicher Nähe landeten auch sie in dieser mühseligen und beladenen Welt. In einem entbehrungsreichen Dasein mußten auch sie zum Erwerb des täglichen Brotes mühevolle die Erde umgraben und selbst ein kleiner Spaziergang konnte gefährlich sein, denn Zwiespalt und Krieg bestimmten das Leben.

Geht man ins Detail, landet man unweigerlich bei dem Propheten Moses. Er stellte sich die Erschaffung von Mann und Frau als getrennten Akt vor. Da Adam unter den Tieren keine ebenbürtige Partnerin gefunden hatte, schuf ihm der liebe Gott aus seiner eigenen Rippe unsere Urmutter Eva. Andere Quellen sehen Adam als androgyn, als zweigeschlechtlich, also auch den lieben Gott als zweigeschlechtlich, da Adam dessen Abbild war. Wieder andere unterscheiden den unkörperlichen, himmlischen Adam von dem irdischen Adam aus Fleisch und Blut. Tür und Tor für weitläufige Interpretationen sind also bereits im Keim angelegt. Ein griechischer Kirchenvater, der heilige Bischof

Irenäus, sah Adam an Leib und Seele sogar als Ebenbild Gottes, das im Paradies vergnüglich als kleines Kind herumsprang. Unsere Urmutter Eva bleibt im Dunkel der Geschichten weitestgehend verborgen.

Faßt man die wichtigsten Erkenntnisse vergangener Zeiten zusammen, scheint sich der Verdacht zu bestätigen, daß Gott und Götter die Gattung Mensch nach einer Zeitspanne des sorglosen Einlebens auf dieser Welt irgendwann aus einem satten, selbstgefälligen Dahindämmern hinausgekickt hatten und sie durch vollendete Tatsachen zwangen, sich selbst um das Füllen ihrer Mägen zu kümmern. Trotzig begann die bestrafte Spezies, sich an die Arbeit zu machen in der Hoffnung, sich Millimeter für Millimeter paradiesische Zustände zurückzuholen.

Adam und Eva und ihre Sippschaft werkelten über Tausende von Jahren auf steinigem Boden im Schweiße ihres Angesichts, ersannen nach und nach Hilfsmittel und Maschinen, angefangen vom Rad, dem Webstuhl, bis hin zum Pflug, vor den sie Ochsen spannten, fingen in späteren Zeiten Barbaren aus den tiefen Wäldern, die diese Arbeit erledigten. Sie ruhten nicht, bis sie die menschliche Arbeitskraft überwiegend durch diverse Gerätschaften ersetzt hatten. Die Nachfahren von Adam und Eva entwickelten sich zu einer der erfolgreichsten Kreaturen dieser Erde, wenngleich sie nie mit dem Erreichten zufrieden waren, sondern sich stetig etwas Neues ausdachten in der Hoffnung, zu paradiesischen Zuständen zurückzukehren.

Ich klappte die sich auf dem Schreibtisch häufenden Werke zu, stellte sie vereint zurück ins Bücherregal. Die Unterscheidung zwischen 'gläubig' und 'ungläubig' dürfte durch die Vielfalt der Erzählungen selbst dem Abt in der Wallfahrtskirche zu Maria in den Weinbergen schwerfallen. Künstler, Gelehrte, Philosophen, Theologen, Historiker hatten über die Jahrhunderte und Jahrtausende hinweg über unsere Stammeltern sinniert. Ihre Gedanken schlugen sich nicht nur in Büchern nieder. Beim Anblick des Deckengemäldes Michelangelos in der Sixtinischen Kapelle streift uns der Hauch des Göttlichen und wir begreifen, wir sind nur einen Pinselstrich von der Hand unseres Schöpfers entfernt. Er hat uns nicht vergessen.

Die Spezies Mensch hatte nach ihrer Vertreibung aus dem Paradies nicht resigniert. Der Drang nach Erkenntnis und der Wunsch zur Rückkehr in den Garten Eden beherrschen bis heute das Weltgeschehen. Die Sehnsucht nach dem Urzustand blieb durch alle Generationen hindurch erhalten. Die Ahnung, wie es dort war, überfällt uns immer wieder in ganz besonderen Situationen: Vor Kunstwerken, die unsere Ahnen geschaffen hatten, um Gott oder den Göttern nahe zu sein. Beim Hören von Musik, die den Weg zu den innersten Sehnsüchten öffnet. Beim Blick in den Sternenhimmel, wenn uns das Gefühl überflutet, wir seien alle Eins, wir strebten alle ohne Unterschied friedlich zurück zu den paradiesischen Zuständen.

Aber kaum verstummen die Stimmen, nehmen wir diesen Typ an unserer Seite wahr. Hatten wir uns nicht gerade mit ihm gestritten? Natürlich, es ging um dieses ewige Gerangel, wer war dran mit dem Aufräumen und dem Wäschewaschen, wer hatte die Miete nicht gezahlt, wer hatte uns abgezockt? Unzählige Beispiele erinnern uns daran, daß wir Abkömmlinge von Adam und Eva, aber auch von Kain und Abel sind. Wir stehen mit beiden Beinen auf dieser mit Mühsalen beladenen Erde. Das Guckloch zum Paradies öffnet sich manchmal ein wenig. Kaum haben wir den kleinen Spalt staunend registriert, einen kurzen Blick gewagt, schon schließt er sich.

Vielleicht schaffen es die Archäologen eines Tages, den verrosteten Schlüssel zum Paradies irgendwo im Nahen Osten aus den Schutthügeln der Jahrtausende zu buddeln, den Eingang genauestens mit rotweißen Stäben zu markieren und zu vermessen. Und selbst beim Anblick der spärlichen Reste wird die Sehnsucht nach dem sorglosen Garten Eden bleiben.

Damals, als die Geschichte von Adam und Eva aus dem Goldenen Buches in der Wallfahrtskirche zu Maria in den Weinbergen von der Kanzel verlesen wurde, ahnte ich noch nicht, daß ich einmal selbst glaubte, den Eingang gefunden zu haben, staunend die Pforten durchschritt und die Vertreibung aus dem Paradies bereits vorprogrammiert war. Sie verlief wie bei vielen der Erdbewohner von Anfang an in Richtung Ausgang auf das Tor zu, auf dem in fetten Lettern und deutlich lesbar stand:

EXITUS

I-6 Vertreibung über Vertreibung

Wie ein Menetekel standen die flammenden Zeichen an der Wand. Nein, die Vertreibung aus dem Paradies war keine Naturkatastrophe aus heiterem Himmel. Sie war von Anfang an erkennbar. Schleichend zeigten sich die ersten feinen Risse im Kokon vollkommenen Glücks, bis das empfindliche Gewebe zerbröselte, riß, sich auflöste. Die Umzugskartons standen bereit. Die Vertreibung aus dem Paradies war abgeschlossen, die Tür schlug zu, der Riegel schob sich davor. Hermes, der Götterbote wies nicht mehr den Weg in die Zukunft, seine Lippen schwiegen.

Beim Herausziehen der Bücher aus dem Regal stieg der feine Staub von Jahren unangenehm in die Nase. Ein Buch lag schwer in der Hand. Ich begann zu blättern, apathisch, um mich an etwas festzuhalten und nicht in die bodenlose Dunkelheit hinabzustürzen. Seite um Seite zog wie ein Film an mir vorbei, bis ich lange genug geblättert hatte, um die bemalten Wände in den Gräbern, Hieroglyphen, Eleganz in Einheit mit Schlichtheit und Perfektion aufzunehmen!

Ich mußte tief ein- und ausatmen, nicht nur des Staubes wegen. Das menschliche Leben, so endete es - in einer Grabkammer. Aber selbst die Finsternis des Todes konnte man in Schönheit leuchten lassen, die Toten in Würde in das nächste Leben geleiten. Die Menschen waren zu Staub zerfallen. Sie alle hatten diese unbeschreiblichen Glücksmomente erlebt, die einen länger, die anderen kürzer. Schenken uns die Götter nur für kurze Augenblicke das Gefühl, in ihre überirdischen Sphären einzutauchen, zu verschmelzen mit dem gesamten Universum? Holen sie die freischwebende Seele in die irdischen Niederungen zurück und, flüstern unentwegt: 'Hier bist du zu Hause, hier in diesem Leben und auf diesem Platz. Du hast es in der Hand'?

Hier stand ich! Mitten in der schonungslosen Realität einer beendeten Liebesgeschichte! Des Paradieses verwiesen! Zurückgeworfen in die schnöden Niederungen dieser Welt! Vor einem Stapel Umzugskisten.

Die farbenprächtigen Bilder drangen tiefer. Goldene Sternchen auf dunkelblauem Grund an den Decken der Gräber! Das feststehende Standbein der Figuren marschierte über die Wände, marschierte jahrtausendelang durch die Gräber. Nein, ich wollte jetzt nicht den schöngemalten Tod vor Augen sehen. Ich fühlte mich mehr tot als lebendig, hälftig nur, ein halbes Grab, ein Teil war verschwunden und hatte eine tiefe Wunde hinterlassen.

Mechanisch packte ich ein Buch nach dem anderen ein. Wie hatte ich das ständige Wechselbad so lang ausgehalten? Die Tränen stiegen empor. Woher kamen sie? Sie rannen unaufhörlich weiter, gespeist aus einem geheimen See. Sollte ich nicht froh sein, daß es vorbei war? Hatte ich mich nicht schon lange wie in einem dieser Gräber mit den unleserlichen Zeichen gefühlt?

Der Sternenhimmel! Mit verschwommenem Blick griff ich in die Umzugskiste, zog den schweren Band noch einmal heraus und setzte mich auf den Boden. Ägypten! Leuchtendes Gold auf blauem Grund, unzählige Sterne, die Decke übersät - ein Lichtblick. Hoffnung selbst in den dunkelsten Winkeln unter der Erde. Ich wischte über die Augen und begann zu blättern, noch ein paar Seiten, bis ich sie gefunden hatte, die starken Frauen. Sie hatten geherrscht, gelitten und geliebt. Sie hatten Kinder geboren. Hatschepsut, die Pharaonin mit dem Königskopftuch, dem falschen Bart. Sie hatte sich durch Stärke den Männern gleichgesetzt, sie machte sich zum Pharao. Nofretete, die berückend Schöne in ihrer Anmut und Grazie, Gemahlin, Mutter, Mitregentin in einer turbulenten Zeit, in der die Götter sich zu einem einzigen Gott verdichteten. Einige Seiten weiter, fast am Ende des Buches Kleopatra, das faszinierende Bindeglied zwischen der ägyptischen und griechischen Kultur. Griechischen Geblütes! Was für eine Frau! Welch ein Schicksal! Nur eine Haaresbreite davon entfernt, die Retterin des ägyptischen Reiches zu werden, das Land vor dem Zugriff der Römer zu schützen. Sie hatte ihnen mit Weiblichkeit, Klugheit, Weitblick und Mut auf der Nase herumgetanzt. Sie hatte erst Caesar, den mächtigsten und skrupellosesten unter ihnen, gekapert, dann Marc Anton. Die Eroberung der Eroberer - ein genialer Schachzug. Als Strafe wurde sie schon zu Lebzeiten von den Römern zur Hure degradiert. Eine Frau, eng mit den Göttern verbunden, und doch mit aller Grausamkeit zurück auf die Erde geschleudert! Was war mein Schmerz im Vergleich zu dem Schicksal dieser Frauen, die sich gegen Männer in einer männerdominierten Welt behaupteten und jeden Tag um ihr Leben bangen mußten? Hatschepsut, Nofretete, Kleopatra, woraus hatten diese Frauen ihre Kraft geschöpft?

Ich legte die Toten zurück in den Umzugskarton, trocknete die Augen und griff den nächsten Stapel aus dem Bücherregal. Eine schmale Mappe rutschte in die Lücke, die sich zwischen den großformatigen Büchern gebildet hatte. Blauer Einband, weiße Blätter. Ich öffnete das Gummiband. Handgeschriebene Notizen, Briefe, einige Seiten mit einer Reiseschreibmaschine getippt. Hagen! Ich konnte ihm nicht entfliehen, selbst jetzt nicht beim Auszug aus der gemeinsamen Wohnung. Ich packte die Mappe zu den anderen Büchern. Irgendwann würde ich hineinschauen. Vielleicht. Der Umzug markierte den Schlußstrich unter das gemeinsame Leben. Hagen war ausgezogen und trotzdem lümmelte er immer noch auf der Couch herum, saß mit verschränkten Beinen auf dem Stuhl, zupfte an den Saiten der Gitarre und begann zu singen. Überall lauerte Hagen, selbst jetzt, als ich im Begriff war, ihn aus meinem Leben zu streichen. Ich hielt das Buch über Delphi in Händen, das Buch, mit dem alles begonnen hatte. Mit klarem Verstand hätte ich das Ende sehen können. Ich strich über den Deckel des Einbandes. Ich setzte mich an den Schreibtisch, die Augen quollen über, vernebelten den Blick. Die Säulen des antiken Tempels verschwammen. Ich legte die Hand auf die Rampe. Surren, Flügelschlagen, Zwitschern. Drei kleine Vögel ließen sich auf den Säulentrommeln nieder. Schwarze Augen blickten mich an.

I-7 Der Anfang – schwarze Augen

Es war Mitternacht, die Uhr am Turm des Rathauses schlug zwölfmal, als ich den großen Platz überquerte. Vampir-Zeit! Die Straßen wirkten leergefegt. Die Nachtsitzung in der Redaktion mit viel Kaffee zeigte Wirkung. Das endlose Brüten über wenige Sätze hatte sich nicht in der Qualität des Beitrags niedergeschlagen, den ich gerade noch vor Redaktionsschluß abliefern konnte. Ich war unzufrieden und die Müdigkeit durch das lange Sitzen am Schreibtisch hatte sich ins Gegenteil verkehrt. Jeder Nerv nervte, klopfte, hämmerte. Ich fühlte mich erschöpft und gleichzeitig hellwach. Welche Straße? Rechts? Links? Links war zu Hause, rechts lag das 'Omega'. Ich wählte rechts.

Das 'Omega' war eine Anlaufstelle für unruhige Geister, die nachts nicht schlafen konnten oder wollten und zu heißer Musik ihr Gemüt abkühlten oder zum Siedepunkt hochputschten. Ich quetschte mich durch die dichtstehende Menschenmasse in Richtung Mitte. Die Band dröhnte, die Ohren schmerzten, Füße und Arme bewegten sich zum Takt. Das Gedränge nahm zu, die Nachtschwärmer aus den Kneipen trafen ein. Die Luft war zäh, heiß, stickig Ich verlor jegliches Zeitgefühl. Wie lange stand ich in dieser Enge? Zehn Minuten? Eine halbe Stunde? Rundherum ein dichtes Knäuel einer Menschenmasse, die sich im lauten Rhythmus der Musik bewegte. Ich mußte Atem schöpfen, die Kühle der Nachtluft spüren. Hatten sich die Nerven beruhigt? Konnte ich nach Hause gehen?

"Es ist heiß, eine Luft zum Schneiden", griff mich jemand am Arm. Mindestens zwei Kopf über mir ein bärtiges Gesicht, braungebrannt, die flackernden Lichtfetzen der Beleuchtung tanzten auf den zerzausten Haaren. So sah der zottelige Teddybär meiner Kindheit aus.

"Kommst du mit? Ich kenne eine ruhige Kneipe in der Nähe."

"Vielleicht später", entwand ich mich dem Arm und deutete auf die Treppe nach unten zur Toilette. Ich verschwand einen Stock tiefer, reihte mich in die Schlange der Wartenden ein. Zurück in der tanzenden Menge schlängelte ich mich vorbei an dem dröhnenden Baß und der schrillen E-Gitarre. Der Schlagzeuger begann gerade hemmungslos auf die blechernen Teller einzuhämmern, eine Soloeinlage. Aus der verknäulten Menge ragte immer noch dieser bärtige, zerzauste Kopf. Es schien, als habe er auf mich gewartet. Er hörte nicht mehr auf zu winken. Die Soloeinlage hörte nicht auf. Ich wollte meine Ruhe haben und nach Haus laufen. Die Beine waren noch nicht müde. Also keine Fahrt mit der U-Bahn.

Die Nacht war angenehm kühl, die Straßen leer und still, die Musik hinter mir wurde leiser. Ab und zu lief ein Pärchen an mir vorüber, ein paar einsame Nachtschwärmer. Ich hörte Schritte hinter mir.

"Du warst plötzlich verschwunden. Du hast recht, irgendwann reicht es, das Gedränge, die Lautstärke. Trotzdem solltest du hier nachts nicht alleine herumlaufen, wer weiß, wer sich hier herumtreibt. Ich begleite Dich."

Oh nein, nicht diese Stimme. Nicht der zottelige Teddybär als Begleitung. „Danke, ist nicht nötig, ich wohne in der Nähe. Ich habe keine Angst."

Sein Lachen schien aus grenzenloser Gutelaune zu bestehen. Ich merkte sofort, er läßt sich nicht so einfach abschütteln.

"Weißt du, ich bin gerade mehrere Tausend Kilometer in Griechenland und der Türkei herumgelaufen, ich bin gut trainiert, es macht mir nichts aus, dich nach Hause zu bringen. Du bist gut bei mir aufgehoben. Ich kann dich gegen jeden Angreifer beschützen!"

Zur Demonstration zeigte er auf seinen Bizeps, spannte beide Armmuskeln an, als wolle er ein unsichtbares Gewicht stemmen.

"Ich habe keine Angst. Ich kann alleine nach Haus laufen."

"Ich bin lange Wege gewohnt."

Aha, er wollte gleich seine Potenz anpreisen, zumindest was Laufleistung und Krafttraining betraf. Ich blieb ungerührt und trabte ohne Reaktion vor mir her.

"Du kannst mir vertrauen. Schau mich an: Seh ich etwa aus wie ein Hoppelhase?"

Er hielt mich am Arm fest und blickte mich todernst an. Blaue Augen, denen ich nicht ausweichen konnte, darunter der Bart, umrahmt von halblangen Haaren. Er lachte plötzlich lauthals. Die Zähne, doch, sie standen fest und weiß inmitten des Bartgeflechts, vielleicht ein wenig groß, also doch Ähnlichkeit mit einem Hasen, aber was sollte der Vergleich? Die blauen Augen verengten sich zu schmalen Schlitzen, verschmitzt strahlten sie mich an.

"Wieso Hoppelhase?" Zu weiteren Gedankengängen war ich nicht mehr fähig. Schon beim Formen der einzelnen Silben dämmerte mir: Ich werde ihn nicht mehr los. Das war der Anknüpfungspunkt, auf den er gewartet hatte.

"Na ja, wie die Hasen das eben machen mit ihrem Karnickeltrieb".

Er lachte mich mit einem Zwinkern und Schalk in den Augen an. Aha, erkannte ich zu spät, mit Karnickeltrieb meint er 'Herumvögeln'. Er will mir zu verstehen geben, daß er mich nicht gleich ins Bett ziehen will. Ich sollte

Vertrauen schöpfen, aber indirekt sollte ich doch wissen, woran ich bin, daß er dieses Metier gut beherrscht und wenn ich Lust hätte ... Ich löste mich schnell aus seinem Griff.

"Du hast mir gefallen. Ich habe nach dir gesucht, du warst plötzlich verschwunden."

Er lachte jetzt nur noch verhalten, als amüsiere ihn meine Starrköpfigkeit und der Ton signalisierte, er sei zu ernsthafteren Gesprächen bereit. Er spielt virtuos mit diversen Reaktionsmöglichkeiten und zieht alle Register, registrierte ich.

Er wurde noch einen Deut ernster. "Wie heißt du?"

Ich überhörte die Frage.

Er ließ sich nicht abschütteln, wir schritten Seit an Seit voran. Er begann mit jedem Schritt munterer zu werden und erzählte einfach weiter, ohne eine Antwort abzuwarten. So erfuhr ich alles Entscheidende, zumindest, was für meinen Begleiter für wichtig erachtet wurde, um ihn ins rechte Licht zu rücken, nicht ahnend, daß mit dieser ungewollten Begleitung eine lebenswichtige Weichenstellung begann. An vorderster Stelle, bescheiden in einen Nebensatz einfließend, erwähnte er seinen universitären Abschluß.

"Von dem Unibetrieb hatte ich die Nase gestrichen voll. Ich konnte keine Bücher mehr sehen, die Streber, die in den Bibliotheken herumhängen, die Profs, diese autoritären Säcke und die vielen Klugscheißer, die meinen, sie wüßten alles besser. Ich dachte, mit meinem Einser-Abschluß, habe ich mir eine Belohnung verdient."

Ich erfuhr Einiges über seinen besten Freund Friedrich, "der beste Klavierspieler, den du dir vorstellen kannst". Aber leider konnte Friedrich keine Noten lesen und wurde deshalb zu keinem Uni-Studium zugelassen.

Friedrich hatte somit zwar auch - "auch" versteckte er in einem Nebensatz - kein Geld aber viel Zeit.

Und beide strotzten offensichtlich vor Abenteurerlust. Sie hatten sich die Rucksäcke umgeschnallt, waren in die Türkei getrampt und hatten das Land zu Fuß und per Auto-Stop von West nach Ost und von Ost nach West durchquert, bis sie in Bodrum landeten und dort erst einmal ausgiebig Urlaub machten, im Meer schwammen, tauchten und natürlich die alten Steine, die überall herumlagen, begutachteten. Ich erfuhr von langen Märschen durch einsame Gegenden, von gastfreundlichen Türken, von unberührten antiken Stätten, anhand geschickt eingeworfener lateinischer Zitate von seinen guten Lateinkenntnissen, also einer humanistischen Schulbildung.

'Angeber', dachte ich. 'Trägt ganz schön dick auf', während ich wenig beziehungsweise nichts zur Unterhaltung beitragen mußte.

"Und jetzt wollte ich mich hier wieder eingewöhnen. Ich bin erst seit zwei Tagen zurück. Mal sehen, welche Jobs hier so auf mich warten."

Lustig, lustig, dachte ich. Ich gehörte zur arbeitenden Bevölkerung mit wenig Verständnis für examinierte Studenten, die es sich erst einmal monatelang gutgehen lassen, bevor sie sich überlegen, ob sie den Ernst des Lebens kennenlernen wollen, um ihre Brötchen zu verdienen. Wir standen vor meiner Haustür.

"Hier wohne ich, wir sind da", beendete ich sein Vorstellungsgespräch und deutete auf die dicke hölzerne Tür des alten Gründerhauses, in dem ich mir mit einer Freundin die Wohnung teilte. "Ich bin hundemüde, danke für die Begleitung und Gute Nacht".

Es folgte, was folgen mußte, ich hatte es geahnt.

"Sehen wir uns wieder?"

"Vielleicht mal wieder im 'Omega'", quälte ich mir ein Lächeln ab.

"OK! Am Sonntag? Ab 10 Uhr?"

Er lachte siegesgewiß, als habe er gerade meine Zustimmung erhalten. Ich hatte nur noch mein Bett im Kopf. Also keine langen Diskussionen, keine Erklärungen.

"Vielleicht! Mal sehen!"

Ich öffnete die Tür und half der Haustür ein wenig nach, damit sie schnell zurück ins Schloß schnappte. Der Aufzug stand bereit, schon beim Hinauffahren in den zweiten Stock streifte ich das Erlebnis mit meiner Wanderbegleitung ab, wie kurze Zeit später die Kleider. Morgen früh konnte ich ausschlafen, das Wochenende begann. Ich würde bei Maik bleiben, wir wollten ins Kino, und ansonsten ausspannen. Maik mußte sich auf sein Examen vorbereiten, ich konnte die Zeit nutzen, um ganz entspannt und in Ruhe ein Buch zu lesen. Am Sonntagabend würden wir Freunde treffen.

Wir verbrachten die zwei Tage wie ein altes Ehepaar friedlich miteinander, ein wenig arbeiten, ein wenig lesen, ein wenig miteinander sprechen, Kino, zusammen ins Bett gehen, kuscheln und einschlafen. Am Sonntag Besuch der Freunde, sie zeigten Ausdauer. Es war kurz vor Mitternacht, als ich in die U-Bahn stieg, um nach Hause zu fahren. Das Rütteln und Rattern war einschläfernd, ein paar Jungens alberten am anderen Ende des Wagens herum, der Rest auf den verschiedenen Bänken döste genau wie ich ohne Worte in sich gekehrt vor sich hin. Ich nahm sie nur schemenhaft wahr und schloß immer wieder die Augen. Ich mußte aufpassen, daß ich nicht einschlief und die richtige Station verpaßte. Morgen begann die neue Woche, morgen hieß es früh aufstehen, klaren Kopf behalten, sich über die aktuellen Themen informieren, Durchforsten der gängigen Tageszeitungen, Redaktionskonferenz. Ich mußte ausgeschlafen sein, ich war eine lernwillige Praktikantin und kein alter Hase in diesem Geschäft. Ich konnte es mir nicht leisten, verschlafen oder verkatert zwischen all den versierten Könnern herumzudösen.

Was für ein albernes Gekichere! Hatte Liz Besuch? Ich hörte Stimmen, als ich aus dem Aufzug stieg. Ich würde ihr noch schnell 'Gute Nacht' sagen und dann ins Bett huschen. Hoffentlich schmiß sie keine große Party mit viel Lärm. Sie hatte mich entgegen ihrer sonstigen Gewohnheit nicht eingeweiht, wen sie einladen wollte. Unsere Zimmer lagen neben einander. Liz war eine rücksichtsvolle Freundin. Unsere WG funktionierte problemlos.

Ich steckte den Schlüssel ins Schloß, öffnete die Tür und schloß sie leise hinter mir, die Festbeleuchtung im Flur, das Licht aus den offenen Türen unserer beiden Zimmer blendete. Das alberne Lachen kam aus meinem Zimmer. Seltsam! Das hatte sie noch nie gemacht, ohne Vorankündigung in meinem Zimmer eine Party gefeiert. Neue Sitten! Was sollte man bloß davon halten? Und dann oh Schreck - Ihr Lachen schallte mir synchron mit einer Stimme entgegen, die ich kannte. Es war zu spät, ich konnte nicht mehr fliehen und wieder mit der U-Bahn zu Maik zurückfahren, die Tür zu meinem Zimmer stand sperrangelweit geöffnet. Sie hatten mich bereits entdeckt.

"Da bist Du ja endlich", lachte Liz. "Wir dachten schon, Du würdest überhaupt nicht mehr kommen."

Die längst vergessene nächtliche Wanderbegleitung strahlte mich entwaffnend an. Es roch nach Cannabis, eine angezündete Zigarette glimmte im Aschenbecher, darunter häuften sich gerauchte Stummel. Beide schauten mich aus schmalen und glücklichen Äuglein fröhlich lachend an, das alberne Glucksen wollte nicht enden. Liz schüttelte sich förmlich vor Lachen, so hatte ich sie noch nie erlebt. Der Zottelbär strahlte mich verschmitzt an. Das Grinsen zwischen den zerzausten Haaren wurde breiter, als wolle er sagen: ätsch, ausgetrickst! Das hast du davon, daß du mich versetzt hast.

Ich mußte die Beiden eine ganze Weile verdattert angestarrt haben. Liz Fröhlichkeit reduzierte sich. Ich sah, sie suchte nach Worten, die Formulierungen fielen ihr schwer. Schließlich gelang ihr ein einigermaßen klar artikulierter Gedanke.

"Ich habe ihn reingelassen!"

Sie schüttelte sich vor Lachen, bevor sie weitersprechen konnte.

"Als er vor der Tür stand", radebrechte sie zwischen den Lachsalven. "Was soll er vor der Tür stehen und im Treppenhaus auf dich warten! Es war doch richtig, daß ich ihn reingelassen habe, oder nicht? Er kann ja nicht stundenlang vor unserer Wohnungstür sitzen. Ihr hattet euch ja verabredet."

Unter das Glucksen mischte sich ein leicht vorwurfsvoller Ton, als wolle sie mich sanft daran erinnern, daß man so etwas nicht macht, sich mit jemanden verabreden und ihn dann versetzen.

"Komm, setz dich zu uns."

Der Zottelbär lachte mich entwaffnend an, deutete auf meine Couch und den Platz neben meiner Freundin. Auch Liz klopfte kichernd auf meiner Couch herum und wies dann auf den Aschenbecher mit der vor sich hinqualmenden Zigarette.

"Komm, entspann dich, du siehst so erschöpft aus, der Stoff hier tut dir gut!"

Sie schnappte sich die zerfranste Zigarette, zog noch einmal kräftig daran und hielt sie kichernd in meine

Richtung. Ich schüttelte den Kopf und wies sie mit der Hand energisch zurück.

"Ich rauche nicht."

Ich konnte in Zeitlupe verfolgen, wie Liz dachte, nachdachte. Das Kichern wurde leiser, es reifte offenbar ein Entschluß in ihr.

"Wißt ihr, jetzt ist ja alles gut. Ich laß euch jetzt alleine. Ich bin hundemüde, ich muß morgen früh aufstehen. Ich geh nach drüben und schlaf erst mal 'ne Runde."

Der Zottelbär blickte mich mit einem noch breiteren Grinsen an.

"Zier dich nicht so, komm setz dich endlich."

Liz schlängelte sich wankend und kichernd an mir vorbei.

"Dann doch eine gute Nacht!"

Sie bog sich vor Lachen, als ob sie sich ihren Teil bei diesem Satz denke und nicht gerade einen erholsamen Schlaf meinte. Sie zog demonstrativ die Tür hinter sich zu.

Da stand ich verdattert, in meiner eigenen Wohnung diesem zotteligen Teddybär ausgeliefert. Ich hatte in Erinnerung, wie er auf eine freundliche Art hartnäckig sein konnte. Er saß sicher schon eine ganze Weile mit Liz auf dem Sofa herum und machte jetzt nach meinem Eintreffen keinerlei Anstalten, zu gehen. Klar, er hatte auf mich gewartet, warum sollte er jetzt aufstehen, wo er endlich am Ziel schien? Wie sollte ich vorgehen, um ihn möglichst schnell loszuwerden?

"Komm, setz dich", strahlte er mich an. "Darf ich noch meine Zigarette zu Ende rauchen, bevor du mich rausschmeißt?" Ich überlegte kurz. Mein Wohnzimmer war gleichzeitig mein Schlafzimmer. Ich teilte mir mit Liz eine Zwei-Zimmer-Wohnung. Diesen angekifften Typ, der es sich auf meiner Couch gemütlich gemacht hatte, konnte ich weder kräftemäßig nach draußen befördern, noch mangels Möglichkeit in einem Gästezimmer unterbringen. Er schien zwar zugeturnt aber friedlich. Auf einen adhoc-Rausschmiß ließ er sich nicht ein, das erkannte ich sofort. Ich würde Tricks anwenden müssen. Er saß nicht nur entspannt und wie festgewurzelt auf meiner Couch, sondern direkt mitten auf meinem Bettlager. Ich baute jeden Abend die Polster zu einer Liegefläche um.

Er strahlte Ruhe und Zufriedenheit aus, als sei er hier zu Hause. Ich kam mir vor, als sei ich die Fremde, die widerrechtlich in die eigene Wohnung eingedrungen war. Im Unterschied zu ihm konnte ich nicht zur Tür gehen und mich mit 'Tschüs' verabschieden. Meine Gedanken kreisten. Ich überlegte fieberhaft, wie ich diesen freudig vor sich hinlachenden Typ dazu bringen konnte, freiwillig zur Wohnungstür hinauszumarschieren.

Er begann auf dem Polster herumzuklopfen. "Ich tu dir nichts, ich bin ganz friedlich. Komm, zier dich nicht so, setz dich endlich. Seh ich gewalttätig aus? Schau mir doch in die Augen. Komm, schau mir in die Augen Kleines!"

Er strahlte noch mehr, als sei er sicher, daß ich diesem originellen Satz nicht widerstehen konnte und klopfte weiter sanft auf Liz' freigewordenen Platz.

"Komm doch endlich! Setz dich, wie du da so herumstehst, das ist so ungemütlich, du siehst aus, als könntest du dich nicht mehr auf den Beinen halten und würdest gleich umfallen. Stell endlich die schwere Tasche ab und setz dich! Komm, leiste mir Gesellschaft! Wenn du willst, unterhalte ich dich ein wenig, erzähl dir ein paar stories von meiner langen Reise und von der großen weiten Welt, bis ich die Zigarette aufgeraucht habe und dann gehe ich. Dann bist du mich los. Versprochen!"

Liz hatte ihn fürsorglich und gut versorgt. Es stand eine Flasche Wein auf dem Tisch, ein Bocksbeutel, den ich ihr einmal aus meiner Heimat mitgebracht hatte. Daneben zwei Gläser. Er registrierte meinen Blick.

"Trink ein Schlückchen mit mir, wenn du schon nicht rauchst! Du wirst sehn, dann geht es dir gleich besser und du kannst gut schlafen. Ich bin ja gleich weg."

Er lachte mich aus seinen verquollenen Äuglein entwaffnend an, goß sich aus der halbvollen Flasche ein und füllte gleichzeitig Liz Glas.

"Überwinde deine Hemmungen! Laß dich auf die neue Situation ein und sehe es positiv. Ich bin ein friedlicher Typ, ich tu dir nichts, ich habe Dir schon gesagt, ich bin kein Hoppelhase."

Auch noch die Anspielung auf den Karnickeltrieb. An diese Möglichkeit mochte ich gar nicht denken! Wie standen meine Chancen, aus der verfahrenen Situation herauszukommen, ohne das ganze Haus durch Krach und Lärm aufzuwecken? Das Problem läßt sich bei Bekifften und Betrunkenen am ehesten lösen wie bei kleinen Kindern, überlegte ich. Also: Besänftigung, bevor man vorsichtig zum eigentlichen Anliegen kommt.

"Ok, rauche deine Zigarette zu Ende, trinke dein Glas Wein. Dann ist die Party vorbei! ich gehöre zu denen, die das Bruttosozialprodukt mehren. Ich brauche morgen früh einen klaren Kopf."

Er zog an der Zigarette, inhalierte tief, nickte mir verständnisvoll zu und blickte mir ernst in die Augen.

"Das verstehe ich! Du kannst morgen nicht so bekifft und besoffen, wie ich hier sitze, zur Arbeit erscheinen. Komm, hilf mir, trink ein Schlückchen Wein, ich alleine schaff das nicht. Dann kannst du besser schlafen. Mir langt schon das Zeugs hier."

Er deutete auf den Aschenbecher. Ich zählte mindestens acht Kippen. Ob die alle auf sein Konto gingen? Selbstgedrehte! Aber auch Liz drehte ihre Zigaretten selbst. Ob in allen Stummeln ...? Er registrierte meinen Blick und antwortete auf meine nicht gestellte Frage:

"Deine Freundin mag das Zeugs, sie hat es in vollen Zügen genossen. Gute Qualität. Kommt frisch aus der Türkei."

Er lachte schallend, als sei ihm da ein besonders raffiniertes Husarenstück gelungen.

"Es ging ihr richtig gut, sie wird jetzt schon selig schlummern. Du hast eine nette Freundin. Komm, trink ein Schlückchen, es wäre schade, um den guten Wein."

Er lachte mich schelmisch an. Er wird keine Ruhe geben, überlegte ich. Ich kann nicht ständig auf die Uhr oder diesen vor sich hinkokelnden Stummel schielen und auf sein Weinglas. Das macht kribbelig und nervös. Ich werde so tun, als ob ich Wein trinke und wenn sein Glas leer ist, dann geht er sowieso. Liz hatte schließlich meinen Frankenwein geopfert, einen Wein, der in mir automatisch Heimatgefühle auslöst. Ich würde an die schönen Weinkeller im Frankenland denken.

Konnte er Gedanken lesen? Er schwenkte sein Glas sachte hin und her, goldgelb perlte der Wein an den Rändern empor. Er schnupperte über das Glas gebeugt und sog genießerisch den aufsteigenden Duft ein.

"Hmmm, was für ein köstlicher Tropfen! Dieses frische, herbe Aroma!"

Er schlürfte den Schluck hörbar ein, rollte ihn blubbernd einige Male im Mund umher, bis er die Flüssigkeit langsam die Kehle herunterrinnen ließ. Ein ausgemachter Weinkenner registrierte ich. Er drückte mir Liz' halb gefüllten Pokal in die Hand.

"Probier mal, ein Frankenwein. Deine Freundin hat einen ausgezeichneten Geschmack!"

Natürlich hatte ich registriert, daß er vorher schon getrunken hatte. Dies war nicht der erste Schluck, auch wenn die gekonnt veranstaltete Zeremonie dies suggerieren sollte. Trotzdem traf er spontan ins Schwarze, er hatte mich an meinen Wurzeln gepackt. Das Zauberwort 'Frankenland' zeigte Wirkung.

"Ich bin eine Fränkin!"

Das Lachen auf seinem Gesicht wurde breiter, die Äuglein lachten selig und verschmitzt.

"Darauf müssen wir anstoßen, aus dem schönen Frankenland kommst du, soso! Franken hat super Weine und hübsche Mädchen."

Er machte eine Pause und taxierte mein Gesicht.

"Wenn ich Dich so ansehe ...! Vielleicht warst Du einmal Weinprinzessin?"

Er lachte mich so umwerfend an, daß ich über die unverhohlene und offen placierte Einschmeichel-Strategie zumindest etwas verkniffen lächeln mußte. Unsere beiden Gläser klangen mit einem hellen Ton aneinander, der Wein schwappte vergnüglich auf und ab. Kurz keimte der Verdacht auf, daß Liz ihm bereits offenbart hatte, von wem der Wein stammte und er diese Information gezielt einsetzte.

Er hob das Glas erneut in meine Richtung.

"Auf meine Rückkehr in die zivilisierte Welt im gastlichen Haus einer hübschen Fränkin und vor allem auf unsere Begegnung! Darauf müssen wir anstoßen."

Es ging ihm hörbar gut, er schmatzte genießerisch beim Trinken und stellte das Glas vorsichtig zurück auf die Glasplatte. Er griff sich die zerfranste Zigarette aus dem Aschenbecher, inhalierte tief und vernehmbar ein und reichte sie in meine Richtung.

"Probier mal, ein verdammt gutes Zeugs!"

Er legte leicht den Arm um meine Schultern, zog mich dabei ein wenig näher zu sich und führte die qualmende Zigarette fast bis an meine Lippen.

"Ich bin Nichtraucher!" verschärfte ich den Ton, während ich mich der plumpen Annäherung entwand. Das schien ihn nicht zu stören.

"Mein Mitbringsel aus der Türkei, beste Qualität, ich teile das ansonsten mit niemandem, das ist nur für bestimmte Anlässe."

Er blickte mich ernst und leicht entrüstet an.

"Du schaust so entsetzt, als sei ich ein richtiger Kiffer." Er lachte belustigt.

"Na na na, was denkst du nur von mir! Ich bin nur ein Gelegenheitskiffer bei besonderen Anlässen, wie heute abend."

Das Lachen wurde breiter, die Äuglein blickten fröhlich mit einem Schuß Verschmitztheit. Er hielt immer noch die Zigarette in der Hand und zog zwei-, dreimal langsam und tief inhalierend daran, bevor er den Stummel zurück in den Aschenbecher legte und nach einem kurzen Moment des Zögerns energisch ausdrückte. Ich atmete auf, die erste Hürde schien geschafft. Absehbar, bis ich diesem zugekifften und angetrunkenen Typen die Tür öffnen und 'Tschüs' sagen konnte. Ich würde mich hüten, ihn noch einmal mit der achtlos hingeworfenen Floskel 'vielleicht' zu verabschieden, falls er fragen sollte, ob wir uns noch einmal sehen. Ich würde mit einem klaren 'Nein' antworten. und die Tür hörbar laut hinter ihm zuschlagen.

Als habe er meine Gedanken gelesen, griff er nach der Flasche. Sein Gesicht strahlte Zufriedenheit und Harmonie aus, er schien mit sich im Reinen. Er schenkte sich Wein nach, als sei er zu Hause. 'Gluck, gluck, gluck', verfolgte ich zähneknirschend die goldgelbe Flüssigkeit. Bevor ich protestieren konnte, füllte er mit einem kleinen Richtungswechsel Liz' Glas bis an den Rand. Meine blitzschnell ausgestreckte Hand kam zu spät. Er schaute mich freundlich grinsend von der Seite an.

"Du hast es hier richtig gemütlich, man fühlt sich pudelwohl bei Dir."

Ansonsten hörte ich solche Komplimente gerne, aber jetzt vernahm ich dieses Lob mit eindeutig negativen Gefühlen. Ich wollte mein freundliches Zimmer nicht als einladende Herberge für durchziehende Wandergesellen mißverstanden wissen. Ich merkte, wie ich kribbeliger und ungeduldiger wurde. Ich rutschte nervös auf der Couch hin und her. Die eingeschlagene Strategie des sanften Umgangs wie bei kleinen Kindern drohte zu scheitern. Ich lächelte süß-sauer gequält.

"Ich würde mich wohler fühlen, wenn wir die fröhliche Runde auflösen könnten. Ich bin müde."

Als habe er meine Bemerkung nicht vernommen, sah ich seinen Blick zum Bücherregal wandern und gebannt an einer Stelle haften. Ich folgte der Richtung und ahnte es. Er hatte die gut sortierte Literatur über griechische und römische Geschichte, die Antike generell, Archäologie, das alte Ägypten entdeckt. Die dicken Bildbände neben den zahlreichen schmalbändigen Titeln, fielen sofort ins Auge. Jetzt drohte ernste Gefahr. Viele der Bücher boten eine Brücke, um in das Thema Türkei und den dortigen Reichtum an antiken Überresten einzusteigen, den er während seiner Wandertour besichtigt hatte.

Er mußte mein Erschrecken gespürt haben. Er deutete auf den Aschenbecher.

"Du wirkst so verkrampft. Soll ich dir nicht doch eine drehen, das entspannt, du fühlst dich dann wohler, ist fast wie Fliegen, nur lustiger. Hast du es noch nie probiert?"

Bevor ich etwas erwidern konnte, stand er abrupt auf, schlängelte sich um die Ecken des kleinen Tisches und steuerte auf das Bücherregal zu. Wirkte er nicht gerade noch bekifft und angetrunken? Verwundert registrierte ich den aufrechten Gang ohne das geringste Schwanken. Hatte er Liz zum Kiffen und Trinken animiert, damit sie ihn nicht gleich rausschmiß und jetzt nur noch den Rest aufgeraucht, um mich ebenfalls zum Kiffen zu bewegen, um mich wohlwollender zu stimmen? Sein Blick glitt über die Buchtitel. Das hatte noch gefehlt, eine Diskussion über irgendwelche historische Literatur mitten in der Nacht.

"Zum Lesen ist es zu spät. Ich werde dich zur Tür begleiten."

Demonstrativ erhob ich mich und schlängelte mich um den Tisch. Er rührte sich nicht, stand festgewurzelt vor meiner Bücherwand, der Kopf wanderte von rechts nach links, von links nach rechts. Klar, er suchte sich einen neuen Grund, um seinen Abgang hinauszuzögern. Meine Strategie war gescheitert. Es blieb nur ein Weg: Ich mußte die Tür öffnen und deutlich und laut sagen: 'Jetzt langt es. Ich bin hundemüde!' Das Problem: Was sollte ich tun, wenn er sich weigerte und einfach so tat, als höre er nicht, wie gerade eben, oder nur schallend lachte? Welche Möglichkeiten blieben? Liz aus dem Bett holen? Bekifft wie sie war, konnte ich nicht mit ihrer Unterstützung rechnen. Die Polizei? Die würde mich als erstes fragen, warum ich den Typ hereingelassen hatte. Und das Theater im Haus. Die Hausverwalterin im Souterrain war eine resolute ältere Dame, die in solchen Dingen keinen Spaß verstand. Alle Mieter hatten Respekt vor ihr. Mit ihr durfte ich es mir auf keinen Fall verscherzen und mit einen randalierenden und laut vor sich hinlachenden Typen im Treppenhaus mitten in der Nacht das ganze Haus aufwecken!

Er drehte sich um, in der Hand ein schmales Buch! Er strahlte und hob seine Beute triumphierend in die Höhe. Er schob die beiden Weingläser beiseite, um seine Trophäe auf die Glasplatte des Tisches zu legen.

"So, so, du kennst Delphi, das Orakel von Delphi."

Der Lack des kartonierten Einbandes glänzte im Schein der Kerzen, die Säulen des Heiligtums verschwammen im flackernden Licht, bogen sich, wölbten sich, gewannen an Leben. Ich stand an der Rampe. Ich hörte das Surren, das Flügelschlagen. Drei kleine Vögelchen flogen über mich hinweg, ließen sich zwitschernd auf den Säulentrommeln nieder. Meine Hand lag auf der Rampe. Das Zwitschern verebbte. Kleine runde Augen blickten ohne Scheu auf mich herab. Er nahm meine Hand, zog mich auf die Couch.

Die schwarzen Augen bohrten sich in meinen Blick.

Seine Hand strich zärtlich über den Einband. Er fuhr mit dem Zeigerfinger von den Säulen hinab zum Fundament, verharrte auf der Rampe. Seine Stimme drang von weit her wie Rauschen durch die Säulentrommeln."

"Hier begann meine Reise."

Seine Finger hatten den Eingang des Tempels erreicht. Lange, schmale Hände.

Die schwarzen Augen gruben sich ein, verschmolzen, zerflossen. Alles wurde eins.

Die Hand folgte den Konturen.

"Hier stand ich."

Ein kurzes Zwitschern, Flügelschlagen.

Er klappte das Buch auf, blätterte, verharrte. Die Tempelanlage.

"So also muß man es sich vorstellen! Bunt! Schade, daß ich das Buch nicht kannte."

Er schüttelte bedauernd den Kopf.

"Kennt kaum jemand. Neue Forschungsergebnisse. Die Götter waren bunt."

Er fuhr mit dem Zeigefinger entlang der Heiligen Straße, und deutete auf ein kleines Monument.
"Der Nabel der Welt! Von hier aus flogen die Adler des Zeus um die Welt. Drohnen. Die Götter waren uns um Jahrtausende voraus."

Er schaute mich amüsiert von der Seite an. Ich schaute amüsiert zurück. Die Hand fuhr zurück zu den Säulen.

"Hier stand ich. Hier habe ich das Orakel befragt."

Nach einer kleinen Pause:

"Du warst schon einmal dort? Ich sehe es dir an. Du kennst das Gefühl, wenn die Götter nahe sind."

Zögernd erzählte ich von der Exkursion. Der Seminarleiter mit dem Troß der anderen Studenten lief bereits vom Theater zum Stadion. Ich stand immer noch vor dem Tempel. Alleine. Etwas hielt mich fest. Ich legte die Hand auf die Rampe, einem spontanen Gefühl folgend. Ich stellte mir die Füße vor, die Menschen, die über die Steine zum Eingang desTempels schritten. Ich sah die Hoffnung in den Gesichtern, das angespannte Warten auf den Spruch des Orakels. Ein leichtes Surren überlagerte die Stille, ein vibrierender Schatten über meinen Gedanken, Zwitschern. Ich hob den Kopf. Drei kleine Vögel ließen sich auf den Säulenschäften nieder.

Er lachte kurz auf.

"Die Götter. Ein Zeichen der Götter! So viele Vögel fliegen da nicht herum. Ich habe keinen einzigen gesehen. Vor allem setzen sie sich nicht auf die Säulen, wenn man gerade darunter steht."

Er legte seine Hand auf meinen Arm.

"Wir müssen zusammen nach Delphi. Du bist mir über den Weg gelaufen, das ist kein Zufall. Es sollte so sein. Nimm mich mit zu den Göttern. Ich brauche solch ein Medium wie dich. Ich habe so viele Fragen ..."

"Ich bin nicht das Orakel. Ich beantworte keine Fragen. Ich bin keine Pythia."

Er deutete auf den Stummel im Aschenbecher.

"Ich weiß, Du kiffst nicht, du stammelst kein unverständliches Zeug wie die Pythia. Vielleicht sind die heutigen Priesterinnen bei klarem Verstand. Ich suche nach

Antworten. Beim ersten Versuch in Delphi hat es jedenfalls nicht geklappt. Das Orakel hat geschwiegen.

"Im Tempel stand der Spruch: Erkenne dich selbst. Wenn du Antworten willst, warum versuchst du es nicht einmal damit?"

"Die Pythia spricht. Habe ich nicht gerade gesagt: Die heutigen Priesterinnen sind bei klarem Verstand?"

Er tippte mit dem Finger auf die Zeichnung.

"Wir wetten: Hier fängt unsere Geschichte an."

Abwehrend streckte ich beide Hände aus.

"Da liegst du falsch. Nicht daß ich wüßte ..."

"Gnothi seauton! Das habe ich bereits in Angriff genommen. Das habe ich in Delphi ausprobiert. Ich bin mir meiner Beschränktheit bewußt. Es ist ein weiter Weg. Meine Reise ist noch nicht abgeschlossen. Ich wette mit dir: Hier wird unsere Geschichte beginnen. Wer das Gewesene richtig deutet und zu verbinden versteht, der kann in die Zukunft blicken und sieht, was sein wird. Wir werden das Vergangene mit dem Zukünftigen verflechten. Und du wirst mir helfen! Wetten?"

Verblüfft blickte ich ihn an und erinnerte mich an die gemeinsame nächtliche Wanderung vor wenigen Tagen. Er hatte auf dem Weg sein Examen erwähnt, Einser-Examen in Philosophie. Er kannte also die griechischen Denker und ihre Lebensweisheiten. Eine angenehme Stimme, dachte ich, jetzt wo er das alberne Herumgelache ließ. Die Höhen, die Tiefen klangen wie Singen. Ich schloß die Augen. Ich saß auf dem Schemel zu Großvaters Füßen. Meine Hand lag auf der Rampe. Die Buchstaben drängten aus dem Buch, fügten sich an den Säulenschäften zusammen: Gnothi seauton. Erkenne dich selbst! Die Stimme sang von weither.

"Hier beginnt unsere Reise. Du bist mein Medium. Das ist die Erkenntnis aus dem Vergangenen. Hinter dem Vergangenen steht das Künftige. So wollen es die Götter."

Ich mußte wohl tief eingeatmet haben. Er schaute mich mit einem seltsamen Ausdruck an, rückte dichter an mich heran.

"Hier beginnt unsere Geschichte. Hier begann unserer aller Geschichte. Die Geschichte Europas, der Wissenschaft, der Literatur, der Kultur. Hier liegt der Ursprung! Wollen wir nicht einmal zusammen schauen, ob es sie noch gibt, die Götter? Das wäre doch ein schöner Beginn."

I-8 Das Hase-Igel-Spiel

Das Schloß klemmte. Ich drückte auf den Klingelknopf, die Fingerkuppen glitten ab, sie waren feucht vor Aufregung. Nein, niemand öffnete. Ich schob den Schlüssel ein zweites Mal in das Schloß.

Wartete er auf mich? Darf ich bei Dir bleiben, hatte er gefragt. Ich hole mir ein paar Sachen aus meinem Kellerloch und komme wieder.

Ich hatte ihm meine Ersatzschlüssel in die Hand gedrückt. Kellerloch! Was meinte er mit Kellerloch? Ich hatte keine Telefonnummer, keine Adresse, ich kannte nur seinen Vornamen: Hagen!

Die alte, massive Eingangstür brauchte einen leichten Schubs, bis sie mich in den kühlen Flur einließ. Die meterdicken Mauern glichen die Temperaturschwankungen im Sommer wie im Winter aus. Ich mochte das alte Gebäude, eines der wenigen Überbleibsel aus der Jugendstilzeit, es hatte viel erlebt, auch den letzten Krieg. In der Nähe hatten Bomben eingeschlagen. Das Haus blieb unversehrt, während alles andere rundherum in Schutt und Asche lag. ich fühlte mich geborgen, wenn ich eintrat und auf den Knopf drückte, um den Aufzug zu holen. Noch nie hatte ich dem näherkommenden Geratter so entgegengefiebert. Der Aufzug konnte Geschichten erzählen. Man hörte seine Lebensjahre. Er knarrte und ächzte, als er in den zweiten Stock fuhr. Die gestrige Nacht war noch taufrisch. Der kurze Dämmerschlaf bis zum Aufstehen und die bleierne Müdigkeit saßen in den Knochen. Im Kopf waberten

Nebelschwaden und die Erinnerung an seine Stimme, an die Hand am frühen Morgen, die sich um meine Finger schlang.

Ein anstrengender Tag lag hinter mir. Ich konnte keinen klaren Gedanken fassen. Hatte ich überhaupt etwas zu Papier gebracht? Einen kleinen Beitrag für die Firlefanz-Seite! Ich hatte den ganzen Tag durch die großen Fenster in den Himmel geblickt, den Zug der Wolken verfolgt. War der Himmel blau oder grau? Ich konnte mich nur noch an das bewegte Spiel erinnern, Wolkenfetzen bildeten bizarre Formen, neue kamen hinzu, veränderten sich, zogen weiter.

Der antiquarische Aufzug ratterte, öffnete sich. Ich stand vor der geschlossenen Tür meiner Wohnung. Still und ohne Emotionen blickte mich der dunkelgrüne Lack an. Ich steckte den Schlüssel ins Schlüsselloch, drehte ihn. Er war also nicht da. Sonst würde er hier stehen und mich in die Arme nehmen. War er in seinem 'Kellerloch' geblieben? Würde er anrufen? War alles nur ein Traum? Ein one-night-stand mit freiem Zugang zu meiner Wohnung dank des vertrauensvoll ausgehändigten Schlüssels?

Meine Freundin Liz kam heute sicher wieder spät in der Nacht nach Hause, sie blieb oft lange bei ihrem Freund. Gut so, dann konnte ich ihrem Verhör und den bohrenden Fragen entgehen, welcher Typ gestern abend vor der Tür stand, wer sie zum Cannabis-Rauchen animiert hatte, seit wann ich auf Kiffer-Typen stünde.

Ich öffnete die Tür, stellte meine Tasche in die Ecke. Es müffelte. Schimmel, Moder? Die Küchentür stand weit offen. Hatte Liz etwas in den Abfall geworfen, das vor sich hinfaulte? Ich sollte die Fenster öffnen und nachschauen. Ich schloß die Eingangstür.

Zwei Hände legten sich sanft von hinten über die Augen.

"Es ist spät. Ich habe dich vermißt. Hattest Du einen anstrengenden Tag?

Er drehte mich mit sanftem Druck in seine Richtung.

"Laß dich anschauen! Du bist müde. Laß dich drücken! Magst Du einen Tee?"

Er nahm mich in die Arme, strich mir über die Haare. Die Nebel im Kopfe lichteten sich. Alles um mich herum wurde warm, weich, als sei ich in eine Wolke gebettet.

"Ich spiele Dir etwas vor, das entspannt. Ich habe meine Gitarre geholt."

Er steuerte auf eine Ecke zu, wühlte in einem Berg, der sich auf den Holzdielen wie ein umgekippter Kleiderschrank türmte.

"Sie muß in der Küche sein."

Er hob mich hoch, trug mich durch den langen Flur an Liz geschlossener Zimmertür vorbei, als sei ich eine Feder, setzte mich in der Küche auf den Stuhl. In der Ecke lehnte eine Gitarre an der Wand, ein paar weiße und rote Unterhosen lagen verstreut herum, eine alte Lederjacke hing am Fenstergriff. Er schwenkte mit dem Arm kurz über die Unordnung.

"Ich habe das aus meinem Kellerloch geholt, ein paar Klamotten und", er blickte mich stolz an und hielt sie hoch, "meine Gitarre."

Deshalb hatte es so gemüffelt. dDe Kleider, die Unterwäsche, die herumlagen. Das Kellerloch! Wohnte er tatsächlich in einem Keller? Er setzte sich im Schneidersitz zu meinen Füßen, lehnte sich an die Wand und griff in die Saiten. Ich folgte den langen schmalen Fingern, die blitzschnell von unten nach oben wechselten, hin zur Mitte, flink mit den Kuppen auf die Saiten drückten, losließen. Die Akkorde flossen dahin, plätscherten, wechselten sich ab, schwenkten in eine neue Tonfolge, ein bißchen Dur, ein bißchen Moll. Er lehnte sich entspannt an die Wand.

"Sie ist verstimmt."

Er begann vor sich hinsummend eine Saite zu lockern, eine andere fester zu zurren, stimmte einige Akkorde an. Er hob den Kopf, zwinkerte mir zu. Hatte er nicht auf dem Heimweg von der Disco stolz einen Gospel-Chor erwähnt, in dem er sang? Ich schloß die Augen. Ich mochte die Stimme, folgte dem Vibrieren, dem Anschwellen. Er schlug kräftig auf die Saiten ein, das Summen floß über in Gesang.

"Oh happy day, oh happy day,
when you have washed, when you have washed,
when you have washed my sins away.
oh yeah
oh happy day. Yeah, Yea!"

Er blickte mich mit einem kecken Seitenblick an.

"Zugabe? Nein, heute nicht. Ich bin zu müde für kreative Gedanken, du auch?"

Er legte die Gitarre beiseite, stand abrupt auf, lehnte sich ans Fensterkreuz, ergriff dabei meine Hand und zog mich hoch.

"Bevor wir zum gemütlichen Teil des Abends übergehen: Viele Grüße von Deinem Freund Maik, er hat angerufen. Ich habe ihm gesagt, daß es dir gut geht und daß ich jetzt hier wohne. Das war doch ok? Schau mich nicht so verblüfft an. Er hätte es sowieso erfahren. Ob du ihm das sagst, oder ob ich das tue, ist doch egal."

Er blickte mich schelmisch an, drückte mich, herzte mich, hob mich ein Stück empor, trug mich zurück durch den langen Flur in mein Zimmer und setzte mich auf die Couch.

"Heute Abend kommt Friedrich vorbei. Er bringt eine Flasche Wein mit. Er möchte dich unbedingt kennenlernen. Er wird dir gefallen."

Friedrich kam wenig später vorbei und stellte zur Feier des Tages eine Flasche Cognac auf den Tisch.

Friedrich kam von da an fast jeden zweiten Abend. Friedrich ging ganz selbstverständlich zum CD-Spieler, kannte sich bald mit der Sortierung meiner CDs aus, integrierte einige aus seinem eigenen Bestand, Er hielt nicht viel von Zimmerlautstärke. Liz klopfte immer wieder einmal an die Tür oder schrie lautstark 'Ruhe'. Friedrich fühlte sich wohl bei mir. Friedrich erzählte von seinen Abenteuern mit seinen ständig wechselnden Bienen, von den neuesten Bands, und daß er leider auch an dieser Uni nicht angenommen würde, da er keine Noten lesen könne und er könne auch nicht Mozart spielen. Er müsse sich irgendwann umorientieren. Friedrich hatte also viel Zeit, um Zukunftspläne zu schmieden und ließ sich gerne von seinem Freund Hagen beraten. Im Gegenzug schilderte er seine nächtlichen Streifzüge und seine Flucht über die Dächer vor einem eifersüchtigen Ehemann, der fast die Tür eingeschlagen hätte, während er sich durch die Dachluke zwängte, um das Weite zu suchen.

Mir blieb nicht verborgen, daß beide einige wichtige Interessensgebiete teilten: Cannabis, Alkohol, Musik, Frauen. Ihnen ging nie der Gesprächsstoff aus und wurde beflügelt durch ein, oder zwei oder auch drei Gläschen Wein, manchmal auch Hochprozentiges. Manchmal warfen sie einen Joint ein, manchmal frischten sie die Erinnerungen an die gemeinsame Tour durch die Türkei auf.

Ich wäre viel lieber mit Hagen alleine gewesen, als Friedrichs neuesten Abenteuern mit und ohne gehörnte und eifersüchtige Ehemänner zuzuhören. Ich fand das nicht lustig, ich konnte darüber auch nicht lachen. Aber zu

Hagen, das hatte ich schnell verstanden, gehörte irgendwie Friedrich. Die beiden verband eine tiefe Männerfreundschaft, das sah man, das mußte man tolerieren. Wenn der Zeiger von Oma und Opas Kuckucksuhr, die ich als Andenken an meine Kindheit mitgenommen hatte, auf Mitternacht vorrückte, schob ich mich in die unterhaltsame Zweierrunde mit lautem Gähnen ein, und noch ein Gähnen und noch eines, bis die beiden es endlich begriffen hatten. Als letzte Option blieb die brachial eingeleitete Wende des Abends als spießiger Spielverderber mit dem obligatorischen Satz: "Ich bin müde, ich möchte schlafen."

Das klärende Gespräch mit Maik verlief ohne große Emotionen. Was sollte ich ihm schon erzählen? Maik blieb schweigsam, sprach kaum, versuchte nicht einmal, mich umzustimmen. Ich sah ihn an, er wich meinem Blick aus und starrte auf seinen Teller. Irgendwie schmeckte weder ihm noch mir das Essen. Ich spürte, ich hatte ihn tief verletzt. Ich wollte ihm nicht wehtun und konnte es trotzdem nicht ändern. "Was für einen Typen hast du dir da angelacht!", stellte er ungläubig fest, als sei dies unter meiner und seiner Würde und hob den Blick kurz. Ich fragte nicht, was Hagen ihm erzählt hatte, ich wollte es nicht hören. Ich würde auch Hagen nicht danach fragen. Maik tat mir so unendlich leid und ich mir auch, daß ich ihm das antun mußte.

Es war am Ende der zweiten Woche, in der ich mich Mond und Sternen und dem gesamten geheimnisvollen Universum näher fühlte, als dieser schnöden Erde, auf der ich tagsüber meinem Broterwerb nachging, um abends der Eingangstür den üblichen Schubs zu geben, im rappelnden Aufzug in den zweiten Stock zu fahren, und endlich anzukommen. Zwei Wochen wie ein Traum. Alles war schön, das gemeinsame Aufwachen, das gemeinsame Frühstück, der aufregende Moment, wenn ich abends aus dem ächzenden Aufzug trat und die Tür öffnete - Hagen dachte sich immer etwas Neues aus. Zumindest für die Tage, wenn Friedrich nicht auf dem Programm stand! Alles Gemeinsame machte Spaß - bis auf die gemeinsamen Abende mit Friedrich!

"Ich habe eine Überraschung", empfing mich Hagen und zog mich mit beiden Händen hinter sich her in die Küche. Der Tisch war gedeckt.

"Mein Lieblingsrezept. Ich habe ganz alleine gekocht, nur für dich und mich, nur für uns beide. Lauch im Schlafrock."

Er nahm mich in die Arme, küßte mich auf die Wange, rückte den Stuhl zurecht, wie der Ober in einem Drei-Sterne-Restaurant. Ich schnupperte.

"Du wirst es mögen!"

Er strich sich die zerzausten Haare aus dem Gesicht, öffnete die Backröhre, stellte den Bräter auf den Tisch. Es roch verführerisch, der Käse über den Lauchrollen hatte die richtige Farbe, goldgelb. Er goß das Wasser der Kartoffeln ab, schenkte den Weißwein ein, zog mit dem Messer einen Schnitt durch den Käse, kämpfte sich mit dem Besteck durch die Sahne-Sauce, und legte mir eine Lauchrolle mit Schinken umwickelt auf den Teller.

"Ich bin gespannt, wieviel Sterne du vergibst. Komm, probiere!"

Er lachte mich siegesgewiß an. Nach dem ersten Bissen war ich mir bereits sicher.

"Vier!"

Gönnerhaft hatte ich zu den drei Michelin-Sternen noch meinen eigenen gesetzt.

"Wie gut, daß Friedrich heute nicht vorbeischaut. Sonst hätten wir das teilen müssen. Er packt die Koffer", flocht Hagen während des Kauens ein.

Das war eine freudige Nachricht, dann war Friedrich erst einmal eine Zeitlang außer Sichtweite. Ich blieb verschont von seinen neuesten Frauen-Geschichten. Was für ein Abend! Das leckere Essen und die gute Nachricht, Friedrich die nächste Zeit erst einmal nicht zu sehen.

"Will er verreisen?", konnte ich meine Neugier nicht ganz unterdrücken. Zumindest wäre es beruhigend zu wissen, wie lange er außer Reichweite weilte. Hagen reichte mir die Schüssel mit den Kartoffeln.

"Komm, nimm dir! Wir wollen morgen nach Sylt fahren. Ich will austesten, wie unabhängig ich noch von dir bin, wie weit du mir schon unter die Haut gekrochen bist."

Er blickte mich schelmisch an, verzog die Mundwinkel als sei er gespannt, wie ich darauf reagiere.

"Vergiß das Essen nicht! Du hast doch nichts dagegen? Er holt mich morgen früh mit seinem grünen Flitzer ab. Wirst du uns 'Tschüs' sagen und mich nicht vergessen?"

Ich sagte tschüs am nächsten Morgen. Ich winkte, als die beiden gutgelaunt in Friedrichs grünem Sportflitzer mit offenem Verdeck davonbrausten. Ich hatte die Frage unterdrückt, warum nicht wir beide nach Sylt fuhren. Die Frage bohrte weiter, als die beiden schon längst nicht mehr zu sehen waren. Warum fuhr Hagen nicht mit mir nach Sylt?

Ich wartete im Büro auf seinen Anruf, die beiden müßten inzwischen angekommen sein. Eine Stunde nach der anderen verging! Ich blickte durch die großen Fensterscheiben in den Himmel. Die Wolken zogen vorbei, veränderten sich, ein warmer, schöner Sommertag mit ein paar weißen Wattebäuschchen auf das Blau getupft. Am Abend zu Hause: nichts, kein Anruf. Die Stunden zogen sich endlos hin, die Nacht ebenfalls. Erst gegen Morgen verfiel ich in ein unruhiges Dahindämmern. War etwas passiert? Was, wenn die Polizei anrufen würde mit einer schrecklichen Nachricht? Am nächsten Tag: blauer Himmel, ein paar Wattewölkchen. Der stille Telefonhörer quälte mich den ganzen Tag, ließ mich abends nicht einschlafen, morgens mit der Hoffnung aufstehen, heute ruft er an, heute, ganz sicher. Vielleicht ist irgendetwas passiert, oder sie haben keine Unterkunft gefunden. Ich malte mir schreckliche Szenen aus. Ich konnte nirgendwo anrufen, ich kannte keine Adresse, keine Telefonnummer von Freunden. Ich wußte nichts über Hagen!

Ein Tag nach dem anderen verging - zwei Wochen lang. Hagen blieb verschollen. Bis er vergnügt und braungebrannt auf meiner Couch saß, als ich nach Hause kam. Er drückte mich, herzte mich.

"Wie schön, dich wieder zu spüren. Hast du mich denn vermißt?"

Er hob mich hoch, küßte mich und lachte mich an.

"Irgendwie mag ich dich ein bißchen."

Irgendwie mag ich dich ein bißchen, es bohrte in mir. Aber Hagen hatte dabei so herzlich gelacht, er hatte es sicher anders gemeint. Dies war vielleicht seine Art, Gefühle auszudrücken.

In den vergangenen zwei Wochen hatte sich in meinem Innenleben eine seltsame Wandlung vollzogen. Eine zweite Haut hatte sich gebildet, bewehrt mit Stacheln wie bei einem Igel, die sich mehrten, bohrten, schmerzten. Die Natur mußte eine falsche Weiche gestellt haben. Ein Programmierfehler im genetischen Code? War der Schock, die Angst vor einem drohenden Ende zu intensiv, zu schnell, zu unerwartet über mich hereingebrochen? Der normal bewehrte Igel setzt seine Wehrhaftigkeit gegen Feinde im Außenbereich ein. Der Igel in mir kehrte seine Stacheln nach innen und stach und stach ...

Der zweite Programmierfehler entfaltete seine Wirkung, als Hagen gutgelaunt und fröhlich auf meiner Couch saß. Die Stacheln schrumpften, zogen sich zurück, verschwanden, als seien sie nie dagewesen, als habe unser Zusammensein nicht das Geringste getrübt. Im Gegenteil! Fast schien es, als sei unsere Zuneigung gewachsen. Ich fühlte mich erleichtert. Hagen war zurückgekommen, Hagen war da, Hagen blieb da! Hagen kochte für mich, wartete auf mich, drückte mich, wenn ich müde von der Arbeit nach Hause kam. Hagen spielte für mich auf der Gitarre und sang dazu. Hagen schwenkte eines Tages einen Brief in die Höhe.

"Kommst du mit?"

"Wohin?"

"Ans Ende der Welt!"

Er zog ein Schreiben aus dem Umschlag und tippte mit dem Zeigefinger auf eine fette Überschrift.

"Mein Arbeitsvertrag. Ich hatte mich an der Uni beworben. Kommst du mit? Erst machen wir Urlaub in Griechenland. Wir fahren ins Land der Götter, wie ich es Dir versprochen hatte. Du kündigst Deinen Job und wenn wir zurückkommen, ziehen wir um. Nicht ganz in den Süden, aber zumindest südlicher und näher an deiner Heimat."

Gemeinsamer Urlaub, gemeinsamer Neustart - welche unsinnigen Gedanken hatten sich während seiner Sylt-Reise eingeschlichen und nagten an mir. Zwei Wochen quälende Nadelstiche - ich war selbst schuld. Ich hätte ihm vertrauen sollen. Sicher gab es einen nachvollziehbaren Grund, warum er sich nicht gemeldet hatte. Irgendwann würde er es erzählen.

Er nahm mich in die Arme, drückte mich fest.

"Sie suchen dort nach einer Wohnung für uns. Zwei- oder Drei-Zimmer-Wohnung, was sie finden. Das ist doch ok?"

Ich kündigte meinen Job. Mein Praktikum würde sowieso auslaufen. "Willst du uns wirklich verlassen? Keine Verlängerung? Wir hatten es dir doch angeboten." Ein Kollege gab mir mit auf den Weg: "Wenn du zurückkommen willst oder wenn du unsere Hilfe für einen Neustart brauchst, ruf an." Die Verabschiedung verlief traurig, wir feierten ein wenig und ich ahnte, ich würde mich nach diesen Räumen, nach dieser offenen, liberalen Zusammenarbeit zurücksehnen. Es war eine schöne Zeit mit vielen Einblicken in die Abläufe, wie Nachrichten verarbeitet und lesbar wurden.

Nach dem Abschied in der Redaktion gab es keinen Hinderungsgrund mehr. Ich hatte diesen Weg ohne Bedenken eingeschlagen. Ich wollte unser gemeinsames Leben beginnen. Ich würde nach unserem Urlaub mein Studium fortsetzen und wir würden glücklich sein und bis zum Ende unserer Tage friedlich zusammenleben.

Braungebrannt kehrten wir aus Griechenland zurück. Ich hatte die Zitronenhaine, die Sehnsucht meiner Kindheit, und den warmen Süden mit jeder Faser der Haut und der Seele in mich aufgesaugt. Wir hatten das Paradies am Ende der Welt entdeckt. Selene, die Mondgöttin, hatte uns willkommen geheißen und niemand hatte unser Zusammensein getrübt, nicht einmal Friedrich. Wir waren eins geworden mit uns, mit der atemberaubenden Natur, mit dem einfachen Leben. Wir hatten gelebt wie die Nomaden, wie die Jäger und Sammler, ohne jegliche Zwänge. Wir hatten zum Abschied vom Land der Götter das Orakel von Delphi, dann das Nationalmuseum in Athen besucht. Hermes, dem bronzenen Götterboten, geborgen aus den Fluten des Meeres, hatten wir versprochen wiederzukehren. Sein in die Zukunft weisender Arm hatte uns den Weg gewiesen. Wir hatten uns an der Hand gehalten und unter seinem stillen Blick gespürt, wir gehörten zusammen. Nichts konnte uns trennen.

Vor unserer Abreise besuchte uns Friedrich fast täglich. Während einer der letzten Abende gab er seine Abschiedsvorstellung. Ich war müde und spät von der Redaktion nach Hause gekommen. Die beiden empfingen mich feixend und lachend und leicht angetrunken und ließen sich durch mich nicht stören. Friedrich lungerte im Sessel herum und breitete vor Hagen sein neuestes Disco-Abenteuer aus. Die Umzugskartons standen gepackt überall herum, es wirkte ungemütlich. Ich zog mich auf den einzigen noch freien Platz an den Schreibtisch zurück, füllte einige Formulare aus, erledigte Liegengebliebenes und nahm mit einem halben Ohr wie ein Hintergrundrauschen immer wieder einmal Gesprächsfetzen wahr. Die Unterhaltung war eigentlich nicht für mich bestimmt. Aber meine Anwesenheit störte nicht.

Friedrich lief, je weiter der Abend vorrückte, zur Höchstform auf, das Lachen wurde lauter, zu laut, um die Ohren zu verschließen. Er hatte eine Mieze angebaggert und mußte seinen Erfolg unbedingt loswerden.

"Gin-Tonic an der Theke ..."

Mit einem halben Ohr vernahm ich, wie Friedrich dem Höhepunkt seines Abenteuers zustrebte:

"Und dann habe ich sie draußen auf einem Auto auf die Kühlerhaube ..."

Friedrich lachte ein ganz spezielles Lachen, stoßweise, abgehackt, bei jedem neuen Ansatz eine Spur lauter. Hagens begleitendes Geglucke fiel dünner und zurückhaltender aus, aber sichtlich amüsiert. Man hörte am Klang, er hatte Gefallen an der Erzählung. Friedrichs Lachsalven klangen aus und mündeten in dem summa sumarum des Abends:

"Und dann habe ich sie gevögelt, gevögelt sag ich dir. Man war das geil!"

Ich drehte den Schreibtischstuhl in Richtung Couch. Die beiden nahmen mich nicht wahr. Sie lachten zufrieden vereint vor sich hin. Friedrich reichte seinen Joint an Hagen weiter. Hagen zog kräftig an dem Stummel.

"Wir haben's im Meer getrieben, im Meer gevögelt, nachts, im Wasser", gab Hagen zum Besten und gluckste vor sich hin. "Im Wasser. Hast du das schon mal probiert? Das geht …"

Hagen legte eine Gedankenpause ein, lachte kurz auf, kicherte, zog am Joint und schnippte mit dem Finger.

"Flupp, so einfach geht das im Wasser. Das mußt du mal ausprobieren! Das ist noch geiler als auf dem Kühler."

Die beiden nahmen keine Notiz von mir. Ich war für sie nicht anwesend. Ich drehte mich auf dem Stuhl zurück und beugte den Kopf tief über die Schreibtischplatte. Da war er wieder! Der Stachel war wieder da und ich wußte genau: Dieser Stachel würde bleiben. Im Meer gevögelt! Das saß! Unser verzaubertes Erlebnis am Strand unter dem sanften Licht von Selene stand in einer Reihe mit Friedrichs Vögelei auf der Kühlerhaube. Flupp!

Tränen bildeten sich, stauten sich auf wie in einem zum Bersten gefüllten See, aber ich konnte nicht weinen. Ich hörte nichts mehr, ich sah nichts mehr, ich war taub für Friedrichs Fortsetzung der Miezen-Geschichten und Hagens Empfehlungen. Wie lange saß ich so? Irgendwann drehte ich den Stuhl:

"Es langt! Ich bin müde."

Hagen blickte mich mit rotgeäderten Augen verwundert an, als nehme er erst jetzt meine Anwesenheit wahr. Er baute still und ohne eine Bemerkung unser Bett auf der Couch, ließ sämtliche Hüllen auf den Boden fallen, Hose, Unterhose, Pullover, alles lag um seine nackten Beine drapiert. Er setzte sich ein wenig wacklig auf die Bettkante, stierte vor sich hin ins Nirgendwo, ohne Friedrich oder mich eines Blickes zu würdigen, kippte zur Seite, rollte sich ein, drehte den Kopf zur Wand und zog die Decke über den Kopf.

Friedrich lehnte sich im Sessel zurück, zauberte aus seiner Jacke einen Krümel Cannabis, gluckste leise vor sich hin. Genüßlich und langsam begann er, einen Joint zu drehen, als zelebriere er eine feierliche Handlung. Es begann in mir zu brodeln.

"Ich möchte schlafen!"

Friedrich streckte die Beine aus, rutschte im Sessel ein wenig nach vorne, lehnte sich zurück, inhalierte tief, blies ein paar Kringel in die Luft. Ich versuchte es noch einmal, jetzt lauter und die Worte gedehnt:

"Ich möchte ins Bett!"

Friedrich schnippte in Zeitlupe die Asche in den Aschenbecher und zog tief und mit sichtlichem Genuß an seinem Joint:

"Dann geh doch!"

Der aufgestaute See der Tränen explodierte. Wie bei einer zerberstenden Fensterscheibe schossen die Tränenfetzen aus den Augen, flogen wie Splitter um mich herum, füllten den Raum. Durch die Nässe blitzten verschlagene, bekiffte, zugeschwollene Äuglein und grinsten mich herausfordernd an. Jede meiner Bewegungen ergab sich ohne einen einzigen Gedanken, ohne bewußtes Zutun, ohne es zu wollen. Ich stand plötzlich vor Friedrich, ich riß ihm seine Zigarette aus dem Mund, ich drückte sie im Aschenbecher aus. Ich öffnete erst die Zimmertür, dann die dicke Eingangstür. Ich ergriff den Beutel mit Tabak. Er klatschte mit lautem Geräusch gegen das Metall des Aufzugs. Die feinen Tabakstreifen verstreuten sich auf dem dunklen Bodenbelag. Das silberne Feuerzeug rutschte die Treppenstufen hinunter. Ich hob den Arm.

"Raus!"

"Raus? Du willst mich rauswerfen? Wer bist du denn? Was ist denn Eure Beziehung schon wert!"

Friedrichs kleine Augen kniffen sich zusammen. Ein gemeiner, böser Funke schlug mir entgegen.

"Nichts gegen unsere Liebe! Nichts!"

Das Gesicht wurde zur häßlichen Fratze!

"Nichts, nichts, nichts. Bei uns fehlt nur noch eins ..."

Die verquollenen Äuglein strahlten satte Genugtuung aus. Durch das Gegackere des schadenfrohen Gelächters klirrte Bosheit, sie hallte in den Ohren, schob sich durch die Tränensplitter, krächzte wie eine kaputte Rille in einer Schallplatte, nichts, nichts, nichts, und begann von vorne: 'Bei uns fehlt nur eins ...' Und dann packte ich ihn, zog ihn hoch, zerrte ihn in den Flur und warf ihn hinaus. Als die Tür hinter Friedrich ins Schloß fiel, verschwanden die Tränen, keine einzige war mehr übrig. Nur noch Leere und Gefühllosigkeit.

Hagen bewegte sich nicht, als ich ins Bett kroch, sein Kopf blieb an die Wand gedreht. Ich fror, ich zitterte wie Espenlaub, ich drückte das Kissen gegen die Augen, gegen den Mund, um nicht zu schreien.

Der Umzug in die fremde Stadt, der Einzug in die neue Wohnung, alles verlief unspektakulär. Ich hatte Hagens Kellerloch vor unserer Abreise kennengelernt. Er hatte mich mitgenommen, um ein paar Sachen, ein paar Bücher zu holen. Es war tatsächlich ein Kellerloch, im Keller ein kleiner, abgeteilter Raum. Zerbröselte Ziegelsteine dokumentierten das fortgeschrittene Alter des Gebäudes, der Verputz war abgeblättert, durch ein vergittertes Fenster fiel der Blick auf den Asphalt der Straße. Nur ein Hauch Tageslicht drang durch das verschmutzte Glas. Auf dem nackten Zementfußboden stand ein altes Bett, eine alte Kommode vom Sperrmüll, mehr nicht. Es wirkte wie das notdürftige Quartier eines Obdachlosen! Daneben Friedrichs Kellerloch mit einer ähnlichen Ausstattung. Kurz flammte der Verdacht auf, Hagen hatte sich bei mir eingenistet, weil er nach der Rückkehr aus der Türkei in diesem Rattenloch nicht wohnen mochte. Und Friedrich kam aus dem gleichen Grund so oft wie möglich zu uns.

Hagens neue Kollegen hießen uns willkommen, planten mit uns gemeinsame Kneipenbesuche, um uns auch mit dem Nachtleben der neuen Stadt vertraut zu machen. Meine Rückkehr in den universitären Betrieb gelang leicht und freudig. Ich hatte viel vergessen, hatte mich an einen anderen Rhythmus durch die Strukturierung und die Hektik einer Redaktion gewöhnt. Das Eintauchen in den eher leisen wissenschaftlichen Betrieb bedeutete, den Kopf stundenlang und versunken über Bücher gebeugt alleine vor sich hinzubrüten. Aber diese andere Welt weckte erneut die Neugierde auf unsere Vergangenheit, auf Geschichte und Geschichten.

Nach einigen Wochen pendelte sich der unterschiedliche Alltag ein. Das gemeinsame Erleben mit Hagen beschränkte sich auf die Abende. Wir kochten gemeinsam, wir erzählten uns von unserem ungewohnten neuen Tagesablauf. Wir gingen abends mit den neuen Kollegen ein Bierchen trinken. Wir erkundeten die neue Stadt und gründeten unseren ersten gemeinsamen Hausstand.

Gelegentlich jobbte ich für eine Tageszeitung. Sie hatten mich auf meine Anfrage hin sofort als freie Mitarbeiterin mit eingeplant. Mein Praktikum wies mich als angehende Journalistin aus. Sie schickten mich zu

Veranstaltungen, zu Tagungen, manchmal auch in langweilige Sitzungen mit nicht enden wollenden unproduktiven Diskussionen. Es war ein schlecht bezahlter, aber ein interessanter Nebenjob.

Eines abend klingelte es. Hagen schaute mich verwundert an. "Erwartest du Besuch?" Er ging zur Tür. An seinem begeisterten Lachen erkannte ich den Ernstfall, den Gau. Friedrich stand in Begleitung einer jungen Frau vor der Tür. Die Überraschung war gelungen. Friedrich umarmte erst Hagen, und dann nach langem Drücken und Herzen und auf die Schulterschlagen war ich an der Reihe. Wir beiden Frauen waren Zubehör, Nebensache. Die beiden Männer konnten sich kaum trennen.

Friedrich hatte es ohne Hagen nur kurze Zeit in seinem Kellerloch ausgehalten. Er hatte sich erst eine feste Freundin gesucht, und war dann in unsere Nähe umgezogen. Er habe sich einsam ohne uns gefühlt, erklärte er mit einem Seitenblick zu mir. Er habe sich an der Uni beworben. Er wolle noch einmal einen neuen Anlauf starten. Er hoffe, er könne hier Musik studieren, ohne Noten und ohne Mozart. Er warte noch auf die Antwort. Er habe erst einmal einen Job in einer Gärtnerei gefunden. Die Rillen der Schallplatte in mir begannen zu krächzen und leierten: 'Bei uns fehlt nur noch eins, eins, eins, …. ' Ob es Friedrich genauso erging? Und Hagen? Drehte er bereits den Kopf gegen die Wand?

Ab und zu besuchte uns Friedrich in der neuen Wohnung, immer in Begleitung seiner Freundin. Beide blieben meist nur kurz, tranken ein Bier, einen Kaffee und verabschiedeten sich, sie hätten noch viel zu tun, ihre Wohnung sei noch nicht fertig eingerichtet. Dank der konstanten Damenbegleitung beruhigte sich die Schallplatte im Kopf. Ich schaffte es sogar, Friedrich anzusehen, ihn wahrzunehmen, so wie er war: die etwas stämmige Figur, die dunklen

Haare, die vom Kopf abstanden. Wenn ich seinem Blick aus den kleinen braunen Augen begegnete, wich er aus und bei mir begann die Schallplatte erneut und von vorne zu leiern. Manchmal, wenn unsere Blicke sich kreuzten, lachte Friedrich verlegen vor sich hin.

Friedrich fungierte als Hagens Trauzeuge bei unserer Hochzeit. Während der Standesbeamte sein Pflichtprogramm herunterbetete, schimmerte für einen kurzen Bruchteil die Vision durch den eintönigen Vortrag, daß wir hier zu dritt getraut würden. Sie verflog, als Hagen mir den Ring an den Finger steckte, mich umarmte, herzte und drückte. Ich glaubte zu spüren, er freue sich, auch wenn er vorgab, eine Heirat sei nur gut für die Steuererklärung. Hagen trug den Ehering an diesem Tag und dann nie wieder.

Schon kurz nach unserer Hochzeit verstärkte sich Hagens Arbeitseinsatz. Immer öfter kam er spät abends nach Hause. Manchmal flocht er mit einer Seitenbemerkung ein: "Morgen Abend geh ich mit Friedrich ein Bierchen trinken. Das ist doch ok?"

War es ok? Ich wußte es nicht. Aber ich wußte, daß ich es durch ein Zurückwerfen der Frage 'ist es ok?' nicht herausfinden würde. Meine Zeit war ausgelastet mit der Pressetätigkeit, den Vorlesungen und Seminaren an der Uni, den Vorbereitungen für das Examen. Ein unangenehmer Husten hatte sich seit unserem Einzug in die neue Wohnung eingestellt, Müdigkeit, Abgeschlagenheit. Lag es an der Luft der anderen Stadt? An der Arbeitsüberlastung? An der Wohnung unter dem Dach mit den dunklen Balken? Oder an Hagen?

Hagen entwickelte ungewöhnliche Mimositäten und reflektierte immer öfter die Ausgestaltung von Beziehungen. Das begann bereits bei dem Gebrauch von Kosenamen. Wenn ich die zerzausten Haare am Sonntagmorgen neben mir im Bett wahrnahm, nach seiner Hand griff, fielen mir spontan Kosenamen ein, sicher nicht immer schmeichelhaft, wie 'Stinkebär' oder 'Zottelbär'. In besonders intimen Situationen setzte ich manchmal das Possessivpronomen 'mein' davor. Manchmal rutschte mir 'mein Kuschelbär', oder 'mein Wuschelbär' einfach so heraus, ohne darüber nachzudenken. Die Kosenamen erfand ich immer wieder neu und in anderer Kombination, ohne jeglichen Argwohn.

„Ich bin nicht DEIN Bär" wies mich Hagen zurecht und entließ mich aus seiner Umarmung.

„Mein, dein. Ich gehöre nicht dir, damit drückst du Besitzansprüche aus!"

„Das ist doch nur so eine Redensart", versuchte ich mich zu verteidigen, während ich bemerkte, daß ein neuer Stachel heranwuchs.

„Ich sage doch auch ‚meine Mama', ohne daß ich Besitzansprüche an sie erhebe. 'Mein' zeigt doch nur ein Gefühl der Zugehörigkeit an, eine vertraute Beziehung zwischen zwei Menschen."

Mit der Wiederholung diesbezüglicher Diskussionen erweiterte sich der Horizont unseres Klärungsbedarfs. Er bezog neben der Definition des Possessivpronomens das Wort 'Eifersucht' mit ein und mündeten immer häufiger in eine Auseinandersetzung, ob ein Zusammenleben zwischen Mann und Frau auf einen Partner beschränkt bleiben könne.

"Man ißt doch auch nicht jeden Tag ein Schnitzel. Manchmal möchte man auch ein Steak. Außerdem verstärkt das den Wettbewerb. Man gibt sich dann mehr Mühe mit seinem Partner, Beziehungen werden spannender, lebendiger."

Nachdem Hagen es geschafft hatte, seine Innenansichten über das Wesen von Beziehungen zwischen Mann und Frau für mich verständlich klarzustellen, ging er öfter mal mit Friedrich abends ein Bierchen trinken und fragte nicht mehr 'ist das ok'.

"Du brauchst heute Abend nicht auf mich zu warten. Ich ziehe mit Friedrich ein wenig um die Häuser. Friedrichs Freundin ist ausgezogen. Er hat jetzt mehr Zeit, vielleicht gehen wir in die Disco ein bißchen herumhopsen. Das brauche ich ab und zu. Ich muß mich mal wieder austoben."

Es blieb erst einmal bei einem Disco-Abend, der im Morgengrauen endete, als es bereits zu dämmern begann. Die daran anschließende Auseinandersetzung startete mit der erneut aufbrechenden Diskussion um das tägliche Schnitzelessen. Ich erfuhr, daß er nach dem Herumhopsen noch ein wenig herumgevögelt hatte.

"Was ist denn schon dabei? Sitz nicht immer auf mir herum. Warum suchst du dir nicht auch einen kleinen Studenten? Was ist schon Liebe? Vielleicht liebe ich morgen jemand anderen. Vielleicht gehe ich dann, vielleicht auch nicht, vielleicht gehst du. Wenn mir eine über den Weg läuft, die ich mehr liebe, dann gehe ich eben."

Wumm, eine ganze Serie neuer Stacheln begann zu sprießen, piksten im Innern und wollten nicht zur Ursache der Verletzungen nach außen dringen. Was soll man schon sagen, wenn die Endlichkeit einer Liebe in einem Nebensatz wie ein Damoklesschwert über dem Kopf aufgehängt wird? Endlose Diskussionen beginnen? Um immer wieder das gleiche zu hören, das ich schon dutzende Male gehört hatte und doch nicht so recht glauben wollte? Um die Stacheln im Innern noch stärker zu spüren? Um die Angst auslösenden Wörter 'Trennung', 'Scheidung' wie ein Menetekel an die Wand zu malen?

Hagen begleitete mich zu einer Großveranstaltung. Ein Kollege war ausgefallen, die Redaktion fragte nach, ob ich am Wochenende Zeit hätte. Es war eine Chance, ich sollte für einen erfahrenen Redakteur einspringen. "Ich muß nach vorne", ließ ich Hagen nach Vorzeigen der Pressekarte in der Nähe des Eingangs zurück. "Wir treffen uns hier, wenn die Promi-Reden vorbei sind."

Neben mir in der vordersten Reihe saß Pit, der Vertreter der Konkurrenz. Wir folgten aufmerksam den Vorträgen. Pit lugte manchmal verstohlen auf meinen Notizblock. Ich merkte, er war unsicher, unerfahrener als ich, wir tauschten die Telefonnummern aus für den Fall, daß uns etwas entfallen war und wir Hilfe benötigten. Wir plauderten noch ein wenig über den Gehalt und den Sinn der Eröffnungsreden. Sie ruhten gut abgespeichert im Kopf. Das Wichtigste war in Stichpunkten auf dem Block vermerkt. Es war spät geworden. Der Artikel mußte morgen früh in der Redaktion sein.

Wir kämpften uns durch die herumstehenden Menschenmassen zum Ausgang, der gemütliche Teil des Abends war bereits in vollem Gang. Grüppchen standen herum, man frischte alte Kontakte auf, knüpfte neue, schwätzte hier und dort, trank ein Gläschen, schnappte sich ein Häppchen. Ich blickte suchend umher. Hagen. Wo war er abgeblieben? Pit hatte meinen Rundumblick bemerkt.

"Wie kommst du nach Hause? Soll ich dich mitnehmen?"

In irgendeiner Ecke weit vorne entdeckte ich ihn, angeregt plaudernd mit einer jungen Frau.

"Ich habe meinen Typ gefunden", rief ich Pit zu und deutete in Hagens Richtung. Ich kämpfte mich durch die verschiedenen Grüppchen. Pit rief hinter mir her:

"Warte, ich habe vergessen, dir meine Handynummer zu geben. Ich bleibe heute Nacht bei einer Freundin. Du kannst mich nur übers Handy erreichen."

Ich hatte es bis zu Hagen geschafft und schwenkte den Notizblock in die Höhe:

"Erledigt. Wollen wir gehen? Der Artikel muß morgen früh in der Redaktion sein."

Hagen nuschelte beiläufig in meine Richtung:

"Geh du schon mal vor. Ich komme später nach."

Eine flapsige, mir vor die Füße geworfene Bemerkung und sofort wandte er den Kopf in die andere Richtung und setzte sein unterbrochenes Gespräch fort. Pit hatte sich neben uns gestellt und begrüßte die junge Frau mit Vornamen.

"Du brauchst nicht auf mich zu warten. Ich komme später nach!"

Hagens Ton war energischer und unerbittlicher geworden. Ich sah dieses besondere Glitzern in seinen Augen. Pit stand still neben uns und wartete ein Weilchen.

"Wo wohnt ihr? Ich muß auch nach Hause, den Artikel schreiben. Soll ich dich mitnehmen? Auf der Fahrt könnten wir noch einmal gemeinsam die Reden durchgehen. Vielleicht kannst du mir ein wenig helfen, ich mach das noch nicht so lange."

Der Abschied von Hagen fiel kurz und knapp aus. Pit versuchte die Situation zu entkrampfen, aber mir war nicht nach Lachen zumute. Die endlosen Diskussionen um Schnitzel- oder Steak-Essen drängten sich vor die bla-bla-Reden, die so unwichtig und nebensichtlich erschienen. Eine Weile fuhren wir schweigsam durch die Nacht. Es war spät, kaum ein Auto war auf der Straße, die Bürgersteige wie leergefegt.

"Du mußt keine Angst haben, ich kenne sie. Sie ist in festen Händen."

Pit erwähnte mit keinem Wort die Reden der Politgrößen, über die wir schreiben sollten.

"Ich kenne das", stellte er nach einer Weile des Schweigens fest.

"In allen Beziehungen das gleiche Problem. Nimm es nicht so ernst. Schreib deinen Artikel und geh' schlafen. Er wird zurückkommen. Sie läßt sich nicht auf so etwas ein. Ich kenne sie."

Taub! das Wort kannte ich in Zusammenhang mit Krankheiten: gefühllos, schlecht durchblutet, absterbend. Es war früher Morgen und dämmerte bereits, als ich den alkoholgeschwängerten Atem über mir roch und das schwere Gewicht auf mir spürte.

Als es vorbei war, drehte ich mich zur Seite. Keine Träne floß, kein Gefühl regte sich. Ich wollte aus diesem Körper entfliehen. Ich war gefangen, an eine gefühllose Haut gekettet. Das Innere schmerzte, als sei es verbrannt. Ich spürte die Stacheln, die sich durch mich hindurch fraßen und alles überwucherten.

Die Morgendämmerung markierte eine Wendemarke. Erst viel später, als unsere Liebe Vergangenheit war, erkannte ich Zusammenhänge. Die Vorboten hatten sich bereits am Anfang gezeigt. Hagens gemeinsamer Sylt-Urlaub mit Friedrich markierte den Anfang vom Ende. Mit der kurzen Trennung, um zu prüfen, 'wie weit ich ihm unter die Haut gekrochen sei', hatte er begonnen, mich auf Abstand zu halten. Sylt war der erste Spatenstich zu einem Wehrgraben um seine Burg. Hagen baute langsam und stetig an seiner Festungsmauer, um sich vor Gefühlen zu schützen, gleich der Gefahr eines Sonnenbrandes. Von Beginn an erprobte Hagen mit feinem Gespür wie ein Marionettenspieler, wie er an den Fäden ziehen mußte - mal fester, mal gelockert, damit sich die Figur nach seiner Vorstellung bewegte. Momente überschäumenden Glücks konnte er gleich einem Schlangenbeschwörer hervorzaubern, um den Deckel über den Korb zu stülpen, wenn die Schlange genug getanzt hatte. Er holte die Sterne vom Himmel, um mir im Glückstaumel verharrend das Grauen des Endes vor Augen zu führen. Hagen beherrschte Methoden, die mir fremd blieben. Ich war ihm schutzlos ausgeliefert, ich konnte seine Taktik nicht erlernen. Ich kam mir vor wie ein Schwimmer im Meer, der verzweifelt gegen immer neu auftauchende Wellen ankämpft, rudert und rudert und glaubt, gerettet zu sein und doch immer wieder ins Meer zurückgeworfen wird.

Vielleicht kann man das Paradies nur für kurze Augenblicke erleben, ging es mir manchmal durch den Kopf. War die Vorstellung, eins zu werden und ein Stückchen eins zu bleiben eine Illusion? Vermessen, diese winzige Ewigkeit wie eine Verschmelzung mit dem Universum zu begreifen, dem Ursprung allen Seins? Wurde dieses verwirrende Gefühl in uns angelegt, um im Schönen zu zeugen, dem Körper wie dem Geiste nach, wie griechische Denker der Antike die Liebe beschrieben? War diese Sehnsucht ein Relikt unseres Ursprungs, als wir noch als Sternenstaub in Gaswirbeln herumtorkelten und danach strebten, zusammenzufinden?

Was blieb nach dieser Morgendämmerung? Waren die Gefühle reif für rationales Überlegen, für die Einsicht in meine eigene Verletzbarkeit und die Unvereinbarkeit mit Hagen Bedürfnissen? Wieviel an Kränkungen konnte ich vertragen, wie viele Stacheln mußten im Inneren wachsen, bevor ich mich dazu durchringen konnte, mich selbst zu schützen, bevor ich fähig war, das Messer anzusetzen, um Hagen aus meinem Fleisch zu lösen?

Wir hatten uns in endlosen Tag- und Nachtsitzungen bis aufs Mark bloßgelegt. Es bestand kein Bedarf mehr nach Klärung. Mein-dein war umrissen, Schnitzel-Essen und gelegentliche Steaks verinnerlicht. Die Empfehlung, 'ich solle nicht so auf ihm herumsitzen, mir einen kleinen Studenten an der Uni suchen' wurde immer wieder einmal vor mich hingeworfen, wie ein Köder, den ich schlucken sollte. Und tief im Inneren saß die Ankündigung, er würde jederzeit gehen, wenn er jemand anderes mehr liebte als mich.

Die Fronten waren geklärt. Ich stand gelähmt vor den Worthülsen, die ich hören, aber nicht verstehen konnte. Ich sprach eine andere Sprache. Hagen hatte seine Gedankenwelt vor mir ausgebreitet. Sie lag vor mir wie ein aufgeschlagenes Buch. Jedes Steinchen wurde bei unseren Diskussionen umgedreht, alles an Überkommenem hinterfragt und am Ende wußte ich nicht mehr, wer ich war. Das Gerüst meiner Person fiel zusammen, schwamm davon, die Füße fanden keinen Halt. Ich wollte schreien, aber jeder Laut blieb im Halse stecken. Ich fühlte mich als lebendig gewordenes Bild des Edvard Munch. Alles in mir schrie ohne einen einzigen Laut, ich bestand nur noch aus einem einzigen nicht gehörten Schrei.

Unser Haus in Griechenland bot für die kurze Periode unserer Ferien Schutz. Das alte Häuschen mit den dicken Steinmauern, das uns Verwandte von Jota und Thanos verkauft hatten, stand in einem Oliven- und Zitronenhain nahe am Meer, eine Höhle der Geborgenheit, ein Rückzug vor uns selbst. Das Dach schützte nicht nur vor der sengenden Sonne, sondern auch vor den verletzenden Gesprächen, auf die es keine Antwort gab. Hagen pflückte draußen vor der Tür Zitronen für das Dressing des Salates, Hagen verfolgte das Heranreifen der Oliven und kostete mit Genuß unser selbstgeerntetes Olivenöl. Hagen tauchte, fing Fische, große Fische unter den Felsvorsprüngen in der Tiefe der kleinen Bucht, die wir grillten und gemeinsam aßen. Hagen plauderte in der nahegelegenen Stadt mit dem Chef des Supermarktes über die Qualität der luftgetrockneten Salami wie damals, bei unserem ersten Einkauf. Wir luden gemeinsam

Jota und Thanos ein, besuchten die Taverna am Hafen mit den blauen Tischen und umarmten alle, die inzwischen unsere Freunde geworden waren. Der Papas bezog Hagen in seinen auserwählten Dunstkreis ein. Er trank nach seinen Spaziergängen mit seinen Jüngern am Meer an unserem Tisch hin und wieder einen Ouzo und diskutierte mit Hagen über Gott und die Götter.

In unseren Betten in unserem Häuschen am Ende der Welt, das durch die neu gebaute Straße näher an die heutige Zeit gerückt war, fühlte sich Hagen manchmal ein bißchen an wie damals, als Selene uns den Weg gezeigt hatte, fast als hätten wir zurückgefunden zum Paradies. Es wich das Gefühl der Taubheit, wenn sich Haut an Haut schmiegte und die Grenzen zwischen uns verschwammen.

Nach unserem letzten Urlaub und gleich nach unserer Rückkehr gewann Hagens Bedürfnis, wieder einmal herumzuhopsen, die Oberhand. 'Nur so zum Spaß, nicht schon wieder, was du dir da wieder ausmalst'.

Es dauerte genau zehn Tage, bis mich die ziehenden Schmerzen zum Arzt trieben. Er blickte halb fragend, halb vorwurfsvoll über den Rand der Brille in meine Richtung, senkte den Blick auf seinen Schreibtisch, als spreche er mit der gläsernen Platte:

"Hatten sie Geschlechtsverkehr?"

Die Sprechstundenhilfe stand etwas betreten neben mir.

"Ja, mit meinem Mann."

"Dann sollten sie mit ihm darüber sprechen. Dann hat ER sie angesteckt."

"Das kann nicht sein", entgegnete Hagen. "Wer weiß, wo du herum gevögelt hast."

Ich saß am darauffolgenden Abend mit verquollenen, verweinten Augen am Küchentisch vor einem Teller mit einer Scheibe Brot und versuchte, ein paar Bissen hinunterzuwürgen. Die Spritze, die mir der Frauenarzt am Morgen verpaßt hatte, war schmerzhaft gewesen, so schmerzhaft, daß mir der Verdacht kam, der Arzt wolle mich für Hagens Seitensprung bestrafen. Ich schleppte mich Meter um Meter nach Hause, zog den Fuß nach und mit jedem Schritt spürte ich das Stachelfell im Innern wachsen und wuchern. Ich wußte es und wollte es doch nicht wahrhaben: Es gab kein Zurück. Ich konnte nicht mehr. Warum gelang es trotzdem nicht, das Ende zu Ende zu denken? Ein Leben ohne Hagen? Es gab kein Zurück in diese Zeit, als ich mich im Paradies wähnte, aber es gab auch keinen Weg in die andere Richtung. Patt! Schachmatt!

Hagen kehrte am Abend zur gewohnten Zeit zurück, blieb mit einem kurzen Gruß in der Türöffnung stehen.

"Ich habe mir das irgendwo geholt. Ich war heute beim Arzt."

Danach verschwand Hagen und stellte den Fernseher an. Irgendeine Stimme quasselte ununterbrochen und wollte nicht aufhören. Ich kaute weiter an dem Bissen herum, und dann war es wie damals bei Friedrich. Der aufgestaute See von Tränen schaffte sich Luft, explodierte in alle Richtungen. Ich fegte den Teller vom Tisch, stürzte auf den roten Knopf des Fernsehers zu, drückte auf die Aus-Taste und schlug auf Hagen ein. Irgendwann hielt er meine beiden Arme fest und schrie mich an:

"Ich kann deine heulende Fresse nicht mehr sehen."

Ich hörte die Tür schlagen und wußte, es war aus! Jetzt war es endgültig aus und vorbei.

Im Seminar wurde eine Schachtel mit römischen Fibeln herumgereicht. Die Originale ließen mich heute kalt. Ich war nicht willig, mir die Freuden und Leiden römischer

Legionäre auszumalen. Ich wollte mir nicht den wollenen Umhang vorstellen, den der Knopf zusammenhielt, die Nadel am Gewand der blonden Germanin. Meine Gedanken kreisen um die ganze Skala von Hagens Argumenten - Schnitzel- und Steak-Essen, Vögeln gelegentlich und/oder nach Bedarf oder regelmäßig der Reihe nach in Wohngruppen zur optimalen Bedürfnisbefriedigung. Das komplette Programm ehelicher und außerehelicher Beziehungen mit und ohne Eifersucht. In der Tram auf dem Nachhauseweg ratterten Hagens Argumente weiter. Liebe eine Illusion, eine List der Natur zur Sicherung des Nachwuchses, Scheinwelt, Besitzstreben.

    Und Aphrodite, die Göttin der Liebe? Romeo und Julia? Die Gedichte der Sappho? Altmodische Ausgeburten einer überschießenden, realitätsfremden Phantasie der Vergangenheit?

Mein eigenes Gebäude drohte zusammenzufallen und einem zähen, schlammigen Untergrund zu weichen, in dem ich zu versinken drohte. Unsicherheit, Zweifel, Finsternis, Taubheit kochten empor. War dies die Realität? Ich nahm trotzig einen kleinen Band aus dem Bücherregal, Sappho! Sie hatte den Schmerz verlorener Liebe durchlitten. Ihre Worte hatten tausende von Jahre überlebt.

    Ich schlug das Buch auf, das kleine Gedicht über die nächtliche Einsamkeit- Ich tippte es mit großen Buchstaben in den Computer, druckte es aus und pickte es mit Reißzwecken über den Schreibtisch an die Wand. Ich klammerte mich an die wenigen Worte. Gesunken ist Selene, sind die Plejaden, schrieb sie. Mitternacht war vorüber, und sie schief allein. Es war das Sprungtuch, das mich im Moment des Absturzes auffing. Schriftzeichen mit Inhalten, die sich in die Seele eingruben und durch die Jahrtausende zogen.

Hagen kündigte sich telefonisch an. Er kam pünktlich, überpünktlich, als wolle er es hinter sich bringen. Ängstlich verfolgte ich das Drehen des Schlüssels im Schloß, das Öffnen der Tür, blickte auf die durch den Türrahmen tretende Gestalt, sah in rotgeäderte Augen.

Rotgeäderte Augen: Unser erstes Treffen vor langer Zeit! Setz dich doch! Er klopfte auf den Polstern herum, strahlte mich an. Setz dich, zier dich nicht so! Die Stummel der gerauchten Joints im Aschenbecher. Liz albernes, bekifftes Lachen. Mit rotgeäderten Augen hatte es begonnen, mit rotgeäderten Augen würde es enden.

Er verharrte in der Türöffnung, überlegte einen Moment, schloß die Tür hinter sich, stellte die Taschen ab, zögerte und kam an den Küchentisch. Eine leichte Alkoholfahne umwehte ihn.

"Wir müssen unsere Probleme lösen."

Unsere Probleme? Seine Probleme? Meine Probleme? Es war eine kurze Erklärung. Es sei keine 'Andere', es sei Friedrich. Er sehe das zwar alles nicht so eng. Aber sie hätten sich ausgesprochen. Er wolle künftig sein Leben mit Friedrich teilen. Er werde ausziehen. Er werde erst einmal ein paar Sachen mitnehmen.

Ich nickte. Der Kloß hatte sich voll entfaltet, von der Magengegend bis zum Hals aufgebläht. Ich hielt meine Tasse mit beiden Händen fest umschlossen, klammerte mich an den Henkel. ich spürte die Wärme des Tees durch das dünne Porzellan. Mir war kalt.

Hagen begann mit dem Einpacken von Büchern, er schob sie im Regal hin und her, ließ sie hörbar in die Taschen fallen. Ich hörte ihn kurz auflachen. Hatte er das Sappho-Zitat über dem Schreibtisch entdeckt? Schritte in Richtung Schlafzimmer. Die Türen des Schrankes quietschten ein wenig. Wann ist er endlich fertig, wann ist es endlich vorbei?

Hagen stellte die prall gefüllten Taschen an die Türpfosten.

"Darf ich?" deutete er mit einem spöttischen Zug um die Mundwinkel auf den freien Stuhl, als sei er in einer fremden Wohnung, holte sich die Chivas-Flasche und ein Glas aus dem Regal und setzte sich ein Stück entfernt von mir auf die andere Seite des Küchentisches. Er plapperte vor sich hin, belangloses Zeug, dem ich nicht folgen wollte, begann ohne Überleitung von der schönen Wohnung zu schwärmen, die Friedrich eingerichtet habe, alte Möbel, neue Möbel. Bla, Bla, Bla. Der Kloß blockierte die Stimmbänder, die Watte im Kopf verdichtete sich. Ich saß vor ihm - eine taube Hülle. Ich konnte nur noch einen einzigen Gedanken zu Ende denken: Wann ist es endlich vorbei!

Noch benommen von der alles verändernden Entscheidung kehrte ich langsam in den normalen Alltag zurück - Unibetrieb, Seminare, die Examensarbeit. Der Husten war stärker geworden, sehr stark. Abends Termine, zu denen mich die Redaktion schickte und bei denen ich immer wieder Pit traf, und wir uns kurz unterhielten. Manchmal spürte ich seinen fragenden Blick. Einmal raffte er sich auf, griff kurz nach meinem Arm und fragte direkt: "Du bist irgendwie anders. Geht es dir nicht gut? Ist es irgendetwas mit deinem Typ?" Ich nickte nur, und spürte, wie sich der Kloß ausbreitete. Pit nahm mich kurz in die Arme. "Du hast meine Handy-Nummer. Ruf an oder komm' einfach vorbei, wenn dir die Decke auf den Kopf fällt."

Hagens Anruf platzte mitten in die letzten Vorbereitungen für das Examen. Er wolle einen Termin vereinbaren, um über die Scheidung zu sprechen. Der Kloß in der Magengegend begann zu wachsen.

Ich biß die Zähne aufeinander, als es an der Tür klingelte. Hagen kam schnell zur Sache. Er nahm sich ein Glas und die Whiskyflasche aus dem Regal in der Küche, stellte beides auf den Tisch und blickte mich herausfordernd an.

"Der ganze Krempel hier gehört sowieso dir. Ich nehme nur meine Bücher und meine Klamotten mit."

Er holte den Schlüsselbund aus der Tasche der Jacke, warf ihn auf den Tisch. Er schwenkte die Arme rundherum, zeigte auf dies und das, als markiere er die Gegenstände in der Wohnung, die mir gehörten und die er nicht haben wollte. Er machte eine Pause, holte Luft und blickte mir dabei direkt und fest in die Augen. Ich nahm ein verdächtiges Glimmern wahr.

"Und dann geht es um das Haus in Griechenland. Das werde ich behalten."

Er war zu schnell zum eigentlichen Thema gekommen, er hatte mir diese Sätze zu selbstgefällig vor die Füße geschleudert. Er duldete keine Widerrede. Es war beschlossene Sache.

Es dauerte eine Weile, bis die Lähmung nachließ, bis ich die Sprache wiederfand.

"Nein!"

Er angelte sich einen Stuhl mit dem Bein, rückte ihn zurecht, hängte langsam die Lederjacke über die Lehne, setzte sich gemächlich. Er hatte Zeit. Er nahm die Whisky-Flasche in die eine Hand, öffnete den Verschluß mit der anderen. Ich verfolgte in Zeitlupe den Weg des bräunlich-goldenen Getränks ins Glas. Wie bei einer feierlichen Zeremonie drehte er den silbernen Verschluß zurück auf den Flaschenhals, Rille für Rille, stellte vorsichtig die Flasche auf den Tisch, nahm das halbgefüllte Glas und kippte den Whisky in einem Zug in sich hinein.

Szenen meiner Kindheit tauchten vor mir auf, die Wallfahrtskirche, die hochgehaltene Hostie, Maria in den Weinbergen, die über allem thronte. Das Klingeln der Glöckchen. Der Kelch, der ausgetrunken wurde. Maria hilf!

Die Augen blickten mich lauernd an. Er wartete eine Weile. Er begann zu lachen, lachte abschätzig, lachte lauter, immer lauter, als komme ihm gerade eine gute Idee.

"Du kannst ja Urlaub im Schwarzwald machen."

Er lachte und hörte nicht mehr auf.

Es lief alles unbewußt ab. Ich hatte plötzlich die Whisky-Flasche in der Hand. Das dreieckige Auge aus der Wallfahrtskirche blitzte kurz auf. 'Nein' rief es: 'Nein, nicht auf den Kopf.' Die schwere Whisky-Flasche flog, ich sah sie durch die Luft torkeln, ich sah sie am erhobenen Ellbogen abprallen. Er hatte den Arm reflexartig hochgezogen. Mit einem dumpfen Schlag donnerte die Flasche auf das Holz der Tischplatte, schlitterte ein Stück weiter und fiel mit einem lauten Knall auf den Boden.

Hagen zeigte keine Reaktion. Er saß da wie in Stein gemeißelt, sprachlos, unfähig zu reagieren. Dauerte es eine Minute, fünf Minuten, zehn, bis Leben in sein Gesicht kam, sich die Augen bewegten? Ich wußte es nicht. Die Zeit stand still. Ich sah ihn irgendwann nach seiner Lederjacke greifen und hörte die Tür ins Schloß fallen.

Das Schreiben des Anwalts nannte einen Preis für seine Haushälfte, einen unverschämt hohen Preis. Ich telefonierte mit den griechischen Freunden. Das Haus sei nur einen Teil der genannten Summe wert.

Unsere Beziehung wurde über die Anwälte abgewickelt. Hagen hatte seinen Job gekündigt: Er würde wegziehen und mit Friedrich ganz neu anfangen. Die Anwaltsbriefe gingen hin und her. Sie vereinbarten einen Kompromiß. Der horrende Preis für Hagens Haushälfte wurde leicht nach unten korrigiert.

Die Kündigung der Wohnung kam nicht überraschend. Ich könne den Mietvertrag erst einmal übernehmen und so lange in der Wohnung bleiben, wie ich möchte, wenn ich die Miete zahlen würde, teilte mir der Vermieter mit. Konnte ich die Miete zahlen? Das Examen lag hinter mir, meine berufliche Zukunft vor mir. Wie ging es weiter?

Mein bisheriges Leben mit Hagen löste sich auf, ich verließ es Schritt für Schritt. Die Redaktion meiner Zeitung hatte mir eine Ausweitung meiner Tätigkeit angeboten. Ich saß jeden Abend bis tief in die Nacht am Schreibtisch, um in meinem wirren Kopf die Gedanken in Einklang zu bringen mit den Erfordernissen des täglichen Überlebenskampfes. Ich brütete nach den Ratssitzungen über verständliche Sätze für kaum verstehbare Flächennutzungspläne oder neu auszuweitende Baugebiete - keine besonders spannende Abendunterhaltung in Krisenzeiten. Ab und zu war ein Aufenthalt im Krankenhaus nicht zu umgehen, die Hustenanfälle waren schlimmer geworden und wiederholten sich. Der Arzt gab mir jedes Mal mit auf den Weg: "Sie sind kein typischer Asthma-Patient. Finden Sie heraus, was Ihnen fehlt, was Ihnen solche Probleme bereitet!"

Dank der freundschaftlichen Kontakte zur Redaktion konnte ich der Bank ein Bestätigungsschreiben über meine Pressearbeit vorlegen und sie für die Gewährung eines größeren Darlehens gewinnen. Die Übernahme des Hauses in Griechenland war gesichert. Ich würde mir den Duft des Zitronenhains und eine Heimat im Land der Götter erhalten.

Wenige Tage nach diesem ersten Lichtblick rief mich die Redakteurin an: "Hier Vivian. Hat es geklappt mit der Bank? Komm doch heute abend vorbei. Wir feiern meinen Geburtstag bei Pit."

Sollte ich zu einer Party gehen? Ich mit dem kreisenden Hamsterrad im Kopf, das sich immer und immer wieder um das eine Thema drehte?

Pit öffnete am Abend die Tür, als ich klingelte. Lautes Stimmengewirr drang aus der Wohnung und schwappte bis ins Treppenhaus. "Schön, daß du gekommen bist", strahlte er mich an und zog mich hinter sich her. "Komm herein. Heute wird gefeiert!"

Gelächter drang aus der Küche. Pit kämpfte sich mit lauter Stimme durch den Krach und versuchte mich vorzustellen. "Komm, setz dich zu uns", zog mich Vivian, an ihre Seite. "Endlich sehen wir uns einmal außerhalb der Redaktion." Sie schaufelte einige Stück Pizza auf einen Teller. "Komm, iß! Heute ist Grund zur Freude. Ich bin dreißig geworden und ich werde bei Pit einziehen. Wir haben uns dazu durchgerungen." Sie manövrierte ein weiteres Pizza-Stück von der Mitte des Tisches in meine Richtung und lacht entwaffnend: "Mit Knoblauch. Heute ist alles erlaubt. Und: Vergiss den Typ, es gibt genug andere. Sei froh, daß dein Häuschen gesichert ist. Vielleicht kommen wir dich einmal besuchen." Vivian war also durch Pit über alles informiert.

Es wurde eine lange Nacht. Vivian gab mir mit auf den Weg: "Diese Art von Kummer lohnt sich nicht!" Sie holte mich in den nächsten Wochen immer wieder einmal zum Kaffeetrinken und Schwatzen ab. Sie wußte, wo was los war, wer wohin ging. Manchmal hatte sie Pit im Schlepptau. Mit Hilfe von Vivian und Pit und alten und neu gewonnenen Freunden baute ich an einem Leben ohne Hagen.

Der Brief mit der Zusage für eine kleine Wohnung kam fast gleichzeitig mit der Zusage der Redaktion über einen Vertrag als freier Mitarbeiter für eine wöchentliche Kolumne, also eine Garantie für eine feste finanzielle

Grundlage. Die positiven Nachrichten setzten sich fort: Das Stipendium für eine Forschungsarbeit über das antike Ozolische Lokris war bewilligt. Mein zweites Standbein würde erst einmal in Griechenland liegen. Es kündigte sich ein spannender Neubeginn an.

Vivian freute sich mit mir über die positiven Nachrichten. Sie half beim Umzug in die neue Wohnung und beim Einräumen. Die Küche war halbwegs funktionsfähig, ich setzte Wasser für einen Tee auf. Vivian war inzwischen beim Bücherregal angelangt, öffnete einen Karton, griff sich einen Stapel Bücher, um sie ins Regal zu stellen. Eine dünne Mappe rutschte heraus, öffnete sich, Blätter breiteten sich auf dem Boden aus. Vivian bückte sich, ergriff die erste Seite, die zweite, stutzte, las ein wenig, hob die letzten Seiten auf, hielt sie lange in der Hand, schüttelte beim Lesen immer wieder ungläubig den Kopf, schaute mich fragend durch die dunklen Haarsträhnen an, die ihr beim Bücken über die Augen gefallen waren.

"Dein Manuskript? Stammt das von dir?"

"Nein, von Hagen."

"Hast du es gelesen, kennst du es?"

Sie hob die mit einer Reisemaschine beschriebenen Seiten empor.

"Nein, es lag zwischen den Büchern. Hat er wohl vergessen."

Vivian schüttelte immer noch ungläubig den Kopf.

"Willst du hören, was er dir hinterlassen hat?"

Ich zuckte unsicher mit den Schultern. Wollte ich das hören?

Vivian schaute mich immer noch an.

"Ist vielleicht besser, wir lesen das gemeinsam. Wir machen eine kleine Pause, setzen uns an den Küchentisch, trinken zusammen einen Tee."

Vivian schüttelte immer wieder ungläubig den Kopf, die langen schwarzen Haarsträhnen wippten dabei hin und her, während sie das kochende Wasser über die Teeblätter im Sieb der Kanne goß. Ich kramte in einem der Kartons und suchte nach den Tassen.

"Setz dich erst einmal!"

Vivian nahm mir die Becher aus Hand, stellte sie vor uns auf den Tisch und schenkte den Tee ein.

"Das kann man nur im Sitzen verdauen."

Vivian schüttelte immer noch den Kopf.

"Vielleicht besser, Ich les dir das vor, besser als es alleine zu lesen."

Die Haarsträhnen fielen ihr wieder ins Gesicht, als sie sich über die Blätter beugte:

Ich will diesen Rausch der Freiheit in meinem Blut spüren, will Chaos schaffen und meine eigene Ordnung kreiren. Ich kenne meine beiden Pole nur zu gut. Ich weiß, daß nur für kurze Zeit einer von den beiden vorherrschend ist, um nach geraumer Zeit von dem anderen abgelöst zu werden. Und ich weiß, daß mein Bemühen sich darauf erstreckt, eine Synthese zwischen diesen beiden Möglichkeiten zu finden. Ich suche die Radikalität, verbunden mit der damit verbundenen Einsamkeit. Ich suche die Lust und die Befriedigung. Ich suche das Außergewöhnliche, das mich befähigt, in einer ungeheuren Spannung mein Leben zu führen.

Vivian blätterte die Seite um und las weiter:

Der brennende Erregungszustand, das Gemisch aus Hilflosigkeit und sexuellem Begehren, kann nur dann entstehen, wenn die Liebe einseitig, die zu liebende Person unerreichbar ist und an der gegenseitigen Zuneigung zweifelt. Dadurch entsteht eine Mystifizierung der begehrten Person. Wenn die Erkenntnis über die Verhaltensweisen des Partners einsetzt und sein Wesen enthüllt, führt das zur Erschöpfung der Liebe. Wenn die liebende Person der Liebe des anderen gewiß wird, verliert das Begehren an Intensität und wird niemals ihre ursprüngliche Kraft erreichen. Damit ist die Liebe erloschen, wenn nicht neue Bedingungen geschaffen werden und die ursprünglichen Reize ersetzen. Es kann also keine Liebe in der völligen Entblößung seiner selbst und der gänzlichen Erkenntnis der anderen Person entstehen, da Liebe Eros ist. Der Eros erlischt und mit ihm ein großer Teil der Liebe.

Vivian strich sich die Strähnen aus dem Gesicht, um mich anzublicken. Ihre grünen Augen hatten einen fast bösen Ausdruck.

"Es wird noch besser."

Wie kann man die zur Liebe notwendigen Spannungen und Erregungszustände schaffen? Welche Möglichkeiten ergeben sich für mich, nicht für den normalen Durchschnittsmenschen? Ist die einzige Aufgabe eines Partners, mir Kraft zu schenken, damit ich eine schöpferische Tätigkeit ausüben kann? Liegt sein Lebenssinn darin, mir meinen Weg zu ebnen und in ferne Höhen zu führen? Es mag sein, daß er einen Gewinn trägt und durch die Anteilnahme an meinen Gedanken und Werken eine überdurchschnittliche Größe erreicht, daß er durch seine Hingabe an mich mit mir fortgerissen wird.

Eine lange Pause entstand. ich hielt die Tasse mit beiden Händen umklammert, spürte wohltuend die Wärme des Tees und konnte die mit den Ohren gehörten Gedanken, die wie in einer Endlosschleife an mir vorbeigezogen, nicht nachvollziehen. Sie waren mir fremd. So fremd wie Hagens Verhalten.

Vivian schob die Blätter auf einen Haufen, legte sie sorgfältig eines über das andere. Sie lagen geordnet, Kante auf Kante auf dem Tisch.

"Wo ist dein Abfalleimer?"

Ich nickte, hörte wie sie den Deckel emporhob, wie sie die Bögen zerriß. Der Deckel klappte zu. Das schepprige Geräusch setzte den Schlußpunkt. Es war vorbei, endgültig aus und vorbei.

"Soll ich dir etwas beichten?" beendete ich die Sprachlosigkeit.

"Nur zu, heute ist großes Reinemachen."

"Ich wollte ihn umbringen, zumindest ein paar Sekunden lang."

Ich erzählte von dem letzten Treffen mit Hagen und seinem Beschluß, er würde das Haus in Griechenland übernehmen.

"Ich könne ja im Schwarzwald Urlaub machen. Er blickte mir dabei in die Augen. Ich sah das Glimmern. Ich spürte in diesem Blick, er hatte Freude daran, mir alles zu nehmen, er wollte meinen psychischen Tod. In diesem Moment setzte ein Reflex ein, der nicht dem klaren Verstand entsprang. Es war wie Selbstverteidigung. Ich wollte, ich mußte mich retten. Ich mußte der Quälerei ein Ende setzen. ich spürte Mordgelüste. Zum ersten Mal in meinem Leben. Als ich die Flasche in der Hand hielt und zum Wurf ausholte, genau in diesem Augenblick, es war nur ein Bruchteil einer Sekunde, dachte ich: Nein! Ich muß daneben zielen! Wenn er den Arm nicht hochgezogen hätte, wäre die Flasche an ihm vorbei gegen die Wand gedonnert. Ich habe im letzten Augenblick bewußt daneben gezielt."

Vivian kam vom Abfalleimer zurück, setzte sich neben mich auf den Stuhl, legte den Arm um meine Schulter und drückte mich fest.

"Bravo, er hat sich zumindest einen Bluterguß am Arm eingefangen. Ich kann dir verraten, es gab auch schon Typen, die ich umbringen wollte. In uns allen steckt vielleicht in manchen Situationen ein wenig Mordlust. Das hilft beim Überleben."

Die Abreise rückte näher. Vor mir lag ein Abschied aus dem Bisherigen, ein neuer Anfang in eine ungewisse Zukunft. Das Forschungsprojekt über die Ozolischen Lokrer war genehmigt. Das Dunkel, das sich im westlichen Griechenland seit mehr als zweitausend Jahren über diesen Volksstamm und diese Region gelegt hatte, durfte ich ans Licht holen - soweit dies möglich war. Die Ozolischen Lokrer würden vielleicht ein Stück weit aus dem Vergessen heraustreten, ihr vergessener Anteil an der Geschichte des antiken Hellas sichtbar werden.

Beim letzten Aufenthalt im Klinikum hatte der Arzt Hoffnung geweckt. "Fahren Sie nur, die Meeresluft wird Ihnen gutun. Denken Sie daran: Sie sind kein typischer Asthma-Patient. Vielleicht finden Sie heraus, was die Asthma-Attacken auslöst. Wenn Sie Hilfe brauchen, rufen Sie mich an."

Jeder Abschied ist schmerzlich, selbst im Bewußtsein, daß ich diesen Schritt selbst vorangetrieben hatte und überglücklich über die Nachricht war, erst einmal in Hellas forschen zu können. Eine ungewisse Zeit mit vielen Unbekannten lag vor mir, die Koffer waren gepackt. Wie würde mein Leben weitergehen? Ich öffnete die große Reisetasche. Ich weitete die lederne Außenhülle und spürte einen Widerstand. Verborgen in einer Falte des Innenfutters lag das kleine Kaleidoskop, verborgen in einem schwarzen Beutel. Ich öffnete die Kordel und befreite das bronzefarbene Gehäuse aus der samtenen Umhüllung. Ich hatte es lange nicht in Händen gehalten. Ich spürte die Kühle des Metalls angenehm zwischen den Fingerkuppen. Es hatte mich durch die Jugendjahre und später auf all meinen Reisen begleitet. Es war ein Stück meines Lebens. Das Kinderspielzeug fing das Licht ein, Lebenselexier. Es bündelte es, teilte es, setzte es neu zusammen, die kleinen Steine leuchteten wie Sterne, verzauberten. Mit jeder Drehung veränderten sich Muster und Farben in einer unerschöpflichen Vielfalt.

Ich hielt das Kaleidoskop gegen das Licht. Ich konnte die Welt leuchten lassen. Mit jeder Drehung entstand Neues aus dem Alten, ich hatte es in der Hand. Noch eine winzige Drehung - ich tauchte ein in das farbenfrohe Schweben und verlor mich zwischen Himmel und Erde.

Wünsch dir eine lange Fahrt.
Der Sommer Morgen möchten viele sein,
da du, mit welcher Freude und Zufriedenheit
in nie zuvor gesehne Häfen einfährst
(Konstantinos Kavafis)

Buch II
DER ANFANG NACH DEM ENDE
Rekonvaleszenz

Ton mikroú boriá parággeila
na ´nai kaló paitháki.
Mi mou xtipáei portofilla
kai to parathiráki

Den Nordwind habe ich gebeten,
ein braves Kind zu sein.
Nicht an meine Türen zu rütteln
und an den Fensterläden

(Lied von Mikis Theodorakis)

II-1 Der Weg ins Land der Götter

Von der Reling aus beobachtete ich gespannt das Einlaufen des Schiffes. Wir näherten uns einer langgestreckten Mole. Der auffallend breite und lange Zementsockel füllte die gesamte Bucht. Er störte in der Landschaft, stach ins Auge, irritierte, wirkte wie ein Fremdkörper, der sich vor das satte Grün der Hügel und das makellose Blau des Himmels schob.

Um das neu ausgebaute Becken des Hafens gruppierten sich modern anmutende Häuser, schälten sich weiter entfernt aus grünen Hängen empor, schoben sich seitwärts in verträumte Buchten. Der Wohlstand hatte Einzug gehalten, die Stadt war in den Jahren gewachsen und hatte sich synchron mit dem überdimensionalen Ausbau der Andockstelle wie ein Krake in alle Richtungen ausgebreitet. Neue Gebäude, gelb, zartrosa, beige, stachen bunt aus der Menge der Häuser hervor, strebten in die Höhe, hin zum Blau des Himmels. Sie duckten sich nicht mehr einstöckig in den typischen Landesfarben blau-weiß unter weitausladende Maulbeerbäume, wie auf den Postkarten für Touristen. Entlang der Strände außerhalb der Stadt reihten sich dicht an dicht schmucke Ferienvillen wie Perlen auf einer Schnur.

Das Schiff tuckerte Meter für Meter in Richtung des grauen Zements. Die vordere Häuserzeile rückte näher. Die verputzten Fassaden suggerierten Wohlstand, Sorglosigkeit, ein angenehmes Leben mitten in einer beeindruckenden Landschaft, umgeben von Meer und Bergen.

Zwischen das gleichmäßige Geräusch des Motors drängten sich die Meldungen der letzten Monate über das verborgene Leben hinter den Mauern, überzogen die bunten Hausreihen mit einer anderen Realität: Die Medien hatten über Wohnungen ohne Strom berichtet, ohne Heizung im Winter. Es gärte in Hellas! Der Zorn verschaffte sich Luft in Protesten gegen erneute Rentenkürzungen, Lohnsenkungen, höhere Steuern, mündete in lautstarke Demonstrationen gegen die amtierende Regierung, egal ob rechts- oder linksorientiert. Bilder von zerberstendem Glas, geschlossenen Geschäfte, Arbeitslosen vor den Toren einer Fabrik, prägten am Abend die Nachrichten der Fernsehkanäle.

Das Schiff steuerte unbeirrt auf sein Ziel zu. Hafenarbeiter zerrten an den dicken Tauen, zogen sie über den grauen Zement. Möwen umkreisten den Bug, stießen im Sturzflug in die aufgewirbelten grauen Schlieren auf Jagd nach Beute. Noch wenige Meter und der Schiffsbauch würde sich öffnen und Lastwagen und Autos ausspucken.

Aufmerksam verfolgte ich das Herantasten an den grauen Beton. Mein Blick sog das friedliche Bild der Stadt ein, die sanften, freundlichen Farben der Gebäude im Licht der Sonnenstrahlen. Irgendwo dazwischen fiel eine mit Brettern vernagelte Schaufensterauslage auf. Also auch hier, am äußersten Zipfel von Hellas, kämpften sie mit den Problemen, die kurz vor meiner Abreise wieder einmal für Schlagzeilen gesorgt hatten.

Die freundlichen Häuser rückten näher. Hinter den Mauern sah es oft anders aus - traf das nicht auch auf mich zu? War mein Äußeres nicht auch eine Fassade? Ich lehnte an der Reling, die Traurigkeit der Augen verborgen hinter der dunklen Sonnenbrille. Mein äußeres Bild deckte sich nicht mit dem Chaos im Inneren. Ich hielt die Reling fest umklammert, und blickte auf die Berge. Die Zeiten waren über sie hinweggefegt. Kriege, Phasen der Ruhe,

Katastrophen, Erdbeben. Die Berge waren die gleichen geblieben und hatten sich trotzdem immer wieder verändert. Ich fixierte das Grün der Bergkette, über das sich der Himmel wölbte. Auch mein kleines Leben würde weitergehen.

Die gemeinsamen Jahre! Die Scheidungsurkunde bildete den Abschluß über den unerfreulichen Schriftverkehr der Anwälte, ordentlich geheftet und im Karton verstaut. Eine Liebe entsorgt auf einem Stück Papier. Träume, Illusionen, Tränen - schwarze Buchstaben auf weißen DIN A 4-Seiten. Zwischen zwei Deckeln Glück und Leid vereint, harmonisch dicht an dicht, gelocht und mit Klammern zusammengefügt. Nur die Wunden waren geblieben. Die Schmerzen krochen unbeirrt durch den geschlossenen Karton und verfolgten mich, obwohl ich mich immer weiter davon entfernte.

Die Reling fühlte sich feucht an, das Salz des Meeres hatte das Holz überzogen. Die Finger umklammerten die glattgeschliffene Rundung wie ein Bollwerk gegen die hochgespülten Erinnerungen. Weiterleben - aber wie? Welcher Weg lag vor mir? Ich sehnte mich danach, im Land der Götter anzukommen, im Zuhause des Zitronenhains, der Trennlinie zwischen Vergangenheit und Zukunft, dem Neubeginn.

"Dieses Licht! Es ist anders! Die Sonne scheint anders."

Meine griechische Zufallsbekanntschaft Dimitri befreite mich aus meiner Rückerinnerung leistete mir Gesellschaft. Er stützte beide Arme auf die Reling, legte den Kopf in den Nacken und saugte die Sonnenstrahlen seiner griechischen Heimat mit einem langen Atemzug tief und hörbar ein.

Es gab einen kleinen Ruck, die Seilwinden knarrten, die metallenen Scharniere ächzten unter der Last des schweren Eisentores. Es senkte sich mit einem schabenden

Geräusch auf den grauen Zementsockel. Griechenland! Wir hatten Igoumenitsa erreicht. Mittagszeit! Es waren noch gut acht Stunden bis zum Endziel Patras. Der Himmel wölbte sich strahlend blau über die Berge und ging am Horizont in einen gelblichen Streifen über. Die Häuser der Hafenstadt leuchteten hell in der Sonne.

Dimitri hatte aufmerksam neben mir das Andocken verfolgt und reckte die Arme empor. "Wir sind wieder zu Hause. Wir sind da!"

"Wir sind im Land der Götter angekommen", scherzte ich und wies mit dem Arm weitausholend auf das Panorama vor uns.

Dimitri und sein neben ihm stehender Freund Timo, der uns an der Reling entdeckt und sich uns angeschlossen hatte, nickten eifrig. Ich las in Dimitris versonnenem Augenausdruck, daß er sich über das indirekte Lob freute. Es streichelte die griechische Seele. Die unsichtbaren Fäden, die beide an ihre Heimat banden, traten unverhüllt in den Blicken der jungen Männer zutage.

Unter uns schabte die Schiffsklappe laut ächzend hin und her. Die Belegschaft sprang von einer Seite zur anderen, prüfte die Taue, gestikulierte, bis das Schiff fest vertäut an den eisernen Pfosten hing und der Schiffsbauch die ersten Autos ausspuckte. Der Lärm der ausfahrenden Lastwagen drang zu uns nach oben, ein Koloß nach dem anderen schob sich aus dem Schiffsrumpf, erst vorsichtig auf den grauen Zement, dann schneller werdend in Richtung der neuen Autobahn, die sich in der griechischen Bergwelt verlor.

"Es war schön in Deutschland, Herbst! Die Bäume begannen sich gelb und rot zu färben, die Sonne schien, aber sie schien anders, ein anderes Licht."

Dimitri wendete den Kopf und blickte mich an, als wolle er sagen: Sorry, dein Land ist schön, aber nur hier können wir Griechen leben, nur unter dieser Sonne, dieses Licht ist unser Leben.

"Mein Gott, wieviel Blau verschwendest du", wies ich, beide Arme weit ausbreitend, hinauf in den Himmel, "damit wir dich nicht sehen!" Ich lachte dabei und blickte ihn von der Seite an. Die tiefschürfenden Gedanken stammten nicht von mir. Ob er den Satz kannte?

"Elytis, unser Nationaldichter, du kennst ihn?"

Wie konnte ich nur daran zweifeln, jeder Grieche kannte Elytis - fast jeder Grieche.

"Ich habe griechische Freunde."

Dimitris blickte mich mit einem warmen Ausdruck in den braunen Augen an, als seien auch wir gerade allerbeste Freunde geworden.

Dimitri und Timo kannte ich kaum einen Tag. Ihr nagelneuer Mercedes wurde hinter mir im Schiffsrumpf eingeparkt. Ich hatte die beiden jungen Männer aus den Augenwinkeln wahrgenommen, während ich am Griff des Koffers zog. Die Wagentür ließ sich neben dem eng stehenden Lastwagen nur einen schmalen Spalt breit öffnen. Der Mercedes blockierte jetzt auch noch die Heckklappe. Ich zog, schob den Trolly zurück, zerrte, bis er sich endlich hochkant und mit Drehungen aus dem Wageninneren befördern ließ. Als ich mich umdrehte, verschwanden die beiden gerade durch die enge Lücke zwischen den Lastwagen. Ohrenbetäubender Lärm schmerzte die Ohren. Lastwagen um Lastwagen fuhr in den Schiffsrumpf. Geschrei, Abgase, quietschende Bremsen, das Schiffspersonal gestikulierte wild mit den Armen. Es war nicht mehr viel Zeit bis zur Abfahrt. Ich stand alleine und vergessen in einer schmalen Lücke.

Ich hielt meinen Trolley in der Hand, der Rucksack lehnte am Wagen auf dem schmierigen Boden. Wie weiter? Rechts, links, hinter mir, vor mir meterhohe Planen. Das

Bild eines gräßlichen Unfalls vor wenigen Wochen tauchte auf: Eine zermalmter PKW zwischen zwei Lastwagen. Ich taxierte die Lücke. Und die Fixierung der Reifen auf dem Boden. Was, wenn …? Schnell verwarf ich das Szenario und konzentrierte mich auf mein Gepäck. Der Zwischenraum war zu schmal für den Trolley, den Rucksack und mich. Rechts und links Schmutz und Ölfilm an den Planen. Wie kam ich mit Koffer und Rucksack durch die engen Zwischenräume? Wie die wassertragenden Frauen in Afrika, die freihändig und grazil ihre Krüge auf dem Turban balancierten?

Ein dunkelhaariger Kopf schob sich aus einer Lücke zwischen den Planen, livrierte Beine folgten und quetschten sich an den mannshohen Reifen vorbei. Ein freundlicher Steward stand vor mir, als sei er vom Himmel gefallen. Er zögerte nicht lange, nahm den Koffer, hob ihn hoch und lotste mich durch das Labyrinth der meterhohen Wände nach rechts, nach links, geradeaus, links, rechts, bis wir die Rolltreppe erreicht hatten.

Ich atmete auf. Ich war dem Blech-, Planen- und Reifen-Labyrinth entronnen. Aber die aufgestaute Anspannung in mir bohrte. Ich war bereits entnervt im Hafem auf das Schiff gefahren. Die Fahrt zur Andockstelle hatte mich mehr als eine Stunde Zeit gekostet und glich einer Irrfahrt rund um Venedig.

Ich fuhr hinter dem freundlichen Steward und meinem Koffer die Rolltreppe empor. Er nickte mir noch einmal zu und übergab mich ohne Kommentar dem an der Rezeption wartenden Chiefpurser. Goldene Streifen und Sternchen blitzten frisch poliert. Groß und kerzengerade stand der Offizier in seiner dunklen Uniform hinter den Tresen. Er strahlte die Autorität eines griechischen Würdenträgers in herausragender Position aus. Sofort wußte ich: Er war der richtige Ansprechpartner. Er trug Verantwortung für

Schiff und Passagiere, das sah man auf den ersten Blick. Ich schaute ihm in die Augen und wollte den Mund öffnen, um meinen angesammelten Unwillen in Englisch bei ihm abzuladen. Endlich konnte ich mein Horrorerlebnis zwischen den Lastwagen und die noch nicht verdaute Horror-Anfahrt zum Hafen Fusina jemandem vor die Füße kippen. War nicht auch er verantwortlich für den Schlamassel, in den ich auf dem Weg zum Hafen und dann zusätzlich noch im Schiffsbauch geraten war? Hätte man nicht deutlich lesbare Hinweisschilder bereits an der Autobahn-Abfahrt aufstellen können?

Der Chiefpurser blickte mich an, als verstehe er auch ohne Worte meine seelischen Qualen, lächelte dezent und würdevoll, senkte den Kopf auf ein Blatt Papier, sein Hilfspersonal kritzelte ein wenig in einer Liste herum und übergab dem wartenden Steward den Kabinenschlüssel. Der Offizier nickte mir huldvoll zu, als habe er nicht nur meine seelischen Nöte verstanden, sondern auch verantwortungsbewußt seine Aufgabe erfüllt. Die Kopfbewegung des Stewards deutete an, ich sollte ihm in die anvisierte Richtung folgen. Er griff sich meinen Trolley, drehte sich um und setzte sich kofferrollend in Bewegung. Also erst einmal keine Gelegenheit für meine Beschwerdeliste - vielleicht irgendwann schriftlich. Ich mußte dem verständnisvoll blickenden Chiefpurser den Rücken kehren, um der hellblauen Uniform mit meinem Koffer und meinem Kabinenschlüssel zu folgen. Kaum war die Übergabe von Bett und Schlüssel getätigt, fiel die Tür hinter dem Steward ins Schloß und ich sank entnervt und den Tränen nahe aufs Bett.

Herakles, schimpfte ich vor mich hin, die letzten zwei Stunden wären zu deinen Zeiten als eine deiner schwierigen Prüfungen durchgegangen. Nicht immer bedarf es brachialer Kräfte und Muskelpakete für

Heldentaten. In der heutigen Zeit kämpft man nicht mehr mit der Keule aus Olivenholz gegen Löwen. Es lauern andere Prüfungen, als zu Zeiten der alten Griechen. Bevor man Einlaß ins Land der Götter findet, das hatte mir bereits meine erste Reise nach Hellas gezeigt, mußte man sich vielfältigen Bewährungen unterziehen. Für jeden Suchenden ergeben sich andere Aufgaben. Die Zeiten, in denen sich die Einblicke in die Seele geöffnet und die Erkenntnisse der Psychologie über die Welt verbreitet hatten, erlaubten auch psychische Belastungen die Aufnahme in den Prüfungskatalog. Und diese gewaltige seelische Tortur, die sich in totaler Erschöpfung niederschlug, spürte ich jetzt in jeder Faser meiner Nervenzellen. Ich mußte nur die Augen schließen, und schon standen die hohen Anforderungen an mein Durchhaltevermögen, an meine Kreativität, an meinen Intellekt, überhaupt an meine gesamte Person vor Augen, angetrieben durch den überstarken Willen, das Schiff Richtung Hellas trotz aller Hindernisse zu erreichen. Ich konnte es noch nicht so richtig glauben, daß ich es geschafft hatte.

Kaum hatte ich die Lider geschlossen, um den Ärger der letzten zwei Stunden setzen zu lassen, hörte ich wie eine Endlosschleife die Anweisung aus dem Navi. Wie eine Fehlprogrammierung auf einer CD leierte es im Kopfe ohne Unterbrechung: Vierte Ausfahrt! Vierte Ausfahrt nehmen, jetzt rechts abbiegen. Ich kurvte in Gedanken immer noch im Kreisverkehr wie in einem Karussell, das nicht anhalten wollte. Ich quälte mich durch ein Labyrinth von halbfertigen Straßen, Baustellen, Absperrungen, Feldwegen und landete immer wieder an derselben Stelle. Die emotionslose Frauenstimme aus dem Navi leierte: An der vierten Ausfahrt aus dem Kreisverkehr ausfahren. Ich zählte mit, blinkte, bremste ab. Rot-weiß-gestreifte Banderolen an einem Metallgitter leuchteten mir entgegen und blockierten die Ausfahrt Nummer vier. Ich fuhr langsam auf zwei grauhaarige Männer mit quitschgelben Schutzwesten zu. Sie bewachten das Gitter und hoben abwehrend die Hände. Die entschlossenen Blicke signalisierten: Hier kommt uns keiner durch. Ich fädelte mich ergeben nach links in den Kreisverkehr - vielleicht hatte ich mich geirrt -, fuhr langsam ein weiteres Mal die Ausfahrten ab und zählte laut mit: erste, zweite, dritte, vierte. Jetzt rechts abbiegen, meldete sich die emotionslose Frauenstimme. Die beiden grauen Herren mit den gelben Schutzwesten winkten energischer und entschlossener und schüttelten zur Verstärkung heftig mit den Köpfen. Gut, dann würde ich eben die nächste Ausfahrt nehmen.

Nach wenigen Metern folgte die neue Anweisung: Nächste Möglichkeit scharf links abbiegen. Nein, das sah nach Baustelle aus, also erst einmal geradeaus weiter. Ich ignorierte unbeirrt die Hinweise und dann auch alle folgenden, die munter zwischen rechts und links hin- und herpendelten. Ich verließ mich voller Gottvertrauen auf den eigenen Orientierungssinn, bis ich auf eine akzeptable Straße traf. Nach einigen Kilometern wußte ich, wohin die Reise ging: in Richtung des alten Hafens von Venedig. Bis vor wenigen Jahren dockten dort alle Schiffe nach Griechenland an und ab. Inzwischen genossen nur noch Kreuzfahrtschiffe dieses Privileg. Das war die falsche Fährte. Mein Ticket wies denIndustriehafen 'Fusina' aus.

Also noch einmal zurück zum Kreisel in Richtung Industriehafen. Ich hatte bisher jedes Mal nach einigen Irrungen zum Schiff gefunden und vertraute mich erneut dem Navi an. Ich hatte keine andere Wahl. Er leitete mich - ich ahnte es - in die altbekannte Richtung und ein weiteres Mal kam die Aufforderung: vierte Ausfahrt. Die beiden grauhaarigen Männer mit den gelben Schutzwesten winkten schon von Weitem und energischer als die beiden letzten Male und schüttelten verzweifelt die Köpfe.

Wahrscheinlich waren sie genervt und dachten, die sturen Deutschen! Sie sind nicht lernfähig. Ich bremste, hielt, kramte mein Ticket hervor, stieg aus, grüßte freundlich mit ein paar Brocken italienisch und wies auf die angegebene Anschrift des Hafenbüros: "Porto Fusina?" Kopfschütteln, Abwinken: "No porto!" Hatte ich mich verhört? Also noch einmal, ich tippte jetzt deutlich sichtbar mit dem Finger auf den Namen des Schiffes: "Porto Fusina?" "Kopfschütteln, Abwinken: "No porto!" Kein Hafen? Das konnte nicht sein. War eine Katastrophe über den neuen Hafen hereingebrochen? Schließlich hatte ich mich bereits die letzten Jahre durch die Baustellen und die halbfertige Zufahrt zum Porto Fusina gekämpft, ich wußte, es gab ihn, wenngleich noch mit vielen Tücken behaftet. Vielleicht ein Terror-Anschlag? Baupfusch? Hafenmole abgebrochen und im Meer versunken? Baukran umgestürzt? Das würde mich bei dem Chaos und dem provisorischen Zustand, den Schutthalden, den vielen Umleitungen nicht wundern. No porto - ein Hafen verschwindet nicht so mir nichts dir nichts in der Versenkung. Oder hatte sich das Reisebüro geirrt? Vielleicht sollte ich doch zum alten Hafen fahren? Mußte das Schiff wegen eines nicht vorhergesehenen Zwischenfalls in Venedig andocken? Also doch Terror-Anschlag?

Während ich verzweifelt in Richtung Meer wies und jedes Mal das Kopfschütteln der grauen Herren erntete, steuerte ein Auto mit deutschem Kennzeichen auf unsere Gruppe zu. Ich verlagerte mein Winken von Richtung Meer zur Straßenseite. Der Wagen bremste, der Beifahrer öffnete die Fensterscheibe, lachte mich entwaffnend an, als freue er sich über die Begegnung mit einer Deutschen in Italien, er hatte mein Nummernschild erkannt. 'Grüß Gott' schallte es zweifach aus dem Fenster. Ein Bayer und eine Bayrin, Landsmänner, endlich jemand, mit dem man normal sprechen und mehr als zwei Worte wechseln konnte.

"Grüß Gott! Sie müssen auch zum Schiff nach Griechenland?"

"Jawohl, wir wollen auch zum Schiff."

"Also zum Porto Fusina. Das Navi leitet mich immer wieder zu dieser Absperrung. Schon zum dritten Mal. Die beiden Herren hier sagen 'no porto'. No porto heißt, kein Hafen. Keine Ahnung, wo das Schiff abfährt."

Ich sah, die Fahrerin und der freundliche Beifahrer beugten sich über ein Blatt, ähnlich dem meinen, also ihrem Ticket mit der Angabe des Hafenbüros. Die Fahrerin blickte zu mir herüber und am Beifahrer vorbei, sie hatte auffallend hübsche, große, blaue Augen mit einem Ausdruck, der Vertrauen weckte.

"Wir haben kein Navi, aber wir waren schon mal am Hafen, wir kennen den Weg."

Jemand ohne Navi besaß Orientierungssinn, das war von großem Vorteil. Es waren junge Leute, die Fahrräder am Heck des Autos wiesen sie als Sportler aus, abenteuerlustig, also erprobtes räumliches Vorstellungsvermögen. Das Blatt auf den Knien des freundlichen Bayers gab sicher die gleiche Adresse zum Hafen an, wie auf meinem Ticket ausgewiesen. Schließlich waren auch sie im Kreisverkehr gelandet und suchten den richtigen Weg.

"Darf ich hinter ihnen herfahren? Ich kurve hier schon mehr als eine halbe Stunde herum."

"Jawohl. Fahren sie ruhig hinter uns her!"

Beide nickten mir freundlich zu. Welch ein Glück, ich hatte hilfreiche Landsleute getroffen. Das orientierungslose Herumfahren hatte endlich ein Ende.

"Sie schauen ab und zu in den Rückspiegel, ob ich noch da bin?"

Ich würde das Auto mit den beiden Fahrrädern nicht so leicht aus dem Auge verlieren. Aber besser, sie würden aufpassen und ab und zu checken, ob ich den Anschluß gefunden hatte.

"Ok, wir fahren vor."

Die Scheibe schloß sich. Freundliches Nicken. Der Wagen startete und nahm die nächste Ausfahrt. Erleichtert stieg ich ins Auto und folgte dem bayrischen Kennzeichen mit einem Gefühl von Erleichterung und heimatlicher Verbundenheit. Nach dem Einschwenken auf die große Hauptstraße Richtung Venedig kamen die ersten Bedenken, das Navi protestierte pausenlos: Nächste Gelegenheit links abbiegen, dann rechts abbiegen, dann links. Bei jeder neuen Abfahrt forderte er mich zur Umkehr auf. Ob die beiden Deutschen sich wirklich auskannten? Vielleicht suchten sie einen Schleichweg? Mit leichten Zweifeln folgte ich bis zum Kreisel vor der Brücke nach Venedig. Wollten sie etwa den alten Hafen ansteuern? Enthielt ihr Ticket andere Informationen über die Andockstelle des Schiffes?

Ich zögerte, hatten doch vor wenigen Wochen die Nachrichten im Fernsehen über eine Greenpeace-Aktion in Venedig berichtet. Kleine Greenpeace-Boote kurvten vor einem riesigen Dampfer, warfen Leuchtraketen und protestierten gegen das An- und Ablegen der Kreuzfahrtschiffe, um auf die durch diese Riesen verursachten Umweltprobleme aufmerksam zu machen. Mit den Greenpeace-Schiffen als Geisterfahrer im Kopf faßte ich blitzschnell den Entschluß: Umkehren! Auf keinen Fall durfte ich zum alten Hafen nach Venedig. Das war eindeutig falsch. Da dort das Schiff mit an Sicherheit grenzende Wahrscheinlichkeit nicht ablegte, kostete die Irrfahrt mindestens eine Stunde Zeit. Ich würde das Schiff verpassen. Ich mußte zurück zum Horror-Kreisel. Irgendwo dort verbarg sich der Industriehafen Fusina. Er konnte nicht einfach von der Bildfläche verschwinden. Ich sah das bayrische Auto mit den beiden Fahrrädern in Richtung der Brücke nach Venedig Stadt zum alten Hafen verschwinden und beschloß endgültig, den Anweisungen des Navis zu folgen und nicht dem deutschen Kennzeichen.

Wie erwartet landete ich an der altbekannten Stelle, sah von weitem die beiden Wache schiebenden grauhaarigen Herren mit den gelben Schutzwesten, die rot-weißen Banderolen der Absperrung. Wie weiter? Emotionslos verwies die Frauenstimme des Navis auf die vierte Ausfahrt. Halt! Eine neue Situation an der zweiten Ausfahrt! Zwei junge Männer mit quitschgelben Schutzwesten bewachten eine weitere Absperrung mit rot-weißen Banderolen. Konnte ich mich dort besser verständlich machen? Ich hielt, kramte mein Ticket hervor. Mein erster Versuch in Englisch erntete verständnislose Blicke. Ich gab nicht auf und deutete auf die Kopfzeile mit dem Schiffsnamen: "Porto Fusina?" Der junge Mann nickte und wies auf die Ausfahrt Nummer drei. Als er meinen zweifelnden Ausdruck bemerkte, prasselte ein italienischer Wortschwall über mich herein, das Nicken verstärkte sich, der Arm wies demonstrativ und immer schneller in die gleiche Richtung, als wollte er sagen, nun glaub mir schon und fahr endlich los. Das Navi wehrte sich heftig und protestierte mit immer neuen Vorschlägen. Es folgte eine abenteuerliche Fahrt mit und ohne Navi um Ecken, durch Baustellen, halbfertigen Straßenanbindungen. Irgendwann irgendwie landete ich an einem Kreisel mit dem Hinweis 'porto'. Es gab ihn also doch! Der 'porto' war weder in den Fluten des Meeres verschwunden noch einem Terrorakt zum Opfer gefallen. Ich befand mich auf dem richtigen Weg, sah am Horizont den Schornstein des Schiffes emporragen, gelblich-grauer Rauch kräuselte sich in den verhangenen Himmel. Die Maschinen liefen bereits. Das Navi bestätigte nach einer Weile: Sie sind am Ziel.

Erleichtert checkte ich am Hafenbüro ein, legte mein Schild 'Patras' zur Orientierung des einweisenden

Personals an die Windschutzscheibe und passierte den Zoll. "Patras?" hörte ich eine erstaunte Stimme vor mir und blickte durch die Fensterscheibe auf ein verständnislos blickendes Gesicht mit dunkelblauer Mütze und etwas Gold, also ein Einweiser vom Schiff. Er blickte fast verzweifelt. "Die Autos für Patras sind bereits eingeparkt. Fahren sie an die Rampe! Sie müssen sofort ins Schiff."

Es ging plötzlich alles sehr schnell, Lastwagen wurden angehalten, Bremsen quietschten. Ich fuhr in den dunklen Schiffsrumpf, erkannte ganz am Ende Arme, die heftig winkten. Ich fuhr weiter und immer weiter hinein in das riesige Schiff und steuerte auf die letzte Reihe der eingeparkten Lastwagen zu - dahinter eine Metallwand, das Ende. Heftiges Gestikulieren vor mir, "Stop", die Arme wiesen nach links, nach rechts, "Stop", ich hielt an. Links Lastwagen, vor mir Lastwagen, rechts Lastwagen, fremdes Terrain, hier gehörte ich mit meinem kleinen Auto nicht hin. Das Einparken der einfahrenden Ungetüme ging weiter, Bremsen, Anfahren, Bremsen, Geschrei von vorne. Ich hörte direkt hinter mir Reifen quietschen. "Stop". Ein Mercedes hielt dicht an meiner Heckklappe, also noch ein Nachzügler für Patras. Zwei junge Männer stiegen aus, kramten im Auto herum. Der Mercedes berührte fast meine Heckklappe, kaum ein Zentimeter Zwischenraum. Ich mußte die Seitentür öffnen, um an mein Gepäck zu gelangen. Mein kleiner Trolley fürs Schiff klemmte, der Spalt war zu schmal. Ich zog am Griff, schob ihn zurück, wuchtete ihn hochkant, der große Koffer im Wageninnern versperrte die Drehung, also noch einmal in die andere Richtung. Aus dem seitlichen Blickwinkel sah ich die beiden jungen Männer aus dem Mercedes zwischen den Lastwagen verschwinden.

Die Bilder verschwammen. Rot-weiße Banderolen verflochten sich mit gelben Schutzwesten, flatternde Planen wehten darüber hinweg, flossen in einander über und verwoben sich zu einem abstrakten Gemälde. Die Wut, die Aufregung flachte in einem sanften Bogen ab und versank in eine tiefe Stille.

Ich schreckte hoch, ich hörte eine Ansage auf dem Flur - griechisch, italienisch, französisch, englisch und schließlich deutsch. Die Gäste wurden aufgefordert, das Schiff zu verlassen, es würde in Kürze ablegen. Ich rieb mir die Augen, streckte Arme, Beine nach allen Seiten aus. Ich war wohl, kaum hatte der Steward die Kabine verlassen, eingenickt. Kein Wunder, der Streß der vergangenen Stunden hatte seinen Tribut gefordert. Der Koffer lag noch ungeöffnet auf dem Stuhl.

Ich blickte durch das Bullauge. Immer noch gemischt gräuliches Wetter, so wie ich es heute Morgen bei meinen Irrfahrten erlebt hatte. Ich blickte auf die Armbanduhr. Das Schiff fuhr mit einer Stunde Verspätung ab! Hatte der Kapitän vielleicht einen Blick auf die Passagierliste geworfen und eine größere Anzahl fehlender Namen entdeckt? Vielleicht war ich nicht die Einzige, die auf die Absperrung und die Auskunft 'no porto' vor Venedig orientierungslos herumirrte. Würde ein so großes Schiff warten?

Das kurze Nickerchen wirkte wie das Aufladen einer Batterie, es hatte den strapazierten Nervenzellen Energie zugeführt, die Lebensgeister erwachten. Ich öffnete den Reißerschluß des Trolleys, sortierte meine Schiffslektüre und verstaute ein Buch in den kleinen Rucksack. Fast zwei Tage lagen vor mir, rundherum Meer soweit das Auge reichte, kein Handy, keine Nachrichten - außer den griechischen auf den Bildschirmen, die ich sowieso nicht verstand. Ich schipperte im Niemandsland herum, unerreichbar für nichts und niemandem, eine Zeitspanne, in der ich die

Albträume der Vergangenheit kappen konnte. Erst morgen würden wir in das reale Leben zurückkehren und griechischen Boden erreichen - mittags Igoumenitsa, abends Patras. Die gestrige Wettervorhersage hatte Sonnenschein in Richtung Süden angekündigt, die See kräuselte sich leicht, es sah nicht nach Sturm aus. Ich durfte mich auf eine angenehme Überfahrt freuen, zwei Tage Meer. Ich hatte ausreichend Lektüre. Ein spannendes Buch mit einem gelegentlichen Blick aus dem Fenster auf die bis zum Horizont reichende blaue Wasserfläche, etwas Erfrischendes zum Trinken, dazwischen ein Griff in den Rucksack mit dem Depot kleiner Leckereien, ein paar Süßigkeiten, ein Päckchen Cashew-Kerne - Erholung pur, wenn es gelang, die trüben Gedanken an die Vergangenheit zurückzudrängen. Das Hinübergleiten ins Land der Götter würde angenehm werden, zwei Tage auf einem Schiff mit wenig Touristen waren wie zwei Wochen Urlaub.

Ich schulterte meinen kleinen Rucksack und wagte den ersten Rundgang. Die Informationstafel an der Schnittstelle der verschiedenen Gänge wies den Weg zur Lounge und dem Oberdeck. Die weichen Teppiche verschluckten den Schall, die kreisrunden Muster leuchteten rot und gelb aus dem dunkelgrauen Belag, nicht mein Stil, aber ertragbar. Alles wirkte neu und modern. Der große Aufenthaltsraum war nur spärlich besetzt. Die beiden Bayern gingen mir nicht aus dem Kopf. Ob sie den Weg vom alten Hafen Venedigs zum Industriehafen gefunden hatten? Ob ich sie sehen würde? Es waren kaum Gäste an Bord, nicht einmal die Fensterplätze mit Blick auf das Meer waren besetzt. Die Nachsaison spülte keine Touristen nach Griechenland, ein paar Ferienhausbesitzer, ein paar Camper, ansonsten Lastwagenfahrer. Die beiden Bayern konnte ich nirgendwo entdecken. Hatten sie das Schiff verpaßt? Nein, sie waren jung, unternehmungslustig. Wer schleppt schon Fahrräder nach

Griechenland! Das Land bestand aus Gebirge und Meer. Die Straßen führten in beständigem Wechsel bergauf, bergab. Wer solche Abenteurertouren plante, fand auch den Weg zum Hafen. Außerdem hatte das Schiff eine Stunde Verspätung!

An der Theke standen zwei junge Männer. Nach dem Streß und dem kurzen Nickerchen brauchte ich ein Aufputschmittel, Nervennahrung. Die zwei vor mir hatten bereits bestellt, die Kaffeemaschine zischte und dampfte. Ich wartete und hatte Zeit, mir meine Vordermänner zu betrachten. Kurzes, gelocktes Haar der eine, halblange Locken der andere. Männer mit Locken! Wie ungerecht doch die Natur ihre Güter verteilt! Ich hatte mir schon immer Locken gewünscht. Locken, die wenig Pflege bedurften, aus denen man nach dem Schwimmen das Wasser schütteln konnte, die sich ohne Lockenstab formten. Ich betrachtete ein wenig neidisch die üppige Haarfülle und dachte dabei an die Plagerei mit meinen kerzengeraden Strähnen. Hatte ich diese dunkelbraune Mähne nicht schon einmal gesehen? Richtig, vor kaum einer Stunde, als ich mich umdrehte, während ich an dem Griff des Trolleys zerrte. Es waren die Beiden aus dem Mercedes, der an meiner Stoßstange klebte.

Der halblange Haarschopf drehte sich um, blickte mich an, stutzte kurz. Aha, er hatte mich erkannt, nickte, lachte freundlich. Blaue Augen, dunkelbraun-rötliches Haar, schwer einzuordnen, welcher Nationalität er angehörte. Wir waren Leidensgenossen im Schiffsbauch zwischen den Lastwagen gewesen. Ich würde ihn fragen, ob sie das Einparken zwischen den Blechkolossen auch als Horrorerlebnis empfunden hatten. Ein Mercedes mit einem Nummernschild aus Bremen, das deutsche Kennzeichen hatte sich mir eingeprägt, also erst einmal die Anrede in Deutsch.

"Ihr Auto steht hinter mir?" Die blauen Augen blickten mich fragend an. Er zuckte leicht mit den Schultern, der Mund kniff sich etwas zusammen. Hatte ich den falschen Mann erwischt oder verstand er mich nicht? Also noch einmal das gleiche in Englisch. Er nickte. Gleichzeitig drehte sich auch der kurzhaarige schwarze Lockenkopf um, ein prüfender Blick, braune Augen strahlte mich an.

"Oh, hallo, haben sie es geschafft?"

Ein breites Grinsen zog sich von einem Mundwinkel zum anderen, fast bis zu den Ohren.

"Sie zerrten und wühlten im Wagen herum, als wollten sie alles ausräumen. Wir hatten schon überlegt, ob wir unsere Hilfe anbieten sollten."

"Ihr Auto blockiert meine Heckklappe. Ich konnte den Koffer nur aus der Seitentür ziehen."

"Die Besatzung mußte die Lastwagen einparken und hatte keine Zeit. Es wartete schon eine lange Schlange. Wir haben den ganzen Ablauf gestört."

Ich deutete auf meinen Rucksack, der über der Schulter hing.

"Ich habe es trotzdem geschafft. Schwierig war nur das Durchkommen durch die engen Zwischenräume. Ein Steward hat mich schließlich gerettet."

"Die waren alle beschäftigt. Wir kamen zu spät. Wir fuhren mit unserem Auto mehr als eine Stunde vor Venedig hin- und her und kamen nicht zum Hafen, weil ein Radrennen die Straße blockierte."

Das also war die Erklärung! Deshalb die Sperrung der Ausfahrten.

"Ein Radrennen? Wie haben sie das erfahren? Mir ging es genauso. Reiner Zufall, daß ich rechtzeitig zum Schiff kam."

"Sie hatten das gleiche Problem? Wir waren froh, daß wir zu Zweit waren, einer fuhr, der andere paßte auf oder fragte. Wir erfuhren durch die Polizei von dem Radrennen. Aber die Polizisten waren ansonsten nicht sehr hilfreich. Sie waren mit der Organisation des Rennens beschäftigt. Erst nach vielem Herumirren fanden wir eine Seitenstraße, die zum Hafen. führte"

An der Theke brodelte und zischte es, Tassen und Teller klapperten. Der Steward stellte zwei dampfende Kaffeetassen auf die Tresen.

"Wollen wir nicht einen Kaffee zusammen trinken? Dürfen wir Sie einladen? Nach dem ganzen Troubel haben wir auch noch ihre Heckklappe blockiert. Sorry! Kaffee, Espressso, Cappuccino?" Der kurze Lockenkopf übernahm die Regie, wartete kurz meine Antwort ab und gab die Order weiter. "Ena Cappuccino."

Sie waren also Griechen. Kaum saßen wir, stellten sie sich vor: Dimitri mußte einen Mercedes aus Bremen abholen, Timo hatte ihn begleitet, ein Freundschaftsdienst der Unterhaltung wegen. Nach dem Grundsätzlichen begann das nähere Kennenlernen, wo kommst du her, wo fährst du hin, Familie, Kinder, alles was jedem Griechen am Herzen liegt. Griechische Neugierde Fremden gegenüber! Wir hatten Gesprächsstoff. Dimitri war der Kopf der Truppe, der Chef. Er sprudelte eine Frage nach der anderen aus einem schier unerschöpflichen Fundus und blickte aus sanften, braunen Augen, während er zwischendurch von seiner Reise nach Deutschland erzählte, die nach Bremen, dann nach Würzburg führte.

"Nach Würzburg?"

"Ja, eine Firma, die ich beruflich besuchen mußte."

"Ins Frankenland. Franken ist meine Heimat."
"Was für ein Zufall. Die Stadt Würzburg ist wunderschön. Wir haben ein Haus in Würzburg besichtigt, naja, wie soll man sagen, eine Villa? Eine wunderschöne Villa."

"Das Bürgerspital? Ein großes, altes Weinlokal mit Kellergewölbe?"

"Nein, so hieß das Haus nicht."

"Das Schloß?"

"Oben auf dem Berg? Nein, es war unten in der Stadt. So ein Zufall! Sie kennen das alles? Und wir fanden die Stadt so schön. Aber das Haus war - wie soll man das sagen - eine riesige Villa mit viel Gold."

Timo verfolgte unsere Diskussion, ab und zu nickte er bestätigend, ließ sich aber zu keiner Bewertung animieren. Der Chef der Truppe war Dimitri.

"Ich ahne es, die Residenz?"

"Ja, genau, so hieß die Villa."

"Mit dem großen Park dahinter?"

"Ja, ein wunderschöner großer Garten."

"Im Sommer finden Mozart-Festspiele statt. Das Orchester spielt vom Balkon aus zum Garten hin. Ganz Würzburg versammelt sich im Hofgarten. Die Leute kommen von weit her. Die Residenz ist bekannt, sie ist fast so schön wie das Schloß von Versailles in Paris."

Ich schüttelte korrigierend den Kopf und grinste. "Nicht ganz so berühmt. Aber ich bin natürlich stolz auf meine Heimat."

"Und was ist mit diesem anderen Haus?"

"Das müssen sie unbedingt besuchen - wenn sie noch einmal nach Würzburg kommen. Das Bürgerspital."

Dimitri fingerte einen kleinen Notizblock nebst Kuli aus seinem Rucksack und notierte eifrig.

"Fahren sie öfter nach Würzburg?"

"Bestimmt zweimal, dreimal im Jahr."

"Sie müssen unbedingt ins Bürgerspital, fränkischen Wein trinken und fränkische Bratwurst mit Sauerkraut essen."

Dimitri schrieb und schrieb. Der kleine Tisch versperrte die Sicht auf den Block auf seinen Knien. Zu gerne hätte ich gewußt, wie man 'Bratwurst' und 'Sauerkraut' mit den griechischen Hieroglyphen schreibt.

"Und das älteste Weinlokal Frankens müssen sie besuchen, ein schönes historisches Haus. Und wenn sie zwei Glas Wein getrunken und die fränkische Bratwurst mit Sauerkraut verzehrt haben, beschließen sie, immer und immer wiederzukommen."

Dimitri schrieb eifrig auf seinem Block herum. Ich mußte innerlich schmunzeln. Ob er es schaffte, meine Empfehlungen im Internet zu finden?

Es gab noch weitere Verknüpfungen, über die wir staunten: Studium seiner Schwester in Hamburg, Wir wunderten uns über den Zufall, der wildfremde Menschen auf einem Schiff zusammenwürfelt und ein Bündel an Gemeinsamkeiten offenlegt. Es blieb nicht bei einem Kaffee. Wir gerieten in politisches Fahrwasser, an dem sich auch Timo eifrig beteiligte. Wenn es heftig wurde und aktuelle Probleme betraf, flogen seine Locken und untermalten sein leidenschaftliches Eintreten für eine bessere Welt und vor allem für eine andere griechische Politik. Es schälten sich Gemeinsamkeiten und Trennendes zwischen unseren beiden Ländern heraus, wir legten Pausen zwischen den Gesprächen ein, wanderten auf dem Schiff herum, lasen, und steuerten immer wieder, wenn wir uns trafen, aufeinander zu, um unser Gespräch fortzusetzen. Es war ein zwangloses, ein angenehmes, ein bereicherndes Beisammensein.

Bei einem meiner Rundgänge standen plötzlich meine bayrischen Landsleute vor mir. Die hübschen blauen Augen leuchteten, als sie mich entdeckten, wir blieben wie vom Blitz getroffen stehen und riefen gleichzeitig aus: "Sie haben den Hafen ja doch gefunden!" Wir brachen in schallendes Gelächter aus, und nach einem gleichzeitigen 'Grüß

Gott erst einmal' erzählten sie mit erfrischend bayrischem Slang von ihrer abenteuerlichen Tour einmal nach Venedig Stadt hin und zurück. Sie hatten nicht nur, wie vermutet, den verkehrten Hafen angesteuert. Auf dem Rückweg blockierte ein Stau die Brücke in Richtung des Kreisels. Der süddeutsche Humor milderte die Verzweiflung, als sie schilderten, wie sie in ihrer Phantasie das Schiff bereits ablegen sahen und nach einem Alternativ-Urlaub suchten. Italien, Schweiz, die Mittelmeerküste um Triest? Darauf hatten sie keine Lust, sie wollten nach Griechenland. Irgendwann sichteten sie eine Polizeistreife, aber die war wenig hilfreich und wollte sie auf keinen Fall zum Hafen Fusina lotsen. Ein Taxifahrer leitete sie schließlich für vierzig Euro zum Schiff, eine nicht ganz billige Anfahrt. Aber sie hatten wegen der einstündigen Verspätung Glück und wurden als letztes Auto eingeparkt.

Ins Land der Götter zu gelangen - kein einfaches Unterfangen! Prüfungen wie zu den Zeiten des Herakles lauern an jeder Ecke. Aber am Ende führen die Anstrengungen sicher ans Ziel: In eine andere Welt, hin zu diesem verschwenderischen Blau des Himmels und diesem besonderen Licht, das die Seele wärmt.

II-2 Ankunft

Ich atmete tief ein, spürte den Sauerstoff in die Zellen dringen, sich ausbreiten, streckte die Arme empor - saubere, reine Luft. Ich stand auf griechischem Boden. Endlich! Zweitausendfünfhundert Kilometer entfernt von dem grauen Pappkarton, in dem Adam und Eva und das verlorene Paradies sauber gelocht abgeheftet lagen. Mein erster Ausflug nach dem Entladen des Wagens!

Die Straße wand sich in Serpentinen um die Berge. Das Meer schimmerte wie ein blaues Band unter mir. Ein Stück weiter mitten in den Wäldern lag ein Gebiet, gerühmt als griechische Schweiz - hohe Berge, reinste Höhenluft, fernab von stinkenden Städten und Gift spuckenden Industrieschloten. Das perfekte Klima für lädierte Lungen.

Dimitria, die Nachbarin, hatte mir gestern ein Glas mit getrockneten Salbeiblättern gebracht, als sie mich husten hörte.

"So kann das mit dir nicht weitergehen!", hatte sie den Schraubverschluß gelockert. "Trink jeden Tag mindestens dreimal den Tee davon. Man kann das nicht mehr mit anhören. Selbst nachts hustest du herum. Oben in den Berg gibt es einen kleinen Ort, dort ist die beste Luft Griechenlands. Gib mir mal einen Topf!" Sie steuerte auf den Herd zu. "Wir brühen dir jetzt einen Salbeitee und morgen fährst du da hinauf. Probier es! Wenn es dir gefällt und wenn es Dir dort besser geht - bleib ein paar Tage! Es gibt dort auch Hotels."

Sie blickte mich fragend von der Seite an, während sie wartete, bis das Wasser kochte. "Gib mir mal einen Zettel, ich schreib dir den Namen auf."

Ich hatte nicht gewagt zu widersprechen. Dies war ein Befehl! Dimitria hatte Recht. Das Scheidungsverfahren hatte die gesundheitlichen Probleme in den Hintergrund gerückt. Die Mahnung von Dimitria mußte ich ernst nehmen. Es war Zeit, daß ich mich wieder mehr um mich und meine Gesundheit kümmerte. Bevor Dimitria nach mir sehen konnte, war ich früh am Morgen losgefahren. Die Hälfte der Strecke lag hinter mir.

Ich atmete noch einmal tief ein. Der Motor stotterte beim Anlassen, als plage ihn das schlechte Gewissen wegen des Gestanks, den er in die reine Bergluft pustete. Fünfundvierzig Kilometer hatte das letzte Schild angezeigt, also etwas mehr als eine halbe Stunde Fahrzeit lagen vor mir, mit den vielen Windungen um die Berge herum vielleicht auch eine Stunde.

Nach einigen Haarnadelkurven kehrte die Straße dem Meer den Rücken zu und grub sich immer tiefer in die wilde Bergwelt. Ich fuhr an moosbewachsenen Baumriesen vorbei, an uralten Steineichen, vom Blitz gespalten. Flechten hingen von den Ästen der Tannen wie Spinnengewebe herab. Märchenwälder, wie ich sie mir in der Kindheit beim Erzählen von Hänsel und Gretel vorgestellt hatte, öffneten sich vor mir, dunkel und geheimnisvoll. Das andere Griechenland! Nicht getrimmt auf Strandurlaube für Touristen! Nicht für das schnelle zweiwöchige Auftanken. Hier stand die Zeit still. Die unberührte Natur lebte in der dünnbesiedelten Bergwelt fort. Sie hatte sich seit Jahrhunderten kaum verändert und barg viele Überraschungen, seltene Pflanzen, Orchideen, Vögel. Gerade hatte ein Specht mit rotgetupften Federn meinen Weg gekreuzt. Sicher beäugten mich, verborgen hinter einem Stamm, Hasen oder Füchse oder Wildkatzen. Und Schakale, so erzählten die Alten, hausten noch in den Bergen.

Mitten in der ausgestorben wirkenden Landschaft, fernab der Zivilisation markierte ein brauner Wegweiser eine Abzweigung. Ich hielt vor dem kleinen Schild. 'Agios Georgeos' entzifferte ich die griechischen Hieroglyphen. Der Heilige Georg! Irgendwo dort seitwärts versteckte sich ein griechischer Heiliger. Sollte ich nicht erst einmal nach ihm und seiner Kirche schauen? Warum nicht einen kleinen Abstecher wagen und entdecken, wie sich ein griechischer Heiliger in der Einsamkeit eingerichtet hatte? Höhenluft gab es auch hier.

Die warnende Stimme im Kopf drängte ich zurück. Natürlich konnten auf solchen kaum befahrenen Schotterwegen hinter jeder Kurve Überraschungen lauern - große Steinbrocken auf dem Weg, unpassierbare Rinnen, die der Regen ausgewaschen hatte. Durch einige leidvolle Erfahrungen kannte ich die Tücken idyllischer, einsamer Wege. Aber das konnte auch auf asphaltierten Straßen passieren. Wildschweine, Rehe waren nicht nur in diesen wilden Wäldern unterwegs. Ein spitzer Stein konnte einen platten Reifen verursachen, es gab unzählige Gefahrenherde auf jeder Straße. Rief nicht der Heilige Georg nach mir, da er mich auf seinen Wegweiser aufmerksam gemacht hatte?

Ich schaltete in einen niedrigen Gang und bog ab. Das Auto tastete sich Meter für Meter den Hügel empor. Durch die geöffneten Fenster strömte die reine Bergluft. Ginsterhecken säumten die Abflußrinnen an der Seite, manchmal überspannten die Zweige alter Baumriesen fast die gesamte Breite des Weges. Der verschlungene Pfad führte höher, wand sich noch ein letztes Mal um einen Hügel, bis er in einen großen freien Platz mit einer kleinen Kirche mündete. Der Heilige Georg residierte einsam und verlassen auf dem höchsten Punkt des Berges, umringt von verwitterten Nadelbäumen, ein Einsiedlerdasein mitten im Wald in der reinsten aller Höhenlüfte. Der Heilige Georg litt sicher nicht an Lungenproblemen.

Die Kirche war ein kleines Schmuckstück, byzantinisches Kuppeldach, Natursteine, ein schönes Bauwerk mit Glockenturm. Der Heilige Georg hatte alles, was ein Kirchenheiliger braucht. Er konnte Unwettern, Regen, Blitz und Donner trotzen, zum Gebet läuten, Feste feiern. Der große Vorplatz zeugte von vielen Gästen an seinem Namenstag. Hinter der halbrunden Apsis blinkte ein verbeulter metallener Becher in der Sonne, vielleicht als Blumenvase verwendbar. Ansonsten wirkte alles aufgeräumt, ein paar geleerte Abfallkörbe. Jemand sorgte für den Heiligen Georg. Die große und massive Eingangstür zierte ein Pitoi, ein Vorratsgefäß, wie es die Griechen in früheren Zeiten zur Aufbewahrung von Öl oder Wein benutzten. Die alten Krüge wurden sündhaft teuer in Antiquitätenläden verkauft. Der wertvolle Tonkrug bezeugte, daß niemand den Heiligen Georg bestehlen wollte. Vielleicht wurde er mit frischen Blumen an seinem Namenstag gefüllt, wenn aus den umliegenden Dörfern alle mit Namen Georg oder Georgia zu ihm pilgerten und auf dem großen Platz ein fröhliches Fest feierten. Sollte ich bei ihm anklopfen und mich vergewissern, ob er auch im Inneren seiner Behausung gut untergebracht war? Die Kirche lag weitab von jeglicher menschlichen Besiedlung, sicher war die große, schwere Eingangstür abgeschlossen.

Wie ein 'Sesam öffne dich' spukte der dunkle Saum des Waldes aus einer schmalen Öffnung einen auffallenden Farbklecks auf die Lichtung, der sich zügig in meine Richtung bewegte. Ich erschrak. Eine rundliche Frauengestalt! Woher kam sie? Was suchte sie hier mitten im Wald, mitten in der Einsamkeit? Und dann diese rotbraune Schürze mit wilden Rankenmustern über einem geblümten Kleid.

Sie winkte, deutete erst auf mein Auto, dann in meine Richtung und als sie vor mir haltmachte, ergoß sich ein Redeschwall über mich aus. Heiliger Georg, betete ich, wen hast du mir da geschickt? Das Gesicht strahlte mich an. Aber konnte man sicher sein, daß keine Gefahren von einer rundlichen Frauengestalt mit rautengeschmückter Schürze mitten im Märchenwald ausgingen?

'Jasu, jasu, ti kanis' verstand ich, also so etwas wie Grüß Gott und wie geht es dir? Der Wortschwall floß ungehindert ohne Pause weiter. Sie wartete nicht, ob es mir gut ginge, wie es sich eigentlich nach den griechischen Gepflogenheiten gehörte. 'Pu, pu' hörte ich immer wieder heraus, während sie ungläubig auf mein Auto und dann auf das deutsche Kennzeichen wies. Sie wollte also nicht in erster Linie wissen, wie es mir geht, sondern woher ich käme. Hatte ich sie bei irgendetwas gestört? Man läuft nicht einfach so mitten im Wald mit einer rautenbedruckten Schürze herum. Vielleicht wollte sie Pilze sammeln? 'Germania', deutete sie auf das Auto, also Deutschland, das verstand ich. Sie strahlte, als sei Germania das Sehnsuchtsland ihrer Träume. 'Ich Pforzheim' tippte sie mit dem Zeigefinger auf ihren Busen. Sie streckte mir erst zehn, dann noch einmal vier Finger entgegen. "Vierzehn Jahre! Ich Maria, komm!" Sie faßte nach meiner Hand, wartete nicht, bis auch ich meine Identität preisgab, sondern zog mich zu dem Sesamöffne-dich-Durchgang. Ich folgte ihr vertrauensselig auf dem schmalen Pfad, durch den sie urplötzlich in meine Gedanken an den Heiligen Georg getreten war. "Spiti" deutete sie auf eine kleine Lichtung. Und noch einmal: "Spiti!" Ein Haus hier mitten im Wald? Wie ein Hexenhaus bei Hänsel und Gretel?

Nach wenigen Schritten standen wir vor einer kleinen hölzernen Hütte. Zweige hingen von den Bäumen bis dicht übers Dach herab, zwei Fenster lugten darunter hervor, die Tür stand sperrangelweit geöffnet. "Kosta" rief Maria und kündigte uns lautstark an. "Kosta, ella, mia Germanitha!" Kostas sollte sich also die Deutsche anschauen, die sie beim Heiligen Georg aufgelesen hatte. Kostas gehorchte, eilte durch die Türöffnung, steuerte auf mich zu, umarmte mich, drückte mich, als seien wir langjährige Freunde. Maria entriß mich den Armen ihres Mannes und zog mich durch die Tür. Sie rückte einen wackligen Stuhl für mich zurecht und versuchte, ein wenig Ordnung auf dem kleinen Tisch zu schaffen - ein hoffnungsloses Unterfangen. Auf der Tischplatte sah es nach Arbeit aus, es reihte sich ein Glas mit bräunlich-gelbem Inhalt an das andere, dazwischen Papier, Löffel, Messer, Teller, Lappen, Schüsseln. Ich schnupperte, es roch süßlich. Kostas hatte mich beobachtet, er strahlte und nickte. "Meli, Honig", ergriff er meine Hände und legte sie um ein Glas. "Frisch, warm". Ich blickte ihn erstaunt an. "Deutschland schön, vierzehn Jahre."

Maria und Kostas suchten nach Worten und Sätzen, entschuldigten sich, sie hätten schon lange kein Deutsch mehr gesprochen und viel vergessen. Aber ich konnte die beiden gut verstehen. Sie erzählten mit Begeisterung von ihrer zweiten Heimat, ihrer Tochter, die dort verheiratet sei, ihren zwei Enkeln, die sie leider selten sehen konnten.

Maria führte mich stolz an ein kleines Körbchen mit vier winzigen Katzenbabys, die an den Zitzen der Mutter saugten. "Eine Mieze mit ihren Jungen, lebt ihr hier oben?", wunderte ich mich. "Zwei, drei Tage. Wenn Honig fertig zurück." Sie deutete auf zwei Camping-Liegen. "Schlafen." Maria überlegte kurz. "Du Katze?" Sie hob ein Miezenbaby empor und legte es mir vorsichtig in die Hände. Da erzählte ich den beiden von meiner Krankheit. "Ich muß erst einmal gesund werden, dann erst ein Kätzchen."

Maria und Kostas weihten mich in die wichtigsten Geheimnisse der Imkerei ein. Ich bestaunte die Waben, die sie aus den Bienenkästen eingesammelt hatten. "Probier!", reichte mir Maria einen Löffel, zapfte aus einem Kanister ein Glas Wasser, und drückte es mir in die Hand, wie es in Griechenland die Sitte verlangt, wenn Süßes gereicht wird. Sie schaute mich abwartend an, bis ich brav aufgegessen und den Honig gelobt hatte. Warm, süß und klebrig verströmte er Reinheit, weckte Visionen von Götternahrung. So mußten Ambrosia und Nektar riechen und schmecken.

Die beiden redeten auf mich ein. Es sei richtig, daß ich in die Berge gefahren sei. Maria wies mit dem Arm in irgendeine Richtung mitten hinein in die Felslandschaft. Dort oben stand früher ein Sanatorium für Lungenkranke. In ihrer Jugendzeit, fügte sie schnell hinzu. Kostas simulierte einen kurzen Husten und lachte. Das sei ein Menschenleben her. Er habe als Kind eine Tante besucht, die dort oben gesund wurde. Maria griff nach einem Brotlaib, arbeitete sich mit dem Messer durch die krosse Kruste, breitete drei Stullen auf einem Teller aus und zog aus dem Regal eine Plastikschale. Sie schmierte etwas, das nach Butter aussah, auf die Brote, tauchte den Löffel in den Honigtopf und ließ ihn über die Scheiben rinnen. "Der beste Honig", drückte sie mir das Brot und eine Serviette in die Hand. "Der beste, der beste", wiederholte Kostas immer wieder und wies durch die offene Tür auf die Tannen: "mitten aus den Wäldern."

Maria packte ihrem Mann das Honigbrot auf einen Teller und biß selbst mit Genuß in die verbliebene Stulle. "Komm, wasch dir die Hände", forderte sich mich nach unserem Snack auf und öffnete den Hahn am Wasserkanister. "Besuch uns doch einmal. Unser Haus steht unten am Meer. Wir haben viele Olivenbäume. Unser Honig und unser Olivenöl ist pure Natur. Das Beste, das du kriegen kannst. Wir verkaufen es nur an gute Freunde. Komm uns besuchen und probier es. Berge und Meer, das zusammen ist das Besondere. Und was gut für den Honig und das Olivenöl ist, das ist auch gut für dich! Berge und Meer wirken wie Medizin! Du wirst sehen, du wirst bald wieder gesund!"

Natürlich ist ein weiser Rat nicht ganz umsonst. Ich verließ das kleine Holzhaus, das Imker-Paar und die Kätzchen mit einem Ein-Kilo-Topf frisch geschleuderten Bienenhonig. Ich hatte die Berge gesehen, aus denen er stammte, die reine Luft eingeatmet, in der die Bienen herumschwirrten. Ich konnte mir mindestens ein Jahr lang bei jedem Honigbrot vorstellen, wie begeistert die Götter Ambrosia und Nektar naschten. Vielleicht würde ich irgendwann einmal Maria und Kostas in ihrem Haus unten am Meer besuchen und mir ein Kätzchen mitnehmen, wenn es mir besser ginge.

"Geh nur hinein zum Heiligen Georgeo", hatte mir Maria mit auf den Weg gegeben. "Die Kirche ist offen, wenn wir hier oben sind, passen wir auf. Wir besuchen den Heiligen Georgeo jeden Tag."

Das konnte ich gut nachvollziehen, als ich ihm in der kleinen Kirche in die Augen blickte. Sein verträumter Blick schaute schon einige Jährchen, wenn nicht seit mehreren hundert Jahren von einem scheuenden Pferd auf die Besucher herab. Nur der Heilige Georg selbst wußte, wie viele Generationen zu ihm gebetet hatten, er sah jung aus und war doch uralt. Viele kleine Haarrisse durchzogen die dunklen Farben. Aber ich wußte, Maria und Kostas hatten Ohren wie ein Lux und paßten gut auf die alte Ikone auf. Die dicke, schwere Eingangstür und die beiden würden gemeinsam den Heiligen Georg beschützen. Und der Heilige Georg würde als Gegenleistung für einen guten Honig sorgen!

Der weise Rat von Maria und Kostas war gut gemeint, erwies sich aber weder als ausreichend noch als alleiniges Heilmittel. Es bedurfte weiterer Anstrengungen. "Fahren Sie nur", hatte mir der Lungenarzt bei unserem letzten Gespräch kurz vor meiner Abreise aus Deutschland geraten. "Das Meeresklima wird Ihnen sicher helfen. Sie sind kein typischer Asthma-Patient. Finden Sie heraus, was Ihnen Probleme bereitet. Stadtluft, die Wohnung mit den braun gestrichenen Holzbalken. Vielleicht sind es Pestizide, vielleicht ist es ihre psychische Belastung." Ich hatte bei dem letzten Klinikaufenthalt von der Scheidung erzählt. "Finden Sie es heraus", hatte er mir die Hand zum Abschied gedrückt.

Es dauerte nicht lange, bis ich eine griechische Lungenklinik live kennenlernte. Luftlinie lag sie nicht allzu weit entfernt, drüben auf der anderen Seite des Golfes. Irgendwo im Schatten der Berge verbarg sie sich im Dunkel der Bäume. Ein umfunktioniertes klassizistisches Gebäude aus einer glorreichen Vergangenheit, vielleicht eine ehemalige Sommerresidenz vor mehr als hundert Jahren.

Als die Ambulanz mit Blaulicht auf den pinienumsäumten Parkplatz auf einer kleinen Anhöhe mitten im Wald fuhr, sehnte ich nichts weiter herbei, als einen kompetenten Arzt und eine möglichst schnelle, fachgerechte Behandlung. Keiner meiner Blicke interessierte sich für das Bauwerk, in das mich der Sanitäter einlieferte. Er setzte mich auf die mit einem weißen Tuch bedeckte Pritsche. Deutsche Notfall-Ambulanzen unterschieden sich kaum von griechischen stellte ich mit einem Seitenblick fest. Er klopfte mir leicht auf die Schulter, tätschelte ein wenig die Wangen und sprach einige Worte, die ich nicht verstand, aber intuitiv durch die Tonlage als wohlgemeinte Aufmunterung interpretierte. Etwa: Wir sind am Ziel, jetzt wird alles gut!

Nervös blickte ich auf eine verschlossene weiße Tür und versuchte in gebückter Haltung ruhig ein- und auszuatmen, Lippen spitzen, einatmen, ausatmen. Ich spürte eine kräftige Berührung am Rücken, hörte ein 'perastika', gute Besserung, die Verabschiedung des Sanitäters. In meinem Blickwinkel tauchten auf dem grauen Fußboden weiße Turnschuhe auf, darüber eine weiße Hose, also der Arzt. Ich wagte einen kurzen Blick nach oben. Über dem weißen Kittel blickten mich braune Augen an.

"Ja, weiter so", hörte ich auf Englisch, "einatmen, ausatmen", während er herumhantierte. "Einatmen, ausatmen, so, jetzt schauen wir uns einmal den Arm an."

Aha, die Spritze. "Das haben wir gleich. In drei Tagen sind wir wieder ok. Wir kriegen das schon wieder hin."

Wie recht er haben sollte - nicht nur dank der Spritze, die er schnell und kompetent setzte, und der netten Unterhaltung, die er mit mir begann - sicher, um mich abzulenken und keine Panik aufkommen zu lassen. Er redete und redete auf mich ein, ohne eine Antwort zu erwarten, lachte immer wieder. Sicher hätte ich mitgelacht, wäre ich nicht mit ein- und ausatmen beschäftigt gewesen. Er war ein Meister der psychologischen Kriegsführung und entließ mich erst aus seiner Obhut und ins Krankenbett, als die Wirkung eingesetzt hatte. In drei Tagen sind wir wieder ok? Welche Zaubermittel kannte der freundliche griechische Arzt? Die kürzeste aller Rekonvaleszenz-Phasen ließ sich nicht alleine mit dem Zuspruch des freundlichen englischsprechenden Doktors und der verabreichten Medizin erreichen.

Ich lernte schnell den Funktionsablauf griechischer Krankenhäuser kenne. Sie arbeiten nach dem Prinzip der Aufgabenteilung: Um die medizinische Versorgung kümmern sich die Ärzte, für das Wohlergehen der Patienten die Angehörigen. Der gutgelaunte Arzt übergab mich nach der

Erstversorgung einem eher unwirsch wirkenden Pfleger, es war spät in der Nacht, vielleicht hatte er gerade ein wenig geschlafen. Er schob mich und mein Bett ohne große Worte zu verlieren in einen dämmrigen Raum. Erleichtert registrierte ich die Wirkung der Medikamente, ich war gerettet! Ich durfte die Augen schließen und einschlafen, ohne die angstschürende Vision, nicht mehr aufzuwachen. Ich konnte wieder atmen wie alle Menschen, ohne den Befehl im Kopf: Kutschersitz, gebückte Haltung, Lippen spitzen, einatmen, langsam ausatmen, einatmen, ausatmen. Keine Panik! Ich konnte die nächtliche Fahrt und das rotierende Blaulicht der Ambulanz abhaken und erst einmal schlafen, schlafen, schlafen.

Drei Tage in einem griechischen Krankenhaus, das war verkraftbar. Das dämmrige Licht - ok, ich würde irgendwie zurechtkommen. Der warme, stickige Raum - die Nacht würde ich überstehen. Das Gewispere und Geraune - ich war erschöpft, die Müdigkeit und die Anstrengung durchzogen jede Faser vom Kopf bis zu den Zehenspitzen. Ich würde zur Ruhe kommen und nichts mehr um mich herum wahrnehmen. Die vielen Betten hatte ich schemenhaft registriert. Die Hauptsache, ich war gerettet.

Wie lange hatte ich geschlafen? Eine Stunde? Eine halbe Stunde? Fünf Minuten? Die Erschöpfung baute um mich einen Schutzwall, in dem absolute Stille herrschte, tiefste Dunkelheit und ansonsten nichts, ein weiches Polster, auf dem ich mich ausruhen konnte. Ein störendes Geräusch zerrte am Nirwana, ein verschwommenes Wispern des Erinnerns pochte, klopfte, ließ nicht locker. Ich ruderte verzweifelt, schlug mit den Armen um mich, wehrte mich. Ich wollte nicht zurück in die Ambulanz, nicht auf die Pritsche, nicht mehr die Spritze auf mich zukommen sehen. Verwirrende Laute schwirrten um mich herum, Flüstern, lautes Krächzen, dazwischen eine sanfte Stimme.

Die Dämmrigkeit des Raumes bohrte sich unbarmherzig durch die geschlossenen Augenlider und durchbrach die wohltuende Umhüllung und die Geborgenheit der Träume. Ich öffnete einen Spalt breit die Augen und suchte durch das Halbdunkel nach der Herkunft der Lärmquelle. Aus einem der Betten drangen Geschrei, unverständliche Laute, hektisch und schrill hervorgestoßen, dann eine geduldige Stimme. 'Ochi, ochi', also 'nein'. Irgendetwas stimmte nicht dort drüben. Das Krächzen überschlug sich, Unruhe begann in den Decken, sie verschoben sich, türmten sich übereinander. Die Umrisse eines Kopfes wühlten sich aus dem Berg, Arme schlugen wild herum, der Schatten eines dünnen Oberkörpers folgte wie ein Scherenschnitt. Er kreischte, fuchtelte mit einem dunklen Arm immer wieder in meine Richtung. Die ruhige Stimme wechselte in eine andere Tonart und schimpfte ärgerlich in das Bett hinein.

Aus allen Ecken des dämmrigen Raumes drang Gewispere und Geflüster. "Isichia" hörte ich deutlich aus den unverständlichen Lauten heraus, also die Mahnung zur Ruhe, und immer wieder 'pontíki'. 'Pontíki' schien mit dem Lärm eng verknüpft, vielleicht die Ursache? Rund um die Betten entstand Bewegung. Scharrende Füße, Stühleknarzen, Schattengestalten erhoben sich, tasteten sich im dämmrigen Licht zur Quelle des Geschreis, umringten das Bett und redeten leise auf die Gestalt zwischen den Decken ein. 'Pontíki' und 'ochi', darum drehte sich die ganze Aufregung. Manchmal wies ein Arm in meine Richtung. Hatte die Gestalt im Bett böse Träume? Warum zeigte sie auf mein Bett? Hegte der dünne Schatten, der wie eine Prinzessin auf der Erbse über einer Vielzahl Decken thronte, Argwohn gegen meine Person? Der Pfleger hatte mich fast geräuschlos in dem dämmrigen Licht auf einen freien Platz geschoben. Niemand wußte, daß sich eine Xeni, eine Fremde in dem Schlafsaal eingenistet hatte. Kaum jemand hatte mich wahrgenommen. Ich war mir keiner Schuld bewußt und trotzdem nagte an mir das Gefühl, ein Fremdkörper zu sein, fremd in einem fremden Land, hilflos einer fremden Sprache und den unbekannten Worten ausgeliefert, denen ich keinen Sinn beimessen konnte.

Die Ansammlung um das Bett und das leise Flüstern wirkten beruhigend. Ein Schatten nach dem anderen kehrte zurück in seine angestammte Ecke, Stühle knarzten, Füße scharrten und langsam fand der dämmrige Raum zur Ruhe und zur normalen Geräuschkulisse zurück. Die sanfte Stimme redete weiter beruhigend auf das Bett ein, wechselte dabei die Nachtwäsche, hängte die getragene über einen Heizkörper, ordnete Kissen und Decken, bis die dünne Gestalt leise und still aufs Lager zurücksank und in dem Berg von Decken verschwand.

Der darauffolgende Morgen öffnete mir die Augen für die Stärken und Schwächen des griechischen Gesundheitssystems. Ich ahnte, womit der Drei-Tages-Zyklus zusammenhing. Das Tageslicht drang hell und strahlend durch die große Balkontür und die vielen Fenster und beleuchtete insgesamt zehn Betten mit Insassen und jeweils mindestens einem Angehörigen.

Die morgendliche Visite unterschied sich nicht grundsätzlich von dem Zeremoniell deutscher Krankenhäuser. An der vordersten Front schritt erhobenen Hauptes ein kleiner, älterer Herr mit respektheischender Miene und zog wie ein Komet als Schweif einen Troß weißer Kittel hinter sich her. Der englischsprechende Arzt der gestrigen Nacht überragte alle um Haupteslänge und zwinkerte mir über die Köpfe der Kollegen und Krankenschwestern hinweg mit einem Auge zu. Der weißbekittelte Zug eilte von einem Bett zum anderen, der ältere Herr ließ sich kurz über den Krankheitsstand seiner Patienten informieren, nickte auch an meinem Bett ernst und kompetent, und alle entschwanden wie ein kurzer Spuk durch die offene Tür. "Ich komme später noch einmal", rief mir der englischsprechende Arzt zu, bevor er zeitlich verzögert dem Troß nachsetzte.

Der aufopfernde Dienst der verwandtschaftlichen Nachtwache näherte sich dem Ende, die Ablösung tröpfelte peu à peu herein. Die Zahl der anrückenden Tanten, Mamas, Omas summierte sich schnell, also 10 Kranke plus mindestens 15 Besucher. Ich ahnte, das bedeutete im Laufe des Tages um die fünfundzwanzig bis dreißig Personen, vielleicht auch mehr. Ich würde ein südländisches Flair im Krankenzimmer erleben, wie ich es von Badestränden rund ums Mittelmeer kannte.

Meine Bettnachbarinnen in der näheren Umgebung hatten mich als Neuzugang registriert und stellten sich mit Vornamen vor. Mit schmerzverzerrten Gesichtern erklärten sie mit großer schauspielerischer Ausdruckskraft, wo ihre Probleme lagen. Ich verstand sie dank Mimik und Gestik mühelos und simulierte einen Asthma-Anfall, atmete schnell ein und aus und so wußten jeder, was mich plagte.

Es war ein schöner Tag, die Sonne schien vom blauen Himmel durch die Fenster, die bereits die Gründerzeit erlebt hatten. Meine Wangen glühten. Die Luft stand stickig und warm in dem riesigen Krankensaal. Kein Wunder! Fenster, Balkontür, alles Schließbare war verschlossen. Der Herbst in Griechenland blieb ausgesperrt und durfte nur draußen vor der Tür seinen südlichen Charme entfalten.

Dreihundert Millionen Alveolen in meiner Lunge schrien nach Kühle und Sauerstoff. Ich lechzte nach frischer Luft, wie ein Fisch auf dem Trockenen nach Wasser. Offensichtlich kamen die restlichen neun Betten gut mit dem abgestandenen Mief zurecht. Niemand äußerte das Bedürfnis nach Frischluftzufuhr. Ich würde erst einmal versuchen, den Heizkörper herunterzudrehen und dann die Balkontür einen Spalt weit öffnen, sie lag direkt neben meinem Bett. Ein bißchen Sauerstoff würde sicher niemanden stören.

Vorsichtig hievte ich mich auf die Bettkante und versuchte aufzustehen. Die gestrige Nacht fühlte ich deutlich in den verspannten Schultern und dem schmerzenden Nacken. Die Muskeln reagierten mit Muskelkater auf den stundenlangen Kutschersitz in gebeugter Haltung. Ich war noch ein wenig wacklig auf den Beinen. Mit einer Hand schob ich den Tropf samt Plastikschlauch, an den mich der Arzt angekettet hatte, in Richtung Wärmequelle. Ein antikes Wunderwerk der Technik! Der Heizkörper befand sich direkt hinter dem Kopfteil meines Bettes. Ich wurde also wie eine Weihnachtsgans auf einem Grill geröstet. Eine gußeiserne Heizung der ersten Generation, stellte ich bewundernd fest! Reif fürs Museum! Und sie funktionierte! Die zigmal gestrichenen Rippen mit abgeplättertem elfenbeinfarbenen Lack glühten mir entgegen. Vorsichtig versuchte ich ein kleines Rad zu drehen, um die Hitze zu reduzieren - ein hoffnungsloses Unterfangen. Es klemmte, und ich wußte sofort, es würde sich keinen Millimeter bewegen. Wahrscheinlich war es anno 1930 zum letzten Mal in Augenschein genommen worden und funktionierte seitdem nach einem einfachen Prinzip: Beginnt die Winterzeit, stellt man die Heizanlage für das gesamte Haus an. Wird einem zwischendurch heiß, öffnete man die Fenster oder Türen. Im Frühjahr naht der Tag, an dem man die gesamte Heizanlage wieder ausschaltet. Also blieb nur ein einziger Weg.

Schritt für Schritt tastete ich mich mit Schlauch und Ständer und dem Tropf die wenigen Schritte in Richtung Balkontür vor. Im Nacken spürte ich mindestens zwanzig bis dreißig Blicke wie Nadelspitzen, die meine dilettantischen Versuche, das Klima des Raumes zu regulieren, interessiert beobachtet hattem. Die meisten freuten sich vielleicht, daß die Heizung perfekt nach der altbekannten Regel funktionierte: besser ersticken als erfrieren. Einige mochten denken, gute Idee, endlich frische Luft. Konnte ich es wagen, die Tür zu öffnen, ohne die Einwilligung von mindestens fünfundzwanzig Personen? Vielleicht würden, wie in der letzten Nacht, wieder die dünnen Arme in meine Richtung schnellen und die alte Dame im gegenüber liegenden Bett das Wort 'pontiki' ausstoßen. Vielleicht war es ein Schimpfwort. Ich mußte vorsichtig und mit Bedacht an mein Vorhaben herangehen. Vielleicht erst einmal probieren, ob der Mechanismus noch funktionierte. Ich nahm den Messingknopf der zweiflügeligen Tür in Augenschein. Bei diesem alten Bauwerk war alles möglich. Vielleicht war die Tür abgeschlossen, das Schloß eingerostet. Vielleicht fiel mir der ganze Mechanismus entgegen, vielleicht sogar die ganze Tür.

Vorsichtig drehte ich den Knauf mit meiner nicht angeketteten Hand nach rechts, der Flügel klemmte leicht, knarrte, und gab erstaunlicherweise meinem einfühlsamen Ziehen nach. Keine Provokation, ermahnte ich mich, nur ein paar Zentimeter, ein paar Minuten, damit die Wangen abkühlen und die Lunge sich mit Sauerstoff füllt. Ich kam mir vor wie eine Ertrinkende, die einen Strohhalm zu greifen sucht. Durch den schmalen Spalt atmete ich gierig die frische Luft ein, schloß die Augen, öffnete die Augen. Pinien umringten einen kleinen Park bis dicht an den einstöckigen Bau, zwei Bänke luden zum Sitzen ein. Aber das ging jetzt nicht, im Schlafanzug, mit Tropf, immer noch schwach und angeschlagen, ich durfte nicht nach draußen, obwohl die Luft kühler als im Raum und trotzdem angenehm warm durch die Tür strömte. Ich lehnte mich an den Türrahmen, ich mußte sicher noch bis morgen warten - falls die Besserung zügig voranschritt. Würde ich es schaffen, die

Mitinsassen nebst Verwandtschaft zu fragen, ob die Tür einen Spalt weit offen bleiben darf? Würden sie mich verstehen?

Ich atmete noch einmal tief ein und aus, drehte Schlauch, Ständer und Tropf in Richtung des Raumes und begann auf englisch und mit Blicken und Gesten meines nicht angeketteten Armes um Zustimmung für eine offene Tür und frische Luft und Sauerstoff zu werben, zumindest für einen kleinen offenen Spalt. Viele Blicke hingen an mir, aus den Betten, von den Stühlen, fragend, als müsse man erst einmal verstehen und dann verdauen, was ich dort an der Tür gelehnt von mir gab. Drei Betten weiter setzte sich eine Frau im Bett auf und begann zu sprechen. Sie wechselte dabei die Richtung, einmal drehte sie den Kopf zur linken Seite, einmal auf die rechte. Aha, sie übersetzte und klugerweise so, daß der gesamte Saal mein Anliegen verstand. Sie nickte mir freundlich zu und winkte mit der Hand in meine Richtung. Was sie mir zurief, konnte ich nicht mehr verstehen. Schon beim letzten Satz entbrannten an allen Betten und über die Betten hinweg Diskussionen. Es schien sich ein demokratischer Prozeß anzubahnen. Er erinnerte an Versammlungen von Parteien oder Gewerkschaften, die ihre unterschiedlichen Programme vorstellten. Oder wie im antiken Hellas in Athen bei einer Volksversammlung. Es mußte diskutiert, das Für und Wider abgewogen werden, um eine tragbare Entscheidung zu treffen. Ich zog mich samt Schlauch, Ständer und Tropf auf meine Bettkante zurück, den halbgeöffneten Türflügel im Rücken und wartete ab. Das Stimmengewirr um mich herum schwoll an, es flogen Redefetzen, laute und leise von einer Ecke des Saales in die andere. Manche Frauen standen von den Stühlen auf und gestikulierten, zeigten auf ihre kranken Angehörigen.

Und dann bewegten sich im gegenüberliegenden Bett die Decken, türmten sich übereinander, ein Kopf mit wirr abstehenden weißen Haaren erschien, eine dünne Gestalt schraubte sich zu voller Halbgröße empor und kreischte und zeterte und wieder vernahm ich dieses eine Wort, immer wieder schrie sie: 'pontiki, pontiki' und deutete in meine Richtung. Der Raum bebte, es bildeten sich Fraktionen, einige Betten plädierten den Gesten nach für ein Schließen der Tür, andere für das Öffnen, bis das Geschrei des wirren Kopfes die Stimmen immer schriller werdend übertönte. Schuldbewußt saß ich auf der Bettkante. Was hatte ich nur angerichtet! Einen Aufstand angezettelt. Es fehlte noch, daß man sich prügelte! Was bedeutete dieses Wort? War 'pontiki' ein Schimpfname für mich? Und dazu diese Hitze im Raum! Diese Hitze in einer Lungenfachklinik! Der Schweiß brach aus allen Poren hervor, ich fühlte, wie er um die Nasenspitze herum nach unten lief. War es nicht naheliegend, bei Lungenkranken für ein bessere, eine gesündere Luft zu sorgen? Warme, abgestandene Raumluft, der glühende Heizkörper hinter meinem Bett, all das war Gift, das wußte jedes Kind. Es trug nicht zur Genesung sondern eher zu einem weiteren Anfall bei.

Die Revolution im Krankensaal blieb nicht unbemerkt. Die Tür öffnete sich, der englischsprechende Arzt stand im Türrahmen und hob beschwichtigend beide Arme. Alle Köpfe drehten sich in seine Richtung und redeten auf ihn ein, die Patienten saßen aufrecht im Bett, die Angehörigen hatten sich von den Stühlen erhoben. Dazwischen kreischte der weiße Kopf immer wieder 'pontiki, pontiki'.

Der Arzt wartete ab, stand schweigsam mit erhobenen Armen da, bis eine Stimme nach der anderen verstummte und nur noch der Wirrkopf immer wieder 'pontiki' schrie. Er trat an das Bett, redete sanft und geduldig, schwieg, hörte zu und redete, bis das Krächzen des Wirrkopfs verstummte. Er ging von Bett zu Bett, und hob dabei immer wieder beschwichtigend die Hände, deutete manchmal auf die Balkontür. Er lachte laut, als er vor meinem Bett stand und ich wie ein Häuflein Elend schuldbewußt auf der Bettkante sitzend zu ihm hochblickte. Er hob den Zeigefinger. "Warte mal, was ich jetzt mache!", blickte er auf den geöffneten Fensterflügel, trat prüfend an den Heizkörper, sprach einige Worte in den Raum. Ich sah sämtliche Kranken in ihren Betten verschwinden, die Decken bis zur Nasenspitze hochgezogen. Entschlossen öffnete er beide Türflügel, atmete demonstrativ tief ein, überschritt die Schwelle zum Park, lief ein paar Schritte draußen auf und ab, als prüfe er die Temperatur, schaute in den Himmel, wartete noch eine Weile, bis er wieder in den Raum trat. Er schloß einen Flügel ganz, der zweite blieb einen Spalt weit geöffnet. Er hob den Zeigefinger, als drohe er, zeigte auf mich, sprach einige Sätze in den Raum, von überall schallte Gelächter.

Dann war ich an der Reihe. "Es ist eine furchtbare Luft hier drinnen. Gut, daß du die Tür geöffnet hast. Dort drüben, die alte Dame ist fast einhundert Jahre alt und hat panische Angst, daß Mäuse in den Raum kommen. Sie hat nachts das Licht der Laterne im Park gesehen und dachte, die Tür steht offen. Deshalb hat sie so geschrien, aus Angst, daß die Mäuse zu ihr ins Bett kommen. Ich habe allen Kranken verständlich gemacht, daß sie schneller gesund werden, wenn wir die Tür tagsüber bei diesem schönen Wetter einen Spalt geöffnet halten. Es ist warm draußen. Sie wissen, daß dein Bett an einem glühenden Heizkörper steht und keiner will schuld daran sein, daß du noch einmal einen Asthma-Anfall bekommst. Außerdem habe ich dich gerade zur Oberaufseherin ernannt. Du bist ab jetzt verantwortlich, daß keine Mäuse hereinspazieren."

Alle Gesichter waren erwartungsvoll auf mich gerichtet, manche lachten mir freundlich zu, manche nickten bestätigend und ich nickte zurück.

"Du brauchst noch einmal die gleiche Lösung, ich höre die Lunge später noch einmal ab, und wenn alles ok ist, befreien wir dich vom Tropf. Und gegen Abend schließen wir die Tür und überlegen uns bis dahin für dich eine andere Lösung. Du kannst nicht die ganze Nacht über an einem glühenden Heizkörper liegen." Er klopfte mir beruhigend auf die Schulter, grüßte noch einmal in den Raum und entschwand.

Die Präsenz ärztlicher Kunst und Verantwortung war noch nicht abgeschlossen. Wie Sendboten schwirrten nach kurzer Zeit zwei Krankenschwestern mit Spritzen bewaffnet durch den Saal. Eine dritte kümmerte sich um meinen Tropf. Das junge Gesicht strahlte die ernste Würde und die Distanz der Ärzteschaft zu ihren Patienten aus. Sie entschwand nach ihrer Dienstleistung durch die Tür und ward an diesem Tage nicht mehr gesehen.

Die Unruhe an den Betten verriet den Start in den normalen Krankenhaus-Alltag, Waschen, Kämmen, Zähneputzen, Bettenmachen, die Unterhaltung und die Motivierung der Kranken. Die wirren Haare der alten Damen erhoben sich über dem Stapel von Decken. Diesmal streckte sie nicht die Arme in meine Richtung. Sie hob sie über den Kopf empor, ließ das Wechseln ihrer verschwitzten Hemdchen ohne Widerspruch über sich ergehen und hielt tapfer die Arme für die frische Wäsche in die Höhe. Ein weißes, wollenes Hemd fand seinen Platz zum Trocknen auf einem offenbar ebenfalls glühenden Heizkörper an der Eingangstür. Schon beim Anblick der grob gewirkten Unterwäsche stellte sich bei mir ein unangenehmes Gefühl auf der Haut ein. In den Auslagen der griechischen Läden hatte ich mich immer gefragt, wie man diese kratzigen Woll-Leibchen auf der Haut aushält.

Die Angehörigen nahmen ihre Pflicht ernst. Über die Betten hinweg tauschten sie Informationen aus, lachten und scherzten. Es war eine weitgefaßte Aufgabe, die Kranke und Gesunde miteinander verband. Meine Bettnachbarin nebst der gesamten Verwandtschaft bezog mich in ihren Verantwortungsbereich mit ein. Ich erhielt Nüsse, Süßigkeiten, Pieta wurde mir angeboten, ein griechisches Auflaufgericht, das man kalt und warm essen kann, zu Feiertagen und ansonsten zu jeder Gelegenheit. Ich durfte schließlich, so alleine und krank, wie ich im Bett saß, nicht unversorgt bleiben.

Ich lernte die Toiletten und die Waschgelegenheiten des klassizistischen Baus kennen und beschloß, beide Räumlichkeiten selten aufzusuchen, also Essen und Trinken auf das notwendige Maß zu reduzieren und mich an den anvisierten Drei-Tage-Zyklus zu orientieren. Beim Anblick der in den Boden eingelassenen Hocktoiletten mit Flächen zum Abtritt sah man stündlich immer weniger von dem ursprünglich weißen Porzellan. Ich sehnte mich nach Büschen draußen im Freien, hinter die man verschwinden konnte. Im großen Waschraum, der an frühere Jugendherbergen für große Gruppen erinnerte, vermißte ich eine schließbare Tür, durch die man zumindest die unbedarft und ahnungslos hereinspazierenden Männer fernhalten konnte. Ich reduzierte meine Morgentoilette auf eine kleine Katzenwäsche und schaffte es trotz der gespeicherten Erfahrung, mich mittags über ein gutes Essen zu freuen, ein Zeichen, daß es gesundheitlich aufwärts ging und ich den Entlassungstag fest im Kopf verankert hatte. Er rückte mit jeder Stunde näher.

Am späten Nachmittag prüfte der freundliche, englischsprechende Arzt noch einmal den Krankenstand, schritt ein Bett nach dem anderen ab, scherzte mit den Patientinnen.

"Brauchst du noch Sauerstoff?", fragte er mich, trat dabei an die Balkontür, gab ein kurzes Kommando in den

Raum, und schon zogen alle Bettinsassen die Decken bis zur Nasenspitze hoch. Er öffnete beide Flügel bis an den Anschlag.

"Frischluft für die Nacht. So, jetzt bist du dran, hoch das Hemd, mal sehen, was die Lunge macht!"

Er drückte sich die Stöpsel des Stethoskops in die Ohren, tastete sich über meinen Rücken von oben nach unten, von rechts nach links, und das gleiche von vorne.

"Du nimmst weiter deine Medikamente, den Tropf brauchst du nicht mehr." Er drehte den kleinen Rest der Flüssigkeit ab, befreite mich vom Schlauch und schloß beide Flügel der Balkontür. "Für die Nacht kann ich dir nur eine nicht sehr komfortable Lösung anbieten, aber besser, als wenn du hier am Heizkörper geröstet wirst. Wir stellen ein Bett vorne in den großen Aufenthaltsraum, und du wechselst für die Nacht von hier nach dort, wann bestimmst du selbst."

Mit einem leicht bedauernden, leicht schmunzelnden Ausdruck wies er von meinem Bett aus zur Türöffnung. "Hast du Ohrenstöpsel dabei? Es ist ein wenig unruhig, aber die Balkontüren bleiben offen, du hast die ganze Nacht ausreichend Sauerstoff. Morgen früh wechselst du wieder in dein Bett und kümmerst dich um die Frischluftzufuhr hier im Raum, genauso wie heute. Du bist schließlich die Oberaufseherin. Du mußt dafür sorgen, daß die Mäuse draußen bleiben und Sauerstoff hereinkommt. Jeder weiß das jetzt und hat die neuen Regeln akzeptiert."

Ich sah, wie mir die englischsprechende Dame drei Betten weiter freundlich zunickte.

"Du wirst sehen, in drei Tagen bist du wieder Ok, klopfte er mir beruhigend auf die Schulter, nickte. "Ok?", fragte er noch einmal und entschwand wieder durch die Tür.

Über die Betten hinweg rief mir die englischsprechende Dame zu: "Ich heiße Kostia, wenn irgend etwas ist, kannst du mich fragen. Wenn es dir wieder besser geht und du ein wenig schwätzen möchtest, komm doch an mein Bett. Ich kann leider nicht aufstehen."

Als es dämmrig wurde, wagte ich den Wechsel zu meiner nächtlichen Schlafstatt. Das Bett stand in der hintersten Ecke des Raumes - an der gegenüberliegenden Wand öffnete sich gerade eine Tür. Ein Mann eilte schnellen Schrittes an mir vorbei und durch die offene Balkontür in den Park. Hinter der Tür verborgen lag also die Männerdomäne. Eine kleine Flamme blitzte kurz im Park auf, erleuchtete die Nasenspitze, der Auftakt zur Zigarettenpause, dem Erholungsprogramm während des anstrengenden Krankenbesuches. Hektisch zog er an der Zigarette und marschierte süchtig inhalierend auf und ab. Ich ahnte, wie die Nacht verlaufen würde. Vor meinen Augen verborgen lagen im Nachbarraum wahrscheinlich bis zu zehn Kranke männlichen Geschlechts plus minus zehn bis fünfzehn Nachtwachen, alles Männer, die gewohnt waren, zu rauchen, die nachts Langeweile verspürten. Ein Schwätzchen mit den Leidensgenossen draußen im Park bei einer Zigarette in gewissen Abständen, ohne den kranken Opa zu vernachlässigen, das gehörte zur Nachtwache.

Als Rettung für etwas Schlaf im provisorischen Schlaflager zwischen dem Mief im Schlafsaal für Damen und dem Mief im Schlafsaal der Herren blieben nur Ohrenstöpsel und Schlafbrille und immer wieder Schäfchenzählen, geknüpft an den Gedanken, ein privilegiertes Nachtlager zu genießen, als einzige bei offener Balkontür unter der gesundheitsfördernden Einflußnahme von kühler, reiner Nachtluft ruhen zu dürfen.

Wieviele Schäfchen hatte ich in dieser denkwürdigen Nacht gezählt? Es mußten große Herden gewesen sein.

Sie fraßen ganze Bergzüge kahl und verschwanden nur gelegentlich und immer nur für ein kleines Weilchen in der Dunkelheit eines unruhigen Kurzschlafes.

Die von dämmrigem Einnicken und erschrockenem Hochfahren durchzogenen Ruhephasen im Aufenthaltsraum bei sperrangelweit geöffneten Balkontüren gerieten beim morgendlichen Wechsel in den Frauen-Schlafsaal schnell in Vergessenheit. Kostia winkte und scherzte: "Wir haben schon auf dich gewartet. Es wird Zeit für frische Luft." Süßigkeiten und Pieta wanderten zu meinem Bett, als habe ich eine Heldentat vollbracht. Nach der ärztlichen Visite waltete ich meines Amtes und fiel danach bei halb geöffneter Balkontür in einen seligen Tiefschlaf, der durch nichts gestört werden konnte, auch nicht durch ‚pontiki'. Ich dämmerte große Teile des restlichen Tages vor mich hin und speicherte das wohltuende Versinken für mein nächstes nächtliches Lager. Ich würde diesmal zur Abwechslung Ziegen zählen, vielleicht half das besser.

Am dritten Tag kündigte der freundliche, englischsprehende Arzt für den nächsten Morgen die Kontrolle mit technischem Gerät an, um meinen Zustand zu objektivieren. Am vierten Tag setzte er mich vor eine Apparatur, die das Innenleben der Lunge einer eingehenden Überprüfung unterzog - tief einatmen, schnell ausatmen. Alle Untersuchungen fielen zur Zufriedenheit aus, und ich konnte mich von Kostia, dem Schlafsaal und dem freundlichen Arzt verabschieden. Alle wünschten mir 'perastika', gute Besserung. Die konnte ich trotz der positiven Ergebnisse gut gebrauchen, ich war noch nicht ganz über dem Berg. Aber das würde ich ohne ärztliche Hilfe mit den verschriebenen Medikamenten schaffen. Ich hatte den Drei-Tages-Zyklus in der anvisierten Zeit eingehalten.

Durch das Fenster des Taxis warf ich noch einmal einen Blick auf die hell im Sonnenschein leuchtenden Mauern des klassizistischen Baus, ortete die geschlossene Balkontür, die jetzt der Oberaufseherin entbehren mußte. Mit dem festen Vorsatz, mich künftig verstärkt um mich und den nervösen Alveolen der Lunge zu kümmern, warf ich noch einen letzten Blick auf die hohen Pinien und beschloß, ich würde nie mehr weder hierher noch in ein anderes griechisches Krankenhaus zurückkehren

Nach dem Schnupperkurs in der Welt griechischer Krankenhäuser lag meine eigentliche Herkules-Aufgabe noch vor mir: Wie eine Warnblinkanlage schlug mir die rot markierte Überschrift auf dem Deckblatt des Notizblockes entgegen: Die Ozolischen Lokrer. Es war Zeit, sich um diesen im Dunkel der Geschichte verborgenen Volksstamm zu kümmern. Ich blätterte das Deckblatt um, überlegte kurz und schrieb auf die erste freie Seite: 'Ich bin kein typischer Asthma-Patient'. Ich setzte mit dem dicken Rotstift drei große Fragezeichen und danach drei große Ausrufezeichen dahinter. Die irrlichternden Sonnenstrahlen, die durch die Wedel der großen Palme huschten, ließen die roten Frage- und Ausrufezeichen wie ein kleines Feuerwerk aufleuchten. Eine diskrete Aufforderung, Licht in das Dunkel meiner eigenen Geschichte zu bringen, um Wiederholungen zu vermeiden? Ich holte den Topf mit Marias Honig, schälte einen Apfel, zerlegte ihn in kleine Schnitze und ließ einen Löffel von Marias Götternahrung gleichmäßig darüber rieseln. Gab es Kriterien, um sich dem Rätsel zu nähern? Mir fielen Schlagworte ein wie Luftverschmutzung, Wohngifte, Allergien, Nahrungsmittel, alle mit Fragezeichen versehen. Danach: Dauer der Anfälle, Zeitpunkt, Schweregrad.

Ich piekste ein weiteres Stück Apfel mit Honig auf den Zahnstocher und schob es in den Mund. Der Honig erinnerte an den Ratschlag von Maria und Kostas, an das heilende Zusammenwirken von reiner Höhenluft und salziger

Meeresbrise. Ich zog Bilanz. Meine täglichen Spaziergänge am Meer, meine Wanderungen durch die halbe Bergwelt, der Duft der Tannennadeln - hatte es geholfen? Sicher - die fürchterlichen Hustenanfälle hatten aufgehört, die Psyche hatte sich beruhigt und drängte den Gedanken an den grauen Karton mit der Scheidungsurkunde von Tag zu Tag weiter zurück. Ich blickte hoffnungsvoller in die Zukunft.

Der Teller mit den Apfelsltückchen leerte sich. Ich suchte weiter nach verdächtigen Anhaltspunkten. Nichts Auffälliges. Außer dem Zeitpunkt. Die Anfälle begannen abends oder nachts!

War das die Lösung des Problems? Mir fiel mein Lungenarzt ein, der immer wieder verständnislos den Kopf geschüttelt hatte. "Woran liegt es? Aus heiterem Himmel ein erneuter Rückfall. Ich kann mir das nicht erklären. Sie sind kein typischer Asthma-Patient! Finden Sie heraus, was Ihnen Probleme macht." Ich hatte damals am Silvesterabend Plätzchen genascht und war noch nachts im Krankenhaus gelandet.

Ich unterstrich mit rotem Stift ‚Uhrzeit', rahmte ‚abends' ein und nahm mir vor, erst einmal keine Cashew-Kerne vor dem Fernseher zu naschen und kalorienhaltige Mahlzeiten auf mittags zu verschieben.

Ich saß mit dem Honigtopf und dem Notizblock im Schatten der Palmwedel, verfolgte die über die roten Schriftzeichen huschenden Sonnenstrahlen und sprach mir Mut zu. Auch reinster Bio-Honig und eine saubere Atmosphäre, auch die positiven Auswirkungen von salzhaltigen Aerosolen und pinienduftender Höhenluft können keine Wunder bewirken. Die Regeneration von 300 Millionen geschädigten Lungenbläschen benötigt viele Spaziergänge am Meer und unzählige Wanderungen in den Wäldern der Berge. Sollte ich mich erst einmal in Geduld üben? Ließe sich nicht das Nützliche mit dem Angenehmen verbinden?

Ich klappte den Notizblock zu, nahm Apfelteller und Honigtopf und verlagerte meinen Schwerpunkt an den Schreibtisch.

Links ein Stapel Bücher, rechts ein Stapel Bücher, im Regal ausreichend Literatur für den gesamten Winter. Ich verstaute den Notizblock ins Ablagekörbchen und wechselte von der medizinischen zur geschichtswissenschaftlichen Detektivarbeit.

Das antike Hellas zu erforschen bedeutete Knochenarbeit. Vieles lag im Dunkeln, selbst im Bekannten lauerten tückische Fallen und viele Fragezeichen. Volksstämme, Stadtstaaten, kaum hatten sie an Bedeutung gewonnen, zündelten sie, provozierten Streit und Kriege, opferten die Blüte der Jugend, trauerten um die gefallenen Jünglinge, aber lernten nicht aus den Verlusten und alles begann von vorne. Kain und Abel hatten allerorts Spuren hinterlassen! Athen, Korinth, Sparta - drei antike Global-Player der Antike im Ringen um Macht, Einfluß und Geld. Sie schoben die Grenzen hin und her, weiteten die Einflußsphären, wurden zurückgedrängt. Der Peloponnesische Krieg - ein Lehrstück für alle nachfolgenden Generationen von Streithähnen. Die Namen waren austauschbar und zogen sich bis in die Gegenwart.

Was unterscheidet die Hintergründe eines Dreißigjährigen Krieges, des Ersten und Zweiten Weltkrieges, die Katastrophe in Syrien, den Ukraine-Krieg von den Kriegen der Antike? Nur die Anzahl der Toten? Spielten nicht immer Gier, Habsucht, Machtgelüste eine Rolle? Gab es nicht schon damals Warner, einen Thukydides, der vor über zweitausendfünfhundert Jahren Ursachenforschung betrieben hatte? Zum bleibenden Gedenken! Wirkte die Mahnung bei den Nachgeborenen? Wehe den Besiegten! Vae victis! Letztendlich saßen alle nach dem angerichteten Desaster wieder am Verhandlungstisch.

Nicht anders verhielt es sich entlang der antiken Schiffs-Autobahn, sozusagen die A1 am Korinthischen Golf. Die Grenzen der ozolischen Lokrer und ihrer Nachbarn verhielten sich wie Ebbe und Flut, vor und zurück, immer wieder veränderten sich die Trennlinien wie Gummibänder. Auf mich kam Arbeit zu! Die Ozolischen Lokrer zu erkunden, hieß Freund und Feind zu vereinen, sie gemeinsam zu betrachten. Wo befanden sich Schnittstellen, wo Berührungspunkte, wo die Trennlinien?

Die Tage wurden kürzer, die Nächte länger. Die Literatur konnte ich abends am Kaminfeuer durchforsten und mich tagsüber der direkten Feldarbeit widmen. Auf meiner Liste standen an oberster Stelle bekannte Namen, die bereits bei Homer erwähnt wurden: Kalydon, Pleuron, Chalkis, Makynia, vielleicht noch Molykrion in den Bergen. Die antiken Stätten lagen fast um die Ecke herum. Gab es nicht irgendwo im Stapel der Notizen einen Auszug aus der Ilias, in dem von vierzig dunklen Schiffen die Rede war? Die unter dem Oberbefehl der Ätolier gen Troja segelten, dem Volksstamm, der in direkter Tuchfühlung mit den Ozolischen Lokrern stand? War es nicht spannend, an den umkämpften Übergangslinien zwischen Freund und Feind zumindest eine Oberflächenbegehung durchzuführen? Konnte ich nicht das Naheliegende mit dem Nützlichen verbinden? Die positiven Auswirkungen von Meer und Bergen auf die rebellischen Alveolen mit der nicht nur im ozolischen Lokris, sondern auch in Ätolien auftauchenden Frage nach fruchtbaren Böden, dem Vorhandensein von Wasser, der geopolitischen Lage? War es nicht spannend, die aus den antiken Texten vertrauten Namen in Augenschein zu nehmen, die Berge, das Meer, Flüsse, Quellen, die vielfältigen Einflüsse, die diese Kulturlandschaft geprägt und letztendlich in irgendeiner Weise auch mein eigenes Leben beeinflußt hatten? Sollte ich nicht vor der theoretischen Erforschung meine Füße mit dem deutlich erkennbaren Einfluß griechischer Gene auf diesen geschichtsträchtigen Boden setzen, um mich in die Lebensbedingungen der antiken Bevölkerung hineinzudenken? Ich würde während der nächsten Woche die einschlägige Literatur durchforsten, die Erkundigungstour vorbereiten und mich dann aufmachen zurück zu den Zeiten des Odysseus und seiner Haudegen.

Vielleicht konnte ich durch das freie Fließen der Gedanken auch das eigene Dickicht lichten - sozusagen als Abfallprodukt. Vielleicht traf mich irgendwo dort beim Nachdenken und unter den Augen der Götter der Blitz der Erkenntnis, welche negativen Einflüsse auf die rebellischen Alveolen einwirkten und wie ich sie vermeiden konnte.

II-3 Das magische Dreieck

An dem steil abfallenden Felsvorsprung klebte etwas Dunkles, Krappelndes, stach an der grauen Wand auffallend ins Auge. Beim Näherkommen erkannte ich Umrisse - Hände, Füße, Kopf. Also kein riesiges urzeitliches Insekt. Ein waghalsiger Kletterer hing an dem senkrecht ins Meer abfallenden Felsen. Ich hielt den Atem an, verfolgte den gefährlichen Aufstieg mit gemischten Gefühlen, das vorsichtige Abtasten der Vorsprünge mit den Fingern, Nachsetzen der Beine. Meter für Meter schob sich der schlanke Körper empor. Mein aufkommendes Schwindelgefühl und die Angst vor abbrechenden Steinen beruhigten sich erst, als ich das Seil erkannte. Der junge Mann hing gesichert an der Klippe. Unterhalb des steilen Abhangs hielt ein Kollege das Ende in den Händen, umringt von ein paar Ziegen, die aufgeregt um ihn herumhüpften. Sie hatten sich offensichtlich verlaufen, angelockt durch grüne Büsche, die aus den Steinen ragten.

So ändern sich die Zeiten, hätte ich gerne den beiden jungen Männern zugerufen. Kennt ihr die Geschichte der Felsen, an denen Ihr gerade herumklettert? Einige hundert Meter weiter hatte ich die Überreste einer hellenistischen Befestigung zwischen den Macchia-Sträuchern entdeckt, das antike Chalkis. Vor meinen Augen am Felsen sportliche Abenteuer zum Zeitvertreib, dort die Reste unsicherer Zeiten, in denen junge Männer von der Klippe aus das Meer nach Booten absuchten und im Schnelldurchlauf sortierten: Freund oder Feind, neben sich Speer und Schleuder als

Absicherung für den täglichen Kampf zum Überleben. Eine andere Welt.

Am Hang blökten Schafe in der Nähe der zweitausend Jahre alten Mauern. Ein Steinwurf entfernt ragte ein Turm aus dem Meer. Lag zwischen Steilwand, hellenistischer Befestigung und den im Wasser stehenden Mauerstümpfen der Hafen, aus dem die schwarz geteerten Boote vor mehr als dreitausend Jahren aufbrachen, um gen Troja zu segeln? Der Meeresspiegel war seit dieser Zeit um etwa sieben Meter gestiegen, sagen die Archäologen.

Am Abhang eines östlich gelegenen Hügels brandeten die Wellen an, die Kuppe abgeflacht. Einige wenige Steine ragten aus dem mannshohen gelben Gras hervor. Eine mykenische Festung? Stachelbewehrte Disteln verwehrten den Zugang zum Plateau. Ich überließ die Mauern ihrem Dornröschenschlaf und hielt Ausschau nach einem Platz für eine kurze Rast.

Das kleine Dorf wirkte menschenleer, verschlafen, als döse es bereits dem Winterschlaf entgegen. Ich entdeckte ein Kafeneon, rückte mir einen Stuhl mit Blick auf das Meer zurecht, kramte die mitgebrachten Berichte aus der Tasche, zum Update mit der Wirklichkeit. Der freundliche Wirt hatte mich sofort bemerkt. Er nahm meine Bestellung entgegen und bestätigte auskunftsfreudig meine Beobachtung. Ja, auf dem distelbewachsenen Hügel hätten Archäologen vor ein paar Jahren Fundamente von Häusern ausgegraben, am Fuß Gräber aus mykenischer Zeit. Jedes griechische Dorf besaß tausend Augen. Es bleibt nichts unbemerkt. Ich ging von einem regen Informationsaustausch zwischen Wirt und dem Archäologen-Team aus. Kaffee und Ouzo in den Grabungspausen gegen Informationen über die Ur-Ur-Ahnen. Ich würde die Hinweise noch einmal überprüfen und konnte erst einmal die einschlägige Literatur durch die mündliche Überlieferung ergänzen -

zumindest für meine Notizen und irgendwann später für daraus resultierende Rückschlüsse.

Knorrige Olivenbäume säumten rechts und links den Weg zurück zur Hauptstraße. Ich verabschiedete mich vom antiken Chalkis, ein Baustein in dem Puzzle, das ich noch zusammenfügen mußte. Die Ortsbesichtigung hatte den antiken Quellen Leben eingehaucht. In der verträumten Bucht, eingeklemmt zwischen zwei Felsvorsprüngen, sah ich freundliche und feindliche Besucher anlanden - Mykener, Kureten, Korinther, Athener, Lokrer, Römer. Danach stand ein großes Fragezeichen über einem Zeitraum von mehr als tausend Jahren. Leere Seiten im Buch der Geschichte.

Und heute? Das Schild "Rooms to let" wies auf eine lukrative Einnahmequelle für die Sommermonate hin. Das idyllisch gelegene Dorf mit seinem einsamen Badestrand erwartete Besucher, gern auch Fremde, egal ob Nachfahren des Odysseus oder der Römer. Blickten die Geister des antiken Chalkis gelegentlich neugierig auf die zur Kletterwand umfunktionierte Steilküste, um sich orientierungslos zu fragen: Freund oder Feind?

Makynia! Ich war überrascht, auf ein gut erhaltenes Winzlings-Theater zu stoßen mit Blickrichtung offenes Meer und Kap Rhion. Unter mir lag das Tor zum Golf, der 'porthmos', wie die Römer das Nadelöhr nannten. Die Engstelle der antiken Schiffsautobahn galt als strategisch wichtige Schlüsselposition für den Handel und sonstige Aktivitäten von Ost nach West und von West nach Ost. Hatte das Wachpersonal im Theater sitzend die antiken Komödien und Tragödien mit dem linken Auge verfolgt, mit dem rechten argwöhnisch den Golf beobachtet? Oberhalb der Sitzreihen ragten sorgfältig behauene Steinquader aus verdorrten Gräsern: Die Akropolis war nicht nur Rückzugsort bei feindlichen Angriffen, sondern auch ein Ausguck für die Autobahnpolizei. Sandten sie vom Turm ihre Licht- oder Rauchsignale ins Umland, nach Chalkis und hinauf in die Berge? Sortierten auch sie die herannahenden Schiffe nach Freund oder Feind?

Die gespeicherten Sonnenstrahlen krochen in die Finger, bahnten sich den Weg von den Armen über den Rücken in die Beine bis in die Zehenspitzen. Ich lehnte mich zurück, schloß die Augen, verschmolz mit den Steinen und ihrer Geschichte.

Hölzerne Boote zogen vorbei, ich sah die Ruder über das Wasser peitschen. Männer sprangen von Bord, eilten zu den Schiffshäusern mit Körben voller Tiegelchen und Töpfchen aus dem nahen Korinth. Die Figuren auf dem gelblichen Ton leuchteten in der Sonne - schwarzgemalte Greife mit erhobenen Flügeln, verschlungene Ornamente, schwarzlasierte Gebrauchskeramik für den Alltag. In der Mitte des Golfs zogen Frachtkähne in Richtung Italien, Boote mit geblähten Segeln kehrten zurück aus dem Land der Etrusker, beladen mit eisernen Gerätschaften, Kannen, Tiegeln.

Aber es gab nicht nur friedliche Bilder. Ich sah auch Schiffsplanken treiben. Ich blickte in Augen voller Angst. Unzählige Seegefechte hatten vor und hinter der Engstelle stattgefunden. Freund und Feind reichten sich am 'porthmos' die Klinke. Vor einigen Jahren wurden beim Ausbau der Straße die Reste eines Tempels entdeckt. War dies die Stelle, an der die siegreichen Athener dem Gott Poseidon nach dem Kampf ein Boot geopfert wurde?

Die Vergangenheit hatte nur wenige Fußabdrücke zurückgelassen. Ich versuchte ihnen zu folgen und sie aus den Überresten hervorzulocken. Das westliche Griechenland glänzte durch Bescheidenheit - ein stiller, unauffälliger Beobachter und Bewacher der Schiffroute Korinth-Italien. Mein Blick hob sich in Richtung der Berge. Nicht weit von hier lag meine dritte Anlaufstelle, eng verbunden mit dem Kap am Meer. Wenige Male nur, fast beiläufig, wurde der Name Molykrion im Zusammenhang mit Wettspielen zu Ehren der Muttergöttin Rhieia erwähnt. Welche Fäden verbanden das homerische Chalkis mit dem kleinen Theater von Makynia, auf dessen Stufen ich saß, dem Poseidon-Tempel unten am Meer und der Stadt Molykrion in der geheimnisvollen Bergwelt?

Das Zusammenwirken von Meer und Bergen ist das Geheimnis Griechenlands, so die beiden Imker beim Heiligen Georg. Das galt nicht nur bezüglich der Qualität von Honig und Olivenöl. Lag in Makynia die Wacht am Golf zur Sicherung des Seewegs und eines Hafens für die in den Bergen gelegene Stadt? Im Schutz der steilen Felsnase von Chalkis ein sicherer Hafen, eine weitere Anlaufstelle für die Sicherung der Küste? In den Bergen gelegen die Stadt Molykrion für ein halbwegs geschütztes Leben und eine Verbindungsstelle zu den Volksstämmen in den Bergen?

Wolken waren aufgezogen, das Grau des Himmels spiegelte sich im Wasser und verdüsterte das Panorama am gegenüberliegenden Ufer. An der schmalsten Stelle des Golfs, säumte ein Band von Häusern das Meer, bündelte sich im Zentrum der Stadt und verlor sich weit entfernt in einer ausladenden Bucht. Ich schloß die Augen, öffnete sie, träumte in das gräuliche Blau des Wassers hinein.

Die bewegte Geschichte der Furt seit Tausenden von Jahren zog als Zeitraffer an mir vorbei. Die Herakliten schipperten auf einem Floß hinüber auf den Peloponnes und sicherten sich mit ihrer Überfahrt die Aufnahme in das Langzeitgedächtnis der Geschichtsbücher. Ein kurzer Sonntagsausflug mit Picknick? Eher nicht! Verbarg sich hinter der harmlosen Erzählung eine Landnahme, eine Eroberung in früher Zeit?

Die ganze Region schien zu atmen, die Einflußgebiete dehnten sich aus, zogen sich zurück. Eine feste Grenze des Ozolischen Lokris, dessen Geschichte ich nachspürte, ließ sich nicht ermitteln. Sie veränderte sich, wurde immer wieder neu gezogen. Berge schirmten die Häfen, Städte und Dörfer ab gegen feindliche Angriffe aus dem Hinterland. Das Meer bildete eine natürliche Grenze zum gegenüberliegenden Ufer. Manchmal war dort drüben Feindesland. Meist aber herrschte Frieden, reger Bootsverkehr von hier nach dort, ein Austausch von Waren und Gedanken.

Wenn am 'porthmos' die Türklinke von einer Hand in die andere wechselte, traf es beide Ufer. Freund hier, Feind dort! Oder umgekehrt! Während des Machtkampfes der Rivalen Athen und Sparta im 5. Jhd. v. Chr. tobten verlustreiche Schlachten um die Meerenge. Später lieferten sich die Achaier vom gegenüberliegenden Ufer Gefechte mit den Ätoliern, beide holten sich Verstärkung durch die Großmächte Makedonien und Rom. Städte und Siedlungen an beiden Ufern wechselten Freund und Feind in schneller

Abfolge, wurden geplündert, zerstört. Bis die Römer endgültig und mit allen Konsequenzen ihre nagelbeschlagenen Schuhe zwischen die verfeindeten Gruppen setzten und vollendete Tatsachen schufen: Sie besiegten Makedonien, zerstörten Korinth und der Einfachheit halber schluckten sie gleich ganz Griechenland und versklavten einen Teil der Bevölkerung. Das nimmersatte Rom sorgte auf seine Art für Frieden. Friede den Freunden, Friede den Feinden, Friede im Imperium Romanum. Und Friede auch dem gegenüberliegenden Ufer, auf das ich gedankenversunken blickte.

Bis Kleopatra und Marc Anton ihr Winterlager dort aufschlugen - 31 v. Chr.

Die Sonne kämpfte sich immer wieder mit einzelnen Strahlenbündeln durch die Wolken. Einige Gebäude am anderen Ufer blitzten hell auf und leuchteten aus dem verschwommenen Häuserband. Die Stadt ging ihren alltäglichen Geschäften nach. Bis auf einige wenige Überbleibsel erinnerte kaum etwas an die wechselvolle Geschichte - die Reste eines Kastells, Mauern des römischen Odeons. Autos bewegten sich wie winzige Spielzeuge hektisch auf den Straßen entlang. Eines der großen Fährboote steuerte die Hafeneinfahrt an. Dort hatte mich vor wenigen Wochen eine der großen Fähren von Italien kommend an Land gespült. Wer ahnte schon, wenn er von Bord ging, wie eng der Hafen, die Stadt, mit dem Namen der ägyptischen Pharaonin verbunden war? Ihre Geschichte hatte keine Bedeutung mehr. Der Alltag, die Geschäfte, der Überlebenskampf absorbierte alle Energie. Wen interessierte, wer sich hier in einem Winter vor mehr als zweitausend Jahren die Zeit mit den Planungen einer großen Schlacht vertrieb!

Vor der wärmenden Glut des Kamins hatte ich am Abend die antiken Quellen durchforstet. Nur beiläufig erwähnten sie das Winterlager. Das größere Interesse der Geschichtsschreiber galt den militärischen Vorbereitungen für den Machtkampf zwischen den römischen Rivalen Marc Anton und Oktavian, dem späteren Kaiser Augustus. Das Mittelmeer, so die übereinstimmende Meinung, war zu klein für zwei Caesaren, zu klein, um die Lücke des ermordeten Caesars auszufüllen.

Drüben am anderen Ufer hatte sich der Anfang des Endes angebahnt. Stoff für eine der großen Tragödien der Weltgeschichte, in unzähligen Büchern, Theaterstücken, Filmen verewigt!

Der Anfang des Endes! Ich verscheuchte die Gedanken! Die Sonne kämpfte sich durch die Wolken, sie zogen weiter Richtung Korinth, einige schoben sich über den Bergkamm, in dem versteckt in den Wäldern die Stadt und das Heiligtum der Rhieia lagen. Die Titanin Rhieia, Tochter der alten Erdmutter Gaia und des Uranos. Sie war Muttergöttin, Mutter des Zeus, des obersten Herrschers im Götterhimmel. Rhieias Wirken reichte bis an den Anbeginn der Welt. Gab es eine Verbindung Kleopatras zu Rhieias Tempel in den Bergen? Wandte sich Kleopatra als Inkarnation der Muttergöttin Isis an die griechische Muttergöttin Rhieia?

Der Anfang vom Ende - er drehte sich im Kopf und kehrte immer wieder zurück zu dem grauen Karton, den ich vergessen wollte, der ebenfalls ein Ende setzte. Ich griff mit einem rigorosen Willensakt in die Speichen und hielt meine und ihre Geschichte an. Ich versenkte die bleierne Schwere der großen und der kleinen Tragödien in die Fluten des Meeres und begab mich auf Spurensuche in die Berge, hin zu Rhieia. Ich spürte den Fäden nach, die alles mit allem verbanden.

Die Straße zog in vielen Windungen an Feldern mit silbrig schimmernden Ölbäumen und weidenden Schafen vorbei, bis sie sich nach einer scharfen Kehre vom Meer abwandte und höher in die einsame Bergwelt schraubte. Berge und Meer - ich spürte beim Einatmen der reinen Luft das Zusammenwirken wie ein unsichtbares Netz, das sich über Gegenwart und Vergangenheit legte und die Zeiten verschmolz.

Junge Akazienbäume säumten den Schotterweg. Zwischen den Stämmen bedeckten Blätter von verdorrten Buschwindröschen den Boden. Sie waren braun und müde geworden von der Hitze des Sommers. Im Frühjahr würden unzählige weiße und rosafarbene Blütenkelche den Weg säumen.

Der Wald zog sich kurz vor dem Plateau zurück. Ich hatte den Hügel erreicht, ich war angekommen. Molykrion! Hier also thronten die Götter. Meterhohe Erika-Sträucher und stachlige Büsche lösten die Akazien ab. Bulldozer hatten eine Schneise zu dem abgeflachten Hügel gefräst. Wie eine tiefe Wunde lag die aufgerissene Erde zwischen niedergewalzten Büschen und kleinen Bäumen. Die rötliche Farbe erinnerte an aufgeklapptes Fleisch zu Beginn einer Operation. Aus dem rötlich-braunen Lehmboden ragten einzelne Überreste zwischen Steinen und Wurzelwerk hervor, sie hoben sich kaum von der Farbe der Erde ab. Man mußte aufmerksam mit gesenktem Blick und behutsam in die andere Welt vordringen. Aus dem seitwärtigen Abbruch hatte sich aus dem bröseligen Lehm ein zierlicher Henkel gelöst, darunter ein Stück dünnwandige Gebrauchskeramik. Jedes Teil erzählte eine Geschichte. Dickere Tonstücke mit dunklen Einschlüssen verrieten die Bruchstücke eines Fußbodens. Entlang des neu gezogenen Weges, in den die Regengüsse Furchen bis auf den darunterliegenden Felssockel ausgewaschen hatten, reckten sich aus Moos, Flechten, und dem Wirrwarr des Wurzelgeflechts Steinhaufen mit geraden Kanten. Hier standen einmal die Häuser, über die die Götter gewacht hatten.

Der Weg verengte sich, stieg ein kurzes Stück steil empor und öffnete sich zum Eingang des Heiligtums - ein flacher, großräumiger Platz, ein stiller, mystischer Ort, die Reste zweier Tempel majestätisch eingebettet in die abgeschiedene Bergwelt. Kleopatra! Aktium, der Kampf! Das Rad begann sich erneut zu drehen. Fielen nach der verlorenen Schlacht Stadt und Heiligtum dem Rivalen Oktavian zum Opfer? Ließ er die Mauern schleifen, Götter und Menschen in die neu gegründete Siegesstadt Nikopolis umsiedeln?

Ich schritt die äußeren Steinreihen des großen Tempels ab. Kein Göttername war überliefert. Am Meer wohnte Poseidon. Residierte hier Zeus, der höchste aller Götter? Koordinierte er von seinem Tempel in den Bergen die Fäden zu seinem Bruder am Meer? Wachte die Muttergöttin Rhieia im kleineren Heiligtum über die Menschen der Stadt?

Sorgfältig aufgeschichtete Ziegel und Tonstücke unter einer Steineiche verrieten den Zweck des neugepflügten Weges. Archäologen tasteten sich vorsichtig durch die Jahrtausende und die Schichten an die Bruchstücke heran, um sie wie ein Mosaik Scherbe für Scherbe zu einem Bild zusammenzufügen. Ein schmales Gebäude gliederte sich an den großen Tempel, vielleicht eine Stoa, eine Wandelhalle. Ein Stück entfernt ragten Fundamente aus der aufgegrabenen Erde mit Abtrennungen für eine Anzahl von Räumen, Türschwellen verbanden sie. Eine lange Bahn mit Markierungen der Startpositionen durchschnitt die gesamte Fläche entlang der äußeren Mauer. Fanden hier die Wettkämpfe zu Ehren der großen Muttergöttin statt? Unweit davon ragten die Mauern eines kleinen Tempels aus den Farnblättern empor. Die einfache, zweckgebundene Architektur, auffallend dunkle, löchrige Steine deuteten auf ein älteres Bauwerk. Ein Sockel zeigte zwei fußgroße Vertiefungen. Rhieia? Stand hier ihre Statue? Reichte ihr Wirken von der mykenischen Zeit bis hin zu Kleopatra? Vor dem kleinen Tempel stand ein zweiter Sockel. Kleopatra begann erneut am Rad zu drehen. Kleopatra als Inkarnation der Isis, wie man sie auf Münzen der letzten Jahre ihres Lebens sah. Hatte die ägyptische Muttergöttin der griechischen Muttergöttin einen Besuch abgestattet, bevor sie in den alles entscheidenden Kampf aufbrach? Hatte die verlorene Schlacht nicht nur das Ende von Kleopatra, sonder auch das Wirken von Rhieia und Zeus an diesem Ort besiegelt?

Die Archäologen gruben sich wie Maulwürfe in die Jahrtausende, sie würden irgendwann Antworten auf manche der Fragen finden. Nachdenklich folgte ich einem Ziegenpfad zur Spitze des abgeflachten Plateaus. Die Landschaft verband sich mit einem weiteren berühmten Namen: dem Epiker Hesiod, der die Geschichte der Götter erzählte, den Frieden besang, und in einem Atemzug mit Homer genannt wurde. Um den Tod des Ruhmreichen rankten sich unrühmliche Gerüchte: Er sei von zwei Brüder erschlagen worden, um die Verführung der Schwester zu rächen. Während der Feierlichkeiten zu Ehren Rhieias brachten Delphine seinen Leichnam zum Poseidon-Heiligtum.

Die Sonne blendete, ich trat aus dem kleinen Pinienwäldchen und folgte der schmalen Spur an die Spitze des Hügels. Vor mir öffnete sich das Buch der Geschichte und ihrer Geschichten. Um mich herum schlangen sich die Zeiten.

Weit unter mir trennte das blaue Band des Meeres die hohen Berge des Peleponnes vom Festland. Die antike Schiffahrtsstraße sorgte für den Austausch von Waren und von Ideen und Träumen. An der engsten Stelle hatten die Herakliten den Golf von Korinth überquert Hinter der vorspringenden Bergnase lag Chalkis, rechts von mir Makynia - die Orte, die ich gerade besucht hatte. Im Nebel der Ferne verbarg sich Ithaka, die Heimat des Odysseus. Kaum einhundertfünfzig Kilometer westwärts erhob sich der südlichste Zipfel Italiens aus dem Meer, von dem die Römer ihre Eroberungszüge gen Osten starteten. Wie oft waren sie hier vorbeigerudert und -gesegelt, bis sie das aufmüpfige Hellas gänzlich eroberten? Blitzten die Schilde, glänzten die Helme im Sonnenlicht, als ihre Schiffe am Fuße des Berges andockten? Vielleicht hatten auch damals die Buschwindröschen oder die Erikabüsche geblüht, während hier oben die Gedanken der Bewohner ängstlich um Versklavung und Tod kreisten.

Ich blätterte weiter im Buch der Geschichte. Hinter den hohen Bergkämmen im Osten lagen die gigantischen Steinquader von Agamemnons löwenbewehrtem Tor. Apollon, der schönste und lichteste aller Götter, der kunstliebende und lyraspielende, thronte keine hundert Kilometer entfernt in Delphi. Dort waren einst die unruhigen Füße Alexanders des Großen rebellisch über den heiligen Boden geschritten. Der Welteroberer hatte den Kniefall vor den Göttern verweigert, bis ihm die Pythia den weisen Spruch zurief: 'Mein Sohn, dir kann niemand widerstehen.' Ob Zeus seine beiden Adler immer noch vom Nabel der Welt aussandte, um die Erde zu erkunden, schwarze Vögel als Vorläufer der Digitalisierung? Welche Botschaften überbrachten sie ihm, welche waren es wert, zu den Göttern zu gelangen?

Die Sagen der Kindheit quollen aus der Erde, entstiegen dem Meer, wuchsen in den dunklen Wäldern der Berge, füllten mit ihren Geheimnissen die klare Luft. Hier hatte sich alles mit allem verknüpft, hier liefen die Fäden zusammen.

Ich setzte mich auf einen Steinblock und blickte auf meine Füße, blieb an den Zehen haften. Wer von uns wußte schon, wer sich in den Genschnipseln verewigt hatte, welchen Weg die Ahnen eingeschlagen hatten. Ich sah die griechischen Skulpturen in den Museen mit der griechischen Fußform vor mir. Die geschriebenen und ungeschriebenen Erzählungen, die sich um diese Berge, das Meer, die Siedlungen rankten, waren Teil unserer Vergangenheit.

Das Rad begann sich erneut zu drehen. Kleopatra! Irgendwo dort drüben am anderen Ufer hatte sie ihre letzten unbeschwerten Wochen vor der großen Schlacht verbracht und hoffnungsvoll die Zeit danach geplant. Ich schlüpfte in ihre Gedanken, ich sah sie vor mir: Die ägyptische Pharaonin, Inkarnation der Muttergöttin Isis, bittet die griechische Muttergöttin Rhieia um Unterstützung.

Der Weg zurück warf mich unbarmherzig in die harte Realität. Die Macchia-Sträucher kratzten an den Beinen, ich mußte mir meinen Weg durch Dornen und Steinen suchen. Nur die schmalen Lücken der Ziegenpfade boten Orientierung. Ich atmete erleichtert auf, als die freie Fläche des Plateaus wieder vor mir lag. Ich verabschiedete mich von Zeus und Rhieia und folgte dem frisch gefrästen Weg zurück in Richtung Auto. Ein kleines Hindernis, das sich am Riemen der Sandale verhakte, riß mich aus den Gedanken. Ich bückte mich. Aus der Erde ragte ein mit Kerben übersäter ockerfarbener Henkel, unweit davon eine runde Scherbe unter einer dicken Wurzel - vielleicht Teil einer Amphore. Die Bruchstücke häuften sich an dieser Stelle. Verborgen unter stachligem Gestrüpp mußten die Häuser liegen, die Stadt über die Rhieia und Zeus gewacht hatten. Das Wurzelwerk der Macchia-Sträucher hielt ihre Geschichten fest umschlossen und reckte schützend die

Zweige über die Jahrtausende. Die Stimmen riefen und raunten und gaben keine Ruhe. Hatte ich zu weit hineingedacht in die Welt der Mythen und Sagen? Wollten sie zurück ans helle Licht der Sonne?

Seitwärts öffneten die halbhohen Büsche einen schmalen Durchgang. Ich zwängte mich durch die Hecken. Der verschlungene Ziegenpfad kreuzte sich mit anderen Durchgängen, wand sich zurück, vorwärts, ein Stück empor. Die Neugierde trieb mich weiter. Ich folgte den schmalen Lücken, die Ziegenherden bei ihren Streifzügen zwischen den Büschen geöffnet hatten und kämpfte mich tiefer in das stachlige Labyrinth.

Und dann lagen sie vor mir! Steinquader wie Legosteine, die der Riese Polyphem verstreut hatte, bemoost, mit gelblichen Flechten überzogen. Mit den Fingern fuhr ich entlang der geradlinigen Kante. Das Zentrum der Stadt? Ein öffentliches Gebäude? Das Rathaus? Ein Gästehaus? Eine steinerne Rundung mit auffälligen Wülsten verriet die Sorgfalt der Handwerker. Ich lehnte mich an den großen, senkrecht aus den Büschen herausragenden Block, schloß die Augen und ließ die Berichte über Chalkis, Makynia und Molykrion noch einmal an mir vorbeiziehen. Spannten sich die Fäden, die alles mit allem verbanden, bis zu diesem Punkt?

Ich fuhr mit der Hand über die Kanten, spürte die Kälte unter dem Moos und tastete mich entlang der geraden Linie in die zurückliegende Zeit - ein imaginäres Band, das mich in eine andere Welt zog. Die Erde unter meinen Füßen pulsierte nicht mehr in Stunden oder Tagen. Sie zählte in anderen Dimensionen. Ein Wimpernschlag seit die Herakliten den Sprung über das Meer zum anderen Ufer gewagt hatten. Ein kurzes Aufflammen, als die griechische Kultur erblühte und die kleine Stadt ihren Anteil hineinwebte, bevor sie in die Vergessenheit versank. Ich selbst staunende

Besucherin. Der leere Sockel vor dem Tempel. Kleopatra? Das Rad drehte sich schneller. Kleopatra und Marc Anton schritten an den Schiffen im Hafen vorbei zum Poseidon-Tempel. Die Ruderer hofften auf günstige Winde, sie warteten auf die Hilfe der Götter. Oben in den Bergen: Rhieia und Isis - zwei Muttergöttinnen, die doch die gleichen waren. Ich legte die Hand auf den kühlen Stein. Ich schloß die Augen.

II-4 Kleopatras Geheimwaffe ...

Seit den frühen Morgenstunden häuften sich die schlechten Nachrichten. Sie fuhr mit dem Stiel des Elfenbeinkammes nervös ins Haar und begann, sich hinter dem Ohr zu kratzen. Die Läusebrut schlug gerade wieder gnadenlos zu. Und dann die Floh- und Wanzenstiche, die am ganzen Körper juckten. Ein ungutes Gefühl beschlich sie und verursachte Magenschmerzen. Sie schob den Vorhang ein Stück beiseite und blickte aus dem kleinen Fenster des Gästehauses zu den Säulen des Tempels. Bald würde sie zusammen mit Marc Anton dort oben stehen. Sie legte den Kamm zurück auf den Tisch und dachte mit Grauen an den Festzug und die sich anschließenden Rituale. Nicht auszudenken, wenn der Juckreiz sie übermannte, während alle Augen auf sie gerichtet waren.

Das Stimmengewirr auf dem Platz schwoll an. Durch den dünnen Vorhang des Fensters sah sie einen Priester nervös auf- und abschreiten. Wo blieb nur Marc Anton? Alle warteten auf ihn. Gab es weitere Probleme? Er war im Morgengrauen zum Hafen aufgebrochen, nachdem ein Reiter die Nachricht von dem gekaperten Schiff überbrachte. Er wollte den Ruderer selbst befragen. Oh, Zeus', seufzte sie, 'steh uns bei!' Sie brauchte die Hilfe der Götter. Hinter dem großen Tempel lag versteckt zwischen den alten Steineichen das Heiligtum der Muttergöttin Rhieia. Davor stand die verhüllte Isis-Statue, die sie einweihen wollte. Ohne Marc Anton konnten die Feierlichkeiten nicht beginnen. Die Zeit drängte.

Ein schrecklicher Gedanke quälte sie. Was würde geschehen, wenn sie vor dem Tempel die Beherrschung verlor? Wenn sie als Inkarnation der Göttin Isis nur von dem einzigen Wunsch geherrscht wurde, sich die Krone vom Kopfe zu reißen und sich ungeniert wie jeder kleine Bauer mit beiden Händen zu kratzen? Wer glaubte dann noch an die Göttlichkeit der Herrscherin Ägyptens, wenn sie nicht einmal mit dem alltäglichen Ungeziefer fertig wurde? Die Bilder überschlugen sich.

Die Lage war ernst, es ging um nichts weniger als um alles: um Ägypten und um das gesamte römische Reich, den Osten wie den Westen. Die Schlacht der Schlachten rückte näher. Sie konnte weder Ungeziefer noch Hiobsbotschaften aus Rom gebrauchen. Und die trafen fast stündlich ein. Sie sah ihren Gegner vor sich: Oktavian, der sogenannte Adoptivsohn Cäsars, der ihr den Krieg erklärt hatte. Sie war überzeugt, er hatte Caesars Testament gefälscht. Caesar hätte ihn nie als seinen Sohn anerkannt. Caesar hatte bereits einen Erben: ihren gemeinsamen Sprößling Caesarion. Oktavian, der Schwächling, der vor jedem Kampf floh, er der Herrscher über das Imperium Romanum? Nein, und nochmals nein! Sie stampfte zornig mit dem Fuß auf. Marc Anton, ihr Gatte, war der würdige Nachfolger Caesars und Beschützer Ägyptens, nicht dieser machthungrige Jüngling.

Die saugende Brut auf dem Kopf ließ ihr keine Ruhe. Genervt schob sie die Haare beiseite und fuhr erneut mit dem elfenbeinernen Stielkamm durch das dunkle Lockengewirr. Die gestrige Zeremonie am Poseidon-Tempel hatte sie nur mit allergrößter Selbstbeherrschung überstanden, ohne dem Juckreiz nachzugeben. Der Gott des Meeres würde sich hoffentlich für ihre eiserne Disziplin mit günstigen Winden für die Boote revanchieren.

Wo blieb er denn! Wo blieb Marc Anton? Sie wurde unruhig. Die Gedanken quälten sie. Hatte Oktavians gerissener Feldherr Agrippa etwa ein weiteres Versorgungsschiff gekapert? Gestern waren es zwei gewesen, heute morgen eines. Beide übervoll beladen mit Essenzen gegen Steckmücken, Flöhe, Läuse, Wanzen und was es sonst noch an Saugendem und Krappelndem gab. Alles war bei bei Oktavians Feldherrn Agrippa gelandet. Wer weiß, ob er bereits entdeckt hatte, für welche Zwecke die ägyptischen Wunderwässerchen gebraucht wurden. Nicht auszudenken, wenn er ihren genialen Plan durchschaut hatte ...

Aber sie konnte auch Marc Anton nicht freisprechen. Die Reserven waren während des Winterlagers in Patras aufgebraucht. Wo waren seine Generäle, als Agrippas Schiffe den Nachschub mit der Arznei bester alexandrinischer Mediziner und Alchimisten abfingen und einen Hafen nach dem anderen eroberten? Marc Anton schien ihr nachlässig und zerstreut in der letzten Zeit. Er trank zu viel unverdünnten Wein. Seine Fahrigkeit wirkte sich auf die Disziplin seiner Leute aus. Und auf deren Bereitschaft, dem Gegner entschlossen die Zähne zu zeigen. Das Resultat: Der Erzrivale Oktavian machte sich nun über ihre Salbgefäße her, steckte sich vielleicht noch einen der Salbkegel, die sie für alle Fälle wegen der zunehmenden Moskitoplage angefordert hatte, in sein spärliches Haar.

Sie mußte laut lachen. Dieser Schwächling, der sich vor jedem Kampf drückte, hoch zu Roß in der prallen Sonne, das Wachs schmolz, Öle und Essenzen tropften ihm über die Ohren auf die Rüstung. Er hatte sicher keine Ahnung, wie man mit den alexandrinischen Wundermitteln umging. Sie sah ihn vor sich, wie er die falschen Fläschchen zusammenmixte und sich dabei die Haut ruinierte oder noch besser: davon trank und hoch zu Roß mitten auf dem Schlachtfeld von seiner allseits bekannten Darmerkrankung befallen würde.

Sie stutzte. Heute morgen hatte der Bote den Verlust des Schiffes mit den Helmen und den darunter befestigten Salbkegeln gemeldet. Ausgerechnet diese Lieferung, ein wichtiger Teil ihrer Strategie. Ohne die Helme funktionierte sie nicht. Hatte Agrippa etwa bereits nach der Eroberung des ersten Bootes ihren genialen Plan erkannt? Hatte die Besatzung geplaudert, vielleicht unter brutaler Gewaltanwendung? Agrippa war ein gerissener Stratege. Sie traute ihm alles zu.

Die Strahlen der Sonne sickerten durch den dünnen Stoff des Vorhangs, fielen auf eine Holztruhe und bündelten sich auf einer Krone. Wie Irrlichter hüpften sie auf dem goldenen Reif hin und her, streiften eine von Hörnern eingefaßte Scheibe und erinnerten sie an ihre eigentliche Aufgabe. Ein unangenehmes Gefühl beschlich sie.

„Nein Isis, und nochmals nein", schimpfte sie gereizt auf ägyptisch vor sich hin und trat mit dem Fuß ungehalten gegen die Beine der Truhe.

„Ich kann dieses schwere Ungetüm nicht tragen!"

Die Hörner bewegten sich leicht nach rechts und links, die glitzernde Sonnenscheibe vibrierte unruhig und ein leicht scheppernder Ton untermalte die aufgeregt umher wirbelnden Strahlenbündel. Sie nahm die Krone vom Hocker, drückte sie probehalber ins Haar, setzte sie wieder ab und legte sie zurück.

"Verzeih mir, Isis! Ich werde dich in meinem Herzen tragen, aber nicht auf dem Kopfe."

Erschrocken über ihre eigenen Worte zog sie den Fuß zurück. Die Hörnerkrone wies sie als Inkarnation der Göttin aus. Ohne die Krone konnte sie nicht die Isis-Statue einweihen.

„Entschuldige", *wandte sie sich in Richtung der Hörner, die sich nicht beruhigen wollten, und fügte besänftigend auf ägyptisch hinzu:*

„Ich werde es irgendwie schaffen, trotz dieser blutsaugenden Brut auf dem Kopfe!"

Wenn sie nervös wurde, geriet sie leicht mit den Sprachen durcheinander. In Griechenland sprach sie wie ihre makedonischen Vorfahren griechisch. Mit Marc Anton kommunizierte sie am liebsten non-verbal, das klappte hervorragend zwischen ihnen. Immerhin hatten sie auf diese Weise drei hübsche Kinder gezeugt. Wenn es um die große Weltpolitik ging, verständigten sie sich auf Latein, seiner Muttersprache. Sie hörte ihm gerne zu. Er war ein geschulter, ein begabter Rhetoriker. Mit seinen Reden konnte er die Massen begeistern. Und lenken! Sie hatte damals in Rom mit

Staunen seine Leichenrede anläßlich Caesars Tod und die sich verändernde Stimmung der Menschenmassen verfolgt. Aber ansonsten schien er ihr ein wenig sprachfaul. Zumindest schloß sie das aus seinen holprigen ägyptischen Sprachversuchen. Erst vor wenigen Wochen stand sie ihm als Dolmetscherin zur Seite, als er mit den östlichen Staaten über Heeresstärken für den bevorstehenden Kampf verhandelte. Das kam ihr gerade recht. Als gewiefte Taktikerin konnte sie geschickt ihre Interessen einbringen und hatte die Generäle mit ihren strategischen Plänen überzeugt. Sie würde ihre eigenen Schiffe mit der Kriegskasse in die Flotte integrieren, die Entwicklung abwarten und beobachten, ob ihr Kalkül aufging.

Wenn Agrippa nicht noch weitere Versorgungsschiffe kaperte ...! Und die Stechmücken anstatt über Oktavians Heer über Marc Antons Soldaten herfielen!

Sie schritt unruhig in dem kleinen Raum auf und ab und warf immer wieder einen Blick durch das Fenster in Richtung der Tempel. Sie mußte die griechischen Götter auf ihre Seite ziehen. Sie brauchte ihre Unterstützung, damit sie nach dieser Schlacht endlich wieder ruhig schlafen konnte - und Marc Anton nicht mehr so viel unverdünnten Wein trank. Sie hatte alles gut durchdacht. Nicht Schwerter oder Lanzen würden den Kampf entscheiden, Stechmücken waren ihre Geheimwaffe. Bisher verlief alles nach Plan.

Es hatte im Frühjahr pausenlos geregnet. Die einsetzende Hitzewelle trug zu einer explosionsartigen Vermehrung der Moskitos in den Sümpfen bei Aktium bei. Am Rande der Bucht hatte sich bereits der größte Teil von Marc Antons Truppen und das Heer der Bündnispartner in Stellung gebracht. Sie würden nach dem Befehl zum Angriff gezielt Oktavians Heer reizen und zum Kampf auffordern, um die Soldaten in die von Stechmücken wimmelnden Sümpfe zu locken. Hier setzte ihr raffinierter Plan ein. Marc Antons Soldaten und die Bündnispartner waren gut geschützt dank der Essenzen, die ägyptische Werkstätten über

Monate hinweg nach einem streng gehüteten Geheimrezept hergestellt hatten, und zusätzlich durch die präparierten Helme. Es war ein Kinderspiel, Oktavians kopflos um sich schlagenden Soldaten zusammenzutreiben. Sie würden schnell aufgeben und überlaufen. Der Sieg über ein von Stechmücken befallenes, wild herumfuchtelndes Heer schien gesichert. In dem Durcheinander konnte sich Marc Anton die Flotte Agrippas vornehmen, ein kleines Scharmützel, das schnell erledigt war. Marc Anton würde als Retter des Vaterlandes und Liebling der Römer in die römischen Geschichtsbücher eingehen. Die Schlacht der Schlachten war Geschichte, Vergangenheit dank ihrer klugen Strategie.

Agrippa kam ihr kurz vor dem Ziel bei ihrem genialen Plan in die Quere. Nicht auszudenken, wenn er auch die anderen Versorgungsschiffe kapern würde.

Morgen in aller Frühe brach ein Teil des Heeres Richtung Aktium auf, ein langer Troß schwer geharnischter Männer. Sie lachte schallend auf. Die Soldaten mußten ungeschützt aufbrechen, weil Agrippa das Schiff erobert hatte. Sie konnte den saugenden Läusen und Flöhen unter den Rüstungen der gepanzerten Soldaten auch eine lustige Seite abgewinnen und beschloß: Nach dem Sieg über diesen machthungrigen Intriganten aus Rom würde sie in Alexandria einen Tempel errichten und in Stein gemeißelt ein sich kratzendes und um sich schlagendes Heer abbilden lassen. Der Gedanke, die ganze Welt und alle künftigen Generationen würden auf diese Weise von ihrem genialen Plan erfahren, belustigte sie. Der erste Kampf in der Geschichte der Menschheit ohne Blutvergießen!

Obwohl – die andere Variante schien kein so abwegiger Gedanke angesichts der Nachrichten! Während der letzten Wochen erhielt Marc Anton täglich Berichte über die Mückenplage: Das Sumpffieber dezimiere das Heer und stelle die Geduld der Soldaten auf eine harte Probe. Sie verfluchte diesen Agrippa! Die Soldaten konnten nicht mit der ägyptischen Arznei behandelt werden. Bis jetzt war der Verlust der gekaperten Boote noch zu verschmerzen. Aber wenn Agrippa .... Sie durfte den Gedanken nicht zu Ende führen. Sie würde heute die Götter in den beiden Tempeln inbrünstig bitten, die Versorgungsschiffe mit den Essenzen schnellstmöglich unbehelligt von Agrippa nach Aktium zu schicken. Sie wollte sich vor allem an Rhieia, die große Muttergöttin, wenden, wenn sie vor ihrem Heiligtum die Isis-Statue einweihte.

Der scheppernde Klang der vibrierenden Goldscheibe holte sie zurück in die Realität.

"Ich habe verstanden!" wandte sie sich auf ägyptisch den Hörnern zu. "Wir werden Dir hier in Griechenland die schönsten Tempel bauen", versprach sie diplomatisch geschickt und fügte schnell hinzu: "Laß uns erst einmal in Ruhe diese Mission zu Ende bringen."

Vor ihrem geistigen Auge tauchte das bubenhafte, Gesicht Oktavians auf.

"Du wirst uns nicht in die Quere kommen. Adoptivsohn Caesars, pah! Diesen Titel hast du dir listig ergaunert. Wäre Caesar nicht heimtückisch ermordet worden, wärest du ein Nichts, ein Niemand. Und die Welt würde in Caesars und meinem Sinne neu geordnet. Eine Pax Romana, Frieden im gesamten römischen Reich."

Sie drückte die Schultern nach hinten - eine reflexartige Reaktion bei dem Gedanken an Gefahr. Sie ertappte sich oft dabei, daß sie in heiklen Situationen unbewußt diese Haltung einnahm, den Kopf nach oben reckte – wie die Kobra, die sie als Kind beim Herumtollen im Wüstensand aufgescheucht hatte. Neugierig war sie damals einer flinken Maus gefolgt, die es besonders eilig hatte, blitzschnell in einem Loch unter einem dürren Gestrüpp zu verschwinden. Dann hörte sie dieses seltsame Geräusch ganz in ihrer Nähe! Es erinnerte an die buntbemalte Rassel mit den kleinen Nüßchen, in denen die Kerne lustig klapperten, wenn man sie hin- und herschwenkte und mit der man die Erwachsenen zur Weißglut treiben konnte. Neugierig hatte sie einen Fuß vor den anderen gesetzt und blieb wie angewurzelt stehen. Erschreckt verfolgte sie, wie sich unmittelbar vor ihr in Zeitlupe ein langer, aufgeblähter Hals aus dem Sand emporhob. Aus dem hochaufgereckten Kopf blickten sie gelbliche Augen starr und unverwandt an. Eine schmale, nervös zuckende Zunge signalisierte, hier ist Vorsicht geboten. Bisher kannte sie dieses Wesen nur als goldenes Abbild an der Pharaonen-Krone des Vaters. Die Uräus-Schlange, so hatte er ihr erklärt, würde den Pharao und sein Reich beschützen, sie sei mit ihrem alles versengenden Glutatem eine tödliche Gefahr für alle Feinde. Die lebende Version vor ihr im Sand konnte sie während dieser Schrecksekunden schwer einordnen: Beschützte sie ihren Vater, den Pharao, und auch sie, die Tochter? Kam dieses Wesen vielleicht geradewegs aus der Unterwelt? Vorsorglich trat sie Schritt für Schritt den langsamen Rückzug an, bis das Rasseln leiser und leiser wurde. Erst dann begann sie zu laufen, so schnell sie die Füße trugen.

Die Begegnung mit dem leibhaftigen Uräus verschwieg sie sogar ihrem Vater. Sie speicherte das Treffen als geheimnisvolle Erscheinung der verborgenen Mächte einer anderen Welt in ihrem Erfahrungsschatz ab. Sie hatten sich ihr gezeigt und zu erkennen gegeben. Sie würden sie ein Leben lang beschützen.

Als Königin Ägyptens trug sie seit dem Tod des Vaters jetzt selbst die goldene Kobra am Diadem. Sie, Kleopatra, war im Bündnis mit den Mächten der Unterwelt die unangefochtene Herrscherin auf dem Pharaonen-Thron und niemand würde sie von dem ihr zugedachten Platz vertreiben. Sie selbst würde zur Schlange mit dem alles versengenden Glutatem werden. Diese Botschaft galt es bis nach Rom zu tragen.

Sie löste sich von ihren Gedanken. Sie saß in einer kleinen Kammer des Gästehauses und mußte eine Entscheidung treffen, die ein größeres Gewicht hatte, als es den Anschein erweckte. Sie wollte die griechischen Götter auf ihre Seite ziehen, die Isis-Statue einweihen, und ein Signal an den römischen Feind senden. Sie blickte auf die goldene Krone der Isis auf der Truhe und erkannte die Lösung. Das leichte Diadem mit dem Schlangenkopf würde nicht auf der geschundenen Kopfhaut scheuern. Sie sah sich langsam und würdevoll den Weg zum Tempel schreiten - entspannt, gelassen, stolz das Haupt erhoben. Die Sonnenstrahlen spielten mit dem Gold des schmalen Reifs und zauberten wie bei Helios, dem Sonnengott, einen leuchtenden Strahlenkranz um ihr Haupt. Darüber thronte die Hörnerkrone der Göttin Isis. Der goldene Uräus-Kopf an ihrer Stirn würde im gleißenden Licht zum Leben erwachen und seinen heißen Sonnenatem in den tiefblauen Äther speien. Bis hin zu Oktavian würde die versengende Glut als Warnung ziehen. Dies war die Botschaft an diesen größenwahnsinnigen Schwächling. Er hatte es gewagt, ihr den Krieg zu erklären. Ihr, der Königin der Könige! Auf dem Marsfeld in Rom hatte er den blutgetränkten Speer in die Erde gerammt und damit vor aller Augen symbolisch den Kampf gegen sie eröffnet! Sie war sich sicher, Oktavian schleifte sie jede Nacht in Ketten durch seine Träume, vorbei an einer johlenden Menschenmenge, die sie bespuckte und als ägyptische Hure beschimpfte. Niemals würde sie ihm diesen Triumph gönnen. Sie würde dort oben in den Tempeln zusammen mit Marc Anton um den Schutz der griechischen Götter bitten, schließlich floß griechisches Blut in ihren Adern. Hatten nicht auch die griechischen Götter gegen dunkle Mächte gekämpft und um ihren Platz im Götterhimmel gerungen? Die griechischen Götter im Verbund mit den ägyptischen würden ihren Plan zum Erfolg führen. Das Klappern des Uräus würde auf Oktavian einhämmern wie das Marschieren gepanzerter Soldaten. Er würde in die unbarmherzigen Augen der Schlange blicken, vor Angst schlotternd um Gnade wimmern, bevor Uräus ihn mit seinem feurigen Atem verschlang.

Ein Luftzug wehte durch das offene Fenster. Einige Sonnenstrahlen streiften die goldenen Hörner auf der hölzernen Truhe. Sie vernahm Stimmen, das Wiehern von Pferden. Ein dunkler Schatten hüllte den Raum in ein Dämmerlicht. Verstohlen blickte sie auf die Hörner und ordnete die Falten an ihrem zarten Gewand. Nein, diesmal war es nicht Isis, sie hörte die metallenen Nägel von Sandalen auf dem Pflaster des Atriums. Marc Anton stand in der Türöffnung und schob den Vorhang beiseite. Es war soweit.

"Sie warten auf uns. Weißt Du, was sie über dich in Rom verbreiten, was der vom Schiff geflohene Ruderer erzählt?", polterte Marc Anton mit nichts Gutes verheißender Miene los. "Du willst mit den Essenzen Rom vergiften. Sie haben einem Gefangenen das Zeug eingeflößt und er ist unter fürchterlichen Krämpfen gestorben. Und noch schlimmer: In Aktium laufen unsere Soldaten in Massen zu Oktavian über, weil Agrippa das Gerücht streut, auch das gesamte Heer solle vergiftet werden. Agrippa schwor, er würde all deine Versorgungsschiffe mit den Zauberwässerchen abfangen und Rom vor dieser Hexe aus Alexandria retten. Und Oktavian posaunt in alle Welt hinaus, er werde die ägyptische Hure bei seinem Triumphzug in Ketten durch Rom schleifen und nach seinem Sieg das ägyptische Getreide kostenlos an alle Bürger der Stadt verteilen. Schlachtpläne in Weiberköpfen geboren! Mit Stechmücken den Feind bekämpfen! Ich hatte es geahnt! Ich hätte mich nie auf deinen Plan einlassen dürfen!"

"Oh, ihr Götter", seufzte sie, "Nur ihr könnt mich jetzt noch retten." Sie erhob sich vom Stuhl, drückte die Schultern nach hinten, erhob den Kopf, ergriff mit fast zärtlicher Geste den goldenen Reif mit der Uräus-Schlange und drückte in vorsichtig in die schwarzen Locken. Sie nahm die schwere Isis-Krone vom Hocker und streifte sie über das Diadem. Der Schlangenkopf funkelte unter dem Gold der Isis-Scheibe und versprühte seine Strahlen im Raum. Sie ordnete die feinen Fältchen ihres goldschimmernden Gewandes, tupfte sich ein wenig Mandel- und Rosenöl hinter die Ohrläppchen und schritt durch die Türöffnung.

II-5 Die bucklige Verwandtschaft

Auf meiner Liste stand der Name Kalydon neben Pleuron. Zwei grenzgängige, bis in homerische Zeit zurückreichende Siedlungen jenseits der gefährlichen Felsnase von Chalkis mit Anbindung an das offene Meer, eng miteinander verzahnt durch Geschichte und Geschichten. Die beiden Städte standen als Letzte auf der Liste meiner Feldbegehungen. Ich schritt an dem verwaist wirkenden Kartenhäuschen vorbei. Die Fensterläden waren geschlossen.

Kalydon und der wilde Eber - die Sage kannte jedes Kind. Ich fror ein wenig. Das zornige Wildschwein - hier hatte es die Felder verwüstet, die Ölbäume aus der Erde gewuchtet und unbeabsichtigt der Stadt zu einem unauslöschlichen geistigen Denkmal verholfen. New York, London, Berlin - welche Geschichten würde der Staub über den zerbröselten Zementresten eines Trump-Towers nach dreitausend Jahren erzählen?

Die Stufen des antiken Theaters ragten rötlich-grau aus dem bräunlichen Erdreich. Kühle und Nässe krochen aus den Stufen empor und schlugen mir entgegen. Oberhalb der letzten Reihe wohnten die Götter Artemis und Apollon. Die Göttin der Jagd hatte einst das wildeste aller Wildschweine entsandt, um die Stadt für eine Nachlässigkeit zu bestrafen. Beim Erntedankfest hatten die Einwohner lieber die eigenen Mägen gefüllt als der Göttin zu opfern. Wäre Artemis heute verständnisvoller? Neben ihrem Tempel leistete ihr in einem kleineren Haus ihr Zwillingsbruder Apollon Gesellschaft. Apollon - Gott des Lichts! Diese Tage waren seine Tage, die Wintersonnenwende stand kurz bevor. Heute war Heiliger Abend. Ich blickte in Richtung der Büsche am oberen Rand des Theaters, die Tempelreste lagen im Verborgenen hinter den Zweigen.

Auf dem Notizblock standen mehrere Programmpunkte: neben dem Theater ein Besuch der beiden Tempel mit einem stillen Gedenken an die Sitten der alten Griechen und Römer zur Wintersonnenwende, eine kurze Begehung der antiken Stadt und ein Schlenker zur Verwandtschaft nach Pleuron. Schließlich war heute Heiliger Abend. Vielleicht konnte ich die Streithähne, die sich nach der Eberjagd an die Gurgel gingen, mit einander versöhnen.

Hügel rechts, Hügel links, dahinter hohe Berge und ein Stückchen weiter das Meer. Meer und Berge direkt vor der Haustür. Ich erinnerte mich an die Empfehlung von Maria und Kostas. Man lebte hier gesund, zumindest was die Luft betraf. Ich atmete zufrieden tief ein und aus. Bis jetzt hatte ich keinen Rückfall mehr erlebt. Hatten Meer und Berge diese Besserung bewirkt? Ich fühlte mich mit jedem Atemzug näher an einer Zeit, als die Götter noch über dem Theater in einer reinen Atmosphäre thronten.

Die Prozessionsstraße wandte sich um den Hügel und mit einer leichten Steigung an Olivenhainen vorbei bis zum Heiligen Bezirk. Kein Tourist, kein Schäfer, dessen Herde zwischen den Olivenbäumen weidete, störte die Stille. Ich folgte den Spuren der historischen Gestalten, die hier einmal zu den Göttern gepilgert waren, sog die andere Welt ein. Der Blick pendelte zwischen den Steinen auf dem schmalen Weg und den grauen Wolken über meinem Kopf. Nein, es würde nicht regnen. Vielleicht später, wenn ich zu Hause am Kaminfeuer saß. Schließlich war heute Heilig Abend.

Aus den Grasbüscheln ragten lange, kantige Steinblöcke, die Überreste der Eingangshalle. Sie schliefen einsam und verlassen den stillen Winterschlaf zwischen den Grasbüscheln. Dahinter, am höchsten Punkt, die Tempelanlage. Ich setzte den Fuß auf die äußeren Steine. Apollon, Gott des Lichts, Wintersonnenwende! Als noch die Götter die überirdische Welt bevölkerten, hob man in Rom an diesen Tagen ein kleines Kind empor, um den Sonnengott und die Wiedergeburt des Lichts zu feiern. Mit geschlossenen Augen dankte ich Apollon und auch dem allmächtigen, allwissenden und allessehenden Gott für die nun wieder länger werdenden Tage und schickte einen Stoßseufzer gen Himmel. Endlich! Die finstere Zeit des Winters hatte den Zenit überschritten, die ersehnte Kehrtwende wurde gerade vollzogen. Das Licht würde auch in mein neues Leben leuchten und die Düsternis der vergangenen Jahre zurückdrängen.

Die antike Stadt schmiegte sich in sicherer Lage am Ende des Tals an die aufsteigenden Hügel. Unterhalb der langgezogenen Stadtmauer murmelte ein kleiner Bach über glattgeschliffene Steinplatten. Oleanderhecken säumten ihn, bevor er wie ein kleiner Wasserfall in einer Senke verschwand. Noch drei, vier Monate, bis die Büsche mit pinkfarben Blütendolden erglühten.

Einige große, runde Steinbrocken ragten aus dem Bachbett empor. Vorsichtig von einem zum anderen hüpfend überquerte ich das gurgelnde, klare Wasser und setzte mich auf eine schräg ansteigende Steinplatte. Die dunklen Wolken öffneten ein kleines Fenster für ein Stückchen blauen Himmel und einige vorwitzige Sonnenstrahlen. Apollon? Ich blinzelte hinauf ins Blau, ein kurzer heller Augenblick, ein Lichtblick am Heiligen Abend, der mir zwischen all dem Grau, das sich über mir zusammenbraute, am Rande der antiken Stadt gegönnt wurde. Die Zeit stand still, weit und breit kein störendes Geräusch, eine friedliche Oase einer zeitlosen Gegenwart! Der sanfte Windhauch trug das kaum wahrnehmbare Geläute von Glöckchen zu mir, ein Hauch Lebendigkeit - irgendwo weit entfernt weideten einige Schafe und Ziegen.

Bilder stiegen auf, ich ließ sie ziehen. Hatten sie hier die Wäsche gewaschen, auf den glattgeschliffenen Steinplatten Decken, Umhänge, Gewänder zum Trocknen ausgebreitet? Ich sah junge Mädchen, gebeugt das Wollgewebe im plätschernden Wasser reibend. Lachten sie bei der Arbeit? Summten sie Lieder? Tuschelten sie Kopf an Kopf und tauschten die neuesten Geheimnisse aus? Ein friedliches Bild, wäre da nicht die massive Stadtmauer, die nicht nur der harmonischen Abrundung eines schönen Stadtbildes diente. Kalydon, die Zierde Griechenlands! Verwickelt in unzählige Kriege. Hatte damals einer der Jünglinge seine Braut, seine junge Frau, seine im Wasser planschenden Kinder von dort oben beobachtet und sorgenvoll an den Tag gedacht, an dem er in den Krieg ziehen mußte? Gegen Troja, gegen Athen, gegen die Römer?

Der Gedanke an meinen Bücherstapel ließ die lachenden, singenden Mädchen am murmelnden Bach verflüchtigten. Bereits die Sage über den kalydonischen Eber strotzte vor Mord und Totschlag. Selbst die eigene Verwandtschaft, die Kureten aus dem nahen Pleuron scheuten nicht vor Gewalt zurück und gönnten dem kalydonischen Herrscher weder Haupt noch Fell des bösartigen Wildschweins. Ein vorgeschobener Grund, um Macht und Einfluß zu erweitern?

Ich wagte mich auf das Terrain der antiken Stadt, streifte durch die in Terrassen angelegten Olivenhaine, den Blick auf die Erde gelenkt. Nur mit wachem Blick konnte man an manchen Stellen Tonscherben, Henkel, einige Mauerreste entdecken. Die Halme der Gräser bewegten sich mit jedem Schritt leise zur Seite, manchmal mit einem knisternden Laut unter den Sohlen. Hier also hatten sie gelebt,

König Oineus, sein Sohn Meleager, Deianeira, verheiratet mit Herakles, dem größten aller Helden. Hier in der Nähe hatten sie den Eber der Artemis gejagt. Vielleicht war Odysseus vor seiner Reise nach Troja hier eingekehrt und hatte auf dem Marktplatz irgendwo dort zwischen den Bäumen noch einmal für den Feldzug geworben. Aus den Grasbüscheln schob sich eine breite Stufe, rechts und links übereinander getürmte Steinblöcke - der Eingang, eines der Tore. Über diese Schwelle waren einmal römische Soldaten gestürmt, von Pompejus gesandt, und danach von Caesar, später von den Rivalen Marc Anton und Oktavian und so weiter und so fort ... bis nichts mehr übrigblieb von der einstigen Pracht. Die Zierde Griechenlands zerstört, der Götter beraubt, nur noch mit wenigen Zeilen in den Geschichtsbüchern vermerkt.

Ich blickte nach oben. Graue Wolken schoben sich unermüdlich von Westen her über den Gebirgszug. Blieb noch Zeit, sich um die kuretische Verwandtschaft der homerischen Haudegen zu kümmern? Immerhin legte der kalydonische Eber den Grundstein für die kriegerischen Auseinandersetzungen mit Pleuron, nach der erfolgreichen Jagd begannen Mord und Totschlag und der Kampf um die Trophäe. Immer das gleiche Muster seit Kain und Abel. Keiner gönnte dem anderen das Schwarze unter dem Nagel. Wer weiß, wer angefangen hatte.

Heute war Heiliger Abend, Friede auf Erden und den Menschen ein Wohlgefallen! Konnte ich die zerstrittene Sippschaft miteinander versöhnen, zumindest in Gedanken? Ich würde noch rechtzeitig vor Anbruch der Dunkelheit zu Hause sein und nichts versäumen. Ich hatte alles für den Heiligen Abend und eine würdige Christi Geburt vorbereitet. Die Spitze einer geköpften Zypresse stand mit bunten Kugeln und Kerzen geschmückt in einem großen Tontopf. Im Kamin lag das Holz sorgfältig geschichtet, es bedurfte nur eines Streichholzes. Ich würde in die Flammen schauen, mein Weihnachtsmenu aus dem Kühlschrank holen. - Es blieb also noch Zeit, nach dem vergessenen, versunkenen und zerstörten Pleuron zu suchen.

Ich blickte nach oben in die grauen Wolken. Apollon hatte das blaue Fenster gänzlich geschlossen. Wieviel Hektoliter Regen brauten sich da oben zusammen? Andererseits stand ich fast vor dem Ziel. Es würde nicht lange dauern. Keine zehn Minuten Fahrzeit. Ich würde mir erst einmal die Hügel von unten anschauen. Des Rätsels Lösung lag fast vor mir. Ich mußte nur wie zu Opas Zeiten das Buch aufschlagen, und schon konnte ich sie vor mir sehen, die bösen Onkels, die mit ihrem Neffen Meleagros einen Streit wegen eines Eberkopfes begannen. Wo also lag das homerische Pleuron? Ich stieg ins Auto, um das Geheimnis zu lüften.

Was hatte ich gestern abend gelesen? Die Nachfahren der Kureten hatten nach der Zerstörung durch die Makedonier im dritten vorchristlichen Jahrhundert die Stadt verlassen und einen Neuanfang in besser geschützter Lage gewagt. Die Ruinen und die massive Stadtmauer der neuen alten Stadt, eingebettet in eine karge Berglandschaft, stachen imposant ins Auge, man konnte die Überreste nicht verfehlen. Aber dies war nicht mein Ziel. Ich mußte weiter zurückblättern. Wo lag das homerische, das ältere Pleuron? Die Quellen berichteten von einem Hügel. Eine tausendjährige Besiedlung hinterließ Spuren. Ich war mir sicher, ich befand mich ganz in der Nähe. Ich hielt den Wagen an, stieg aus, um mir die Bergkette aufmerksamer anzusehen. Eine auffallende Kuppe lag in der Nähe eines kleinen Dorfes. Abgeflacht, kaum zehn Kilometer entfernt von den gut sichtbaren Ruinen des neuen antiken Pleurons. Lag die ältere Stadt hier?

Ich folgte der Asphaltstraße, die sich wie eine Spirale den Berg schlang. Nach Feldern mit Ölbäumen zog sich eine undurchdringliche Macchia bis dicht unterhalb eines kleinen Plateaus. Ein Feldweg durchschnitt abgeweidetes Grasland, umgepflügte Furchen - vielleicht wuchs hier oben im Sommer Getreide oder Klee fürs Vieh. Das Terrain sah gut aus, hier lohnte es sich, einen aufmerksamen Blick auf die geöffnete Erde zu werfen. Ich blickte hinauf in die Wolken. Sie hingen dick und grau knapp über dem Hügelkamm. Irgendwann würde es regnen. Irgendwann, nur nicht jetzt! Es blieb noch ein wenig Zeit, ich würde nicht länger als eine Viertelstunde benötigen. Der von der Straße abzweigende Weg zog sich schnurgerade gelb-rötlich bis zu der kleinen Anhöhe, danach verlor er sich im Gras. Ließen sich Überreste von Mauern entdecken, Tonstücke, Scherben - etwas, das auf eine antike Siedlung hinwies und eine grobe Datierung erlaubte? Der Weg wirkte befahrbar.

Es hatte alles so gut angefangen.

Ich besaß eine Spürnase, hatte die Witterung aufgenommen, hatte Tonscherben entdeckt. Die Häufung ließ darauf schließen, daß ich auf dem Platz des homerischen Pleuron stand - soweit man das mit dem kurzen Augenschein feststellen konnte. Ich setzte mich auf einen der großen Steine, blickte zufrieden hinab aufs Meer und ließ die Gedanken schweifen - nach Westen in Richtung Italien. Nach Osten, irgendwo dort lag Korinth - unter mir wand sich die damalige Schiffs-Autobahn und verband Ost mit West und mit dem offenen Meer. Das Zusammenspiel lag sichtbar vor mir und verknüpfte sich, wie das Weben an einem gemusterten Teppich, bei dem sich irgendwann nach viel Mühe ein Kunstwerk, ein Gesamtbild herausschält. Wie Mosaiksteinchen paßten die gesammelten Eindrücke zusammen. Chalkis, Makynia, Molykrion, Kalydon. Mit Pleuron, dem letzten Steinchen, konnte ich das Puzzle vollenden, meine Vorort-Recherchen abschließen und am

Schreibtisch weiterarbeiten. Ich vergaß die grauen Wolken über mir, stellte mir Segelschiffe vor, angefangen von den schlanken mit den ins Wasser schlagenden Rudern zu den Zeiten des Odysseus, bis hin zu den stabilen Frachtkähnen der Korinther, vollgepackt mit bemalten Töpfen für die Etrusker. Ich sah sie aus Italien heimkehren - vielleicht mit einem der großen Denker als Mitreisenden auf dem Deck sitzend, der möglichst schnell von den schwankenden Holzplanken an Land springen wollte, um auf einem der Marktplätze seine Gedanken über die Götterwelt zu verbreiten. Segelte hier einmal Xenophanes vorbei? Der den denkwürdigen Satz in die Welt schleuderte: Aber die Wahrheit über die Götter kennt keiner? Dessen Vision ich vor langer Zeit würdevollen Hauptes und wehenden Gewandes von der Kanzel der Wallfahrtskirche zur Maria in den Weinbergen herabschreiten sah?

Es hatte alles so schön begonnen. Die Verknüpfung der homerischen Eberjagd mit dem homerischen Pleuron war gelungen, die Verwandtschaft konnte in der Unterwelt am Heiligen Abend Versöhnung feiern. Und jetzt saß ich durchnäßt an einem Bollerofen. Heiligabend in einem griechischen Kafeneon! Nicos hatte mich durch die Tür seines Lokals geschoben, seine kräftigen Hände griffen fest um meinen Arm. Er angelte sich mit dem Fuß einen Stuhl und drückte mich energisch auf den Sitz. Ich saß wie ein Häufchen Elend gut sichtbar für die wenigen Gäste in der Mitte des Lokals. Er griff sich ein Holzscheit vom Boden, öffnete den runden Deckel des Ofens mit einem Schürhaken und warf es schwungvoll in die sich rot aufbäumende Glut. Kaum war die gußeiserne Tür geschlossen, hörte man es knistern und krachen als stünde eine Explosion bevor. Das dunkle Metall strahlte nach wenigen Minuten eine wohltuende Wärme ab. Ich streckte beide Hände mit den nassen und klammen Fingern aus, um sie zu wärmen und schüttelte die Haare, wie Katzen, wenn sie den Regen aus dem Fell loswerden wollen. Ein paar Tropfen zischten auf der heißen Platte und verdampften.

"Kostia!" rief Nicos nach hinten durch die offene Tür, "Kostia élla!", und dann kam ein Wortschwall, den ich nur ungefähr dank einiger vertrauten Wortfetzen und den mir bekannten Umständen deuten konnte. 'Wrächi' hatte ich aufgeschnappt, er erzählte also etwas über den Regen und daß ich hier klitschnaß und durchweicht vor dem Ofen saß. Kostia war sicher seine Frau und wurde in die Wirtsstube zitiert, um sich das Bündel Elend aus der Nähe anzusehen, das Nicos mitten in der Nacht mit seinem Traktor vom Berg geholt hatte. Kostia sollte die verrückte 'Xeni', die Fremde, in ihre Obhut nehmen, die ihren Wagen an einen Steilabhang manövriert hatte. Jetzt waren die Dienste der Frauen an der Reihe, nachdem er den Wagen vor dem Absturz gerettet hatte. Seinen männlichen Part an griechischer Hilfsleistung und Gastfreundschaft hatte er geleistet. Jetzt galt Nicos Fürsorge wieder der Taverne und dem geschlachteten Schwein, das Übrige würde Kostia erledigen.

Kostia war eine folgsame Frau. Nach wenigen Minuten erschien ein dunkelgelockter Kopf im Türrahmen, bewaffnet mit einer Decke, die unter dem Kinn begann und bis zum Boden reichte, vielleicht eine handgewebte von der Oma. Ein paar nackte Füße in Plastiksandalen lugten darunter hervor. Ich ahnte, wer unter dem schweren wollenen Ungetüm begraben werden sollte. Kostia steuerte mit strahlendem Gesicht direkt auf mich zu, warf die Decke erst einmal achtlos auf den nächstgelegenen Tisch und inspizierte mich genauer. Sie faßte mich um die Schultern, blickte mich mit einem Ausdruck in ihren dunklen Augen an, der optimale Fürsorge versprach, und schälte mich aus dem triefend nassen Anorak. Ich fühlte mich wie ein Kind, mutterlos von der Straße aufgelesen, dem die ganze weibliche

Zuwendung zufloß, damit es wieder auf die Beine kommt. Der nasse Anorak fand einen passenden Platz zum Trocknen über dem nächstbesten Stuhl direkt am Ofen.

Ich stöhnte innerlich über die Last, die mir Kostia auf die Schultern wuchtete, sicher wog die Decke einige Zentner, aber ich wagte nicht zu widersprechen. Kostias Hände zogen an der einen Stelle nach unten, an der anderen nach oben, schlugen die Enden vorne übereinander. Jetzt war sie zufrieden. Sie tätschelte die Decke, strich mir über den nassen Kopf. Ihre freundlichen Augen kamen näher, sie lachte mich an. Es sprudelte ein nicht enden wollender Wortschwall aus ihrem Mund. Einige Brocken sortierte ich aus. 'Kálitera', das hatte sie mehrere Male betont, 'krio' kalt, 'wuna', also Berg. Sicher fragte sie mich, ob es mir langsam schon besser ginge nach dem Abenteuer dort oben in der Nässe und Kälte. Aus den wenigen Worte versuchte ich, wie bei einem Puzzle, den Inhalt zusammenzusetzen. Natürlich wußte sie Bescheid. Nicht nur sie, das ahnte ich, sicher das ganze Dorf. Ein Glück, daß heute Heiligabend war, also der nicht so heilige Abend vor dem großen Weihnachtstag. Morgen erst würde in ganz Griechenland die Ankunft des Christkinds mit einem großen Festessen im Kreis der Familie gefeiert, weswegen alle Männer mit Schweineschlachten und alle Frauen mit der Vorbereitung für das morgige Mittagsmahl beschäftigt waren. Kostias nackte Füße in den Plastiksandalen zeugten von einer anstrengenden Tätigkeit in der Küche. Allen Frauen und erst recht den Männern waren streng geregelte Funktionen zugewiesen. Diese Sitten fanden hier und jetzt meine volle Achtung, sie bewahrten mich davor, wie ein neu eingetroffenes Tier im Zoo bestaunt zu werden. Nur zwei ältere Herren saßen ein wenig abseits und beobachteten still, was da vor sich ging. An einem normalen Abend wäre das halbe Dorf zusammengelaufen und hätte den seltsamen Fund vom nächtlichen Berg in Augenschein genommen.

Kostia baute sich vor mir auf und formte mit den Fingern etwas, das ich sofort als Tasse interpretierte. "Tsai"? fragte sie. "Tsai Wuna?" Also griechischen Bergtee, den Tee, den die Griechen im Winter trinken. Ich nickte. Ich kannte den Tee aus wildem Salbei. Er schmeckte mehr nach Medizin als nach Tee, aber die Griechen schwörten auf seine Heilkraft. Bei Erkältungen sollte man literweise Tsai Wuna trinken, und überhaupt half er bei fast allem, die Wunderwaffe griechischer Mütter und Omas.

Kostia verdrängte ihren Mann von der Schaltzentrale, zündete hinter der Theke eine Flamme des zweiflammigen Gaskochers an, setze den Topf mit Wasser auf und überbrühte damit den Tsai Wuna. Es dauerte ein paar Minuten. Das kannte ich. Der Tsai Wuna mußte ziehen, die Zubereitung glich einem Zelebrieren, bis man den getrockneten Blättern die heilende Wirkung entlockte - und dann stand er schließlich dampfend neben mir auf dem Tisch. Mit einem Teelöffel zum Rühren! Kostia hatte ihn also mit mindestens hundert Gramm Zucker aufgepeppt. Nicos schimpfte hinter dem Zapfhahn vor sich hin und balancierte vorsichtig ein Wasserglas in meine Richtung, das fast bis zur Hälfte mit einer braunen Flüssigkeit gefüllt war. Er lachte dabei gönnerhaft, stellte das Glas zum Tee und vollführte mit seinen Pranken einige Kippbewegungen. 'Cognac', klärte er mich auf und wartete, also mußte ich folgsam zumindest einen Teil des Hochprozentigen in den pappsüßen Tee schütten und darauf hoffen, daß ich trotzdem fahrtüchtig blieb. Nicos schnitt einige Grimassen in Richtung Kostia. Seine Frau schien offensichtlich nicht gewillt, mich zum Trinken von einem halben Wasserglas Hochprozentigem zu animieren. Sie vertraute mehr auf die Wunderkraft des Tsai Wuna in allen Lebenslagen und ganz besonders in dieser.

Während Nicos mich mit Worten überschüttete, die wie Regentropfen an mir abprallten, weil ich sie nicht verstand, spürte ich einen kalten Luftzug an den Beinen. Nicos unterbrach sich, eilte an die Tür, lenkte den Wortschwall um und ergoß ihn über zwei blaue Uniformen, die gerade die Tür öffneten. Ich sah nur die Farbe dunkelblau und wußte sofort, es konnten nur die beiden Polizisten sein, die an meiner Rettung ursächlich beteiligt waren. Wer sonst durfte sich ungestraft am Heiligen Abend von zu Hause loseisen? Nur blaue Uniformen, die das Dorf auch an dem Tag des größtmöglichen Arbeitseinsatzes vor allen Gefahren schützten und die sich fürsorglich darüber informieren wollten, ob meine Rettung problemlos abgelaufen war.

Dort oben auf dem Berg, es war schon dämmrig geworden, es nieselte, hatte ich meine ganze Hoffnung auf ihre Ankunft gesetzt. Sie wurde nicht ganz erfüllt, aber daran trugen nicht sie die Schuld. Die zwei waren aus dem Polizeiauto an der geteerten Straße gestiegen, hatten prüfend auf den Feldweg geblickt, schlugen die Wagentür zu und folgten zu Fuß den Autospuren auf dem durchnässten und aufgeweichten Weg in meine Richtung und zu meinem absturzgefährdeten Auto. Hinter ihnen stolperte der junge Mann, der vor einer Stunde aufgebrochen war, um Rettung zu organisieren, und versuchte, ihrer schnellen Gangart zu folgen. Er hatte vor mehr als zwei Stunden am Fuß des Berges meine Hilferufe gehört, mein verzweifeltes Winken entdeckt und sich von dem einsam mitten in den Feldern stehenden Haus auf den Weg zu mir auf die Spitze des Hügels aufgemacht. Als er sah, daß hier kompetente Fachkräfte zum Abschleppen des abgerutschten Autos gebraucht wurden, deutete er in Richtung der Häuser nahe am Meer und spurtete los, um Hilfe zu holen. Er hatte es geschafft, die beiden Polizisten, die jetzt skeptisch auf mich und das Auto nahe am Abgrund blickten, zu mir und dem Auto zu lotsen.

Die beiden Uniformierten versuchten, ohne größere Schäden für ihre blankgeputzten Schuhe auf dem schlammigen Weg zu mir und dem Auto zu gelangen. Sie steckten die Köpfe zwischen die hochgezogenen Schultern und wirkten in ihren dünnen Stoffjacken sehr verfroren. Wohlgemeinte Äußerungen hinsichtlich ihrer Gesundheit konnte ich dank fehlender Sprachkenntnisse vermeiden. Normalerweise hätte ich gemahnt: Bei solch einem Wetter läuft man nicht in so dünnen Jacken herum - obgleich sie zugebenermaßen schick darin aussahen. Der Ausdruck in ihren Gesichtern zeigte einen ähnlichen Gedankengang: Bei so einem Wetter, das sah man an den Falten über der Nasenwurzel und dem unfreundlichen Blick, fährt man nicht auf Feldwegen mitten im Gebirge herum, sondern bleibt zu Hause, wie all die anderen Frauen im Dorf. Gut, daß sie davon ausgingen, daß ich kein Griechisch sprach, sie hätten mir die Leviten gelesen, das sah man an den finstern Mienen. Über eine Griechin wäre jetzt eine wahre Schimpfkanonade hereingebrochen. Ich hatte registriert, daß die beiden nicht nur verfroren die Schultern hochzogen, sondern fast verzweifelt nach unten auf den morastigen Feldweg starrten. Sie waren Polizisten zum Anschauen, gepflegt, adrett in ihrer Uniform, die eine Wirtshausschlägerei schlichten konnten, aber nicht vorbereitet waren für eine Rettungsaktion an einem abschüssigen, durchweichten Berghang. Das war eher etwas für Soldaten in Felduniform mit Knobelbecher-Stiefeln. Da mir ihre blitzblank geputzten schwarzen Schuhe entgegen blinkten, fühlte ich neben der Erleichterung über die eingetroffene Hilfe gleichzeitig Verlegenheit. Mich plagte das schlechte Gewissen, sie könnten sich ihre Uniformen oder ihre Schuhe beschmutzen oder sich eine Erkältung holen. Ich hob die Schultern und sagte "signomi", Entschuldigung, und deutete auf die Bescherung, die da am Hang kurz vor dem Abgrund hing.

Sie blickten eine ganze Weile still und ohne Worte auf mein Auto, das ich beim Wendemanöver knapp vor einem Baumstumpf und vor dem dahinter gähnenden Abgrund mit angezogener Handbremse zum Stehen gebracht hatte. Ich ahnte, was in ihren Köpfen vor sich ging. Die tiefen Spuren aufgewühlter Erde schrien ihnen förmlich rötlich-braun aus den zusammengefahrenen grünen Grasbüscheln entgegen. Ich wußte, welche Gedanken sich in ihren Köpfen zusammenbrauten. Wie hat sie das nur geschafft? Eine Frau am Steuer! Kein Wunder, kein Mann fährt auf solch einem matschigen, schlüpfrigen Feldweg herum und versucht, an einem Steilabhang zu wenden. Was hat sie überhaupt hier oben zu suchen?

Ich wartete geduldig. Es begann stärker zu regnen. Einer der Polizisten blickte nach oben in die grauen Wolken, blickte zu mir. Ich sah, wie er überlegte. Er schüttelte den Kopf, sprach schnell und unverständlich auf seinen Kollegen ein, der zuckte erst die Schultern, blickte in Richtung Abgrund, wandte sich an den jungen Mann und dann an mich. Er deutete nach oben, machte Tropfbewegungen mit der Hand, das Wort 'Wrächi' verstand ich, aha der Regen, dann 'Nichta', also Nacht, die Nacht würde bald hereinbrechen, das hatte ich schon befürchtet und wußte, daß ich es nicht verhindern konnte. Er wies auf das Polizeiauto vorne an der Straße und schüttelte energisch den Kopf. Meine Hoffnung schwand. Ich erkannte an Gestik und Mimik, sie würden mich nicht aus meiner verzweifelten Situation befreien. Panik kroch von der Magengegend hoch in den Kopf, ich spürte, wie sie sich ausbreitete, sich einnistete in jede Faser meines Körpers, sie drang bis in die Fingerkuppen, die Haarwurzeln, hinab bis zu den Füßen. Trotzdem mußte ich mich der Herausforderung stellen und den aufsteigenden Heulkrampf unterdrücken. Es half nicht, sich der grenzenlosen Verzweiflung hinzugeben. Vor dem drohenden Kollaps suchte ich den letzten Rest von Verstand zu mobilisieren. Wie weiter? Mußte ich die Nacht hier oben verbringen und morgen früh, am hochheiligen Feiertag der Griechen, wenn sie alle mit Kirchgang und Festmahl beschäftigt waren, alleine dort unten Hilfe organisieren? Morgen - ob das morgen noch notwendig war, stand in den Sternen geschrieben. Vielleicht war bis dahin mein Auto auf Nimmerwiedersehen im Abgrund verschwunden, von den herabströmenden Regenmassen in die Tiefe gerissen. Mit einem winzigen Funken Einsicht blickte ich der Realität ins Auge. Mit an Sicherheit grenzender Wahrscheinlichkeit würde auch das Polizeiauto schon beim ersten Versuch ebenfalls abrutschen und in der Nähe meines Wagens landen. Natürlich war das eine kluge Entscheidung der beiden Polizisten. Aber gab es hier in Griechenland nicht für alles und jedes eine Lösung?

Ich mußte sehr verzweifelt ausgesehen haben. Plötzlich redeten alle drei mit Händen und Füßen auf mich ein. Der junge Mann deutete auf seine Armbanduhr. "Mia ora", und hielt einen Finger demonstrativ nach oben, eine Stunde. Er wies auf das Polizeiauto, auf die beiden Polizisten und auf sich. "OK?", fragte er. Ich blickte offensichtlich immer noch verständnislos und erschreckt. Die beiden Polizisten nickten mir zu, hoben ebenfalls einen Finger empor, "mia ora", zogen die Köpfe wieder zwischen die Schultern, blickten auf ihre blitzblanken Schuhe und begannen, von einem Grasbüschel zum nächsten in Richtung ihres Autos zu hüpfen. Der junge Mann versuchte es noch einmal mit einem Blick, der fragte, hast du das endlich verstanden, mia ora, wir kommen wieder, klopfte mir beruhigend auf die Schulter, erwähnte noch ein "guruni", also ein Schwein und hastete eilig hinterher.

Inzwischen ging das Tröpfeln in gleichmäßigen Regen über. Von der Kapuze des Anoraks tropfte die Nässe ins Gesicht, über die Hände, lief auf die Hose hinab. Ich blickte den Polizisten und meinem jungen Helfer nach, hörte das Starten des Autos, das Tuckern des Motors, das sich leiser werdend entfernte. Und dann herrschte Ruhe! Kein Vogel zwitscherte, kein Auto, kein Flugzeug war zu hören, mich umhüllte eine beunruhigende Stille. Ich stand alleine mit den Naturgewalten, die kein Erbarmen kannten und Wassermassen über mich ausgossen. Ich war den grauenhaften Visionen im Kopfe ausgeliefert, mein Auto in der gähnenden Leere verschwinden zu sehen. Einsam, verloren und nässetriefend war ich meiner Phantasie und Hektolitern von Wassermassen aus den dunklen Wolken ausgeliefert. Mia ora - eine Stunde! Nein - eine Ewigkeit - die Nacht würde bald hereinbrechen.

Noch eine weitere mia ora, wie viele mia ora? Eine Stunde nach den zweien, die ich bereits gewartet hatte. Eine Stunde konnte man verkraften - wenn sich die Zeit nicht endlos hinzog und aus einer Stunde zwei oder drei oder vier wurden. Mia ora konnte bedeuten: irgendwann nach einer Stunde. Oder vielleicht erst morgen? Was, wenn sie niemanden dort unten fanden? 'Guruni' hatte mir mein freundlicher Helfer vor seinem Verschwinden zugerufen. Guruni bedeutete sicher, in den Häusern des Dorfes hauchten gerade viele Schweine ihr Leben aus und wanderten zerkleinert in ihre eigenen Gedärme für die weihnachtliche Wurstspezialität. Was, wenn keiner Zeit hatte? Wenn alle mit Vorbereitungen für das morgige Fest beschäftigt waren? Konnte man den erhobenen Fingern vertrauen? Vertrauen - Gottvertrauen, wer hatte nur dieses Wort erfunden? Hatte ich Vertrauen, Gottvertrauen? 'Etsi ketsi', würden die Griechen antworten, so und so. Einen winzigen klitzekleinen Funken Hoffnung, das schon. Zwei Polizisten und mein freundlicher Helfer, sie hatten sich um eine 'Xeni', eine Fremde bemüht, sie waren allesamt vertrauenserweckende Personen. Und sie hatten jeweils einen Finger erhoben - 'mia ora', das wirkte wie ein Schwur, wir lassen dich nicht im Stich!

Eine Stunde, vielleicht auch zwei, waren vergangen, die Zweifel und die Bilder vom abrutschenden Auto verflüchtigten sich und wichen dem Gefühl von Nässe und Kälte. Der vom Regen durchweichte Stoff der Hose klebte unangenehm an den Beinen. Ich würde mir bei diesem Wetter eine Lungenentzündung holen. Konnte ich es wagen, mich vor den herabströmenden Wassermassen ins Innere des Wagens zu flüchten? Was, wenn die Räder nachgaben und mein Auto wie in den Krimis mit mehrfachen Saltos am Baumstumpf vorbei in den Abgrund stürzte? Aber dies war kein Krimi. Den Schlamassel hatte ich mir selbst eingebrockt. Niemand verfolgte mich. Oder doch? Hatte ich die Geister der Vergangenheit geweckt?

Die Tropfen fielen schneller, schwerer, lauter. Das Grau des Himmels verknüpfte sich mit der Erde und ließ sie zerfließen. Kein Baum, kein Strauch weit und breit, nur das Auto bot Schutz vor den Regenmassen. Ich öffnete vorsichtig zentimeterweise die Seitentür, um keine Erschütterung auszulösen, schlüpfte durch den schmalen Spalt auf den Sitz, zog den Griff in Zeitlupe nach innen. Ich lauschte angespannt. Hörte ich verdächtige Geräusche? Spürte ich ein Rucken? Der Regen prasselte laut und kräftig auf das Wagendach und spülte mit seiner Gleichmäßigkeit das Gefühl für die verflossene Zeit, für Minuten, für Stunden hinweg. Irgendwann ging das Trommeln in sanftes Plätschern über, dann in leichten Nieselregen. Ab und zu setzte ich die

Scheibenwischer in Bewegung. Rechts, links, rechts, links, der Gummibelag quietschte und gab für einen kurzen Zeitraum den Blick auf die Felder bis zu den Häusern des Dorfes frei - ein wenig Grün, ein wenig Braun, weit dahinter verschwommen ein grauer Streifen, das Meer. Durch die nassen Scheiben wirkte die Landschaft im dämmrigen Licht wie ein abstraktes Gemälde. Ich begann, gedankliche Fäden zu den rotbraunen Dächern der Häuser zu knüpfen. Dort unten werkelten sie vor sich hin. Würden sie Hilfe organisieren? Würde sich irgendwann eine Tür öffnen und sich jemand zu diesem vertrackten Berg aufmachen? Aus welchem Haus würden sie aufbrechen? Vielleicht konnte ich das Tuckern des Motors hören, Lichter entdecken, wenn sie aufbrachen?

Heilig Abend - er hatte hier oben nichts Feierliches. Nichts erinnerte an die bevorstehende Geburt des Christkindes. Ich hatte mir den Heiligen Abend anders vorgestellt: flackerndes Kaminfeuer, im Kopf live-Bilder der gerade besichtigten antiken Stätten, ein Buch auf dem Schoß mit den alten Mythen über die kalydonische Eberjagd und die alten Haudegen. Heilig Abend - stattdessen saß ich einsam und verlassen in der Dunkelheit auf einem Berg in der regennassen Kälte in einem absturzgefährdeten Auto, die gähnende Leere des Steilabhangs vor mir. Hatten sich die Geister der Vergangenheit gegen mich verschworen? Straften sie mich ab? Wisperten sie vielleicht aus der zerfahrenen und aufgewühlten Erde unter den Reifen: 'Laß dir dies als Warnung dienen, wir mögen es nicht, wenn du hier herumschnüffelst' und raunten: 'Wir wollen nicht gestört werden, Tausende von Jahren war hier Ruhe! Verschwinde!'?

Der Regen plätscherte leise auf das Autodach. Die Nacht brach herein, die Felder verschmolzen mit den Häusern zu einem undurchdringlichen Schwarz. Einzelne Lichter aus den Fenstern und der fahle Schein der Laternen entlang der wenigen Straßen leuchteten wie Sterne durch das Dunkel. Wer weiß, vielleicht würde ich irgendwann einschlafen und nicht einmal meinen Abgang in den Hades spüren. In meiner alten Blechkiste im Jenseits zu landen, hatte nichts von einem heldenhaften Dahinscheiden. Mein Ende hatte ich mir anders vorgestellt! Sollte ich an einem Heiligen Abend den mykenischen Haudegen von Kalydon und Pleuron oder dem listigen Odysseus in der Unterwelt eine fröhliche Weihnacht wünschen? Wer weiß, wie sie mich dort unten für meine Neugierde abstraften und sich vor Lachen über mein mißlungenes Abenteuer die Bäuche hielten. Vielleicht würden sie mich eine Etage tiefer in das Untergeschoß verfrachten, das den Sündern des allmächtigen, allessehenden und alleswissenden Gottes vorbehalten war, und ich würde in der Hölle schmoren müssen. Welche Strafen hatten sie für meinen leichtsinnigen Ausflug in die antike Welt geplant?

Mit dem Dunkel der Nacht nahmen die Zweifel an einer nahenden Rettungsaktion zu, dann überlagerte Gleichgültigkeit die Angst und den Schrecken, schließlich ergab ich mich bedingungslos meinem Schicksal. Irgendwann hörte ich auf, die Scheibenwischer anzustellen, angestrengt die Lichter des Dorfes nach Bewegungen abzusuchen. Die Gedanken verschmolzen mit der Zeit, zerrannen, es konnte eine Stunde vergangen sein, zwei, drei. Es spielte keine Rolle mehr. Die Schreckvisionen hatten sich verflüchtigt, der Regen tröpfelte langsam und gleichmäßig. Ich saß in meiner eigenen Wolke über den leuchtenden Punkten der weit entfernt liegenden Häuser, ich schwebte zwischen Himmel und Erde im Nichts aus Stille und Schlaf.

Der Schutz der weichen Wattewolken zerstob wie ein feiner Nebel und ließ mich unbarmherzig wieder in der Wirklichkeit auf dem harten Sitz des absturzgefährdeten Autos landen. Grelles Licht bohrte sich wie feine

Nadelspitzen durch die geschlossenen Augenlider, scheppernendes Motorgeräusch vibrierte in den Gehörgängen. Ich wagte eine vorsichtige Öffnung der Augen zu schmalen Sehschlitzen. Die Umrisse eines Riesengefährtes zeichneten sich in der Dunkelzeit ab. Ein schemenhafter Schatten hastete zwischen Scheinwerfern hin und her, wedelte mit den Armen nach rechts, nach links. Das schwarze Ungetüm drehte bei, setzte zurück, gab Gas, vorwärts, zurück, der Motor dröhnte. Vorwärts! Die schattenhaften Arme wiesen in meine Richtung, bis die Scheinwerferkegel punktgenau auf mein Auto zielten. Der Schatten mit den herumfuchtelnden Armen bewegte sich zwischen dem blendenden Licht auf mich zu, ein zaghaftes Klopfen an der Fensterscheibe, eine winkende Hand mit der Aufforderung, die Scheibe nach unten zu kurbeln: "Oing, oing oing", grunzte mir eine bekannte Stimme entgegen. Ich war erleichtert, mia ora war vorbei, mein freundlicher Helfer zurückgekehrt. Ein breites Grinsen überzog sein Gesicht, während er mit der anderen einen Schnitt quer über seine Kehle führte. "Oing, oing, oing kaputt" nickte er. Das Schwein war also geschlachtet. Das arme Schwein - welch eine Freude! Er war mit kompetenter Hilfe zurückgekehrt. Er wies auf die Lichtkegel, gestikulierte mit den Armen in alle Richtungen, redete aufgeregt durch die offene Scheibe auf mich ein. Ich zuckte hilflos mit den Schultern. Wegen mangelhafter Sprachkenntnisse blieb mir der Ablauf der Rettungsaktion verborgen. Vielleicht besser so, resignierte ich mit Blick auf das Riesengefährt. Mein freundlicher Helfer gab hilflos mit den Achseln zuckend auf und lief mit einer abrupten Kehrtwendung auf meterhohe Reifen zu. Es wurde ernst.

In Umrissen erkannte ich einen riesigen Traktor, der nichts mit den bescheidenen Hilfsmitteln zu tun hatte, die Bauern auf den kleinen Feldern meiner Heimat einsetzten. Ein Monstergefährt mit überdimensional großen Reifen baute sich in sicherer Entfernung auf dem Feldweg auf, hielt mit laufendem Motor. Aus der Führerkabine sprang eine bullige Gestalt, zog an einem Berg von Ketten und schleppte das Ende in meine Richtung. Ein kurzer Gruß mit erhobener Hand, danach verschwand der dunkle Retter neben meinem Auto auf der nassen Erde. Mein freundlicher Helfer fuchtelte mit einer Taschenlampe an der Kühlerhaube herum, vorne, seitwärts, unter mir. Ich wagte nicht, mich zu bewegen und hielt den Atem an, ich spürte meinen eigenen nervösen Herzschlag. Schabgeräusche verrieten, die beiden suchten nach einer Andockstelle. Ein schepperndes, metallisches Zurren. Die bullige Gestalt richtete sich vor der Kühlerhaube auf, zog, prüfte, zog, prüfte. Beide verschwanden unter dem Auto, die Kette schrammte unter mir am Boden entlang.

Mein freundlicher Helfer trat an die geöffnete Scheibe, deuteten auf mich, nickte, tippte mir auf die Schulter, zeigte mit der Hand auf das Lenkrad. Ich öffnete die Tür, um ihn an das Steuer des Autos zu lassen. Er winkte demonstrativ ab. "Brmm, brmm, brmm", deutete er auf mich. "Brmm, brmm, brmm!" Er nahm meinen Arm, plazierte ihn auf das Lenkrad und nickte mir aufmunternd zu. "Brmm, brmm, brmm!" Ich schüttelte energisch den Kopf. Nein, das konnte ich nicht. Diese verdammten Sprachschwierigkeiten! Wie konnte ich mich gegen diese Zumutung wehren? Diese Aktion war Sache eines wagemutigen Autofahrers, eines Stuntman während Dreharbeiten. Wie konnten die beiden nur auf solch eine abwegige Idee verfallen! Ich war eine technisch unerfahrene Frau, kein Rennfahrer. Wie konnte ich mich nur verständlich machen?

Mein freundlicher Helfer ließ sich nicht beeindrucken. Der bullige Typ hechtete auf den Sitz des Traktors, schrie in unsere Richtung, setzte mit ohrenbetäubendem Lärm den Traktor zurück auf die Straße, wendete, vorwärts, rückwärts, vorwärts und rückwärts auf mich zu. Mein freundlicher Helfer überließ mich dem Lenkrad, zog die Kette zum Traktor. Zwei rundliche Hintern, eine Taschenlampe, zwei Paar Arme, die sich an der Rückseite des Traktors zu schaffen machten, der notfallmäßige Abschleppdienst wußte, was zu tun war. Und dann ging alles sehr schnell. Mir blieb keine Zeit zum Protestieren. Die bullige Gestalt schwang sich zurück in die Kabine, gab ein bißchen Gas, mein freundlicher Helfer stellte sich hilfreich an meine offene Scheibe, tippte mir auf die Schulter und deutete in Richtung Gangschaltung. "Brmbrmbrmm". Intuitiv ahnte ich: Leerlauf, Bremse lockern. Aus dem Traktor winkte eine Hand, und dann begann die Höllenfahrt.

Das Lenkrad schlug aus, mein freundlicher Helfer schrie "aristera, aristera", griff selbst zwischen meine verzweifelt umherirrenden Hände, schrie immer wieder "aristera", sprang zur Seite, lief neben mir her. Ich begann, Litaneien zur Maria in den Weinbergen zu beten. Die Reifen drehten sich, hoben sich, drehten sich, es ging vorwärts, das Lenkrad schlug aus. "Theksia, theksia" hörte ich. "Aristera!" Die Hand griff immer wieder blitzschnell unterstützend ins Lenkrad, die Reifen hoben sich, senkten sich, schlugen aus. "Aristera", "theksia" wechselten sich ab, das Lenkrad wehrte sich verzweifelt, schlug nach rechts, nach links, die Reifen verloren die Bodenhaftung, hoben sich in die Luft, das ganze Auto schwebte, vollführte Bockssprünge und senkte sich abrupt. Mein freundlicher Helfer griff immer wieder abwechselnd ins Lenkrad oder sprang blitzschnell zur Seite, schrie entweder "Aristera" oder "theksia". Irgendwann nach einer Ewigkeit drosselte der Traktor den Motor, wurde langsamer und hielt. Der bullige Typ hechtete aus der Führerkabine, zwei dunkle Gestalten machten sich am Traktor zu schaffen, zwei paar Arme nestelten an der Kette, ließen sie entkoppelt auf den Boden fallen.

Die Aktion war beendet. Der bullige Typ schritt breitbeinig in Begleitung meines freundlichen Helfers auf mein Auto zu, klopfte an die Windschutzscheibe, dann mir auf die Schulter. "OK?", fragte er, deutete mit der Hand auf seine breite Brust. "Nicos". Er lachte mich kurz und entwaffnend an, legte sich unters Auto, während mein freundlicher Helfer die Beifahrertür öffnete und die Handbremse anzog. Nicos sammelte die Kette unter mir ein, rollte sie zusammen, winkte nach vorne, lachte mir im Vorbeigehen zu und schwang sich mitsamt dem Kettenberg auf seinen Traktor. Mein freundlicher Helfer kletterte zu mir auf den Beifahrersitz, deutete auf den Zündschlüssel, wies auf die roten Rückleuchten vor uns. "Kafeneon". Der Treffpunkt war also die Kneipe unten im Dorf.

Mein armes altes Auto hatte die filmreife Rettung überlebt. Der Motor sprang ohne Zögern an, als sei er froh, ohne fremde Hilfe der Straße folgen zu können und heftete sich fast reflexartig an die roten Rückleuchten des Traktors die Serpentinen hinab ins Dorf. Nicos parkte sein Ungetüm in einem Hof, klopfte an die Windschutzscheibe, lachte und wies auf das Schild 'Kafeneon'. Er fuchtelte wild mit den Armen umher und verschwand in Richtung seines Traktors. Wir sollten uns also drinnen in seinem Kafeneon treffen. Natürlich! Schließlich mußte ich meine beiden Helfer bezahlen. Wieviel kostet eine griechische Rettung? Einige hundert Euro wie in Deutschland? Nachtzuschlag? Feiertagszuschlag? Hatte ich genug Bargeld mitgenommen? Sicher nicht! Mußte ich meine hilfsbereiten Helfer auf einen anderen Tag vertrösten und um Stundung bitten? Peinlich!

Die Tür des Kafeneon öffnete sich, Nicos hatte den Hintereingang genommen, winkte uns herein und nahm mich mit seiner gesamten Körperfülle in Beschlag. Er steuerte mit einem Zangengriff um meinen Arm auf den Kanonenofen zu. "To logarismo parakalo", wollte ich die unangenehme Angelegenheit möglichst schnell erledigten und verharrte widerspenstig am Eingang. Die Rechnung bitte, eine größere Wortwahl für ein diplomatisches Angehen des heiklen Themas stand mir nicht zur Verfügung. Nico lachte schallend, als sei die Erstellung der Rechnung eine besondere Freude. Seine dunklen Augen blitzten, Lachfalten bildeten sich. "To logarismo" wiederholte er genüßlich und langsam. Ich befürchtete angesichts seiner deutlich sichtbaren Freude sowohl den Nacht- als auch den Feiertagszuschlag und erinnerte mich an mein nicht so üppig gefülltes Portemonnaie. Es folgte ein schneller Wortschwall. Wie sollte ich nur den Rechnungsbetrag aus diesem Kauderwelsch enträtseln? Ich blickte ihn hilflos an, zuckte mit den Schultern und malte mit der freien Hand, die nicht im Zangengriff des Nicos verharrte, eine Schreibbewegung in die Luft, die Zahlen imitierte. Die Lachfalten nahmen zu, mein freundlicher Helfer trat an meine Seite, auch bei ihm bildeten sich trotz seines jungen Gesichtes zahlreiche Lachfalten, er redete auf Nicos ein, klopfte mir beruhigend auf die Schulter, nickte freundlich, klopfte mir noch einmal auf die Schulter und verschwand mit einem "kali nichta", also einem Gutenacht-Gruß durch die Tür ins Freie. Mir war keine Zeit geblieben, auch ihn um die Rechnung zu bitten. Das mußte ich mit Nicos regeln. Vielleicht eine Rechnung für alle zusammen mit Trinkgeld für die beiden Polizisten?

Nicos brach meinen körperlichen Widerstand, bugsierte mich in Richtung Kanonenofen, angelte mit dem Fuß nach einem Stuhl. "Christujena" und dann folgte wieder ein Wortschwall. Also sollte ich am griechischen Weihnachtsfest, also morgen am hochheiligen Feiertag zahlen? Hatte er noch mit seinem Schwein zu tun? War die Wurst noch nicht fertig? Verdammte Sprachschwierigkeiten! Nicos ließ sich nicht beirren, drückte mich auf den Stuhl, schaute mir mit einem scherzhaften Zwinkern tief in die Augen. "Ochi logarismo! Christujena!" Die Worte glitten ihm langsam und genüßlich über die Zunge. Und für Doofies wie für mich wiederholte er noch einmal: "Ochi logarismo, ine Christujena." Er zog die Silben breit in die Länge. Dann öffnete er mit einem Haken den Kanonenofen und ließ ein dickes Holzscheit darin verschwinden. Er entschwand hinter der Theke und lieferte mich seiner Kostia aus. Für ihn war die Rettungsaktion beendet, drückte seine Beschäftigung mit dem Zapfhahn überdeutlich aus. Und die Rechnung?

Nach meiner Trocknungsprozedur am Kanonenofen wagte ich bei meiner Verabschiedung noch einmal einen zaghaften Versuch, an die Rechnungserstellung zu erinnern. Um Nicos Augen bildeten sich diesmal keine lustigen Lachfalten, er blickte böse, finster und winkte beleidigt ab. Also hatte ich es hier mit einem Freundschaftsdienst zu tun? Dann war jedes weitere Wort eine tiefe Kränkung, das wußte ich aus meinen bescheidenen Erfahrungen. Ich deutete auf die beiden Polizisten, die aufmerksam meine Gestik und Mimik verfolgten. "Bira, Ouzo, grassi?" fragte ich Nico. Erleichterung machte sich in Nicos Gesichtszügen breit, ein Wortschwall ging in Richtung des Polizisten-Tischchens. "Bira", nickte er mir zu. "Thio bira", orderte ich, zückte mein Portemonnaie und hielt es über die Theke. Nico entnahm wortlos einige Münzen. Es blieb mir nur das altbewährte "Ef charisto", einmal, zweimal, dann schickte ich meine ausführliche Dankesrede auf Deutsch und Englisch hinterher. Und zuckte mit den Schultern. Verdammte Sprachschwierigkeiten. Nico öffnete mit geübter Hand zwei Bierflaschen, trat vor die Theke und klopfte mir beruhigend auf die Schulter. Der Wortschwall bedeutete sicher, er wünschte mir eine gute Heimfahrt. Die Polizisten winkten mir zu, Kostia begleitete mich zur Tür, drückte mir eine Tüte mit Tsai Wuna in die Hände und verabschiedete mich mit einem Küßchen rechts und einem Küßchen links und bedeutete mir mit einem Wortschwall, den ich dank ihrer Gestik zu interpretieren verstand. Ich sollte auch zu Hause ein Täßchen von ihrem köstlichen Bergtee trinken. Ich war entlassen - ohne 'logarismo'. Ich würde nach den Feiertagen mit einem kleinen Geschenk für meine Retter vorbeischauen.

Ich hatte die abenteuerliche Bergungsaktion überlebt, Kostias Verhüll-Aktion in Omas handgewebter Wolldecke überstanden. Die Haare klebten am Kopf, gedörrt durch die Hitze des Kanonenofens, Nicos Cognac und Kostias Tsai Wuna wärmten von innen. Es war Heilig Abend! Und ich war gerettet!

Beschwingt stieg ich ins Auto. Der Regen hatte aufgehört. Die Straße lag dunkel und im Lichte der Scheinwerfer naßglänzend vor mir. Kein Lastwagen, kein Auto kam mir entgegen. Ich drückte auf den CD-Player - er rotierte, aber spuckte keinen Laut aus. Dann eben ohne. Ich würde unterwegs ein paar Weihnachtslieder singen. Der Cognac, verdünnt mit Tsai Wuna, entfaltete seine Wirkung. Ich überließ mich den geflügelten Gedanken und der Rückerinnerung an diesen denkwürdigen Heiligen Abend, sang zwischendurch 'Oh du fröhliche, oh du selige' und 'Stille Nacht, heilige Nacht' abwechselnd, bis ich zu Hause angelangt am Kamin das Streichholz anzünden und mit meiner kleinen Feier im intimsten Kreis mit mir alleine beginnen konnte.

Die Flammen schlugen lodernd empor, die geschlossene Scheibe strahlte schnell eine kuschelige Wärme ab. Der zweite Handgriff galt den kleinen Kerzen an der kugelbehangenen Zypresse. Der dritte dem Kühlschrank. Es ging bereits auf Mitternacht zu. Für das Heilig-Abend-Festmenu war es spät, sehr spät. Das Licht der geöffneten Kühlschranktür beleuchtete verlockend die Schüssel mit Kartoffelsalat und die Nürnberger Rostbratwürstchen.

Ich stockte mitten in der Bewegung. Wie ein Blitzschlag, der dunkle Gewitterwolken aus dem Nichts heraus erhellt, kochten die Erinnerungen an meinen letzten Krankenhausaufenthalt hoch. Es erschienen köstliche Menüs, angefangen von Mutters Schweinebraten mit selbstgemachten Kartoffelknödeln über Kaßler mit Sauerkraut, Hefekloß, Erbsenpüree mit gerösteten Zwiebelchen, eines leckerer als das andere, dazwischen die vielen Ambulanzwagen mit Blaulicht, die mich als Notfall ins Krankenhaus gebracht hatten. Schließlich landete ich bei den Cashew-Kernen vor dem Fernseher am Abend und den Silvesterplätzchen. Lag hier die Ursache, nach der ich gesucht hatte? Spätes, üppiges Abendessen an Feiertagen, Geburtstagen, mit Freunden, ohne Freunde, die Plätzchen an Silvester um Mitternacht im Krankenhaus? Wie hing alles zusammen? Gab es einen gemeinsamen Nenner? Was verband die unterschiedlichen Gerichte und Lebensmittel und endete schließlich in der Notfall-Ambulanz und auf der Notfallpritsche im Krankenhaus? Die Zeit? Spät abends ein leckeres, schwerverdauliches Essen? Ich mußte diese Erkenntnis ein anderes Mal genauer durchdenken. Das war bereits der zweite Anlauf in diese Richtung. Ich würde irgendwann den Arzt aus dem Krankenhaus anrufen, der mir den Ratschlag mit auf den Weg gegeben hatte, ich solle erkunden, was mir Probleme mache. Ich hatte seine Telefonnummer notiert. Vielleicht hatte er eine Idee, womit alles mit allem zusammenhing.

Die Kuckucksuhr schlug zwölfmal - Mitternacht. Der Cognac hatte in Gesellschaft mit dem Tsai Wuna und dem halben Pfund Zucker den Hunger vertrieben. Nein, heute kein Heilig-Abend-Menü. Morgen würde ich das Thema mit klarem Kopf angehen, meine Liste unter der Überschrift: 'Ich bin kein typischer Asthma-Patient - Ursache?' um 'fettes oder süßes Abendessen?' erweitern. Heute verzichtete ich mit einem leicht wehmütigen Blick auf den

Kartoffelsalat und die kleinen Bratwürstchen. Ich würde noch ein wenig in die Flammen blicken. Heilig Abend! Die Geburt des Christkindes! Das Freudenfest über die Wiedergeburt des Lichts nach der langen Dunkelheit des Winters. Ab jetzt wurden die Tage wieder länger. Ab jetzt ging es auf das Frühjahr zu.

Ich streckte die Beine in Richtung Kamin, blickte in die Flammen. Heilig Abend! Der Heilige Abend meiner Kindheit, knirschender Schnee bei jedem Schritt, der Weg zur Wallfahrtskirche. Mutter, Schwestern, sie alle machten sich gerade unter dem Regenschirm auf zur Weihnachtsmette. Mieses Wetter in Deutschland. Regen, sagten sie heute Morgen am Telefon. Keine weiße Weihnacht! Ich würde morgen früh zu Hause anrufen!

Der Duft von Weihrauch in der Kirche, die Enge, die aneinander gedrängten Menschen, das verhaltene Schwatzen, Tuscheln, frohe Weihnacht, frohe Weihnacht! Der Abt schlug das Goldene Buch auf. Stille! Nur ein paar leise Kinderstimmen.

Es begab sich aber zu der Zeit, daß ein Gebot von Kaiser Augustus ausging, daß alle Welt geschätzt würde. Und jedermann ging, daß er sich schätzen ließ, ein jeder in seine Stadt.

Es roch nach Weihrauch. Die marmornen Engel standen still und mit stoisch leidendem Ausdruck an den vier Ecken des Gnadenaltars. Marias tränenverhangener Blick verlor sich über ihrem toten Sohn hinweg im seitlichen Kirchenschiff. Verhaltenes Räuspern.

Das rotglühende Feuer strahlte Hitze durch die Scheiben ab.

Sie gebar ihren ersten Sohn und wickelte ihn in Windeln.

Die Flammen im Kamin loderten hoch empor, die Glut bäumte sich auf. Arme, Beine sackten bleischwer nach unten, der Cognac bahnte sich seinen Weg.

Und rühmten Gott und priesen ihn für das, was sie gehört und gesehen hatten, denn alles war so, wie es ihnen gesagt worden war.

Das flatternde Gewand des Abtes, der graue Haarschopf, er eilte von der Kanzel herab. Er schritt von den Treppen geradewegs auf den Marktplatz zu. Das würdige Haupt nahm deutliche Züge an. Der Schritt verlangsamte sich, er breitete die Arme aus. Von den Ständen strömten die Menschen herbei. Ein Händler rief quer über die Agora:

„Warte Kimon, ich pack dir noch schnell den Käse ein, sonst stinkt er mir den ganzen Stand voll!"

Ein langer, hagerer Typ mit kurzgeschorenen Haaren verstaute flugs das gackernde Huhn in den Korb und stülpte den geflochtenen Deckel darüber. Der kleine Junge an seiner Seite schwenkte eine Tasche mit Feigen und stopfte sich schnell eine in den Mund.

„Komm!" rief er und zerrte an der Hand. „Er erzählt Geschichten, sicher eine über Odysseus."

Die Gestalt mit dem graugelockten Haar schritt hocherhobenen Hauptes im Kreis einiger jüngerer Männer die Treppenstufen der Stoa hinauf, unterhielt sich mit seinen Begleitern, drehte den Kopf und blickte ruhig auf die vor den Treppenstufen zusammenrückende Menschenmenge.

„Xenophanes ist es, Xenophanes ist heute in Pleuron!" rief einer seinem Freund mitten zwischen den Ständen wild gestikulierend zu.

„Kommt schnell, er erzählt eine Geschichte von Homer, vielleicht über das trojanische Pferd!"

In der vorderen Reihe fragte einer:

„Xenophanes?"

„Ja", antwortete sein Nachbar. „Der den Wettbewerb in Epidauros gewonnen hat, vollbesetztes Theater, mindestens zwanzigtausend Leute. Die haben getobt, gelacht, geweint, und

zwar gleichzeitig. Die Musen sprechen aus ihm. Das mußt du dir anhören!"

Xenophanes hob langsam beide Arme nach oben, senkte sie etwas, hob sie wieder, als wolle er die Menge beruhigen, wartete einen Augenblick bis Stille eingekehrt war und begann mit wohltönender Stimme:

„Hört, was ich euch heute zu sagen habe!"

Er schaute gen Himmel, runzelte die Stirn, der Mund wurde schmal, die Furche über der Nasenwurzel verstärkte sich - ein Ausdruck höchster Konzentration. Seine Begleiter blickten angespannt, manche seufzten aufgeregt. Die zu seinen Füßen Versammelten starrten gebannt auf die Gestalt auf der obersten Treppenstufe. Es wurde mucksmäuschenstill, die warme südliche Luft schien vor Aufregung zu vibrieren. In der hintersten Reihe vernahm man ein leichtes Stöhnen.

„Oh, ich ahne, was kommt, nicht das schon wieder! Das hat er gerade in Poseidonia erzählt."

Xenophanes öffnete leicht den Mund, die Augen blickten mit einem seltsamen Leuchten mitten hinein in die Menge.

„Mich überkommt die Kraft, es Euch zu sagen."

Xenophanes wohltönende Stimme schwoll kraftvoll an. Der Blick schweifte über die Versammelten hinweg.

„Nicht von Anfang an haben die Götter den Sterblichen alles Verborgene gezeigt, sondern allmählich finden sie suchend das Bessere."

In der Menge entstand eine leichte Unruhe.

„Nimmer noch gab es den Mann und nimmer wird es ihn geben, der die Wahrheit erkannt von den Göttern und allem auf Erden."[2]
Manche schüttelten leicht den Kopf, wandten sich verwundert ihrem Nebenmann zu, runzelten die Augenbrauen, schauten sich

---

[2] s. hierzu u.a.: Capelle, W.: Die Vorsokratiker, Kröner Stuttgart, 2008

fragend an, als überlegten sie, wo sie das schon einmal gehört hätten. Bei Hesiod? Bei Homer?

„Die Äthiopier" begann Xenophanes mit lauter Stimme und einer weitausholenden Armbewegung. „Die Äthiopier behaupten, ihre Götter seien stumpfnasig und schwarz."

Die Stimme verharrte in der höheren Tonlage, der erhobene Arm deutete erst in östlicher Richtung, in der die Sonne am Morgen aufgeht, der graugelockte Kopf folgte dem Arm, wechselte den Blick, der linke Arm wies mit ausgestrecktem Zeigefinger in die entgegengesetzte Richtung, in der die Sonne untergeht. Er hob die Stimme weiter an.

„Die der Thraker, blauäugig und blond."

Er fügte eine Kunstpause ein und blickte hinab in die Menge, der linke Arm und die Hand mit dem ausgestreckten Zeigefinger schwenkten über die Köpfe der Zuhörer hinweg.

„Wenn aber die Rinder und Pferde und Löwen Hände hätten ..."

Der Blick wandte sich vielsagend gen Himmel. Er hob nun beide Arme empor und schüttelte sie immer wieder heftig, die Stimme schwoll an.

„und mit diesen Händen malen könnten und Bildwerke schaffen wie Menschen, ..."
Die Arme sanken langsam nach unten, der Blick folgte, die Hände formten etwas Imaginäres in der Luft, er holte tief Atem während er weiter modellierte.

„So würden die Pferde die Götter abbilden und malen in der Gestalt von Pferden,"

Auch die Stimme schien jetzt Götterbilder zu formen, ähnelte einem wohlklingenden Gesang.

„die Rinder in der von Rindern."
Die modellierenden Hände begannen auf den imaginär modellierten Rinder- und Pferdeköpfen herumzuklopfen, die Stimme gewann an Schärfe.

„Und sie würden solche Statuen meißeln,"

Die Hände lösten sich von der Vielzahl der imaginär modellierten Rinder- und Pferdeköpfe und glitten an seinem makellos weißen Gewand auf und ab.

"ihrer eigenen Körpergestalt entsprechend."

Ein Raunen ging durch die Menge. Einige kicherten.

"Wir kommen morgen wieder!", rief ein Unruhestifter in der hintersten Reihe und schwenkte seinen gerade gekauften Fisch in die Höhe, erst gen Osten, dann nach Westen.

"Dann hast Du vielleicht etwas Interessanteres als die Äthiopier oder die Thraker auf Lager."

Xenophanes ließ sich nicht ablenken und fuhr ungerührt fort:

"Nicht Kämpfe der Titanen oder Giganten und Zentauren zu besingen hat Wert, Fabeln vergangener Zeiten oder wilden Bürgerzwist, aus dem keinerlei Segen entspringt!"

Er stockte, verlangsamte die Sprache. Vor Staunen über die sanft zurechtweisenden Worte war es still geworden in der Menge, nur das Huhn im Korb gackerte aufgeregt. Der linke Arme des Xenophanes streckte sich langsam etwas höher, die geschlossene Hand öffnete sich leicht, der Zeigefinger deuteten nach oben, der Blick glitt über die Menschenmenge vor ihm.

"Aber stets der Götter in Ehrfurcht zu gedenken, das hat Sinn und Verstand!"

Er blickte zornig über die Köpfe hinweg, holte tief Luft und polternd schallte es über den ganzen Platz:

"Alles haben Homer und Hesiod den Göttern angedichtet, was nur immer bei den Menschen Schimpf und Schande ist: Stehlen, Ehebrechen und sich gegenseitig betrügen."

Immer noch herrschte eine trügerische Stille wie die Ruhe vor dem Sturm, Anspannung lag in der Luft und auf den Gesichtern der Zuhörer.

"Doch die Sterblichen wähnen, die Götter würden geboren wie sie und hätten Gewand, Stimme und Gestalt ähnlich wie sie selber."

Ein Halbwüchsiger rief über die Köpfe hinweg: „Das steht so nicht bei Homer."

Ein kleiner Junge dränge sich nach vorne:

„Ich möchte die von Odysseus bei den Phäaken hören, sag ihm das, Parmenides."

Ein junger Mann drehte sich um, legte den Zeigefinger auf den Mund.

"Psst! Leise! Morgen, morgen erzählt er die Geschichten."

Xenophanes reckte beide Arme nach oben, gestikulierte mit den Händen.

„Ich aber sage euch: Die Wahrheit über die Götter kennt keiner!"

Er wiederholte die Worte langsam mit den Lippen formend und schleuderte sie donnernd über die Köpfe hinweg:

„Die Wahrheit über die Götter kennt keiner!"

Vorsichtig öffnete ich die Augen, das Feuer im Kamin war erloschen. Einige rote Nester glühten noch unter der grauen Asche. Mich fröstelte. Ich zog die Jacke enger um die Schultern und schleppte mich die wenigen Meter zum Bett. 'Die Wahrheit über die Götter kennt keiner' - was für eine Weihnachtsbotschaft! Welch ein Glück, daß nicht auch noch die göttliche Kugelgestalt des Xenophanes in meinen Halbträumen herumvagabundierte. Wer weiß, in welcher Form sich dieses 'Nous', das reine, göttliche Geisteswesen, weder Mensch, noch Tier, noch Pflanze, sich mir nähern würde. Ich war vor einer weitreichenden religiösen Offenbarung verschont geblieben und konnte mein ganz normales unspektakuläres irdisches Leben weiterleben.

Finito! Ende mit der Einteilung der Welt in Gläubige und Ungläubige. Heute war Weihnachten. Die Götter auf dem Olymp sollten in ihrem Refugium das Fest des Lichts begehen und die Tage wieder länger werden lassen. Der

Kugelgott des Xenophanes durfte ruhig mit Ihnen am Tisch sitzen und alle anderen Götter und gottähnliche Wesen ebenfalls. Es war genug Platz auf den Bergen des Olymps und draußen im Universum. Ich würde mich an der Weihnachtsbotschaft des Abtes aus der Wallfahrtskirche meiner Kindheit orientieren. Morgen war erst einmal der erste Weihnachtsfeiertag, Ruhetag. Alle in dem kleinen Dorf, Kostia, Nico, mein freundlicher Helfer in der Not, die beiden Polizisten, würden in ihren Häusern mit ihrer gesamten Sippe am Tisch sitzen und 'Guruni', verzehren, irgendein Gericht vom Schwein, die Würste würden als Vorspeise zusammen mit der Pieta auf dem Tisch stehen. Das war Weihnachten in Hellas - erst der Kirchgang, dann das Festessen, untermalt mit dem Austausch von Neuigkeiten, dem aktuellen Klatsch und Tratsch. Das ganze Dorf hatte ausreichend Gesprächsstoff. Sie würden sich an jedem Tisch in jedem Haus totlachen über die Germanitha, die Deutsche, die ihr Auto oben am Berg an den Abgrund manövriert hatte. Was machte sie überhaupt dort oben, würden sie rätseln und die abenteuerlichsten Vermutungen anstellen! Weihnachten in Hellas! In meinem Kühlschrank warteten Kartoffelsalat und Nürnberger Bratwürstchen.

Wahrscheinlich hätte ich Xenophanes schnell wieder vergessen und mich intensiver an Nicos, Kostia und meinen freundlichen Helfer erinnert, wäre er nicht als Fortsetzungsstory erneut durch meine Gedanken geistert. Vielleicht entfaltete Kostias Tsai Wuna in Kombination mit einem Viertelpfund Zucker und dem halben Cognac-Glas, das ich getreu der Empfehlung von Nicos in mich hineingegossen hatte, eine langanhaltende Wirkung. Vielleicht hatte Kostia den Tsai Wuna von dem Berg des antiken Pleuron gepflückt und die Atome der alten Haudegen fühlten sich durch den Aufguß im Tsai Wuna befreit und geisterten freischwebend in den nächtlichen Stunden bis zum Morgen des hochheiligen ersten Weihnachtsfeiertags um mich herum. 'Keine Versammlungen mehr auf dem Marktplatz!' hatte ich im Bett dem Xenophanes zugerufen und die Daunendecke über den Kopf gezogen. Trotzdem ließen sich die Gedanken nicht gänzlich abstellen. Ein Verdacht keimte in mir auf. Wurde bereits hier die Saat für den stillen Rückzug der Götter gelegt? Hatten die Überirdischen die geäußerten Zweifel an ihrer Identität aufmerksam beobachtet und die drohenden Gefahren durch die Aufspaltung in Gläubige und Ungläubige vorausgesehen? Krieg, Gewalt, Terror im Namen des richtigen Glaubens, was immer die Spezies Mensch darunter verstand? Ahnten sie die Folgen der Erkenntnis des Xenophanes: "Die Wahrheit über die Götter kennt keiner"?

Es wurde eine unruhige Nacht. Der Abt mit dem goldenen Buch stolperte in der Wallfahrtskirche der Maria in den Weinbergen die Treppen der Kanzel hinunter, eine weiße Marmorstatue drohte mit erhobenem Zeigefinger. Zwischen den Scheinwerfern von Nicos Traktor und dem Dröhnen des Motors flatterten hell-leuchtende Wesen umher, eingehüllt in golddurchwirkte Gewänder, graue Lockenköpfe lachten mir zu. Hörte sich das Dröhnen von Nicos Monster-Traktor nicht an wie Kriegsgeschrei und ließ die düstere Endphase des Untergangs der antiken Stadt auferstehen? Hatten ihre Geister mich mißtrauisch beäugt, waren um mich herumgeschwirrt, orientierungslos über dieses unverhoffte Einbrechen in ihre immerwährende ewige Ruhe? Tiefste Urängste krochen mit den erneut aufs Autodach prasselnden Regenmassen hoch und flossen von einer Ecke der Gedanken in die andere, sie schwappten hin und her wie in einem Wasserglas. Hatten die Römer nicht vor jeder Okkupation die heimischen Götter aufgefordert, die Stadt zu verlassen und ins römische Lager zu wechseln? Und die Römer kannten sich aus. Schließlich hatten sie im

Laufe der Jahrhunderte alle Gebiete rund ums Mittelmeer erobert. Sie wußten um die Empfindsamkeit der Götter. War mir bei meiner Erkundungstour und dem spontanen Eindringen in die antike Welt ein schwerwiegender Fehler unterlaufen? Hatte ich eine wohldurchdachte Kontaktaufnahme, eine Kennenlernphase, versäumt und die Götter überrumpelt? Hätte ich sie wie die Römer auffordern müssen, mir abends am Kamin Gesellschaft zu leisten?

Erschöpft und zu keinem klaren Gedanken fähig erwachte ich am hochheiligen Feiertag der Griechen und überhaupt aller Christen auf dieser Welt. Spätestens nach dieser Nacht war ich mir sicher, ich hatte etwas losgetreten. Ich hatte die Götter aus ihrem Nickerchen aufgeweckt. Sie würden mich nicht mehr loslassen.

II-6 Brücken über Brücken

Das Hin- und Herschwappen im Kopfe glättete sich beim Frühstück. Theogonie, Metaphysik, Theologie standen vereint neben einander. Die flatternden Gestalten um den grauen Lockenkopf zogen sich beim Biß in das knusprige Brot mit Zitronenmarmelade und beim ersten Schluck des frischgepreßten Orangensaftes ein Stückchen zurück. Die Glocken der kleinen Dorfkirche riefen scheppernd alle orthodoxen Christen zum weihnachtlichen Kirchgang. Mit dem letzten Glockenschlag hatten sich auch die letzten Geister der Vergangenheit verflüchtigt.

Draußen kühles, naßkaltes Weihnachtswetter, Regentropfen perlten an die Fensterscheiben. Auf die Stämme der knorrigen Olivenbäume fiel nur wenig Licht. Sie nahmen eine fast schwarze Schattierung an, das silbrige Blätterwerk verlor sich im prasselnden Dauerregen. Die reifen Orangen und Zitronen trotzten der Düsternis und leuchteten strahlender aus dem dunklen Laub als die Christbaumkugeln an der Zypresse.

Beim Blick in den naßtriefenden Garten dankte ich in Gedanken noch einmal Nicos für seinen selbstlosen Rettungseinsatz am Heiligen Abend und Kostia für ihre Sorge um meine Gesundheit und den Tsai Wuna. In diesem Augenblick öffneten sich die tiefhängenden Wolken einen Spalt. Gleißendes Licht schimmerte durch die Bäume, ließ die Regentropfen aufblitzen. Von den kleinen Blättern der Olivenbäume tropften sie wie silbrige Glasperlen herab. Während ich fasziniert auf die perlenübersäten Bäume blickte, schloß sich die Wolkendecke, als sei alles nur ein Traum und spülte den gestrigen Tag erneut empor - das Trommeln der Tropfen auf dem Autodach, die finstere Einsamkeit, bis sich das rettende Motorengeräusch näherte. Ich spürte es, ich fühlte es bis in die Zehenspitzen: Der Berg hielt mich immer noch umschlossen, er hatte mich in seine Geschichte einverleibt. Die Vernunft im Kopfe bemühte sich, die Füße aus der antiken Erde zu lösen, suchte nach rationalen Erklärungen. Der Blick wanderte zum Bücherregal. Unruhig zogen die Hände einige Bänder heraus, wanderten weiter.

'Aber die Wahrheit über die Götter kennt keiner'. Dieser Xenophanes hing wie eine Klette an mir und ließ nicht locker. Er streute hartnäckig seine Erkenntnisse über den Götterhimmel in die feiertägliche Ruhe und Besonnenheit. Wie hatte er es geschafft, sich ausgerechnet am Heiligen Abend in meine Gedanken- und Traumwelt einzuschleichen? Weihnachten! Gottes Sohn war geboren und lag in Windeln gewickelt in der Krippe im Stall, ein Hinwenden zu göttlichen Themen lag nahe, das mußte ich diesem unruhigen Geist zugestehen.

Ich beugte mich seinem trickreichen Einschleichen in meine Gedankenwelt. Xenophanes! Hier stand er! Ich zog das Buch aus dem Regal. Konnte es die Rätsel um den großen Denker erhellen? Wie geriet ein gebildeter, weitgereister Mann auf diesen gefährlichen religiösen Abweg? Selbst in der heutigen Zeit würde er in manchen Ländern Gefahr laufen, für diese Worte schnurstracks im Hades zu landen. Wann hatte ich das Buch zuletzt in Händen gehalten? Das Gelesene war mit den Jahren in der Erinnerung verblaßt wie altes, vergilbtes Pergament. Ich begann zu blättern, der Blick flog über die Zeilen, über ein Gedankengebäude als Grundlage für ein neues Verständnis des Überirdischen. Alles klang wohlüberlegt, von einem klaren Verstand durchleuchtet. Bildeten sich hier, von der Theogonie Hesiods ausgehend, Brücken zur Theologie, zur Lehre über das göttliche Sein, durchdacht vor mehr als zweitausedfünfhundert Jahren?

Neugierig folgte ich den nur in Bruchstücken überlieferten Ausführungen. Xenophanes sah sich von Göttern umgeben, die stahlen, logen, was das Zeug hielt. Sie scheuten nicht vor bestialischen Morden zurück, vergewaltigten und zeugten Kinder mit irdischen Schönen ohne Rücksicht auf eifersüchtige Frauen oder gehörnte Ehemänner. Fast jeder dort oben hatte Dreck am Stecken! Sein Fazit war naheliegend: Der Anspruch der Überirdischen als allerhöchste moralische Instanz entsprach nicht deren eigenen Verhaltensweisen. Es menschelte zu sehr in allen Bereichen der himmlischen Sphären.

Ich holte meine Lieblingsteetasse aus der Küche. Blaue Bänder zogen sich kreuz und quer um weißes Porzellan. Sie hielten die Flüssigkeit auch von außen symbolisch fest. Ich goß den gebrühten Aufguß ein und erfreute mich kurz an den blauen Rauten, denn ein angenehm wärmendes Getränk benötigte ein ästhetisches Ambiente, um auch die Sinne zu erfreuen. Ich setzte mich in den Sessel vor den Kamin. Das Holz brannte langsam und bedächtig vor sich hin. Während ich Schluck für Schluck trank, nickte ich bewundernd beim Überfliegen des Textes und schloß mich der Bestandsaufnahme uneingeschränkt an. War es nicht nachvollziehbar, daß sich ein denkender Mensch den Kopf darüber zerbrach, wer oder was die Geschicke alles Irdischen lenkt und mit welchen Auswirkungen? Selbst mich bewegte dieser Gedankengang hin und wieder. Zwar besaß ich nur spärliche Kenntnisse über die Liebschaften der Überirdischen in den damaligen Zeiten. Aber das Wenige, das ich über Ehebruch, Mord und Totschlag durch göttliche

Hand wußte, stand nicht hinter menschlichen Schwächen zurück - bis hin zu abartiger Boshaftigkeit.

Den kurz aufkeimenden Verdacht, Xenophanes habe als beruflicher Geschichtenerzähler seine gewagten Thesen lediglich als geschickte Marketingstrategie mißbraucht, verwarf ich sofort. Der Rhapsode hatte es nicht nötig, die uralten Mythen aufzupeppen und auf diese Weise Zuhörer anzulocken. In Epidaurus, so die Überlieferungen, hatte ihm das ganze Theater vor Begeisterung zu Füßen gelegen. Das Gegenteil war der Fall: Er wagte sich an ein heikles Thema, das ihm möglicherweise seinen Broterwerb als Geschichtenerzähler erschwerte, viele Fragen aufwarf, wenige Antworten bereithielt und unerwartete und sogar gewalttätige oder kriegerische Reaktionen heraufbeschwören konnte. Das zeigten nicht nur die Berichte aus seiner Zeit, sondern auch die Auseinandersetzungen der Gegenwart.

Ein Dreieck drängte sich zwischen Xenophanes göttlicher Kritik und meinem voreiligen Verständnis. Das dreieinige Auge aus der Wallfahrtskirche der Maria in den Weinbergen blickte mich fragend an. Befand ich mich bereits auf dem Weg, die Schar der christlichen Gläubigen zu verlassen und ketzerischem Gedankengut anzuhängen?

Xenophanes ließ sich nicht stören und irrlichterte weiter durch meine Gedanken. Das göttliche Auge nahm einen vorwurfsvollen Blick an. Folgte ich einem verdächtigen Pfad? Bilder aus der Kindheit stiegen empor, der Heilige Abend in der Wallfahrtskirche der Maria in den Weinbergen, die verlesene Weihnachtsgeschichte. Gott, so hatte der Abt von der Kanzel aus dem Goldenen Buch verkündet, schickte den blondgelockten Erzengel Michael zu einer Jungfrau mit Namen Maria, verlobt mit dem Zimmermann Joseph, und verkündete: 'Du wirst einen Sohn gebären, fürchte dich nicht!' Die Jungfrau Maria gehorchte, fürchtete sich nicht und der Heilige Geist kam über sie. Die Geburt des göttlichen Nachwuchses wollte ich heute mit Nürnberger Rostbratwürstchen feiern, die noch unangetastet seit gestern im Kühlschrank auf mich warteten. Schließlich war heute der erste große Weihnachtsfeiertag.

Ich kam ins Grübeln. Das Konstrukt einer Begattung durch den Heiligen Geist war in den Zeiten des Xenophanes noch nicht erdacht, eine Fakultät für Theologie noch nicht gegründet. Wie erklärte der antike Homo Sapiens für den menschlichen Verstand Unbegreifliches ohne universitäre Hilfe und ohne Dogmen, wie sie die Katholische Kirche entwarf, um Brücken zu bilden, wenn man nicht mehr weiter wußte? Xenophanes stand vor Bergen von Material. Die Ilias und Odyssee fielen in meinem bescheidenen Bücherregal durch Umfang und Dickleibigkeit auf, und das waren nur zwei Werke unter den vielen! Dann die Theogonie des Hesiod mit seinem von den Musen inspirierten Gedankengebäude vom Werden der Welt und dem Walten und Schalten der Götter: Das alles wollte nicht nur gehört, gelesen und durchdacht werden, bevor man seine Schlußfolgerungen zog.

Anstrengende Lektüre! Pause! Ich schloß das Buch und legte es beiseite. Heute war Weihnachten, ein Grund zur Freude. Christus war geboren. Das Licht, das die Welt erleuchtet, würde jeden Tag heller scheinen. Ich briet die Bratwürstchen knusprig braun, drapierte neben dem Kartoffelsalat noch eine tüchtige Portion des bayrischen Senfs auf den Teller, legte ein dickes Holzscheit in den Kamin und widmete mich erst einmal meinem nachzuholenden Heilig-Abend-Festmenu. Ich schob Xenophanes ein Stückchen beiseite für den Teller des Nachtisches und bestärkte mich in der Meinung, ich hätte mir nach dem gestrigen Erlebnis eine doppelte Portion verdient, kippte zwei Schälchen Pannacotta auf den Dessertteller, verzierte alles mit Schokoladensoße und Sahne, kleckerte in Ermangelung frischer

Erdbeeren ein paar Teelöffel meiner selbstfabrizierten Zitronen-Marmelade wie ein Gemälde darüber. Beim Genießen Löffel für Löffel mit einem seitwärtigen Blick auf das Buch verselbständigten sich die Gedanken.

Ein kluger und mutiger Kopf, dieser Xenophanes! Eine sachliche und nüchterne Bestandsaufnahme göttlicher Charaktereigenschaften! So ähnlich würden wir das bei Zweifeln an der Göttlichkeit auch heutzutage angehen. Auch seine Folgerungen konnte ich nachvollziehen: Die dokumentierten Schwächen und die Tatsache des Geborenseins waren eines Gottes unwürdig - in der Tat!

Das dreieinige Auge blickte immer noch unverwandt auf mich herab. Ich erinnerte mich an die Geburt des Gottessohnes, dem ich schließlich mein Heilig-Abend-Festmenu mit zweimal Pannacotta verdankte und fügte schnell hinzu: In der Tat - bis auf eine Ausnahme!

Die Bratwürstchen und der leckere Nachtisch waren verschwunden, nur ein leerer weißer Teller stand auf dem Tisch. Es fehlte der Espresso als Abschluß. Die Kaffeemaschine zischte und dampfte. Dunkel tropfte der Sud in die kleine Tasse. Ein bißchen Weihnachtssüßkram durfte nicht fehlen, ein paar Haselnußplätzchen und eine Marzipankugel.

Ich blätterte Seite um Seite des Buches um. Das Überlieferte konnte man in wenigen Sätzen zusammenfassen. Die vorhandenen Fragmente enthielten zwar nicht den gesamten Katalog der Folgerungen. Aber es reichte aus, um die Brisanz des Materials zu veranschaulichen. Ich erinnerte mich an Luthers Thesenanschlag an der Schloßkirche zu Wittenberg, der genau besehen weniger an religiösem Sprengstoff barg und trotzdem langjährige Religionskriege heraufbeschwor. Religiöse Abwege beinhalten unkalkulierbare Risiken.

Bewundernd zollte ich diesem Xenophanes beim Weiterlesen meine Hochachtung für seinen Mut, wagte er sich doch mit seinen Thesen mitten in den Zenit der himmlischen Sphären. Ihm schwebte nicht weniger als eine totale Abkehr von den überlieferten Vorstellungen vor, eine Transformation der göttlichen Gestalten in eine gänzlich neue Form, die weder Mensch, noch Tier, noch Pflanzen eigen ist. Vollkommen und ewig sollte das Göttliche sein, in sich ruhen, nicht geboren, nicht in der Welt herumvagabundierend. Kam dies nicht einer religiösen Revolution gleich?

Ich mußte an die vielen 'Ungläubigen' der heutigen Zeit denken, die ihren Kopf verloren hatten, weil sie nicht der richtigen Glaubensweise anhingen. Der Gedanke daran verursachte Gänsehaut, ich begann zu frösteln. Oder lag die Kühle, die mich durchströmte an dem zu klein bemessen Espresso? Zur besseren Durchblutung und zum Verdauen dieser weitgespannten religiösen Höhenflüge bedurfte es eines weiteren Muntermachers. Die Kaffeemaschine zischte und dampfte, ich verfolgte Tropfen für Tropfen und häufte eine Portion Vanillekipferl und eine weitere Marzipankugel auf einen Teller. Heute war Weihnachten und Süßkram erlaubt. Vor allem da die kommenden Seiten, die ich kurz überflogen hatte, weitere Überraschungen bereithielten.

Das Göttliche als Kugel! Schnell schob ich den Marzipan in den Mund. Nur die runde Gestalt einer Kugel schien geeignet für ein reines, göttliches Geisteswesen, das alleine mit seinen Gedanken ohne Mühe alle Dinge bewegen konnte. Einschränkend und in großer Bescheidenheit wies Xenophanes darauf hin, daß es darüber kein absolutes Wissen gäbe, sondern lediglich Annahmen. Denn die Wahrheit über die Götter kennt keiner! Da stand der Satz, der in meinem Kopf haftete, seitdem ich ihn vor langer Zeit zum ersten Mal gelesen hatte.

Versonnen blickte ich in die Flammen und schlug die Brücke zur heutigen Zeit. Wie würde Xenophanes reagieren, wenn er erführe, daß ein Seitensprung des Göttervaters Zeus unser heutiges Europa geformt hatte? Würde er verzweifelt den Kopf schüttelnd murmeln: 'Das kann nicht gutgehen, ein trügerisches Fundament'?

Es war Weihnachten, der Gedanke an das Göttliche stand im Mittelpunkt der Festtage. Ich warf Holz in den Kamin, rückte den Sessel näher an die funkensprühenden Flammen, um gut gewärmt der Fortsetzung zu folgen.

Xenophanes Hypothesen schienen mir sehr gewagt - und die nächsten Seiten zeigten die Folgen: Sie fielen auf fruchtbaren Boden und führten zur Zunahme der Zweifler. Sie öffneten die Pforten für Überlegungen, was sich alles über unseren Köpfen oben in und über den Wolken abspielte und wie dieses göttliche Runde über und um uns herum beschaffen sei. Noch heute, so die Fußnote, streiten sich die Gelehrten, wie man das von Xenophanes vermutete Überirdische in Gestalt einer Kugel nebst einem kugelförmigen Kosmos als umfassendes Ganzes interpretieren könne.

Den damaligen Zeitgenossen bis hin zu den großen Philosophen ging dies ähnlich. Sie drehten und wendeten die göttliche Kugel, versuchten hineinzuschauen, um das darin verborgene Wesen zu ergründen, wobei der mit der Muttermilch aufgesogene Satz 'Ich weiß, daß ich nichts weiß' lange Zeit Berücksichtigung fand und immer wieder betont wurde, daß es keine endgültige Sicherheit in Bezug auf die Natur der Götter geben könne und es sich nur um Annahmen, also Hypothesen handle und den menschlichen Erkenntnissen deutliche Grenzen gesetzt seien.

Trotz dieser Einschränkungen waren die damaligen Gläubigen nicht zu beneiden. Das gefährliche Gedankengut dehnte sich mit immer neuen phantasievollen Auswüchsen aus. Alles entstehe aus allem, indem es sich neu mische und scheide. Anstoß zur Ordnung der Teilchen sei der göttliche Geist, der alles sinnvoll ordne. Die neuen Lehren reckten die Tentakel wie ein Krake empor zur Sonne, rüttelten an der Tür des Sonnengottes. Der güldene Ball am Himmel sei nichts anderes als ein rotglühender Stein, größer als der Peleponnes, verkündete ein Anaxagoras in Athen, dem geistigen Herzen der damals bekannten Welt.

Wenn ich mir die Folgen ausmalte, schien dies schwerverdauliche Kost nicht nur für die damalige Zeit, sondern auch für mich.

Es begann zu dämmern. Regentropfen perlten immer noch ans Fenster. Eine kleine Pause war sinnvoll, um die Fortsetzung nüchterner angehen zu können. Ich wagte trotz der Wassermengen, die gerade vor der Tür sintflutartig aus den Wolken stürzten, einen schnellen Gang mit Regenschirm in den Garten, um das Holz für den Abend griffbereit vor der Tür aufzuschichten, pflückte im Vorbeigehen noch zwei Orangen für den morgendlichen Orangensaft, warf einen dicken Klotz gut getrocknetes Olivenholz ins Feuer und erinnerte mich an den Tsai Wuna von Kostia. Es kratzte ein wenig im Hals, Folge des gestrigen Abends? Tsai Wuna war gut zur Vorbeugung. Ich wartete, bis die Teeblätter ausreichend lange gezogen hatten, um die gesundheitsfördernde Wirkung voll zu entfalten. Das hatte ich mir gestern bei Kostia abgeschaut. Ich verstärkte die durchblutungsfördernde Wirkung mit einem guten Schuß Cognac, dem Geheimrezept von Nicos, und peppte ihn mit nur einem Teelöffel Zucker auf, anstatt mit einem Viertelpfund, wie gestern abend.

Die Flammen im Kamin fraßen sich durch das abgesägte Stück Olivenbaum, glühten gelb-rot und verwandelten die in vielen Jahrzehnten gespeicherte Energie in gebündelte Hitze. Ich schob den Sessel ein wenig zurück. Der Tsai Wuna drang bis in die Fingerspitzen und die kalten Füße vor. Gut gewärmt setzte ich meine Weihnachtslektüre fort.

Die Brisanz der Gedanken verdichtete sich. Ich sah die Menschen vor mir, die verwundert den neuen Erzählungen über die Götterwelt lauschten. Etwas rundes in sich ruhendes Göttliches! Ohne die altbekannten Begleitattribute! Ohne die überlieferten Schwächen und Fehler, die diese Wesen so sympathisch machten, von denen man sich mit seinen eigenen Verfehlungen verstanden fühlte! Nein! Schwer vorstellbar!

Die nächsten Seiten überraschten nicht. Das Herumdeuteln, Uminterpretieren und Verfälschen der vertrauten Göttermythen und ihrer bildhübschen marmornen oder bronzenen Abbilder auf Erden, die uns auch heute noch in den Museen entzücken, traf nicht nur auf wißbegierige Neugierige, sondern auch auf grobes Unverständnis, ähnlich den Reaktionen heutiger Fundamentalisten in diversen Glaubensrichtungen. Die provozierenden Äußerungen reizten den Nerv der für die gläubigen Schäflein Verantwortlichen. Die Sonne ein rotglühender Stein, größer als der Peleponnes? Was, wenn dieser Felsbrocken herabstürzen würde?

Nicht nur die himmlische, auch die gesamte weltliche Ordnung geriet gefährlich ins Wanken. Vor allem in unruhigen Zeiten und bei waffenklirrendem Kampfgetöse, wenn der Beistand der Götter dringend erforderlich schien, um die Ängste der Bevölkerung zu besänftigen.

Zum besseren Verdauen der schweren geistigen Kost brühte ich eine zweite Tasse Tsai Wuna. Mit Erleichterung erinnerte ich mich der Wallfahrtskirche der Maria in den Weinbergen. Ich lebte heute und jetzt und dafür war ich dankbar. Ich wußte die Muttergottes Maria fest verankert auf einem Sockel stehen, bewacht von Engeln, gefeit gegen jegliche Anfeindungen. Das rettende Sprungtuch des Glaubens in Verbindung mit drohenden Höllenqualen war dicht gewebt und nahm alle Gläubigen unter seine Fittiche.

Anders vor zweitausendfünfhundert Jahren, das wurde mir deutliche bewußt. Die unverbesserlichen Religionskritiker waren schwer ohne die drohende Gefahr eines ausgeklügelten Strafenkatalogs in die Schranken zu weisen. Wie konnte man diese hartnäckige Spezies der Zweifler zum Schweigen bringen, um die gläubige Mehrheit nicht mit dem gefährlichen ketzerischen Gedankengut zu infizieren? Wo lag die Lösung des Dilemmas? Vielleicht - zog ich das Resümee - hatten die Überirdischen die aufkeimenden Zweifel kritisch beobachtet und die drohenden Gefahren für den gesamten Kosmos vorausgesehen. Vielleicht bildeten sich dort oben angesichts der zunehmenden Zahl von Aufmüpfigen Fraktionen, die diese ketzerischen Gedankenrichtungen auf Erden nicht mehr zu tolerieren gedachten. Schlimm genug, daß sie den Göttern ständig neue Schauermärchen andichteten und die gesamte Götterwelt in eine Kugel stopfen wollten. Vielleicht begannen die Götter - wie Xenophanes schon annahm –, alleine mit ihrem Willen die Dinge zu bewegen und mit diesem Willen zwischen die Zweifler Gegenzweifler einzuschleusen, vielleicht auch eine besonders militante Fraktion, die auf radikale Maßnahmen drängte, um das Problem zu lösen.

Ich lehnte mich im Sessel zurück und blätterte um. Es entwickelte sich ein erfolgversprechender Ansatz für einen Brückenschlag zwischen dort oben und hier unten. Ein Berufszweig drängte sich ins Rampenlicht. Aus dem Dunkel der vergangenen Zeit leuchtete ein einzelner Name - Diopeithes aus Athen, Orakeldeuter und Seher, Meister seines Fachs. Keiner kannte die Götter besser als er. Kein anderer konnte Himmel und Erde versöhnen. Seine Zunft pflegte kenntnisreich den Kontakt nach oben und eignete sich bestens dafür, die kruden Theorien zu unterbinden.

Eine Demokratie wäre keine Demokratie, würde man nicht den Demos einbeziehen. Für einen stabilen Brückenbau benötigte die neu entwickelte Regierungsform die Stimmen des Volkes, um für die Welt dort oben ein deutliches Zeichen zu setzen. Das Volk sollte entscheiden, wie mit den Aufmüpfigen zu verfahren sei.

Ich schlug den Deckel des Buches energisch zu und stellte Xenophanes samt Nachfolger und den Götterhimmel zurück ins Bücherregal. Heute war Weihnachten.

Das Streichholz zischte, loderte auf, eine kleine Kerze an der weihnachtlichen Zypresse brannte. Dann die nächste! Der Lichterschein überzog die dunklen Nadeln, die Kugeln glitzerten in einem buntflackernden Farbenspektrum.

Ich verfolgte das bewegte Spiel der Flammen, die morgendlichen Telefonate mit den vielen guten Wünschen zum Weihnachtsfest hallten nach, erzeugten mit dem strahlenden Weihnachtsbaum die stille Besinnlichkeit, die alle Gläubigen am höchsten aller christlichen Feiertage überkommt. Ein Glas Wein neben mir, ein Schälchen mit Weihnachtsplätzchen. Der Tsai Wuna mit Cognac hatte sich gut verteilt. Ich streckte die Beine aus, lehnte mich zurück und schloß die Augen. Weihnachten, die Geburt des Lichts, das die Welt erleuchtet.

Hatte ich die Wirkung des griechischen Bergtee unterschätzt? Hatten sich im Tsai Wuna die Geister von Pleuron eingenistet und warteten nur darauf, herumzuspähen? Der graugelockte Kopf des Xenophanes ließ keine Ruhe. Ein klassisches Profil gesellte sich zu ihm, Vollbart, Haare leicht gelockt - Anaxagoras. Die beiden Denker blickten nachdenklich und sorgenvoll an mir vorbei in eine ferne Weite.

Ich öffnete die Augen, die Flammen züngelten lodernd aus dem dicken Olivenholz. Die ersten Kerzen am Weihnachtsbaum waren abgebrannt.

Luthers Thesenanschlag schob sich neben eine antike Gesetzestafel. Was hatte Luthers Kritik am Ablaßwesen nicht alles ausgelöst, nicht einmal haltgemacht vor Schlössern und erst recht nicht vor dem Vatikan. Luthers Kritikpunkte hatten die damalige Welt verändert und wirkten bis in die Gegenwart.

Diopeithes! Dieser Name wurde nur einmal, ein einziges Mal im Zusammenhang mit einer Gesetzestafel erwähnt! Ein einziger Name? Wurde da etwas verschwiegen? Wenn ich Luthers Kritik verglich mit der Brisanz der antiken Religionskritik … Reflexartig griff ich zum Weinglas, nahm einen kräftigen Schluck und streifte mit einem Seitenblick das Buch.

Sie gaben keine Ruhe. Ich ahnte, sie würden über mich herfallen, sobald ich die Augen schloß. Kostias Tsai Wuna strömte bis in die letzten Fasern der Fingerspitzen und Fußzehen. Ich spürte es, sie hatten von mir Besitz ergriffen. Flüsterten sie: Laß uns doch gewähren? Nur ein einziges Mal! Nur heute in den Tagen der Wintersonnenwende! Wollten sie mir etwas mitteilen? War es nicht klüger, die Geister, die ich - ohne es zu wollen - gerufen hatte, zu zähmen, in geordnete Bahnen zu lenken? So wie damals, als die Geschichten in den Büchern der Kindheit begannen, 'Es war einmal', und die Gestalten aus dem Buch sprangen und dann wieder ganz alleine in ihr Zuhause zurückkehrten?

Ich hatte nicht einmal mehr Zeit, eine Entscheidung zu treffen. Das Holzscheit bäumte sich auf, die Funken sprühten, es begann zu explodieren. Die rote Glut verwandelte sich in helles Gelb, dann in strahlendes Licht.

II-7 Der Rächer

Die Sonne brannte heiß und glühend vom azurblauen Himmel. Eine gnadenlose Hitze waberte über den großen Platz, legte sich um den Hang und zog an den Markthallen vorbei durch die engen Gassen der Stadt.

"Athener!" zerriß eine donnernde Stimme die Hitzeglocke.

"Athener!"

Der Ruf ging unter, verhallte im Stimmengewirr. Der bärtige Mann am Rednerpult wischte sich mit einem Zipfel seines weißen Gewandes den Schweiß von der Stirn. Es war noch Zeit. Er konnte warten. Die Menschenmassen, die durch die Eingänge drängten, waren ein gutes Omen. Sein Blick wanderte von der Rednertribüne über die Köpfe hinweg. Jeder dieser Köpfe zählte. Er, Diopeithes, würde heute die Götter wieder mit den Menschen versöhnen. Ihm, dem großen Seher, würde das schier Unmögliche gelingen. Mit jedem Besucher erhöhte sich die Chance auf eine Mehrheit der Stimmen für seinen Gesetzesantrag. Er konnte zufrieden sein, auch wenn ihm der Schweiß in Strömen von der Stirn rann.

Er hatte Zeit. Er wartete und verfolgte das Treiben, Schieben und Drängen um die besten Plätze. Manche hoben ihren Schlauch mit Wein über den Kopf empor, damit er nicht zerdrückt würde, oder balancierten einen Korb mit Brot und Lauchzwiebeln hoch über die Menge hinweg, bis sie einen Platz ergattert hatten. Die meisten hatten vorgesorgt, es war Mittag, da sollte auch der Magen nicht zu kurz kommen. Es gab vielerlei Gerüchte, das war ihm zu Ohren gekommen. Die Götter würden ihm die Worte einflüstern und aus seinem erwählten Mund sprechen, um gegen die wie Pilze aus dem Boden schießenden Ungläubigen vorzugehen. Es wurde gemunkelt, Zeus käme vom Olymp herab oder meldete sich durch ein Erdbeben oder Blitz und Donner. Oder die Vögel fielen vom Himmel. Oder die Sonne verfinstre sich. Gut so, die Gerüchte lockten die Menschenmassen an, die jetzt durch den Eingang strömten.

Diopeithes beobachtete eine Weile die wüsten Rangeleien In den ersten Reihen. Angehörige des Rates prügelten sich gerade mit einigen Bauern um die vorderen Plätze. Er erkannte einige Gesichter. Einige der Räte winkten ihm mit verschwörerischer Miene zu.

Die Eingänge wurden geschlossen. Jetzt konnten seine Worte durch die Menge dringen. Diopeithes hob beide Arme empor, wartete, bis der Lärmpegel abschwoll, und begann mit polternder Stimme:

„Athener!" rief er über die Menschenmasse hinweg.

"Athener! Ihr meine Freunde, ihr meine Nachbarn, ihr meine Vettern!"

Diopeithes zog mit beiden Armen eine imaginäre Linie vom rechten Rand der Volksversammlung nach links über die Köpfe hinweg, als schlinge er ein Band um die Versammelten.

"All ihr Gottesfürchtigen, die ihr meinem Ruf gefolgt seid! Vereint sind wir aus Sorge um unsre Stadt."

Die Arme zogen einen zweiten, erweiterten Kreis, der die roten Ziegeldächer der Häuser weit unter ihm in seinen Wirkungbereich einschloß.

"Die Sorge um unsre schöne Polis treibt mich um, das Wohlergehen Athens liegt mir am Herzen, die Zukunft unseres Vaterlandes!"

Er reckte den ausgestreckten Zeigefinger der rechten Hand nach oben und bohrte ein Loch in den blauen Äther. Die Stimme drang flehend in die Herzen.

"Die Götter selbst, sie bitten mich, an euch heranzutreten. Die Zeit ist reif zu handeln! Ihr seid gekommen für ein Zeichen, eine Botschaft an die dort oben, an unsere Götter hier und heute."

Der Zeigefinger bohrte sich tiefer und tiefer in das endlose Blau des Himmels.

"Bevor die Götter leiser werden, immer leiser. Bevor sie ganz verstummen in der Ewigkeit, die heiligen Stimmen. Bevor sie uns ins Elend stoßen. Die Zeit ist reif. Die Zeit ist da zu handeln!"

Die Arme gestikulierten wild mit dem ausgestreckten Zeigefinger umher. Diopeithes atmete tief und erregt ein, die Stimme tankte Kraft.

„Elend genug ist dieser Krieg, der uns bestraft! Schlacht auf Schlacht, Leben für Leben, Tote auf beiden Seiten. Das Klagen nimmt kein Ende. Der Weckruf unserer toten Söhne mahnt uns, dringt in unsere Ohren. Tag und Nacht ist er zu hören. Es nimmt kein Ende! Und jeden Morgen fragt ihr euch: Die Götter, die dort oben - haben sie uns ganz verlassen?"

Beide Arme hatten sich verzweifelt in Richtung des unendlichen Blaus emporgehoben, schüttelten sich hektisch, bis sie erschöpft nach unten fielen.

"Noch ist es nicht zu spät. Es ist noch Zeit, um sie zu bitten und um Schutz zu flehen."

Diopeithes Stimme nahm einen weinerlichen Ton an.

"Elend genug der Krieg. Das Jammern der Frauen, die um ihre Männer trauern. Der Anblick der zerstörten Äcker draußen vor den Toren, jeden Tag betrübt er unsere Augen. Die Spartaner rauben uns den träumeschweren Schlaf!

Die rechte Hand des Diopeithes wies in die Menge.

"Schaut euch den Dikaiopolis an, dort sitzt er in der zehnten Reihe mitten unter euch. Tränenschwer sind seine Augen. Sein Schluchzen dringt zu meinem Haus und in mein Schlafgemach, Nacht für Nacht. Das Weinen seiner Frau und seiner Kinder. Sein Kummer - er betrübt auch mich. Wie Dikaiopolis *betrauere auch ich die vielen Toten und zürne den Spartanern. Elend genug ist dieser Krieg."*

Inzwischen war es mucksmäuschenstill geworden. Er sprach allen aus der Seele. Sie litten vereint und wünschten ein Ende der Auseinandersetzungen mit Sparta herbei. Ihre Blicke hingen gespannt an seinen Lippen und warteten, was nun folgen würde.

Das Gesicht des Sehers wirkte kummervoll, tiefe Falten hatten sich quer über die Stirn und hinab zur Nasenwurzel eingegraben. Sein Ausdruck wurde zornig. Und dann donnerte er mit laut anschwellender Stimme über die Köpfe der Menge hinweg, daß manchem das Stück Brot vor lauter Schreck im Halse steckenblieb oder erschreckt sein Schläuchlein mit dem köstlichen Wein, den er gerade trinken wollte, absetzte.

"Als gäbe es nichts Dringlicheres zu tun, Athener, zerstören nun auch Schurken noch das Ansehen unserer Götter. Sie leugnen sie. Sie leugnen die, die uns den Sieg bescheren könnten. Sie überziehen Zeus mit Lästereien. Und nicht genug, Athene, seine Tochter schmähen sie mit wüsten Worten. Athene, weithin sichtbar, wie sie unsere Stadt beschützt. Tag und Nacht wacht sie dort oben, schaut nur hin!"

Der rechte Arm des Diopeithes wies zur Akropolis, von der die Statue der Göttin Athene unverwandt mit dem Speer in der Hand in der Sonne vor sich hinglänzte. Die Kummerfalten auf der Stirn des Diopeithes glätteten sich etwas, die Stimme hob sich.

"Die Gottesfrevler! Sie schwören ab den Göttern. Sie setzen Dinge in die Welt, die ihr nicht glauben könnt. Logik nennen sie die Hirngespinste, die sie pausenlos verkünden. Hört selbst den Schwachsinn, den sie unserer Jugend lehren! Unserer Jugend, unserer ganzen Hoffnung! Hört es selbst: Ein lodernder Stein sei unsere Sonne, ein mächtiger Backofen gar der Himmel über uns, und wir darin die Kohlen, die verglühen."

Fröhliches Gelächter schallte zu Diopeithes hinauf, manch einer kam sich in diesem heißen Sommer wirklich wie in einem

Glutofen vor. Diopeithes ließ sich von der kurz aufkeimenden Heiterkeit nicht beirren und fuhr nach einer kleinen Pause fort:

„Eine runde Kugel unsere Götter, so die Wortverdreher. Welch ein Frevel! Zeus, Athene, all die Götter eine runde Kugel! Diese Frevler stieren tagelang zu Boden, dämmern in den Hängematten vor sich hin, um diesen Schwachsinn zu erfinden. Weisheit sei ihre Lehre, so tönen sie!"

Diopeithes schwieg, um sich den inzwischen in Bächen rinnenden Schweiß mit dem Ärmel seines weißen Gewandes von der Stirn zu wischen. Nach der Verschnaufpause winkelte er beide Arme leicht an, hob sie empor, verschränkte die Hände oberhalb der Brust fest ineinander und begann fast flehend:

"Eine runde Kugel unsere Götter! Schwer ist es, den Unsinn vor euch auszubreiten. Denn hört: Poseidon, er, der uns die Winde schickt! Des Zeusens Bruder eine runde Kugel. Er, der hilft, die Schiffe der Spartaner zu versenken, eine runde Kugel! Habt ihr es vernommen, das Gerücht? Poseidon, sagen unsere Ruderer, Poseidon hat sich abgewandt, er schickt uns keine Winde mehr. Um dieses Unglück zu verhindern, das uns alle trifft, …"

Jäh unterbrach ein Raunen den Wortstrom des Diopeithes, schwoll zum Rauschen, schwappte wie eine anbrandende Woge bis zum Rednerpult. und schwebte wie eine drohende Gewitterwolke über den Köpfen. Die letzten Reihen standen auf.

"Wir streiken, wir streiken, wir streiken!"

"Ein Gerücht?" übertönte Diopeithes die Zwischenrufer und das drohende Unheil, das die Stadt ins Chaos stürzen konnte. Die Spartaner hatten Schiffe losgesandt. Der Kampf stand in den nächsten Tagen an. Die Ruderer wurden dringend benötigt.

"Ich verspreche euch, ihr Ruderer! Poseidon wird auf unserer Seite stehen. Wir werden Zeichen setzen für die Götter. Deshalb steh ich hier. Blickt hinauf zum Tempel! Ehrfurchtsvoll! Athene mahnt euch: Laßt nicht zu, ihr Gottesfürchtigen, ihren heiligen Namen zu besudeln!"

Gelächter war zu hören. "Eine runde Kugel, hahaha!"

"Das ist nicht zum Lachen!" rief eine andere Stimme dazwischen.

"Wir streiken, wir streiken, wir streiken", kam es aus der hinteren Ecke.

Diopeithes senkte beschwichtigend die Hände.

"Bei allen Göttern, beim väterlichen Zeus, bei Athene, seiner Tochter, bei Poseidon und all den andren! Ihr wißt, nur sie sind es die den Regen schicken, Blitz und Donner und den Wind für unsre Schiffe. Sie sind es, die uns lenken, die das Korn gedeihen lassen, die Feigen an den Bäumen. Die uns Trauben schenken für den Wein. Nur sie bescheren uns den Sieg, auf den wir alle warten."

Diopeithes strich sich eine Strähne der schweißnassen Haare aus der Stirn und deutete hinüber zur Akropolis und hob vorwurfsvoll die Stimme an.

"Und nicht genug! Eine runde Kugel unsere Götter! Und dann noch schlimmer: Ein Nous, ein Geist, verwirbelt überall."

Seine Arme vollführen Kreisbewegungen. Seine Stimme nahm Fahrt auf.

"Werden sie uns bitterlich bestrafen für den Frevel, sich rächen gar, die Götter? Fürchtet euch! Fürchtet ihre Strafe!"

Diopeithes schwieg und blickte still in die Menge. Die Zwischenrufer hatten sich wieder auf ihre Plätze begeben. Diopeithes stützte sich mit beiden Armen aufs Rednerpult. Wartete, um mit einem verstohlenen Rundblick die Wirkung seiner Worte zu überprüfen. Er war zufrieden. Die Schläuche mit Wein, die Körbe mit dem Brot ruhten, alle Blicke waren gespannt auf ihn gerichtet. Er wartete noch ein Weilchen, um die Entsetzlichkeit wirken und in die Köpfe der Menge eindringen zu lassen und hob dann drohend beide Arme nach oben. Mit den Händen formte er etwas überdimensional Rundes, das wie ein Schreckgespenst über den Massen der versammelten Menschen hing. Seine Stimme donnerte über die Köpfe hinweg.

"Eine runde Kugel unsere Götter, ein Wirbel gar! Folgt nicht den falschen Worten dieser Heilsverkünder!"

Eine einzelne Stimme aus der hinteren Ecke unterbrach erneut seinen Redefluß und schrie mit erhobenen Armen: "Wir streiken, wir streiken, wir streiken."

In der vordersten Reihe schnellte ein Ratsmitglied vom Sitz empor, winkte nach hinten mit der Hand, als geböte er Ruhe.

Diopeithes reagierte schnell. Der Zwischenruf war hier nicht vorgesehen.

"Es liegt an euch! An euch, das Ende dieser Frevel einzuleiten! Die Botschaft an die Götter, das Zeichen an Poseidon hinauf zu senden, damit er Winde schicke. An Zeus, damit er uns den Sieg beschere. An Athene, damit sie uns behüte zum Wohle unserer Stadt."

Die Stimme wurde ruhig, besänftigend.

"Athener, ihr meine Freunde! Ihr, die ihr versammelt seid aus Gottesfurcht. Hier stehe ich, um euch den Weg zu weisen, das Unheil abzuwenden mit einem Zeichen für die Götter. In Stein gemeißelt für die Ewigkeit. Das ist der Weg, die Frevler zu bestrafen."

Diopeithes hob die Arme empor, als halte er eine riesige Tafel in den Händen, die er der versammelten Menge präsentierte.

"Ein Gesetzeswerk."

Die Arme wuchteten immer noch die imaginäre Steintafel nach oben.

"Diesen Antrag - ich stelle ihn hier, um Frevler vor Gericht zu bringen. Stimmt ihm zu mit übermächtiger Mehrheit! Dazu seid ihr aufgefordert. Stimmt ihm zu, um die Götter an unsrer Seite zu wissen, sie, die Allgewaltigen!"

Ein Raunen ging durch die Menge.

Diopeithes Stimme schwang sich zu einem letzten Kraftakt auf, bevor das Stimmengewirr in Tumult und heftigen Diskussionen dafür oder dagegen ausarten konnte, und holte die imaginäre Gesetzestafel, die drohend über den Häuptern schwebte, wieder ein.

"Laßt uns erneut Athene Dank erweisen!"

Seine letzten Worte krönte er mit einem Schwenken der Arme zur golden vor sich hin glänzenden Statue auf der Akropolis.

"Laßt uns die Götter fröhlich feiern mit Tanz, Gesang, dem Klang der Flöten. Wir preisen ihre Weisheit. Und wir bitten sie um den ersehnten Sieg."

Wie von Zauberhand strömten aus der Stadt zartgewandete junge Mädchen in Begleitung von Flötenspielerinnen den Hügel hinauf, duftende Blütenkränze in den Haaren, in den Händen Körbe voll Brot und frischen Feigen. Sie drängten sich rund um die Ausgänge, als warteten sie nur darauf, daß endlich alle ihre Stimme abgäben, um ihre Köstlichkeiten verteilen zu können. Junge Männer trugen Amphoren, gefüllt mit Wein auf den Schultern, um sie neben den Brotkörben abzusetzen.

Wie konnte man da nicht zustimmen, wenn es um den Ruf des Allerhöchsten ging und vor allem der hoch verehrten und geliebten Schutzherrin der Stadt. Und um all die bekannten Wesen in den himmlischen Sphären. Und nicht zuletzt um das eigene Schicksal hier unten auf dieser kummerbeladenen Erde. Die Existenz der Götter erkannte man in den weisen Worten des Diopeithes. Nur sie konnten ihm den neuen Gesetzesantrag eingeflüstert haben, der jetzt vorgelesen wurde, während jeder darauf wartete, möglichst schnell seine Stimme abzugeben und zum Ausgang zu eilen und an die gefüllten Körbe zu gelangen, um eines der wohlduftenden Brote und ein paar dieser großen, dunkelfarbenen Feigen zu erhaschen!

Nach der Abstimmung zogen alle zufrieden und satt nach Hause. Schon nach wenigen Tagen stand für jeden sichtbar auf dem Marktplatz das beschlossene Dekret in Stein gemeißelt als Warnung für die gottlosen Querdenker und zum Einprägen der vorbeiflanierenden Athener:

Diejenigen, welche die göttlichen Dinge leugnen oder aber in ihrem Unterricht theoretische Ansichten über die

Himmelserscheinungen verbreiten, sind wegen Verletzung der Staatsordnung vor Gericht zu bringen[3].

---

[3] Mansfeld, Jaap: Die Vorsokratiker II, Stuttgart, Reclam 1999, S. 156)

Die Glut im Kamin brannte langsam und leise glimmend. Es ging auf Mitternacht zu. Ich nahm einen Schluck Wein und versuchte, diesen Diopeithes zurück in das Buch zu scheuchen, klappte es zu, wie ich das auf dem Schemel zu Opas Füßen gelernt hatte, aber der Deckel sperrte sich und die Fragen nahmen kein Ende. Konnten die in Stein gemeißelten Buchstaben die stetig anwachsende Schar der Ungläubigen kontrollieren, die Stimmen ersticken? Gelang dies in der ersten Demokratie der Welt, der Herrschaft des Volkes, dem Vorbild für die Freiheit der Rede, der Freiheit der Gedanken. Gelang die Aufhebung des unaufhebbaren Gegensatzes zwischen der naturalistischen und der überweltlichen Weltsicht?

Nein, lautete meine spontane Antwort. Oder doch? Ich zerrte ein wenig an dem sperrigen Deckel und öffnete die Seiten. Die Buchstaben begannen zu tanzen. Der ungeschriebene Raum zwischen den Zeilen drängte sich an den Buchstaben vorbei und hauchte der steinernen Tafel Leben ein. Seine Kraft strahlte aus den bedruckten Seiten. Der Stein begann zu atmen.

Diopeithes startete wie jeden Morgen seinen Rundgang auf dem Marktplatz mit einem langen Verweilen vor der steinernen Tafel. Endlich stand für jeden lesbar das Rüstzeug bereit, die von ketzerischem Gedankengut verpestete Luft in den ohnehin von der Beulenpest durchzogenen Straßen rechtlich einwandfrei zu säubern. Endlich gab es eine adäquate Antwort auf die jetzige und auch die künftige Bedrohung der weltlichen und göttlichen Ordnung durch die verqueren und unverdaulichen Theorien dieser sogenannten Naturphilosophen, der Eleaten, der Sophisten, der Pythagoreer und weiterer sonstiger Wirrköpfe. Mit der neuen Verordnung schlug man gleich zwei Fliegen mit einer Klappe: Nicht nur die Götterwelt erfuhr ihre uneingeschränkte Rehabilitation. Auch den drohenden Gefahren für die menschliche Ordnung konnte tatkräftig begegnet werden. Frieden überzog die Stadt im Innern, auch wenn nach außen Krieg herrschte und alles bewegte sich, zumindest für einige Zeit, wieder im Gleichklang.

Nicht nur Diopeithes, die gesamte Zunft der Seher und Magier atmete erleichtert auf. Ihre drohende Arbeitslosigkeit schien gebannt und ihr Rat war mehr denn je gefragt. Sie orakelten und weissagten bei allen sich bietenden Gelegenheiten, und davon gab es genug in dem Wirrwarr des Krieges und den ständig wechselnden Meldungen über Sieg und Niederlagen. Gerade in den unsicheren Zeiten gewann der beschädigte Ruf des Diopeithes und seiner Zunft wieder an Bedeutung, denn jeder wollte die schützende Hand der Götter über sich wissen.

Das ließ sich am besten auf dem Marktplatz beobachten. In den ersten Tagen nach der Verkündung der neuen Gesetzesordnung hörte man viel Gelächter und fröhliche Stimmen durcheinanderrufen, wenn Diopeithes mit stolzgeschwellter Brust an den Ständen vorbeilief:

„Dank dir Diopeithes! Nun kann uns dieser Stein dort oben, den man Sonne nennt, nicht mehr auf den Kopf fallen! Die Götter segnen dich, hier nimm das Körbchen mit Feigen mit nach Hause als Dankeschön für deine Worte!"

Aus der anderen Ecke schallte es:

„Diopeithes, komm herüber! Nicht nur die Götter danken dir! Ich Dir auch. Jeden Abend schaue ich mir beruhigt den Mond an, der nun wieder rund erstrahlen darf und nicht nur wie ein bedrohlicher Gesteinsbrocken dort oben hängt. Nimm die Amphore mit Wein und halte den Kontakt mit denen da oben. Wir brauchen die Götter, wenn wir gegen die Spartaner ziehen. Die Philosophen und andere Spinner können sich im Knast vom anstrengenden Denken erholen!"

Ein Vorbeigehender legte dem Diopeithes die Hand auf die Schulter und lachte:

„Paß auf Diopeithes, daß sich das Nous nicht rächt und dich solange herumwirbelt, bist du eine Schildkröte bist. Komm, nimm den Fisch, er ist frisch. Und iß dich satt, bevor du im Urzustand als Schildkröte nur noch Blätter fressen kannst!"

Der ganze Marktplatz grölte und johlte vor Vergnügen, gespeist aus der Erleichterung, daß die Welt nun wieder ihren gewohnten Lauf nehmen könne.

Dem Seher Diopeithes ging es eine Zeitlang richtig gut, er konnte sich dank der ins Haus geschickten Amphoren, gefüllt mit köstlichem Wein, den Körben, übervoll mit frischen Früchten und Gemüse und Fleisch und Fisch im Überfluß, häufiger als sonst vergnügliche Stunden bereiten und sich nicht nur sattessen, sondern sogar mit seinen Freunden lustige Gelage mit schönen Knaben und tanzenden Flötenspielerinnen veranstalten. Auch kleine Beutelchen mit Geldmünzen fanden heimlich den Weg zu seiner Haustür und von da aus zu der schönen Phryne, die ihm für ein hübsches Sümmchen bereitwillig ihre olivfarbenen Schenkel öffnete und seinen ewig hungrigen Pendel, wie sie sein bestes Stück nannte, mit Zauberessenzen ölte und massierte und solange Einlaß zu ihrer wohlduftenden dunklen Himmelspforte gewährte, bis er vom Glücksgefühl übermannt stöhnte, er sei bereits hier auf Erden in der Welt der Überirdischen gelandet. Dem Volksverführer Perikles geschah es recht, daß sein Hürchen, die stadtbekannte

Hetäre Aspasia, nun auch in Verdacht geriet, zu diesen gottlosen Götterlästerern zu zählen. Ob der Oberstratege Perikles sie vor dem drohenden Prozeß schützen konnte, das würde sich bald herausstellen.

Er, der Seher und Orakeldeuter Diopeithes, hatte jedenfalls seine Pflicht gegenüber den Göttern und der Vaterstadt erfüllt und dafür gesorgt, daß das überall kursierenden Geschreibsel und Gekritzel dieses selbsternannten Propheten Anaxagoras aus Klazomenai langsam in Vergessenheit geriet. Die zwanzig Räte der Stadt, die so geduldig mit ihm die Rede geübt und den extra bestellten Rhetorik-Lehrer für seine Unterstützung fürstlich entlohnt hatten, schickten immer noch heimlich mal ein frischgeschlachtetes Ziegenböcklein, mal eine Riesenamphore mit Wein und zwinkerten ihm zu, wenn sie ihn sahen, während sie ihn laut grüßten und ihm vor aller Augen überschwenglich im Namen der Götter und im Namen der Stadt Athen dankten.

Und nicht nur in den himmlischen Sphären dort oben konnte wieder Ruhe einkehren, sondern auch in seiner Stadt! Das erfuhr er bei seinen täglichen Gängen durch die engen Straßen an jeder Ecke. Fremde bedankten sich bei ihm mit Tränen in den Augen für seine mutige Rede und die Rückkehr zur guten, alten Ordnung. Sie konnten wieder unbehelligt ihre Geschäfte abwickeln, wurden sie doch während dieser turbulenten Zeiten schnell verdächtigt, Anhänger dieses Anaxagoras zu sein, da sie ebenfalls wie er aus den Gegenden im Osten kamen. An die abstruse Theorie, die Sonne sei ein glühender Stein, größer als der Peloponnes, glaubten höchsten noch die Narren.

Manchmal bemerkte Diopeithes, wenn er stolzen Hauptes über den Marktplatz schritt, daß der Eine oder Andere ängstlich den Blick gen Himmel wandte. Vielleicht immer noch aus Furcht, ein Gesteinsbrocken von dem glühenden Etwas dort oben, das sich Sonne nannte, falle ihm beim Einkaufen ohne Ankündigung auf den Kopf. Die Bauern hörte er manchmal seufzen und fluchen. Manche fürchteten immer noch um ihre Ernten aus Angst vor *diesem umher wirbelnden, allgewaltigen Geist, der ihre kostbare Erde wieder zurück in diese undefinierbare Urmischung verwandle. Vielleicht lagen dann noch mehr Steine herum, als der Ackerboden sowieso schon hatte. Dabei bewegten sie Tag für Tag ganz andere Sorgen. Sie fürchteten vor allem die Spartaner, die jedes Mal aus Rache nach einem verlorenen Kampf Olivenbäume draußen vor den Stadttoren fällten und die Äcker verwüsteten.*

Im Dunkel der Nacht hörte Diopeithes zwei Jünglinge an seinem Haus vorbeischleichen. Der silberne Schein des Mondes tauchte die Häuser in ein fahles Licht. Er sah die Schatten der beiden und hörte ihre leisen Stimmen herumalbern.

„Es wäre mir schon recht" flüsterte der eine, „wenn der Mond ein von der Sonne beschienener Gesteinsbrocken wäre. Vielleicht würde er dann endlich einmal herunterfallen, und es wäre nachts immer dunkel."

„Du sprichst mir aus der Seele", seufzte der andere, „der Mond zeigt keinerlei Verständnis für unseren nächtlichen Arbeitseinsatz im Bett der Archeanassa. Wenn er schon herunterfällt, dann könnte er besser gleich auf den Kopf des Philoneosan fallen."

„Jawohl", erwiderte der andere. „Der Mond müßte uns eigentlich eine Gefälligkeit für die Mühen unseres nächtlichen Liebesdienstes erweisen."

Beide prusteten vor Lachen. "Der alte Lüstling Philoneosan treibt sich mit dem jungen Alkibiades herum, und wir mühen uns bis zur Erschöpfung ab, um seine ehelichen Pflichten an seiner Gattin zu erfüllen. Statt einem Dankeschön müssen wir uns bei dieser Helligkeit auch noch fürchten, erwischt zu werden."

Beide lachten leise glucksend vor sich hin.

„Weißt Du, was uns blüht, wenn wir uns nach getaner Arbeit aus dem Hause schleichen und entdeckt werden?", kicherte der eine.

Diopeithes sah kurz, wie der andere seinen weißen Chiton ein wenig lupfte:

„Als Rache für unser Vergnügen hier vorne", er griff mit der Hand mitten in den Schritt, beugte sich dann etwas nach unten und schob das kurze Gewand hinten so weit hoch, daß sein nackter Hintern im Mondlicht leuchtete „rammt der betrogene Gatte einen Rettich in meinen Allerwertesten."

Beide bogen sich vor Lachen und stießen sich gegenseitig in die Rippen.

„Wir sind gleich da, sei endlich still, sonst hören uns noch die Nachbarn" zischte einer der beiden.

Diopeithes seufzte ein wenig und bedauerte, daß sein kleines Lederbeutelchen bereits geleert war und er sich nicht zur schönen Phryne aufmachen konnte.

Erleichtert vernahm Diopeithes und mit ihm der Rat der Stadt wenig später, alle Ruderer und Hopliten samt den Strategen seien wieder frohgemut bereit, in den Krieg gegen die Spartaner zu rudern und zu marschieren, und manchmal auch gleich in den Tod mit der festen Überzeugung, die Götter hielten wieder ihre schützende Hand über sie und der Sieg sei ihnen hier oder spätestens im Jenseits sicher. Sie warteten nur noch auf ihn, den großen Seher Diopeithes mit seinen besonderen Kontakten nach oben, um die Zeichen richtig zu deuten und den nahenden Sieg anzukündigen.

Diopeithes konnte stolz sein. Von dem Verkünder dieser ketzerischen Theorien, diesem Anaxagoras aus Klazomenai, vernahm man nur noch wenig. Die Richter hatten ihn erst einmal wegen sträflicher Gotteslästerung ins Gefängnis gesteckt, bevor sie ihn gegen Geldzahlung in die Verbannung schickten.

Diopeithes fröstelte ein wenig, der Winter zog sich in diesem Jahr endlos in die Länge, der März tobte sich mit viel Regen und ungewohnter Kälte aus. Gut, daß er die Münzen des letzten Beutelchens, das an seiner Haustür hing, nicht in Phrynes verführerische Himmelspforte investiert hatte, sondern in feinstes sidonesisches Tuch. Die Beutelchen waren spärlicher geworden. Er mußte sparsam mit dem Wenigen umgehen.

Fast andächtig legte er den neuen Mantel vorsichtig um die Schultern und schloß ihn mit der Fibel am Hals. Die Berührung mit dem weichen Wollgewebe erinnerte ihn an den zarten Flaum vor Phrynes dunklem Eingang. Er schüttelte leicht den Kopf, als wolle er diese Gedanken loswerden und griff nach dem neuen Filzhut. Ein letzter prüfender Blick fiel auf die Bänder der Ledersandalen, ob sie sich stramm genug um die Waden legten, um den langen Marsch zum Theater durchzuhalten. Er wollte heute in der vorderen Reihe des Festzuges durch seine äußere Erscheinung glänzen und nicht durch Worte, wie in der Volksversammlung. Die Athener sollten stolz auf ihn sein, wenn sie ihn so sahen, auf ihn, der seine gesamten Fähigkeiten eingesetzt hatte, um zu den alten Sitten der Väter zurückzukehren und die Jugend vor den gedanklichen Abgründen all dieser neumodischen Verführer zu schützen. Er wollte einen würdevollen Eindruck hinterlassen, wenn er zum ersten Mal in seinem Leben direkt hinter den Stadtvätern marschierte und nicht irgendwo weit hinten in der Masse der Zehntausend. Die Jugend sollte an seinem Beispiel sehen, daß Gottesfürchtigkeit und Bewahrung der Sitten zu einem erfüllten und angesehenen Leben in der Gemeinschaft der Bürger führte.

Im Theater saß er vorne auf dem Ehrenplatz, schloß die Augen und ergab sich dem beruhigenden Gefühl, daß heute und hier alles wieder so war wie vorher! Dort oben in den Himmelsphären thronten die Götter, hier unten auf der Bühne in den Tragödien und Komödien wurde geweint und gelacht, gegessen und getrunken. Die alten Traditionen lebten fort und schlangen ein unsichtbares Band um alle Bürger. Diopeithes atmete aufgeregt ein. Heute wollte er fröhlich sein, heute wollte er lachen, heute sollten die Gesichter der Toten im Hades bleiben und dort in Frieden ruhen mitsamt den im Krieg Gefallenen und den vielen an dieser seltsamen Krankheit Dahingerafften. Heute wollte er die vielen schlaflosen und kummervollen Nächte vergessen.

„Dieser Krieg, diese Seuche sind die Strafe der Götter für die Frevel der letzten Jahre", hatte er immer wieder auf dem Marktplatz im Kreis seiner Freunde geschimpft. Manchmal kam als Antwort nur ein tiefes Seufzen, oder sie schauten still an ihm vorbei oder angestrengt und schweigend zu Boden. „Wo sind sie denn, die Götter?", wagte der Fischhändler kummervoll zu fragen, als sich die Reihen der bekannten Gesichter wieder einmal gelichtet hatten und einige von ihnen den Weg hinunter in den Hades gegangen waren. Um gleich erregt: die Frage nachzuschieben: „Kümmern sie sich denn um uns?"

Als Diopeithes kurz vor den Feiertagen an den Ständen der Fremden vorbeischlenderte, sah er diesen Protagoras, der im Schlepptau der Schiffe aus dem Osten in der Stadt gelandet war, heftig auf den um ihn versammelten Kreis junger Leute einreden. Er stand vor dem Verkaufstisch des Anytos, ohne sich um dessen schöne Lederwaren zu kümmern. Anytos hörte zunächst mit offenem Mund zu, versuchte dann verzweifelt, den großen Meister inmitten seiner Schüler zu unterbrechen, als er Diopeithes herannahen sah. Wortfetzen der aufgeregten Unterredung drangen an Diopeithes Ohr als er näherkam. Die Gruppe schien vertieft in ihre Erörterungen und nahm weder Notiz von ihm noch von Anytos. Er hörte Protagoras beschwichtigend auf seine Schüler einwirken:

„Nicht dich, auch nicht mich meine ich damit, sondern den Menschen allgemein, wenn ich sage, der Mensch ist das Maß aller Dinge!"

Erregt hakte einer der Schüler nach:

„Ich hatte dich so verstanden: Meintest du nicht, wie eine Sache mir erscheint, so ist sie auch mir, wie sie dir erscheint, ist sie dir?"

Ein anderer fährt impulsiv dazwischen:

„Wenn ich einen Mantel trage, kommt mir der Wind warm vor, während mein Freund in seinem dünnen Chiton friert und meint, der Wind sei kalt. Meinst du das?"

Der Händler beugte sich nun aufgeregt über den Stand und zog heftig am Ärmel des Protagoras. Schlagartig verstummte das Gespräch. Diopeithes nahm schnell ein paar Sandalen in die Hände und betrachtete sie interessiert. Der Lederverkäufer begann, in den höchsten Tönen das zarte Leder des Obermaterials zu loben, um gleichzeitig auf die robusten Fußsohlen, die durch kleine Nägel verstärkt wurden, hinzuweisen. Stumm stand Protagoras neben ihm, wohl unschlüssig, ob er schweigen, weiterreden oder gehen sollte.

„Hast du sie in meiner Größe?", fragte Diopeithes den Anytos. Dieser schaute auf Diopeithes Füße herab, kramte in einem großen Korb und zog ein größeres Paar hervor.

„Du lebst auf großem Fuß. Aber die müßten Dir passen."

Protagoras nickte dem Händler und ihm freundlich zu und ging mit den Jugendlichen weiter.

Wenige Tage zuvor hatte Diopeithes zwei Jugendliche aus einer dieser neumodischen Schulen herauskommen sehen. Die beiden grüßten kurz und knapp und freundlich, vertieften sich aber sofort wieder in ihr Gespräch, als dulde es keinen Aufschub:

„Ich muß das nächste Mal noch einmal nachfragen. Hast Du das verstanden, was er mit dem ‚eigentlichen Sein' meinte oder wie er sich die wirklichen Ursachen des ‚Seienden' vorstellt und warum es einen Vorrang des ‚Seins' vor dem nur ‚Seienden' geben soll?"

Diopeithes ließ sich das Gehörte noch einmal auf der Zunge zergehen: Sein, Seiendes, Vorrang des Seins, er mußte unwillkürlich vor lauter Hilflosigkeit über diesen Unsinn lachen, bis das Lachen einer inneren Wut wich. Als gäbe es nichts Wichtigeres für die Jugend! Der Krieg wütete draußen vor den Toren der Stadt, hier drinnen wurde die Lage immer unerträglicher. Und diese Sophisten beschäftigten sich mit Sein und Seiendem.

Natürlich war auch ihm zu Ohren gekommen, daß all diese Klugscheißer und Händler, die aus dem ganzen Mittelmeer einsickerten, die Athener nicht nur mit feinen Wollstoffen oder schicken Ledersandalen versorgten. Sie informierten sie neben Klatsch und Tratsch auch mit den neuesten Theorien und tiefschürfenden Erkenntnissen über die Beschaffenheit von Himmel und Erde, den sogenannten Wesensursachen und Grundbestandteilen der Welt samt den sich daraus ableitenden Daseinsfragen. Konnte man vormals den Anaxagoras noch als einen realitätsfernen Spinner mit seiner Vorstellung von einem Gesteinsbrocken dort oben am Himmel statt des Helios mit seinem Sonnenwagen brandmarken, so sah es bei diesem Sophisten- und Philosophen-Klüngel anders aus. Sie gründeten Schulen für ein zahlungskräftiges Publikum und verdarben mit ihrem Geschwätz die Jugend. Das verabschiedete Gesetz gegen die Ungläubigen, das mußte er sich widerwillig eingestehen, wirkte nur eingeschränkt bei diesen Zugereisten. Wie eine überdimensionale Woge schwappte mit ihnen im Schlepptau der Schiffe aus dem Osten und aus dem Westen das verderbliche Gedankengut mitten hinein in seine vormals wohlgeordnete und jetzt schon seit vielen Jahren krisengebeutelte Stadt. Und wenn er ehrlich zu sich selbst sein wollte, auch er hatte von diesen Fremden profitiert. Eigentlich verdankte er diesen Rhetoriklehrern aus Sizilien nicht unwesentlich seinen Erfolg in der Volksversammlung. Das mußte er zwar widerstrebend aber auch anerkennend zugeben.

Seine Freunde im Rat trösteten ihn, wenn ihn wieder einmal das Gewissen plagte, weil er sich mit diesen Wortverdrehern eingelassen hatte: „Nur für die Götter und zum Wohle der Stadt haben sie uns geholfen. Die Götter und die Stadt zu schützen, dafür müssen wir alles in unserer Macht Stehende tun, notfalls auch mit Hilfe dieser Rhetoriker oder Sophisten", beruhigten sie ihn. Wenn er auf die Gotteslästerer aufmerksam machen wollte, wiegelten sie meist ab: „Laß diese Wichtigtuer schwätzen, hör einfach nicht hin, wir werden schon rechtzeitig gegen sie einschreiten!"

Erst vor wenigen Tagen hatte er ein Schild über dem Eingang einer dieser neuen Rednerschulen entdeckt. „Was gegen mich spricht, spricht für mich!" stand da in großen Lettern. Er meinte dort auch den jungen Alkibiades in der Schar der lernwilligen Jünglinge gesehen zu haben. Ausgerechnet Alkibiades! Gut, als Angehöriger der Adelsclique und Neffe des an der Pest verstorbenen Perikles konnte sich dieser Jüngling teure Lehrer leisten. Aber insgeheim hatte er sich gefragt, wie sich die Unterweisung in der Kunst der raffinierten Wortverdrehungen mit der angeblichen Suche nach Wahrheit und Gerechtigkeit des Philosophen Sokrates vereinbaren ließ. Hatten sie nicht an den Ständen auf dem Marktplatz getuschelt, daß Alkibiades jetzt schon mehrere Male morgens aus dem Bett des Sokrates gekrochen sei? Wo blieb da der angeblich gute Einfluß des Sokrates auf die Jugend, wenn sich sogar der intimste Freund in die Kunst der Wortverdrehung einweisen ließ?

Diopeithes seufzte tief. Als ob es in diesen Krisenzeiten nichts anderes zu lernen gäbe als dummes Geschwätz. Wenn es nach ihm ging, könnte man all diese unnützen Ausländer aus der Stadt verbannen. Auf diesen ganzen Krimskrams, den sie verhökerten mitsamt ihren ketzerischen Ideen konnte die Stadt verzichten. Er stutzte und überlegte kurz. Bis auf die Getreidelieferungen, das fiel ihm schlagartig ein, Getreide brauchte man für Brot. Und seine Schuhe, in denen er heute ohne Probleme den weiten Weg im Festzug zurückgelegt hatte, und das Tuch seines Mantels, das so weich und angenehm warm um seine Schulter lag? Er wischte sich über die Stirn, als wolle er diese Gedanken aus dem Gedächtnis streichen. Es schien besser, nicht weiter darüber zu grübeln.

Diopeithes holte aus einem Korb die süßen Honigkringel. Den Wein würde er später trinken. Erst sollte ihn die Aufführung auf andere Gedanken bringen. Aristophanes hatte angekündigt, er wolle mit seiner Komödie die Sophisten und Philosophen aufs Korn nehmen und die Gefahr der Gottlosigkeit samt der

Verführung der Jugend. Diopeithes blickte intuitiv auf seine Füße und die neuen Ledersandalen, die er bei diesem Lederhändler Anytos gekauft hatte, als er mitten in das Gespräch des Protagoras mit seinen Schülern hineingeplatzt war! Nein, er brauchte sich trotzdem nichts vorzuwerfen!

Er lehnte sich beruhigt auf der steinernen Sitzbank zurück und biß kräftig in seinen süßen Zuckerkringel. Fast verschluckte er sich. Es begann! Er mußte laut losprusten über die Gestalt, die gerade auf der Bühne erschien. Vor Lachen vergaß er für einen Augenblick sein süßes Zuckergebäck, und verfolgte staunend, wie auf der Bühne-Sokrates als Obersophist in einer korbähnlichen Hängematte hoch oben hereinschwebte, intensiv mit seiner Sonnenbeobachtung beschäftigt.

War es etwa Aristophanes selbst, dessen Kopf in der grotesk verzerrten Maske mit plattgedrückter Nase steckte und der jetzt aufgeschreckt und ungnädig wegen der Störung auf den hereinstolpernden Besucher blickte? Aus dem viel zu kurzen Mantel des großen Meisters, der kaum den dick ausgestopften Bauch verdecken konnte, hingen ein riesiger Phallus und zwei überdimensionale Eier und baumelten zur Freude der Zuschauer bei jeder Bewegung hin und her. Manchmal half Sokrates den Schwingungen ein wenig nach und erntete jedes Mal Lachsalven von den Zuschauerbänken. Sichtlich gelangweilt erklärte er im Gleichklang mit dem Pendelschlag seines Schwanzes von oben herab den dümmlichen Bauern Strepsiades die tiefsten Geheimnisse seiner naturwissenschaftlichen Entdeckungen.

Durch den Lärm der lachenden Zuschauer drangen oft nur Wortfetzen zu Diopeithes. Er bedauerte, daß der beißende Spott und die feine Ironie des Aristophanes oft in den Zurufen und dem Klatschen untergingen. Bei jeder Zote gab es lautstarken Applaus, und dies fast nach jedem zweiten Satz. Allen Athenern ging es wie ihm, alle gierten danach, zu lachen, fröhlich und ausgelassen zu sein, um Krieg und Tod zumindest für eine kurze Weile zu vergessen. Besonders die Figur des grotesk wirkenden

Sokrates erntete tosenden Beifall. Alle kannten den Philosophen vom Marktplatz her, und viele waren selbst Opfer seiner Wortgewandtheit und ewigen Fragerei geworden. Der Inhalt des Stückes traf genau ins Mark. Köderte nicht auch er mit seiner ausgeklügelten Redetechnik die neugierige Jugend? Leugnete nicht auch er die Götter, wenn er von seinem „Dämonion" sprach, von seiner göttlichen Stimme, die ihm angeblich Orientierung bot, wenn sein Verstand zu wanken drohte?

Die Folgen solch raffinierter Beeinflussung zeigte Aristophanes nur allzu deutlich auf. Strepsiades Sohn Pheidippide trieb erst die Gläubiger mit seinen neu erlernten Wortkünsten und der Umkehr der Logik in die Flucht, dann verprügelte er Vater und Mutter und rechtfertigte die Ungeheuerlichkeit an seinen Eltern mit der wortverdreherischen Logik. Der hilflose Strepsiades steckte in seiner Ohnmacht und Wut aus Rache das Haus der Sokrates in Brand.

„Dämonisches Verhängnis! Ich verbrenne!", versuchte sich Sokrates vor dem zusammenstürzenden Dach zu retten.

Aber Sprepsidades ließ sich nicht erschüttern und feuerte seinen Gehilfen an, die herausspringenden Schüler mitsamt ihrem Lehrer zu verprügeln.

Als der reale Sokrates nach der Vorführung von seinem Platz mitten im Theater aufstand und mit erhobenen Händen winkend grüßte und lachte, johlten die Zuschauer und klatschten. Der Beifall wollte kein Ende nehmen.

„Jetzt lachst du noch" murmelte Diopeithes vor sich hin. „Irgendwann wirst auch du zur Rechenschaft gezogen."

Auf dem Heimweg rief sich Diopeithes noch einmal das entlarvende Geschwätz in Erinnerung. Da war diese Stelle am Schluß, die Rache des Strepsiades, als dieser das Dach des Sokrates angezündet hatte. Diopeithes konnte nicht ganz seine innere Genugtuung unterdrücken, während er den Schlüssel in die Haustür steckte: 'Recht so, dies ist der Dank für Euren Götterspott!' Das hätte auch von ihm sein können! Die Tür quietschte und ächzte, als er sie öffnete, aber das störte ihn heute nicht. Der letzte Satz des Strepsidaes hatte sich ihm tief eingeprägt und würde hoffentlich auch allen Athenern im Gedächtnis bleiben: 'Zehnfach verdienen sie's, die Atheisten!'

Diopeithes seufzte, als er sich auf das Bett fallenließ. Würde das nie aufhören mit diesen Gotteslästerern? Hatte man den einen aus der Stadt verbannt, schon wuchsen die nächsten heran wie Pilze bei Regen und Sonnenschein. Ihre Theorien mochten diese Unruhestifter sonst irgendwo verbreiten. Die Welt war groß. Aber manchmal schritten die Götter selbst ein, darauf baute er. In diesem Glauben ließ er sich nicht erschüttern.

Die Bestätigung seines unerschütterlichen Vertrauens an die drohende Rache der Götter kam ihm bald zu Ohren. Diopeithes vernahm mit Genugtuung, als sie an den Marktständen die neuesten Nachrichten verbreiteten. Nach der Verbannung dieses Protagoras schickte Poseidon den Nordwind Boreas. Das Schiff mit dem Gotteslästerer an Bord versank mit Mann und Maus irgendwo im Meer, und man hörte nichts mehr von ihm. Wenngleich sein Spruch von der Wahrheit, die immer vom subjektiven Standpunkt des Betrachters abhängt, nicht ganz aus der Welt zu schaffen war. Das mußte sich Diopeithes eingestehen. Daß er den Menschen zum Maß aller Dinge erklärt hatte, konnte man noch tolerieren. Die Wut kochte in seinem Innern hoch, wenn er an die laut bekundete Erkenntnis des Protagoras dachte. Voller Überzeugung hatte verkündet: Von den Göttern vermöge er nicht zu wissen, weder daß sie sind, noch daß sie nicht sind. Denn vieles stünde dem Wissen entgegen: Die Unsicherheit menschlicher Erkenntnis und die Kürze des menschlichen Lebens.

"Ich möchte endlich meine Ruhe, endlich meine Ruhe haben, vor diesem neumodischen Gedankengut", murmelte Diopeithes vor sich hin. „Sie sollen die Götter und mich in Ruhe lassen! Was für eine Welt, wenn wir nicht mehr an das Überbrachte und von unseren Vätern Weitergegebene glauben können!"

Diopeithes flanierte auch noch mit grauen Haaren und stolzgeschwellter Brust an seinem in Stein gegossenen Gesetzeswerk vorbei. Die Amphoren mit Wein waren zu seinem Bedauern nach und nach versiegt, die Beutelchen mit Münzen blieben gänzlich aus, die olivfarbenen Schenkel der Phryne öffneten sich nur noch in seinen nächtlichen Gedanken. Eine kleine Genugtuung hatte ihm der Prozeß gegen den Oberphilosophen Sokrates bereitet. Auch wenn manche munkelten, die Verurteilung und der Tod des Sokrates durch den Schierlingsbecher sei seinem politischen Wirken unter der Terrorherrschaft der Dreißig nach dem schmählichen Ende des Krieges geschuldet. Für ihn war dessen unrühmliches Ende die Rache der Götter.

Im Hader mit seinem Schicksal mußte er erkennen, daß Undank der Welten Lohn ist und trotz seines selbstlosen Einsatzes die Querdenker in der Stadt auch weiterhin wie Pilze aus der Erde sprossen. Neue Denker, andere Namen, erfindungsreiche Strategien, es hörte nicht auf, das war das Schlimme! Diopeithes konnte sich der Einsicht nicht verwehren, daß sich die kritische Beschäftigung mit den Fragen nach dem Zusammenhang von Diesseits und Jenseits und der Existenz der Götter nicht mehr aus der Welt schaffen ließ. Denn hatte man erst einmal die Büchse der Pandora geöffnet, war sie nicht mehr zu schließen.

Am zweiten Weihnachtsfeiertag beschloß ich, den Fußstapfen des Großvaters und seinen Ritualen am Ende einer Geschichten zu folgen. Ich verschloß fest die ungeschriebenen Zeilen zwischen den Buchstaben der Seiten, klappte den sperrigen Deckel des Buches zu, ebenso alle Werke über Gottlose, Ungläubige und Frevler, die sich auf dem Schreibtisch ausgebreitet hatten, stellte sie in den Bücherschrank und setzte meine Brille ab.

Für den Tsai Wuna suchte ich eine hübsche Dose mit Blütenranken und verstaute sie gemeinsam mit der Büchse der Pandora in die hinterste Ecke der Speisekammer. Nicos Seelennahrung, die Cognac-Flasche, fand ihren Platz im obersten Schrankfach. Abends vor dem Kamin trank ich gelegentlich ein Gläschen Wein, wobei hin und wieder der Gedanke in den Vordergrund drängte: War ich zu tief in die unteren Schichten der Geschichten der Geschichte eingedrungen? Hatte ich beim Öffnen der ungeschriebenen Zeilen irgendwo angeklopft?

Buch III
DAS ENDE DES ANFANGS

Immer halte Ithaka im Sinn.
Dort anzukommen, ist dir vorbestimmt.
Doch beeile nur nicht deine Reise.
Besser ist, sie daure viele Jahre.

(Konstantinos Kavafis)

III-1 Der Dreierbund

'Ochi' und "ne' sind zwei der wichtigsten Vokabeln griechischer Wortschöpfungen und deren zweifelsfreier Gebrauch unabdingbar für jeden Besucher des schönen Hellas. 'Ochi' und 'ne' können Türen öffnen oder auch blitzschnell schließen, das spiegelt sich am deutlichsten in dem Augenausdruck des griechischen Gegenübers wider. Ein fröhliches Aufblitzen ist wie ein 'Bingo', also ein Volltreffer, ein verlegenes Wegschauen oder gar eine Furche über der Nasenwurzel in Kombination mit etwas zusammengekniffenen Augen erfordert ein blitzschnelles Überdenken der rudimentären Sprachkenntnisse, um eine Korrektur einzuleiten und weitergehende Konsequenzen zu verhindern.

Eleni trat in mein Leben dank meines mangelhaften griechischen Wortschatzes und kaum vorhandener grammatikalischer Fundamente. Ich schob den Stapel Bücher an den Rand des Schreibtisches und vertagte erst einmal die Feldarbeit an den Stätten der antiken Griechen, speziell der Westlichen Lokrer. Ein dringlicheres Problem schob sich in den Vordergrund. Ich konnte es inicht mehr ertragen, den Griechen mit einem freundlichen „Ne", also dem deutschen „Ja" zu antworten und zustimmend mit dem Kopfe zu nicken, obwohl ich nur mit viel Phantasie und weitgefaßter Interpretation von Mimik und Gestik den ungefähren Inhalt der Rede erahnte. Oft mußte ich meine abweichende Meinung, die ich durch heftiges Zurückwerfen des Kopfes, Schnalzen mit der Zunge und dem dazugehörigen „Ochi" ausgedrückt hatte, blitzschnell korrigieren, da ich an der

Erstarrung der Mundwinkel und dem skeptischen Augenausdruck meines Gegenübers intuitiv erkannte, daß meine Ablehnung negative Konsequenzen nach sich ziehen würde.

Ein Schlüsselerlebnis, das zu dem entscheidenden Beschluß beitrug, meine bescheidenen Sprachkenntnisse zu ergänzen, stellte der Arbeitseinsatz meines bewährten Klempners Georgeos dar. In der Küche floß das Wasser ohne Unterbrechung seitwärts aus dem Hahn und breitete sich langsam über den Küchenboden aus. Ich konnte das Wegschwemmen der Küche und vielleicht des gesamten Hauses verhindern, da ich wußte, wo sich der Hebel zum Abstellen des Hauptwasserhahnes befand. Das Abdrehen sämtlicher Wasserzufuhr bedeutete lediglich einen kurzfristigen Lösungsansatz. Kein Wasser im Haus konnte man stundenweise ertragen, aber nicht tagelang.

Georgeos kam nach meinem telefonischen Hilferuf noch am gleichen Nachmittag, um Abhilfe zu schaffen und hatte sicherlich alle anderen Arbeitseinsätze unterbrochen, um mich und mein Haus zu retten. Trotz dieses sicherlich nicht unproblematischen und nicht geplanten Notdienstes lachte er freundlich und redete mit Händen und Augen auf mich ein, was ich in Ermangelung eines fundierten griechischen Wortschatzes dahingehend interpretierte, daß er mir mit Worten, die ich nicht verstand und mit wilden Gesten, von denen er hoffte, daß ich sie richtig interpretierte, zu verstehen geben wollte, dies sei kein so großes Problem für ihn. Er würde das bald gelöst haben. Er blickte mich strahlend von oben an, er war großgewachsen, mindestens einsfünfundneunzig. Sein Aussehen, blaue Augen, braune Haare, die gesamte Ausstrahlung erinnerte mich mehr an den Durchzug der Goten vor mehr als tausendfünfhundert Jahren oder an den letzten nicht so erfreulichen Aufenthalt der Nachfahren der Goten und Germanen während des

Zweiten Weltkrieges, als an das antike Hellas oder die dunkelhaarige Fremdherrschaft der Muselmanen. Alle seine Kunden fühlten sich durch seine Herzlichkeit und sein immerwährend freundliches Wesen angezogen. Offensichtlich hatte seine Art auch nachhaltigen Einfluß bei Frauen, zumindest bei einer, denn er hatte mit ihr vier Kinder gezeugt und war lange Jahre verheiratet. Und was nicht ganz unbedeutend schien: Georgeos übte sein Handwerk nicht nur freundlich und mit einem Lachen um die Lippen aus, sondern er kannte die verborgenen Geheimnisse der Wasserrohre, der Wasserhähne, der Toilettenspülungen mit all ihren Tricks und Tücken und rückte ihnen geschickt zuleibe. Georgeos genoß den Ruf eines zuverlässigen und geschickten Handwerkers, dem man vertrauen konnte.

Er fand auch diesmal schnell die Ursache des Lecks, da war nicht mehr viel zu reparieren, die gesamte Batterie mußte austauscht werden. Als ich nach Beendigung seiner Arbeit nach der Rechnung fragte, zückte er unaufgefordert seinen Quittungsblock, füllte alles korrekt aus, und ich beglich den Betrag.

Irgendetwas während seines stillen Schreibens mußte mich spontan animiert haben, ihm mit meinen holprigen Sprachkenntnissen meine tiefe Achtung für die korrekte Quittung auszudrücken, ein Dokument, das nicht selbstverständlich im Land der Hellenen überreicht wird, so jedenfalls meine Erfahrung. Oder hatte mich der Ausdruck seiner geduldig und immer freundlich blickenden Augen dazu angeregt? Entgegen mancher sonstigen Erfahrung mußte ich Georgeos bisher noch kein einziges Mal an das Ausstellen einer Rechnung erinnern.

Ich kramte in meinem Reservoir der irgendwann einmal aufgeschnappten Worte. Wie hieß das Wort für Staat noch einmal? Strato, stratos, er würde mich sicher verstehen. Ich fing also mit meinem Suchen nach dem richtigen

Vokabular für die permanente Finanznot des Staates an und daß es deshalb sinnvoll und vor allem lobenswert sei, Quittungen auszustellen und die Mehrwertsteuer oder Umsatzsteuer an den Staat zu zahlen.

"O stratos theli lefta", begann ich und fühlte mich, als gebrauche ich eine Baby-Sprache. 'Der Staat braucht Geld'.

Georgios lächelte mich sanft an. Ermuntert durch die freundliche Anteilnahme fuhr ich fort.

"Yia panepistimion", für Universitäten.

Ich wollte eigentlich zu allererst auf die Krankenhäuser hinweisen, die chronisch defizitär arbeiten, das passende Wort wollte mir beim blitzartigen Durchforsten meines abgespeicherten Lexikons nicht einfallen. Der Finanzbedarf von Universitäten schien mir jedoch ebenfalls ein anschauliches Beispiel. Georgeos Lächeln schien ein wenig zu erstarren. Erinnerte er sich an manche Berichte über die schlechte finanzielle Lage an den Universitäten und die mickrigen Gehälter der Bediensteten? Ich deutete deshalb auf die vor mir liegende Quittung und mir fielen die Schulen ein und - ach ja, das Bildungssystem insgesamt schluckte viel Geld. Das Wort für 'Schule' war mir geläufig.

"Kai yia skolies", und für die Schulen fügte ich hinzu und tippte mehrere Male mit dem Zeigefinger auf den neben meiner Quittung liegenden Quittungsblock. Doch, plötzlich war das Wort für Krankhaus wieder da.

"Kai yia nosokomies" und für Krankenhäuser.

Georgeos wirkte etwas verunsichert. Deshalb tippe ich wieder auf meine Quittung. Ich wollte ihn daran erinnern, daß die Mehrwertsteuer an das Finanzamt gezahlt werden muß, um die staatlichen Ausgaben zu finanzieren.

"Ikositria tis ekato yia yia yia ..." dreiundzwanzig Prozent für, ja wie hieß noch einmal Finanzamt, was stand auf dem Beleg, den ich beim Steuerberater erhielt? Ach ja, ich erinnerte mich.

"Yia eforia" tippte ich noch einmal demonstrativ auf den Quittungsblock. Ich war erfreut, das Wort gefunden zu haben.

Georgeos Lächeln geriet etwas schief. Auch er tippte jetzt zögernd auf den Quittungsblock, schaute mich fragend an, zückte den Kugelschreiber. Hatte er mich richtig verstanden? Er redete langsam und vorsichtig auf mich ein, lächelte verlegen und schlug die nächste Seite des Quittungsblockes auf. Hatte er mich nicht richtig verstanden? Was wollte er mit einer neuen Quittung? Mir fielen meine Versuche ein, bei meinen Einkäufen Rechnungsbelege zu erhalten. Ja, das war ein gutes Beispiel. Die Tankstelle, bei der ich immer tankte und die neuerdings dazu überging, nur noch auf Nachfrage eine Quittung auszustellen. Ich hatte schon überlegt, ob ich nicht die Tankstelle wechseln sollte. Offensichtlich vertraute man mir dort und hielt es für unverfänglich, langsam zu den griechischen Sitten überzugehen und die Mehrwertsteuer zwar abzukassieren, aber in die eigene Tasche verschwinden zu lassen.

"Orchi yia petreleo", nicht für Benzin, deutete ich auf meinen Rechnungsbeleg.

Georgeos lächelte jetzt überhaupt nicht mehr, die Hand mit dem Kugelschreiber sank hilflos herab, der Ausdruck in den graublauen Augen wirkte fragend. Ich fühlte intuitiv, irgendetwas war schiefgelaufen. Mein Kompliment über die ungefragte Ausstellung eines Quittungsbeleges schien nicht so erfolgreich zu verlaufen, wie ich es mir vorgestellt hatte. Schnell grapschte ich nach meiner Quittung und versuchte ihn entwaffnend anzulächeln.

"Indaxi, indaxi" schob ich nach. In Ordnung, alles ist in Butter.

Georgeos schien erleichtert, lächelte wieder, zwar immer noch zaghaft und wie unter Zwang.

"Indaxi", schob ich noch einmal hinterher.

Georgeos hatte verstanden, daß unsere zwanglose Unterhaltung jetzt beendet war, packte seinen Quittungsblock und den Kugelschreiber in die Seitentasche seiner Jacke. Ich begleitete ihn freundlich lächelnd und etwas hilflos mit den Schultern zuckend zum Ausgang.

Nach diesem Erlebnis reifte in mir die Einsicht, eine erweiterte Kenntnis des Griechischen könne von erheblichem Vorteil sein. So saß ich eines Tages in Elenis Sprachschule mit der Hoffnung, meine Ausdrucksmöglichkeiten in der griechischen Sprache bald über das peinliche nach Worten suchende Gestammel emporstemmen zu können.

Eleni war eine resolute Mittvierzigerin, die auf Anhieb etwas Vertrauenserweckendes ausstrahlte. Die Augen spiegelten ihre Seele, und wenn sie lachte, bildeten sich nicht nur kleine Fältchen um die Augen, sondern sie sprühten vor überschäumender Lebensfreude und Energie. Dabei entblößte der Mund weiße, geradestehende Zahnreihen und der üppige Busen hob und senkte sich mit jeder glucksenden Lachsalve im Gleichklang. Das dunkle Haar trug sie kurz. Der Anblick der unter Kontrolle gehaltenen Haarpracht vertiefte das Bemühen um Ernsthaftigkeit, wenn sie sich den Lektionen oder meinen Fehlern widmete. Die grauen Augen blickten dann streng und ließen keine Zweifel an ihrer autoritären Durchsetzungskraft zu. Die leicht mollig gerundete Gestalt mit der beeindruckenden Oberweite strahlte gleichzeitig etwas Mütterliches aus, die gerade Körperhaltung und die durchgedrückten Schultern verrieten eine resolute Persönlichkeit. Sie lachte gerne und viel, und ihre Stimme verriet dabei ein reiches Repertoire an Höhen und Tiefen mit zahlreichen Zwischentönen. Mahnte sie eine unkorrekte Aussprache an, sprach sie fast eine Oktave tiefer, zurückgekehrt in den normalen Tonfall konnte sie ihre Worte melodisch schwingen lassen. Die erstaunliche Fähigkeit, aus diesem Fundus von Fröhlichkeit und

Ernsthaftigkeit beliebig schöpfen zu können, verlieh ihr nicht nur eine durchsetzungsfähige Ausstrahlung, sondern auch Respekt bei ihrer Schülerschaft und eine große Beliebtheit, so hatte man mir berichtet.

. In einer der Unterrichtstunden erzählte sie von ihren Geschwistern und der Verantwortung, die sie schon früh für die Familie übernommen hatte. Diesen sympathischen Charakterzug mußte ich von Anfang gespürt haben, als ich ohne zu zögern und mit vollstem Vertrauen meine bescheidenen Sprachkenntnisse in ihre Hände legte. Eleni war mir empfohlen worden, da sie nicht nur ihre griechische Muttersprache beherrschte, sondern dank eines Sprachstudiums in Deutschland in Kombination mit einer langjährigen Unterrichtspraxis über die besten Voraussetzungen und Erfahrung verfügte, mit Schülern, sicher auch mit begriffsstutzigen wie mich, umzugehen. Ähnlich dem Glauben, eine Bank werde das eingebrachte Kapital gewinnbringend vermehren, hegte ich die Hoffnung, mit ihrer Hilfe würde es gelingen, mein stümperhaftes Griechisch wachsen und gedeihen zu lassen und soweit auszuformen, um mir den Umgang mit den freundlichen Menschen in diesem sonnenverwöhnten Lande zu erleichtern.

Bei unserem Kennenlernen schilderte ich ihr den mißlungenen Versuch, meinem Klempner Georgeos ein Kompliment für seine unaufgeforderte Ausstellung von Quittungen zu machen. Schnell stellte sich heraus, daß Georgeos auch Elenis Hausklempner war und sie bohrte nach, mit welchen Worten ich ihm meine Hochachtung ausgedrückt hatte. Ich hatte meine Wortwahl noch gut in Erinnerung, die sich wegen der verzweifelten Suche nach den richtigen Ausdrücken und der während des Gesprächs aufflammenden Peinlichkeit genauestens eingeprägt hatte. Eleni explodierte vor Lachen, noch bevor ich geendet hatte. Bei jedem neuen Begriff verstärkten sich ihre Lachsalven.

Die Tränen schossen ihr aus den Augen, sie prustete, sie hielt sich mit beiden Händen am Tisch fest, als suche sie Halt, lachte ohne jegliche Hemmung und Kontrolle, der Busen hüpfte auf und ab. Oh Gott, schoß es mir durch den Kopf, was habe ich da nur angestellt. Ob Georgeos das auch so lustig fand? Es hatte für mich nicht so ausgesehen. Konnte ich ihm je wieder unter die Augen treten, ohne mich in Grund und Boden schämen zu müssen? Oder mußte ich mir gar einen anderen Klempner suchen?

Als sich Eleni langsam beruhigt hatte, schnappte sie erst einmal einige Male nach Luft, bevor sie mir den Sinn meiner als Kompliment gedachten Worte erklärte.

"Stratos ist ein Männername, Du meintest 'gratos'. Gratos heißt der Staat. Du hast ihm also zu verstehen gegeben, daß Stratos dein Freund oder Mann sei. Georgeos mußte annehmen, daß du für diesen Kerl enorm viel Geld benötigst. Für die Universität, für die Schulen, für die Krankenhäuser. Und 23 Prozent kassiert außerdem das Finanzamt, vielleicht für Rechnungen, die für ihn zu bezahlen sind. Deshalb hat Georgeos wahrscheinlich nach dem Block gegriffen, unsicher, ob Du mit ihm über den Preis verhandeln wolltest, weil Dein Freund Stratos so viel Geld verschlingt."

Eleni prustete erneut los, die Tränen schossen ihr schon wieder aus den Augen.

"Der arme Georgeos, er wußte wahrscheinlich gar nicht, wie er sich verhalten sollte, wenn Du ihm die intimsten Dinge aus Deinem Leben verrätst, daß du von einem Freund geschröpft wirst, für den du finanziell ausblutest, um seine Krankenhausrechnungen zu bezahlen, für Schulen und Universitäten. Aber für Benzin braucht er kein Geld, hast Du ihm zu verstehen gegeben, Dein Stratos fährt also kein Auto."

Elenis Busen hob und senkte sich wieder, sie versuchte die erneut aufflammende Lachsalve zu unterdrücken und wischte sich die Tränen aus den Augen.

"Ich werde Georgeos anrufen und ihn fragen, was er verstanden hat und werde dann das Mißverständnis aufklären."

Erleichtert begann ich, mein Griechischbuch aufzuschlagen und nahm mir vor, eine gute und fleißige Schülerin zu werden.

Es war noch Winter, und ungewöhnlich naßkaltes Wetter, als wir mit unserer ersten Unterrichtsstunde begannen. Das aufgewühlte Meer schwängerte die Luft mit feuchten Aerosolen, die heftigen Sturmböen trieben die naßkalten Winde selbst durch dicke Pullover bis auf die Haut. Eleni hatte zur Erwärmung von Geist, Seele und Körper einen kleinen Heizofen eingeschaltet, der den Raum mit dem großen runden Tisch auf unsere beiden Stühle nahe der Wärmequelle zusammenschrumpfen ließ. Der Blick durch die zweiflügelige Balkontür mit den weißen Sprossenfenstern fiel auf die Mauern eines kleinen Hafenbeckens, in dem einige wenige Fischerboote schaukelten, die sich hinter das mittelalterliche Mauerwerk duckten, um Schutz vor den tückischen Winden und den heranstürmenden Wellen des Meeres zu finden.

Elenis Stimme holte mich zurück zum eigentlichen Zweck meiner Anwesenheit.

„Ich habe mit Georgeos telefoniert. Ich habe mir natürlich nichts anmerken lassen, sondern ihn gefragt, ob er Dich verstanden hat. Ich erzählte ihm, Du würdest jetzt bei mir Griechischunterricht erhalten. Am Anfang, meinte er, hätte er Dich nicht ganz verstanden, aber durch Zeichensprache und mit der Erwähnung der 23 Prozent hätte er kombiniert, daß Du nicht wegen des Preises feilschen wolltest, sondern daß es um das Ausstellen der Quittung ging und du ihm zu verstehen geben wolltest, daß dies nicht selbstverständlich in Griechenland sei."

Eleni gluckste vor sich hin, wurde dann aber schlagartig ernst.

"Um künftigen Mißverständnissen vorzubeugen, wollen wir einmal schauen, welchen Wissenstand du bereits hast."

Eleni schlug das Unterrichtsbuch auf. Sie überflog die Lektion.

"Lies mir vor, ich will hören, wie gut Du die Aussprache beherrschst!"

Ich stolperte von Satz zu Satz, bis sie mich unterbrach: "Hör gut zu, und schau auf meinen Mund und die Zunge! Katze, ngata, ng, ng, ngata, ngata, so spricht man das gamma."

Die Ngata, die griechische Katze sah bei Eleni einfach aus, entpuppte sich aber als eine Lautfolge, dem mein deutscher Gaumen energischen Widerstand bot und endlose Versuche nach sich zog, bis ich mir Tricks ausdachte, um dem erhobenen Zeigefinger der strengen Lehrerin zu entgehen. Mit der Zeit beherrschte ich Nuscheln mit tiefgebeugtem Kopf oder den Trick, mit gedämpfter Stimme über verdächtige Worte hinwegzuhuschen, oder Ablenkungsmanöver durch künstlich aufgeworfene Fragen, die Eleni einige Male durchgehen ließ, um dann energisch zu intervenieren und mich wieder auf den ernsthaften Pfad des Lernens zurückzuführen und geduldig mein halb verschlucktes Wort zur Wiederholung anmahnte.

Aber es blieb nicht nur bei der griechischen Katze. Vor uns lagen unendlich viele Lektionen. Ich kämpfte mich mit viel Geduld durch das Unterrichtswerk von einer Seite zur anderen. Alleine der neben mir stehende Heizofen mit dem hohen Stromverbrauch und die gelegentlich aufflammende Erinnerung an mein irreführendes Gestammel bei meinem Klempner Georgeos verpflichteten mich, den Lerninhalten meine hohe und konzentrierte Aufmerksamkeit zu schenken. Die Hürden begannen bereits mit dem Lesen der Texte. Die an ägyptische Hieroglyphen erinnernden Buchstaben, manche ähnlich der sumerischen Keilschrift, bedurften in der logischen Zusammenfügung zu einem mir fremden Wort oder gar eines ganzen Satzes einen nicht unerheblichen Zeitaufwand. In meiner Phantasie tauchten Archäologen in ägyptischen Grabmälern und in alten Filmen auf, in denen die Pioniere der Ägyptologie in mühsamen Versuchen Kartusche für Kartusche an den beschriebenen und bemalten Wänden enträtselten. Ich konnte eine gewisse Befriedigung nicht unterdrücken, wenn mir eine Entcodierung eines schwierigen griechischen Wortes gelungen schien und sich dadurch peu à peu Rituale und Geheimnisse der griechischen Sprache und der griechischen Lebensweise erschlossen.

Auf diesem Wege erfuhr ich, daß Großväter vor dem Essen gerne einen Ouzo trinken, da er appetitanregend wirkt, der Anisschnaps aber wegen seiner Stärke mit Wasser verdünnt werden muß.

Eine weitere Dechiffrierung eines Satzes klärte mich über den hohen Zigarettenkonsum einer jungen Dame auf, der ich nicht zu begegnen wünschte, da sie so viele Zigaretten rauchte, daß sie nicht einmal wußte, wie viele es waren. Und diesem Herrn, dessen Leidenschaft sich auf das Qualmen dicker Zigarren konzentrierte, den wollte ich schon gar nicht treffen, geschweige denn mit ihm in einem Raum sitzen, obwohl ich das Wort ‚buro' für Zigarre eigentlich recht klangvoll fand, viel zu schön für diese stinkenden Stengel. Als überzeugte Nichtraucherin schlug mich Zigarettenrauch und erst recht der Gestank von Zigarren in die Flucht. Ich bezweifelte, ob mir diese neuen Vokabeln tatsächlich helfen konnten.

Welch erfahrene und diplomatische Lehrerin Eleni war, bewies sie mit einem Praxistest.

„Was hältst du davon, wenn wir einmal zusammen Kaffeetrinken gehen?" schlug sie nach dem erfolgreichen Abschluß der Raucher-Lektion vor. „Morgen Nachmittag?"

Als wir durch die große Flügeltür in den riesigen Raum des Cafés traten, ahnte ich, dieser Cappuccino würde in direktem Zusammenhang mit der letzten Unterrichtsstunde stehen. Das junge Volk, die vielen Gruppen älterer Herren, dazwischen ein paar Frauen, schnatterten und lachten, tranken Kaffee und – rauchten! Der kurze und sich blitzlichtartig festsetzende Eindruck hinterließ zumindest den Eindruck, als säßen hier viele „Thespinis", viele dieser jungen Damen aus meiner Lektion, die ihre gerauchten Zigaretten nicht mehr zu zählen vermochten, nebst den sich in der Übermacht befindenden qualmenden Männern. Diesen Eindruck verstärkte beim Eintreten aus der frischen Außenluft der leicht beißende Qualm, den man beim ersten Schritt in den warmen Raum ungefiltert einsog. Zigarrenrauch schien zu fehlen, stellte ich sofort erleichtert fest.

„Schau, hier wird gerade ein Platz frei, schnell, bevor uns jemand zuvorkommt", steuerte Eleni auf einen Tisch zu. „Komm, setz dich hierhin, von hier aus kannst du aufs Meer blicken".

Eleni rückte fürsorglich den Stuhl zurecht und drückte mich auf den gepolsterten Sitz des kleinen Sessels.

„Trinkst du einen Cappuccino?" fragte sie und bestellte gleich bei der Bedienung, die am Nebentisch stand und sich gerade entfernen wollte. „Wie gefällt es dir hier? Dies ist das beliebteste Café, das siehst du schon an den vielen Leuten. Und es ist draußen kalt, da sucht man sich eines mit Zentralheizung."

Der Cappuccino dampfte wenig später auf dem Tisch, die Gläser mit Wasser standen daneben und reihten sich um den Aschenbecher.

„Du bist Nichtraucherin, ich bin Nichtraucherin, eigentlich ist hier Rauchverbot, aber keiner hält sich daran. Die Bedienung nimmt es dir nicht übel, wenn du sie bittest, ihn mitzunehmen, sie hat ihn sicher übersehen."

Eleni deutete auf den Aschenbecher, in dem sich die Kippen unserer Vorgänger gesammelt hatten. Kein Lächeln umspielte ihre Mundwinkel, genau das hatte ich befürchtet. Ein Praxistest unter den Augen der gestrengen Lehrerin. Ich hatte während der Raucher-Lektion mehrere Anläufe gebraucht, um das schwierige Wort für Aschenbecher, diesen Zungenbrecher stachtothochío, stachtothochío, stachtothochío zu üben, bis es mir mit Pausen nach dem ersten ‚stachto', der zweiten Pause nach dem ‚tho', gelang, zum ‚chio' vorzudringen und mir die Bruchstücke zusammengesetzt flüssiger über die Lippen schlüpften. Erinnerungen an das Schreiben der Abiturarbeit krochen nach Elenis diplomatischer Aufforderung, aus dem Gedächtnis, gleich hinterher schob sich das Schreckerlebnis der mündlichen Examensprüfung. Und unweit von uns bestellte gerade eine junge Dame die Rechnung, die wie in Lektion VIII pausenlos Zigaretten rauchte.

„Parakalo thesbinis, bitte, Fräulein", hob ich mutig die Hand in Richtung der herannahenden Bedienung.

„Ne, indaxi, tha ertho se ligo."

Das verstand ich: 'Ja, in Ordnung, ich komme gleich.', hatte sie gerufen. Eleni trank unbeeindruckt ihren Cappuccino und winkte einem Herrn ganz weit hinten zu.

„Er war einmal mein Schüler", erklärte sie.

„Parakalo?"

'Bitte?' hörte ich die Bedienung neben uns.

„Then kapnisome, parakalo bouritte na pernete ton stachtothoxío?"

War alles richtig? Wir rauchen nicht, können Sie bitte den Aschenbecher mitnehmen? Ich hatte versucht, die Worte mit einem freundlichen Lächeln zu garnieren. Die nette Bedienung nickte freundlich und entschwand lächelnd mit dem mit Kippen gefüllten Aschenbecher, sie hatte mich verstanden.

Eleni griff in ihre Handtasche, kramte darin herum und zog einen Lollipopp heraus.

„Bei besonders schwierigen Aufgaben belohne ich meine Schüler immer mit etwas Süßem."

Ich bedankte mich überschwenglich auf Griechisch, und wir tranken unter viel Gelächter mit Vergnügen und mit Blick auf die anbrandenden Wogen des Meeres und eingeräuchert von dem Qualm der Zigaretten um uns herum unseren Cappuccino. Der rote Lollipopp steht immer noch gut sichtbar auf meinem Schreibtisch in einem Gläschen, als Erinnerung und Mahnung, daß selbst die schwierigsten Situationen bewältigt werden können, wenn man sie anpackt.

Eleni entschuldigte sich in der nächsten Unterrichtsstunde für die Qualmerei, die Griechen würden ein wenig hinterherhinken mit den Nichtraucherbestimmungen. Aber die Einstellung zum Rauchen würde sich – siga-siga - langsam auch hier ändern.

Sie hatte sich inzwischen ein neues Konzept überlegt und überraschte mich mit der schwierigen Aufgabe, ich sollte beim nächsten Mal erzählen, was ich in der vergangenen Woche alles erlebt hatte – auf Griechisch!

Das schien schwerer als gedacht und offenbarte gleichzeitig die vielen noch vorhandenen Lücken. Auf dem Weg zur nächsten Unterrichtsstunde geriet meine Vorarbeit mit sämtlichen eingeübten Sätzen ins Wanken. Ich stand in einem Stau und kämpfte mich Meter für Meter an einem

Unfall vorbei, bis ich genervt und verspätet bei Eleni eintraf. Eleni gab sich gnadenlos und ungerührt:

„Deine Entschuldigung bitte! Auf Griechisch! Und die Schilderung des Unfalls! Und wie die Autos aussahen bitte auch!"

Seitdem quälen mich keine Probleme, wenn ich eine griechische Werkstatt aufsuche, um die Reifen zu wechseln oder die Batterie auszutauschen. Ich ziehe in seltenen Fällen noch einmal kurz mein Vokabelheft zu Rate, und die Mechaniker staunen über mein Fachwissen. Nicht sehen können sie das deutsche Wort „Auspuff" mit vielen Ausrufe- und Fragezeichen. Eleni hatte dieses unverfängliche Wort an die Tafel geschrieben, einen dicken Strich zwischen „Aus" und „pfuff" gezogen und mich lachend gefragt:

„Weißt du, warum sich das Wort „Auspuff" aus „Aus" und „Puff" zusammensetzt?"

Elenis Busen begann sich zu heben und zu senken, bevor sie lachend losprustete:

"Wenn ich meinen griechischen Schülern erkläre, daß der Auspuff dazu dient, die Abgase am Auto in die Luft zu blasen, ist fast immer ein besonders Kluger dabei, der dann neugierig fragt, was bedeutet 'Puff'? Ich muß dann die Bedeutung des zweiten Wortes auch noch erklären!"

Eleni lachte dabei umwerfend. "Aber du kennst mich ja, nach meinem kurzen Vortrag werden sie nie mehr im Leben dieses Wort vergessen. Ich hoffe, sie gebrauchen es nicht allzuoft!"

Der Busen hüpfte auf und ab und konnte sich bei Elenis Lachsalven kaum mehr beruhigen.

Während der verbleibenden Wintermonate, das ahnte ich, würden mich drei Aufgabenfelder beschäftigen: Elenis Griechisch Unterricht, der an der Seite geschobene Bücherstapel für die Abende am Kamin und das Zusammenführen der während der Feldarbeit an Weihnachten gesichteten Überreste der Ozolischen Lokrer mit seinen manchmal nicht so friedfertigen Nachbarn.

Sigasiga, unabdingbare Worte in Griechenland, so hatte mir Eleni beigebracht, langsam kehrte der Frühling zurück, die ersten Schwalben trafen ein, der Heizofen am Marmortisch blieb ausgeschaltet. Eleni eröffnete die neue Lektion mit der überraschenden Mitteilung, sie halte meine Sprachkenntnisse für ausreichend, um den griechischen Alltag zu bewältigen.

„Du kannst genug Griechisch, um hier zu überleben, du wirst in der Praxis mehr und mehr dazulernen. Nutze die Zeit für schönere Dinge, als Dich mit Schulbüchern durch unsere schwere Sprache zu quälen!"

Sie lachte umwerfend, die Augen blitzten, die Stimme hüpfte vor Freude, das Auf und Ab des Busens unterstrich ihre Heiterkeit. Für einen kurzen Moment verfiel ich dem Trugschluß, das sei ein Kompliment für meine Fortschritte, und kein Hinauswurf aus ihrer Sprachschule durch die Hintertür, bis sie betont sachlich nachsetzte:

„Es bleibt mir wenig Zeit für Einzelunterricht, meine Assistentin fällt aus, sie hat eine feste Anstellung angenommen und nur noch wenig Zeit, um bei mir einzuspringen."

Nach meiner letzten Griechisch-Stunde kämpfte ich mich alleine durch die Wirren der unbekannten Laute. Mit Hilfe meines erweiterten Wortschatzes, eingebettet in eine korrekte grammatikalische Form, gerieten 'ne' und 'orchi' nur noch selten zu Stolperfallen für Fehlinterpretationen. Bei berechtigten Zweifeln bat ich höflich, das Gesagte zu wiederholen, was mich zwar geistig disqualifizierte, aber bei meinen Gesprächspartnern nicht mehr die peinlichen Momente des ungläubigen Staunens hervorrief. Ich lernte die Griechen als ein sehr höfliches Volk schätzen, die selbst bescheidene Ausdrucksmöglichkeiten ihrer Sprache überschwenglich zu loben verstanden, wobei ich nach einer kurzen Schrecksekunde das Kompliment meist richtig einordnete und mich nicht in dem tückischen Hochmut sonnte, ich könnte in diesem Lande sprachlich so geschickt schwimmen wie die Fische im Meer.

Eleni widmete sich intensiv ihrer Sprachschule. Ich durfte sie einige Male begleiten und ihr assistieren. Ich bewunderte ihr Geschick, den Schülern mit viel Feingefühl den Zugang zu der schwierigen deutschen Lingua zu erschließen. Sie gewährte mir Einblick in ihre Trickkiste mit den kleinen Geheimnissen erfolgreicher Pädagogik. Dazu gehörten neben den mir bereits bekannten Lollipopps auch spannende Einweihungsrituale in die Geheimnisse deutscher kultureller Besonderheiten: frische Brötchen vom deutschen Bäcker für ein deutsches Frühstück, Brezeln zur anschaulichen Erklärung der Münchener Sitte des Weißwurst-Essens, wobei die dazugehörige Maß zwar Erwähnung fand, aber nicht zum Verköstigen gereicht wurde.

Eines Tages stellte mir Eleni ihre Freundin Lisa vor, eine zierliche, zarte Person mit grauen Naturlocken, die mich zu einem Behördengang begleiten sollte, sozusagen als vorbeugende Maßnahme, um eventuelle Mißverständnisse seitens begriffstutziger Beamten bereits im Keim zu ersticken. Ich nahm die freundliche Hilfe in realistischer Einschätzung meines sprachwissenschaftlich eher bescheiden entwickelten Beamten-Griechisch gerne und dankbar an und konnte mit Lisas geduldiger Unterstützung die Klippen des undurchdringlichen Dschungels von schwer zu durchschauenden Gesetzesvorschriften umschiffen. Ich bewunderte Lisas Zähigkeit beim bohrenden Nachfragen, bis die Antwort und damit die Klärung des Sachverhaltes zu ihrer Zufriedenheit ausfiel und vom Erfolg gekrönt wurde.

Lisas Zuhause lag in der Nähe eines vorzüglichen „Sacharoplastio", eines Zuckerbäckers, der akademisch im Bereich Theologie ausgebildet nach seiner Hochzeit mit der Sacharoplastio-Tochter seine gesamten geistigen Fähigkeiten samt dem theologischen Examen in die Herstellung köstlichster Zuckerwaren einbrachte. Bei unseren gelegentlichen Treffen blitze manchmal der Schalk in Lisas graublauen Augen auf. Sie lachte verschmitzt, öffnete ihre Handtasche und zauberte zu meiner Freude eine kleine süße Überraschung hervor, die sie selbstlos mit mir teilte.

„Probier mal, das ist eine neue Kreation", überrascht sie mich eines Tages mit kleinen, runden Florentinakis, die durch die Ausgewogenheit der sorgfältig kombinierten Zutaten die Merkmale einer universitär geprägten Schulung, verbunden mit einer geschmacksdominierten Phantasie, trugen. Eingebettet in ein zartes, weißgefaltetes Papier, das sich leicht nach außen öffnete und den Blick auf die dunkle Schokoladenumhüllung freigab, entpuppten sich die zarten Köstlichkeiten beim Zergehen auf der Zunge als perfekt in der Zusammensetzung aus bitterer Schokolade, leicht angerösteten Mandeln, Krokant und dem dazwischen hauchdünn fließenden Nougat.

Wenn wir entspannt aus dem Kafeneon und verwöhnt durch den süßen Gaumengenuß aufs Meer blickten, erzählte Lisa manchmal ein wenig von ihrem Leben. Ich erfuhr, daß ihr Mann vor einigen Jahren nach einem Herzinfarkt gestorben war. Ich sah in ihren Augen Feuchtigkeit schimmern, als sie ein Foto aus ihrer Handtasche zog und zaghaft in meine Hand legte. Beide saßen lachend am Meer - jung, hübsch, braungebrannt. Sie strahlten Lebendigkeit und Lebensfreude aus mit einem Ausdruck, hier sitzen wir und sind glücklich. Ein Grieche mit dunklen, gelockten Haaren und Gesichtszügen, die an antike Skulpturen erinnerten. Er strahlte und hatte stolz den Arm um die

Schultern seiner hübschen, jungen Frau gelegt, deren halblangen Haare ein wenig zerzaust im Wind wehten, ein zart wirkendes Persönchen neben den breiten, männlichen Schultern. Lisas Gesichtszüge hatten sich von der jugendlichen Schönheit mit den Jahren zu einer gutaussehenden reifen Frau ausgeformt. Sie brauchte nicht viel, um ihr Aussehen zu unterstreichen - ein einfacher, schlichter Pullover, ein schmales Goldkettchen, sie schien sich selbst genug. Der Tränenschimmer in Lisas Augen machte auch mich traurig. Wie dramatisch mußte dieser Schicksalsschlag für Lisa gewesen sein. Sie wollten sich hier in der Heimat ihres Mannes nach einem arbeitsamen Leben in Deutschland zur Ruhe setzen und kurz darauf ereilte ihn der tödliche Herzinfarkt. „Ach Lisa", sagte ich, „die Götter sind manchmal so ungerecht." Sie sah nach unten auf ihre Hände, und ich spürte, daß sie mit den Tränen kämpfte.

    Da sich auch Eleni gerne nach ihrer anstrengenden Lehrtätigkeit in einem Café am Meer entspannte und Lisa die süßen Schlemmereien und die köstlichen Florentinakis ohne Zögern gerecht teilte, nahmen unsere Zusammenkünfte zu Dritt schnell an Häufigkeit zu. Die Zusammenarbeit zwischen Eleni, Lisa und meiner Person funktionierte somit von Anfang an zur vollsten Zufriedenheit. Frühzeitig wurde mir jedoch die Einseitigkeit der gegenseitigen Hilfestellungen bewußt und so erzählte ich ab und zu zur Erheiterung der Beiden kleine amüsante Geschichten von Menschen und Göttern, um die Einbahnstraße der gegenseitigen Unterstützungen zu bereichern. Mein kleiner Beitrag diente nicht nur der Unterhaltung, sondern öffnete gleichzeitig den Blick auf den altehrwürdigen Boden in seiner historischen Dimension, auf dem unser Kaffeehaustisch stand.

    Da ich die Kenntnisse über die verwirrenden Geheimnisse des Himmels über unseren Köpfen nach den kindlichen Lehrstunden auf Opas Schemel durch ein

Geschichtsstudium erweitert hatte, verfügte ich über einen leichten Vorsprung im Wissen über das vergangene Treiben oben über den Wolken und auch hier unten auf historischem Boden. Es gelang zunehmend, bei Eleni und Lisa ein breit angelegtes Interesse für die überirdische Welt zu wecken, die unser Schicksal in den irdischen Niederungen positiv oder negativ beeinflussen konnte – so jedenfalls erzählten es die einschlägigen Berichte.

Bei einem unserer Treffen, tagelang schon hatte der Sturm getobt, wirkte unser bevorzugtes Café an der Strandpromenade finster und abweisend: Der heruntergelassene Klarsichtschutz vor dem Außenbereich, der vor Wind und Wetter schützen sollte, wölbte sich unter tückischen Böen, bog sich, knarrte und ächzte, die weiße Gischt der ans Ufer brandenden Wellenkämme des Meeres spritzte über das breite Kieselbett bis auf die leergefegten Gehwege.

„Wollen wir nicht in das Café unterhalb der Burg wechseln?" schlug Eleni vor. „Dort oben sitzen wir warm und geborgen, der Sturm kann sich in Ruhe hier unten austoben. Wir fühlen uns wie Adler in einem Nest und können das Wüten der Natur ungestört aus der Vogelperspektive genießen."

Das schmale Gebäude, das sich am steilen Hang knapp unterhalb des historischen Kastells an die imposante Stadtmauer schmiegte, wurde unser bevorzugter Treffpunkt. Die enge Straße, die uns dem Cappuccino näherbrachte, schraubte sich in Serpentinen durch den Pinienwald empor und quetschte sich kurz vor dem Ziel durch einen Torbogen in der alten Stadtmauer.

„Was haben sich die Mykener nur bei so einem mickrigen Zugang zu ihrer Burg gedacht!", schimpfte ich, als uns von oben ein Wagen in rasantem Tempo entgegenkam und ich nach einem Ausweichmanöver mit einer

Vollbremsung direkt vor den dunklen Steinblöcken zum Stehen kam.

„Vielleicht haben das die Türken gebaut oder unser Bürgermeister", gab Eleni zu bedenken.

Die Durchfahrt führte nicht nur zu unserem Café, sondern mitten ins Herz einer mehrere tausend Jahre alten Geschichte. Weit unter uns gruppierten sich die Häuser um die engen Gassen des historischen Stadtkerns mit dem runden Hafenbecken. Ein wuchtiger und weit ausholender Mauerring bis hinauf zur Burg erinnerte mit gelegentlich darin eingepaßten riesigen Steinquadern an die im Dunklen liegende Vorzeit. Die Steinblöcke dokumentierten den ersten Versuch mykenischer Fürsten zur Sicherung ihres Herrschaftsgebiets vor mehr als dreitausend Jahren. Darüber hatten Korinther, Athener, Römer, Byzantiner, Venezianer, Türken an dem Bau der wehrfähigen Mauer mitgewirkt, sie umgebaut, erweitert, repariert, um nicht gleich wieder von neuen Feinden verjagt zu werden.

Aber nicht nur vor und hinter der Mauer drohte Gefahr. Auch die Unterwelt meldete sich in gewissen Abständen mit unheilvollem Grollen und gespenstischem Rütteln zu Wort. Tektonische Platten verschoben sich, zwar im Zeitlupentempo, aber wenn sie an einander gerieten und sich verhakten, konnten die unterirdischen Kräfte üble überirdische Folgen nach sich ziehen. Das letzte Beben lag nur wenige Jahre zurück und hatte die Einwohner mitten in der Nacht aus Betten und Häusern gejagt. Der Schaden hielt sich in Grenzen, lediglich ein ins Wanken geratener Berghang hatte die Straße leicht verschoben und Erdhügel aufgeworfen, als seien große Maulwurfpopulationen am Werk.

In Kenntnis des historisch und tektonisch vorbelasteten Bodens unter unseren Füßen und der Achtung vor Elenis ehemaligen Ur-Ur-Ur-Vorfahren schien eine Vertiefung unseres Blickes nicht nur auf die alten baulichen

Überreste und ihrer ehemaligen Bewohner angebracht. Eine intensivere Beschäftigung mit dem himmlischen Pantheon durfte nicht fehlen, denn er hatte an dem Strickmuster der Vergangenheit emsig mitgewirkt, das erzählten zumindest die alten Geschichten. Die berühmteste und bis heute immer noch weitverbreitete Erzählung über den Trojanischen Krieg und die sich daran anschließende Irrfahrt des Odysseus berichten nicht nur von atemberaubenden Abenteuern sondern auch von der Elite dort oben in den himmlischen Sphären. Von Zeus und Hera, von Seitensprüngen und Eifersüchteleien, von Athene und Apollon, die manchmal gezielt ihre Pfeile lenken, von Poseidon, der Wind und Sturm schickt und Wellen, die zum Schrecken der Seefahrer die Boote kentern lassen. Die Götter scheuten in den überlieferten Mythen nicht davor zurück, eindeutig Partei zu ergreifen oder ihr Veto einzulegen. Ihre Tagungen erinnerten an die Vereinten Nationen oder die Europäische Union, deren Zusammenkünfte selten eine hundertprozentige Übereinstimmung in strittigen Fragen hervorbringen und oftmals mehr Ratlosigkeit als Klärung zur Folge haben, bis schließlich ein irgendwie akzeptabler Kompromiß gefunden ist.

Mit der vermehrten Einbeziehung der Vergangenheit veränderten sich nicht nur unsere Zusammenkünfte und Unternehmungen. Wurden unsere Gesprächsthemen auch an anderer Stelle registriert? Manchmal schien es mir bei kleinen Begebenheiten und Episoden, als öffne sich eine Etage höher ein kleines Guckloch für einen augenzwinkernden, neugierigen Blick auf die Niederungen unserer schnöden, mammon- und technologieorientierten irdischen Welt und ganz besonders auf unseren kleinen Kaffeehaustisch.

III-2 Pythia gesucht

Der Frühling war ins Land gezogen. Der Tageslauf der Sonne dehnte sich, die Nächte schrumpften, und die Hähne krähten immer früher den Tag herbei. Die üppige Blüte der Ginsterhecken umsäumte gelb die Straßenränder. Knallroter Mohn zwischen den Olivenbäumen, ein Feld übersät mit weißen Margeriten, zauberten impressionistisch anmutende Bilder. Apollon, der Gott des Lichts, war aus seinem Winterurlaub im kalten Norden zurückgekehrt, die Natur sog sein warmes Strahlen begierig auf.

Während der kurvenreichen Fahrt entlang der Küstenstraße beschäftigte mich das Rätsel, was den schönen Gott antrieb, den wolkenverhangenen grauen Norden während der Wintermonate aufzusuchen. Mir fiel nur eine einzige Erklärung ein: Er ruhte nach der lichtdurchfluteten heißen Zeit der Sommermonate wie in einem weichen Bett in den düsteren Wolkengebilden, die aus meinem Blickwinkel wie schmutzige Watte wochen-, manchmal monatelang über die nordischen Länder hinwegwaberten. Ich mußte an meine kalten Hände und Füße während dieser Jahreszeit denken. Vielleicht umhüllten Nebel den Gott wie eine kuschelige Daunendecke. Nach seinem langen Tiefschlaf im Lande der Hyperboreer war er jedenfalls wieder von Schwänen gezogen in seine Sommerresidenz nach Delphi zurückgekehrt, das zeigte die Blütenpracht des Frühlings an.

Diesmal stattete ich dem heiligen Haus nicht nur einen pflichtgemäßen Besuch ab, um dem Gott meine

Anwesenheit in Hellas anzuzeigen. Apollons Gegenwart und sein geneigtes Ohr waren mir ein besonderes Anliegen. Ich würde ihm nicht nur über das Ende meiner Liebe und der endgültigen Vertreibung aus dem Paradies berichten, sondern auch über die weihnachtlichen Erlebnisse nach meiner ereignisreichen Begehung der antiken Stätten am Heiligen Abend. Ich würde vorsichtig erkunden, ob das unbestimmte Gefühl, ein Guckloch habe sich bei den Zusammenkünften mit Eleni und Lisa über uns geöffnet, der Realität entsprach. Ich würde meine Gedanken vor seinem Antlitz bündeln und abwarten. Ich war überzeugt, er würde mir bei intensiver Konzentration auf seine göttliche Gegenwart und nach Anhörung meiner Anliegen meine weitergehenden Fragen in irgendeiner Weise beantworten.

Bei meinen früheren Besuchen hatte im Museum das Bruchstück eines Reliefs im ersten Saal eine besondere Anziehungskraft auf mich ausgeübt. In seinen Glanzzeiten und vor dem unrühmlichen Edikt des Theodosius prangte es am Schatzhaus der Siphnier an der Heiligen Straße. Es zeigte die Götterversammlung - nach mehr als zweitausend Jahren allerdings nicht in ihrer ursprünglichen Ganzheit, sondern hauptsächlich reduziert auf Leto, Artemis und Apollon. Der Rest der Götter, unter ihnen auch Zeus, hatte sich offensichtlich bis auf lückenhafte Bruchstücke weitgehend zurückgezogen und beschlossen, gänzlich in den himmlischen Sphären zu verweilen und nicht einmal ein aussagefähiges steinernes Abbild der vormals abgebildeten Herrlichkeit zurückzulassen. Der verbliebene leichtgewandete Rest der Götterversammlung schien nach all den Jahren immer noch freundschaftlich in familiärer Eintracht verbunden. Schließlich handelte es sich um Leto, Geliebte des Zeus und die beiden aus diesem Techtelmechtel entsprungenen Zwillinge Artemis und Apollon. Sie hielten trotz der kommunikationsfeindlichen Sitzgelegenheiten einer hinter dem anderen durch lockere, elegante Handauflegung körperlichen Kontakt und blieben so über mehr als zweitausend Jahre in enger Tuchfühlung verbunden. Apollon unterhielt sich mit zurückgewandtem Haupt rege mit den beiden Damen, die ihre prachtvollen Locken gepflegt auf ihre feingefalteten Gewänder fallen ließen.

In diesem Frühjahr erschienen mir diese drei Gestalten trotz ihres steinernen Äußeren seltsam lebendig, als lächelten sie geheimnisvoll vor sich hin oder flüsterten einander vertrauensvolle Mitteilungen zu. Hatte ich diese steingewordene Götterversammlung zu intensiv angeblickt, oder wurde etwa Apollon durch meine aufmerksamen Blicke von seinem Palaver mit den Damen abgelenkt? Immerhin eilte ihm in seinen Glanzzeiten der Ruf voraus, sehr empfänglich für alles Weibliche zu sein, wenngleich ich meine eigenen Reize nicht überschätzte und nicht davon ausging, daß sich der schönste aller Götter für meine Person interessieren würde.

Verwirrt erinnerte ich mich an die Gestalten, die sich nach dem weihnachtlichen Erkunden der antiken Stätten abends am Kamin nach dem Trinken von einem Tässchen Tsai Wuna breit gemacht hatten, bis ich sie energisch zurück in die Bücher verbannt und den Bergtee in das hinterste Fach der Speisekammer verstaut hatte. Aber auch das hatte nicht zur gänzlichen Verbannung der anderen Welt geführt. In meine Träume begannen sich Episoden einzuschleichen, in denen steinerne Gottheiten lebendige Gestalt annahmen und heftig gestikulierend miteinander kommunizierten. Manchmal saß auch der allwissende dreigestaltige Gott aus der Wallfahrtskirche auf einem steingewordenen Stuhl und nahm an göttlichen Tagungen teil, oder Zeus und Hera. Sogar Isis und die Gottesmutter Maria, der ich in der Wallfahrtskirche in den Weinbergen schon unzählige Kerzen geopfert hatte, gehörten gelegentlich zu dem tagenden Gremium. Einmal wandte Apollon sein göttliches Haupt und zwinkerte mir vielsagend mit seinen himmlischen Augen zu. Immer jedoch entschwanden die Gestalten wieder in ihre umwölkte Unendlichkeit, bevor ich die Themen ihres Symposiums und deren Ergebnisse in Form weiser Entschlüsse oder kluger Ratschläge bei meinen Alltagsproblemen vernehmen konnte.

Vielleicht hatten sie unsere Zeit auserkoren, um sich zurückzumelden, ging es mir manchmal in der noch schlaftrunkenen Zwischenphase des Aufwachens bis zum Öffnen der Augen durch den Kopf. Oder hatten sie mein inneres Auge sensibilisiert und meine Sinne für die überirdischen Vorkommnisse geöffnet?

Ich rutschte auf der Bank ein wenig näher an die Götterversammlung heran. Apollons Anblick strahlte eine wohltuende stoische Ruhe und Gelassenheit aus. Ich konzentrierte Augen und Ohren auf das Zwiegespräch der steinernen Gottheiten. Je länger mein Blick an Apollons Abgeklärtheit haftete, umso ruhiger kreisten meine Gedanken um das würdevolle Antlitz. Die Kiste mit der Scheidungsurkunde, eines meiner Anliegen, die ich dem Gott näherbringen wollte, und die immer wieder aus den Deckeln meiner Bücher dringenden Geister verflüchtigten sich. Ich versank in einem weichen Bett, als umhüllten mich kuschelige Wolkenmassen und deckten alle Problemzonen gnädig zu. So ging es vielleicht Apollon während seines Aufenthaltes bei den Hyperboreern in seinem Wolkendaunenbett, versuchte ich eine Verbindung zu knüpfen. Plötzlich fielen mir durch die beruhigende Ausstrahlung des göttlichen Dreigestirns an der Wand die Augen zu und intensivierten ihre Gegenwart durch eine innere Nähe.

Und dann geschah etwas, wie damals zu Großvaters Zeiten auf dem Schemel, als die Figuren aus den Büchern sprangen. Schemenhafte Gestalten begannen sich im

Museum zu formieren, marmorne Skulpturen stiegen von den Sockeln, strebten hinaus und hinunter zum Eingang des Heiligtums und sammelten sich zu einem Prozessionszug. Sie durchschritten das Portal des heiligen Ortes feierlichen Schrittes, die leuchtenden Gesichter eingerahmt von bunten Bändern in den geflochtenen Locken. Die Flammen der Fackeln loderten und warfen ihren Schein auf golddurchwirkte Gewänder mit farbigen Bordüren. Wehende Stoffbahnen flossen um die schlanken Fesseln. Die mitgeführten Schafe blökten unruhig, als ahnten sie ihr nahes Ende als Opfer auf dem Altar. Ein verführerischer Duft entströmte den Körben mit Früchten und süßem Gebäck, die junge Mädchen balancierend auf den Köpfen trugen. Der süßliche Geruch bahnte sich seinen Weg hinauf in das lichtdurchflutete Pantheon.

Verwundert registrierte ich auf dem steinernen Antlitz Apollons, wie sich die Nasenflügel ganz sachte hoben und senkten als schnupperten sie, als saugte die göttliche Nase den köstlichen Duft genießerisch ein. Das fein gemeiselte Gesicht, nur wenige Meter von mir entfernt, gewann an Leben, blickte mit seinem geistigen Auge freudig und mit Wohlgefallen hinab auf die zu seinen Ehren zusammengekommene Pilgerschar. Der Zug wand sich den Heiligen Weg empor, hielt unterhalb des Tempels vor einer steinernen Rundung. Das göttliche Auge verfolgte das freudige Treiben.

'Ena goritsoi dixos logo eixe stathei' hörte ich die Stimme des rezitierenden Jünglings, umringt von den aufmerksamen Zuhörern. Entstammte dieser Satz nicht einem Gedicht des Dichters Elytis? flackerten kurz Erinnerungsfetzen in mir auf. War dies der Beginn einer Theateraufführung?

'Kiafine to blousaki tou Kzekoumpoto'.

Es war tatsächlich Elytis, eine sittlich nicht ganz einwandfreie Stelle aus dem Gedicht über den Palmsonntag, erst vor kurzem hatte ich es gelesen. 'Fand sich ganz grundlos ein Mädchen ein und hatte sein Blüschen aufgeknöpft' hieß es dort. Ich war ein wenig überrascht und fürchtete, der Herr des Hauses könne Anstoß an dem freizügigen Text nehmen. Solch ein Satz wäre aus dem Munde des Abtes in der Wallfahrtskirche vor dem trauernden Antlitz der Maria in den Weinbergen nicht denkbar. Leicht verschämt blickte ich auf das lichtumflutete Relief. Was vernahm ich da, gar lieblich und sanft klingend, als läuteten kleine Silberglöckchen?

'Welch schöne Worte, die Musen wollen mein göttliches Ohr erfreuen. Wenn mein göttliches Auge hier an diesem Ort schon nicht mehr wohlgefällig auf einem nackten Busen ruhen darf, so erfreut die Erinnerung daran doch mein weites Herz.'

Die silbernen Glöckchen gluksten verhalten vor sich hin, als lachten sie leise. 'Schlawiner', dachte ich, 'typisch Mann!' Zwischen den steinernen Rundungen unterhalb des Tempels tanzte inzwischen ein Chor fröhlich um den Hauptdarsteller und sang: 'Ntayk lampsi aeras, ntayk lampsi aeras'. Die silbernen Glöckchen lachten süßklingend dazwischen.

'Welch liebliche Wortschöpfung vernimmt mein verwöhntes Ohr? Welch kreative Poesie dringt zu mir empor? Kling Glanz Wind Kling Glanz Wind. Darauf muß man erst einmal kommen! Das waren meine Musen. Nur den Musen fallen solche Worte ein.'

Der Klang der silbernen Glöckchen verebbte, während die Vorstellung an der steinernen Rundung seinen Lauf nahm. Der Chor untermalte mit heiterem Gesang und vergnüglichem Tanz den dargebotenen Text. Die silbernen Glöckchen überschlugen sich in ihrem Geläute.

'Welch lustiges Gehüpfe erblickt mein geistiges Auge? Der Chor, sie springen herum wie junge Zicklein. Während meines kleinen Nickerchens sind sie zu einem ausgelassenen, übermütigen Haufen herangewachsen. Eine Neuschöpfung? Eine Weiterentwicklung der Theaterkultur?'

Zarte Flötentöne setzten ein und untermalten musikalisch den Vortrag des Lyraspielers.

'Oh, sie machen meinem Lyraspiel Konkurrenz. Wo nur ist sie geblieben, meine goldene Lyra?' vibrierten die silbernen Glöckchen sichtlich amüsiert.

Ein Jüngling focht inzwischen aufgeregt herumhüpfend mit einem imaginären Geist und schwang siegreich ein bluttriefendes Schwert über seinem Kopfe. Das lichtumflutete steinerne Haupt schüttelte energisch den Kopf, das Strahlen verblaßte und wich einem grauen Ton, Gewitterwolken umhüllten das Haupt.

'Kampfrituale! Zu meinen Ehren! Pah! Haben sie es immer noch nicht begriffen? Mein Sieg über den Drachen während meiner Flegelzeit liegt Lichtjahre zurück! Hört auf mit dem Herumgefuchtel da unten! Verwandelt die Schwerter in Pflugscharen, damit alle genug zu essen haben. Friede auf Erden zu meinem Wohlgefallen!'

Das verhaltene Lachen der tausend Silberglöckchen war einem dumpfen, fast zornigen Grollen gewichen. Das lichtumflutete Antlitz grummelte vor sich hin, als ziehe ein Gewitter auf und erstarrte zunehmend im Grau der Wolken. Verwirrt blickte ich auf das Relief, das sich urplötzlich in seine steinerne Version zurückverwandelt hatte.

Erschrocken schüttelte ich den Kopf, ich konnte nicht glauben, was ich gerade gehört und gesehen hatte und blickte fragend auf die steinernen Gottheiten. Apollon hat ja recht, dachte ich, er spricht mir aus der Seele. Die Nachfahren der Drachenbrut waren vor Jahrtausenden weitergewandert ins dunkle, wälderverdichtete Germanien, und ein heldenhafter Heißsporn mit Namen Siegfried hatte eines dieser feuerspeienden Ungeheuer getötet. Alle bekämpfenswerten Gefahren schienen gebannt, es konnte Frieden auf Erden herrschen. Stattdessen überall und jeden Tag Nachrichten über Gewalt, Kämpfe, über Tote, Verletzte, Kriegsflüchtlinge, Tag für Tag, Krieg und Terror, als hätte die Menschheit keine anderen Sorgen, als spielten Hunger, Krankheiten, Epidemien, Klimawandel keine Rolle.

Ich trennte mich von den in steinerner Eintracht verschmolzenen Gottheiten, erhob mich leicht benommen von der Bank und stolperte verwirrt aus dem Museum die Treppen hinunter zum schattigen Pfad. Die überhängenden Äste schützten den schmalen Weg vor der hellen Sonne. Trotz des wohltuenden Halbdunkels spukten immer noch singende und tanzende Gestalten im Kopfe herum und dachten gar nicht daran sich aufzulösen. Sie huschten durch die Gedankengänge, erschienen unkoordiniert seitwärts, mal vorne, mal rechts, dann links und wollten nicht weichen. Ich hastete entlang der Umfassungsmauern des Heiligen Bezirks. Ich sehnte mich nach Kühlung, nach Abkühlung von außen und innen, um die Quälgeister aus der Vergangenheit abzuschütteln. Die Quelle der Kastalia lag auf halbem Weg zum Parkplatz. Ich hatte vor meinem Besuch des Heiligtums bereits eine rituelle Waschung vollzogen, Gesicht und Augen benetzt und in Gedanken die vielen Pilger vorbeiziehen lassen, die über Jahrhunderte, Jahrtausende hinweg in das Naß eingetaucht waren, um Körper und Seele zu reinigen.

Jetzt und in diesem Augenblick sehnte ich mich nicht nach der spirituellen Reinigungskraft, ich wollte nicht Aristoteles, Sokrates, Alexander dem Großen begegnen. Ich wollte die Frische, die Kühle spüren, das süßliche Aroma des Quellwassers schlürfen, bis sich die Gedanken geklärt hatten. Ich beschleunigte meinen Schritt hin zur steinernen

Fassung, ich sah das Glitzern der Kastalia, das über den steinernen Trog quoll. Endlich! Ich streckte beide Hände in den plätschernden Strahl, in das silbern glänzende Wasser, beugte mich hinab, faßte es mit meinen zu Muscheln geformten Händen, ließ es über Augen, Nase und Hände perlen, schlürfte es genießerisch ein, verspürte den leicht süßlichen Geschmack auf der Zunge, die ersehnte Kühle, während es die Kehle hinab rann. Die Frische drang durch die Poren der Haut, tief hinein in die Zellen, die Kastalia strömte durch mich hindurch, als sei ich einer der Steine, die sie auf ihrem Wege hinab in die Olivenhaine mit ihrem Naß überzog.

Langsam kehrte ich zurück und fühlte mich wieder bereit für das reale Leben. Ich konnte die Augen öffnen, ohne herumhüpfende, langgewandete, singende und tanzende Gestalten um mich herum. Das Wasser tropfte von Stirn, Nase, Wangen, perlte in Rinnsalen von Armen und Händen ab. Ich richtete mich auf, atmete tief ein und blickte in Richtung des antiken Gymnasiums. Von dort unten waren sie damals, an dem Becken der Kastalia vorbei, zum Tempel hinauf geschritten.

Ich spürte etwas, das mich nicht losließ, es kribbelte, es schlang sich um mich wie ein unsichtbares Band. Intuitiv blickte ich hinüber in das Dunkel des im Schatten einer großen Platane liegenden antiken Beckens. Ich nahm die Umrisse einer Gestalt wahr, die auf der Mauer saß. Ich schüttelte die letzten Tropfen von den Händen und fuhr mir über die Augen, um das aus den Haaren sickernde Wasser hinwegzuwischen. Die Pupillen mußten sich erst an die Dunkelheit unter dem großen Baum gewöhnen. Richtig, kaum zehn Meter entfernt von mir saß unter den ausladenden Zweigen der Platane ein männliches Wesen, fixierte mich und dachte gar nicht daran, sich abzuwenden. Die Augen taxierten mich ohne jegliche Scheu. Ich spürte den Blick unangenehm an mir haften, an meinem nassen Gesicht, meinen nassen Händen, den Haaren, aus denen immer noch das Wasser tropfte. Sicher hatte er dort in der Sicherheit seiner fast schwarzen Unsichtbarkeit das ganze Prozedere meines versunkenen Wasch- und Trinkrituals verfolgt. Wer weiß, vielleicht hatte ich sogar genießerisch geschlürft, als ich das Wasser aus den Händen sog. Er hatte mich in einer intimen Situation ertappt, in der ich mich alleine mit der Quelle Kastalia glaubte. Ich kam mir vor, als stünde ich nackt am Brunnen. Das unverhohlene Beobachten aus dem Schutz des dunklen Blätterdaches heraus glich einer Attacke, einem Spähangriff.

Ausspähen ist nicht erlaubt, hatte ich im Gedächtnis abgespeichert. Das wußten sogar Politiker. Zwar saß dort ein Fremder, ich kannte nicht die Spielregeln, die ihm geläufig waren. Aber hier inmitten eines als geheiligt ausgewiesenen Bezirks in der Nähe der Götter galt dieses schamlose Beobachten erst recht als grobe Ungehörigkeit.

Ich hatte mich an das dämmrige Licht unter der Platane gewöhnt, ich konnte ihn jetzt deutlich erkennen. Unsere Blicke kreuzten sich, er begann zu lächeln, dann zu lachen und mit dem Kopf leicht zu nicken, die Lippen bewegten sich, als grüße er. Ich nickte reflexartig. Was sollte man schon anderes tun, wenn man sich ertappt fühlt? Er kratzte sich am Haaransatz. Ein Zeichen von Verlegenheit? Schämte er sich etwa? Nein, er lächelte, als amüsiere ihn immer noch seine Beobachtung. Zumindest schien er ein höflicher Mensch, denn er begann wie entschuldigend, aber immer noch schmunzelnd, in Englisch:

"Excuse me please! Ich bin fremd hier. A stranger on the shore."

Er wollte also witzig sein und schmückte sich mit dem Titel von Acker Bilks Evergreen. Damit konnte er mich nicht beeindrucken.

"Ich kam nach Delphi, um die Pythia aufzusuchen und sie nach meiner Zukunft zu befragen. Vielleicht können Sie mir helfen, sie zu finden?"

Der Gedanke an den Spähangriff störte mich immer noch, störte mich sogar sehr. Natürlich wußte er genau, das Orakel hatte vor fast zweitausend Jahren so etwas wie seine Insolvenz erklärt und seine Pforten geschlossen. Mit der Erwähnung der Pythia wollte er sich aus der mißlichen Situation retten. Ihm war sicher bewußt, es war nicht die feine Art, eine Frau bei einer derart intimen Reinigungszeremonie zu beobachten. Er hätte sich räuspern, grüßen, etwas fragen können. Nein, er blieb verdeckt im Dunkel der Platane, um sich zu amüsieren, undercover abzuwarten, mich in flagranti zu beobachten, wie ich das Wasser über das Gesicht, die Hände, die Arme rinnen ließ, es in mich hineinschlürfte. Er hatte den Namen Pythia erwähnt, also wußte er um deren rituelle Waschungen, bevor sie sich auf den Dreifuß schwang, um Lorbeer zu kauen. Wenn er schon nach der Pythia fragte, dann sollte er die passende Antwort erhalten, dann sollte er die Pythia kennenlernen. Irgendwie stach mich der Hafer. Ich überlegte kurz.

"Ich bin die Pythia!" Demonstrativ zeigte ich auf mich, streckte den immer noch durchgebeugten Rücken kerzengerade und schraubte mich zu voller Höhe empor.

"Heute ist es zu spät. Mein Job ist beendet, das Orakel geschlossen. Und überhaupt: Wo sind die Opfergaben, keine Ziege, kein Schaf, kein Gold für den Gott?"

Er lachte schallend. "OK, eigentlich hätte ich es wissen müssen. Ohne Bakschisch kommt man in Hellas nicht weit. Ich werde versuchen, für Apollon ein hübsches Geschenk zu finden. Werde ich die Pythia morgen früh hier treffen, um mich zum Orakel zu begleiten?"

Er kannte also sogar den Namen des Gottes, der hier residierte, das war nicht selbstverständlich. Für die

Mehrzahl der Fremden, die hier Tag für Tag durchzogen, war die Besichtigung der alten Steine Pflichtprogramm, das man mitgebucht hatte. Schließlich gehörte dieser Ort zum Weltkulturerbe. Welcher Japaner kannte schon den Namen Apollon oder wußte um die Bedeutung der Pythia! Wahrscheinlich genausoviel wie ich über die Samurai - also nichts bzw. wenig.

Halbverdeckt durch den Schatten der Platane wirkte die ins Dunkel gehüllte Gestalt etwa mittelalt, hatte also mehr als ein halbes Leben lang Zeit, um sich über einen der schönsten Plätze der Welt zu informieren. Das Wort tomorrow, morgen, deutete darauf hin, daß er beabsichtigte, hier zu übernachten, um morgen früh die übliche Touristen-Führung zu absolvieren. Woher er wohl kam? Sein Englisch hörte sich nach einem native speaker' an, aber kein Queens-Englisch, eher ein gut artikuliertes Amerikanisch. Gut, ich würde ihm viel Erfolg bei seinem Unterfangen wünschen. Trotz seinem Spähmanöver würde ich ihm verzeihen. Er hatte keinen bleibenden Schaden angerichtet. Ich fühlte mich jetzt wieder frisch und munter, würde ins Auto steigen und dann ab nach Hause. Vor mir lag noch mehr als eine halbe Stunde Fahrzeit entlang der Steilküste. Aber zum Abschluß würde ich das Spiel noch ein klein wenig mitspielen, jetzt, wo ich mich schon darauf eingelassen hatte. Mal sehen, welch dringenden Fragen ihm auf dem Herzen lagen. Ob ich sie aus ihm herauskitzeln konnte, sozusagen als Retourkutsche für die Beobachtung meiner rituellen Waschung an der Kastalia?

"Ich bin ausgebucht. Aber Sie können mir Ihre Frage mitteilen. Ich werde sie an meinen Chef weiterleiten. Vielleicht macht er eine Ausnahme."

Mein Vorschlag schien ihn zu amüsieren.

"Ich nehme das Angebot der Pythia gerne an. Aber dieser Platz hier ist nicht der richtige Ort, um mit einer

Priesterin in Kontakt zu treten. Sicher kennt die Pythia ein Kafeneon, ein würdiges Ambiente, um ihr meine Frage an Apollon zu übermitteln."

Er war ein guter Schauspieler. In dem Ausdruck seiner Augen schlich sich etwas Flehendes ein. Bittsuchend saß er unter der Platane, demütig wie es sich gehört, wenn man auf eine Hohepriesterin trifft. Ich mußte lachen.

"Mein Job im Tempel war sehr anstrengend, ich bin etwas erschöpft. Ein Kafeneon und ein Kaffee wären eine gute Idee.

Ich wies über die Straße hinweg auf eine uralte Platane. Seitwärts neben dem dicken Stamm überspannte ein dichtes Blütendach blauer Glyzinien-Dolden eine unterhalb der Straße gelegene und nicht einsehbare Terrasse. Man konnte das Kafeneon nicht erkennen, eine verdeckte schmale Steintreppe führte abwärts. Dort unten gab es einen miserablen Kaffee, Nesquick mit heißem Wasser, dafür aber eine traumhafte Sicht auf das Tal. Durch die Schlucht plätscherte die Kastalia am Außenbezirk des antiken Gymnasiums unter dichtem Gebüsch, wild wuchernden Lianen und Efeu den steilen Hang hinab. Ich hatte bei früheren Besuchen in Delphi den miserablen Kaffee in Kauf genommen, um die Eindrücke der antiken Stätte in der Stille und mit Blick auf die erhabene Bergwelt ausklingen zu lassen.

"Sie können mir vertrauen, kommen sie nur!", forderte ich ihn auf.

Folgsam erhob er sich von dem Mäuerchen und trat schlank und groß aus dem Schatten der Platane. Er blickte mich fragend an. Natürlich, er konnte nirgendwo ein Café entdecken. Ich wies über die Straße in Richtung der blauen Blütenpracht:

"Es liegt auf der anderen Straßenseite unter der Glyzinie. Wenn wir drüben sind, können Sie die schmale Treppe erkennen!"

Er wirkte sympathisch und nett, ein wenig spitzbübisch und neugierig, als er an meiner Seite bereitwillig die Straße überquerte. Brav kletterte er hinter mir die schmalen Steinstufen hinab. Die wenigen Tische wirkten verwaist. Nur weiter unten liefen einige verstreute Touristen zwischen den antiken Säulen des Gymnasiums in Richtung Tholos und des Athena-Tempels umher. Ich zeigte auf einen der Tische und drehte mich fragend nach ihm um. Die Sonne leuchtete mit dem sanften Licht der beginnenden Abenddämmerung durch die Lücken des blauen Blütenmeeres auf die wenigen Sitzgelegenheiten.

Er nickte zustimmend. "Oh, es ist wirklich schön hier, ein traumhafter Blick!"

Gut, daß es ihm gefiel! Er hatte auch keine eine andere Wahl, es standen nur drei Kaffeehaustische mit Stühlen vor dem kleinen Steinhäuschen, alles andere war bereits weggeräumt. Spätnachmittags fanden nur wenige dieses versteckt liegende Kafeneon. Die abgewetzten Sitzkissen der Bestuhlung aus einem vergangenen Zeitalter schienen meinen Begleiter nicht zu stören, jedenfalls ließ er sich das nicht anmerken. Bei meinen früheren Besuchen hatten mich der Zauber der Landschaft, die Tuchfühlung zu der tausendjährigen Vergangenheit und die Stille mehr beeindruckt, als die vernachlässigte Bestuhlung. Manchmal stellte ich mir den Eindruck vor, den die Gäste aus der weiten Welt mit nach Hause nehmen mochten.

Der Oberaufseher über das idyllisch gelegene Kafeneon schlurfte aus seinem steinernen Gemäuer hervor. Ich kannte ihn, ein alter Griesgram, ein Unikum, der einzige mürrische Kafeneon-Betreiber Griechenlands. Er schien weder beeindruckt durch die Nähe der Götter, noch durch den großen Namen Delphis als Weltkulturerbe, dem man sich würdig erweisen sollte. Man konnte den Griesgram grüßen, man konnte ihn freundlich anlächeln, ich hatte alles ausprobiert, nichts vermochte seinen Ausdruck zu ändern. Stumm stand er neben meinem Begleiter, der sich irritiert an mich wandte:

"Er wartet auf unsere Bestellung. Was darf es für die Pythia sein? Wein, Wasser, Kaffee?"

"Bitte einen Cappuccino."

"OK. Zwei Cappuccino", wandte er sich an die regungslos verharrende Gestalt. Ungerührt und ohne Worte verschwand der Griesgram in der kleinen Küche hinter der Steinmauer. Mit unveränderter Miene kehrte er nach wenigen Minuten zurück, stellte wortlos zwei Tassen vor uns auf den Tisch, in denen heißes Wasser dampfte. Neben dem Löffel lag ein verschweißtes Beutelchen mit der Aufschrift 'Cappuccino' und zwei schmale Päckchen Zucker. Immerhin hatte er, wie in Griechenland üblich, zwei Gläser mit Wasser dazugestellt. Ich blickte belustigt auf meinen Begleiter, öffnete die Markierung des Cappuccino-Pulvers und registrierte an seinem Ausdruck, auch ihn amüsierte diese besondere Form der Gastlichkeit. Wir vertieften uns in die Zubereitung unseres Kaffees, rührten und rührten. Er blickte mich vergnügt zwischen dem Rühren an und fragte:

"Darf ich der Pythia den Bittsteller vorstellen, damit Apollon weiß, wer vor ihm steht?" Er zeigte auf sein weißes T-Shirt. „Chris from Boston, United States."

Gut, die Pythia durfte auch einen realen Namen haben, ich sah keinen Grund, mein Inkognito nicht zu lüften, sich vorzustellen gehörte dazu. Schließlich war ich außer Dienst und hatte Feierabend. Ich nannte meinen irdischen Namen, hob mein Wasserglas empor, um mit einem griechischen 'Yamas' auf den ersten Brückenschlag und unsere erkennungsdienstliche Lüftung der Identität anzustoßen. Wir bewegten uns auf einander zu, wir begannen mit dem Knüpfen einer Verbindung zwischen zwei fremden Menschen, ähnlich dem Anschlag der ersten Maschen beim

Strümpfestricken. Er hob sein Glas und - erstaunlich, das griechische Wort 'Yamas' floß über die Lippen, als sei ihm diese Sprache geläufig.

Jetzt begann das vorsichtige Taktieren, sozusagen die erste Maschenrunde der Socken. Ein wenig Small-Talk mußte sein, um die Unsicherheit dieser unverhofften Situation zu überbrücken. Schließlich trank die Pythia mit einem wildfremden Mann in Delphi in der Nähe des Gottes Apollon einen Kaffee, eine nicht alltägliche Situation.

Ich deutete auf das Panorama vor uns, wandte den Kopf und den Blick nach oben über mein Gegenüber und die blaue Glyzinie hinweg in Richtung des Heiligtums.

"Ist dies nicht ein Ambiente, das den Hauch des mystischen Ortes spiegelt?"

Ich schämte mich fast, daß mir nichts anderes einfiel als wirklich nur der 'smallste' 'small talk'. Er nickte trotzdem zustimmend und mit einem Ausdruck, als habe ich eine große Weisheit offenbart. Er rührte mit dem Löffel in der Tasse herum, auch er schien etwas verlegen. Die unruhig auf- und abblickenden Augen suchten einen Halt. Die Spontanität und Ungezwungenheit des ersten Augenblicks an der Kastalia waren einer gewissen Scheu gewichen. Ein spontanes Aufeinandertreffen zweier fremder Personen in einer ungewöhnlichen Situation in einem fremden Land mit einer fremden Sprache vor dem Hintergrund meiner rituellen Waschungen an der Kastalia - wie konnte es anders sein!

Er lachte etwas verlegen und blickte in die Weite. "Das Ambiente ist beeindruckend." Er wies auf seine Tasse: "Mit der Pythia diesen besonderen Kaffee an diesem besonderen Ort trinken zu dürfen, dafür werde ich morgen Apollon ganz besonders danken."

Ein spitzbübisches Lachen huschte über sein Gesicht, als er nachschob: "Und ich werde sein Geschenk nicht vergessen."

Er beendete das Rühren in der Tasse, er hatte es geschafft, den Pulverkaffee klümpchenfrei und trinkfertig aufzulösen. Wir griffen beide zu unseren Tassen, um das Gebräu zu probieren. Es schmeckte so lala, eben wie Pulverkaffee.

Das sanfte Leuchten der Abendsonne umhüllte uns, ein stiller, friedlicher Hauch senkte sich von den Bergen des Parnassos herab. In dieser Atmosphäre konnte ich ihm seinen Spähangriff an der Kastalia schon ein bißchen besser verzeihen. Sein Anblick, seine sympathische Art, entschädigte für die Schrecksekunden an der Quelle. Auch ihm schien es zu gefallen, das entnahm ich seinem leicht belustigten und fröhlichen Gesichtsausdruck. Noch ein wenig Small-Talk, also noch die nächste Runde Sockenstricken, und dann würde ich meine Frage nach seinem Anliegen nachschieben. Wenn die Pythia sich schon zu einem Kaffeeplausch einladen ließ, dann durfte die Offenlegung seines Geheimnisses nicht fehlen. Schließlich sollte sie als Vermittlerin zwischen den höheren Sphären und dem problembehafteten Erdenbürger auftreten - obwohl ich den Erfolg meiner Tätigkeit als Hohepriesterin nicht sehr hoch einschätzte. Meine Stärken lagen in anderen Bereichen. Ich konnte ihm als durchziehenden Fremden vielleicht ein wenig die Landschaft und die Besonderheiten des Ortes erklären. Vielleicht mit dem Naheliegenden beginnen, das jeder Besucher wissen wollte.

"Dies ist nicht nur einer der schönsten Plätze der Welt, sondern auch einer der mystischsten Orte."

Ich wies mit dem Arm über seinen Kopf, die Glyzinie mit den summenden Hummeln hinweg in Richtung des Heiligtums.

"Rechts über uns liegt der Nabel der Welt, hier treffen sich die beiden Adler, die Zeus aussendet, um die Erde zu umrunden. Dort oben residiert Apollon, der Gott des Lichts und Hüter der Künste. Neben uns rauscht das

Wasser der Kastalia hinab ins Tal. Apollon war ein Schwerenöter. Die Nymphe Kastalia floh vor seinen Nachstellungen und verwandelte sich in eine Quelle. Sie muß ein hübsches Mädchen gewesen sein, denn ihr Wasser schmeckt köstlich und süß, ich habe es vorhin in vollen Zügen genossen."

Er hatte den Kopf gewandt und war meinem Blick nach oben gefolgt, dann nach rechts, als lausche er dem leisen Murmeln der Quelle. Ich wies mit dem Arm nach links unten - ich wollte die wichtigsten Fakten an den Mann bringen, das Grundwissen, das man von einer Pythia erwarten konnte.

"Dort unten wohnt Athene. Wir sind umringt von den berühmtesten Göttern Griechenlands."

Er blieb still, blickte ein wenig versunken hinab in Richtung des Tholos und des Athena-Tempels. Ich fühlte mich immer noch im Zugzwang und deutete hinüber über das Tal hinweg und fuhr fort:

"Dort drüben auf der Höhe des Bergmassivs, etwas weiter nach links, hat Ödipus seinen Vater erschlagen - dort liegt der Ursprung der Tragödie und der modernen Psychologie. Die Nähe der Götter, unser unentrinnbares Schicksal, Leben und Tod, Glück und Leid, hier wird alles sichtbar, hier an diesem Ort ist alles miteinander verknüpft."

Hatte ich etwas Falsches gesagt? Ich erschrak. Mein Gegenüber erinnerte an das steinerne Götterrelief von Siphnos, wenn es nicht mit mir sprechen wollte. Nicht einmal ein verwehtes Lachen oder zumindest ein höfliches Lächeln rang er sich ab. War es die geballte Wucht der auf ihn einstürmenden Antike, die ihn erschlagen hatte? Die Überreste lagen vor uns, rundherum zum Greifen nah. War es da nicht naheliegend, small-talk mit diesem Thema zu beginnen? War ich in ein Fettnäpfchen getreten?

Die Lippen zuckten nervös, dann preßten sie sich dicht auf einander. Ich erschrak. Wo lag der Anlaß für den abrupten Stimmungsumschwung? Gerade noch hörte ich ihn fröhlich lachen, nun sah ich ihn zugeknöpft schweigen.

Er rührte geistesabwesend im Cappuccino, nahm einen Schluck, stellte die Tasse betont langsam zurück. Die Mundwinkel bewegten sich leicht, aber kein Wort fand den Weg über die Lippen. Er hob den Kopf und blickte mir kurz in die Augen. Es lag etwas Flehendes in diesem winzigen Funken, den er mir über die beiden Cappuccino-Tassen hinweg sandte. Er schluckte ein paarmal.

"Griechenland …"

Seine Stimme klang heiser. Er zupfte sich an der Nase, sog die Luft hörbar tief ein. Ich wartete.

"Griechenland …! Die Eltern meiner Frau kamen aus Griechenland."

Er kannte also Griechenland. Deshalb floß das 'Yamas' so flüssig über die Lippen. Aber wo war seine Frau? Die veränderte Stimmung lag also nicht an meinen locker hingeworfenen Häppchen über die Besonderheit dieses Platzes.

Ich blickte geradeaus hinüber auf die Berge, ich sah Ödipus auf sein unentrinnbares Schicksal zuschreiten. Mein Gegenüber verfolgte den Lauf der Kastalia hinab ins Tal und dann fixierte er die Felswände, als müsse er Ödipus aus ihnen herauslösen. Die Stille zwischen uns zerrte und zog und dehnte sich.

Und dann sprudelte es aus ihm heraus. Zuerst das Einfache, das Naheliegende, das leicht über die Lippen geht. Er unterrichte an der Universität Physik, in drei Jahren sei seine Zeit vorbei. Er sei dann frei und könne sein Leben selbst bestimmen. Er hatte mit seiner Frau geplant, nach Griechenland überzusiedeln, nahe Verwandte lebten in Athen. Es gab noch keine festen Pläne, alles schien offen, sie hatten ausreichend Zeit. In diesem Frühjahr wollten sie sich einige Häuser unweit von Delphi an der Küste ansehen. In Athen hatten sie eine kleine Wohnung für den Anfang.

Zusammengesunken saß er in dem milden Licht, das vom Parnassos auf uns herabfloß. Die Hände lagen ineinander verschränkt, der Blick verlor sich in der Ferne - er rang mit sich. Ich ahnte, was folgen würde.

"Meine Frau. Es war ein Unfall im letzten Jahr. Wir waren oft hier. Jetzt genau vor einem Jahr das letzte Mal."

Die Mundwinkel bewegten sich, er rang mit sich, bis er die Sprache wiederfand. Er blickte starr auf die Berge, über die Ödipus nichtsahnend seinem unentrinnbaren Schicksal entgegen ging.

"Wir standen oben am Theater. Sie wies hinüber auf den Gebirgszug, genau wie du jetzt mit fast den gleichen Worten. Wir standen vor den Bergen und dem Tal und ließen die schicksalhafte Begegnung des Ödipus mit seinem Vater auferstehen, den vorbestimmten Weg, dem man nicht entfliehen kann. Wir haben lange über die griechische Tragödie und ihren Sinn gerätselt, über Zeus und den Nabel der Welt, über Apollon, den Gott des Lichts, über Dionysos und das Dunkel. Über die Faszination und das Mystische dieses Ortes. Als du über die Bedeutung dieser Stätte sprachst, war es, als stehe meine Frau vor mir.

Der Blick löste sich von den Bergen. Wir blickten uns an, ich zuckte hilflos mit den Schultern.

"Sie hat genauso wie du gesprochen, vom Leben und vom Tod, von dem unentrinnbaren Schicksal. Sie war Analytikerin. Deine Worte haben mich im Innersten berührt und meine Trauer hochgespült."

Es gab keine Zeit, keinen Raum, es gab nur seinen Schmerz. Er habe diese Reise unternommen, wie sie es gemeinsam geplant hatten. Diese Fahrt sei ein Abschied von ihr. Er wolle noch einige Tage in Delphi bleiben, um vielleicht einen Weg für sich zu finden. Es sollte ein Verarbeiten der Trauer sein. Delphi sei für ihn ein besonderer Platz, die Mystik, die Geschichte dieses Ortes habe ihn schon immer gefesselt. Er habe vorhin am Becken der Kastalia gesessen und über seine Zukunft nachgedacht. Er erhoffte sich Trost, obwohl er wisse, daß es keinen Trost gibt, aber vielleicht eine Orientierung für sein neues Leben, ein klein wenig Hoffnung. Wie soll es weitergehen? Dies sei seine Frage an das Orakel gewesen. Und während seines Grübelns sei ich plötzlich an der Quelle gestanden, habe mich mit dem Wasser der Kastalia gereinigt, versunken, als vollziehe ich ein Ritual, als sei ich eine der Priesterinnen, die vor Tausenden von Jahren hier standen. Deshalb habe er mir geantwortet, er suche die Pythia. Und dann habe ich ihm auch noch geantwortet, ich sei die Priesterin. Er habe dies zuerst nicht ernst genommen. Aber meine Worte, die Worte, die ich gerade gewählt und die auch seine Frau gebraucht hatte, das sei sehr verstörend. Ihn habe das Gefühl übermannt, dieser Ort sei von einer geheimnisvollen Kraft durchdrungen, die in besonderen Situationen auf die Menschen überspringen könne.

"Vielleicht" begann er zögernd, "ist dies ein Fingerzeig des Schicksals. Vielleicht solltest du mir etwas mitteilen. Du bist mir als Pythia begegnet. Jeder mußte aus den Worten des Orakels selbst seinen Weg suchen. 'Erkenne dich selbst' stand am Eingang des Tempels."

Er hielt einen Augenblick inne, als müsse er die Bedeutung seiner eigenen Worte erst noch erfühlen, für sich verstehen.

"Das Leben geht weiter. Die Berge dort drüben erzählen von menschlichen Schicksalen, von Tragödien der Vergangenheit unter den Augen der Götter und mit ihrer Duldung. Dort tritt uns das Menschsein entgegen, bleibt lebendig, spiegelt sich in seiner Ausstrahlung über die

Zeiträume von Tausenden von Jahren wider und nimmt in unserem eigenen Leben Gestalt an! Die Vergangenheit lebt in uns fort. Die Gedanken der damaligen Zeit behalten ewige Gültigkeit."

Wir saßen lange schweigend da, die Zeit stand still. Er hielt meine Hand mit beiden Händen umfaßt. Wir blickten uns in die Augen, ich sah bis auf den Grund seiner Seele. Irgendwann wandten wir beide den Blick hinüber auf die Berge. Wie lange verharrten wir so, Jahrhunderte, Jahrtausende? Die Zeit hatte ihre Bedeutung verloren. Seine Trauer wurde zu meiner Trauer.

Das Schlurfen und die Stimme des Griesgrams unterbrach das Hinabtauchen in seine Verzweiflung. Die barsche Stimme holte uns zurück. "Klisome", warf er mürrisch in unsere Richtung. "Er schließt", übersetzte ich fast reflexartig. Wir fanden zurück zu uns selbst, zwei Menschen, jeder für sich, jeder in seinem eigenen Leben. Er stand auf und zahlte, wir stiegen hintereinander die schmalen Stufen empor.

Ich öffnete die Tür des Autos, ich brachte nichts weiter als ein leises 'Adio' hervor. Er nahm mich in den Arm, drückte mich fest an sich, umschloß mein Gesicht mit beiden Händen, seine Augen verschwammen in meinem Blick.

"Danke Pythia", und nach einer Weile: "daß du zu dieser Zeit hier an diesem Ort warst, um mir den Weg zu zeigen. Ich danke den Göttern."

Als ich im Wagen saß und das Fenster öffnete, beugte er sich zu mir hinab, strich noch einmal mit der Hand über meine Wange.

"Ich werde morgen ein Geschenk für Apollon suchen, keine Ziege, kein Schaf, ich werde etwas finden. Wer weiß, vielleicht werden wir uns wiedersehen. Wie es die Götter bestimmen!"

Ich konnte mich später nicht mehr erinnern, hatte er gewunken, als ich losfuhr, hatte ich gewunken? Nebel legten sich über den Abschied. Ich folgte der Straße wie im Traum, vorbei am Heiligen Bezirk, durch den Ort Delphi hindurch, die Serpentinen hinab in die Krisäische Ebene, eine Kurve nach der anderen.

Die Olivenhaine lagen bereits weit entfernt hinter mir, als ich in einen kleinen Feldweg nahe am Meer abbog. Ich schloß die Augen und versuchte an nichts zu denken, den Kopf zu leeren, ich mußte die schwirrenden Gedanken einfangen. Wie aufgescheuchte Vögel kehrten sie immer wieder zurück, zerrten, zogen an mir. Sein Schicksal, meines. Waren meine letzten Jahre nicht auch eine Tragödie? Nein, wehrte ich mich und scheuchte die schwarzen Gespenster zurück in die Abenddämmerung. Die Mythen der alten Griechen zeigen nicht nur die Unentrinnbarkeit des Schicksals, sie weisen auch Wege aus der Hoffnungslosigkeit. Fanden sie nicht auch den Weg aus dem Chaos, kehrte Odysseus nach seinen Irrfahrten nicht zurück in den heimatlichen Hafen, nach Hause?

Auch ich wollte zurück in diese Welt. Ich schloß die Augen. Langsam sank das Erlebte wie ein Wassertropfen in das vor mir liegende Meer, und die Götter zogen sich zurück in den blauen Äther. Ich sog den in der Abenddämmerung versinkenden Himmel ein, atmete tief und schaffte es, den Wagen vom Schotterweg zurück auf die Straße zu lenken. Die herbe Schönheit der Landschaft zog an mir vorbei, prallte wie Tropfen an mir ab, ohne mich zu berühren. Apollon, rief ich hinauf in den Abendhimmel, was macht ihr Götter mit den Menschen! Die einen quälen sich, hassen sich, bringen sich um, und die sich lieben, trennt ihr für alle Ewigkeit! Lisas Schicksal! Meines! Seines! Wo seid ihr Götter?

III-3 Als die Hähne dreifach krähten

Auf dem Nachbargrundstück, kaum zwanzig Meter von meinem Schlafzimmer entfernt, erhielt der Hühnerstall Zuwachs. Ich registrierte den Neuzugang nachts um zwei Uhr, als ein kräftiges 'Kikeriki' die dunkle Stille und meine tiefste Traumphase explosionsartig zerriß und sich in halbstündigem Abstand bis zum Morgen wiederholte. Leichtgläubig ging ich zunächst von einem Schockerlebnis des jungen Hahnes aus, ähnlich einer Entjungferung während der ersten Nacht, in der sich der Neuling von den mehr als zwanzig bereits vorhandenen Hühnern auf der Stange umzingelt sah. Vielleicht wollten die penetranten Hennen die ganze Nacht mit ihm kuscheln oder stritten sich, wer zuerst unter die Federn des männlichen Zugangs schlupfen durfte. Vielleicht blieb dem schüchternen jungen Hahn nichts anderes übrig, als der geballten weiblichen Übermacht nach draußen ins Freigehege in die kühle Nachtluft zu entfliehen und sich seinen Frust vom Halse zu schreien. Tagsüber marschierte die gesamte Hühnerschar wie eine große Familie einträchtig und friedlich pickend zwischen den Bäumen umher. Der männliche Zugang stolzierte hocherhobenen Hauptes und mit feuerrot geschwollenem Kamm inmitten seines stattlichen Harems.

Bald folgte dem nächtlichen Ruhestörer ein zweiter Hahn. Bei der alltäglichen Futtersuche in Nachbars Garten funktionierte die doppelte Aufsicht über die Hennen ohne Komplikationen oder Eifersüchteleien. In der Nacht hinkte die neue männliche Verstärkung zeitverzögert hinterher und mit deutlich helleren Nuancen in der Stimme, als sei er bestrebt, auf keinen Fall die Autorität des ersten Hahnes anzutasten. In den kurzen, meist halbstündigen Pausen bis zum nächsten „Kikeriki" umschloß mich eine dicke, dunkle, wabernde Wattemasse, in der ich hilflos und ohne Bodenhaftung verzweifelt herum ruderte, bis die zähen Wolken mit dem nächsten Krähen erschreckt auseinanderstoben und ich wie aus der Tiefe eines Kratersees langsam emportauchte, um ans rettende Ufer zu schwimmen und hellwach im Bett saß.

Zu den zwei stattlichen Gockeln, die tagsüber stolz am Zaun vorbeiflanierten und mir kaltblütig und emotionslos in die Augen blickten, gesellte sich bald ein dritter Hahn, um den Harem von über zwanzig freilaufenden Hennen auch ordentlich zu begatten. Argwöhnisch beobachtete ich während der darauffolgenden Tage weitere Neuzugänge - fünf kräftige Truthähne und etwa zehn gelegentlich wild umherflatternde Perlhühner. Das Geschrei des hübsch anzusehenden gepunkteten Federviehs schien weder Hahn noch Hennen noch die Truthähne zu stören. Wenn die umtriebigen Perlhühner neugierig ihre Umgebung erkundeten und nach einem ihrer Flugversuche hilflos und zeternd in meiner Palme hingen, geriet ich kurz in Versuchung, sie dort zwischen den giftigen Stacheln der Wedel hängen zu lassen, vielleicht auch tagelang, vielleicht so lange, bis endgültige das Gezeter aufhörte und Ruhe und zwar für alle Zeiten eingekehrte. Mein Herz für Tiere obsiegte letztendlich und ich rief jedes Mal Hilfe, um sie zurück zu Hahn und Hennen zu befördern. Die Hühnerwelt reagierte bei den Rettungsaktionen meist aufgeregt gackernd, die männliche Aufsicht sparte sich jedoch die Stimmbänder - bis auf wenige Krächzer - für die nächtlichen Stimmübungen.

In den Wochen der schlafgestörten Nächte lernte ich, daß es sowohl eine physische und parallel dazu auch eine psychische Toleranzgrenze gibt und sich diese beiden vereinen können, um über einen direkten Zugang zu sich ausdünnenden Nerven für vielerlei Krankheitssymptome zu sorgen wie Kopfschmerzen, Zittern der Hände, Herzrasen, Erschöpfungszustände und generell überhaupt und überall fast alles, was in medizinischen Sachbüchern zu finden ist.

Da mich die beängstigenden Gedanken an den nächtlichen Schlafentzug auch tagsüber verfolgten, suchte ich ein Gespräch mit dem selbstbewußten Herrn der stolzen Hähne. Ich hatte zu Wassilis vor dem Erscheinen des ersten männlichen Hennen-Begatters mit dem auffallend roten Kamm während meiner gelegentlichen Urlaubsaufenthalte ein lockeres, ein fast freundschaftliches Verhältnis gepflegt. Nach dem Tod des Vaters, der das stolze Alter von 89 Jahren erreichte, war Wassilis aus Amerika zurückgekehrt. Irgendwann hatten wir uns am Zaun getroffen, uns freundlich vorgestellt und begrüßt. Ein kultivierter, älterer Herr mit einem sympathischen, freundlichen Gesicht, der die Gepflogenheiten und Umgangsformen unter zivilisierten Menschen beherrscht, stellte ich erleichtert fest. Ich konnte mich mit Wassilis auf Englisch verständigen, das trug erleichternd zum Abbau der Hemmschwelle beim Schwatzen über den Zaun hinweg bei.

Manchmal erzählte ich ihm von den Begegnungen mit seinem Vater, von den selbstgebackenen Kuchenstückchen, die ich ihm hinüberreichte, und die er gerne aß, um dann wieder seine Zitronenbäume in Form zu schneiden oder die Bewässerungsgräben vom Unkraut zu befreien. Wassilis Vater, ein knorriger wortkarger Kauz, der mich an einen der alten in der Erde festverwurzelten Olivenbäume in seinem Garten erinnerte, ging gerne auf meine Kuchen-Bestechungs-Aktionen am Zaun zur Förderung eines konfliktfreien nachbarschaftlichen Verhältnisses ein. Auf mein höfliches, den griechischen Sitten bei der Begrüßung entsprechendes „Ti kanis?", wie es ihm gehe, antwortete er immer freundlich, es gehe ihm gut und lachte. Sein Sohn Wassilis weihte mich während unserer Zaun-Konferenzen nicht nur in die Geschichte seines ererbten, sondern auch meines daran angrenzenden Grundstücks ein. Auch mein Land hatte ursprünglich zum Familienbesitz seines Clans gehört. Wassilis Familie zählte früher zu den Großgrundbesitzern des Dorfes.

Wassilis erste Aktionen auf dem ererbten Nachbargrundstück hatten sich mit dem Gekreische einer Kettensäge angekündigt, als ich zusammen mit Hagen die letzten gemeinsamen Ferien in unserem Haus verbrachte. Ich verfolgte damals mit großem Bedauern, wie ein Zitronenbaum nach dem anderen den Sägearbeiten zum Opfer fiel. Das mit großem Arbeitseinsatz bewirtschaftete Lebenswerk seines Vaters reduzierte sich bedenklich, während das zersägte und säuberlich an dem kleinen alten Steinhaus unter der großen Platane aufgeschichtete Holz an Umfang und Menge zunahm. Wassilis würde für viele Winter den Kamin heizen können, dachte ich, während sein Vater sich dabei im Grabe umdrehte. Ich erfuhr während Wassilis Sägepausen ein wenig aus seinem Leben. Seine Kinder seien 'drüben' in Amerika verheiratet, wollten aber nicht nach Griechenland zurückkehren, schon alleine der Enkel willen, die dort zur Schule gingen. Seine Frau sei hin- und hergerissen zwischen der Heimat hier und der anderen Heimat dort und den Kindern und den Enkelkindern. Sein gutgehendes griechisches Lokal in den USA erwähnte er nur kurz, aber an seiner Einstellung, die er auf das Grundstück seines Vaters übertrug, erkannte ich, daß er in seiner Wahlheimat ein pragmatischer, erfolgs- und gewinnorientierter Geschäftsmann gewesen sein mußte. „Was soll ich mit den vielen Zitronenbäumen! Zitronen werden nicht mehr subventioniert, sie bringen rein gar nichts ein, nur Arbeit", hatte er mir einmal während seiner Sägearbeiten erklärt und stolz hinzugefügt: „Im Winter habe ich allein achtzig Bäume gefällt. Ich behalte nur noch die Oliven, vielleicht pflanze ich noch eine Aprikose oder einen Pfirsichbaum dazu. Aber eigentlich darf ich kein süßes Obst essen, ich habe Zucker."

Nach einer langen Pause ohne Kommunikation am Zaun trafen wir uns wenige Tage nach meiner Rückkehr wieder. Ich hatte gerade die Bücher ausgepackt, mich am Schreibtisch eingerichtet, um mich den Ozolischen Lokrern zu widmen, als ich ihn durch die offene Balkontür rufen hörte:

"Bist du da? Bist du zurückgekehrt? Herzlich Willkommen!"

Wir begrüßen einander freundlich am Zaun, hielten ein kleines Schwätzchen, bevor er zum eigentlichen Thema überleitete und auf einige schiefe Metallpfosten deutete.

"Der Zaun ist uralt und viel zu niedrig, gerade einmal einen Meter hoch. Ich habe neue Pfosten gekauft. Kann ich sie in deinen Zementsockel einbetonieren und einen neuen Zaun ziehen?"

Er deutete auf die für einen solchen Zweck ausgesparten Löcher meines Fundaments an der Grundstücksgrenze. Was sprach dagegen? Nichts! Nach kurzer Reflexion ließ ich mir schriftlich bestätigen, daß sein neuer Zaun auf meinem Grund und Boden stand, obwohl ich der einheimischen Sitte, alles mit einem Handschlag zu besiegeln und nicht ständig Mißtrauen aufkeimen zu lassen, viel Sympathie entgegenbrachte. Mit einem freundlichen Schwätzchen wurde es danach schwieriger, da ein Zweimeterzwanzig-Zaun mit zusätzlichem Stacheldraht keine günstigen Bedingungen dafür bot. Wir zehrten also erst einmal von unserer bisher gepflegten freundschaftlich-nachbarlichen Verbundenheit.

In seinem Arbeitseifer begnügte sich Wassilis nicht nur mit der größtmöglichen Sicherung seiner Grenze. Er richtete sich das alte Steinhaus, in dem sein Vater nach dem ersten Weltkrieg aus dem Bergdorf ans Meer gezogen war, als Schuppen für sein Werkzeug ein, schleppte tagelang Schaufeln, Sägen, Rechen und sonstiges Kleinmaterial herbei und besserte hier und dort etwas aus. Irgendwann zogen Bauarbeiter ein neues Fundament, befestigten einen hohen Zaun und begannen mit der Montage von Brettern. Sicher ein Umbau zu einem Sommerhaus, dachte ich bei den baulichen Veränderungen, eine Vergrößerung des Steinhauses, eine kleine Sommerfrische der großen uralten Platane, wie schön! Vielleicht für die Kinder und Enkel ein kleiner Anbau, vielleicht für ein Baumhaus, wenn sie in den Ferien aus Amerika kommen, um Urlaub zu machen und die Heimat ihrer Eltern und Großeltern kennenzulernen. Die alten Steinhäuser konnte man romantisch ausbauen. Das urwüchsige Landleben, das Meer vor der Haustür, das würde dem Besuch sicher gefallen!

Meine phantasievollen Vorstellungen wurden bald von der Realität eingeholt. Ein kleiner Lastwagen lieferte Wellblech an. Die neu errichtete Holzkonstruktion erhielt ein Blechdach, und ich wartete gespannt darauf, wer einziehen würde. Es dauerte nur ein paar Tage, bis die ersten Hühner gackerten und munter zwischen den verbliebenen Bäumen nach Regenwürmern suchten. Die Zahl vervielfachte sich schnell, es stießen fünf Truthähne hinzu, und eines Tages begrüßte mich Wassilis am Zaun und erklärte stolz durch das Maschengeflecht: „Schau sie dir doch einmal an, ich habe mir ein paar Perlhühner gekauft, sind sie nicht wunderschön?"

Freundlich und wie unter Nachbarn üblich bestätigte ich, wie hübsch die gepunkteten Vögelchen anzusehen seien, ohne die auf mich zukommenden Folgen zu erahnen.

Über die Gattung der Perlhühner fehlte mir bisher jegliche Information. Ich kannte diese Hühnervögel nur aus der antiken Sage, die sich um die Erlegung des Ebers von Kalydon rankte. Nachdem ein Teil der Helden sich gegenseitig gemeuchelt hatte, verwandelte die Göttin Artemis die trauernden Frauen in Perlhühner. Warum Artemis gerade diese Tierart ausgewählt hatte, erschloß sich mir nicht aus den Überlieferungen. Wassilis hielt sich diese Tiere sicher nicht aus Forschungsgründen zum Grübeln über den Sinngehalt antiker Mythen. Eher vermutete ich, daß sie ihm als ehemaligen Restaurant-Besitzer zu einem guten Sonntagsbraten verhelfen sollten.

Generell kannte meine Naivität und Arglosigkeit in Bezug auf Hühnerhaltung ohnehin keinerlei Grenzen. Ich ahnte nicht einmal, daß zu einem reibungslos funktionierenden Hühnerstall und zu glücklichen Hennen die Begattung durch einen potenten Hahn gehört. Mir fehlte ebenso die Kenntnis über die Stimmgewaltigkeit von Perlhühnern, die anders als die meist still oder zufrieden vor sich hingackernden und fleißig nach Regenwürmern pickenden Legehennen über kräftige Stimmbänder verfügten und mit ihrem plötzlich einsetzenden Gezeter einen gewaltigen Lärm verursachen konnten. Womöglich schien dies der Hintergrund für die Bevorzugung dieser Tierart bei der Umwandlung der weinenden Helden-Gattinnen und Liebhaberinnen in Perlhühner. Artemis konnte vielleicht das Geschrei nicht mehr ertragen. In Bezug auf Haltung von Hühnervögeln war ich jedenfalls ein kompletter Neuling.

Nach meinem langsam einsetzenden Erkenntnisgewinn über die Freuden und Leiden des nachbarschaftlichen Zuzugs reduzierten sich die Begegnungen mit Wassilis am Zaun auf ein Mindestmaß. Seit der Schallbelästigung durch das angeschaffte Federvieh vermieden wir beide die bisherigen Begrüßungszeremonien. Auch ihm schien bewußt zu sein, daß seine Hühnervogel-Zucht die gewohnte dörfliche Ruhe gewaltig störte. Wassilis werkelte täglich in und um seinen Hühnerstall herum, fütterte die Hühner am Abend, sperrte sie in den umzäunten Bereich und verschwand. Ich registrierte seine Anwesenheit lediglich durch den mir zugewandten Rücken - bis ich die nächtlichen Weckrufe der Hähne nach monatelangem Schlafentzug nicht mehr zu ertragen gedachte und ihn über den Zaun heranwinkte.

Wassilis folgte meiner Einladung, die ich mit einem erzwungenen Lächeln und mit möglichst knapper Wortwahl vorgeschlagen hatte.

„Komm herein, setz dich, was möchtest du trinken"? begann ich immer noch die Höflichkeitsform achtend.

Schon beim Eintreten und seinem nicht mehr ganz so freundlichen Blick ahnte ich, daß unsere nachbarschaftlichen Beziehungen weiterhin gestört bleiben würden. Wassilis schien nicht sehr überrascht, als er hörte, daß seine Hähne mir bereits mitten in der Nacht und nicht erst am frühen Morgen den Schlaf raubten. Freundlich lächelnd aber mit eiskalten Augen und ebenfalls die Form wahrend erklärte er in bestem Amerikanisch, er sei nach einem arbeitsreichen Leben aus Übersee in sein Mutterdorf zurückgekehrt, um im Alter die Freuden des Landlebens zu genießen. Ein Hühnerstall mit Hähnen gehöre nun einmal in einem Dorf dazu. Meinen Vorschlag, er könne nachts die Hähne in den Stall sperren und die Tür verschließen, und sie erst morgens wieder öffnen, quittierte er erst mit einem Schulterzucken und dann mit einem frostigen „I'll see, what I can do!"

Ich werde sehen, was ich machen kann! Ich war gespannt, was er sich ausdachte, um unsere divergierenden Interessen unter einen Hut zu bringen. Ich konnte mich des Eindrucks nicht erwehren, daß er mein Grundstück immer noch als das angestammte Land seiner Väter betrachtete, ähnlich der Meinung mancher Bewohner in entfernt liegenden Regionen, die sich auch heute noch auf die Besitzverhältnisse eines legendären Stammvaters berufen. Mit den Hähnen hatte auch im gelobten Land das Unglück begonnen, wie ich aus den Geschichten des Abtes der Wallfahrtskirche zur Maria in den Weinbergen wußte. Damals hatte der Hahn dreimal gekräht, als die Römer den Sohn des allessehenden und alleswissenden Gottes festnahmen, nicht ahnend, daß dies einen Prozeß einleiten würde, dessen Folgen noch nach mehr als zweitausend Jahren allgegenwärtig sichtbar waren und dessen Ergebnis uns in unseren Gotteshäusern über jedem Altar an unsere Sünden mahnen würde, die dieser Gekreuzigte für uns immer noch zu büßen gewillt ist. Auf meinem Nachbargrundstück krähten drei Hähne mehr als dreimal in der Nacht. Wohin würde das noch führen?

Nach der eisigen Verabschiedung und dem Scheitern des Schlichtungsversuches nahmen meine nächtlichen Wattewolken nicht nur an Umfang zu, sondern kühlten gleichzeitig bis nahe der Frostgrenze ab. Selbst die kleinste Illusion verflog, auf Gesprächsebene zu einer normalen Nachtruhe zurückzufinden. Nach unserem knappen und sachlichen Wortwechsel konnte ich mich der Erkenntnis nicht mehr verschließen, daß Wassilis Vorstellung von der Betreibung eines Hühnerstalls mit meinem Bedürfnis nach nächtlichem Schlaf nicht einmal ansatzweise kompatibel schien. Selbstmitleid half nicht weiter, das wurde mir schmerzlich jede Nacht aufs Neue bewußt. Als Masochist mit Wahnvorstellungen wollte ich nicht enden. So versuchte ich zunächst, die herkömmlichen Mittel der Selbsthilfe bei Lärmbelästigung auszuschöpfen.

Der erste Versuch begann mit einer hermetischen Abriegelung der Gehörgänge. Die formbaren Kügelchen paßten sich zwar den Gehörgängen der Ohren perfekt an, überzeugten aber nicht in ihrer schalldämpfenden Wirkung. Die Entwickler deutscher Ohrenstöpsel hatten ihr Produkt offensichtlich nicht an der Dezibelzahl krähender griechischer Hähne getestet. Ich wachte jede Nacht pünktlich mit dem ersten Kikeriki auf. Die Haut der irritierten Ohren quittierte die Versuche hermetischer Abriegelung nach außen mit allergischen Reaktionen, gegen die auch keine Salben halfen. Ohrenstöpsel schieden somit aus.

Die Hähne erfreuten sich tagsüber ihres Lebens und ihres Harems und krähten nachts munter weiter, während ich jetzt nicht nur unter Schlafentzug litt, sondern meine geschädigten Gehörgänge auch noch eine fachärztliche Behandlung benötigten. Der Ohrenarzt verschrieb nach eingehender Prüfung der juckenden und geröteten Stellen eine Cortisonsalbe, setzte seine markante Unterschrift unter das Rezept und verabschiedete mich süffisant lächelnd: „Bevor die Hähne alt und zäh werden, ist es besser, sie in jungen Jahren in den Kochtopf zu stecken!" Das Wort ‚jung' betonte er besonders und zog es etwas in die Länge. Er konnte nicht wissen, daß für mich dieser grausame Weg von vorneherein ausschied. Eine zusätzliche Hürde, das mußte ihm bewußt gewesen sein, bildeten die einheimischen Sitten, die diesen Lösungsansatz mittels Gewalt oder Gewehr den Männern vorbehielten. Das hatte ich bei anderen Anlässen schon beobachtet. Diese Lösung kam für mich also nicht infrage. Frauen in Griechenland verwalteten Haus und Hof und den Kochtopf und hantierten nicht mit Gewehren herum.

Einige Zeit nach dem vergeblichen Versuch, das Problem der nächtlichen Ruhestörung mit eindringlichen Worten zu lösen, stand neben dem Stall ein kleines Holzhäuschen, aus dessen Öffnung gelegentlich ein kleiner schwarzhaariger Mischlingshund undefinierbarer Herkunft herauskroch und freundlich mit dem Schwanz wedelte. Dies schien Wassilis Versuch der Entspannung: eine bellende Verstärkung, die die erschreckten und verängstigten Hähne während der Nacht auf ihrer Stange im Hühnerstall festhalten sollte. Der kleine Zuwachs schien ein munteres Energiebündel. Die Schlappohren hüpften lustig auf und ab, wenn er vor dem eingezäunten Hühnergatter hin- und hersprang. Bereits während der ersten Nacht verriet der kleine Aufpasser ein extrem gutes Hörvermögen und seine besondere Eignung, blutrünstige Füchse, freche Marder oder flinke Mäuse, Ratten, wahrscheinlich auch die kleinsten Insekten oder Ameisen durch häufiges und intensives Kläffen fernzuhalten. Er sorgte dafür, daß sich die frostigen Wattewolken meiner nächtlichen Halbträume verdichteten und in handfeste Gewitter mit Blitz und Donner auszuarten drohten. Es häuften sich die Vorstellungen, in denen ich sank und sank und freischwebend mitten in einem Strudel aus Dunkelheit ohne Halt immer tiefer fiel. Ich raste im Sturzflug an übereinander getürmten schwarzen Mauern vorbei in einen finsteren Saal mit rundem Tonnengewölbe.

  Ich kannte diese dunklen Steinquader und das halbrunde Gewölbe, das sich in meine Nächte schlich. Es war identisch mit dem Thronsaal des Gottes der Unterwelt. Ich hatte dem Hades im Norden Griechenlands mit seinen steinernen Überresten einmal einen Besuch abgestattet. Damals strahlte das Gebäude nichts Beängstigendes aus. Die dunklen Steine des Nekromanteion, die den Eingang zum Schattenreich umschlossen, reflektierten das warme Sonnenlicht. Ich folgte neugierig dem schmalen Durchgang, der von Margeriten und blauen Glockenblumen gesäumt wurde, bis ich schließlich an seinem Ende über eine steile Treppe hinunter in den Saal stieg, in dem der König der Unterwelt mit seiner Gattin Persephone thronte. Anders als in meinen jetzigen turbulenten Nächten wirkte das Gewölbe damals nicht bedrohlich, sondern verlassen und verwaist, als wäre der Gott selbst zum eigenen Schatten mutiert und in eine nicht einsehbare Ecke seines unterirdischen Reiches geflohen. Hatte sich Hades – vielleicht mangels Nachfrage aus der Oberwelt – gänzlich zurückgezogen? überlegte ich damals. Die Zeiten, in denen sich Odysseus an dieser Stelle an den toten Seher Teiresias wandte, in denen der stimmgewaltige Orpheus hinabstieg, um seine tote Eurydike zu suchen, lagen schließlich um die dreitausend Jahre zurück. Ebenso der Schlachtenrummel, in dem sich mykenische Fürsten gegenseitig die Köpfe abschlugen und ins Jenseits beförderten. Das Sortieren all dieser Haudegen erforderte viel Sachverstand, damit sie ordentlich in der Unterwelt ihren würdigen Platz und ein sicheres Eckchen fanden, das nicht direkt neben dem vormaligen Feind lag. Umfassende Kenntnis der oberirdischen Machtverhältnisse mußten von einem funktionierenden Geheimdienst herbeigeschafft und schließlich an eine geordnete Verwaltung weitergeleitet werden. Vielleicht war Hades durch die arbeitsamen Jahrtausende ein bißchen müde geworden. Vielleicht war er froh, daß sich die Zeiten beruhigt hatten, kein Schlachtenlärm mehr direkt vor seiner Haustür tobte und er sich ein kleines Nickerchen genehmigen konnte.

Zurückgekehrt in die Oberwelt vergewisserte ich mich damals am Acheron, dem Totenfluß, daß auch hier weit und breit weder Hermes, der Götterbote, mit den toten Seelen, noch der Fährmann Charon, der die Toten in die Unterwelt transportierte, zu sehen war. Auch Kerberos, der Wachhund des Schattenreiches bellte nicht. Der Eingang zur Unterwelt öffnete sich mit einer betörend unberührten und wilden Natur, die sich entlang des Flusses ungehindert ausbreitete. Das frische, glasklare Wasser murmelte munter und beruhigend über die rundgeschliffenen Kiesel. Ich konnte tief durchatmend das Gefühl genießen, in dieser schönen überirdischen Welt den Schicksalen der Menschen nachzuspüren, die ihre Spuren hinterlassen und ihre Fäden zu den verborgenen Geheimnissen der Über- und Unterirdischen geknüpft hatten. Vielleicht war Hades froh, nicht mehr in den kalten Steinen seiner Burg hofhalten zu müssen und ständig durch neugierig in die Unterwelt vordringenden Ratsuchenden oder Touristen gestört zu werden. Vielleicht saß er irgendwo in einem stillen Eckchen am romantisch vor sich hinplätschernden Acheron zwischen moos- und flechtenbewachsenen Bäumen und den vielen bunten Schmetterlingen, die umherschwirrten, und hielt seinen tausend- oder zweitausendjährigen Schlaf oder blickte neugierig auf mich herab.

Damals hatte ich mich frohgemut von Hades und Persephone, von dem Thronsaal im Nekromanteion und von Acheron, dem Fluß am Eingang zur Unterwelt, verabschiedet. Das Hinabtauchen in die Vergangenheit des Schattenreiches wich einem fröhlichen Auftauchen und Zurückkehren in die Oberwelt und endete mit einem guten irdischen Essen in einer griechischen Taverne.

Anders das Erscheinen der Mauern samt Thronsaal während der gestörten nächtlichen Traum- und Wachphasen in seiner dunklen und bedrückenden Form! Tagsüber quälten mich beängstigende Gedanken, das Auftauchen dieser Steine in den Träumen schien kein gutes Omen. Ich hatte gelesen, daß man bei dauerhaftem Schlafentzug sterben konnte. Dokumentierte Versuche mit Katzen hatten schon nach wenigen Tagen Schlaflosigkeit diese unangenehmen Folgen gezeigt. Ich holte zwar immer öfter während des Tages einige Schlafrunden nach. Dies schien mir jedoch eine dauerhafte Lösung. Außerdem bedrückte mich das Auftauchen der Unterwelt auch während des Tages und mir gingen Fragen nicht mehr aus dem Kopfe wie: Welche Schlüsse konnte man aus dem sich wiederholenden nächtlichen Auftauchen des Schattenreiches ziehen? Hatte meine Gesundheit bereits Schaden genommen? Würde ich bald unter Wahnvorstellungen leiden? Sollte ich fliehen, das Weite suchen, um endlich wieder normal schlafen zu können?

Die permanenten nächtlichen Störungen, die neben dem Krähen der Hähne zusätzlich durch das Bellen des quicklebendigen Hundes verstärkt wurden, bildeten auch während der Kaffee-Runden mit Eleni und Lisa ein eindringliches und vor allem ein dringliches Thema. Meine Schilderungen weckten nicht nur Mitgefühl, sondern produzierten auch praktikable Lösungsansätze.

„Es dauert nicht mehr lang und du wirst verrückt!", stellte Eleni erst einmal sachlich fest und Lisa setzte nach: „Oder du heulst uns ständig etwas vor, und wir müssen dich mit einem Herzinfarkt zum Arzt schleppen oder in eine neurologische Klinik einweisen."

Beide redeten durcheinander und heftig auf mich ein. „Du bist eine emanzipierte Frau. Glaubt er, du läßt dir alles gefallen und er kann mit dir umspringen wie mit seiner Ehefrau? Genug ist genug!"

Ich erfuhr, daß es neben Kochtopf und Gewehr als Problemlösung auch in Griechenland, ähnlich wie in Deutschland, und selbst für dörfliche und abgelegene Regionen am Ende der Welt die Möglichkeit von gesetzlicher Strafandrohung bei nächtlicher Ruhestörung gibt, die zwar nicht so gebräuchlich seien, aber mangels anderer Möglichkeiten eine Alternative darstellten.

Ein Rechtsanwalt, der Freund eines Freundes, war schnell gefunden. Wir stiegen hintereinander eine schmale Treppe hinauf.

„Schon wieder eine Hühnerleiter", rief ich Eleni zu.

„Es wird Zeit, daß du das Problem löst" rief Lisa hinter mir her, „du leidest schon unter Verfolgungswahn, die Stufen hier sind aus Marmor!"

Die Hühner hatten sich in meinen Gedanken verselbständigt und nahmen einen viel zu breiten Raum ein, das sah ich wieder einmal bestätigt und schritt erwartungsvoll die marmorne Hühnerleiter empor. Gut, daß wir nun zu Dritt einer Problemlösung entgegen stiegen.

Die Anwaltskanzlei lag im ersten Stock, die breite Flügeltür stand halboffen. Im Vorraum warteten bereits mindestens ein Dutzend ratsuchende Klienten. Hinter der zweiten großen und ebenfalls offenen Flügeltür prangte ein dekorativer, überdimensional großer Schreibtisch mit vielen Verzierungen und beeindruckenden Schnitzereien, voll bepackt mit Akten und Büchern. Dahinter residierte ein jugendlicher Mann mit dunklem Haarschopf und großer Hornbrille, der nach dem kurzen Studium einer Schrift heftig auf den vor ihm sitzenden Mann und die daneben sitzende Frau einredete, den Kopf kurz in unsere Richtung drehte und uns mit der Hand zuwinkte. „Setzt euch, es dauert nicht mehr lange."

Wir wurden nach der offensichtlich befriedigend verlaufenden Beratung des Ehepaares, das sich lachend verabschiedete, als sei der Fall bereits zur Zufriedenheit gelöst, freundlich begrüßt. Nach Elenis und Lisas eindringlichen Schilderungen der Nachbarschaftsfehde griff der junge Anwalt amüsiert vor sich hinschmunzelnd zu einem dicken Buch auf seinem Schreibtisch, blätterte konzentriert darin herum, deutete auf eine Textstelle, während er immer wieder den Zeigefinger hob und senkte, als wolle er ein Loch in die Seiten bohren, und blickte uns dann siegesgewiß an:

„Hier haben wir es, darauf werden wir uns beziehen. Der Hühnerstall-Besitzer aus Amerika erhält einen paragraphengespickten Schriftsatz und wenn das nichts nützt, wird ihm die Polizei einen kleinen Besuch abstatten. Zusätzlich ...", er machte eine kleine Pause, bevor er in schallendes Lachen ausbrach, „gibt es noch andere Möglichkeiten!"

Er verdeutlichte durch eine unzweideutige Zeichensprache seiner beiden Hände, die mich an klassische Wildwest-Filme erinnerte, seinen eigenen Lösungsansatz zur Freude seiner Klienten, die durch die offene Tür an meinem Problem teilhaben durften und in lautes Gelächter ausbrachen. Für eine Weile schienen nicht nur meine Probleme, sondern alle Fälle in dieser Kanzlei gelöst, so lustig fanden die Anwesenden diese preiswerte und unkomplizierte Empfehlung. Ein Finger am Abzug, und die Welt geriet wieder ins Gleichgewicht.

Schnell ließ ich Eleni meine Entscheidung übersetzen, ich würde es vorziehen, erst einmal einen Schriftsatz mit einer Strafandrohung zu schicken. Ich hatte verstanden, daß meine Art der Konfliktregelung mit Worten und unter Bezug auf die gültige Rechtsordnung hier nicht zuvorderst praktiziert wurde, sondern eher eine männerorientierte Strategie, die mich an die Jäger- und Sammlerphase unserer Vorfahren erinnerte und die sich mir zumindest in den Konsequenzen für die Hähne deckungsgleich mit den Anregungen des Ohrenarztes darstellte.

Etwas geknickt und um einen nicht unerheblichen Betrag erleichtert, stieg ich hinter Eleni und Lisa wieder durch das schmale Treppenhaus und die mich erneut an eine Hühnerleiter erinnernden Stufen hinab. Wir steuerten das nächste Kafeneon an. Ich brauchte eine ordentliche Stärkung nach der Einsicht, daß möglicherweise ein Gewehr mehr Erfolg gewährleisten würde als ein rechtlich einwandfreier Schriftsatz. Ich wehrte mich innerlich immer noch vehement gegen eine brachiale Lösung und konnte und wollte die armen Tiere weder erschießen noch in den Kochtopf werfen, und erst recht nicht vergiften. Eigentlich taten die Hähne nur ihre Pflicht und konnten nicht ahnen, welche Konsequenzen ihr nächtlicher Arbeitseifer nach sich zog. Und den verantwortlichen Verursacher des Problems durfte ich erst recht nicht mit der Methode, die hier üblich schien, beseitigen. Etwas bitter forderte ich Eleni und Lisa auf:

„Rechnet das mal nach! Wie viele Eier hätten wir drei uns für die Anwaltsgebühren kaufen können? Bis zum Lebensende hätte es für jeden von uns gelangt, unendlich viele Kuchen zu backen und zusätzlich noch alle dazugehörigen Cappuccinos zu finanzieren!"

Das paragraphengespickte Schreiben an den Besitzer des unruhigen Hühnerhaufens zeigte entgegen meiner ersten Befürchtung doch Wirkung und verhalf relativ schnell dem schwarzen Schlappohr zu einem neuen Zuhause. Das hoffte ich jedenfalls für den kleinen Hund, da bald sowohl das kleine Holzhaus als auch der Insasse fehlten. Wenige Tage später tauchte Wassilis in graublauer Arbeitsuniform auf, die mich an einen uralten Film aus den USA erinnerte. Die Ghostbusters trugen bei ihrer Jagd nach Gespenstern eine ähnliche Montur, allerdings in Weiß. Ich vernahm Hühner- und Hähnegekreische, Flügelschlagen, dazwischen das aufgeregte Geglucksen der Truthähne, wieder Hühner- und Hähnegekreische, Gegacker ohne Ende, dann Stille und nur noch ein paar verzweifelte Laute. Wassilis schloß den Hühnerstall und verschwand in seinem Auto.

Nachts um halb zwei vermißte ich beim nächtlichen Krähen nach der zweiten Stimme den dritten Ton. Der brutzelte sicher bereits im Kochtopf von Wassilis Ehefrau, schloß ich aus dem fehlenden Kikeriki. Blieben also noch zwei Hähne. Während der ersten Tage hoffte ich noch auf eine weitere Reduzierung, dann dehnte ich meine

Erwartungen auf die erste Woche aus, dann auf die zweite, auf die dritte, bis ich mir eingestehen mußte, daß Wassilis entweder kein Hühnerfleisch mag oder die Begattung der Hennen oberste Priorität für den Herrn des Hühnerstalls besaß und trotz Androhung gerichtlicher Maßnahmen weitere Aktionen im Hühnerstall zur Herstellung des nachbarschaftlichen Friedens nicht zu erwarten waren.

In dieser Phase des Schwankens zwischen Hoffnung und Verzweiflung leisteten mir Eleni und Lisa wichtige moralische Unterstützung und Anteilnahme.

„Das Gezeter der Perlhühner tagsüber reicht", fanden beide übereinstimmend bei einem Besuch und dem gemütlichen Kaffeetrinken auf der Terrasse unter der großen Palme, während über dem Zaun die gepunkteten Vögel ihre Stimmgewaltigkeit vorführten.

„Wenn du den nächtlichen Ruhestörern schon nicht den Hals umdrehen willst, kann man den Hähnen nicht wenigstens Schlafmittel verabreichen, damit sie nachts durchschlafen?"

"Oder wir fahren nach Delphi!", schlug Eleni pragmatisch vor. "Und das Orakel weissagt uns, wie das Problem zu lösen ist."

"Und ein kleiner Ausflug lenkt dich erst einmal ab. Es ist Frühling. Die Berge blühen", ergänzte Lisa.

Beide drängten auf einen schnellen Besuch, obgleich ich daran erinnerte, daß leider vor über eintausendsechshundert Jahren die Verkündung kluger Ratschläge eingestellt wurde und meine Chancen auf eine erhellende Weissagung schlecht stünden. Wir fanden einen gemeinsamen Termin schon wenige Tage später.

Entlang der Steilküste entfaltete sich das gesamte Farbenspektrum des ausklingenden Frühlings. Gelb blühende Ginsterbüsche säumten die Straßen, dazwischen Flecken mit weißen Margeriten. Knallroter Klatschmohn wechselte sich ab mit Polstern von blauen Glockenblumen. Aus den schmalsten Feldspalten drängten sich rosa und weiße Blütenkelche hervor. Die Natur nutzte jedes Krümelchen Erde, um sich zu entfalten.

Der Blick auf die Schönheiten entlang der Straße half nur kurzfristig. Das Schlafdefizit machte sich während der kurvigen Fahrt entlang der Steilküste drastisch bemerkbar.

„Ihr müßt mir etwas erzählen", forderte ich Eleni und Lisa auf, „sonst schlafe ich ein, und wir stürzen die Klippen hinab ins Meer und landen statt in Delphi im Hades."

Eleni lachte leise auf der Rückbank und beugte sich zu mir nach vorne.

„Mir fällt da ein passendes Gedicht ein, hab' ich in Deutschland gelernt."

Das Lachen nahm Fahrt auf, bevor sie begann:

„Mancher gibt sich viele Müh' mit dem lieben Federvieh."

Lisa fiel nach fröhlichem Gegackere ein:

„Einesteils der Eier wegen, welche diese Vögel legen, zweitens weil man dann und wann, einen Braten essen kann!"

Natürlich hatte auch ich in meiner Kindheit Wilhelm Busch gelesen und fuhr vergnügt fort:

„Ihrer Hühner waren drei, und ein stolzer Hahn dabei."

„Alle zusammen jetzt", dirigierte uns Eleni von der Rückbank aus.

„Max und Moritz dachten nun: Was ist hier jetzt wohl zu tun?"

Wir krähten und gackerten eine Weile vor uns hin und lachten, bis uns die Tränen aus den Augen und über die Wangen liefen. Für eine kurze Zeit vergaß ich, daß schon heute Nacht wieder ‚the same procedure like every day' auf mich zukommen würde.

„Ich habe eine Idee!"

Ich deutete auf meinen Schal.

„Ich werde mir die Priesterinnen-Binde umlegen und Apollon mein Anliegen vortragen! Mal sehen, ob er sich zu Wort meldet und das Orakel sein Schweigen bricht. Bevor wir uns zum ersten Streich an den Hähnen durchringen, versuchen wir es bei den Göttern! Vielleicht hat Apollon Mitleid mit mir!"

"Bravo, gute Idee", klopften mir beide bestätigend auf der Schulter herum, als hielten sie meine Worte für einen Scherz, während sich diese Idee in meinem Kopf festsetzte, mehr und mehr zu bitterem Ernst gedieh und in meinen Gedanken kreiste und kreiste und sich immer tiefer darin verankerte.

Am Eingang des Heiligtums zogen und zupften beide an meinem Schal herum.

„Du denkst an dein Anliegen?"

Eleni drohte:

„Wenn dir die Götter nicht helfen, bringe ich eigenhändig diese zwei Schreihälse um. Und dann gibt es 'Kotopulo makaronia, Huhn mit Makkaroni."

Bevor sie die Köstlichkeit ihres Rezeptes preisen konnte, nahm ich demonstrativ mein Halstuch, verdrehte es zu einem dünnen Schal und band es um die Stirn.

„Geht schon mal los! Und vergeßt nicht eure Reinigung an der Quelle der Kastalia, wir treffen uns beim Wagenlenker im Museum! Ihr wißt, ich habe heute mein eigenes Programm!"

Es war spätnachmittags, die Busse mit den Touristen hatten sich bereits verabschiedet. Die meisten fuhren bereits an Itea vorbei hinunter ans Meer Richtung Olympia, der nächsten Station der Besichtigungstouren oder zurück nach

Athen. Im Heiligtum war Ruhe eingekehrt. Ich stellte mir den Rummel vor, dem Apollon Tag für Tag ausgesetzt war. Apollon genießt sicher die Stille, dachte ich, er wird froh sein, wenn der Tag vorbei ist und Ruhe einkehrt. Ihm geht es vielleicht tagsüber genauso wie mir nachts mit den Hähnen. Eigentlich müßte er meine Situation verstehen und wissen, wie mir zumute ist. Ich konnte mir gut vorstellen, daß er genervt von oben diese endlos vor sich hinquasselnden Touristenströme mitten durch seinen heiligen Bezirk verfolgt und auch er den Frieden in seinem Heiligtum herbeisehnt.

Die Stille ist eine gute Voraussetzung, um den Kontakt zu suchen, nahm ich mein Anliegen in Angriff. In tiefer Konzentration versunken schritt ich nach der rituellen Waschung an der Kastalia die Heilige Straße hinauf und umrundete den Tempel. Stille, kein auffallendes Zeichen!

Im Museum steuerte ich wie gewohnt die Bank vor dem Relief des Schatzhauses von Siphnos an. Und wieder verzauberte mich die steinerne Götterversammlung., wie bei jedem Besuch. Welch eine Grazie die hintereinander sitzenden Gestalten ausstrahlten! Ihre tiefe Verbundenheit, der innere Friede sprang wie ein Funke auf mich über. Sie schienen durch die Berührung mit ihren Händen in einander überzugehen, eins zu werden und trotzdem jede Figur für sich zu bleiben. Leto und Artemis, die herabrieselnden Löckchen gebändigt durch ein Stirnband, das man nur noch an manchen Stellen erahnen konnte. So ähnlich trug ich jetzt die Priesterinnen-Binde, jedoch ohne diese schönen unter dem Band hervorbrechenden Korkenzieherlocken der Göttinnen. Die kostbaren und feingefalteten zarten Gewänder berührten den Boden, nur die nackten Füße mit den feingliedrigen Zehen schauten in einem perfekten Ebenmaß daraus hervor. Artemis berührte mit einer zärtlichen Geste die Haare ihres göttlichen Bruders, während die andere Hand behutsam auf seiner Schulter verweilte. Man durfte das Geschwisterpaar in seiner Innigkeit nicht stören. Hier zerrann die Zeit zur Ewigkeit, Tausende von Jahren zu einem kleinen Funken des immerwährenden Fließens.

Ich erinnerte mich an meine letzte Begegnung. Würde mir Apollon heute wieder zuzwinkern? Oder mit dem Klang silberner Glöckchen sprechen? Ich schloß die Augen und verweilte mit meinen gebündelten Gedanken vor dem steinernen Relief. „Apollon", wandte ich mich an den Gott, während ich mit geschlossenen Augen immer tiefer in die steinernen Gottheiten eindrang, „deine genervte Priesterin sitzt vor dir! Hörst du mich? Siehst du mich?"

Ein Räuspern neben mir riß mich aus meiner Konzentration und der sich langsam einstellenden Versunkenheit einer beginnenden Meditation. Eine kleine Gruppe näherte sich gestikulierend der Bank, pausenlos in einer mir fremden Sprache plappernd. Eine junge Dame nahm neben mir Platz. Sie streckte ihr Bein weit in meine Richtung aus, sozusagen als Vorbote, um ein wenig dichter zu mir aufzurücken, eine vorsorgliche Maßnahme, um Platz zu schaffen für die drei anderen Gruppenmitglieder. Im Blickwinkel des rechten Auges erkannte ich, die junge Dame benötigte tatsächlich etwas mehr an Sitzfläche, schon das ausgestreckte rundliche Bein ließ das erahnen, und auch der Rest der Gruppe drängte näher in meine Richtung. Nein, hier wollte sich Apollon nicht nähern, das gab er mir deutlich mit dem durchsetzungsfähigen Trupp zu verstehen. Diese Bank hatte er nicht für einen Kontakt auserwählt.

Das Museum bot noch eine weitere Möglichkeit. Ich wußte, wo man ihn treffen konnte, wo ihn Stille umgab, nicht weit von hier, nur einige wenige Schritte weiter im Nebenraum. Ich schritt vorbei an den Herakliten, der kopflosen Europa, dem bulligen Eber von Kalydon und daneben lag der intime Raum, in dem der Gott der Weisheit und des

Lichts unter goldgelocktem Haar stumm hinter einer Glasscheibe neben seiner Schwester Artemis und seiner Mutter Leto vor sich hinlächelte.

„Apollon", versuchte ich es noch einmal, als ich vor ihm stand, und blickte ihm fest in die Augen. Ich kramte einen alten Orakelspruch aus meinem Gedächtnis hervor und veränderte ihn ein wenig.

„Die Masse des Meeres kennst du und der Sandkörner Zahl. Den nicht Sprechenden hörst du, selbst den Stummen vernimmst du! Höre auch mich!"

Apollons Augen blickten ernst in meine Richtung, der freundliche Ausdruck des Mundes unter der feingeschwungenen Nase blieb unverändert. Der rechte Zipfel meiner Priesterinnenbinde rutschte nach vorne und kratzte am Hals. Mit einer energischen Handbewegung beförderte ich ihn in den Nacken. Ich konnte jetzt keine irritierenden oder ablenkenden Störaktionen gebrauchen. Ich schloß die Augen, konzentrierte mich wie in den schlafgestörten Nächten, wenn ich nach dem Schreien der Hähne versuchte, einzuschlafen.

„Apollon, deine Priesterin steht stumm vor dir und tief bedrückt!"

Ich hielt die Augen geschlossen, konzentrierte mich, bannte alle anderen Gedanken, tauchte tiefer und tiefer hinab, ich ruderte durch gräuliche Wattewolken, bis mich nur noch dunkle Stille umgab. Stille, die mich umrundete und die Zeit im endlosen Raum und der sich ausdehnenden Weite anhielt.

„Du meine Tochter", sah ich plötzlich ein hellleuchtendes Schriftband, das schnell weiterzog und hörte ein Raunen, „überschreitend die Grenze, wird Frieden dir bringen!"

Ich schüttelte den Kopf, das Raunen verflüchtigte sich, die Schriftzeichen zerstoben und verwandelten sich in

Rauch und Dunst. Ich wagte kaum zurückzukehren aus der weiten Unendlichkeit und öffnete langsam und vorsichtig die Augen. Strahlte das Gold der Haare stärker, blitzte ein kleiner Funke in dem ruhigen Ausdruck der Augen? Oder war ich etwa vor dem Bildnis des Apollon durch mein Schlafdefizit im Stehen eingenickt? Ich hatte mich in der Vergangenheit manchmal gefragt, warum ich Situationen erahnte, Gedanken lesen konnte, Ereignisse so vertraut erschienen, als hätte ich sie schon einmal erlebt. Aber dieses hell leuchtende Spruchband und das Raunen, das mußte ich erst einmal verarbeiten! ‚Überschreitend die Grenze wird Frieden dir bringen'! Hatte ich dies tatsächlich gehört und gelesen oder nur geträumt? Überschreitend die Grenze, sollte das der weise Rat des Orakels sein? Einen ähnlichen Orakelspruch aus vergangenen Zeiten hatte ich in Erinnerung, allerdings zielte er damals in die entgegengesetzte Richtung. Krösos wird, überschreitend den Halys, zerstören ein Großreich, so hatte es die Pythia verkündet. Tatsächlich zerstörte Krösus mit seinem Kriegszug ein Reich, aber nicht das gegnerische, sondern sein eigenes. Selbst wenn ich meine – berechtigten oder unberechtigten – Zweifel an dem gerade Erlebten beiseite wischte, zeigten die Folgen antiker Orakelsprüche am Beispiel des Krösus, daß deren Interpretation kühlen Sachverstand erforderte. Geteiltes Leid ist halbes Leid, so ein bekanntes Sprichwort. In meinem Fall litt nicht nur ich unter der psychischen und physischen Folter, sondern zwei weitere Personen durch ihre einfühlsame Anteilnahme. Das erhöhte den Druck, die Störquellen zu beseitigen. Aber wie Apollons Orakelhülse interpretieren oder gar in die Realität umsetzen?

Während der Rückfahrt von Delphi dominierten die Hähne unser Gespräch. Das Problem mußte gelöst werden, daran bestand kein Zweifel. Irgendwann, als ich gerade eine scharfe Haarnadelkurve bewältigt hatte, begann Eleni von der Rückbank aus mit den Fingern auf meiner Schulter herumzutippen.

„Der Wagenlenker im Museum - toll! Und überhaupt die ganze Anlage! Und diese phantastische Landschaft im Frühling! Und zum Abschluß der Blick hinunter in die Ebene über die wogenden Olivenhaine bis zum Meer hinab."

Nach einer kurzen Pause verstärkte Eleni den Fingerdruck. Ein deutliches Zeichen - die Prosa war beendet, jetzt begann das eigentliche Thema.

„Ich habe mich bemüht, irgendwo den Herrn des Hauses zu finden. Ich habe alles richtig gemacht, mich an der Quelle der Kastalia gereinigt, ein kleines Opfer an der Kasse entrichtet, aber leider ..."

Elenis Hand zog sich zurück. Sie lachte etwas verlegen. Also keine erfolgreiche Audienz bei dem Gott des Lichts. Keine Erleuchtung in Sachen Hühnerstall. Sollte ich mein Erlebnis schildern? Nein, sie würde denken, ich sei im Museum eingeschlafen und hätte das alles nur geträumt.

Lisa füllte die Sprachlücke, während ich noch wie beim Margeritenzupfen abwog, soll ich, soll ich nicht. Lisas Stimme bebte ein wenig.

„Ich wollte den historischen Boden spüren und habe meine Schuhe vor dem Tempel ausgezogen. Das war so eine plötzliche Eingebung."

"Und? Ist dir Apollon erschienen?", warf Eleni in lästerndem Tonfall von hinten ein.

Lisas Stimme gewann an Festigkeit.

"Nein, niemand war weit und breit. Kein Wärter, keine Touristen, kein Apollon. Da habe ich meine Hand auf die Rampe gelegt und die Augen geschlossen. Und ich habe sie alle gesehen! Endlos viele Füße, die über die Schwelle liefen! Genau an dieser Stelle stiegen ihre Fragen wie Vögel in den Himmel auf!"

Die Haarnadelkurven der Straße rissen nicht ab, mir blieb keine Zeit, auf Lisas Vision einzugehen. Ich spürte ihren taxierenden Blick von der Seite, bevor sie den Kopf zur Rückbank wendete.

"Könnt ihr Euch noch an die Namen aus den Schulbüchern erinnern? Aristoteles, Sokrates, Caesar, Nero?"

"Alexander der Große", ergänzte Eleni von hinten.

"Sicher auch die Sappho", fiel mir trotz der Kurven ein. Schließlich hatte mir ihr Gedicht über ihre einsamen Nächte unter den Plejaden vor nicht allzu langer Zeit einmal Trost gespendet.

"Sie standen alle genau an dieser Stelle. Und plötzlich wußte ich, die Götter sind hier, sind mitten unter uns. Sie sehen uns, sie kennen unsere Probleme."

"Und was haben sie dir geraten?" reagierte Eleni pragmatisch.

"Das, was jeder vernünftige Mensch auch raten würde. Nicht nur die Götter wissen, daß man sich gegen solche Schikanen wehren muß. Ihre Gesetze sind in uns verankert. In diesem Augenblick habe ich gespürt, die Götter werden uns zur Seite stehen und deshalb sind wir stark. Wir müssen zwei Grenzen überwinden: unsere innere Feigheit, und die äußere, den Zaun zu Wassilis Grundstück. Erst die innere, dann die äußere!"

Lisas Stimme hatte mit jedem Wort an Kraft gewonnen. In ihr schwang feste Entschlossenheit. Ich sah sie bereits über Wassilis Zaun steigen.

"Wir holen uns die Hähne! Wir schaffen das! So habe ich mir das am Eingang des Apollon-Tempels überlegt. Man kann die Götter nicht sehen. Man kann nur die Kraft spüren, die sich überträgt. Und ich habe deutlich die Botschaft gespürt: Wir sollten endlich handeln. Wir werden die Grenzen überwinden, beide, die innere und die äußere!"

Lisa hatte sich in Rage geredet. Jetzt, am Ende ihres Appells, lachte sie und stupste mich in die Seite.

„Wir holen uns die Hähne! Eleni wird ihnen den Hals umdrehen und sie rupfen. Sie kann das, und wir machen einen feinen Braten daraus."

Eleni blieb zunächst sprachlos. Und ich brauchte eine Schrecksekunde, um Lisas Appell zu verdauen. So energisch und impulsiv hatte ich sie selten erlebt. Von der stillen Rückbank kam die trockene Bemerkung:

„Das Orakel hat gesprochen!"

Eleni klatschte dabei in die Hände, beugte sich zu uns nach vorne und rief begeistert:

"Endlich! Was das Orakel rät, muß befolgt werden! Ich drehe diesen Schreihälsen persönlich die Hälse um!"

Ich ahnte, in ihrer pragmatischen und praxisorientierten griechischen Art arbeitete Eleni bereits an einer praktikablen aber eher brachialen Umsetzung, zumindest was die Lebensdauer der Hähne betraf.

„Freu dich nicht zu früh auf Hühnerbraten", gab ich zu bedenken. „Der erste Schritt will vor dem zweiten getan werden."

"Mir schwebt da ein ganz besonderes Rezept vor", hakte Eleni sofort ein. "Kotopulo Makaronia!"

Huhn mit Makkaroni! Soweit waren wir noch nicht. Lisas Worte hallten nach und mußte erst einmal verdaut werden. War es Zufall, daß Lisa meine Gedanken aussprach, daß sie die Hand auf die Rampe legte - ein Ritual, das ich oft bei meinen Besuchen einhielt? War es Zufall, daß ihre Worte dem Raunen und der Aufforderung des Spruchbandes im Museum glichen, die Grenzen zu überwinden? Wollten die Götter mit diesem doppelt gefällten Spruch die letzten Zweifel beseitigen?

„Gut, Apollon hat gesprochen. Wir schreiten zur Tat!", schloß ich mich Lisas Vorschlag an.

Elenis Hand tippte wieder auf meiner Schulter herum. „Nicht wieder nur blablabla und es passiert nichts! Wir müssen handeln, bevor du in der Nervenheilanstalt landest. Also: Wann und wie starten wir?"

Wenige Tage nach der Rückkehr begannen wir mit der Vorbereitung für die Umsetzung. Feucht fröhlich und bei gutem Essen gründeten wir die Spezialeinheit 'Max und Moritz' und entwarfen in groben Zügen die geheime Mission 'Witwe Bolte'. Die im Geist aufgebauten Hürde, Wassilis Grenze zu mißachten, überwanden wir ohne große Gewissenskonflikte. Meine Forderung nach Schutz für Leib und Leben der Krachmacher konnte ich mit Hilfe von Lisas Einwänden gegen Eleni durchsetzen.

Bei den Überlegungen zur praktikablen Umsetzung kam mir eine Idee, die sich zwar nicht an Max und Moritz und den Fang des Federviehs mittels delikat verschnürter Häppchen orientierte, aber erfolgversprechend schien. Ich erinnerte mich an griechische Nachbarskinder, die mit kaum vier, fünf Jahren mit einem Casher für Fische drei verirrte Hühner im Garten eingefangen hatten.

Damals hielt Wassilis Vater im Steinhaus unter der großen Platane ein paar Legehennen für seinen bescheidenen Eierbedarf. Er scheuchte sie abends zurück in das alte Gemäuer und schloß die Holztür. Am nächsten Morgen entließ er sie in die Freiheit unter die dunkelgrünen Zitronenbäume, um Regenwürmer und andere Delikatessen zu suchen. Vielleicht witterten drei der Hennen die vielen unausgegrabenen Köstlichkeiten auf meinem Grund und Boden. Sie stolzierten plötzlich aufgeregt gackernd im Garten umher. Ratlos verfolgte ich das Picken und Scharren. Erst als die Hühnerschar die Erde zwischen den Gemüsebeeten umgrub, scheuchte ich sie zurück an den Zaun.

Zwei kleine Nachbarsjungen verfolgten verschämt kichernd meine Hühnerjagd. Sie schwatzten eifrig miteinander, verschwanden im Haus, kehrten mit einem Casher für Fische zurück und kletterten über den Zaun. Der Jagdinstinkt der Beiden verlagerte sich sofort von Fisch auf Huhn. Sie schwangen den Casher hinter den wild gackernden und am Zaun nach dem Loch suchenden Hennen, bis sie mir schließlich stolz ihren Fang präsentierten. Eines der Hühner lag brav und mucksmäuschenstill im Netz. Dank der erfolgreichen Fangmethode beförderten wir ein Huhn nach dem anderen über den Zaun.

Ein Casher schien dank des damaligen Erfolgs eine geeignete Ausrüstung für den Zugriff im Hühnerstall. Uns war bewußt, diese Mission bedurfte strenger Geheimhaltung und absoluter Dunkelheit, ähnlich den Aktionen der amerikanischen Elitetruppen beim Anti-Terrorkampf. Schließlich wollte ich nicht als Hühnerdiebin vor einem griechischen Gericht enden.

Wie mich das Beispiel des Krösos gelehrt hatte, bedurfte die Umsetzung eines Orakelspruchs eine sorgfältige Abwägung in alle Richtungen bei gleichzeitiger Überprüfung der Konsequenzen. Mit einer konkreten tatkräftigen Hilfe der Götter konnte man nicht rechnen, ihre Einflußnahme reduzierte sich auf die Übermittlung von Worten, sie standen nicht Gewehr bei Fuß auf dem Kampfplatz – ausgenommen bei wenigen Großereignissen, wie dem Trojanischen Krieg. Und auf welche Seite sie sich schlugen, wußte man nie im Voraus.

Unsere Planungen schritten voran und nahmen zusehends praxisorientierte Züge an. Wir benötigten zwei Leitern: eine für die Innenseite des Zauns, die andere auf feindlichem Territorium. Natürlich fiel die Hauptlast der Aktion im nächtlichen Hühnerstall in meinen Aufgabenbereich. Dies war mein Part als Eingeweihte im Ablauf von Wassilis

Ritualen und der Kenntnis der Örtlichkeiten. Ich profitierte von gelegentlichen Beobachtungen der abendlichen Fütterungs- und Zubettbring-Aktionen. Die Truthähne nahmen im Vorhof auf der Stange Platz, die Hühner saßen im abgetrennten und geschlossenen Holzverschlag unter dem Wellblech, die Perlhühner schlummerten seitwärts getrennt. Der Eingang zum Hühnergelege wurde geschlossen, aber nicht abgeschlossen, das Allerheiligste, der eigentliche Hühnerstall mit Hennen und Hähnen im alten Steinhaus besaß zwar eine Tür, die aber geöffnet blieb, damit die Hähne nachts ungehindert zu ihrem Weckruf auch in schlaftrunkenem Zustand aus dem beengten Steinhaus in die frische Nachtluft unter dem Wellblech eilen konnten.

Zur Durchführung einer Anti-Terror-Aktion gehörte eine Tarnuniform. Mein Kleiderschrank bot nur eine begrenzte Auswahl. Ich entschied mich für schlichtes Schwarz, im Dunkel der Nacht würde dieses Outfit mit der Finsternis verschmelzen, ich konnte wie ein unsichtbares Nachtgespenst unbemerkt zum Hühnerstall vordringen. In Ermangelung einer schwarzen Gesichtsmaske griff ich zu einem schwarzen Slip, dazu ein schwarzes T-Shirt, schwarze Jacke zum Verstauen der Taschenlampe in den Taschen, schwarze Leggings und bequeme schwarze Turnschuhe. Zwei Casher, für jeden Hahn einen, hatte ich im Spezialgeschäft für Angler-Zubehör erstanden. Eleni und Lisa steuerten ihre Reisetaschen, die sie mitgebracht hatten, um für diesen besonderen Abend bei mir zu übernachten, zum Transport der Hähne bei. Wir legten Handtücher bereit, um eventuelles Krähen dämpfen zu können, checkten die Mondphasen und suchten uns eine dunkle Nacht aus.

Gespannt beobachteten wir am Abend unseres Einsatzes aus sicherer Entfernung Wassilis beim Füttern seiner Hühnerschar und der feierlichen Zubettbring-Aktion. Die Hähne würde er heute abend das letzte Mal auf die Stange scheuchen, nur wußte er das noch nicht. Es verlief alles wie geplant. Wassilis schloß die Tür hinter dem müden und schlafwilligen Federvieh, sicherte am Tor sein Grundstück mit einem Vorhängeschloß und fuhr mit dem Wagen davon. Wir vertrieben uns die Zeit mit einem leichten Imbiß und etwas Lachen gegen die Nervosität und warteten bis Mitternacht, bis das Licht in den nahegelegenen Häusern eines nach dem anderen erlosch.

„Hast du Angst?", flüsterte Lisa am Zaun.

„Na ja", flüsterte ich zurück. „Mit dem Zittern verscheuche ich die bösen Geister!"

Ich zeigte ihr meine Hände und schwenkte sie nervös hin und her.

„Besitzt ihr Kenntnis in Erster Hilfe und in Wundversorgung, falls mich die Truthähne angreifen? Was mache ich, wenn der ganze Hühnerstall kreischend über mich herfällt und das halbe Dorf aufwacht?"

Eleni klopfte mir beruhigend auf die Schulter. „Falls etwas schiefläuft", tröstete sie mich, "bin ich ganz schnell über den Zaun geklettert und komm dir sofort zu Hilfe. Wir werden jeden deiner Schritte verfolgen. Lisa beobachtet die Nachbarhäuser und den Weg. Ich bleibe an der Leiter und bin in jeder Sekunde einsatzbereit."

Der leichteste Teil, die Kletteraktion über den Zaun von einer Leiter zur anderen, verlief dank Wassilis strapazierfähigem Draht ohne Komplikationen. Lisa reichte mir den ersten Casher. Vorsichtig schlich ich über das freie Feld, einen Fuß langsam vor den anderen setzend und den Boden nach Steinen abtastend. Die wenigen Olivenbäumen dienten als Orientierung und hoben sich in der Dunkelheit schemenhaft als übergroße Schatten ab. Am äußeren Zaun des Hühnerstalls blieb ich stehen und wartete.

Der Wind raschelte in den Blättern der großen Platane und, oh schreck, plötzlich knarrte leise die Holztür des

Steinhauses. An diese Tür hatte ich nicht gedacht. Was bedeutete es, wenn sie nur angelehnt war? Warum stand sie offen? Wassilis hatte sie immer abends geschlossen. Sollte ich besser umkehren? War Wassilis etwa unbemerkt zurückgekehrt? Hatte er Ehekrach und schlief im alten Steinhaus in einem separaten Raum neben seinen Hühnern? Ich hatte nie beobachtet, was Wassilis nachts trieb. Benutzte er etwa das alte Haus als stille Absteige? Was würde geschehen, wenn Wassilis aus der Tür schritt und mich mit meinem schwarzen Spitzenslip auf dem Kopfe und Casher in der Hand vor seinem Hühnerstall sähe?

Ein Gedanke jagte den anderen, aber es blieb keine Zeit für das sorgfältige Abwägen von Argumenten. Die Entscheidung mußte hier und jetzt und intuitiv und von mir alleine unter Akzeptanz aller Konsequenzen getroffen werden. Nein, ich würde nicht aufgeben, ich mußte die Grenzen überwinden, auch meine innere, meine aufkeimende Angst. Aber ich durfte nicht leichtsinnig sein, mich nicht von Emotionen leiten lassen. Schritt für Schritt näherte ich mich der Hausecke, jedes kleinste Geräusch vermeidend, bis ich um die Kante sehen konnte. Die alte Holztür bildete einen dunklen Fleck an der Hauswand. Der nächste leichte Windstoß ließ sie ein wenig aufspringen, sie knarrte, bewegte sich zurück und blieb dann stehen. Eine Straßenlaterne beleuchtete den Eingang zu Wassilis Grundstück und die Straße. Wassilis Auto stand nicht vor dem verschlossenen Tor. Also hatte er keinen Ehekrach, keine heimliche Liebschaft, und er schlief auch nicht im Steinhaus.

Ich seufzte erleichtert auf. Jetzt begann die eigentliche Aktion. Behutsam trat ich Schritt für Schritt zurück zum eingezäunten offenen Bereich des Hühnergeheges, öffnete Zentimeter für Zentimeter die Tür, bis ich hindurchschlüpfen konnte. Ich zog sie geräuschlos hinter mir zu, verharrte, um mich in der Dunkelheit zu orientieren. Keine zwei

Meter vor mir saßen die Truthähne schlummernd auf der Stange - dunkle, große Schatten, die den Kopf halb unter die Federn gesteckt hielten. Ein gutes Zeichen, entweder hatten sie mich nicht gehört oder sahen in meinem Erscheinen keine Gefahr. Ein dunkler kleinerer Fleck im Hintergrund auf einer höheren Stange schien einer der Hähne zu sein. Was suchte er hier draußen, er sollte eigentlich im Hühnerstall bei seinen Hennen sitzen. Also Anpassung des Planes an die besonderen Gegebenheiten, obwohl es keinen Plan B wegen mangelnder Erfahrung im Anti-Terror-Kampf gegen einen Hühnerstall gab.

Ich würde mir als erstes den Hahn im Innenbereich greifen. Die großen Truthähne jagten mir Respekt ein, zumal ich keinerlei Erfahrung hinsichtlich der Beschwichtigung solch überdimensionierter Vögel besaß. Ich kannte Truthähne nur durch Asterix und Obelix, aber die fielen dort von den Bäumen und landeten nach entsprechender Behandlung im Magen des Obelix. Die Entscheidung über den durch die Truthähne geschützten Hahn stand später an.

Leise schlich ich durch die offene Tür ins dunkle Herz von Wassilis Hühnergehege im alten Steinhaus. Eine unangenehme Wärme schlug mir entgegen. Die stickige Luft roch nach Kot und Federn und stieg unangenehm und aggressiv in die Nase. Nicht husten, nicht niesen, hämmerte ich mir ein. Ich knipste die Taschenlampe an. Da saßen sie alle nebeneinander friedlich schlafend, der zweite Hahn inmitten der Hennen, der Kopf steckte unter den Flügeln. Sein Harem kauerte auf einem Bein sitzend, das andere eingezogen, dicht an dichtgedrängt neben und hinter ihm auf der oberen Stange. Die Sitzordnung konnte zum Problem werden, erkannte ich blitzschnell. Der runde Metallring, an dem das Netz des Cashers hing, war größer als der Hahn. An einen mit Hennen kuschelnden Hahn hatten wir nicht gedacht. Wie den Zugriff starten, ohne die Hennen rechts und links aufzuscheuchen?

Einige Hühner zogen langsam und irritiert den Kopf aus den Federn und blickten mit ausdruckslosen Augen in Richtung des blendenden Lichtes. Plan B? Betäubungsmittel für herumfliegende Hennen? Nicht vorhanden! Ich mußte handeln, bevor Flügelschlagen, Gezetere und Geschrei losgingen. Ich hob den Casher und stülpte ihn blitzschnell zwischen Hahn und Hennen. Dann spürte ich nur noch wild umherfliegendes Flügelschlagen, hörte aufgeregtes aber immer noch leises Gegackere, ich schützte mit dem Arm die Augen, spürte Krallen in meinem Spitzenhöschen und den Haaren und floh mitsamt dem wildgewordenen, flügelschlagenden Hahn auf dem Kopf und dem leeren Casher in der Hand aus dem Hühnerstall ins Freigehege. Schemenhaft nahm ich die flatternden Schwingen auf dem Kopfe wahr, die sich aus Spitzenhöschen und den Haaren zu befreien suchten, um irgendwo zwischen den glucksenden und wachgewordenen Truthähnen einen Landeplatz zu finden. Reflexartig schlug ich mit dem Netz nach den schwingenden Flügeln, noch einmal und noch einmal, ich durfte nicht nachgeben, ich mußte ihn fangen. Und dann - oh Wunder – war plötzlich Ruhe, ich hörte nur noch das Glucksen der aufgeregten Truthähne, das Gackern drinnen im Hühnerstall. Der Hahn hing mucksmäuschenstill und schwer im Netz.

Ich eilte so schnell ich konnte mit meinem Fang hinaus aus dem Gatter, schloß die Tür, lief an den Olivenbäumen vorbei, atmete erleichtert auf, als ich an der Leiter stand. Eleni sagte keinen Ton, nahm mir den Casher mit dem Hahn aus der Hand. Lisa half mir zurück über den Zaun, zog die Leiter auf unsere Seite und verstaute sie. Ich setzte mich auf den Boden, und sah schwer atmend zu, wie Eleni die Krallen des wie betäubt wirkenden Hahnes vorsichtig aus den Schlingen befreite, ihn in die Reisetasche setze und den Reisverschluß soweit schloß, daß er noch genug Luft zum Atmen bekam. Das Herz schlug mir bis zum Hals. Der zweite Hahn neben den Truthähnen erhielt notgedrungen eine Galgenfrist, eine weitere Aktion war heute nicht mehr durchführbar.

Tage vorher hatte ich die nähere und weitere Umgebung abgeklappert, um eine geeignete Unterkunft für Wassilis Hähne zu finden. Sie sollte weit genug entfernt von Wassilis Hühnerstall stehen, damit sich nicht wie ein Lauffeuer herumsprach, wo seine Hähne gelandet waren und wieder in den heimatlichen Stall zurückgebracht wurden. Hoch oben auf einem Hügel in luftiger Höhe mit Meeresblick lag eine unbewohnte einsame Villa mit einem umzäunten Grundstück, gesichert durch ein mannshohes, stabiles und blickdichtes Eingangstor, an dessen steinerner Begrenzung eine Bougainvillea ihre rotglühenden Blütenzweige herunterhängen ließ. Das Haus stand auf dem höchsten Punkt mit einer phantastischen Aussicht: Weit unterhalb lag der Golf von Korinth wie ein glitzerndes Band. Auf der rückwärts den Bergen zugewandten Seite schob sich eine Hügelkette hinter die andere, zum Teil mit dunkelgrünen Tannenwäldern bewachsen, als befände man sich mitten in der Schweiz. Die phantastische Aussicht hatte ich zwar mit Begeisterung zur Kenntnis genommen. Mehr interessierte mich jedoch der hohe Zaun, der vor ungebetenen Gästen schützen sollte, ideale Bedingungen für einsame Hähne, die gerade ihrem vertrauten Zuhause und ihrem Harem entrissen worden waren. Das Grundstück bot ausreichend Auslauf und sicher viele Regenwürmer. Die bestens gesicherte Umfriedung konnte Sicherheit vor blutrünstigen Füchsen gewähren und das Federvieh in ihrem neuen Lebensabschnitt schützen. Der Besitzer des stattlichen Anwesens würde sich vielleicht irgendwann, falls er sein

Ferienhaus aufsuchte, über den krähenden Zuwachs wundern, aber dies lag jenseits meiner Verantwortung.

Jetzt saß ich am Steuer, immer noch mit Herzklopfen, Eleni neben mir und auf dem Rücksitz behielt Lisa die Reisetasche mit dem eingefangenen Hahn im Auge. Das Auto meisterte Serpentine für Serpentine. Von hinten aus dem Kofferraum war kein Laut zu hören. Der gestreßte Hahn hielt wahrscheinlich genau wie wir den Atem an und verhielt sich in der dunklen Reisetasche mucksmäuschenstill. Um Mitternacht hatte unsere Aktion begonnen, jetzt zeigte das Ziffernblatt der Uhr schon weit nach zwei. Mit einem Ohr hörte ich die leise Unterhaltung zwischen Eleni und Lisa, mit dem anderen lauschte ich nach hinten, ob unser Fang sich ruhig verhielt. Endlich! Das Tor und die in der Nacht gespenstisch wirkenden dunklen Zweige der Bougainvillea tauchten vor uns auf. Wir hatten das neue Zuhause unseres Hahnes erreicht. Wir stiegen aus, ich atmete tief und lang und erleichtert die kühle und reine Nachtluft ein. Eleni und Lisa klopften mir auf die Schulter, Lisa drückte mich, strich mir beruhigend über die Wange.

„Was für eine Aufregung! Der Schreck sitzt dir sicher noch in den Knochen."

Eleni scherzte schon wieder leise: "Aktion ‚Witwe Bolte' ist erfolgreich beendet. Zumindest der erste Teil. Gleich kann er wieder nach Herzenslust krähen!"

Wir lachten erleichtert auf, ohne zu ahnen, was das leise geführte Gespräch auslöste.

Das Bellen, zunächst von weit oben am Haus, kam schnell näher und verharrte wütend und ohrenbetäubend laut direkt hinter dem eisernen Tor. Wir konnten den nächtlichen Aufpasser zwar nicht sehen, aber wir sprangen sicherheitshalber blitzschnell ins Auto. Vielleicht gab es irgendwo im Zaun einen Durchschlupf, man konnte nie wissen, ob ….

„Und jetzt?" fragten Eleni vom Rücksitz und Lisa auf dem Beifahrersitz zur gleichen Zeit. „Wohin mit dem Hahn?"

Wohin mit dem Hahn, wenn er nicht im Kochtopf landen sollte? Denn das wäre sicher Elenis nächster Vorschlag. Da fiel es mir wie Schuppen von den Augen. Der Hahn wollte zu den singenden Mönchen. Die Mönche waren von den Musen geküßt, das zeigte die große Auswahl ihrer CDs, die man im Kloster kaufen konnte.

„Ich kenne ein gut eingezäuntes Anwesen", kam ich Eleni zuvor, bevor sie ihr spezielles Hühnergericht anpreisen könnte. "Das Beste, das sich der junge Hahn nach solch einem Schock wünschen kann. Das Kloster."

Eleni wußte sofort Bescheid und lachte.

"Die jungen Mönche haben eine neue CD aufgenommen und wieder einmal Krach mit den alten Mönchen. Das geht gerade durch die Medien. Aber sie sind tierlieb. Sie haben Katzen, Hunde, sogar Strauße."

Nach zwei Kilometern in Serpentinen bergabwärts, nach fünf Kilometern in Serpentinen aufwärts und nach einer letzten scharfen Kurve zweigte ein kleiner Feldweg zum Kloster mit den singenden Mönchen ab.

Wir hielten nach der Biegung. Dunkle Zypressen markierten den Eingang, dahinter die Umrisse der byzantinischen Kirche. Das Tor war verschlossen, der Zaun hoch und stabil. Er konnte Füchse und sonstige nächtliche Räuber abschrecken. Lisa hielt die Tasche. Eleni fragte leise:

„Die letzte Gelegenheit für Kotopulo Makaronia. Ja, nein, ja, nein?"

„Nein!"

Eleni öffnete vorsichtig den Reisverschluß, ergriff das immer noch mucksmäuschenstill in seinem Gefängnis sitzende Tier und beförderte es über den Zaun. Wir hörten ein kurzes Flügelschlagen, und dann war nur noch Stille.

Nach unserer Rückkehr krochen wir ohne viele Worte in die Betten. Morgens beim Frühstück unter der großen Palme registrierten wir die gackernden Hühner, die wie gewohnt nach Regenwürmern scharrten. Wassilis war Frühaufsteher und hatte ihnen bereits die Tür zum Garten geöffnet. Ein einzelner Hahn begleitete sie stolz mit hocherhobenem Kopf und rotem Kamm und suchte die besten Futterstellen für seinen Harem. Wir genossen unsere weichgekochten Eier und versicherten uns gegenseitig, daß die Eier heute besonders köstlich schmeckten. Eleni erinnerte an das Kotopulo-Makaronia-Rezept und den verbliebenen Hahn. Ich winkte schnell ab und schlug erst einmal eine Pause vor, bevor wir uns der Fortsetzung unseres Witwe-Bolte-Planes widmen würden.

Mit Beginn der Abenddämmerung, Eleni und Lisa waren bereits abgereist, brachte Wassilis wie jeden Abend seine Hühnerschar zu Bett, als sei nichts geschehen. Neugierig verfolgte ich die Zeremonie mit der Befürchtung, er würde auf meinen Zaun zusteuern und mich fragen, wo sein Hahn geblieben sei. Aber Wassilis stieg ohne Kommentar ins Auto und fuhr davon.

Am darauffolgenden Morgen kreischte es herzerweichend, die Truthähne glucksten aufgeregt, es folgte ein hysterisches Gackern und dann drangen aus einer einzigen Kehle fürchterliche Schreie. Nach einer Weile hörte ich nur noch leise, aufgeregte Laute, die ich bereits kannte. Ich sah Wassilis in seinem Gostbuster-Anzug zum Auto eilen. Der letzte nächtliche Schreihals hatte gerade seinen letzten Schrei ausgestoßen.

Apollon, Apollon, dachte ich! Ihr Götter geht verschlungene Wege.

III-4 Botschaften und Götter -

Kleine Tische und bequeme Korbstühle gruppierten sich unterhalb des Kastells locker verstreut über die Terrassen am Hang - das Kafeneon hatte die Sommersaison eröffnet.

"Neue Stühle, grau mit weißen Kissen", stellte ich beim Aussteigen aus dem Auto fest. Lisa und Eleni zeigten kein Interesse an dem modernen Design. Sie wandten mir den Rücken zu mit Blick auf das vor uns liegende Panorama. Lisa atmete tief und hörbar ein.

"Der schönste Platz Griechenlands" rief sie voller Inbrunst mit weit ausgebreiteten Armen.

"Europas" korrigierte ich.

"Nein!" In Elenis Stimme schwang ein leichtes Zittern. "Der ganzen Welt."

Weit unter uns wand sich das Meer wie ein glitzerndes Band zwischen dem Peloponnes und der kleinen Stadt. Mit jeder Kurve den Hang empor hatte sich der Lärm aus den Schluchten der Straßenzüge reduziert. Die Hektik der pulsierenden Stadt war verebbt und der Ruhe unter den tiefhängenden Zweigen der Pinien gewichen.

Ich stellte mich neben Lisa und Eleni. Wir schwebten zwischen Himmel und Erde, losgelöst aus dem Alltag. Die Seele flog frei wie die Möwen, die weit unter uns über dem Meer kreisten. Weiße Schönwetterwölkchen zogen in Zeitlupe über die Gipfel der Berge in östlicher Richtung und malten mit ihren Schatten ständig wechselnde Muster auf das Meer. Nur die Krähen, die unweit von uns um die hohen Pinien ihre Bahnen zogen, zerrissen unbeeindruckt mit lautem Krächzen die Stille und das Versinken in den Zauber der Landschaft.

Die Gelöstheit von allen inneren Fesseln drückten Lisas erhobene Arme aus, das tiefe Einatmen, bevor sie vor uns die Treppen zu den Terrassen und den neuen grauen Stühlen mehr hinaufschwebte als -stieg. Wir wählten einen Platz unter einer weit ausladenden Pinie mit freiem Blick auf den kleinen Hafen und die im Wasser schaukelnden Fischerboote. Eleni ließ sich seufzend in einen bequemen Korbsessel fallen und bestellte bei der jungen Bedienung, die flink die Treppen zu uns heraufgeeilt war, wie üblich drei Cappuccino.

Das halbwüchsige Mädchen hatte sich kaum entfernt, da brach es aus Eleni heraus. Die Stimme klang zornig:

"Von unserer schönen Landschaft wird man leider nicht satt!"

Ein Vulkanausbruch stand bevor. Das Bild des Vesuvs erwuchs imaginär aus den Schönwetterwolken mit zunächst harmlos scheinenden Rauchfahnen als Vorboten. Wo lag die Ursache für Elenis trivialer Feststellung? Ein neues Gesetz der Regierung? Steuererhöhungen, Rentenkürzungen, die Verdoppelung der Immobiliensteuer? Oder alles zusammen?

Eleni blickte gesenkten Kopfes nach unten. Sie hatte die Hände in den Schoß gelegt, beide Daumen drehten sich unruhig gegeneinander. Lisa verharrte still wie eine Statue in dem neuen Sessel mit weit in die Ferne schweifendem Blick, der sich an einen nicht erkennbaren Fixpunkt klammerte. Sie wartete. Wir saßen vor der schönen Landschaft wie die Maus vor der Schlange. Sollten wir nachfragen? Sollten wir abwarten? War es vielleicht nur Elenis allgemeine Wut auf die Regierung beim Blick in die heutige Zeitung, mit den Berichten über Vorhaben, die wieder einmal die kleinen Leute ausquetschte und die großen Fische schonte? Also nichts aufregend Neues, lediglich die kleinen alltäglichen Überraschungen?

Eleni hielt den Kopf gesenkt. Sie fixierte ihre Hände, als liege dort der Schlüssel zu ihrem aufgestauten Zorn. Sie schnaufte hörbar ein und aus, ein und aus. Wie die Maikäfer, flackerten kurz Bilder auf. Sie pumpt Luft wie die Maikäfer, bevor sie zum Fliegen ansetzen. Die Eruption stand kurz bevor.

Eleni lenkte den Blick von den Daumen zornig in Richtung Lisa und dann mit einem kämpferischen Ausdruck in meine Richtung. Die Lippen preßten sich aufeinander, die Mundwinkel verzogen sich nach unten, die Schultern hoben und senkten sich.

"Ich gebe meine Schule in Messolongion auf."

Der Untergang Pompejis nach dem Ausbruch des Vesuvs! Das war es also! Die Sprachschule war ihr Leben, ihre Berufung! Sie liebte ihre Arbeit, die Kinder hingen an ihr. Warum traf sie diese Entscheidung?

Elenis Lachen setzte stoßartig und viel zu schnell und hektisch ein und wollte nicht enden. Die Daumen drehten sich schneller und schneller. Fragend blickte ich zu Lisa. Sie hatte den Fixpunkt auf dem Peleponnes verlassen. Ihr zufriedener Gesichtsausdruck war einem Gemisch aus Betroffenheit und Hilflosigkeit gewichen. Unsere Blicke kreuzten sich. Ich schüttelte den Kopf ungläubig.

"Sie ist doch so etwas wie dein Lebenswerk."

Der feuchte Film in Elenis Augen verriet die innere Sintflut. Ein aufgestauter Damm drohte zu brechen. Sie wischte mit der Hand einmal rechts, einmal links, schluckte tapfer.

" Der Paukenschlag kam gestern in der letzten Stunde des Schuljahres. Die Schülerzahlen gingen jedes Jahr zurück und ich hatte jedes Mal die Hoffnung, im nächsten

Jahr wird es besser. Und dann gestern der Paukenschlag! Drei Schüler! Für den Herbst haben sich drei Schüler angemeldet, die anderen springen alle ab. Drei Schüler ..."

Sie dehnte die letzten Worte, als könnte sie die Zahl vervielfachen. Die letzten Silben versickerten in den Tränen, die über die Wangen rollten.

Jeder kannte die Auswirkungen des wirtschaftlichen Desasters in Griechenland: Leere Schaufenster, geschlossene Geschäfte, die Zeugnisse der griechischen Tragödie waren im Zentrum der kleinen Stadt nicht zu übersehen. Viele alteingesessene Unternehmen hatten eines nach dem anderen aufgegeben. Aber Elenis Schule in Messolongion? Sie hatte nie ein Wort darüber verloren.

"Ich dachte immer, die Krise hat dich verschont", warf ich hilflos ein.

Die Tränen begannen wie Bäche zu rollen, nahmen Fahrt auf, sie zuckte resigniert mit den Schultern. Die Stimme klang wie eine verrostete Türangel.

"Deutschunterricht leistet man sich, wenn die Kinder studieren sollen. Das Geld für ein Studium in Deutschland hat hier keiner mehr. Ein großes Werk hat in der letzten Woche geschlossen. Es gibt viele Arbeitslose."

Sie blickte auf die herannahende Bedienung, nickte uns mit zusammengekniffenem Mund zu, als wolle sie sagen, so ein Mist, jetzt haben wir den Salat, hier sitze ich und heule euch etwas vor. Sie wischte mit dem Handrücken über die Wangen, schlug die Augen nieder, um ihre Tränen vor dem Mädchen zu verbergen. Die Bedienung stellte drei Tassen Cappuccino zusammen mit einer Karaffe auf den Tisch, besann sich kurz und füllte dann unsere drei Gläser mit Wasser, bevor sie sich wortlos entfernte.

Der Duft nach frischem Kaffee kroch für einen kurzen Augenblick verführerisch in die Nase, bis die Tragweite von Elenis Entschluß die Vorfreude auf den ersten Schluck hinwegfegte. Ich blickte dem jungen Ding hinterher, das leichtfüßig die Treppen hinunter hüpfte. War sie auch eine Sparmaßnahme? Reduzierung der Personalkosten, weil junge Kräfte am billigsten sind? Arbeitete sie für ein Taschengeld? Vielleicht eine Verwandte?

Eleni hielt den Kopf gesenkt, rührte in der Tasse, als könne sie dem weißen Milchschaum eine Lösung abtrotzen. Die Tränen quollen unter den gesenkten Augenlidern hervor, rollten über die roten Flecken auf den Wangen, bevor sie in einem hervorgekramten Taschentuch landeten. Ihre Stimme klang wenig überzeugend:

"Es wird sich irgendwie ein Weg finden."

Die sphinxartige Starre fiel von Lisa ab. Sie wagte eine tröstende Geste und legte den Arm um Elenis Schulter. Eleni hielt kurz mit dem Rühren inne.

"Nach dieser Hiobsbotschaft stand mein Entschluß fest. Er war schon lange fällig. Ich kann die Miete nicht mehr zahlen. Strom, Lehrmittel, das Gehalt meiner Assistentin. Die vielen Kosten haben meine Rücklagen aufgezehrt. Die Außenstände lassen sich nicht mehr eintreiben. Die Leute haben kein Geld. Was soll ich machen? Gegen sie klagen? Gegen Bekannte, Freunde, deren Kinder mir ans Herz gewachsen sind? Ich habe gestern gleich nach dem Unterricht mit dem Vermieter gesprochen. Er hat meine sofortige Kündigung akzeptiert. Ich werde in den nächsten Tagen alles zusammenpacken und Anfang der Woche den Umzug organisieren. Das Schuljahr ist sowieso zu Ende."

Lisa nickte reflexartig und blieb sprachlos still. Ihre Hand griff über die Stuhllehne und strich über Elenis Arm. Es sah aus, als suche Lisa mit ihrer trostspendenden Geste Trost bei Eleni.

Hilflos kramte ich in meinem abgespeicherten Reservoir nach bewährten Weisheiten. Wie konnte man ihr helfen? Aktuell nur beim Auszug und beim Ausräumen der

Schule. Die größeren Probleme kamen später. Wie würde sie das Ende ihrer langjährigen Lehrtätigkeit verkraften, wenn alles abgewickelt war, wenn sie zu Hause saß, keine Kinderstimmen hörte, die fragten, die lachten, die mit ihr scherzten? Über die Auswirkungen ihres Entschlusses hatte Eleni nicht gesprochen, aber ich wußte, daß die Einnahmequelle für ihre Familie wegbrach. Ihr Mann trug als freischaffender Künstler nur sporadisch zum Lebensunterhalt bei, der Sohn studierte. Ich konnte wenig Hilfe anbieten und wies mit dem Arm Richtung Hafenbecken:

"Schau nach unten, dort liegt dein Haus. Du hast einen lieben Mann, einen netten Sohn, ein Dach über dem Kopf, du bist nicht alleine. Es wird sicher eine Lösung geben, und wir werden dich unterstützen, wo wir können."

Lisa zog ihren Arm zurück, als wolle sie jetzt gleich und möglichst schon hier am Tisch mit dem Helfen beginnen und fiel sofort ein:

"Natürlich helfen wir dir. Wir lassen dich nicht alleine. Wir fangen mit dem Umzug an. Das ist das allererste. Und das machst du auf keinen Fall alleine. Wir kommen mit."

Eleni nickte mit gesenktem Blick auf ihre zusammengefalteten Hände. Wir saßen schweigend nebeneinander und blickten auf den kleinen Hafen, auf das Meer, auf die Berge, über die immer noch die weißen Schönwetterwölkchen hinweg zogen. Nichts konnte sie bremsen, keine noch so schlechte Nachricht konnte sie aufhalten, die Welt stand nicht still.

Warum traf es ausgerechnet Eleni? Wie ein Bilderbuch zogen die letzten Jahre einer fehlgeleiteten Politik vorbei. Unter uns reihten sich viele neue Häuser direkt am Meer. Hatte ich nicht immer ein ungutes Gefühl, wenn ich auf die neu entstandenen Villenviertel blickte? Sie verkörperten wie ein Spiegelbild die Misere des Landes. Die

Gebäude waren erst vor wenigen Jahren wie Pilze aus dem Boden geschossen. Daneben entstanden gut ausgebaute Verkehrswege, auf denen die Autos munter hin- und herfuhren. Alles sah nach Wohlstand aus. Als die Finanzkrise über Europa hereinbrach, sickerten jeden Tag neue Meldungen über die gigantische Schuldenlast des Staates durch die Medien. Der überblähte Luftballon eines künstlich mit EU-Finanzspritzen erzeugten Wohlstandes war geplatzt, das Land konnte nur mit weiteren EU-Hilfen vor dem Bankrott gerettet werden. Die griechischen Nachrichten wurden danach dominiert von den Themen Gehaltskürzungen, Rentenkürzungen, Korruptionsskandale, desolates Gesundheitswesen, Privatisierungen öffentlicher Betriebe, Entlassungen. Wie beim Domino-Effekt fraßen sich Arbeitslosigkeit, tiefe Einschnitte beim Einkommen und Insolvenzen durch alle Schichten hindurch.

Elenis Blick hob sich und folgte den Wolken. Sie wischte mit der Hand über die Augen. Sie schniefte, begann zu summen, als könne sie die dunklen Gedanken endgültig hinweg scheuchen. Die Töne nahmen Fahrt auf. Eleni sang:

"To sinefo éfere wrochi, k'echoume mini monachi, efere i wrochi chalasi, then me miasi, then me miasi."

Sie schneuzte sich, als wolle sie ihrer Nase das Signal geben: Stell endlich das Wasser ab! Dann streifte sie mich mit einem leicht belustigten Blick und übersetzte den Text ganz speziell für mich, wie sie es immer tat, wenn sie ein Lied sang, um sicher zu gehen, daß ich jedes Wort verstanden hatte:

"Die Wolke brachte Regen, und wir blieben allein, der Regen brachte Hagel, aber es macht mir nichts aus, es macht mir nichts aus!"

Sie winkte die Bedienung heran und bestellte drei Eisbecher, gemischt, Vanille und Schokolade mit Süßkram-Soße.

"Doch, es macht mir etwas aus! Aber das Leben geht weiter, es muß weitergehen! Vor diesem Desaster von ganzen drei Anmeldungen wollte ich euch mit einem Vorschlag zum Ende des Schuljahres überraschen. Die ganzen Jahre, jedes Frühjahr, jeden Herbst, sah ich beim Vorbeifahren vom Bus aus Archäologen, die das Theater von Kalydon ausgruben. Sie sind gerade abgezogen. Ich wollte euch einen Ausflug vorschlagen. Was haltet ihr davon, wenn wir meine neu gewonnene Freiheit jetzt und hier mit einem Eis feiern und nach meiner Ausräumaktion mit einer Besichtigung des antiken Theaters den ganzen Mist dort symbolisch begraben? Das verschüttete Theater ist auch wieder ins Licht getreten. Es gibt immer ein Danach."

Sie sagte ausdrücklich 'feiern'. Das paßte zum Eis. Das Wort 'feiern' wirkte wie ein Signal und löste die Erstarrung. Elenis Gesichtszüge lockerten sich. Wir konnten wieder Arme und Beine und die Gedanken im Kopf bewegen und uns in den neuen Sesseln zurücklehnen. Lisa durfte endlich eine ihrer trostspendenden Weisheiten loswerden.

"Weißt du, wenn man eine Tür zuschlägt, öffnen sich dafür zwei neue, etsi ine i soi, so ist das Leben!"

"Etsi ine", pflichtete ich bei und ließ die griechischen Worte langsam über die Zunge fließen, um ihnen Gewicht zu verleihen. Mit dem verzögerten Rhythmus öffneten sich auch bei mir die Türen. Die Sonnwende stand an. Elenis Ausräumaktion und der Umzug fielen in diesen Monat und fast mit dem längsten Tag des Jahres zusammen. Ein Hoffnungsschimmer, ein Fingerzeig? Meldeten sich die Geister der Vergangenheit, die ich am Heiligen Abend geweckt hatte, erneut? In Kalydon konnte man nicht nur das antike Theater besichtigen, sondern auch die Überreste des großen Artemis-Tempels. Daneben ragten die Steinblöcke eines kleineren aus der Erde. Hier residierte Apollon, der Gott des Lichts, der Sonnengott.

"Bald nach deinem Umzug ist Sonnwende. Ist das nicht wie ein Omen? Wir besuchen das Theater und pilgern zu den Göttern. Wir besuchen dort Artemis und Apollon, den Sonnengott, in ihren Tempeln, und bitten beide um Unterstützung für dein neues Leben."

Eleni brauchte eine Weile, bis der Vorschlag Zugang zu ihrer festgefügten Weltordnung fand. Die unruhig flackernden Augen verrieten Nachdenken. Ich hatte etwas Ungewöhnliches vorgeschlagen.

"Du kennst Kalydon? Nicht nur das Theater? Zu den Göttern, sagst du? Zu Artemis und Apollon? Ich wußte bis jetzt nicht, daß dort noch Tempel stehen."

Pause! Nach einer Schrecksekunde begann sich Lisas zugeschlagene Tür einen kleinen Spalt weit zu öffnen.

"Du hast vielleicht Ideen! Einen Pilgerzug zu den Göttern? Ich weiß nicht recht …"

Die vor Tausenden von Jahren eingerosteten Angeln der Tür quietschten.

"Wenn ich mir das so recht überlege …."

Pause!

"Die griechischen Götter sind die Götter meiner Ahnen."

Pause! Sie blickte unsicher von einem zum anderen.

"Sie waren Jahrtausende unsere Ansprechpartner. Warum eigentlich nicht?

Pause!

"Soll das falsch gewesen sein? Wie lange haben sie an die Götter geglaubt? Tausende von Jahren. Wie lange glauben wir an unseren Gott?"

Wir schüttelten beide in Übereinstimmung verneinend den Kopf, dann bestätigend nickend. Lisa schwankte zwischen einem jein und einem ja, das sah man an ihrem unsicher wirkenden Gesichtsausdruck. Elenis Augen blitzten, die Gedanken reiften, die Tür öffnete sich, die Angeln quietschten nicht mehr.

"Ich würde gerne denen da oben erzählen, welchen Mist unsere Politiker hier auf Erden anrichten. Wo ist da der liebe Gott? Schaut er seelenruhig zu?"

Die rötliche Farbe der Wangen signalisierte tiefe Empörung. Eleni drückte die Schultern durch, saß kerzengerade in dem neuen Sessel und klopfte auf ihre Brust.

"Ich bin Griechin. Die alten Tempel, die Götter, das ist Stallgeruch. Eine Schande! Ich fahre seit Jahr und Tag an Kalydon vorbei und hatte nicht einmal eine Ahnung von den Tempeln. Wenn unsere korrupten Politiker versagen und ihr Volk verraten, sollte man sich dann nicht auf seine Wurzeln besinnen? Warum sich nicht auch an die Götter wenden? Vielleicht ist der liebe Gott auch nur einer von ihnen oder alle zusammen sind der liebe Gott?"

Die Tür stand sperrangelweit geöffnet. Die Hand konnte ihr Klopfen auf der Brust einstellen. Eleni kehrte zu ihrer Ausgangsfrage zurück.

"Du kennst Kalydon?"

"Wer kennt nicht Kalydon? Den kalydonischen Eber kennt jedes Kind. Ich war am Heiligen Abend dort und habe überprüft, ob der Eber noch herumläuft."

"Keine Angst", schob ich schnell hinterher, als ich die ungläubigen Blicke und die Frage in Lisas Augen aufglimmen sah, was machst du um Himmels Willen am Heiligen Abend in Kalydon?

"Nur Schafe! Irgendwo weit hinten am Ende des Tals blökten Schafe. Kein Eber weit und breit. Man kann die Götter spüren, manchmal sogar sehen oder hören."

Elenis Sintflut neigte sich dem endgültigen Ende zu, sie nickte mit einem Rest Feuchtigkeit in den Augen. Lisa ergriff die Initiative:

"Vielleicht sollten wir das ausgegrabene Theater mit dem Erzählen der alten Geschichte einweihen? Theater sind der Spiegel menschlicher Schicksale. Im antiken Epidauros förderten sie sogar die Heilwirkung. Warum nicht auch in Kalydon?"

Nach einer vielsagenden Pause nickte Eleni: "Kalydon! Das wird der Start in mein neues Leben. Ich will und ich muß neu beginnen!"

Ein vernünftiger Gedanke! Ein Blick zurück in die Vergangenheit konnte bei diesem Prozeß helfen. Die alten Steine und ihre Mythen erzählten Geschichten von den Wechselfällen des Lebens, von Menschenschicksalen, von Freude und Trauer, Liebe und Glück, von Kriegen, vom Versinken in die Bedeutungslosigkeit, von der Winzigkeit unseres kleinen Lebens. Man mußte die Steine nur zum Sprechen bringen.

Das hübsche junge Mädchen stellte die Eisbecher und eine weitere Karaffe mit eisgekühltem Wasser vor uns auf den Tisch. Elenis Neugierde gewann die Oberhand über ihre Probleme, sie verwickelte die Bedienung in ein Gespräch. Eleni faßte die Hand des Mädchens:

"Ich kenne ihre Mutter Sie ist die Nichte des Besitzers, sie ist gerade mal siebzehn und hilft in der Vorsaison, wenn noch nichts los ist."

Beide scherzten ein wenig, bevor sich das verlegen nickende Mädchen entfernte. Lisa begann im Eisbecher zu löffeln und griff den unterbrochenen Gesprächsfaden auf.

"Wenn wir zu den Göttern pilgern: Wie machen wir uns in Kalydon bemerkbar? Wir können uns ja nicht ins Theater setzen und warten, bis uns die Götter erscheinen."

Eleni rieb sich die Hände und strahlte über das ganze Gesicht. Der letzte Rest Feuchtigkeit war aus den Augen verschwunden. Der Schalk blitzte daraus hervor.

"Meine Inauguration bei den Göttern! Das haben meine Ahnen eingefädelt. Wer weiß, was sie mit mir vorhaben!"

Fand sie die Idee nur lustig oder glomm ganz tief im Innern ein kleiner Funke Hoffnung, den sie scherzhaft zu überspielen suchte? Hatte ich vielleicht mit meinem Verweis auf die überirdischen Zusammenhänge Eleni Mut gemacht, und griff sie nach den Göttern wie nach einem Strohhalm?

Ihre Hände verloren sich in ihrer Handtasche. Sie wühlte zwischen den naßgeweinten Taschentüchern, zog ein kleines schwarzgebundenes Notizbuch heraus, blätterte und fuhr mit dem Zeigefinger über die verschiedenen Einträge auf und ab.

"Ich will es hinter mich bringen. Morgen beginne ich mit dem Aufräumen und Ausmisten, das dauert bis übermorgen. Das mache ich alleine mit meiner Assistentin. Die Möbel behält der Anstreicher und renoviert dafür die gesamten Räume. Ich muß nur den Umzug meiner persönlichen Sachen organisieren und die Bücher nehme ich mit. Und dann bin ich frei."

Sie blickte über ihren Terminkalender hinweg und mir direkt in die Augen.

"Für meinen Bittgang zu den Göttern."

Kleine Fältchen bildeten sich um die Augen, die Zähne blitzten, sie lachte - ein gutes Zeichen. Die Lider senkten sich schnell nach unten. Für einen winzigen Augenblick hatte ich auf den Grund ihrer Seele geblickt und konnte ihre Ängste vor der Zukunft erahnen. Na, dachte ich, sie faßt gerade einen kleinen Zipfel, um sich aus dem Sumpf, in den sie unverschuldet geraten ist, zu befreien. Sie aktiviert die Gene ihres Stammbaumes. Sie ist eine Schauspielerin, sie wahrt nach außen den Schein, als amüsiere sie der Gedanke, Apollon und Artemis wie zu den Zeiten ihrer

Ahnen aufzusuchen, während sie tief im Innern ihren eigenen Weg zu den Göttern vorbereitet.

Lisas Finger zeigte auf mich, er bohrte sich tief in meine mythische Erlebniswelt und stocherte darin herum.

"Wie pilgert man zu den Göttern? Wie lief das denn früher ab? Wer ist denn hier die Expertin für den Götterhimmel? Wer fährt regelmäßig zum Nabel der Welt und hält Rücksprache mit Apollon?"

Ich mußte innerlich lachen. Da war sie wieder, die Erinnerung an meinen Besuch in Delphi, an die Vision des Prozessionszuges, an die Begegnung mit dem verzweifelten Ratsuchenden an der Quelle der Kastalia, dem ich mich als 'Pythia' vorgestellt hatte. War er schon zurückgekehrt in die USA, hatte er einen Weg gefunden, um mit seinem neuen Leben zurechtzukommen? Hatte er ein Geschenk für Apollon mitgebracht? Ich sah seinen überraschten Blick bei meiner Frage nach den Opfertieren vor mir, sah ihn im Schatten der Platane sitzen und hörte seine Retourkutsche mit dem Verweis auf die allseitig bekannte Korruption in Griechenland. Ich mußte laut gelacht haben, denn Lisa hakte nach:

"Du lachst, du hast eine Idee? Ist dir die Internetadresse zu den Göttern eingefallen? Gibt es besondere Anreden, Rituale?"

Ein Handy klingelte, wir sahen uns fragend an. Schließlich griff Eleni nach ihrer Handtasche und wühlte zwischen dem Berg der naßgeweinten Taschentücher. "Malista?" hielt sie den Störenfried ans Ohr und entfernte sich mit ihm - eine kleine Gedankenpause für eine Antwort auf Lisas Frage.

Wie konnte man sich den Göttern nähern? Gedankenverloren wechselte ich vom Schockoladeneis zur fast leeren Kaffeetasse und rührte im restlichen Schaum. Reichten meine Grundkenntnisse der alten Mythen aus vergangenen Zeiten, um an die Traditionen von mehr als zweitausend Jahren anzuknüpfen? Die bescheidenen Einblicke in die jenseitigen Welten lagen lange zurück. Vom kleinen Guckloch nach oben unter Großvaters Aufsicht schlängelte sich ein langer Weg im Zickzack-Kurs hin zu universitären Nachforschungen, zu anderen Kulturen und als Folge zu weiteren Wesen in der Unendlichkeit. Das alles lag viele Jahre zurück, begraben unter den Anforderungen des realen Lebens, verstaubt und abgelegt wie in einem verstaubten Archiv. Das reale Leben hatte die abgespeicherten Überlieferungen verdrängt.

Wären da nicht die verwirrenden Ereignisse seit meiner Rückkehr nach Griechenland - der Heilige Abend in Pleuron, das Erlebnis vor dem steinernen Relief der Götterversammlung im Museum von Delphi! Apollon war aus der Unendlichkeit hervorgetreten. In den Ruinen seines Heiligtums an den Hängen des Parnassos hatte sich die fast vergessene Existenz der olympischen Götter in den Vordergrund geschoben. Dann die Begegnung mit dem Bittsteller an der Quelle der Kastalia und seiner Suche nach der Pythia, der Priesterin des Apollon. Dem Aufeinandertreffen der Zufälle schien etwas nicht Greifbares anzuhaften. War ich etwa selbst Gegenstand des Waltens und Schaltens unbekannter Kräfte geworden?

Die Gedanken surrten wie Bienen im Kopfe und ließen nicht locker: Gott, Götter gibt es sie? Einen oder viele und wenn wo? Hören sie uns, nehmen sie Anteil an unserem Leben, sprechen sie zu uns, können wir Kontakt zu ihnen aufnehmen, sie mit Gebeten erreichen, mit Opfergaben gnädig stimmen? Fragen, die bisher noch niemand zufriedenstellend beantworten konnte. Sie zogen sich durch die Jahrtausende der menschlichen Existenz wie Schlieren in einem gärenden Wein, der auf Klärung wartet und wartet und wartet. Von Generation zu Generation. Hatte sich nicht auch der Götterhimmel ständig verändert? Gott oder

Götter? Traten sie nicht in immer neuer Form in das Leben der Menschen? Vielfältig oder gebündelt in der Kraft eines einzigen göttlichen Wesens, je nach unserer eigenen Vorstellungskraft? Blieben die bohrenden Fragen nicht gekoppelt an die menschliche Neugierde, die hinausdrängt, sich von der Erde entfernt, das Universum erforscht, um nach der ersten und letzten aller Fragen im tiefen Dunkel der Unendlichkeit zu suchen und jeden Morgen mit der Erkenntnis aufzuwachen: Ich weiß, daß ich nichts weiß?

Die Götter hatten sich ohne unser Zutun in den Vordergrund und an unseren Tisch katapultiert und warteten. Eleni kehrte zurück, ließ sich seufzend in den Sessel fallen.

"Meine Schwester, ihre beiden Jungens sind in der Pubertät und nerven. Entschuldigt, aber es gibt nicht nur meine Probleme, überall gibt es Schwierigkeiten. Habt ihr unsere Fragen geklärt?"

Ich schüttelte den Kopf und versuchte erst einmal eine Zusammenfassung.

"Fackeln wie in früheren Zeiten scheiden aus, Ziegen und Schafe als Opfer scheiden aus. Das Kokeln von Knochen und Fett, wie bei deinen Vorfahren ebenfalls."

Beide schauten mich fragend an, als sei ich gerade dabei, unseren Besuch in Kalydon mit dem Vermerk 'undurchführbar' zu cancelen. Ich fächelte mir Luft in die Nase und zog sie hörbar ein.

"Die Götter sind geruchsempfindlich, sie haben eine feine Nase. Zu Zeiten der alten Hellenen gefiel ihnen der Duft von Knochen und Fett, also der Geruch von Gebratenem! Nicht das Fleisch, das durften die Griechen selbst essen, nur der Geruch war wichtig. Was riecht so intensiv und gut, daß die Götter auf uns aufmerksam werden, ohne daß wir ein Feuer anzünden und Kalydon abbrennen?"

Eleni legte die Stirn in Falten, ein Leuchten überzog die naßgeweinten Wangen.

"Keftetakia! Griechische Hackfleischbällchen. Wenn ich Keftetakia brate, schleicht mein Mann sofort in die Küche, um eines zu stibitzen!"

Schon alleine das Lachen klang nach Genuß. Ich zweifelte keine Minute an den verführerischen Düften ihrer Kochkünste.

"Oder zwei! Damit verführe ich ihn selbst noch nach zwanzig Ehejahren. Die Götter werden aus tiefstem Schlaf erwachen, wenn ihnen der Geruch meiner Keftetakia in die Nase steigt."

Von beiden Seiten streiften mich vielsagende Blicke. Ich hatte auch ohne den aussagekräftigen Ausdruck in den Augen auf Knoblauch getippt, ich kannte Elenis Kochkünste. Ich hatte sie einmal überrascht, als sie das Mittagessen zubereitete. "Was gibt es Leckeres?" "Fisch" deutete sie auf den Backofen. Wir blickten gemeinsam durch die gläserne Front des Herdes auf die Auflaufform. "Mit Knoblauch" wies sie auf den vor sich hinbruzzelnden Barsch. "Knoblauch?" fragte ich. "Fisch mit Knoblauch? Würzt ihr Fisch mit Knoblauch?" Eleni schaute mich verwundert an, als wolle sie sagen: Hast du wirklich keine Ahnung, wie man Fisch zubereitet? "Nicht als Gewürz" korrigierte sie mich, "nicht eine einzelne Knoblauchzehe." Die Worte "eine einzelne" hatte sie extrem gedehnt. Sie formte mit den Händen so etwas wie einen runden Ball. "Die ganze Knolle! Da gehört mindestens eine ganze Knolle hinein, nicht eine einzelne Zehe." Sie hatte etwas verächtlich gelacht, als halte sie nichts von der Kochkunst in den nördlichen Ländern, in der Knoblauch weitgehend tabuisiert ist.

Lisa kicherte, als ahne sie meine Gedankengänge und bot für alle Fälle einen Kompromiß an:

"Also, ich kann auch die Keftetakia braten, sie riechen auch gut. Aber ich verwende nicht so viel Knoblauch. Aber ist es nicht besser, es riecht nach Knoblauch, als nach verbrannten Knochen?" Sie schüttelte sich, die Mundwinkel verzogen sich, als ekle sie sich bei dem Gedanken.

Das konnte ich bestätigen, vor allem, da ich Elenis Keftetakia bereits einmal probiert hatte. Ich sah die Götter vor mir. Sie rieben sich verwundert die Augen und riefen: Endlich hören sie auf, da unten mit Knochen und Fett herumzustänkern! Falls einige Gottheiten die göttlichen Nasen rümpften - die unendliche Weite des Himmels bot vielfältige Möglichkeiten, vielleicht konnten sie sich eine Etage höher niederlassen.

Die Diskussion um die Zahl der Knoblauchzehen wurde durch Eleni im Keim erstickt. Sie wehrte sich entrüstet:

"Es ist meine Opfergabe! Ich bin die Person, die Beistand braucht. Griechische Götter mögen griechische Gerüche und keinen deutschen Verschnitt. Ich trage die Verantwortung! Ich muß dafür Sorge tragen, daß sie aus ihrem tausendjährigen Schlaf erwachen.

"Was wir nicht vergessen dürfen", fiel mir ein, "Götter sind Naschkatzen. Sie ernähren sich von Ambrosia und trinken Nektar, etwas Ähnlichem wie Honig. Ich backe Kuchen."

Lisa fügte trocken hinzu: "Du hast recht, sie haben lange nichts Ordentliches gerochen. Ich mache Kartoffelsalat. Wir hätten schon früher zu den Göttern pilgern sollen, dann hätte Eleni sicher nicht ihre Sprachschule schließen müssen."

Elenis Miene verdüsterte sich, ich beeilte mich, einen Stimmungsumschwung zu verhindern.

"Wenn wir den Kontakt zu ihnen pflegen, geht es vielleicht mit der Wirtschaft wieder aufwärts. Wichtig ist, die Götter erblicken endlich den Schlamassel hier unten. Stellt euch vor, Artemis erwacht, sieht Euren ehemaligen korrupten Verteidigungsminister und verwandelt ihn mitsamt Frau und Tochter wie in der Sage von Kalydon in Perlhühner."

"Den nicht!" schüttelte sich Eleni vor Lachen. "Das ist der Falsche. Er sitzt schon. Lieber einen, der noch frei herumläuft."

Wir hatten einen Zipfel zum Anfassen, wir zogen an ihm, um die griechische Krise zumindest in den Köpfen zu entschärfen. Eleni präsentierte eine ganze Liste, wer künftig als Perlhuhn enden könnte. Das Lachen ebbte ab. Lisa kehrte mit dem letzten Löffel aus ihrem Eisbecher zur konkreten Planung zurück.

"Die zentrale Frage ist doch: Wie treten wir in Kontakt? Wie spricht man zu ihnen?"

In Elenis Augen funkelte ein verschmitztes Zwinkern, das nichts anderes hieß wie: Du hast doch sicher den Schlüssel zum Öffnen der Himmelstür. Ich ahnte, die mir zugedachte Aufgabe bewegte sich zwischen dem Job eines Eventmanagers mit antikem Spezialwissen und einem götterkundigen Geistlichen mit priesterähnlichen Kompetenzen. Wie sollte ich mit meinen bescheidenen Kenntnissen der Rituale längst vergangener Zeiten einer Rolle als Mittlerin zwischen den Welten gerecht werden? Wie konnte ich die an mich gestellte Erwartung erfüllen, wie die Wünsche der Welt dort oben erahnen? Innerlich sperrte ich mich gegen die mir zugedachte Aufgabe. Ich wollte weder eine Religion gründen noch als Religionserneuerin in Elenis Leben und erst recht nicht in die griechische Geschichte eingehen. Ich wollte bei Eleni keine falschen Hoffnungen wecken, jeder mußte seinen eigenen Weg finden, um zu den Überirdischen zu gelangen.

Gleichzeitig steckte Ich in der Zwickmühle. Elenis aufblitzender Optimismus nahm mich in die Verantwortung. Er bedurfte der Pflege wie ein zartes Pflänzchen, das zu sprießen begann. Meine Anteilnahme an dem Gedeihen zog Verpflichtungen nach sich und führte geradewegs zu dem Hauptproblem: Wie treten wir in Kontakt zu den Göttern? Konnten sie uns hören, uns sehen, unsere Opfer riechen? Konnten wir sie aus ihrem Nickerchen wecken, ohne sie zu verärgern? Würden sie wegen Ruhestörung zu murren beginnen, die feinen Nasen über den Geruch unserer Opfergaben rümpfen und als Zumutung, gar als Gestank empfinden? Schließlich schliefen sie schon mehr als tausendfünfhundert Jahre seit dem denkwürdigen Edikt des Theodosius. Wir besaßen keine Vorlagen, kein Drehbuch, keine Regieanweisung. Wie aus dem Nichts heraus einen Prozessionszug, eine Opferzeremonie, die Einweihung des Theaters und schließlich unseren Hilferuf in gottgefälliger Form darbieten, ohne die geringste Ahnung, welche Rituale die Götter vorzogen, welche sie ablehnten? Wie konnten wir ihr geneigtes Ohr für Elenis drängende Bitten gewinnen?

Aus meinem Erfahrungsschatz schälten sich die unterschiedlichsten Möglichkeiten: Gottesdienste, Ausrollen von Gebetsteppichen, Beten des Rosenkranzes, Meditieren, Singen, Schreien, Geißelungen. Aber: Ein verkehrtes Wort, eine falsche Geste, schon konnte alles umsonst gewesen sein. Stritten manche Religionsgemeinschaften nicht jahrhundertelang um den richtigen Weg, über die Anzahl der täglichen Gebete im Kniemodus oder im aufrechten Stehen, ob Verbeugung gen Ost oder West, ob Gott oder Götter, um das 'Amen' in der Kirche? Gegenseitige Beschimpfungen und die Brandmarkung als 'Ungläubige' zogen blutgetränkte Bahnen von Region zu Region, über Länder, Meere hinweg, Worte kämpften gegen Bücher, Schwerter gegen Bomben und Granaten. Gläubige und 'Ungläubige' verzettelten sich in irdische Zänkereien, die unter göttlichen Fahnen fast immer im Kampf um weltliche Besitzstände endeten.

Wie verwundert mögen die Überirdischen manchmal die Köpfe schütteln und sich entsetzt abwenden im Anblick der Greueltaten, die in ihrem Namen seit Jahrtausenden verübt werden. Wie konnten wir sie erreichen, wenn in ihrem Namen immer noch wenige tausend Kilometer entfernt Menschen in einem nicht enden wollenden Krieg in ihrem Namen getötet wurden? Würden uns die Götter unter diesen Vorzeichen und mit dieser langen Liste von Verfehlungen in ihrem Namen anhören?

Apollon und Artemis hatten sich so unerwartet hier an unserem Kaffeetisch mitten zwischen drei leergetrunkenen Cappuccino-Tassen und drei ausgelöffelten Eisbechern in unser Leben gedrängt, als wären sie daran nicht ganz unbeteiligt. Wollten sie aus dem Dunkel des Vergessens heraustreten, um den Schlamassel auf ihrem jahrtausendelang verwalteten Territorium wieder in die richtige Spur zu lenken?

Plötzlich fiel es mir wie Schuppen von den Augen. Die seltsamen Wege der Moiren, der Schicksalsgöttinnen öffneten sich vor mir und zeigten ihre geheimnisvollen Verknüpfungen. Sie hatten mir ein Wollknäuel zugeworfen, an dem ich das Ende des Fadens entdeckte, um daran ziehen zu können.

Bei meinen Besuchen des Museums von Delphi hatte zunächst der gesamte steinerne Fries von Siphnos meine ungeteilte Bewunderung erregt. Saß ich auf der Bank und blickte auf die Versammlung der Götter, rückte die steingewordene Gestalt des Apollon schnell in den Mittelpunkt und zog mich an wie ein Magnet. Natürlich schenkte ich der hinter ihm sitzenden, schöngewandeten Artemis meine Aufmerksamkeit, bewunderte ihre feingliedrige Hand, die sich vertrauensvoll auf die Schulter ihres Bruders legte, ihre sorgfältig gepflegten Locken, das leicht fließende Gewand. Ihre Gegenwart verflüchtigte sich jedoch bei meinem unverwandten Blick auf den Gott des Lichts, als habe Artemis ihrem Bruder den Vortritt überlassen. Schließlich war er in Delphi der Hausherr.

Im Nebenraum des Museums zog das hinter Glas geschützte Antlitz des goldgelockten Gottes den Blick an, neben ihm unter dem Schauglas seine Mutter Leto und seine Schwester Artemis. Auch hier bewunderte ich nicht nur Apollon, sondern neben ihm die aus der Erde geborgenen feingliedrigen Reste des Standbildes beider Göttinnen. Die Augen hielt ich jedoch nur vor Apollon geschlossen. Ich öffnete nur für ihn meine Gedanken, nur für seine Gegenwart, nur für seine Nähe.

Die Vorzeichen hatten sich verändert. In Kalydon war Artemis die Hausherrin. Sie wachte als Schutzpatronin in ihrem großen Tempel über die Stadt. Bereitwillig überließ ihr der Bruder die Ausübung der Hoheitsrechte an diesem Ort und stand ihr in seinem kleinen Tempel mit geschwisterlicher Liebe zur Seite. Nicht nur Apollon würde mich in Kalydon wahrnehmen, sondern auch Artemis. Beide hatten meine Besuche in Delphi verfolgt. Und Artemis war eine Frau!

Es war wie ein Blitz aus dem Universum, der mich traf. Ich wandte den Kopf über die kleine Stadt zu unseren Füßen hinweg nach links, blickte gebannt auf die Berge des im Dunste verschwimmenden Peleponnes. Selbst die Konturen versanken in der Ferne in einem hellen Grau, das zu einem milchigen Weiß verschmolz und sich schließlich im Blau des Himmels auflöste. Dort weit im Osten im Nebel der Landschaft, lag Mykene. Mykene! Agamemnon! Klytaimnestra! Dort hinüber spannen sich die Fäden, ich erkannte das Wirken der Schicksalsgöttinnen. Kalydon war mit Mykene verwoben. Nicht ein einzelner Schlüssel würde die Türen öffnen, ein ganzer Schlüsselbund klapperte um mich herum, alles hing mit allem zusammen. Wir saßen mit unseren Cappuccino-Tassen und den leergelöffelten Eisbechern mitten in einem verworrenen Puzzle, das man zusammenfügen mußte.

Homers Worte aus dem Schiffskatalog standen wie in Stein gemeißelt vor mir: Welche von Pleuron kamen, von Olenos, und von Pylene, auch von Chalkis Gestadt', und Kalydons felsiger Gegend. Kalydon war bei diesem Abenteuer dabei. Sie alle segelten zusammen mit Odysseus und den anderen Fürsten unter der Führung des Agamemnon gen Troja.

Das Grau der Höhenzüge wirkte nicht mehr wie ein einheitlicher Pinselstrich, es setzte sich aus vielen hellen und dunklen Punkten, verschwimmenden Flecken zusammen, die sich ähnlich den Wellen des Meeres bewegten. Schleier reckten sich in den Himmel! Ich verlor mich in den aufgelösten Fetzen, es formten sich Gestalten wie zu Großvaters Zeiten auf dem Schemel zu seinen Füßen. Sie verdichteten sich zu einem liebreizenden Geschöpf in einem weißflatternden, golddurchwirkten Gewand. Ein Blütenkranz aus mandelfarbenen Rosenknospen, duftenden Zweigen des Jasmins, durchsetzt mit weißen, sternförmigen Blüten lag auf dem lockig geflochtenen Haar. Klytaimnestra nahm das zierliche Mädchen in die Arme, drückte es an sich. Agamemnon stand neben ihr, stolz, siegesgewiß, ein ruhmheischender König, ein Hüne von Mann, die halblangen Haare nach hinten gekämmt, weißes Leinen umschloß den gestählten Körper bis zu den Knien, die lederne Rüstung, Schild und Helm trug sein treuer Gefährte.

So mußte es damals gewesen sein. Dann der Ritt nach Aulis, das kleine unschuldige Mädchen an der Seite des Vaters, auf den Pferden neben ihr die Leibgarde, die sie zurückbringen würde. Hinter ihr, vor ihr bewaffnete Männer, die in den Krieg drängten, der Vater in Gedanken schon im Kampfgetümmel. Jetzt nicht mehr Vater, sondern Anführer eines riesigen Heeres, das danach dürstete, die Schiffe hinaus aufs Meer zu lenken und nach Troja zu segeln. Die Flaute, die Stille der Landschaft! Kein Blatt bewegte sich! Tag für Tag! Regungslose Schiffe, soweit das Auge über das Meer blicken konnte. Kein Segel blähte sich. Stimmen, die immer lauter schrien, die drängten, den Göttern ein größeres Opfer zu bringen als ein Lamm, damit der Wind endlich käme: Iphigenie!

Hatte Artemis auf ihrem Hügel Elenis Verzweiflung erspürt? Hatte sie an jenen Tagen, als Eleni deprimiert aus dem Fenster des Busses auf die Ausgrabungen in Kalydon blickte, beschlossen: Ich, Artemis, Hüterin der Frauen und Kinder, werde in diesen Schlamassel dort unten eingreifen?

Artemis - sie war es, die Iphigenie vor dem Opfertod gerettet, die auf dem Altar Liegende in Wolken gehüllt und nach Tauris gebracht hatte. War unser Weg schon längst vorgezeichnet? Wollte sie ihr göttliches Wirken einsetzen, um dort unten ordnend einzugreifen, damit die täglichen Stoßseufzer aus ihrem vormaligen Wirkungsfeld endlich aufhörten? Ich blickte Eleni in die Augen.

"Artemis ist Hausherrin in Kalydon. Wir wenden uns an Artemis als Frau, sozusagen als Frauenbeauftragte von Kalydon, als Beschützerin aller Frauen, als fortschrittliche Göttin. Sie war es, die mit der Rettung der Iphigenie vor dem Opfertod Menschenopfer abschaffte. Sie versteht Elenis Probleme. Artemis liebt Tanz und Musik. Vielleicht könntet ihr beide sie mit einer Tanzeinlage und einem Liedchen ansprechen?"

Der neue Sessel knackte ein wenig, Lisa lehnte sich zurück und wartete entspannt auf die Reaktion der Hauptakteurin.

"Tanzen und Singen ist ok. Aber wir können uns nicht einfach ins Theater setzen, Keftetakia essen, ich hopse ein wenig herum und hoffe, daß sie mein Anliegen von ganz alleine erraten."

Berechtigter Einwand! Welche weiteren Ansätze boten sich für einen Prozessionszug zu den Göttern an? Hatte ich bei meinem Besuch in Delphi die Vision der mich umringenden Gestalten, um den Festzug vorzubereiten? Ich rief das Bild noch einmal auf: Die Heilige Straße! Fackeln! Kostbare golddurchwirkte Gewänder, bunte im Wind flatternde Bänder, in den Händen der Jünglinge Opfergaben. Ich begann, die Gestalten zu entwirren: An der Spitze des Festzuges: Eine große Gestalt mit goldenem Reif im dunklen Haar. Die Priester hinter ihm riefen wie lebende Gebetsmühlen: Dies ist das Fest, das Attalos gestiftet hat, dies ist das Fest, das Attalos gestiftet hat. Schafe und Rinder blökend in Vorahnung des Opfertodes. Der ruhmreiche König von Pergamon feierte seinen Sieg über die keltischen Galater.

Etwas störte an diesem aus Worten geformten Gemälde: Die Galater, Attalos Erzfeinde! Gleichzeitig meine entfernten keltischen Verwandten! Ich spürte sie wie Nadelstiche, während die Gebetsmühlen hinter Attalos mahlten. Sie piksten auch noch nach mehr als zweitausend Jahren. Bis Attalos die Hand zum Schwur erhob und ich seine zornige Stimme durch die Säulenhallen des Tempels hallend vernahm: 'Apollon! Dir zu Ehren und mir zum Ruhme! Ich werde als Warnung an alle keltischen Halunken eine Statue fertigen lassen nach dem Motto: Wehe den Besiegten!' Er gab das Zeichen zum Abschlachten der Lämmer und Rinder als Opfergabe für den Gott und erteilte postwendend nach dem Festschmaus den Auftrag für die Herstellung eines Kunstwerkes ‚Der sterbenden Galater' an seinen Hofbildhauer Epigonos.

Konnten wir unter solchen Vorzeichen Attalos' Siegesfeier als Vorlage nutzen? Mein entfernter Verwandter verharrte in Marmor gemeißelt seit Tausenden von Jahren still vor sich hinsterbend auf einem Sockel in Rom und warnte die ganze Welt vor Galliern, Galatern, Kelten, Germanen und überhaupt allen umher vagabundierenden Völkern. Er sühnte pausenlos im Museum für die Schandtaten der Schändlichen als Warnung für alle Völker dieser Welt. Genug der Sühne! Die heutigen Barbaren durften unter friedlichen Vorzeichen wiederkehren.

Zu Attalos Verbündeten zählten die Ätolier, der Volksstamm, der um Kalydon in den Bergen wohnte und Kalydon erobert hatte. Der Kreis schloß sich, das Puzzle fügte sich zusammen. Attalos der Erste - an seinem Prozessionszug würden wir uns orientieren.

Eleni zappelte unruhig auf dem Stuhl herum. Lisas Stuhl knarzte, sie beugte sich nach vorne.

"Fronleichnam! Als Kind durfte ich bei der Prozession Blumen streuen.".

Ich zog noch ein wenig weiter an den Fäden, die alles mit allem verbanden und verknüpfte sie.

"Also auch für die Götter ein Sträußchen. Wir orientieren uns an Attalos den Ersten. Da machen wir nichts falsch, den kennt Apollon."

Um Fragen vorzubeugen, reduzierte ich das Geschlecht der Attaliden auf eine Kernaussage: "Attalos feierte in Delphi mit einem Prozessionszug seinen Sieg über die keltischen Galater, unsere entfernten Verwandten. Mit unserem Prozessionszug können wir gleichzeitig den Göttern das friedfertige Wesen ihrer heutigen Verwandten demonstrieren."

Beide Sessel knarzten. Beide lehnten sich entspannt zurück und warteten.

"Die Opfernden müssen sich rein den Göttern nähern. Wir machen uns schön für die Götter, schöne Gewänder, schöne Frisuren, feine Düfte. An den Hängen zum

Heiligtum wächst Thymian. Wir pflücken für jeden ein Sträußchen, wie bei Lisas Fronleichnamsprozession. Eleni führt den Prozessionszug an, in den Händen die Schale mit den Keftetakia, wir hinter ihr mit Kartoffelsalat und Kuchen. Eleni denkt mit höchster Konzentration an ihr Anliegen und an die Götter. Die Priester riefen hinter Attalos herschreitend: 'Das ist das Fest, das Attalos gestiftet hat'. Wir beide rufen hinter Eleni auf unserem Weg bis zum Theater: Dies ist das Fest, das Eleni gestiftet hat. Dies ist das Fest, das Eleni gestiftet hat."

"Und was sage ich?" kam prompt Elenis Antwort.

"Du denkst!

Schallendes Lachen. "Nein, ich denke UND spreche!"

Sie überlegte kurz. "Auf Griechisch. Die Götter verstehen mich besser, wenn ich Griechisch spreche."

Sie breitete die Arme aus, schraubte sich aus dem Sessel empor, hob den Kopf in Richtung Pinie und blauen Himmel und probte mit himmelwärts gewandten Augen die griechische Version.

Die Planungen entwickelten ihre eigene Dynamik. Wir gestikulieren, sprachen durcheinander, Fragen, Antworten. Wir verhakten uns in ein wichtiges Thema: Schöne Kleider, gab es Kleidervorschriften? Schleier? Kopftücher? Komplett verschleiert?

Den entscheidenden Hinweis lieferte Eleni: "Wir Griechen haben uns in der Antike den Göttern stehend genähert. Wir haben uns nicht vor ihnen auf den Boden geworfen, wie die Perser. Die Götter sollen uns Frauen nicht als unterwürfige Wesen oder verhüllt sehen. Wir treten zu ihnen ehrfurchtsvoll und selbstbewußt in unserer natürlichen Schönheit."

Damit endeten die Diskussionen über die Äußerlichkeiten. Aber dies war erst der Auftakt des Stückes, über das mir die Regie übertragen worden war.

"Wir legen auf den obersten Stufen des Theaters direkt unterhalb der beiden Tempel die Keftetakia nieder: ein Bällchen für Apollon, ein Bällchen für Artemis, vielleicht eines für unseren Gott und noch eines für den unbekannten Gott, wie die Römer das taten, um keinen zu vergessen, damit kein Streit dort oben ausbricht. Der auf Erden langt."

Bestätigendes Nicken!

"Nach dem Darbringen der Opfer dürfen wir über den Rest herfallen. Wir setzen nach unserem Festmahl unseren Prozessionszug zu den beiden Tempeln auf dem Hügel fort, legen dort zur Sicherheit noch einmal Opfergaben nieder und dann warten wir auf den Sonnenuntergang.

"Aber wir sind noch nicht am Ende", erinnerte Lisa. "Das Theater! Das war der Ausgangspunkt. Es ist ausgegraben und sollte wieder zum Leben erweckt werden."

Ein antikes Theater, eine Aufführung nach mehr als zweitausend Jahren in Verbindung mit einem Prozessionszug zu den Hausgöttern! Die Idee erfüllte mich mit einem Gefühl von Ehrfurcht. Wie war das bei den pythischen Spielen in Delphi? Prozessionszug vom Gymnasium zur Tenne, Aufführung des Theaterstücks, Prozessionszug zum Alter und dem Tempel, Opferung.

Lisa ließ nicht locker. "Vor der Sonnenwende müssen wir das Theater einweihen. Warum nicht mit der Geschichte des kalydonischen Ebers?"

"Artemis würde sich darüber freuen, daß wir uns immer noch an die kalydonischen Eberjagd erinnern", bestätigte Eleni. "Du übernimmst das?"

Zwei Zeigefinger deuteten auf mich. Die Eberjagd war also mein Job! Eleni kündigte ihren Beitrag an:

"Und ich werde singen, ich werde tanzen wie eine Mänade des Dionysos und den ganzen Götterhimmel durcheinanderbringen. Und meine Vorfahren dort oben, die alten Griechen, werden stolz auf mich sein. Es wird Zeit, daß die Götter nach fast zweitausend Jahren endlich aufwachen. Sie haben lange genug gepennt, sonst wäre diese Katastrophe nicht über Griechenland hereingebrochen."

Eleni war von ihrer Mission durchdrungen. Sie würde einen neuen Anfang der Beziehung zu den Göttern schaffen.

Ein Handy klingelte. Wir blickten uns fragend an, Eleni griff nach ihrer Tasche, wühlte in ihrer Tasche, hielt sich das unbarmherzig läutende Handy ans Ohr. "Malista, ne, ne, se ligo". Sie steckte das Handy wieder ein. "Mein Mann, das Essen ist fertig. Also noch einmal: Wir beide singen und tanzen und ich durchstöbere meine Unterlagen aus meiner Schulzeit. Es gibt aus der Antike ein Hymnos an Artemis und an Apollon. Damit könnten wir die Götter anrufen."

Es war Mittag geworden, Elenis Mann hatte ihr Erscheinen angemahnt, das Essen stand auf dem Tisch. Wir zahlten, liefen die Treppen hinunter zum Auto, stellten uns nebeneinander, blickten über die Weite der Landschaft, und Lisa sagte leise:

"Der schönste Fleck Griechenlands, Europas und der Welt."

III-5 Noch ein Ende vor dem Anfang

Die Fahrt nach Messolongion verlief schweigsam. Wir hatten keine Lust auf small-talk. Im Vorbeifahren wies Eleni auf das Theater. Ich riskierte einen kurzen Blick seitwärts, und dann waren wir an den Ausgrabungen vorbei.

"Wir halten auf der Rückfahrt", schlug ich vor, "nehmen uns vom Sacharoplastio ein bißchen Süßkram mit und legen dort eine Pause ein."

Der Zuckerbäcker am großen Platz kreierte köstliche süße Schöpfungen, das wußte ich von früheren Besuchen.

Wir hielten direkt vor Elenis Sprachschule. Die Sonnenstrahlen fielen durch die enge Gasse auf die gegenüberliegende Hauswand. Eine Bougainvillea glühte in dunkelroten Farbschattierungen auf dem weißgekalkten Mauerwerk. Der wolkenlose Himmel trotzte der bedrückenden Situation, wölbte sich gleißend über die schmale Häuserschlucht. Das Licht warf Schatten auf das Steinpflaster, als wäre nichts geschehen, als interessiere nichts und niemandem unser Problem. 'Mein Gott, wieviel Blau verschwendest du, damit wir dich nicht sehen!' stand wie ein unausgesprochenes Spruchband über unseren Köpfen. Elytis, wandte ich mich in Gedanken an den großen Nationaldichter, wie würdest du es heutzutage ausdrücken? Wie den Gedanken formulieren nach mehr Durchlässigkeit, um den Blick für die traurige Situation in der oberen Etage zu öffnen, um mehr Gerechtigkeit auf der Erde walten zu lassen?

Es war ein schöner Frühsommertag mit einer angenehm klaren Luft! Gleich nach unserer Ankunft stieg Eleni mit Wula, ihrer Assistentin, die uns schon erwartetet hatte, die breite Holztreppe in den ersten Stock empor. Sie würde uns rufen, wenn sie uns bräuchte. Lisa schlenderte durch die Gasse und blieb vor einem alten, baufälligen Gebäude stehen, die Fenster mit Holzplanken vernagelt, der graubraune Putz abgeblättert, tiefe Risse zogen sich über die Vorderfront. Der in Teilbereichen vorhandene Stuck verriet ein vormals hochherrschaftliches Gebäude mit aufwändigen Verzierungen. Die Krise machte vor nichts und niemanden halt. Vergänglichkeit auch hier!

Wula trat aus der Haustür. Sie atmete tief ein, schnaufte hörbar aus, schüttelte immer wieder verständnislos den Kopf und blickte irgendwohin entlang der schmalen Straße, als könnte sie immer noch nicht glauben, was gerade vor ihren Augen ablief.

"War dies wirklich unabwendbar? Gibt es nicht doch eine andere Lösung?", fragte ich - eher um mich selbst zu beruhigen, als mit der Hoffnung auf eine befriedigende Antwort.

Wula strich sich eine Haarsträhne aus der Stirn.

"Wir hatten gehofft, daß sich die Situation bessert, sich endlich etwas in der Politik ändert. Jetzt die Schließung des wichtigsten Arbeitgebers hier in unserer Stadt. Den Leuten bleibt nichts anderes übrig, als zu sparen, sparen, sparen. Es reicht oft nicht einmal zum Leben."

"Und wie geht es jetzt bei dir weiter?"

Wula zögerte. "Weißt du", begann sie langsam, als überlege sie, was sie auf eine solch naive Frage antworten sollte. "Ich lebe bei meiner Familie, bei meinen Eltern, und ich werde mich umsehen, wo ich etwas finden kann. Vielleicht gehe ich nach Athen zu meiner Schwester. In Athen findet man eher etwas. Putzfrau, Verkäuferin, Kellnerin."

Ich kannte Wula von einem kleinen Ausflug. Die Schüler schwitzten in den Klassenräumen über den Prüfungsaufgaben des Goethe-Instituts, und Eleni und Wula fanden Zeit für eine kleine Pause. Wir holten uns beim Bäcker Tiropita, warme mit Schafskäse gefüllte Blätterteigtaschen, und fuhren den Hügel hinauf in das nur einige Kilometer entfernte antike Pleuron. Von den Stufen der verwitterten Steine des kleinen Theaters blickten wir über die weite Ebene bis zum Meer. In der Ferne schimmerten weiße, quadratische Flecken: Meerwasser, das zu Salz verdunstete, Meersalz für unsere Kochtöpfe. Die kleine Firma war vor einiger Zeit von dem Marktgiganten geschluckt worden. Die Gebäude wurden gerade modernisiert und ausgebaut. Es funktionierte wie in der Tiefe des vor uns liegenden Meeres: Der große Fisch schluckt den kleinen. Hinter den Quadraten dehnte sich eine blauglitzernde weite Wasserfläche aus, das offene Meer, rechts ahnte man im Dunst der halbhohen Bergrücken die 'Stachelinseln', ein Gewirr kleiner Inselchen. Irgendwo dort im Dunst hatte sich vor vielen Jahrhunderten in der berühmt gewordenen Schlacht von Lepanto das Meer rot mit Blut gefärbt, abertausende von Menschen ihr Leben gelassen. Irgendwo dort lag auch das antike Oiniades, in dessen kleinem Theater ich einmal die Aufführung der Lysistrata von Aristophanes in sternenklarer Nacht gesehen hatte. Inspiriert durch die bezaubernd inszenierte Komödie des ersten bekannten Anti-Kriegsstückes vor mehr als zweitausend Jahren hatte ich auf dem Heimweg durch die dunkle Nacht mir vorzustellen versucht, ob sich die Welt zum Positiven verändern würde, wenn sich die Frauen ihren kriegslüsternen und gewaltbereiten Männern verweigerten, vor allem die Gattinnen der Männer, die für den Unfrieden in den Krisenherden der Welt verantwortlich zeichneten.

Wir setzten uns, während die Schüler über ihren Prüfungsaufgaben schwitzten, in Pleuron auf die Stufen des antiken Theaters.

"Geschichte", begann Eleni kauend zwischen den Bissen der Tiropita und deutete mit der freien Hand auf die antike Stadtmauer, "kommt von geschehen, hier ist viel passiert!"

Wir genossen den zarten, warmen Blätterteig mit der würzigen Käsefüllung und erinnerten uns daran, daß wir auf geschichtsträchtigem Boden saßen. Man sah an Elenis Leuchten auf ihrem Gesicht, daß sie stolz auf ihre Ahnen war, auf dieses Land mit dieser großen Vergangenheit.

Eleni ließ sich durch das Kauen der Tiropita in ihren Gedankengängen nicht stören und fuhr fort.

"Schaut euch die riesigen Steinquader an, sorgfältig behauen. Einer paßt millimetergenau in den anderen. Und das nach zweitausend Jahren, nach all den Kriegen und den vielen Erdbeben."

Wula strich mit der Hand über eine Kante der Stufen des Theaters.

"Und überall ein exakter rechter Winkel, den kannst du bei den heutigen Gebäuden suchen! Wer das wohl zerstört hat?"

Eleni pflückte mit der freien Hand eine Glockenblume, die vorwitzig direkt neben ihr zwischen den Ritzen herausragte.

"Gott sei Dank", stellte Eleni fest, "gibt es heute bei uns keine Kriege mehr!"

Wir saßen eine Weile nachdenklich auf den Steinen.

"Der Nahe Osten ist nicht so weit entfernt", warf ich ein, "Israel, Palästina dort drüben, Syrien, Iran, Irak", ich deutete Richtung Osten.

"Die armen Menschen", antwortete Wula. „Du hast die Türkei vergessen. Die ärgern uns doch auch ständig."

Sie deutete auf die Steinbrocken der Stadtmauer. „Und die armen Menschen, die hier vor langer Zeit ihr Leben für nichts verloren haben, nur wegen ein paar machthungrigen Männern. Es ist damals wie heute das gleiche Spiel."

Wir aßen schweigend unsere Tiropita zu Ende.

"Und trotzdem geht das Leben weiter, sonst säßen wir heute nicht hier", schloß Eleni unsere nachdenklich gewordene Gesprächsrunde, bevor wir zu den über die Prüfungsaufgaben schwitzenden Schülern zurückkehrten.

Jetzt stand Wula traurig neben mir, Eleni im ersten Stock ihrer Schule mitten zwischen zwanzig Jahren Lehrtätigkeit, die gerade Geschichte wurden. Eine Geschichte unter den vielen, eingereiht in die des antiken Theaters, in dem wir die köstliche Tiropita gegessen und an die Aufführungen und die Zuschauer auf den Steinstufen gedacht hatten, die vor mehr als tausend Jahren begeistert unter dem klaren Sternenhimmel auf den Stufen saßen. Wie würde Elenis Geschichte, wie würde ihr Leben weitergehen?

Wula nahm mich am Arm und führte mich die Treppe hoch in den großen Raum mit dem ovalen Tisch, auf dem sich die Bücherstapel häuften.

"Es ist so traurig", sie flüsterte es fast, als dürfe es Eleni nicht hören, die in der anderen Ecke gerade die Bücher in Kisten packte.

"Wula", rief Eleni zu uns herüber, als sie uns entdeckte, ihr Ton ähnelte dem einer energischen Lehrerin, die einen Hühnerhaufen managen mußte. So hatte sie sicher all die Jahre für Ordnung hier am Tisch gesorgt. "Das ist fertig, das kannst du in dein Auto packen", und zu mir gewandt: "Wenn du mithelfen möchtest, der Stapel dort ist meiner. Vielleicht kannst Du alles mit Lisa zusammen ins Auto laden?"

Ich legte das Buch, in dem ich gerade zu blättern begonnen hatte, zurück und nickte nur, mir wollte nichts Passendes einfallen, kein tröstendes Wort.

"Ok, ich hole Lisa".

Ich ging durch die anderen Räume, sah die Tische, die Stühle, die Bilder und Plakate an den Wänden mit großen Fotos deutscher Landschaften - Rhein, Alpen, mittelalterliche Städte. Der Gedanke, daß in wenigen Stunden diese Etage nichts weiter sein würde als eine große Wohnung, verstörte. Hier hatten mehr als zwanzig Jahre lang Kinder das Fundament für ihren späteren Lebensweg gelegt. Viele der Schüler, die sich hier von Eleni verabschiedet hatten, studierten in Deutschland, ein Teil hatte sicher den Eingang zu einem gutbezahlten Job bei internationalen Firmen geschafft und einen erfolgreichen Berufsweg eingeschlagen, vielleicht in Athen, vielleicht in Deutschland oder irgendwo in der Welt.

Lisa wartete bereits am Auto, wir sprachen kaum und verluden unter Elenis Anweisung die wenigen Kartons. Vor unserer Abfahrt drängte ich darauf, bei dem vorzüglichen Sacharoplastio, der Konditorei, vorbeizufahren, um bei unserem Zwischenstop in Kalydon zumindest den Serotonin-Spiegel mit etwas Süßem anzukurbeln. Ich hatte Elenis feucht glänzende Augen bemerkt, als sie ins Auto stieg. Ich sah in diesem Augenblick bereits das Bild vor mir, wie sich Eleni im Theater in Tränen auflöste. Ein süßes Trostpflaster konnte bei dem Übergang zu ihrem neuen Leben helfen.

Bis zum markanten Hügel des Artemis-Tempels von Kalydon direkt an der Straße und den auffallend ins Auge stechenden großen Steinquadern hing jeder seinen eigenen Gedanken nach. Als wir den Wagen auf dem Platz mit dem verwaisten Häuschen für einen Kassenwart parkten, - die Idee zu einem tributpflichtigen Eingang stammte aus einer anderen Zeit, aus den fetten Jahren, in denen man von einem stetigen Wachstum geträumt hatte - griff sich Lisa unser kleines süßes Paket, und wir folgten dem Feldweg zu den braungelben aus der Erde ragenden Steinblöcken. Ein antikes Theater als steingewordenes Zeugnis für Heiterkeit und Lachen. Aber auch für mahnende Worte, die sich in den Köpfen der Dichter geformt hatten, geboren aus den drohenden Gefahren.

Die aufgeschütteten Kiesel des Platzes knirschten unter den Füßen. Zwischen den Stufen des Theaters klafften Lücken, einige behauene Steinblöcke verloren sich in der Erde und dem darunter liegenden Felsen. Dies war nicht Epidaurus, dieses Theater war nicht riesig, nicht prächtig. Es war ein Theater für diese Stadt, eine schöne, eine kleine Stadt, in der einmal ein Eber sein Unwesen getrieben hatte, durch den sie in die Geschichten der Menschheit einging.

. Ich nahm Eleni am Arm auf der einen, Lisa auf der anderen Seite. Wir traten mitten auf die Bühnenfläche. "Probier es aus!", ermunterte ich sie. "Probiere, wie es klingt, wie es sich anhört, in einem antiken Theater aufzutreten!"

Sie blickte mich von der Seite an. Ich half ein wenig nach, löste mich aus den Armen von Lisa und Eleni, schob die beiden vor mir her. Sie tauschten Blicke aus, faßten sich an den Händen, traten einige Schritte zusammen in Richtung Mitte. Eleni summte ein wenig, wie bei einer Generalprobe, ein Lied das Lisa offensichtlich kannte. Beide begannen leise zu trällern, dann zaghaft zu singen, als müßten sie in diesem antiken Theater besonders vorsichtig sein. Sie probierten kleine Tanzschritte. Eleni entwand sich aus Lisas Hand, ließ sie zurück, trat einen Schritt vor, breitete die Arme aus und sang mit Inbrunst hinauf zu den Felsen, über denen die Fundamente der Tempel thronten und in den blauen Himmel hinein. "Ile mu, ile mu, wassila mu, ... Meine Sonne, meine Sonne, mein König ... Als sie geendet hatte, nahm ich sie in den Arm und mit Lisa zusammen drückten wir Eleni, während bei ihr und bei uns die Tränen kullerten.

"Wo sind unsere Törtchen?", löste sich Lisa als erste aus der Umarmung. "Wir haben sie verdient."

"Die Götter haben uns gehört und gesehen" lachte und weinte Eleni gleichzeitig. Wir setzten uns dicht nebeneinander auf die warmen, von der Sonne aufgeheizten Stufen, öffneten die Schachtel und angelten uns die kleinen Köstlichkeiten, die der Konditor leicht angefroren einpackt hatte, eines nach dem anderen. Sie schmecken wie eine Mischung aus Eis und Sahnetorte in unterschiedlichen Geschmackskomponenten, Vanille, Kaffee, einige hatten Beeren als Verzierung, andere Schokolade.

"Der Hymnus an Apollon und an Artemis - ich werde ihn heute abend heraussuchen. Dann bin ich beschäftigt und denke nicht an diesen schrecklichen Vormittag. Kommst du morgen früh vorbei?", wandte sie sich an Lisa "und dann schauen wir uns das gemeinsam an? Wir basteln aus den antiken Gedichten meine Ansprache an die Götter."

II-6 Sonnwende

Der Tag begann wie fast alle Tage der letzten Wochen, blaustrahlend, kein Wölkchen stand am Himmel. Ein sanfter Windhauch kühlte die frühsommerliche Wärme. Die erste Hitzewelle kündigte sich an.

Es blitzte und blinkte am Straßenrand - Eleni stand als lebendes Morsezeichen an der Straße und blockierte eifrig winkend die halbe Fahrbahn. Das weiße T-Shirt über dem halblangen weißen Rock sandte Lichtsignale aus. Im Schatten der Häuser bewachte Lisa zwei prallgefüllte Taschen.

"Weiß steht für meine reine Seele und die Brillis kann man nicht übersehen", öffnete Eleni die Autotür und deutete auf das paillettenbesetzte Hemdchen und den Rock. Der Schalk saß ihr in den Augen.

"Elenis Tag beginnt mit einem Lied" begann sie zu singen. "Kali mera lei o ilios sto triandafila pou anfi" und übersetzte, wie sie es immer tat, wenn sie ein Lied in meinem Beisein sang: "Guten Morgen sagt die Sonne zu der Rose, die sich öffnet."

"Das hat sie mir den ganzen Morgen vorgesungen, sie hat nicht nur mich, sondern auch die Keftetakia damit beschallt" rief Lisa vom Rücksitz über meine Schulter.

Ein Stapel Papier wanderte von Lisa zu Eleni auf den Beifahrersitz - das Manuskript, das ich ihr per e-mail zum Prüfen gesandt hatte. Eleni murmelte vor sich hin. Mit einem Ohr verfolgte ich die bruchstückhaften Textstellen, das andere Ohr blieb vernetzt mit den Augen, die aufmerksam die Straße mit dem fehlenden Mittelstreifen nach Schlaglöchern abtasteten.

"Genehmigt?", meldete ich mich.

"Nur das Jugendfreie", konterte Eleni. Lisa lachte: "Steht nicht auf dem Index. Höchstens unser geistliches Oberhaupt könnte Anstoß daran nehmen, weil es für die Ohren der Götter bestimmt ist."

Der Weg zu den Göttern ist ein beschwerlicher, das hatte ich immer wieder erlebt. Die Straße schraubte sich schmal, kurvenreich und steil empor und wand sich um eine Felsnase. Eleni und Lisa hatten die Probelesung eingestellt und blickten still geradeaus. Schwindelfreien Beifahrern bot sich ein atemberaubender Blick. Wir fuhren geradewegs auf den steilen Felsvorsprung zu, der sich rechts der Straße senkrecht in den blauen Himmel streckte und linkerhand auf der anderen Straßenseite im Nichts verschwand. Eine verbeulte Leitschutzplanke markierte die Grenze zwischen dem schwarzen Asphalt und dem blauen Himmel. Bunte Lackspuren zeugten von ihrer Funktion, den freien Fall in die Tiefe und den Sturz in das weit unter uns liegende Meer zu verhindern. Wir kurvten am Abgrund entlang, ich hielt das Lenkrad fest umklammert, wie ein Bergsteiger das Seil. Irgendwo weit drüben leuchteten die Häuser von Patras im hellen Sonnenlicht, kleine weiße Flecken am Rande des Meeres.

Nach der letzten Kurve öffnete sich der Blick in ein grünes Tal. Ich lockerte die Hände am Lenkrad. Ich konnte aufatmen. Ein Stück weit entfernt hinter den vorspringenden Felswänden verbargen sich die Überreste Kalydons.

Die Anspannung fiel erst ab, als wir das verwaiste Kartenhäuschen erreichten.

"Blaue Blüten für die Götter", begann Lisa nach dem Aussteigen mit dem Pflücken von wildem Thymian. Eleni griff sich die Schüssel mit Keftetakia. Der Prozessionszug setzte sich in Bewegung - Lisa mit Kartoffelsalat hinter Eleni. Ich bildete die Nachhut mit Erdbeerkuchen. Eleni rief voller Inbrunst auf griechisch ein ums andere Mal hinauf in den blauen Himmel:

"I jortes, pu théspise i Eleni!"

Und wir mit gedämpfter Stimme hinter ihr wie lebende Gebetsmühlen:

"Dies ist das Fest, das Eleni gestiftet hat, dies ist das Fest, das Eleni gestiftet hat ..."

Ein Teil des Theaters lag bereits im Schatten. Wir stellten mit Gemurmel die Taschen, Schüsseln und Kuchen ab.

"Du führst Regie", wies ich auf Eleni, "dies ist das Fest, das Eleni gestiftet hat" und zog Lisa an meine Seite. "Wir warten auf unseren Einsatz."

Elenis weißer Rock flatterte, die Brillis blitzten. Wie eine versierte Schauspielerin suchte sie den richtigen Platz im Halbrund der Bühne, hob den Kopf, schloß die Augen, öffnete sie, breitete beide Arme aus.

"Jassu Artemis, jassu Apollon", winkte sie hinauf zu den Büschen, hinter denen die antiken Tempelruinen lagen.

"Hören sie mich?" warf sie uns einen fragenden Blick zu. "Ich habe die Hymnen an Artemis und Apollon ein wenig abgewandelt und an die heutige Zeit angepaßt. Meint ihr, sie hören mich?"

"Sicher", "ohne Zweifel!", bestätigten wir gleichzeitig. Unsicher begann Eleni:

Dies ist das Fest, das euch Eleni gestiftet hat.
Hör uns flehen, Artemis, Kind des Zeus,
und du Apollon,
Herr der Leier, der schönen,
und des geschwungenen Bogens."

Eleni blickte uns fragend an.

"Griechisch verstehen sie besser. Ich spreche lieber griechisch mit ihnen. Das sind sie gewohnt."

Ich folgte der auf- und abschwingenden Melodie der Worte und war mir sicher, sie blickten aus der Undurchdringlichkeit auf uns herab. Nach zweitausend Jahren Ruhe an diesem mystischen Ort, nach dem Dornröschenschlaf, in den seit ewigen Zeiten nur das Gebimmel der Glöckchen vorbeiziehender Schafherden ihr Ohr gestreift hatte und kürzlich das nervige Schaben, Kratzen und Pinseln der Archäologen, würden sie neugierig verfolgen, was wir zu ihren Ehren vortrugen. Trotzdem plagte mich die Unsicherheit, als Eleni mich zu meinem Einsatz aufforderte. Würde sie in der blauen Unendlichkeit Gefallen finden? Die göttlichen Ohren, die einen Aristophanes, einen Sophokles, einen Euripides vernommen hatten?

Begleitet vom ermunternden Nicken von Lisa und Eleni suchte ich mir einen Platz im Halbrund vor den Zuschauerrängen mit Blickkontakt zu den Büschen, hinter denen die Tempel lagen und begann wie eine Märchenerzählerin:

Vor mehr als dreitausend Jahren, lag die Stadt Kalydon, die Zierde Griechenlands, weit hinten am Ende des Tals! Die hohe Stadtmauer, Türme, hell leuchtende Häuser mit sanft gewölbten rotbraunen Ziegeldächern zogen sich fast bis zur Spitze des Hügels. Schaut hinauf! Seht ihr das Gewimmel auf dem großen Platz, die vielen Menschen? Sie schwatzen, sie feilschen an Ständen. Plötzlich wenden sich alle Köpfe. Ein lautes Quietschen. Ein großes, schweres Tor auf dem Hügel öffnet sich, Reiter preschen heraus, an der Spitze ein Hüne von Mann. Kerzengerade hält er sich ohne Sattel auf dem Pferderücken, die halblangen braunen Haare flattern im Wind. Die Pferde reiten in unsere Richtung - erst langsam mitten durch die Stadt, die Menschen grüßen, 'Jassu

Oineus'. Außerhalb der Stadtmauer drücken die Männer ihre Füße mit den ledernen Sandalen in die Flanken der Pferde, sie galoppieren den Weg entlang direkt an uns vorbei Richtung Meer. Ihr seht den Hünen aus der Nähe, scharfe Nase, Narben im Gesicht, Narben an den nackten Armen. Ein langes Schwert baumelt an einem ledernen Gurt an der Seite. Er winkt den Reitern zu: 'Transusen! Schneller!'

Eleni schüttelte verwundert den Kopf:

"Ich hatte keine Ahnung, daß dort eine antike Stadt lag. Ich habe nie darüber nachgedacht, daß zu einem Theater eine Stadt gehört."

Lisa schüttelte vereint mit Eleni ebenfalls den Kopf:

"Für mich war die Eberjagd von Kalydon nur eine Geschichte für Kinder, wie die Grimmschen-Märchen."

"Gab es diesen Oineus?" forschte Eleni nach dem Wahrheitsgehalt. "Oineus, das hört sich an wie oinos, Wein, im Griechischen."

Ich kam mir vor wie eine Märchenerzählerin aus früheren Zeiten auf dem Jahrmarkt. "Oineus war einer der alten Haudegen wie Odysseus. Homer hat die Geschichte aufgeschrieben. Und gerade werden wir selbst zum Teil dieser Geschichte: Die zweite Einweihung des Theaters mehr als zweitausend Jahre nach der ersten. SIe beginnt mit: 'Es war einmal ein mächtiger König mit Namen Oineus."

"Warum Oineus?" bohrte Eleni nach.

"Kommt noch", vertröstete ich sie und blätterte das Manuskript um. "Ihr werdet künftig bei jedem Glas Wein an Kalydon denken."

König Oineus erhielt eines Tages Besuch von einem hohen Gast. Dionysos kehrte bei ihm ein. Oineus hatte ihn mit seinen Begleitern, die gerade an uns vorbeiritten, dort unten im Hafen am Meer abgeholt.

Über den Brillenrand hinweg registrierte ich das Nicken von Eleni und Lisa, als ginge ihnen gerade ein Licht auf. Elenis Randnotiz kam umgehend:

"Klar, daß Dionysos den Oineus besucht hat, Dionysos ist schließlich der Gott des Weines. Und wenn man schon Oineus heißt …"

Ich ließ mich nicht beirren und las weiter:
In den Augen des hohen Besuches erkannte Oineus einen übermächtigen Wunsch, schnappte sich sein Pferd, wies seine Frau Althai an, den Gast würdig zu bewirten und verschwand zu einem kleinen Ritt.

"Vielleicht hierhin", wies ich auf das Halbrund des Theaters, "und als er genau an meiner Stelle stand, überlegte er: Soll ich hier ein Theater bauen?"

Ich sah mit einem kurzen Blick, wie sich Lisa und Eleni vielsagend anblickten und kicherten und Lisa ehrfürchtig über die rötlich-braunen Steine strich, auf denen sie saß. Eleni folgerte trocken:

"Oineus hat eher überlegt, was wohl zuhause gerade passiert. Mit Dionysos sollte man seine Frau nicht alleine lassen. Wenn der Gott des Weines einen getrunken hat, wer weiß …" Den Rest ließ sie offen.

"Klar", stimmte ich zu. "Wartet ab!"

Nach seiner Rückkehr von der Wanderung und als Dank für die großzügige Gastfreundschaft schenkte ihm Dionysos den Rebstock, den ersten in dieser Gegend, und neun Monate später eine kleine Tochter, die den Namen Deianeira erhielt und später Herakles ehelichte. Oineus hatte also ausreichend Wein während seiner gesamten Lebenszeit, um sich über den Seitensprung seiner Frau hinwegzutrösten und erhielt dank des gezeugten Sprößlings zusätzlich noch eine berühmte Verwandtschaft.

"Ein Schäferstündchen mit Dionysos! Mein Mann würde mich vom Hof jagen."

Eleni zeigte sich sichtlich überrascht von der sexuellen Großzügigkeit des Königs.

Ich mußte Elenis entrüstetes Gelächter beschwichtigen und auf die Ernsthaftigkeit der Erzählung hinweisen, da uns Artemis und Apollon zuhörten.

"Die Zuschauer haben früher im Theater auch gelacht", ließ sich Eleni nicht irritieren.

Althaia war eine begehrenswerte Frau. Sie gebar später noch mehrere Kinder, unter anderem den Sohn Meleagros, den großen Helden dieser Stadt. Man munkelte, er sei ein Sohn des Ares, der die Königin in der gleichen Nacht geliebt hatte wie ihr Gatte Oineus.

Lisa schüttelte den Kopf. Man sah ihr an, sie konnte die offenherzige Sexualpraxis in der mykenischen Zeit nicht recht nachvollziehen.

"Das ging hier ja zu wie in einem Bordell", entschlüpfte es ihr spontan. "Zwei Männer in einer Nacht!"

Eleni beurteilte die folgenschwere Nacht großzügiger und zog Schlüsse für ihre Ehe.

"Ares, der Kriegsgott, jung, hübsch, durchtrainiert. Vielleicht war Oineus ja schon ein alter Mann. Schade, daß sich die Götter nicht mehr blicken lassen."

Ich registrierte, daß Lisa sie kräftig mit dem Ellbogen in die Seite knuffte, ließ mich aber durch Elenis Phantasien nicht stören.

Die Schicksalsgöttinnen hatten bei Meleagros Geburt prophezeit, der Knabe würde nur so lange leben, wie das im Herdfeuer flackernde Holzscheit brannte. Was macht eine besorgte Mutter? Althaia springt blitzschnell aus dem Bett, nimmt das Scheit an sich und versteckt es, keiner wußte wo. Meleagros war gerettet und konnte unbesorgt heranwachsen. Über weitere Seitensprünge ist nichts bekannt. Man kann davon ausgehen, daß alle zufrieden und glücklich miteinander lebten. Die unglückliche Wende in der Geschichte Kalydons begann erst in späteren Jahren durch eine Unachtsamkeit des Königs. Oineus hatte vergessen, beim Erntedankfest der Artemis zu opfern. Vielleicht war inzwischen Oineus an Demenz erkrankt, würden wir heute vermuten ...

"Jetzt beginnt die Kalydonische Eberjagd!", wies ich nach meiner Einleitung mit dem Arm hinauf in Richtung der Tempel über unseren Köpfen und übergab wie beim Staffellauf mein Manuskript an Lisa für die Fortsetzung der Geschichte.

Lisa übernahm meinen Platz im Halbrund der Bühne, winkte mit der Hand nach oben.

"Jassu Artemis, Jassu Apollon. Hört ihr mich?" und begann:

Artemis war erzürnt und gekränkt über die Respektlosigkeit und schickte einen Eber nach Kalydon, vielleicht eine besondere Züchtung mit veränderten Genen. Denn das Ungeheuer war groß wie ein Ochse, hatte Zähne wie ein Elefant, Borsten wie Spieße und heißer Dampf entströmte seinem Rachen, der alles in seiner Nähe verdarb. Er tobte durch die Felder. Er wuchtete mit seinen Hauern die Ölbäume samt Wurzeln aus der Erde. Das wilde Ungeheuer konnte sich in den Sümpfen entlang des Flusses Evenos zwischen den Weiden, dem Rohr und den Binsen tummeln oder in den Wäldern rund um Kalydon verstecken. Niemand schaffte es, den Eber zu fangen oder zu erlegen.

Der Redefluß stockte. Lisa blickte vom Manuskript auf.
"Wälder? Ich sehe nur Ölbäume."

Eleni machte keine Anstalten zu antworten. Die Frage betraf also mich.

"Oineos baute Häuser, schmolz Metall für Schwerter, Speere, Pfeile. Dann der Schiffsbau, später die Badeanlagen der Römer. All das verschlang Unmengen von Holz. Die Venezianer besorgten den Rest."

" Umweltsünder", reagierte Lisa sofort.

"Zunächst gab es genug Bäume", versuchte ich Oineus und Genossen zu entlasten. "Tiefe Eichenwälder rund herum, bis hinauf zu den hohen Bergen. Und weniger Menschen." Lisa suchte mit dem Zeigefinger die verlassene Textstelle im Manuskript.

Das ochsengroße Ungeheuer war kein normales Wildschwein. Der Eber, den Artemis zur Bestrafung des Oineus gesandt hatte, war wohl ein besonders schlecht sozialisiertes Wildschwein. Und nur Artemis selbst durfte ihn töten. Es hatte also Narrenfreiheit. Die Bauern in den Dörfern um Kalydon flohen vor Angst in die Stadt, die Felder lagen verwüstet, die Bevölkerung hungerte. Vielleicht tobte sich das Wildschwein sogar in den Weinbergen des Oineus aus und er konnte sich nicht mehr über die Seitensprünge seiner Frau mit einem Becher Wein am Abend hinwegtrösten. Was blieb dem armen König übrig? Er mußte handeln. Er lud die bekanntesten Helden der damaligen Zeit zur Eberjagd ein: Theseus aus Athen, Nestor vom Peleponnes, die Kureten vom nahen Pleuron, die bekannten Dioskuren Kastor und Polux, die heute steinern im Museum zu Delphi stehen. Alle, darunter viele der Argonauten, die das Goldene Vlies aus dem Kaukasus geraubt hatten, folgten der Einladung. Alles was damals Rang und Namen hatte, kam zur Eberjagd nach Kalydon. Es gab noch einen Überraschungsgast, sozusagen die Zierde der erlauchten Männerrunde - die schöne Atalanta aus Arkadien.

"Atalanta", erinnerte sich Eleni, "liegt drüben in Patras im Hafen und tuckert jeden zweiten Tag nach Italien und wieder zurück. Ein schönes Schiff!"

Ich schüttelte den Kopf: "Ich hätte Angst, daß auf diesem Schiff etwas Schlimmes passiert. Atalanta war eine gefährliche Frau. Eine Jägerin wie Artemis, flink wie ein Wiesel. Aber wehe den Männern, die sich auf ein Wettrennen mit ihr einließen. Atalanta durfte den Verlierer mit ihren Pfeilen erschießen."

"Und wenn er gewann?" fragte Eleni.

"Atalanta selbst war der Hauptpreis, sie trat nackt zum Wettlauf an."

Eleni gluckste vor sich hin. "Das muß ein aufregendes Leben in der mykenischen Zeit gewesen sein!"

"Die Götter hören zu", ermahnte uns Lisa und schwenkte die Manuskriptseiten ein wenig in die Höhe.

Man kann sich vorstellen, was los war, als die Jagdgesellschaft tröpfchenweise eintraf, manche zu Pferd, manche mit dem Schiff, und als sich all die Helden im Thronsaal versammelten und mitten unter den kraftstrotzenden Muskelpaketen ein Blondschopf herausragte. Und jeder kannte die Gerüchte über Atalantas Männerverschleiß.

"Aber", griff Eleni das heikle Thema der männermordenden Jägerin noch einmal auf. "Das ist sicher Verleumdung. Dahinter steckt die Urangst der Männer vor starken und schönen Frauen, genau wie heute." Glucksend fügte sie hinzu, als bedauere sie das: "Nur dürfen wir heute keine Männer mehr umbringen. Lies weiter, ich unterbreche dich jetzt nicht mehr, sonst verpassen wir noch die Sonnenwende."

Die Männerrunde empfand eine hübsche Blondine als Störenfried und alle weigerten sich, an der Jagd teilzunehmen. Einer der ersten überlieferten Streiks der Menschheitsgeschichte begann. Während sich das Wildschwein genüßlich in den Feldern austoben konnte, tafelten die kraftstrotzenden Helden auf Kosten des

Oineus, leerten die Scheunen, tranken Faß um Faß des köstlichen Weines, das Wildschwein vor den Toren der Stadt interessierte nicht mehr. Vielleicht torkelten sie betrunken durch die Straßen, lärmten herum, vergriffen sich an den jungen Mädchen. Vielleicht waren diese neun Tage Jagdverweigerung eine größere Strafe für Oineus als der Eber selbst. Die Felder draußen vor den Toren der Stadt lagen sowieso verwüstet darnieder, jetzt leerten sich auch noch die Vorratsspeicher und die Weinfässer. Zu allem Unglück trat dann noch der schlimmstmögliche Gau ein. Meleagros, der Sohn von Althaia, Oineus und Ares, der große Held der Stadt, verliebte sich in Atalanta. Zwar war Meleagros verheiratet, aber gegen die Liebe ist bekanntlich kein Kraut gewachsen. Meleagros war es, der dem Herumlungern ein Ende bereitete und die Helden am zehnten Tag auf Diät setzte und somit zwang, zusammen mit Atalanta mit der Jagd zu beginnen.

Sie zogen los, sie verteilten sich ...,

Lisa wies mit dem freien Arm rundherum,

hier entlang, dort drüben auf die Hügel, zogen hinunter in die Sümpfe Richtung Evenos. Tag für Tag. Am sechsten Tag wanderten Kastor und Polux mit einem Trupp in die Sümpfe. Bevor die beiden Dioskuren mit ihren Lederstiefeln in den Matsch traten, flochten sie sich die langen Locken im Nacken zu einem dicken Zopf, damit ihnen beim Waten im Sumpf nicht dauernd die Strähnen in die Augen fielen, und bildeten die Vorhut. Übelriechende Blasen blubberten bei jedem Schritt aus dem Morast empor, Moskitos umsurrten die Männer, saugten gierig das heldenhafte Blut, die Binsen stachen in Arme und Beine. Frösche hüpften quakend davon. Fischreiher stoben erschreckt in die Höhe. 'Ruhe!', rief Kastor nach hinten. 'Der Eber hat gerade gegrunzt!' Die Helden hörten auf, im Sumpf zu waten und sich die neuesten Witze zu erzählen und warteten. Irgendwo zwischen den Binsen bewegte sich etwas. Dann wieder Stille. Theseus meinte, er habe was

Dunkles in Richtung Wald laufen sehen. Ihn nervten seine langen Haare, die ihm ständig in die Augen hingen, und er band sie auf dem Kopf zu einem Knoten zusammen. Er wollte raus aus dem stinkenden Morast. Michalis am hinteren Ende moserte, hier sollte man besser Vögel jagen als Wildschweine. Wie zur Bestätigung flog erschreckt ein Schwarm Bleßhühner in die Höhe. Der Eber schien wie ein Phantom. 'Der hat sich schon längst aus dem Staub gemacht', schimpfte Iphikles von hinten. 'Das habe ich schon vor einer halben Ewigkeit gesagt', schrie Theseus von vorne. 'Der hält unter irgendeinem Busch sein Nickerchen und denkt sich 'die blöden Helden', schrie Kastor zurück. 'Paß doch auf', schrie Polux in Richtung der beiden Kureten, die seitwärts an ihm vorbeiwateten. Aber da war es schon zu spät, die beiden gerieten ins Rutschen, klammerten sich verzweifelt an die kräftigen Dioskuren, und da saßen sie nun zu viert über und über schlammbespritzt mitten im Morast. Die Elite Griechenlands war mattgesetzt und mit sich selbst und ihrer Säuberung beschäftigt. Genervt deutete Kastor auf seinen verdreckten Pferdeschwanz. 'Für heute langts. Ich geh' erst mal duschen und Haare waschen.' Der sechste Diät-Tag ging langsam zur Neige.

Lisa legte eine Pause ein, blickte auf Eleni und wies auf die Hügel, die eine natürliche Barriere zum Flußbett des Evenos bildete. "Dort drüben, dahinter muß es gewesen sein. Dort fließt der Evenos. Und jetzt bist du dran!", lief sie, das Manuskript schwenkend auf Eleni zu und drückte es ihr in die Hand.

Elenis weißgewandete Gestalt hob sich von der rötlich-gelben Erde der antiken Bühne ab und unterstrich ihren Vortrag. Mit empor geworfenen Armen schwenkte sie das Manuskript in Richtung Tempel und begann konzentriert mit melodisch schwingender Stimme wie eine versierte Schauspielerin. Man sah es ihr an und hörte es aus dem Ton ihrer Stimme: Dies war Elenis Fest, das sie den Göttern weihte:

Nicht nur Theseus und Kastor und Polux hatten es satt, im morastigen Wasser auf der anderen Seite des Hügels herumzuwaten, sich von Stechmücken aussaugen zu lassen, sondern auch der große Nestor. Ihm juckte es überall, an Armen, an Beinen, die roten Pusteln waren vom vielen Kratzen zur Eigröße aufgequollen und er dachte sich, schau ich doch mal lieber nach dem Eber hier im Wald. Da gibt es keine Stechmücken. Außerdem habe ich Hunger, vielleicht finde ich ein paar wilde Beeren. Nestor machte sich auf den Weg, pirschte - ein Liedchen pfeifend - im Halbdunkel der dichtstehenden Steineichen herum, hörte plötzlich ein verdächtiges Knacken und grunzartige Laute im Gebüsch. Vor Schreck ließ er den langen Speer fallen, ergriff den nächstbesten Ast, hangelte sich mühevoll an den herausstehenden Stümpfen abgebrochener Zweige empor, bis er endlich eine Baumgabel fand, auf der er es sich gemütlich machen konnte und dachte: 'Ich, der große Nestor, sitze nun angstbibbernd in einer Steineiche mit meinem leeren Wams und schiebe Hunger. Und jetzt auch noch das Grunzen!' Vor seinen Augen zogen in diesen Schrecksekunden neun Tage Völlerei vorbei und die letzten sechs Tage Diät, der Magen knurrte, er leckte sich genießerisch die Lippen in Erinnerung an die ersten Streiktage und blickte dabei sorgenvoll auf seinen runden Bauch. 'Immer noch wie im siebten Monat' stöhnte er, 'trotz sechs Tage Fußmarsch durch Feld und Wald.' Das Atmen fiel ihm schwer. 'Ich bin nicht mehr der Jüngste', dachte er und griff sich ans Herz, das so laut und schnell pochte, daß es das gelegentliche Knacken und Grunzen aus dem Gebüsch fast übertönte. 'Tauge ich wirklich noch zum Helden?', fragte er sich innerlich vorwurfsvoll. 'Oder gehöre ich schon aufs Altenteil?' Sein Umhang hatte sich zwischen den Zweigen festgezurrt. Halbnackt und ängstlich zitternd umklammerte er den dicken Stamm. 'Du meine Güte', dachte er, 'hätte ich während des Streiks nur nicht so viel gefressen und gesoffen, es fehlt noch, daß der Ast unter mir abbricht.' Das Ächzen und Knacken im Gebüsch wollte nicht aufhören. 'Kann das Schwein nicht endlich Ruhe geben und sich davon trollen?' brummte er ärgerlich vor sich hin. Mit einem Auge schielt er nach unten. Was er sah, ließ das Blut in seinen Adern gerinnen. Ein riesiges Monster trottete vergnüglich vor sich hingrunzend gemächlich den Weg entlang, während die Geräusche ihm Busch unter ihm heftiger wurden. Mitten im Lauf hielt der schwarze Koloß inne, lauschte, hob den Kopf, die kleinen Ohren standen wie Antennen senkrecht empor, die lange Schnauze vibrierte leicht, als erschnüffle sie einen verdächtigen Geruch, der kurze Schwanz wedelte nervös hin und her. Das Gebüsch stöhnte. Der Eber blickte in Richtung des Geräusches, schnupperte, blickte hinauf in die Baumkronen, schnupperte. Das zornige Rot der kleinen Äuglein zwischen den schwarzen Borsten konnte Nestor von seinem Hochsitz aus gut erkennen. 'Oh je', dachte er, 'das verheißt nichts Gutes, er hat mich entdeckt'.

"Ole`", unterbrach Eleni den Text und sprang vor den steinernen Ehrensitzen hin und her wie ein Torero, der ein rotes Tuch schwenkt. Die 'Brillis' auf der Brust blitzten "Ole" rief Sie und hüpfte vor uns herum, als seien wir die Stiere. "Ole Nestor, schäm dich, Feigling! Komm herunter!" schimpfte sie und trat wieder zurück in die Mitte der Bühne.

"Artemis, Apollon", lachten wir und riefen hinauf in Richtung der Tempel, "hört ihr uns?" und Eleni sang: "Hello, do you hear me?"

"Das ist gar nicht so abwegig" fiel es Lisa während des Lachens ein. "Der Eber war groß wie ein Ochse. Vielleicht wurde der Stierkampf hier erfunden."

"Und nur das 'Ole' ist spanisch" ergänzte ich.

"Pst, es geht weiter", legte Eleni den Finger auf die Lippen.

Nestor verhielt sich weder wie ein Torero noch wie ein Held. Er hatte seine Gründe, vor dem Eber zu fliehen. Der Eber hatte bereits zwei Jagdteilnehmer mit seinen Hauern aufgeschlitzt. Nestor wollte nicht der Dritte sein. Und dann war da noch ein weiterer tragischer Zwischenfall - friendly fire würden wir sagen: Peleus aus Thessalien hatte versehentlich im dichten Gebüsch seinen Schwiegervater mit dem Speer aufgespießt. Peleus mag zuerst laute Freudenschreie über seinen Volltreffer ausgestoßen haben im Glauben, er habe das Wildschwein getroffen. Als er den Speer in seinem Schwiegervater entdeckte, schrie er wahrscheinlich vor lauter Verzweiflung auf und raufte sich die Haare, denn er wußte, er konnte sich zuhause nicht mehr blicken lassen. Und es gab noch weitere Tote. Zwei Zentauren jagten nicht den Eber, sondern die schöne Atalanta in der Hoffnung auf ein Schäferstündchen. Atalanta spannte zweimal den Bogen und erledigte auf diese Weise das Problem. Insgesamt also fünf Tote in sechs Tagen. Und der Eber trieb weiterhin sein Unwesen.

Lisa schüttelte immer wieder den Kopf, klopfte auf die steinerne Bank und lachte gleichzeitig ungläubig. "Hier in Kalydon ging es zu wie im Wilden Westen."

Und der Eber lief immer noch frei herum, wiederholte Eleni mit lauter werdender Stimme, *und trottete, gemütlich Huf vor Huf setzend auf Nestors Baum und das ächzende Gebüsch zu, die kleinen Ohren nach oben gerichtet. Er blieb erneut stehen, grunzte zufrieden vor sich hin, scharrte mit dem Huf des rechten Vorderbeins, als treffe er gerade die Entscheidung: Busch oder Baum! Sein Blick wanderte noch einmal nach oben. Oh Schreck! Er hatte die nackten, aus dem Baum hängenden Waden des Nestors entdeckt. Er hielt den Kopf schief, als überlege er, was die herunterbaumelnden Beine auf dem Baum zu suchen hätten, senkte den Kopf. 'Oh weh' erkannte Nestor von seinem wackligen Ast nach unten blickend, als er weißen Schaum aus den Lefzen des Ebers tropfen sah, die riesigen Hauer leuchteten selbst in dem dämmrigen Licht des Waldes hell bis nach oben. 'Oh weh, ich bin der Sechste.' Das Wildschwein grunzte laut, scharrte noch ein paarmal mit dem linken Huf im Waldboden, nahm Anlauf und warf sein zentnerschweres Gewicht wie einen Rammbock gegen den Stamm mit den herunterbaumelnden Füßen. Die Erde bebte, der Baum ächzte und stöhnte, bewegte sich wie in Zeitlupe hin und her, der Ast unter Nestors Hintern knackte. Das Wildschwein umrundete den Stamm, schnaubte hörbar ein und aus, grunzte laut, blickte mit seinen kleinen roten Äuglein nach oben in Richtung Nestors Waden, trippelte einige Schritte zurück, nahm einen zweiten Anlauf. 'Zeus steh mir bei', dachte Nestor 'Das ist mein Ende.'*

Eleni konnte das Lachen nicht mehr unterdrücken. "Nestor, der große Held, so habe ich es in der Schule gelernt. Wenn ich mir den Nestor angstbibbernd auf dem Baum vorstelle …"

Durch das schneller werdende Hämmern der Läufe auf dem Waldboden drang ein helles, surrendes Geräusch, kaum wahrnehmbar, und dann ein kurzes 'Plopp'. Das Wildschwein hielt mitten im Lauf inne, als bremse es ab, kurz vor dem Stamm knickten die Vorderläufe ein, das Schwein überschlug sich und prallte mit einem ohrenbetäubenden Knall mit dem Kopf gegen den Baumstamm, das Gebüsch knackte verdächtig. 'Oh ihr Götter, nicht noch ein Wildschwein', dachte Nestor. Aus den Büschen sprang Meleagros mit einem Satz hervor, splitternackt, den Arm erhoben, und stieß mit der ganzen Kraft seiner ungestümen Jugend seinen Speer in die Flanken des Tieres. Das Schwein grunzte böse und laut, zuckte ein paarmal mit den Gliedern und dann war die Eberjagd zu Ende. Der schwarze Koloss lag tot am Boden. Atalanta schob die Zweige der Büsche beiseite, streifte ihr kurzes Röckchen nach unten und dachte: 'Eine tolle Erfindung der Spartanerinnen, wirklich praktisch solch ein Mini', zupfte ihr Oberteil zurecht, ordnete ihre zerzausten Locken, zog Bogen und Pfeile aus dem Gebüsch und blickte nach oben. 'Los, komm runter, Nestor!'

"Happy end", schwenkte Eleni das Manuskript in die Höhe.

"Nein", protestierte Lisa. "Das Ende fehlt, der Wildschweinbraten am Spieß mit Preiselbeeren."

"Ok, war ein kleiner Test, ob ihr die Geschichte kennt."

Eleni holte ihre Arme mit den Blättern wieder ein.

Alle freuten sich auf das leckere Grillgericht. Königin Althaia beaufsichtigte die Mädchen beim Aufschneiden und Verteilen des Fleisches auf die großen bronzenen Platten. Die Beilagen standen in hübschen Tonschalen mit handgemalten Schlingenbändern bereit, Oineus hatte seinen Weinkeller geöffnet und die Trinkgefäße der Helden gefüllt, die im großen Festsaal in Grüppchen plaudernd auf den Braten warteten.

Meleagros klopfte an seinen großen zylindrischen Humpen und begann: 'Ihr tapferen Helden, danke für eure tatkräftige Hilfe, dank euch allen. Ein besonderes Dankeschön, das muß an dieser Stelle gesagt werden, gebührt jedoch der Heldin, die in die Geschichtsbücher eingehen wird. Danke, Atalanta, daß du mutig den Eber gestellt hast und dein Pfeil sein Ende herbeiführen konnte. Nimm als Ausdruck unserer Bewunderung ob deines heldenhaften Einsatzes für unsere Stadt das Fell und den Kopf des wilden Tieres. Du hast eine Tat vollbracht, die an die Heldentaten unseres Freundes Herakles heranreicht, der leider anderweitig tätig ist und zurzeit die Ställe des Königs Augias ausmistet.'

Zwei braungelockte Mädchen brachten einen kleinen Tisch mit dem borstigen schwarzen Fell und dem häßlichen Eberkopf mit den riesigen Hauern und stellen alles direkt vor Atalanta ab. Atalanta faßte ihre Trinkschale mit beiden Händen, nahm einen kräftigen Schluck und noch einen, der Wein schien ihr zu schmecken. Sie leckte sich genießerisch die vollen Lippen und hob die Trinkschale hoch empor. 'Ein Jamas auf uns alle! Ein Dank dir Meleagros und ein dank den Helden dieser Runde, die mir den Eber vor meinen Bogen trieben. Artemis lenkte meine Arme, als ich den Bogen spannte und den Pfeil gegen das Ungeheuer schoß. Ein besonderes Dankeschön dem Nestor, der heldenhaft den Eber aus seinem Versteck lockte und sich der Gefahr bewußt war, in der er schwebte. Nestor hat sein Leben für uns alle aufs Spiel gesetzt. Ohne Nestor hätte ich den Bogen nicht spannen können und der Eber würde immer noch eure Felder verwüsten.'

Ein Hustenanfall unterbrach Atalantas Festrede. 'Oh Nestor, hast du dich verschluckt?' fragte Atalanta scheinheilig. 'Sei nicht so bescheiden! Ich trinke auf dein Wohl!' Ein verhaltenes Glucksen war aus der Reihe der versammelten Helden zu hören. Nestor nuschelte irgend etwas mit hochrotem Kopf vor sich hin, das keiner verstand. Von einigen der Helden wurden die Laute etwas verächtlich als peloponnesischer Dialekt gedeutet, so als hausten dort die Barbaren.

Atalanta nahm einen weiteren Schluck und noch einen, bis sie ihre zweihenklige Trinkschale geleert hatte, wies auf den Eberkopf. 'Als Dank für eure Gastfreundschaft werde ich die Jagdtrophäe stolz erhobenen Hauptes in meine Heimat nach Tegea tragen und dort eure Freundschaft rühmen.' Atalanta sprachs, drückte sich den Eberkopf auf die blonden Locken, nahm das schwere Eberfell vom Hocker, warf es sich über die Schulter, grüßte freundlich in Richtung Meleagros und König Oineus, winkte den Helden zu, nickte ganz besonders freundlich in Richtung des roten Kopfes von Nestor und - verschwand. Ihr kurzes Röckchen wippte beim Hinausgehen und lenkte die Blicke der versammelten Helden von dem riesigen Eberkopf hinweg auf die unter dem Ungetüm hervor wippende Haarpracht und hinunter auf die durchtrainierten Oberschenkel der erfolgreichen Jägerin. Einer der Helden berichtete später, sie habe sich im Vorbeigehen noch ein dickes Kotelett von der Grillplatte gegriffen. Sie hätte wohl einen gesunden Appetit.

Oineus ließ schnell die Trinkschalen nachfüllen, hob seinen goldenen Becher empor und rief 'jamas fili, jamas ihr tapferen Helden, noch einmal ein Dank euch allen und jetzt greift zu. Der Eber ist gar. Ihr habt euch das Festessen verdient.'

Die beiden Brüder der Althaia aus Pleuron schnappten sich ein Stück Braten, gingen gemessenen Schrittes auf Meleagros zu, bauten sich breitbeinig vor ihm auf, bissen demonstrativ in Zeitlupe in das Fleisch, während sie ihn von unten bis oben musterten. Der größere der beiden Brüder schnauzte mit vollem Mund kauend auf Meleagros ein: 'Dieser Schlampe hast du unsere Familienehre geopfert. Hol das Fell zurück, hol es sofort zurück, reit ihr nach, du Schlappschwanz. Unserer Sippe gehört das Fell, nicht dieser Hure.'

Es war mucksmäuschenstill im Saal, nur Nestor hüstelte noch ein wenig vor sich hin, sein roter Kopf hob sich deutlich von den heldenhaften Köpfen ab, die gespannt beobachteten, was sich vor ihren Augen abspielte. Manche griffen vorsichtshalber an den Knauf ihres Schwertes.

'Lieber Kometes, lieber Prothous', beschwichtigte Meleagros mit erhobenen Händen, 'beruhigt euch, ihr seid geschwächt von der anstrengenden Jagd, ihr habt Hunger, eßt erst einmal eure Koteletts, trinkt ein wenig Wein.' Meleagros winkte dem Jungen, der mit der großen Schnabelkanne umherlief. Mit seinem Beschwichtigungsversuch goß Meleagros Öl ins Feuer.

'Du Hurensohn', begann der kleinere der beiden Onkels. 'Glaubst du, du kannst uns mit ein bißchen Wein am Reden hindern? Glaubst du, mit deinem großzügigen Geschenk an diese Nutte kannst du deine Vögelei vertuschen?' Ein Raunen ging durch den Saal. 'Jeder hier weiß das!' deutete der andere Onkel in die Runde. 'Frag den Nestor! Splitternackt standest du neben dem Eber.'
Meleagros wand sich. 'Mein Umgang blieb im Gebüsch hängen, als ich blitzschnell hervorsprang, um den Eber zu erledigen.'

Der kleinere Onkel bekam einen roten Kopf vor lauter Zorn. 'Und warum hast du die ganze Zeit im Busch herum gestöhnt, he? Und sie hat gejapst und vor Vergnügen geschrien, machs mir? Frag den Nestor! Er hat euch beobachtet. Der Althaia hat sie erzählt, ihr Sohn sei der beste Hengst, den sie je hatte!'

Nestors Kopf war inzwischen dunkelrot, fast lila um die Nasenspitze herum. Er griff sich an die Herzgegend und dachte 'Oh Zeus, in was bin ich da hineingeraten. Ich überleb' das nicht! Falls ich heil nach Hause komme, zieh' ich mich aufs Altenteil zurück.'

Meleagros war leichenblaß, fuchtelte wild mit den Armen durch die Gegend, der kostbare Wein schwappte aus dem Humpen und ergoß sich über sein blütenweißes Gewand. 'Das sind üble Verleumdungen', versuchte er sich zu verteidigen. 'Ihr wollt nur davon ablenken, daß ihr euch aus lauter Angst vor dem Eber in den Sümpfen herumgedrückt habt. So dreckig wie eure Umhänge waren, als ihr zurückkamt, so dreckig ist eure Gesinnung. Ihr gönnt mir nicht, daß ich es war, der dem Eber den Garaus gemacht hat.'

'Und genau deshalb gehört die Jagdtrophäe unserer Sippe, du Hurensohn.'

'Nein, nur Artemis selbst durfte den Eber erlegen, ihr wißt das genau! Artemis ist in die Haut der Atalanta geschlüpft und hat ihr den Bogen gespannt und den Pfeil abgeschossen. Deshalb gehört der Atalanta das Fell. Atalanta selbst hat zu mir gesagt: Ich bin die Artemis.'

Meleagros verzweifelte und ein wenig weit hergeholte Verteidigungsstrategie verfing nicht.

'Ha, ha, ha, er sagt gerade, er hat die Artemis gevögelt, habt ihr das gehört? Ha, ha, ha, du Frevler! Blasfemia nennt man das. Das wirst du noch büßen!"
Er holte aus und schüttete wutentbrannt den Wein aus der zweihenkligen Trinkschale mitten in Meleagros verdutztes Gesicht. König Oineus stotterte im Hintergrund herum, hob

beschwichtigend beide Arme. 'Aber, aber, bewahrt Ruhe, der Eber ist gar, greift zu, eßt, trinkt, es gibt noch Wein'. Die bösen Onkels ließen sich nicht beeindrucken, ihre verbissenen Mienen, die zusammengepreßten Lippen, verhießen nichts Gutes. Auch sie hatten inzwischen hochrote Köpfe.

'Mit eurer ganzen Sippschaft wollen wir nichts mehr zu tun haben'.

Wutentbrannt schleuderten sie die Reste ihrer Wildschweinkoteletts dem Meleagros vor die Füße, schmissen die zweihenkligen Trinkschalen donnernd hinterher, drehten sich auf ihren ledernen Sandalen herum, strebten dem Ausgang zu und verschwanden.

Das kostbare Tafelgeschirr war zerbrochen, die Ehre der Familie, ja der ganzen Sippe besudelt, es roch nach Krieg. Das wußten alle versammelten Helden, schnappten sich schnell noch ein Stück Braten als Wegzehrung und verschwanden genauso schnell wie die bösen Onkels. 'Diese verdammte Jagd wird noch in die Annalen eingehen' murmelte Theseus, schwang sich auf sein Pferd und ritt im Galopp durch die Tore von Kalydon davon in Richtung Athen.

"Herakles" warf Lisa ein und holte uns zurück in die Gegenwart "lief auch immer mit dem Fell und dem Kopf des erlegten Löwen herum. Kein Wunder, daß wegen der Jagdtrophäe solch ein Theater gemacht wurde, vor allem wenn es so viele Tote gab."

"Bei uns hängen sich die Jäger Hirschgeweihe ins Wohnzimmer," ergänzte ich. "Das sind die Gene der Jäger und Sammler. Die Männer wollen Helden spielen."

"Dort im Gebirge jagen sie immer noch!", wies Eleni mit dem Arm weit über die Hügel hinweg. "Und jedes Jahr gibt es Unfälle bei der Wildschweinjagd. Die Jäger ballern mit ihren Gewehren wild durch die Gegend und treffen manchmal einen aus ihrer Runde. Einmal ist sogar ein Mord geschehen."

"Guter Tip für den nächsten Tatort."

"Jetzt das Ende vom Ende", wedelte Eleni mit dem Manuskript. "Die Sonne steht schon tief."

Sie legte den Zeigefinger auf den Mund. "Pst!"

Die Verwandtschaft aus Pleuron gab nicht nach, und so bahnte sich der grausame Höhepunkt der Eberjagd an: Der Kampf zwischen Pleuron und Kalydon. In den Gefechten tötete Meleagros seine zwei bösen Onkels. Als seine Mutter Althai von dem Tod ihrer Brüder erfuhr, warf sie sich auf den Boden, tobte, schrie, weinte und verfluchte den eigenen Sohn. Sie holte das verborgene Holzscheit aus dem Versteck, schmiß es wutentbrannt ins Herdfeuer und als es zu Asche zerfiel, sank draußen irgendwo auf dem Schlachtfeld, vielleicht hier oder dort drüben, wo das Heroon steht, der große Held Meleagros tot zu Boden.

Anders als seine Mutter, die den eigenen Sohn verfluchte, heulte ein Teil von Kalydons Frauen Tag und Nacht über den Tod von Meleagros, dem Liebling der Frauen. Artemis konnte das Gejammer, das bis zu ihrem Tempel drang, nicht mehr ertragen. 'Von dem Herumgeheule der Heulsusen wird er nicht mehr lebendig', dachte sie und verwandelte alle weinenden Frauen in Perlhühner. Als sich die zeternden Vögel auf ihrem Dach niederlassen wollten, rief sie 'Husch, ab mit euch' und scheuchte sie hinaus in die weite Welt. Seitdem nerven sie mit ihrem Gezeter überall dort, wo sie auftauchen und die weißen Punkte erinnern bis heute an die vielen Tränen, die um Meleagros vergossen wurden.

"Und jetzt sitzen sie bei dir in Nachbars Garten und kreischen dir die Ohren voll", erinnerte sich Lisa an meine Klagen über den Lärm.

"Vielleicht hat Artemis die Perlhühner in Nachbars Garten geschickt, damit wir ihre Geschichte hier im Theater erzählen."

"Ha, ha, ha" lachte Eleni gekünstelt, als wolle sie sagen: Jetzt erzählst du aber Märchen. "Wo blieb eigentlich das Fell?"

"Es hing im Tempel von Tegea, Atalantas Heimatstadt. Kaiser Augustus hat die Hauer mehr als tausend Jahre später mit nach Rom genommen und dort im Tempel des Dionysos aufhängen lassen."

"Tausend Jahre später!" Eleni schüttelte zweifelnd den Kopf. "Wartet ab! Noch ein Ende! Die Enden hören nicht auf."

Nicht nur die Frauen von Kalydon weinten um den großen Helden der Stadt. Als Herakles den Meleagros in der Unterwelt traf und dieser ihm von seinem unverschuldeten Tod erzählte, wurden Herakles Augen zum ersten und einzigen Mal feucht. 'Diese Weiber', erinnerte er sich an sein eigenes Schicksal. 'Meine hat mich aus Eifersucht mit einem Unterhemd bei lebendigem Leib verbrannt. Warum werden wir Männer wegen ein bißchen Herumvögeln eigentlich immer so grausam bestraft? Das ist ungerecht.'

Eleni und Lisa blickten sich verständnisvoll an. "Männer!", riefen beide wie aus einem Mund.

"Themenwechsel!", begann Eleni herumzuhüpfen, warf mir das Manuskript zu, zog an Lisas Armen.

"Auf! Wir tanzen für Artemis und Apollon. Wir tanzen für meine Zukunft. Auf jetzt: An Elenis Fest wird gelacht und getanzt!"

"Artemis, Apollon do you hear me?" begann Eleni zu singen. Sie seufzte schwer, legte die Hand an den Busen.

"Mir brennt das Herz, schlaflos lieg' ich seit vielen Nächten und wälze Dinge, die wichtig sind", faßte sie Lisa um die Taille und drückte sie an sich. Es geht um unser Land, es geht um mich, ihr Götter. Ich flehe euch an, sorgt dafür, daß die Männer künftig weder Kriege anzetteln noch euer schönes Hellas ruinieren. Beendet Korruption und Mißwirtschaft. Schickt uns fähige Politiker und keine Pleitegeier!"

"Frei nach Aristophanes, Lysistrata", zwinkerte sie mir zu. Ihre Augen sprühten Funken. Ein kurzes Aufblitzen, die Füße setzten sich in Bewegung. Lisas hellblauer Rock begann zu flattern. "We make love no war", rief sie hinauf zu den Tempelruinen, trällerte, Lisa fiel ein. Nach den ersten Probeschritten hoben und senkten sich die Beine synchron und graziös. Der rötlich-braune Staub wirbelte um die Sandalen. Eleni löste ihren Arm von Lisas Schulter, ergriff die Hand, drehte eine Pirouette, die höchste Form griechischer Tanzkunst.

Meiner Rolle gemäß als Vertreterin der nur imaginär vorhandenen Gäste und Ehrengäste applaudierte ich und rief 'Hoppa' laut und häufig, klatschte im Takt so kräftig ich konnte und stellte mir die hunderte von Zuschauern vor, die in den ruhmreichen Zeiten auf diesen Rängen gesessen hatten.

Eleni und Lisa wirbelten atemlos noch ein letztes Mal herum und verbeugen sich vor mir und dem imaginären Publikum. Das kurze Aufblitzen in Elenis Augen hieß: Heute und hier habe ich meinen Anker zu meinen Wurzeln ausgeworfen. Bei meinen Ahnen täue ich mich fest an einem Seil, das uns über die Jahrhunderte und Jahrtausende miteinander verbindet.

"Hello, do you hear me, do you hear me?", begann Eleni noch einmal, bis ein letztes 'do you hear me' wie ein Hauch verebbte.

III-7 Sonne der Gerechtigkeit

Die Götter blieben stumm. Es gab kein Anzeichen einer Antwort. Kein Blatt bewegte sich, kein Vogel zwitscherte. Nichts!

"Sie könnten ein Signal senden", beklagte sich Eleni.

"Geduld! Vielleicht denken sie nach und halten ein Symposium ab", tröstete Lisa.

Auch wir dachten nach und folgten in Gedanken versunken der alten Prozessionsstraße, die sich - von der antiken Stadt kommend - in einer großen Kurve den Hügel emporwand. Durch die ausgetrocknete Erde schimmerte ab und zu der Rest einer geglätteten Steinplatte, ein stummes Überbleibsel aus einer anderen Epoche.

"Wir haben doch alles richtig gemacht?", begann Eleni von neuem.

Der Abt der Maria in der Wallfahrtkirche tauchte aus dem Dunstkreis auf und verkündete seine eindringliche Mahnung von der Kanzel: Glauben, glauben, glauben. Jetzt verstand ich: Stumme Göttlichkeit ist schwer auszuhalten. Man kann daran verzweifeln. Erträglicher wird die Stille durch Glauben und Hoffen.

Wir hatten alles richtig gemacht, daran bestand kein Zweifel. Wir hatten die Opfergaben feierlich auf der obersten Stufe des Theaters unterhalb der Tempel abgelegt, uns selbst - gemäß dem Ritual der alten Griechen - erst die Teller, dann die Bäuche gefüllt. Vor dem Aufbruch gab uns Lisa noch eine ihrer alten Weisheiten mit auf den Weg: "Alles fließt - das Leben geht weiter." Und schob ihre Prognose hinterher: "Es wird sich alles zum Guten wenden." Gelebter Glaube und praktizierte Hoffnung! Es würde alles gut werden.

"Ein Glück, sie haben gemäht", brach Lisa unser stummes Dahinschreiten und wies auf ihre Riemchensandalen und die rechts und links aus Grasbüscheln ragenden Disteln neben dem mannshohen Blütenstand einer verdorrten Königskerze. Eine Viper kreuzte blitzschnell und geräuschlos den Weg und verschwand seitwärts im Gelb der halbhohen Gräser. Der Weg zu den Göttern war nicht ungefährlich. Ich setzte mich an die Spitze unseres Prozessionszuges. Meine geschlossenen Schuhe prädestinierten mich für die Vorhut. Gelegentlich stampfte ich mit einem Stück Holz, das ich am Wegesrand aufgelesen hatte, auf den Boden, um alle zwischen den Grashalmen lauernden Schlangen vor einem Ausflug in unsere Richtung zu warnen.

Eleni und Lisa stoppten abrupt. Ein kleiner, gelber Hügel ragte wie eine Miniatur-Pyramide am Rande des Weges aus den vertrockneten Gräsern. Seitwärts quollen aus einem dunklen Loch Ameisen hervor, an einem anderen Eingang zerrte ein Trupp einen großen Käfer ins Innere.

"Sieht aus wie um Frankfurt herum vom Flugzeug aus, nur die Ameisen-Hochhäuser liegen unter und nicht über der Erde", zeigte ich mit dem Stock auf eine Ameisen-Autobahn, die vom gelben Hügel über die gesamte Breite des Weges auf die andere Seite und mitten in die Wildheit der stacheligen Büsche führte.

Eleni schaute mich fragend an, als finde sie das ganz und gar nicht glaubwürdig.

"Die Ameisen flitzen hin und her wie bei uns die Autos im Berufsverkehr. Vom Flugzeug aus sieht das genauso aus", verteidigte ich meinen Vergleich.

Wir beobachteten fasziniert das flinke Treiben. Körner wurden transportiert, ein dunkles Ameisen-Gewimmel zog an einem langen Wurm, der Rest eines Schmetterlingsflügels bewegte sich wie von Zauberhand in Richtung Hügel - ein perfektes Zusammenspiel von Vielen zum Wohl des Ganzen.

"Alles Grassamen" wies Lisa auf den kleinen gelben Berg, neben dem die emsigen Insekten mit ihrer Beute in der Erde verschwanden. Wir beugten uns tiefer hinab.

"Nein, Spelzen. Sie schleppen die Samen hinein und befördern die leeren Hüllen nach draußen."

"Ein Müllberg! Sie haben die Müllabfuhr vor uns erfunden. Seht ihr, wir sind nicht die einzigen vernunftgesteuerten Wesen auf der Welt. Vielleicht hast du recht, und wir sind für die Götter da oben auch nur so etwas wie Ameisen." In Elenis Stimme hatte sich ein seltsamer Unterton eingeschlichen. "Wenn sie von da oben herunterschauen, und wenn wir genauso winzig aussehen?"

Stille. Lisa zuckte ein wenig mit den Schultern. Ich nickte: "Doch! Sicher! Sie sehen uns trotzdem."

Keine zwei Schritte weiter ragte die Ecke einer glatten Steinplatte aus dem braungelben Boden. Ich trennte mich von der Ameisen-Autobahn und der nicht zu lösenden Frage, ob uns die Götter von oben aus wahrnehmen können. Mit einem Ohr folgte ich halbherzig der Fortsetzung. Das Thema wechselte hin zur Erfindung der Müllabfuhr und mündete in der Erkenntnis, alles drehe sich letztendlich ums Überleben, irgendwie, und der Zeugung von Nachwuchs. Ich schob die trockene Erde mit dem Fuß ein wenig beiseite. Nein, an dieser Stelle gab es keine weiteren Reste der alten Pflasterung, auch keine sichtbaren Fußabdrücke von Oineus und Meleagros. Die Mächtigen aus der mykenischen Zeit hatten ihre Spuren deutlicher in der Welt der Sagen und Mythen und in den Museen hinterlassen. Ich sah ihre Gestalten vor mir, wie sie vor dem Festessen mit knurrendem Magen und wehenden Locken noch schnell zu Artemis auf den Hügel stürmten, um der erzürnten Göttin zu opfern, bevor sie sich zu den Wildschwein-Koteletts aufmachten, um sich anschließend gegenseitig zu meucheln.

Die Zeugnisse brachialer Machtkämpfe in der Antike hatte ich noch gut in Erinnerung. Im nahen Museum von Thermos stand ich vor nicht allzu langer Zeit staunend vor den stummen Zeugnissen, Bruchstücken vollendeter Kunstwerke: Zertrümmerte Bronzestatuen, abgeschlagene Bronzeglieder, Zehen, Finger, ein Penis, unzählige bemalte Scherben reihten sich in einfachen Holzregalen sorgfältig geordnet nebeneinander. Dem einstmals in höchster künstlerischer Vollendung gegossenen Metall und den Resten bemalten Tons entströmte das Grauen der entfesselten Gewalt. Der Wärter saß draußen vor der Tür unter einem schattigen Baum und ließ mich alleine zwischen der Aneinanderreihung von Zeugnissen menschlicher Meisterleistungen und menschlicher Unvernunft umherwandern.

Ich setzte mich nach meinem Rundgang auf die steinerne Bank am antiken Brunnenhaus und blickte in das rechteckige Bassin, durch das unentwegt aus einer Öffnung Wasser strömte und durch ein Loch in der Umfassung verschwand. Mit dem freundlichen Wärter hatte ich nach der Besichtigung des Museums ein wenig geplaudert und das kleine Museum gelobt. Er hatte mich wohl während meines Rundgangs beobachtet und sich einen Eindruck darüber verschafft, ob meine Person vertrauenswürdig genug sei, um mich den ungesicherten Ausstellungsstücken zu überlassen. Er kam zu mir an das murmelnde Wasser wie ein Verwandter im Geiste und reichte mir einen Becher. "Probier! Es ist immer noch so rein und sauber wie damals, fast wie destilliertes Wasser, nur aromatischer." Ich schöpfte ein wenig aus dem Bassin, trank Schluck für Schluck, während er auf mein Urteil wartete. "Es schmeckt süßlich, frisch", bestätigte ich. Zufrieden nickte er und kehrte zum schattigen Baum vor dem Museum zurück, während ich auf das vor sich hinmurmelnde Wasser blickte und aus dem Becher trank. An der Oberfläche bildeten sich Wirbel, kreisten mit immer neuen Mustern. Durch die Zweige des Baumes rieselten die Sonnenstrahlen, zerteilten die durchsichtig scheinende Oberfläche, die Bruchstücke tanzten zwischen den dunklen Schatten. Sie formten sich zu Bronzezehen, -daumen, -nasen, die sich zu Statuen zusammensetzten und zerstoben - hin zu ihren ursprünglichen Standorten, den Nischen an der langen Prachtstraße. An meiner Seite saßen junge Mädchen, stellten ihre Amphoren ab, tuschelten über den neuesten Klatsch und Tratsch, bevor sie ihre Krüge mit dem köstlichen Quellwasser füllten.

Wie lange hätten Menschen diesen geheimnisvollen Platz, eingebettet in die majestätische Bergwelt, friedlich nutzen und kultivieren können, wäre da nicht diese Unvernunft seit Kain und Abel, dieser nicht zu stillende Durst nach Macht, die Gier nach immer mehr, die wie eine Endlosspirale weitere Kriege gebiert.

Menschliche Unvernunft! Was Menschen sich so alles antun, dachte ich damals, wie so oft an solchen Orten. Sie töten nicht nur, sondern versuchen als Perfektion der im Kopf wuchernden Grausamkeiten im Laufe der Logik ihrer Kriege auch die Ideen des Gegners und deren Kultur auszulöschen. Sie töten auch die Seelen.

In Kalydon war es nicht anders. Ich blickte auf die vor mir aus den gelben Gräsern ragenden dunklen Steinblöcke. Ich war angekommen. Der Heilige Bezirk lag vor mir, hier standen einmal Oineus und Meleagros und die bösen Onkels, hier standen die Soldaten von Pompejus, danach von Caesar, dann von den Rivalen Marc Anton und

Oktavian und so weiter und so fort ... bis nichts mehr übrig war von der einstigen Pracht.

Mit kaum zwanzig Jahren hatten mich Freunde nach Frankreich zu einer Hochzeitsfeier mitgenommen, ein deutscher Student im Hauptfach Französisch heiratete in Paris eine französische Studentin mit Hauptfach Deutsch. Ein vorbildliches Beispiel deutsch-französischer Völkerverständigung. Auf der Rückfahrt hielten wir in Verdun. Der Anblick der Beinhäuser, der Gräben, aus denen die Bajonette ragten, die unübersehbare Zahl der Kreuze als Zeichen sinnlos dahingemetzelter Menschenleben, hatten im Anblick des entsetzlichen Grauens den Gedanken fest verankert, man müsse alle Machthaber dieser Welt an diesen Ort vor die übereinander getürmten Schädel führen, sie auf die ausgebleichten Gebeine blicken lassen, bis die abgeschlachteten Menschenleben mit ihrem Leid, ihrer hunderttausendfach zerstörten Hoffnung auf ein normales, menschenwürdiges Leben sich tief genug in ihre Gedanken gegraben hatten, um Kriege zu verhindern.

In späteren Jahren suchte ich nach der Logik und den Ursachen. Bei den Römern fand ich eine einfache Begründung. Sie waren die Meister in einer schlichten Rechtfertigung ihrer Eroberungszüge rund ums Mittelmeer bis hoch in den Norden. Sie führten nur gerechte Kriege, legitimiert durch ihre Priester und damit der Götter. Gerechte Kriege?

Lisa zog mich am Arm, die beiden hatten mich eingeholt. "Es ist heiß, es weht kein Wind, die Luft steht wie in einem Kessel, laß uns weitergehen, es sind nur noch ein paar Schritte."

"Wer hier wohl alles schon entlang ging?" dachte ich laut vor mich hin. "Vielleicht Caesar oder Marc Anton mit Kleopatra turtelnd oder Oktavian, der spätere Kaiser

Augustus, bevor er die Artemis-Statue nach Patras bringen ließ?"

"Hm?", reagierte Eleni. Lisa zuckte mit den Schultern.

"Ok, ein andermal!" Ich hatte verstanden, ich war wieder in der Gegenwart angekommen. Still und in Gedanken versunken folgten wir dem letzten Stück bis zu den Tempeln.

Auf dem flachen Plateau des Hügels wehte eine leichte Brise vom Meer herüber. Vom Tempelbezirk bot sich eine weite Sicht über den Eingang zum Golf von Korinth, über die ein- und auslaufenden Schiffe, auf das gegenüberliegende Ufer und die weiß leuchtenden Häuser von Patras. Eleni und Lisa machten sich selbständig und schritten die Fundamente ab. Meine Vorkenntnis ließ sich nicht ganz unterdrücken.

"Eleni, du stehst direkt neben dem Sockel der Artemis. Vielleicht magst du sie grüßen?"

Eleni wich erschrocken auf die äußeren Steinplatten zurück, kramte in ihrer Handtasche und schwenkte die eingepackten Kefterakia in meine Richtung.

"Wo speisen die Götter?"

"Hier, an meiner Stelle, hier irgendwo stand wahrscheinlich der Altar."

Wir assistierten Eleni bei der Opferung der Fleischbällchen auf den Eingangsstufen der beiden Tempel. Dies war Elenis Fest, sie war heute die Hohepriesterin. Lisa schloß die feierliche Handlung pragmatisch ab:

"Jetzt haben sie genug zum Riechen, erst unten im Theater und jetzt hier direkt vor ihren Tempeln. Doppelt gemoppelt hält besser."

Ich zeigte auf eine schmale Aussparung in den Steinplatten. "Für die Verankerung der Türen."

Eleni antwortete wieder mit einem 'Hmm!', also war das Thema beendet. Lisa hob den Arm in Richtung der herabsinkenden Sonne.

"Noch höchstens fünfzehn Minuten, bis sie untergeht."

Die gespeicherte Wärme kroch von den Steinen empor. Einige kleine vertrocknete Pflanzen wanden sich aus den Ritzen der dunklen Blöcke. Ich bückte mich, streifte mit der Hand über das Bündel gelber Halme mit flauschigen Köpfchen. Die kleinen Dolden entließen bei meiner Berührung winzige Samen an kleinen Fallschirmen, die mit der leichten Brise davonsegelten. Die Natur hatte selbst noch im Verblühen ein kleines Kunstwerk geschaffen, hunderte winziger Samen, alle zusammen nicht größer als eine Murmel. Sie warteten nur auf einen kräftigen Windstoß oder eine Hand, um schwerelos zu einer neuen Heimat zu fliegen und sich mit dem Regen des Winters in die Erde zu verankern. Im Frühjahr würde irgendwo eine kleine Pflanze sprießen, neues Leben erwachen. Artemis, dachte ich, du zeigst in diesem winzigen Leben deine ganze Göttlichkeit.

"Meinst du, sie hören uns? Glaubst du daran?"

Wir blickten still auf die sinkende Sonne, jeder in seinem eigenen Kosmos versunken, eingebettet in die äußere Welt.

"Du kennst die Lysistrata von Aristophanes", wies ich mit dem Arm in Richtung Meer und den sich im Dunst abzeichnenden Küstenverlauf.

"Oiniades. Ich habe das Stück dort einmal im antiken Theater gesehen, über mir die Sterne. An einem solchen Abend glaubt man, die Götter hautnah zu spüren."

Eleni schwieg eine Weile.

"Die Götter haben sich zurückgezogen. Es ist wie damals, als Aristophanes gegen den Krieg anschrieb."

Ein rauher Unterton schwang in ihrer Stimme. Ich spürte, Elenis Nerven waren geschärft für alles Unglück dieser Welt, ausgehend von ihrem eigenen Scherbenhaufen und der Endlosspirale der täglichen Horrornachrichten über ihr Land. Sie sprach sich selbst Mut zu:

"Man soll die Hoffnung nie aufgeben. In 'Eirini' befreien sie die Friedensgöttin. Die Götter kehren zurück. In der Lysistrata besaufen sich die Konfliktparteien und schließen dann Frieden. Das Leben geht weiter!"

Ich blickte zu Lisa, die stillschweigend dem Disput gefolgt war. Sie platzte heraus:

"Eine geniale Idee! Dann schicken wir doch ein Faß Ouzo in die Schaltzentralen der Macht."

"Wenn sie nüchtern sind, verlieren sie den Verstand, so steht es in der Lysistrata", spann Eleni den Faden weiter. "Ich schicke ein Faß Ouzo nach Athen."

Wir legten die Arme auf die Schultern, hüpften ein paar Schritte wie beim Sirtaki auf den geschichtsträchtigen Steinen herum.

"Und ich eines nach Berlin und ein ganz besonders hochprozentiges nach Brüssel", ergänzte ich. "Und falls das nichts nützt, habe ich noch eine andere Idee."

"Oh", stimmte Lisa freudig ein, "endlich nimmt sich jemand des Friedens an. Es wird Zeit. Die Politiker sorgen sich nur ums Bruttosozialprodukt und das Wachstum ihres eigenen Geldbeutels. Und die UN ist als Friedensstifterin in der Versenkung verschwunden."

"Seit dem Irak-Krieg feile ich an einer Idee."

"Hört, hört!"

"Man muß sich wie Aristophanes außerhalb der eingefahrenen Denkschablonen bewegen, Empathie ins Spiel bringen, an der richtigen Stelle ansetzen und dabei einen kühlen Kopf bewahren."

"Die Quadratur des Kreises" konterte Eleni trocken.

Beide warteten. Den ersten Mosaikstein in meinem Gedankenpuzzle zur Bekämpfung von Gewalt und Unrecht in der Welt hatte das Schockerlebnis von Verdun gelegt. Der Schlüssel zum Frieden auf der Welt mußte in der direkten Einwirkung auf die Verantwortlichen liegen.

"Exerzitien! Wie bei den Mönchen! Man muß sie einsperren, bis sie eine Lösung ihrer Probleme gefunden haben. Und es gibt einen Ort, der dafür bestens geeignet ist. Es gibt einen ganz besonderen Ort auf dieser Welt, den Vatikan!"

Es war als hätte ich bei Eleni ins Wespennest gestochen.

"Der Vatikan! Pah! Euer Papàs! Er wirkt nett, alle lieben ihn. Aber glaubst Du im Ernst, er könnte sich gegen die Raffinessen eines US-Präsidenten oder gegen die diplomatischen Schachzüge der Russen oder Chinesen durchsetzen?"

"Und der Iraker oder Iraner oder der Saudis? Die würden sich erst recht nichts vom Papst sagen lassen. Sie würden ihm nicht einmal die Hand reichen. Keine gute Idee!" Für Lisa war der Vatikan abgehakt.

"Ich meine nicht den Papst. Ich meine diesen besonderen Raum, mit dieser besonderen Mystik, wie es keinen zweiten gibt. Die Gemälde verbinden alle Religionen und alle Menschen. Und es ist geschichtsträchtiger Boden."

"Ich weiß, was du meinst!" In Lisas Augen leuchtete ein Funke in Rückbesinnung auf die Religiosität ihrer Kindheit. "Die Sixtinische Kapelle, das Gemälde von Michelangelo. Wie Gott dem Adam den Finger entgegen streckt."

"Unter dieses Gemälde muß man sie setzen. Hinter den Streithähnen muß man die dicken Türen schließen, und sie schmoren lassen bei Wasser und Brot, bis weißer Rauch aufsteigt."

Beide schauten mich an. Ich las in ihren Augen, daß sie den Vorschlag prüften. Eleni lachte und rief in Richtung der untergehenden Sonne: "Do you hear us, Apollon, Artemis, do you hear us Zeus?" Lisa lachte: "Der richtige Zeitpunkt, um die Götter in deine geniale Idee einzubinden. Die Sonne geht gleich unter."

Mitten hinein in den letzten Satz drang Stimmengewirr. Wir wendeten die Köpfe und blickten auf den Weg in Richtung der Lärmquelle. Wer wollte uns hier oben beim letzten Akt unserer Sonnwendfeier stören? Wir standen zu dritt nebeneinander, aufgereiht wie die Erdmännchen in Reih und Glied, die Köpfe in eine Richtung gewandt, aufmerksam die nahende Gefahr beäugend.

Aus dem Knäuel der Gesprächsfetzen ließen sich drei Stimmen orten, eine dominante, zwei fragende. Ein riesiger Strohhut schob sich über die letzte Krümmung des Hügels empor. Unter ihm formte sich beim Näherrücken ein langes, fülliges, beigefarbenes Gewand mit langen Ärmeln, aus denen ein Stock aufgeregt in unsere Richtung weisend und nach rechts und links deutend herumfuchtelte. Eine Fata Morgan! Der Abt aus der Wallfahrtskirche! Er eilte mit wehender Soutane auf uns zu, als wolle er zum Gottesdienst zum Artemis-Tempel schreiten. Ich korrigierte sofort meine ausufernde Phantasie. Der Abt würde niemals diese Kopfbedeckung tragen.

Das wallende und gestikulierende Gewand wurde eingerahmt durch eine zierliche dunkelhaarige junge Dame zur Rechten und zur Linken durch eine größere schlanke mit blond-wippenden Locken in hautengen Leggings und hautengem gestreiften T-Shirt. Beide Köpfe folgten ruckartig der Richtung des herumfuchtelnden Stockes. Die Dreiergruppe legte am Eingangsbereich des Heiligen Bezirks eine Pause ein. Dort hatte sich früher das Eingangsgebäude mit einer Säulenhalle erhoben. Ich stand noch vor wenigen

Minuten selbst auf dem Fundament und hatte die geraden Kanten betrachtet, ohne Eleni und Lisa darauf aufmerksam zu machen und ein erneutes 'Hmm' zu provozieren. Beide waren schon in Richtung Artemis-Tempel vorausgegangen, intensiv mit dem Opferkult für die Götter beschäftigt.

Aus dem fülligen Gewand schob sich ein zweiter Ärmel mit einem Packen Papier. Der Stock hielt inne. Der schwarze und der blonde Haarschopf verschmolzen über das aus dem Gewand gezauberte Dokument. Die beiden Köpfe wandten sich wie auf Befehl nach rechts, der Stock folgte und der Strohhut erzählte etwas, das wie das Rauschen eines Wasserfalls zu mir drang.

Eleni räusperte sich ein wenig und murmelte vor sich hin:

"Eine Zauberin. Sie will dort gerade ein langes Gebäude mit Säulen errichten."

Lisa murmelte: "Die Göttinnen Hera, Artemis und Aphrodite, sie planen ein neues Heiligtum."

Eleni schüttelte den Kopf: "Königin Althaia mit der blonden Atalanta und der betrogenen Frau des Meleagros. Sie bauen ein Museum für das Fell des Ebers. Atalanta hat ihre Trophäe zurückgebracht, weil die Frau des Meleagros ihr den Seitensprung verziehen hat."

Wir glucksten leise vor uns hin. "Es dauert nicht mehr lange, bis sie untergeht", erinnerte uns Lisa an die Feierlichkeit des Moments.

Wir setzten uns über Eck auf das Fundament des Artemis-Tempels, ignorierten die Stimmen, um still und andächtig dem Versinken der Sonne hinter den Bergen zu folgen.

Der Strohhut gönnte uns kein stilles Meditieren. Er schob sich Meter für Meter in unsere Richtung. Schemenhaft erkannte ich beim Näherkommen ein im Schatten liegendes Gesicht, über das sich die breite Krempe des Hutes bei jeder Bewegung hinab senkte und geschickt verbarg, ob Hera oder Althaia auf uns zusteuerte. Irritiert registrierte ich, der Stock zeigte zielgerichtet genau auf unseren Platz, das lange Gewand schob sich nach einer kurzen Verschnaufpause wallend in unsere Nähe, die zierliche Schwarzhaarige und die große Blondgelockte hinter sich herziehend. Die weit ausladende Kopfbedeckung nickte grüßend in unsere Richtung, wir nickten höflich grüßend zurück. Am Artemis-Tempel angekommen plazierte sich das Dreiergespann unweit von uns auf die Fundamente im Eingangsbereich. 'Hoffentlich geht die Hera-Zauberin keinen Schritt zurück', schoß es mir durch den Kopf, 'die Hackfleischbällchen.' Der Hut war mit Papier und Stock beschäftigt und begann in alle Richtungen deutend nach der Vollendung der Stoa offenbar mit dem Aufbau des Artemis- und des Apollon-Tempels. "Sie erzählt gerade die kalydonische Eberjagd", flüsterte mir Eleni leise zu und korrigierte meine Vermutung.

Als der Strohhut den Eber erlegt hatte, begann er die Säulen des Tempels aufzurichten. Meter für Meter schritt er die Fundamente ab, wies mit dem Stock auf die Standorte der Säulenschäfte, verankerte die Türen und schob den Packen Papier in Richtung der beiden begleitenden Köpfe. Nach einem Moment intensiver Konzentration aktivierte der Stock seine Baumaßnahmen, schichtete Trommel für Trommel übereinander, zeichnete Kanneluren in die Säulenschäfte, setzte das Kapitell darüber, gliederte das Fries mittels Triglyphen und plazierte dazwischen die bemalten Metopen, bis schließlich das Werk durch eine vollendete Dachkonstruktion gekrönt wurde. Ich war beeindruckt, vor mir stand ein Meister seines Fachs. Es folgte eine Säule nach der anderen, die beiden Begleiterinnen flankierten aufmerksam den Aufbau. Die Köpfe folgten jeder

Richtungsänderung des Stockes. Ich begleitete aus den Augenwinkeln den Rundgang bis zur Vollendung des Bauwerks.

Nach der Fertigstellung des Artemis-Tempels steuerten die Drei auf den Apollon-Tempel zu. Hut und Gewand legten am Eingangsbereich abrupt eine Vollbremsung ein, der Strohhut wippte auf und ab, kippte nach vorn, nach unten, bis er leicht vibrierend in einer starren Position verharrte.

Lisa und Eleni blickten mich erschrocken an, Eleni drückte mir unsanft ihren Ellenbogen in die Rippen. Lisa fixierte regungslos einen nicht auszumachenden Punkt auf dem Boden. Wir saßen mucksmäuschenstill in Schockstarre auf unseren Plätzen in Gedanken bei den Hackfleischbällchen, flankiert von den kleinen Thymiansträußchen.

Der Strohhut hob sich und drehte sich in unsere Richtung. Ich hörte aus dem Wortschwall, der aus dem Hut prasselte, die Erwähnung von dreizehn Olympiern heraus. Es sind nur zwölf olympische Götter, dachte ich, was erzählt der Hut da! Eleni lachte und schüttelte den Kopf, wies über den Abbruch des Hügels hinunter in Richtung des Theaters, auf dem wir unsere Körbe und Matten zurückgelassen hatten. Ich verstand 'Keftetakia', Eleni verriet also die Einzelheiten unserer Zeremonie, wer weiß, was sie sonst noch alles ausplauderte. Lisa lachte ebenfalls freundlich in Richtung des Hutes. Sie hatte offensichtlich mit dem wie Gewehrsalven ohne Unterbrechung auf beiden Seiten hin- und herratternden Wortschwall keine Verständigungsschwierigkeiten, hielt sich aber mit Äußerungen zurück. Die Dreiergruppe blickte aufmerksam und freundlich in unsere Richtung. 'Eher Hera als Althai', stufte ich die jetzt im Schatten des Hutes schwach erkennbaren mütterlichrundlichen Gesichtszüge ein. Ich sah Hera und die beiden Damen ebenfalls lachen, also lachte ich auch und nickte.

Aber warum lachten wir eigentlich, was hatte Eleni verraten? Eleni löste das Rätsel. "Ich habe ihr gerade erzählt, wir hätten gepicknickt und es seien uns einige Fleischbällchen auf die Erde gefallen. Sie fragte, ob wir zu den dreizehn Olympiern gehören. Keine Ahnung, wer das ist, vielleicht ein Geheimbund oder eine Sekte. Ich habe das natürlich verneint."

Hera beendete den Rundgang, kehrte zum Artemis-Tempel zurück und stellte sich neben uns auf die Steinplatten. Lisa erhob sich, nahm Eleni an die Hand, Eleni zog an mir herum, bis auch ich neben ihr auf den Steinen stand. Der untere Rand der Sonne berührte gerade den Saum des Gebirgszuges und glühte mit dem letzten Licht des längsten Tages rot in den noch blauen Himmel, der sich am Horizont in ein dunkles Gelb verwandelt hatte und in die Farbe einer reifen Orange wechselte. Wir stellten uns still neben Hera und ihre Begleiterinnen und folgten gemeinsam dem Versinken des Sonnenballs hinter der Hügelkette.

Eleni schälte sich leise und vorsichtig aus unserer Gruppe, lief geräuschlos, als wolle sie den Lauf der Sonne nicht stören, auf den Steinplatten an den vordersten Punkt des Tempels, breitete weit die Arme aus und begann mit ihrer rauhen Stimme:

Höre, reine Sonne der Gerechtigkeit, gleichfalls du,
gepriesener Myrtenzweig!
Nie, ihr beiden, bitte nie bringt mein Land in
Vergessenheit!

Rechts von mir hörte ich das Summen des Liedes von Theodorakis und dann das leise Mitsingen des Textes. Lisa fiel zart und verhalten links von mir ein, während die Sonne langsam hinter den Bergen versank und der glühende Streifen am Horizont sich in ein immer dunkler werdendes Rot wandelte und das Blau des Himmels eroberte. In Gedanken rief ich Apollon an und bat den Gott des Lichts, er möge uns begleiten und seine schützende Hand über uns halten!

Eleni verstummte, senkte die Arme und kehrte still und mit ernstem Gesicht zu uns zurück, als komme sie gerade aus einem Gottesdienst in ihrer orthodoxen Basilika.

Hera löste sich als Erste aus unserem andächtigen Verharren, zauberte aus den Ärmeln den Packen Papier hervor, trat auf Eleni zu, sprach ein paar Worte mit ihr, nickte freundlich in meine Richtung, nickte in Lisas Richtung, drückte Eleni feierlich und mit großem Ernst den Wust von Blättern in die Hand und verabschiedete sich lächelnd und nickend. Ihre Begleiterinnen grüßten, winkten und folgten Hera den Weg hinab. Ich blickte dem großen Hut und dem wallenden Gewand mit vielen Fragezeichen im Kopfe nach, bis das Dreiergespann um die Wegbiegung verschwunden war.

Eleni stand verdutzt mit dem Papierstapel vor mir, reichte die Blätter an mich weiter und blickte mich schuldbewußt an.

"Ich hatte ihr ein bißchen von dir erzählt. Sie meinte, das würde dich vielleicht interessieren."

Eleni verzog den Mund, hob die Schultern, als entschuldige sie sich bei mir für ihren Geheimnisverrat, den sie mir aber nicht in seinen Einzelheiten beichten wollte. Mein Blick streifte die oberste Seite. Es fiel mir wie Schuppen von den Augen. Ich verstand im Bruchteil einer Sekunde den Stock und die in das Blau des Himmels gezeichneten Konturen. Hera hatte den Aufbau des Tempels erklärt, wie ihn die Zeichnung erfahrener Archäologen darstellte. Ich hielt ein Papier in Händen, das uns nur von den Göttern selbst gesandt sein konnte - die komplette Dokumentation der Ausgräber samt einer Rekonstruktion der Anlage in ihrer vollendeten Schönheit vor mehr als zweitausend Jahren!

Wer erhielt schon, während einer Sonnwendfeier auf den Überresten eines antiken Heiligtums stehend, ein derartiges Geschenk. Die steinernen Überreste lagen an einem verlassenen Ort, den niemand kannte - nicht die Griechen, die in den wenigen Dörfern weit entfernt wohnten, kaum einer der durchreisenden Touristen. Vielleicht trieb gelegentlich ein Schäfer seine Tiere hierher! Ansonsten fand niemand den Weg in diese Abgeschiedenheit – außer den Archäologen. Ich konnte mir nicht vorstellen, daß irgend jemand irgendwo in Griechenland, auf den Stufen eines antiken Tempels stehend, jemals von einem Hera-Gesicht mit großem Hut und langem Gewand solch fachlich gewichtigen Dokumente erhalten hätte!

Ich setzte mich sprachlos geworden auf die warmen Steine und legte die Blätter vor mir auf die Knie. Ich glättete andächtig das Papier, blickte auf die Zeichnungen, las die Namen, die Jahreszahlen und schüttelte ungläubig den Kopf. Ich hob den Kopf. Ich blickte auf die Steinreste des Tempels und zurück auf die Zeichnung. Genau hier saß ich. Ich saß auf den Überresten eines Tempels, der in seiner Dimension, seinen Maßen und seiner Größenordnung an den Hephaistos-Tempel in Athen erinnerte. So hatte ich den Tempel bei meinem Besuch der Agora abgespeichert. So also hatte es hier in Kalydon ausgesehen - nicht zu Oineus Zeiten, aber als Athen auf dem Zenit seiner Macht stand, die Schiffe der Korinther hier vorbeifuhren, um ihre bemalten Töpferwaren nach Italien zu bringen, vor dem Peloponnesischen Krieg, bevor Griechenland begann, sich selbst zu zerstören, bevor Aristophanes in Athen seine Lysistrata zur Uraufführung brachte und zum Frieden mahnte. Zu Zeiten, als Kalydon als Zierde Griechenlands galt.

Eleni setzte sich neben mich und lehnte sich dicht an meinen rechten Arm, um einen Blick auf die Papiere zu werfen. Lisa plazierte sich an meine linke Seite.

"Wow! " entfuhr es Eleni. "So schön hatte ich mir das nicht vorgestellt!"

Eleni und Lisa verglichen, den Kopf hebend und senkend, die Zeichnungen mit den vor uns liegenden verwitterten Steinen. Ich blätterte um, wir vertieften uns in die Grundrisse, in die Vorder-, die Seitenansicht des Artemistempels, den Überblick über die gesamte Anlage, wir steckten die Köpfe zusammen, wie Hera mit ihren Begleiterinnen. Auf meinen Knien lag die vergangene Schönheit und Pracht des antiken Heiligtums, die Stoa im Eingangsbereich, der Artemis-, der Apollon-Tempel, die Prozessionsstraße von der Stadt kommend, das Heroon, das Heldendenkmal in der Nähe des Theaters. Es gab Fotos von Löwenköpfen als Traufen der Dachziegel. Das Bild eines kleinen Marmorkopfes strahlte uns beim Umblättern entgegen.

"Sah das wirklich so schön aus?" Eleni und Lisa konnten sich nicht von den Zeichnungen trennen.

"Die Götter haben uns die Zauberin gesandt", platzte Lisa vor Begeisterung heraus. "Das ist kein Zufall, sie sollte uns hier treffen."

"Es war Hera", widersprach ich. "Wir stehen unter dem Schutz der Götter. Wer erhält schon hier an diesem Ort am Tag der Sonnenwende, am Tag unserer Theatereinweihung, am Fest, das Eleni den Göttern gestiftet hat, die Zeichnungen der Ausgräber! Den Artemis-, den Apollon-Tempel zur Anschauung in seiner vollen Pracht, als die Götter in ihnen wohnten."

Wir schritten begeistert noch einmal zusammen die Fundamente ab, liefen entlang der Stoa, zum Eingang des Heiligen Bezirks, bis ich mahnte:

"Es wird dunkel, wir müssen noch den Horror-Felsen bezwingen." Ich konnte mir die naheliegende Frage nicht verkneifen: "Gehört Hera zu den Archäologen, die unten am Theater gegraben haben?"

"Sie wohnt irgendwo dort unten in einem Dorf am Meer. Sie unterrichtet in einer Schule und wollte ihren neuen Kolleginnen Kalydon zeigen."

"Sie wollte ihre wahre Identität nicht preisgeben, sie kann nicht sagen, ich bin die Hera und Artemis läßt euch grüßen", beendete Lisa die Sonnwendfeier.

III-8 Wunder über Wunder

Die beiden Mappen lagen auf dem Tisch, die Blätter abgeheftet unter dem Klarsichtdeckel - ein rotes Exemplar für Eleni, ein hellblaues für Lisa. Ich lehnte mich entspannt und zufrieden in dem neuen Sessel mit den weichen Polstern zurück und blickte auf das Meer. Über die schwachen Konturen der gegenüberliegenden Berge wölbte sich das undurchdringliche Blau, vor mir dampfte der Cappuccino.

Mit einem Seitenblick streifte ich das Deckblatt und griff genießerisch zur Tasse in Vorfreude auf den herben Genuß. Der Artemis-Tempel! Auf diesen Stufen hatte ich vor wenigen Tagen gesessen, die Zeichnungen auf dem Schoß, signiert von den Ausgräbern, darunter die Jahreszahlen 1926 und 1935. Als ich realisiert hatte, was ich in Händen hielt, war es wie auf Opas Schemel - Leben wuchs aus den Seiten. Ich spürte die Aura der Götter durch die Hallen wehen. Erst mit Elenis Ellenbogen in den Rippen war ich zu dem Stapel Papier auf den Knien und in die Realität zurückgekehrt. Wir hatten zu Dritt bewundernd auf die Zeichnungen geblickt, staunend über das Ausmaß und die Vollkommenheit des antiken Heiligtums. Die Welt der Götter und ihrer Tempel verknüpfte sich mit unserem Leben. Wir hatten uns auf den Weg begeben, wir hatten die Götter gesucht, sie hatten geantwortet.

Ich drängte die Erinnerung zurück. Nein Artemis, nein Apollon, nicht heute, nicht jetzt, nicht hier im Kafeneon! Ich wollte in meinem bequemen Stuhl keine Fäden in das undurchdringliche Blau spinnen, wollte heute nicht die grundlegenden philosophischen Fragen der Menschheit lösen. Jetzt und hier war götterfreie Zeit! Ich spürte die wohltuende Wärme, hörte das Zirpen der Zikaden, das Meer funkelte blau und verlockend. Mich umschloß die stille Gegenwart von Lisa und Eleni. War es nicht ein unbeschreiblich schöner Augenblick, entspannt nebeneinander zu sitzen? Den leichten Wind auf der Haut zu spüren, die von der Luft verwehten Düfte nach Pinien, nach wilden Kräutern, einem Hauch Jasmin einzuatmen? Versunken dem Spiel der Sonnenstrahlen zu folgen, die durch die Nadeln der Bäume auf den Tisch sickerten und über die Hände huschten? Mußte man nicht dem Gefühl nachgeben, im Gleichklang mit dem Takt der Welt stillzustehen, verankert in der kleinen Geborgenheit um uns herum?

Der Schwarm Krähen stritt sich. Sie stritten sich jedes Mal bei unseren Besuchen. Ihre schwarzen Schatten lärmten um die Pinien und zerrissen die Stille mit ihrem krächzenden Geschrei. Die Geräusche von Autos drangen durch das Gezeter. Es hupte, hupte erst kurz, dann langgezogen und zerriß die Ruhe. Irgend jemand dort unten hatte es eilig. Alle dort unten hatten es eilig, Autos, Lastwagen, Busse fuhren wie kleine Spielzeugautos nach rechts, nach links, quer, hinein in die Seitenstraßen, hinaus aus der Seitenstraße. Die Stadt unter uns atmete und pulsierte ohne Unterbrechung. Nur seitlich der Leuchttürme an der kleinen Hafenbucht herrschte Ruhe, niemand verfolgte das gleichmäßige Anbranden der Wellen. Ein Stückchen weiter lagen einige Unerschrockene am Strand.

Ich deutete nach unten: "Wann wird die Badesaison eröffnet?" Lisa schüttelte sich entrüstet und gab prustend ein geschocktes 'Brrr' von sich, als habe sie in eine saure Zitrone gebissen. Sie orientierte sich an die griechische Sitte, Baby-Badetag-Temperaturen abzuwarten. Eleni strahlte.

"Kaltes Wasser aktiviert das Immunsystem. Ich gehe jeden Tag schwimmen. Ich habe jetzt viel Zeit." Und nach einer kurzen Pause: "Ich habe eine Überraschung."

Sie begann zu trällern, hievte ihre Handtasche vom Boden auf den Schoß, öffnete in Zeitlupe den Reisverschluß, als sei dies ein besonders feierlicher Augenblick, den wir bitte schön genießen sollten. Sie sang mit einer Spur Schalk in den Augen von einem zum anderen hin- und herpendelnd ihr Trost- und Glückslied, passend für jede Gelegenheit: "Einmal Wasser, einmal Wein, einmal glücklich, einmal traurig sein". Sie summte während des Wühlens in der viel zu großen Handtasche ein bißchen weiter, sortierte Taschentücher, Handy, Geldbeutel. Ich folgte dem Auf und Ab der Hände in Erwartung der unbekannten Überraschung, bis Eleni endlich einen zerknitterten Briefumschlag herauszog:

"Das Finanzamt hat geschrieben."

Eleni legte ihn demonstrativ und mit Nachdruck auf die Zeichnung des Artemis-Tempels.

"Ein Dankeschön den Göttern. Der Bescheid für letztes Jahr. Nur dreihundertzwanzig Euro Nachzahlung."

Erschrocken hakte ich nach: "So viel?" Mir fielen spontan meine eigenen Steuererklärungen ein. Elenis Begeisterung konnte ich nicht nachvollziehen. Eine Nachzahlung in dieser Höhe würde bei mir zwar keine Panik, aber immerhin einen gehörigen Schrecken auslösen.

"So viel?" wiederholte Eleni. "Ich habe mit mehreren tausend Euro gerechnet und konnte schon nicht mehr schlafen, weil ich nicht wußte, wo das Geld hernehmen. Jedes Jahr kommen neue Gesetze. Keiner weiß heute, was er morgen zahlen muß. Das ist meine Nachzahlung für letztes Jahr. Für dieses Jahr muß ich sowieso keinen Pfennig zahlen." Eleni überlegte kurz. "Oder doch. Das ist die zweite gute Nachricht. Ich habe ein wenig herumtelefoniert. Es haben sich bis jetzt ein knappes Dutzend Schüler gemeldet. Eine Sprachschule bei mir um die Ecke bietet bis jetzt kein Deutsch an und will mir einen Raum zur Verfügung stellen. Ich verhandle noch mit ihnen. Vielleicht langt es erst einmal für die nächsten Monate zum Überleben. Wir müssen jedenfalls nicht verhungern."

"Dann passen die Florentinakis ja bestens zu den positiven Nachrichten" zauberte Lisa aus einer Tragetasche eine kleine Schachtel und stellte sie neben den grauen Umschlag auf den Artemis-Tempel. "Wir lassen die Götter daran teilhaben", deutete sie in den blauen Himmel. "Sie dürfen sich an dem Geruch erfreuen, und wir denken beim Naschen an sie."

Die Sonne strahlte plötzlich noch heller, das Meer funkelte noch blauer. Ich griff zur Kaffeetasse. An diesem Tisch hatten wir vor nicht allzu langer Zeit gesessen und befürchtet, von Elenis Tränen hinweg gespült zu werden. Jetzt saßen wir entspannt nebeneinander. Die aktuellen Probleme entwickelten sich in eine erfreuliche Richtung. Waren wir vielleicht doch so etwas wie dieser unbekannte Geheimbund der dreizehn Olympier? Ein kleiner Bruchteil davon, nur ein bescheidener Dreierbund mit einem heißen Draht zu den Göttern, ohne es zu wissen?

"Ich werde künftig bei allem, was gut riecht und gut schmeckt, an die Götter meiner Ahnen denken und sie in Gedanken daran teilhaben lassen", griff Eleni in die Schachtel und schob sich einen Florentinaki in den Mund.

"Hattest du nicht einmal einen Tempel hier in der Nähe erwähnt?" Eleni tippte mit dem Finger der einen Hand gezielt auf die Linien des Artemis-Tempels herum, während sie mit der anderen Hand nach dem zweiten Florentinaki griff.

"Die Götter haben in mir das Blut meiner Ahnen erkannt. Ich sollte den Kontakt nicht abreißen lassen." Nach einer kleinen Kunstpause hakte sie nach: "Hattest du nicht einmal von einem Poseidon-Tempel hier in unserer Nähe erzählt? Sollte ich mich nicht auch bei …", sie überlegte einen Augenblick. "Ich wohne direkt am Meer. Vom Schlafzimmer aus höre ich jede Nacht die Wellen auf die Kiesel schlagen. Ich schlafe mit dem Meer ein, ich wache mit dem Meer auf. Poseidons Reich grenzt an meine Haustür. Wenn es hier in der Nähe einen Tempel von ihm gibt - warum sollten wir ihn nicht besuchen?"

"Hmm" antwortete ich, wie ich es ansonsten von Eleni gewohnt war, wenn ihr die Geschichten aus der Antike zu viel wurden. Ihr Götter, dachte ich, gebt keine Ruhe, ihr habt mich ins Visier genommen. Ausgerechnet dieses Heiligtum dort oben mitten in den Bergen, dieser vergessene, verlassene, verwunschene Ort, von dem man nicht wußte, wer dort residiert hatte. Der Weg war seit dem Frühjahrsregen fast unpassierbar, der Feldweg mitten durch die Wälder ausgewaschen, von den Hängen herabgestürzte Steinbrocken blockierten die Fahrt. Ich hatte mir bei meinem letzten Besuch eine Delle in den Kotflügel gefahren.

"Was sagt unser Papas zu einer Intensivierung des Götterkultes?" lenkte Lisa scherzhaft ab und rief unbeabsichtigt die Erinnerung an den allmächtigen alleswissenden Gott wach, der eigentlich keine anderen Götter neben sich duldet, so hatte ich das im Religionsunterricht gelernt.

"Pah", konterte Eleni. "Was interessiert ihn schon, was ich mache. Er ist mit sich, seinen fünf Kindern, seiner Frau und seiner Ehe beschäftigt."

Lisa gab sich nicht zufrieden. "Ehe?" fragte sie vorsichtig bohrend nach. Eleni gluckste, sie wußte mehr über die kirchlichen Internas als Lisa.

"Man munkelt, … Aber das interessiert mich nicht. Unser Papas hat noch kein einziges Mal über die Götter unserer Ahnen nachgedacht. Er hat eine schöne Stimme, er singt die alten Litaneien stundenlang aus dem Stehgreif. Er macht seinen Job: Hochzeiten, Taufen, Beerdigungen, am Sonntag Kirche. Und dann ab nach Hause. Er hat mich noch nie gefragt, wie es mir geht oder jetzt, ob ich mit meinem Desaster klarkomme, so frage ich ihn auch nicht, ob er mir seinen Segen erteilt, wenn ich mich an die Götter meiner Ahnen wende."

"Vielleicht hat er Lust mitzukommen", schlug Lisa vor. "Vielleicht hat er Grund dazu, wenn seine Frau ..."

Lisa fand ihre Idee lustig und kicherte. Eleni hielt sich mit weiteren Bemerkungen über den Papas zurück, obwohl ihr noch einiges auf der Zunge lag, das sah man an ihrem Blick.

"Der Papas! Meine Probleme langen. Damit haben die Götter genug zu tun. Außerdem haben wir unseren Gott mit einbezogen. Ich habe auch für ihn Keftetakia gebraten und auf die Stufen des Theaters gelegt."

Damit schienen die Fronten für Eleni geklärt, der Gott der orthodoxen Kirche hatte Verbindungen zur antiken Götterwelt geknüpft. Eleni plante ein Treffen mit Poseidon, Lisa hatte nichts dagegen, das sah man ihr an. Beide schauten erwartungsvoll auf mich. Eleni bohrte nach:

"Hast du nicht einmal von einem Poseidon-Tempel irgendwo in der Nähe erzählt?"

"Hmm?" blickte ich die beiden in Gedanken an die Delle im Kotflügel an. "Das ist bestimmt schon länger her."

"Wir sollten dich begleiten." Eleni ließ nicht locker.

"Das stimmt", pflichtete ihr Lisa bei. "Du wolltest nach Velvina. Ich hatte damals keine Zeit. Du meintest, wir könnten das ein anderes Mal nachholen."

In Erinnerung an den schwer passierbaren Weg versuchte ich erst einmal abzuwiegeln.

"Der Weg zu den Göttern ist ein schwieriger. Das letzte Mal hatte er tiefe Furchen, riesige Steinbrocken lagen auf der Straße. Wir könnten ja erst einmal eine kleine Pause einlegen und zum Herbstanfang oder zum Erntedankfest nach Kalydon fahren. Außerdem ist die Sommerhitze im Anzug."

"Zum Erntedankfest? Bis zum Oktober haben mich die Götter vergessen. Ich brauche ihre Unterstützung und zwar jetzt, nicht erst in einem halben Jahr!"

Das 'Jetzt' zog sie noch einmal mit einer besonderen Betonung in die Länge und wiederholte es:

"Jetzt!"

Eleni tippte demonstrativ auf dem grauen Umschlag des Finanzamtes und auf den Säulen des Artemis-Tempels herum.

"Ist das so bei euch?", fragte Eleni. "Suchen die Katholiken in schwierigen Lebenskrisen keine Hilfe in der Kirche? Wir Orthodoxen tun das. Aber bei mir hat das nichts genützt."

Das war eine berechtigte Frage. Es war nicht mehr wie zu Opas Zeiten, als die Gläubigen angehalten wurden, am Sonntag die Heilige Messe mit Andacht zu hören und man bei Problemen zur Maria in den Weinbergen pilgerte, sich andächtig vor den Gnadenaltar kniete und eine Kerze in der Nische am Eingang entzündete. Die Zeiten hatten sich geändert. Heutzutage ging fast jeder, Katholik oder Protestant, nur ian den großen Feiertagen, an Ostern oder Weihnachten, in die Kirche. Der liebe Gott schien weiser, älter, nachsichtiger, nicht mehr so streng mit der Schar seiner Gläubigen. Er forderte nicht mehr die enge Bindung, verzichtete auf die strikte Unterwerfung unter die Glaubensdogmen, drohte nicht mehr mit Strafen und einem erhobenen Zeigefinger. Also zuckte ich nur mit den Schultern und schüttelte verneinend den Kopf.

"Manchmal."

"Wir müssen ja keinen Prozessionszug organisieren", lenkte Lisa ein. "Ich habe einen Verwandten in der Forstverwaltung. Er kennt die Wege in den Bergen."

"Ist es Velvina? Ist es Poseidon?" bohrte Eleni wieder nach. Sie ließ nicht locker.

"Hmm, ja schon, aber eher Zeus" antwortete ich. Die Erinnerung an die Delle im Kotflügel und den Schreck über den laut auf das Auto einschlagenden Ast hatte ich noch gut in Erinnerung. Trotzdem mußte ich insgeheim lachen. Mein Vorschlag, einen Ausflug zu den Göttern zu unternehmen war in früheren Zeiten stets an einem deutlichen 'Hmm' von Eleni abgeprallt. Das schien sich gerade zu ändern. Bevor ich eine Absage nachschieben konnte, ergriff Lisa die Initiative.

"Ich rufe ihn an, ob der Weg befahrbar ist."

III-9 Zeus kuschelt mit Hera

Der Wagen überstand den Schotterweg ohne Achsbruch oder Dellen am Kotflügel. Bei Sichtung eines Hindernisses empfahl ich Lisa und Eleni einen kurzen Spaziergang und reduzierte so das Wagengewicht um geschätzte einhundertdreißig Kilo. Mit Argusaugen verfolgten beide die Tieflage des Wagens, warnten vor Zweigen oder tückischen Steinbrocken. Ansonsten genossen wir unbeschwert die Fahrt durch die dunklen Kiefernwälder, vorbei an buntbemalten Bienenstöcken, die Imker auf den Lichtungen aufgestellt hatten, bis wir die kleine Kirche unterhalb unseres Zieles erreicht hatten.

Das letzte Stück war nur zu Fuß begehbar. Wir schulterten die Rucksäcke, ich übernahm die Vorhut. Gewohnheitsmäßig suchte mein Blick den Boden ab, glitt über die ausgewaschenen Rillen, die der Regen in den lehmigen, rötlichen Weg gespült hatte. Ich schob mit dem Schuh die Erde ein wenig beiseite. Direkt neben einem groben Stück Ton mit dunkelroten Einschlüssen ragte eine hauchdünne Scherbe aus dem Boden. Ich befreite sie vorsichtig aus der Erde und hielt ein zartes Bruchstück in der Hand. Ich wartete auf die trödelnde Eleni und die immer wieder bewundernd vor den meterhohen Erika-Sträuchern anhaltende Lisa und wies auf meinen Fund.

"Hauchdünn!", nahm Eleni die Scherbe vorsichtig in die Hand. "Fast wie mein Eßservice! War mal ein Töpfchen?"

"Vielleicht ein Schminktiegelchen deiner Ur-Ur-Ur-Oma", neckte ich Eleni.

Sie lachte. Ich sah Bilder vor mir, hölzerne Schiffe unten im Hafen, beladen mit Töpferwaren aus Korinth, und mit einem kleinen Schminkgefäß, das auf dem Markt verkauft wurde.

Lisa legte das zarte Stückchen Ton vorsichtig zurück auf den Weg, als dürfe es nicht noch einmal zerbrechen.

"Wenn hier feinstes Tafelgeschirr herumliegt, dann laufen wir gerade über eine antike Stadt?", wies Eleni nach rechts und links. "Yasas, yasas fili", seid gegrüßt Freunde, winkte sie mit erhobenen Armen nach allen Seiten, als besuchten wir gerade ihre Verwandtschaft.

Wir folgten dem verschlungenen Pfad, die Kiefern lichteten sich, die Vegetation wandelte sich zu einem lockeren Macchia-Bewuchs.

"Wir müssen im Winter wiederkommen", beschloß Eleni und pflückte von einem hartlaubigen dunklen Strauch eine kleine, genoppte Frucht, die an einem langen Stiel hing. "Früchte vom Erdbeerbaum. Sie sind um Weihnachten herum reif. Man kann sie essen."

"Sie haben Würmer und schmecken nicht besonders", brach Lisa einen kleinen Zweig ab. "An Weihnachten stelle ich Zweige davon immer in die Vase. Sie sehen hübsch aus, das dunkle Laub, die roten Früchte mitten im Winter. Vielleicht nehme ich mir auf dem Rückweg einen Strauß mit. Sieht doch auch jetzt schon schön aus, oder?", hielt sie mir den kleinen Zweig entgegen.

Der steilste Teil des Weges zum abgeflachten Plateau lag vor uns. Wir näherten uns einer Stelle, die ich gut in Erinnerung hatte. Ich blieb stehen. Ein geübter Blick konnte eine schmale Öffnung zwischen den dornenbewehrten Büschen erkennen.

"Hier habe ich mich einmal hineingewagt", deutete ich auf die kaum erkennbare Lücke und wies bis zum obersten Punkt der Anhöhe.

Eleni schaute mich fassungslos an und schüttelte ungläubig den Kopf. "Da hinauf? Nicht einmal ein Ziegenhirte würde da hinein gehen. Was für ein Leichtsinn, du alleine mitten in der Wildnis, weitab von jeder menschlichen Behausung, wenn dir etwas passiert wäre!" Ihre Stimme klang vorwurfsvoll.

Im Nachhinein stimmte ich ihr zu. "Das habe ich mir später auch gedacht. Aber dann stand ich vor behauenen Steinquadern. Vielleicht das Zentrum der Stadt. Ich setzte mich auf die Steinblöcke, überlegte mir, wie sie sich versorgten, wo sie ihre Felder bestellten, wie sie Wasser von der Quelle holten, welchen Gefahren sie ausgesetzt waren. Es war schön, so ganz alleine mitten in der antiken Stadt. Das böse Erwachen setzte auf dem Rückweg ein. Ich kam mir vor wie Theseus im Labyrinth - ohne den Wollfaden der Ariadne. Zwei Schritte führte der Ziegenpfad nach rechts, dann nach links, nach oben, nach unten, dann wieder hinauf auf die Anhöhe und hinab in die umgekehrte Richtung. Irgendwann habe ich die richtige Abbiegung gefunden, sonst stüsnde ich jetzt nicht vor euch."

Eleni und Lisa blickten mich kopfschüttelnd an, schnauften ungläubig ein und aus. Lisas Augenaufschlag und die hektischen Drehungen der Iris verrieten ihr Entsetzen über meine abenteuerliche Spurensuche.

"Ich käme überhaupt nicht auf solch eine verrückte Idee. Was da alles herumkriecht, Schlangen, Spinnen, Käfer, brrrrr." Lisa schüttelte sich vor Ekel. "Da hinauf? Ich glaube das nicht, ich glaube das nicht!"

Eleni und Lisa liefen kopfschüttelnd neben mir her und wiederholten wie Gebetsmühlen nach kleinen Pausen immer wieder: "Ich glaube das nicht, ich glaube das nicht."

Es klang, als wollte man mich künftig unter Aufsicht stellen oder mich zumindest aufmerksam beobachten. Nach einer Weile des kopfschüttelnden Marschierens blieb Lisa an einer Ausbuchtung stehen und wechselte endlich das Thema:

"Was für eine tolle Landschaft".

Der Hang fiel steil ab und öffnete den Blick über halbhohe Erikabüsche hinweg auf die sich bis zum Meer hin vorschiebenden Bergrücken. Wie ein blaues Band lag der Eingang zum Golf eingebettet zwischen dem Festland und dem hohen Gebirgsmassiv des Peloponnes.

"Sie hatten den perfekten Überblick", wies ich hinab, "ob die Verwandtschaft anrückt oder ob sie besser die Schwerter aus den Truhen holen sollten. Sie konnten alles sehen, was aus Richtung Italien kam, kein Boot entging ihnen."

Eleni antwortete diesmal nicht mit 'Hmm', also konnte ich einige antike Gestalten aufleben lassen, die sich hier herumgetrieben hatten: die rudernden Herakliten auf einem selbstgezimmerten Floß, Odysseus mit seiner Penelope auf einem Versöhnungs-Segeltörn nach der Heimkehr aus Troja in Vorfreude auf das Grillfest bei den mykenischen Kampfgenossen in Kalydon. Nicht zu vergessen die durchtrainierten spartanischen Kampfmaschinen, die sich hier an den Athenern samt deren Verbündeten austobten. Der berühmte Perikles aus Athen dürfte etwas zerfleddert hier entlang gesegelt sein, nachdem er Oiniades erfolglos belagert hatte.

"Perikles hat versucht, Oiniades zu erobern?", fragte Eleni, "unser Oiniades, in dem sie die Lysistrata aufgeführt haben?"

"Oiniades, in dem unterm Sternenzelt die Lysistrata aufgeführt wurde", bestätigte ich. "Und später kamen dann die Römer."

Ich hob ein kleines Stück Ton auf und hielt es hoch. "Wer weiß, vielleicht haben sie erst die Häuser zerstört, alles kurz und klein geschlagen und dann deine Ur-Ur-Ur-Oma als Sklavin nach Rom verschleppt."

Eleni blickte mich skeptisch an und machte 'Hmmm?', und dann verharrten wir eine ganze Weile still und in Gedanken versunken und dachten mit dem Blick auf die Landschaft zu unseren Füßen an die hier gelebten Menschenschicksale.

"Dort drüben", unterbrach ich unser Nachdenken über die verschlungenen Wege von Elenis Ur-Ur-Ur-Oma und zeigte auf die weißen Häuser von Patras, "haben Kleopatra und Marc Anton überwintert."

"In unserem Patras?" fragten Eleni und Lisa wie aus einem Mund. Ich nickte.

"Vielleicht waren sie hier oben auf dem Plateau und haben in den Tempeln den Göttern geopfert, bevor sie zur Schlacht nach Aktium aufbrachen."

"Die Götter haben ihnen aber nicht geholfen. Sie haben in Aktium verloren. Kleopatra mit ihrem lockeren Lebenswandel! Kein Wunder." Lisas spontanes Urteil stammte sicher aus ihrer Schulzeit.

"Ach was, sie hat einfach zu viel mit Marc Anton geturtelt", lachte Eleni. "Marc Anton soll ein schöner Mann gewesen sein."

Ich mußte innerlich lachen. Die Römer hatten es geschafft, Kleopatras Ruf für alle Zeiten über die Jahrtausende hinweg zu ruinieren. Fake-news schon damals. Wir trennten uns von dem grandiosen Panoramablick und folgten dem letzten Stück des steil ansteigenden Weges. Das Plateau lag nicht mehr weit von uns entfernt. Es waren noch zwanzig, dreißig Meter bis zu den Sträuchern und Bäumen, hinter denen sich die Reste der Tempel verbargen.

"Ich bin gespannt, wie es dort aussieht", wies Eleni in Richtung der Anhöhe. "Wenn wir konzentriert an Kleopatra denken und an Marc Anton, vielleicht erhellt sich unser Verstand und wir finden des Rätsels Lösung, warum das schiefging mit der Schlacht. Auf jeden Fall wird sich Poseidon oder Zeus, wer immer dort thront, freuen, daß wir ihn besuchen, es ist ein wenig einsam hier oben. Ich werde ihm etwas vorsingen und vortanzen, dann hat er Unterhaltung."

Eleni hakte sich bei uns unter und zog uns ein Stück den Hügel empor.

Lisa blieb in Gedanken immer noch bei der Schlacht von Aktium und dem Lotterleben der Kleopatra.

"Wenn man nur an Sex denkt, vergißt man alles andere, auch die Götter. Kein Wunder, daß sie verloren haben."

"Alles möglich", hakte Eleni sich bei uns wieder aus. Sie hatte einen Erdbeerbaum zwischen den Erikasträuchern entdeckt. "Schaut mal! Die vielen kleinen Früchte, sicher ohne Würmer!"

Sie zog Lisa an den Wegrand. Ich hörte, wie Lisa zum x-ten Mal überlegte, ob sie auf dem Rückweg nicht doch einen Strauß mitnehmen sollte. Ich ließ die beiden trödeln und schritt, den Blick auf den Boden gerichtet, langsam voran, die Wortfetzen der beiden im Ohr. Sie lobten die Schönheit des Erdbeerbaums, das satte Dunkel der Blätter ohne Käfer und Raupen. Lisa schien bereit, ihre endgültige Entscheidung zu treffen, ob sie einen Strauß schon jetzt oder erst an Weihnachten pflücken wollte.

"Ich werde vielleicht auf dem Rückkkk..."

Stille! Der Satz brach mitten im Wort ab, ohne verbindliche Aussage, ohne Logik, ohne Schlußpunkt, ohne die typische Intonation, die das Ende von Lisas Sätzen markierte. Der dazugehörige Kommentar von Eleni fehlte.

Hinter meinem Rücken herrschte absolute Ruhe. Die Welt stand still, eine nervige Stille, durch die kein einziger Laut drang. Die Welt hielt den Atem an, ich spürte es überdeutlich.

Nach einer Weile, einer Ewigkeit, vernahm ich Elenis entsetztes "Oh Gott!"

Nur zwei kurze Worte. Sie drückten akute Lebensgefahr aus. Die brüchige Stimme ließ daran keinen Zweifel.

Reflexartig drehte ich den Kopf und sah Eleni einige Meter von mir entfernt zur Salzsäule erstarrt neben dem Erdbeerbaum verharren, die Arme verkrampft angewinkelt, den Blick schreckgeweitet nach oben gerichtet, den Mund halb geöffnet. Lisa stand kaum einen Meter seitwärts hinter ihr, starr den Blick in die gleiche Richtung gelenkt, sprachlos mit versteinertem Gesicht und dem unvollendeten Satz im halbgeöffneten Mund. Die beiden wirkten wie die Besucher im Jurassic Park, als der riesige Tyrannosaurus Rex aus seinem Gehege ausbrach. Genauso hatten sie im Film entsetzt nach oben geblickt. Irgend etwas Furchterregendes mußten Eleni und Lisa entdeckt haben. Ich wendete den Kopf und folgte der Blickrichtung hinauf zum Plateau.

Am Ende des Weges, keine dreißig Meter entfernt, stand mitten am Eingang zum Heiligtum ein Stier, blickte ohne Regung wie ein in Bronze gegossenes Standbild unverwandt aus großen, braunen Augen zu uns herab. Die Hörner glänzten im Sonnenlicht wie Gold. Das Fell schimmerte hell, fast weiß. Ich mußte die Augen schließen, vor mir stand eine Fata Morgana. Kleopatras Opferstier vor dem Aufbruch zur Schlacht nach Aktium. Ich schloß die Augen.

"Oh Gott", hörte ich Elenis entsetzten Ausruf ein zweites Mal, die Stimme schien brüchiger als zuvor. Ich drehte mich erneut zu ihr um. Lisa und Eleni schauten immer noch mit schreckgeweiteten Augen nach oben, als erblickten sie nicht nur das unter Schwefel und Feuer versinkende Sodom und Gomorrha, sondern eine ganze Herde des Tyrannosaurus Rex wie Phönix aus der Asche der untergehenden Stadt entsteigend. Aus Lisas Mund sprudelten unverständliche Laute, abgehackte Wortfetzen. Betete sie?

Ich wendete den Kopf und glaubte meinen Augen nicht zu trauen. Eine kleine, hellgefärbte zierliche Kuh rieb sich sanft an dem Fell des regungslos verharrenden Stiers. Seine braunen Augen blickten unverwandt und ohne Gefühlsregung auf uns herab, als habe er sich in ein Denkmal verwandelt, als verkörpere er die lebendig gewordene Verbotstafel: Hier kommt mir keiner rein. Hier stehe ich! Schert euch zum Teufel!

Hinter mir, vor mir herrschte tiefe Stille. Das massige, hornbewehrte Standbild, der feste braune Blick, sprachen eine deutliche Sprache ohne einen einzigen Laut. Die Ruhe vor dem Sturm. Ich mußte die Augen schließen, dieses Bild war nicht mit geöffnetem Blick und wachem Verstand zu ertragen, es nahm Raum in mir ein, es füllte mich aus, ich mutierte zum Stier, um mit ihm den Kampf aufzunehmen. Die Erkenntnis der Gefahr, in der wir schwebten, traf mich wie ein Blitzeinschlag und lähmte die Gedanken. Ich brauchte eine winzige Pause, einige Sekunden im Nirwana. Ich atmete tief und lange ein. Ene mene mu, und weg bist du, so hatte ich das als Kind gelernt und der Spuk war verschwunden! Ich spürte im kurzen Nirgendwo Elenis und Lisas Angst im Nacken, sie drückte wie eine schwere Last. Ich war mir bewußt, sie erwarteten von mir eine Reaktion. Ich stand an vorderster Front, wie ein Heerführer, der für seine Truppe verantwortlich zeichnet. Wie sollte ich mich verhalten? Wie Eleni, Lisa und mich beschützen? Mich dem Stier entgegenwerfen falls er losraste, um uns aufzuspießen? Ich hatte null Erfahrung mit Stieren. Ich hatte ein einziges Mal eine Stierkampf-Arena von innen gesehen.

Schon die Pikadores und die Banderilleros hatten Übelkeit verursacht, ähnlich den Beschreibungen der Gladiatorenkämpfe der Römer in den Büchern meiner Studienzeit. Nach dem Stierkampf fühlte ich mich krank, obwohl ich mir ständig die Augen zugehalten hatte. Keine zehn Pferde hätten mich jemals wieder zu einem solchen Spektakel gebracht. Ich hätte mir nicht träumen lassen, daß ich selbst einmal gezwungen sein würde, Torero zu spielen. Hatte nicht Eleni vor wenigen Tagen im Theater von Kalydon den Stierkampf mit ihrem 'Olé' ins Spiel gebracht? War dies der Auslöser? Hatte uns Artemis einen Stier geschickt, statt den Eber?

Das gereizte Tier in der Arena hatte ich noch in guter Erinnerung. Was hatte einer der Stierkämpfer damals in einem Interview geraten? 'Du mußt dem Stier mit Ruhe begegnen. Du wirst fühlen, wie dein Herz rast, wie deine Kehle austrocknet.' Der Torero hatte gut reden. Er machte schließlich nichts anderes, als sich auf Stierkämpfe vorzubereiten. Jeden Tag von morgens bis abends konnte er sich einflüstern: Ich muß dem Stier mit Ruhe begegnen. Der Ratschlag galt für Toreros oder werdende Toreros, aber nicht in dieser Situation. Dem Stier mit Ruhe begegnen, das war leichter gesagt als getan. Nicht einmal die beschriebenen Auswirkungen traten ein, weder Herzrasen, noch trockene Kehle. Nichts! Es herrschte Leere, Stille in mir, deckungsgleich mit dem erschreckten Laut in Lisas offenem Mund. Stillstand! Kein Gefühl, keine Empfindung, ich spürte nichts. Hatte ich überhaupt ein Herz, eine Kehle? Alles in mir schien aufgelöst. Ich war im Nirwana! Unsichtbar! Eine Tarnkappe hatte sich um mich gelegt. Ich hörte in mich hinein. Oder doch? Klopfte nicht da irgendwo etwas im Takt?

Langsam, wie in Zeitlupe spürte ich die ersten konstruktiven Gedanken. Sie tasten sich wie Lebenssaft in ausgetrocknetes Wurzelwerk Millimeter für Millimeter vor.

Ausgerechnet hier oben diese Begegnung, fluchte ich innerlich! Ich hatte hier bei meinem letzten Besuch keinen Stier, geschweige denn eine Kuh getroffen. Die beiden Salzsäulen hinter mir drückten, die Blicke im Nacken wogen zentnerschwer. Ich war gezwungen, zu reagieren.

Reflexhafte Überlegungen begannen im Schutz der geschlossenen Augen Form anzunehmen, suchten nach Auswegen aus der bedrohlichen Situation. Wenn fremde Hunde am Strand auf mich zuliefen, las ich einen Stock auf, schwang ihn wild gestikulierend und blickte dem auf mich zurasenden Kläffer unverwandt in die Augen. Eine Drohgeste, mehr war es nicht, aber es half. Vielleicht auch hier? Ich brauchte einen Stock, zumindest etwas, das wie ein Stock aussah, das war das Naheliegendste, eigentlich das Einzige, eine winzige Chance, einen Stierkampf zu vermeiden.

Die Schockstarre wich langsam. Ich hatte nicht nur Scherben, sondern mit dem geschulten Surveying-Blick auch viele Stöcke, zerbrochene Äste am Rande des Weges unter den Büschen erfaßt. Ich öffnete die Augen zu kleinen Sehschlitzen in Richtung der Böschung, schaltete den Boden-Abtast-Blick ein, bewegte mich vorsichtig, fast schlurfend, einen Schritt nach rechts Richtung Büsche, bückte mich wie in Zeitlupe, griff lautlos ins Unterholz, packte zu. Gott sei's gedankt! Die Götter hatten einen kräftigen Prügel bereitgelegt. Meine Hand umklammerte einen Ast, einen morschen zwar, das fühlte ich. Aber ich war bewaffnet, ich hielt ein Stück Holz in der Hand, das machte mich stark, ich sah zumindest so aus, als könnte ich mich zur Wehr setzen. Im Kopf kreiste der Satz des Toreros: Du mußt dem Stier mit Ruhe begegnen. Ich richtete mich in Zeitlupe langsam zu voller Größe auf. Jetzt stand ich bereit, jetzt konnte ich den Stier erschrecken und ihm ein kräftiges 'Buh, verschwinde!' entgegenzuschleudern und das Holzstück wie eine Keule schwingen.

Hinter mir hörte ich erneut das Stöhnen von Eleni, ein leises Murmeln, als bete sie. Mayday schoß es mir durch den Kopf, Mayday! Höchste Zeit zu handeln, der drohenden Stierattacke zuvorzukommen. Wenn er lief, war er nicht mehr zu bremsen. Von Lisa kam kein einziger Laut, als habe sie sich in eine überirdische Welt zurückgezogen. Ihre Sprachlosigkeit drückte noch mehr im Nacken als Elenis Stöhnen. Aber wie weiter, was tun? Wie dem Stier mit Ruhe begegnen, wenn das Herz rast, die Kehle austrocknet? Diese Ratschläge fehlten in meiner Erinnerung. Ich hielt das Stück Deko-Holz in Händen, drehte mich langsam und vorsichtig auf dem Absatz ein klein wenig in Richtung des bedrohlichen Denkmals, schaltete blitzschnell um von dem auf den Boden gesenkten verengten Surveying-Blick zur vollen Fixierung der Gefahr, bereit zu einem mutigen Schritt, um den braunen Stieraugen meine Kampfbereitschaft zu signalisieren, ihnen Angst einzuflößen, wie ich das mit den wilden Hunden getan hatte. Hau ab, aber schnell, schau dir diesen Prügel an! Jetzt war ich soweit, ich war innerlich bereit zu der psychischen Kraftprobe mit dem Koloß dort oben. Ich wagte die komplette Öffnung der Augen, den entschlossenen Blick nach oben mitten hinein in das Herz der Gefahr. Ich schloß die Augen, ich öffnete die Augen, ich suchte mit den hellwach gewordenen Blicken den Weg ab, den Eingang zum Heiligen Bezirk. - Nichts! Rechts und links Büsche, Lorbeer-Bäume, Pinien. Dazwischen der Weg. Auf dem Weg - nichts! Hatte ich geträumt? Hatte ich mir alles nur eingebildet? Hatte ich eine Fata Morgana erlebt?

Der Eingang zu den Tempeln war frei, der Spuk verschwunden. Jetzt stand auch ich versteinert, zu keiner Reaktion fähig, wie vorhin die zur Salzsäule erstarrte Eleni und die versteinerte Lisa. Ich nahm mit meinen geschärften Sinnen ein kurzes Knacken von Zweigen wahr, leichte Hufschläge. Hinter mir ein hektisches nervöses, gackriges Lachen. Ich drehte mich um, Tränen schossen aus Elenis Augen, sie stürzte auf mich zu, fiel mir um den Hals, schluchzte. Ich spürte Lisas Arme am Hals, sie schnürten mir fast die Luft ab. Tyrannosaurus Rex hatte uns verschont, wir waren dem Jurassic-Park auf wundersame Weise entkommen. Unsicher blickten wir uns an, ich wies auf meinen morschen Ast: "Wir warten noch ein Weilchen." Lisa schüttelte stumm den Kopf. Ich ahnte, sie würde keinen Meter weiter nach oben gehen, ihr wäre am liebsten, sie könnte sich in das sichere Wageninnere unten an der kleinen Kirche beamen und dann nichts wie weg. Eleni zögerte, blickte mich nachdenklich an, es dauerte eine Weile, bis sich die Verkrampfung in ihren Gesichtszügen lockerte. Sie schluckte, wischte sich mit dem Handrücken über die tränenfeuchten Wangen, ihre Miene erhellte sich, ein Leuchten drang aus ihren Augen.

"Zeus und Hera! Die Götter grüßen uns!"

Lisas Kopf beruhigte sich, er schüttelte sich nicht mehr, die Augen weiteten sich, blickten rund und ungläubig zu Eleni, als habe die durch den Schock den Verstand verloren. Ich hielt immer noch drohend den Stock in Richtung Eingang. Eleni ergriff sanft meine Hand, drückte sie nach unten, verharrte einen Augenblick, schloß die Augen, führte beide Arme zur Mitte in Richtung Bauchnabel, als bereite sie eine Yoga-Übung vor, richtete den Blick in das undurchdringliche Blau, die Arme folgten den Augen. Eleni atmete tief ein, sie strahlte eine Feierlichkeit aus wie der Abt in der Wallfahrtskirche, wenn er auf den Altar zuschritt, um eine Messe zu zelebrieren. Eleni begann mit sanft angerauhter Stimme:

Elthe moi Zeus, elthe moi Hera!"

Eleni sprach Griechisch. In den Ohren der Götter würden diese Laute wie Musik klingen, wie vertrauter Gesang, wie das Gesäusel aus der Vergangenheit vor dem tausendjährigen Nickerchen. In meinen Ohren klangen sie melodisch, ich liebte diese Sprache, aber die Vernunft behielt Oberhand.

"Oh nein! Oh nein!" unterbrach ich leise ihre Aufforderung an das Götterpaar, herabzueilen, "laß die Götter dort oben." Ich ergriff sanft ihre Arme und führte sie zurück in den Normalzustand.

Lisa nickte. Oder schüttelte sie den Kopf? Ich konnte das nicht mehr unterscheiden. Seit ich meine Wanderung durch das Ziegenlabyrinth offenbart hatte, gingen Lisas Kopfbewegungen wild durcheinander. Wir blickten uns vielsagend an, als habe sich gerade etwas Unbegreifliches vor unseren Augen und mit uns ereignet, etwas nicht Faßbares, etwas außerhalb unserer bisherigen Erfahrungen. Unsere Sinne waren immer noch geschärft, als trauten wir dem Frieden nicht, als warteten wir auf eine erneute Rückkehr der göttlichen Inkarnation. Wir warteten, ein paar Vögel zwitscherten. Ansonsten herrschte Ruhe, kein Hufschlag, kein Knacken im Unterholz, kein verdächtiges Schnauben.

Lisas Kopf beruhigte sich, ich atmete tief ein, tief aus, blickte Eleni an, Lisa an, und je öfter wir die Blicke wechselten, um so mehr verfestigte sich die Gewißheit, wir sind den Göttern nahe, dieses Erlebnis war nicht von dieser Welt. Der schöne helle Stier am Eingang zum Poseidon-Zeus-Tempel, die kleine zärtliche Kuh, unsere Rettung vor dem drohenden Stierkampf, Elenis intuitive Benennung der Namen von Zeus und Hera. An diesem mystischen Ort standen wir ohne Raum, ohne Zeit an der Nahtstelle zu den Überirdischen, wir weilten in dem nicht beschreibbaren, nicht aussprechbaren Zustand zwischen unserer realen irdischen Welt und dem Unbekannten. Unsere Füße hafteten auf der Erde, aber unsere Augen hatten eine andere Wirklichkeit gesehen, spiegelten die Mystik des Erlebten, waren durchdrungen von diesem besonderen Ort. Wir waren umhüllt von dem Schleier der zeitlosen Unendlichkeit. Vor uns lagen die Überreste einer heiligen Stätte, an der die Götter über Jahrtausende angefleht, angebetet, verehrt und gefeiert wurden. Wir reihten uns ein in die unzähligen Gedanken, die von hier aus in das undurchdringliche Blau drangen, wir waren eins mit der Vergangenheit und der Zukunft. Wir waren in die alle Zeiten überspringenden Verbindungen der Menschen mit dem Überirdischen eingetaucht und mit ihm verschmolzen.

Ich wagte vorsichtig den Blick in die reale Welt, die uns umgab, seitwärts, nach oben, nach rechts, nach links. Ich lauschte in Richtung des heiligen Bezirks. Ich hielt den morschen Ast immer noch fest umklammert. Ich hörte Lisa tief einatmen, Eleni räusperte sich, als bereite sie sich auf etwas vor. Ich festigte den Griff um den Stock, bevor sie die Götter erneut anrufen konnte und hob ihn in die Höhe.

"Für alle Fälle! Ich gehe vorneweg!"

Eleni und Lisa nickten nach einigem Zögern, wir formierten uns hintereinander. Ich bildete die Vorhut, Lisa sicherte die Nachhut, Eleni lief in Deckung hinter mir her. Wir verharrten am Eingang der antiken Tempel-Anlage. Das gesamte Areal breitete sich vor uns aus, die Fundamente des Poseidon-Zeus-Tempels, daneben die Stoa, ein ganzes Stück entfernt eine Terrasse, Zuschauerränge für Sport- oder Theateraufführungen. Vor einer Gruppe von Pinien auf einer Anhöhe ein kleinerer Tempel, seitwärts die Mauern eines Gästehauses oder eine Herberge für die Priester. Die gesamte Komposition nur in Resten erhalten. Und trotzdem erahnten wir den Hauch ihrer ehemaligen Schönheit und Bedeutung und fühlten Ehrfurcht gegenüber dem

Göttlichen in dieser einsamen Bergwelt. Neben dem kleinen Tempel ragte ein großer behauener Steinblock empor. Stand auf diesem Sockel vielleicht einmal die Isis-Statue, hatte ich mich bei meinem ersten Besuch gefragt. Hatte Kleopatra vielleicht Isis, der ägyptischen Muttergottheit, anstelle der griechischen Rhieia gehuldigt und Opfer gebracht und dadurch die uralte Muttergöttin erzürnt?

Still und unberührt lag die antike Stätte vor uns. Von Zeus und Hera keine Spur. Die wenigen Laute, die dem Kultplatz der Götter Leben verliehen, kamen aus den Bäumen. Die Vögel schienen sich gut mit der geräuschlosen Anwesenheit der Götter zu arrangieren und zwitscherten von allen Bäumen auf uns ein. Wenige Meter vor uns, am Übergang zum heiligen Bezirk, lag mitten auf dem Weg eine sehr irdische Botschaft, ein tellergroßer runder grünlich-brauner Fladen. Warmer Dampf kräuselte sich empor. Wir standen nachdenklich vor der Hinterlassenschaft des göttlichen Paares. Lisa atmete tief ein, als könne sie das alles nicht fassen, sie schien nahe an einem Kollaps, der Kopf begann sich erneut in rhythmischen Takt hin- und herzubewegen. Ich blickte auf Eleni. Sie lachte, lachte, lachte:

"Daß ich Zeus und Hera einmal in meinem Leben live sehen durfte! Ich habe es euch prophezeit: Die Götter meiner Ahnen heißen mich willkommen. Wir dürfen sogar den göttlichen Duft einatmen" deutete sie auf den dampfenden Fladen.

"Uns" fügte ich hinzu. "heißen UNS willkommen."

III-10 Sendboten der Musen

Nachdenklich und still hatten wir das antike Heiligtum in den Bergen abgeschritten und nach einer Verschnaufpause verlassen. Nachdenklich und still steuerten wir wenige Tage später auf die Korbstühle des Burgcafés zu, sanken geräuschlos und schweigsam in die weichen Polster und warteten auf unseren Cappuccino. Das Meer, die Berge, die Stadt unter uns hatten sich äußerlich nicht verändert. Trotzdem schien alles verwandelt. Lisa blieb einsilbig, Eleni saß stumm in ihrem Stuhl und fixierte den im Dunst verschwimmenden Peloponnes. Der Sommer hatte begonnen, es war heiß geworden, die Gebirgszüge verhüllten sich in dem letzten Rest aufsteigender Feuchtigkeit. Das über dem Tisch hängende Schweigen war nicht alleine den ansteigenden Temperaturen zuzuschreiben.

Lisa zauberte ohne Ankündigung oder Erklärung eine kleine mit Silberfolie beschichtete Schachtel aus ihrem Einkaufskorb. Sie stellte das kleine Päckchen auf den Tisch, nestelte an der weißen Schleife, bis die Schachtel zum Öffnen bereitstand. Lisas Blick wanderte über die Schachtel hinweg zu Eleni - da endlich löste sich der Knoten. Wir brachen in schallendes Lachen aus. Unsere Augen spiegelten die Erinnerung an Velvina, an Zeus und Hera.

Eleni streifte die weiße Schleife ab, nahm das kleine Mitbringsel in beide Hände. Wie der Abt in der Wallfahrtskirche beim Zelebrieren der Messe, wie ein Priester, blitzte ein kurzer Gedanke auf. Sie hob die glitzernde Schachtel in das undurchdringliche Blau und rezipierte mit der angerauhten Stimme für besondere Anlässe:

"Elthe moi Hera, elthe moi Zeus!"

Und nach einer kleinen Gedankenpause, als erinnere sie sich an ein Versäumnis:

"Elthe moi Artemis, elthe moi Apollon!"

Eleni blickte feierlich in die Runde, stellte das Päckchen zurück auf den Tisch, plazierte es zwischen unsere inzwischen eingetroffenen Cappuccino-Tassen und öffnete langsam mit dem Blick nach oben den Deckel. Ich sah am feierlichen Ausdruck ihrer Miene, sie lud die Götter ein, sich an dem Geruch der köstlichen Florentinakis zu laben. Sie schickte mit dem Blick nach oben die Botschaft: Kommt, nascht mit uns! Seid uns nahe, auch wenn wir euch nicht sehen. Nehmt teil an unserem Leben!

"Du zelebrierst das besser als unser Papas", eröffnete Lisa den Auftakt zu unserer kleinen Schlemmerei und angelte sich eine Schokoladenkugel. "Hoffentlich stimmt die Reihenfolge!"

Eleni zog Grimassen, als habe sie Zahnweh, hob abwehrend die Schultern. "Götter streiten nicht wegen solcher Banalitäten" griff sie nach ihrer Entwarnung genußfreudig in die Schachtel. "Sie riechen alle zur gleichen Zeit."

Eleni wechselte abrupt das Thema und kehrte zurück zu irdischen Problemen:

"Du hast vergessen, in Velvina die Zweige vom Erdbeerbaum mitzunehmen!"

Lisa wehrte entrüstet mit beiden Händen ab. Man sah ihr an, sie würde den Schock über die Erscheinung von Zeus und Hera nicht so schnell vergessen.

"Die Götter brauchen erst einmal Ruhe. Ich warte bis Weihnachten."

Die Krähen lärmten über unseren Köpfen und setzten mit weit ausholendem Flügelschlag zur Landung auf der Pinie an. Am Hang kreiste eine Schar weißer Möwen. Ich lehnte mich ein wenig zurück, um ein paar Sonnenstrahlen einzufangen, die durch die Nadeln des Baumes wie ein Hauch Sommer unseren Tisch und die Stühle streiften. Eleni blickte hinab auf die kreisenden Möwen, dann auf mich, schluckte den Rest ihres Florentinakis hinunter, begann zu summen, lachte, deutete auf mein Haar, über das die Lichtreflexe huschten. Sie begann zu singen. Ein Refrain über zwei weiße Tauben, die ein goldenes Nest im Haar bauten, und sie tanzten, tanzten, die weißen Vögelchen. Sie griff nach meinem Arm, schnappte sich Lisa und zog uns empor, die weißen Vögelchen begannen immer wieder zu tanzen, tanzten mit uns um den Tisch. Wir tanzten ein wenig mit, aber es war zu warm, das Tanzen ging in Hopsen über und endete in den grauen Polstern der Stühle.

Als wir die Schachtel von allen Florentikas befreit hatten, mündete Elenis Summen und Trällern in ruhigeres Fahrwasser.

"Ich habe darüber nachgedacht, wie ich meine Zeit sinnvoll nutzen kann. Zeus und Hera gehen mir nicht aus dem Kopf, und Artemis und Apollon und die Zauberin auch nicht. Und unsere Theatereinweihung erst recht nicht. Ich kenne einige Leute vom Kulturverein und der Theatergruppe. Ich habe schon meinen Einstieg für die nächste Theatersaison mit ihnen besprochen. Seit meiner Kindheit träume ich davon, auf der Bühne zu stehen."

"Werden wir über die Planungen und die Projekte informiert?" wollte Lisa wissen.

"Und eingeladen?" hakte ich nach.

Eleni lachte verschmitzt:

"Natürlich, zur kalydonischen Eberjagd! Das wird eine Erfolgsnummer. Nestor angstbibbernd auf dem Baum! Wir nehmen deine Geschichte! Nestor mit vollgefressenem Wams. Stellt euch die griechischen Geschichtslehrer vor, das gesamte Weltbild gerät ins Wanken, der ehrwürdige Held in dieser Pose! Die ganze Stadt strömt in unsere Aufführung. Alle wollen den angstbibbernden Nestor auf dem Baum sehen."

Elenis Lachsalven und Grimassen verdeutlichten die entrüsteten Gesichter. Mit den Händen formte sie unterhalb ihres Busens einen dicken Bauch.

"Mit solch einem Wams auf dem Baum, das ist das beste Marketing für unsere Gruppe, Nestor auf dem Baum, das wird unser Logo!"

Ich protestierte heftig.

"Nein, das geht nicht! Wir haben mit Herzblut für die Götter gespielt! Sie haben uns gehört und uns die Zauberin mit den Plänen von Kalydon geschickt. Und in Velvina Zeus und Hera. Bitte ein anderes Stück, bitte nicht die Kalydonische Eberjagd. Sie war nur für die Götter bestimmt!"

"Ich verstehe", zwinkerte mir Eleni zu. "Du willst bei uns einsteigen, Regie führen oder Drehbücher schreiben!"

Ich reagierte nicht, wer weiß, in welche Richtung Elenis Pläne zielten. Wer weiß, was sie der Theatergruppe erzählt hatte. Eleni würde erst mit der nächsten Theatersaison voll einsteigen. Es war also noch Zeit, ihre Pläne hinsichtlich des angstbibbernden Nestors mit vollgefressenem Wams auf dem Baum in andere Wege zu leiten.

Eingebettet in die weichen Polster der Korbstühle, vor uns den schönsten Blick Europas, unter unseren Füßen die Spuren von Elenis Ahnen, galten unsere Gedanken nicht nur dem lukullischen Genuß, sondern auch den Göttern. Wir erspürten ihre Anwesenheit, wir suchten sie mit dem Blick hinauf in den Himmel, für den sie während der Sommermonate so unendlich viel Blau verschwendeten.

Es schien ein guter Tag für Eleni, einige ihrer früheren Schüler hatten ihre Schulden ohne Mahnung gezahlt, das Auskommen für die Sommermonate schien gerettet, keine neuen Gesetze oder Steuererhöhungen drohten. Wir lehnten uns beruhigt in die weichen Polster zurück. Wir wußten, sie würden mit Wohlgefallen auf uns herabblicken. Weitere Besuche bei den Göttern wollten wir übereinstimmend auf den Herbst verschieben. Eine Neuauflage unserer Bittprozession nach Kalydon schien im Augenblick nicht notwendig. Elenis Krise verharrte auf einem akzeptablen Stand. Ihr Einkommen reichte zum Leben. Die Verzweiflung über das Ende ihrer Sprachschule war einem hoffnungsvollen Blick in die Zukunft gewichen, zwar noch mit vielen Unbekannten, aber auch mit Lisas klugem Spruch im Kopf: Wenn sich eine Türe schließt, öffnen sich zwei andere!

Nach unserem Treffen begannen heißglühende Wochen. Die Zeit floß zähflüssig dahin, als verfinge sie sich in der flimmernden Luft, als warte sie auf den kühleren Abend und die Nacht. Wir verlagerten unsere Treffen ans Meer, ersetzten den Cappuccino durch Eisbecher. Manchmal trafen wir uns nach dem Einkaufen zu einem kurzen Schwätzchen am Strand. Wir stöhnten jedes Mal über das ungewöhnlich heiße Wetter. Schon die wenigen Kilometer zu den Geschäften und zurück zum aufgeheizten Auto kosteten Überwindung. Das Leben glich einem Dahindämmern im halbwachen Zustand.

Jeder von uns schaltete während der ungewöhnlich heißen Wochen in eine andere Gangart. Lisa erhielt Besuch - Gäste aus Deutschland. Ich erfuhr, daß ihre Küche weitgehend Pause hatte. Das Leben mit ihren Freunden verlagerte sich zunehmend an den Strand und konzentrierte sich auf einige Lieblings-Tavernen, die man direkt nach dem Schwimmen ansteuern konnte. Eleni hielt zur Belustigung ihrer Freunde beim Schwimmen Zwiesprache mit Poseidon im Meer. Ich vergrub mich nach unseren gelegentlichen

Treffen in das abgedunkelte Haus bei geschlossenen Fensterläden. Von den Lamellen ging etwas Beruhigendes aus, sie verteidigten die Kühle in den dämmrigen Räumen wie ein Schutzschild gegen die sengenden Sonnenstrahlen. Das angenehme Halbdunkel beruhigte die Psyche, die hellen Streifen auf den Fliesen zeigten an, es drang noch genügend Licht und Luft durch die Zwischenräume.

Die Tage begannen meist mit einem Blick auf das Thermometer und mündeten bereits frühmorgens in Resignation: Schon wieder 36 Grad, die 40-Grad-Marke würde im Laufe des Tages erneut überschritten werden. Wie sollte man bei diesen Temperaturen arbeiten?

Draußen vor der Tür lauerte ein weiterer Störfaktor. Die Zikaden hatten sich explosionsartig vermehrt und untermalten die wabernde Hitze mit grellen Lauten. Die einschlägige Literatur, die ich heranzog, erklärte die Dauerbeschallung mit Liebesgeflüster. Dem ohrenbetäubenden Gezirpe nach mußten hunderte, wahrscheinlich tausende von Männchen an den Zitronen- und Olivenbäumen hängen und mit bis zu einhundert Dezibel um die Gunst der Weibchen buhlen. Ihr Zirpen verfolgte mich durch geöffnete und geschlossene Fenster, sie zirpten morgens, mittags, abends und selbst in der Dunkelheit von jedem Baum und Strauch herab. Der vereinte Ausdruck männlicher Potenz würde erst im Herbst mit sinkenden Temperaturen das traurige Ende seiner Bestimmung erreichen, so die fachliche Information. Nach dem Liebesakt hauchten die Männchen ihr kurzes überirdisches Leben aus, die Weibchen legten lautlos vor ihrem Dahinscheiden ihre Eier, und im darauffolgenden Jahr würde alles von vorne beginnen.

Das Bedürfnis nach weiterer Information über die ohne Unterbrechung zirpenden Insekten, die nichts anderes taten als an den Bäumen zu hängen und tagein, tagaus Krach zu machen, wuchs mit jedem Tag der Beschallung.

Gab es sie bereits zu Urzeiten? Hatten sich schon Generationen vor uns mit dem Sinn und Zweck dieses Lärms beschäftigt? Waren sie vielleicht sogar den Ozolischen Lokrern bekannt und wurden dadurch zum Gegenstand meiner Forschungsarbeit?

Einen Hinweis fand ich bei einem der großen Denker der Menschheitsgeschichte. Der Philosoph Platon hatte sich ebenfalls dem Thema 'Zikaden' gewidmet. Und bezeugte damit deren Wichtigkeit. Seine Nachforschungen vor mehr als zweitausend Jahren fanden Eingang in die Weltliteratur durch einen fiktiven Dialog zwischen dem Philosophen Sokrates und seinem Gesprächspartner Phaidros. Sokrates erklärte ihm die mythologische Herkunft und Bedeutung der zirpenden Unruhestifter in der Platane, unter denen die beiden saßen, weil es einem Musenfreund nicht anstünde, solcher Dinge unkundig zu sein.

War nicht auch ich im erweiterten Sinne ein Musenfreund, fragte ich mich sofort. Hatte nicht auch ich immer wieder gehofft, von den Musen geküßt zu werden? Das dokumentierten zumindest die Stapel meiner Notizen zur Rechten und die Anzahl der gelesenen und ungelesenen Bücher zu meiner Linken. Waren somit Sokrates Informationen auch für mich in der heutigen Zeit relevant?

Man erzähle sich, sprach Sokrates weiter, die Zikaden seien Menschen gewesen, bevor es Musen gab. Als aber die Musen entstanden und mit ihnen der Gesang, da vergaßen sie singend Speise und Trank und starben, ohne es zu bemerken. Sokrates verfügte über weitere erstaunliche Kenntnisse: Von diesen stamme das Geschlecht der Zikaden ab. Sie erhielten von den Musen das Geschenk zu singen, bis sie sterben, ohne essen zu müssen

Das Zirpen der Zikaden als Folge eines von den Musen geförderten Gesanges? War Sokrates schwerhörig? Vernahm er den ohrenbetäubenden Lärm nur leise und verzerrt als musischen Gesang? Oder hatten die Zikaden vor zweitausend Jahren melodischer gezirpt? Waren sie vielleicht im Laufe der vielen Jahrhunderte Mutationen unterworfen? Standen die für meine Ohren eher nach Lärm als nach überirdisch inspirierten Sphärenklängen einzuordnenden Geräusche in Zusammenhang mit der unterirdischen Kinderstube der Insekten im Larvenstadium und eventueller durch die Beengtheit unter der Erde verformten Gehörgänge und verzerrter Klanginterpretationen über viele Generationen hinweg?

Sokrates verfügte über Kenntnisse von einer weiteren, sehr speziellen Aufgabe der Insekten: Nach ihrem Dahinscheiden sollten sie den Musen melden, wer von den Menschen die Musen verehre.

Voller Schrecken fielen mir meine Salatpflanzen ein. Ich hatte Zikadenlarven, die unter der Erde über die Wurzeln neu gepflanzter Setzlinge herfielen, ausgegraben und in der Nähe der Olivenbäume ausgesetzt. Hatte ich in Unkenntnis der Zusammenhänge die Musen verärgert und wurde ich deshalb nicht von ihnen geküßt? Hatte ich die im Werden begriffene musische Geheimpolizei aus ihrer Kinderstube vertrieben und damit dem Hungertod ausgesetzt? Würden mir die Musen diesen Frevel verzeihen? Zu meiner Entlastung konnte ich anführen: Ich hatte die musischen Boten zwar aus dem Salatbeet entfernt, ihnen aber eine Überlebenschance unter den Olivenbäumen angeboten. Sicher hatten sie mein mitleidiges Herz mit allen Geschöpfen dieser Erde, selbst mit Schädlingen, den Musen vermeldet.

Sokrates weiterführende Äußerungen über eine einsetzende Schläfrigkeit bei Zikadengezirpe unter der Platane stifteten noch mehr Verwirrung: Würden wir uns, hegte er die Befürchtung, aus Trägheit des Geistes von ihnen in den Schlaf singen lassen, könnte man glauben, ein paar Sklaven seien in die Herberge eingedrungen, um wie die Schäfchen ihren Mittagschlaf an der Quelle zu halten.

Viele Ungereimtheiten öffneten sich im philosophischen Gedankengebäude. Wie konnte der große Philosoph nebst seinem Gesprächspartner Phaidros befürchten, von Müdigkeit übermannt zu werden, wenn die Zikaden lautstark ihr Konzert direkt über den würdigen Häuptern abhielten? Bei mir bewirkte das Gezirpe Nervosität, Aggression, Ungeduld, vor allem den dringlichen Wunsch nach Ruhe. 'Seid endlich still', hätte ich an Sokrates Stelle in die Baumwipfel gerufen.

Den Vergleich der schläfrigen Sklaven mit den sorglos an der Quelle schlummernden Schäfchen mochte ich nicht interpretieren, wenngleich sich der innere Zeigefinger stumm erhob und drohte: 'Sokrates, Sokrates! Was schimmert durch die Gedankengänge deines kritischen Geistes?' Aber verziehen! Auch Aristoteles ordnete ohne Skrupel die Sklaven dem Hausherrn als Besitz zu. Die Roboter waren noch nicht erfunden, folglich mußte jemand die anfallende Arbeit erledigen, damit die Philosophen philosophieren konnten. Die Themen Rassismus, Diskriminierung, Ausbeutung hatten sich noch nicht oder nur am Rande in die philosophischen Dispute gedrängt. Fiel mir nicht vor einigen Wochen ein dunkelhäutiger Erntehelfer in einer Erdbeer-Plantage auf und ein Stück weiter ein hellhäutiger Oberaufseher? Und blitzte da nicht zumindest für Sekunden der Gedanke an das Sklavendasein vor zweitausend Jahren bei mir auf, was sicher nicht in diesem Fall der Realität entsprach.

Sokrates ließ nicht locker: Aus vielerlei Gründen also müssen wir reden und nicht schlafen am Mittag, forderte er seinen Gesprächspartner und indirekt auch mich auf.

Oder uns um die Ozolischen Lokrer kümmern, ergänzte ich, und versuchte, den Ratschlägen des großen Philosophen zu folgen und sie in die Gegenwart zu transferieren. Zikaden waren also nicht nur unsere Brüder und Schwestern im Geiste, sondern in ihrer neuen Gestalt Sendboten und Geheimpolizei. Sie meldeten, wer die Musen auf Erden mit Tänzen oder durch Liebesgesänge verehrte, oder aber beispielhaft durch das Vertiefen in die Philosophie, und wer durch Reden auffiel. Oder sie petzten, wer - wie Sklaven und Schäfchen - träge vor sich hindöste. Die heutigen griechischen Philosophen verhalten sich eher wie die Sklaven, hätte ich gerne Sokrates zugerufen. Sie halten während der Mittagszeit gerne ein Schläfchen wie die Schäfchen, obwohl ich mir sicher war, daß die Schläfrigkeit im Zusammenhang mit der Hitze und einem reichlichen Mittagessen stand und nicht ausgelöst wurde durch den einlullenden Gesang der Zikaden, der eh nicht für menschliche Ohren, sondern für die Weibchen der gleichen Gattung bestimmt war.

Und die Philosophie? Das Nachdenken über die wichtigen Fragen unseres Menschseins, über Diesseits und Jenseits, wurde in der heutigen Zeit überwiegend in geschlossenen und klimatisierten Räumen getätigt - die Zikaden hatten somit ihren Job als geheime Boten, lauernd in den Bäumen während der Mittagshitze über philosophierenden Häuptern, verloren, waren also ebenfalls von der um sich greifenden Arbeitslosigkeit in südlichen Ländern betroffen. Dies wäre ein weiterer Grund für die möglicherweise andersgearteten Gesänge der Zikaden seit Sokrates Zeiten. Vielleicht klagten sie ihr Leid über die neuen Zeiten und wehrten sich mit schrillen Tönen gegen das Versinken in die Bedeutungslosigkeit.

Neben der Vermeidung der Zikaden-Beschallung durch hermetische Abriegelung der Ohren, gab es ein

Notprogramm in der Heimat des Sokrates, das in Platons Ausführungen nicht erwähnt wird. Es hatte sich erst in den jüngeren Zeiten entwickelt, löste das Problem mit Hilfe des angeborenen Fluchtreflexes vor der intensiven Beschallung, und beseitigte gleichzeitig die Trägheit des Geistes, die leider nicht nur wie zu Sokrates Zeiten während der Mittagshitze auftreten konnte.

Vormittags in der relativen Kühle und Ruhe des beginnenden Tages bei etwa 33 Grad im Schatten startete ich meist den Versuch, den Tag arbeitsam zu beginnen, wie ich das über viele Jahre geübt hatte. Bei den ersten Anzeichen eines abschweifenden Geistes wehrte ich mich noch vehement, versuchte es mit konzentriertem Lesen von Fachliteratur am abgedunkelten Schreibtisch. Wenn das Zirpen der Zikaden die Buchstaben verflüchtigte, sie im Raum herumtanzten und sich im dämmrigen Licht verloren und das Anschwellen des Zikaden-Konzerts die steigenden Temperaturen an Intensität übertraf, schob ich Zettel, Notizen und Bücher über die Ozolischen Lokrer auf einen Stapel, setzte das Notprogramm in Aktion, packte die Badetasche und zog ans Meer.

Wenn schon der Geist ausgedörrt dahinwelkt und der Kontakt zu den Musen über die Geheimpolizei der Zikaden nicht funktionieren will, konnte man zumindest die Muskeln im kühlen Meer aktivieren. Ich stülpte die Taucherbrille über den Kopf, schob den Schnorchel zwischen die Zähne, robbte über die kleinen Kiesel hinweg, bis mich die Flossen in tieferes Gewässer trugen. Mit dem Eintauchen in die durchsichtige, klare Unterwasserwelt streifte ich die Gedanken an Zikaden, Platon, an die Musen wie eine zweite Haut ab. Ich spürte das Strömen des perlenden Wassers, saugte die Kühle durch die Poren. Ich folgte den Sonnenstrahlen, die glitzernde Spuren bis hinab in die dunkle Tiefe zogen und sich in der Finsternis verloren. Mit vorsichtigem Flossenschlag verharrte ich über silberglänzenden Fischen, die auf dem Grund zwischen den Felsen nach Nahrung suchten, tauchte über die lautlosen Schwingungen von Feldern mit Seegras hinweg. Ich überließ mich der anderen Wirklichkeit, die sich an die Regeln der Natur ausrichtet, eins greift ins andere. Ungeschriebene Gesetze bestimmen Gedeihen und Vergehen. Alles ist am richtigen Platz.

Ich saugte die eindringende Kühle auf, bis ich die Sättigungsgrenze erreicht hatte und Frösteln einsetzte. Ich war nicht für das Reich Poseidons geschaffen, war kein Fisch mit Schuppenpanzer, keine Seejungfrau, ich durfte als Gast nur einen begrenzten Blick in die Geheimnisse unter Wasser wagen. Ich orientierte mich an der leicht gekräuselten Oberfläche, die Trennlinie zwischen beiden Welten, schwamm ans Ufer, streifte Schnorchel und Taucherbrille ab. Ich hatte wieder festen Boden unter den Füßen und war in meine Welt zurückgekehrt. Ich setzte mich still in eines der Cafés am Strand, schob den Stuhl in den Schatten eines Maulbeerbaums. Die Zeit stand still - bis mir die braungebrannte Bedienung ein Glas Wasser und den Eisbecher auf den Tisch stellte. Ich löffelte genießerisch die kalten Bällchen, genoß die süße Köstlichkeit und schickte dabei meine Gedanken an die Götter hinauf in das undurchdringliche Blau mit einem besonderen Dank für dieses Leben.

III-11 Wanted

Der Sommer zog mit allem, was der Süden während der heißen Monate an Angenehmem und Unangenehmem bot, vorbei. Im Langsamgang reduzierte sich auf dem Schreibtisch der linke Stapel ungelesener Bücher und spiegelbildlich wuchs der rechte mit den schriftlichen Notizen, die mir die Musen gelegentlich einflüsterten. Irgendwann war die Hitze überstanden. Die Fieberkurve der Temperaturen flachte ab, zuckte an manchen Tagen noch ein wenig nach oben und mündete in einer angenehmen warmen Beständigkeit. Der Herbst kündigte sich an, die Schulen öffneten die Tore für lernwillige und lernunwillige Kinder, der Lärm an den Badestränden verebbte.

Mit den zurückgehenden Temperaturen endete auch das Dahindämmern in abgedunkelten Räumen. Morgens öffnete ich als erstes die Lamellenläden und blickte in das immer noch undurchdringliche Blau des Himmels. Es schien, als riefen mich die Götter. Ich spürte ihren Blick - still, unaufdringlich, aber präsent. Es war an der Zeit, mich zurückzumelden. Delphi! Würde mir Apollon wieder zublinzeln?

Das Gras entlang der Straße war gelb geworden, registrierte ich mit einem kurzen Blick während des Fahrens. Der Oleander hatte sein pinkfarbenes Glühen in der sonnenverbrannten Landschaft eingestellt. Nur wenige Blüten leuchteten aus den immer noch grünen Büschen, als welke mit ihnen der Sommer dahin und setze zum letzten Mal kleine Farbtupfer in die blütenarm gewordene Landschaft.

In den Bergen hatten an manchen Stellen Feuer während der Sommermonate gewütet und kilometerweit eine pechschwarze Landschaft zurückgelassen. Es würde Jahre dauern - und vor allem viel Regen benötigen, bis neues Leben aus dem Boden sprießen konnte. Die Krisäische Ebene unterhalb von Delphi hatte den Sommer unbeschadet überstanden. Die Ölbäume standen dichtgereiht nebeneinander, das Laub schimmerte silbrig. Dazwischen blitzten viele kleine Oliven durch die schmalen Blätter, es würde eine gute Ernte werden.

Das Meer entfernte sich zunehmend. Das murmelnde Anbranden der Wellen, die türkisfarbene, blauschattierte Welt wurde abgelöst durch das Gelbbraun der Gräser und das vereinzelte Geläute weidender Schaf- und Ziegenherden. Vor mir erhoben sich die Felstürme des Parnassos. Von dort wehte der Atem der Götter herab, dort wachten sie über uns.

Auf halbem Weg, wenige Meter neben zwei uralten Zypressen, wies ein kleines braunes Schild auf die antike Pilgerstraße hin. Ich parkte den Wagen, stieg aus und folgte ein Stück dem staubigen Weg, der sich nach einer Weile um eine Gruppe Pinien wandt und sich dann unscheinbar durch die ausgetrockneten Felder schlängelte. Die ausgewaschene Fahrrinne verrriet, daß er manchmal noch benutzt wurde, vielleicht von Bauern, um die Olivenernte einzubringen. Die Spur löste sich bald unter verdorrten Gräsern auf. Der antike Pilgerweg wurde nicht mehr benötigt und durfte wieder mit der braunen Erde verschmelzen. Ich ließ seine Geschichten auf mich wirken. Wie viele waren hier zu Fuß hinaufzogen, zu Pferd, Herrscher, Soldaten, Bauern, alle vereint im Suchen nach den verschlungenen Wegen des Schicksals. Im Schlepptau Opfertiere, Schafe, Ziegen, Rinder, Geschenke für den Gott des Orakels, um ihn gnädig zu stimmen.

Ich trennte mich von der antiken Pilgerstraße, kehrte zum Auto zurück und folgte den Serpentinen bis zur antiken Stätte. Nach der langen Sommerpause wollte ich meinen Besuch im Museum beginnen und Apollon direkt ins göttliche Antlitz blicken, um zu erkennen, ob sich der Herr des Hauses mir zuwandte, vielleicht sogar mit den Augen zwinkerte oder mir eine seiner verschlüsselten Botschaften mit auf den Weg gab.

Die Kühle der Räume umfing mich wohltuend. Ich kannte den Weg: rechts, erste Tür. Ich wußte, wo ich ihn treffen konnte, wenn er sich zeigen wollte.

Der Fries des Schatzhauses erzählte über drei Wände hinweg Geschichten von Göttern und Menschen, von dem Kampf der Götter gegen die Giganten, von Paris und Troja, von den Tragödien dort oben und hier unten. Ich hatte lange nicht vor dem steinernen Monument gestanden und folgte dem Ablauf des Berichtes aus einer anderen Zeit, als lese ich eine Zeitung.

Ich nahm meinen gewohnten Platz auf der Bank mit dem Blick auf die Götterversammlung ein. Das Symposium schien heute seltsam stumm. Hatten sich die göttlichen Gestalten während der heißen Sommermonate in die Ewigkeit zurückgezogen? Sie ließen sich durch meine Blicke in ihrem intimen Beisammensein nicht stören. Sie interessierten sich weder für die vielen Besucher noch für meine konzentrierte Fixierung. Die innige Haltung, die Vertraulichkeit hatte sich seit meinem letzten Besuch nicht verändert. Aber es schien, als blieben sie unter sich, versunken in ihrer nicht entschlüsselbaren Zwiesprache. Vielleicht hatte ihnen der Ansturm der Fremden aus aller Herren Länder, die sich täglich wiederholende Unruhe vor ihrer göttlichen Versunkenheit über die gesamte heiße Jahreszeit hinweg, zugesetzt. Ich vertiefte mich in Apollons steinernes Antlitz, hinter mir kicherte eine Gruppe Teenager. Mein Blick löste sich, glitt von

Apollons rückwärtsgewandtem Profil zum feingeordneten Gewand, folgte dem Faltenwurf hinab bis zu den wohlgestalteten Zehen und blieb dort hängen. Hinter mir kicherten jetzt nicht nur die Teenager, der Raum hatte sich gefüllt, unablässig schwatzten hinter meinem Rücken Besucher, die ich nicht sehen konnte, ein Pärchen arbeitete sich gemächlich entlang des Reliefs von links nach rechts direkt an mir vorbei und verstellte den Blick auf Apollon. Ich zuckte zusammen. Ich hörte ein 'Follow me!'. An der großen Eingangstür des Saales kündigte sich eine Gruppe Japaner an, die wie ein aufgeregter Hühnerhaufen um einen Führer schwirrte. 'Follow me' hob er den rechten Arm mit einem Kärtchen nach oben und die Japaner zogen geordnet hinter ihm her in meine Richtung. Es war ausweglos - es war kein Tag, um einen geneigten Blick des Gottes zu erhaschen. Er hatte sich zurückgezogen in seine Unendlichkeit.

    Ich erhob mich von der Bank, verabschiedete mich still und leise bis zum nächsten Mal, besuchte die anderen Räume und bestaunte die Ausstellungsstücke, die ich fast wie im Schlafe kannte und die ich trotzdem jedes Mal erneut und aufmerksam bewunderte. Ich blickte noch eine Weile auf den unermüdlich versonnen vor sich hinblickenden Wagenlenker am Ende des Rundgangs, trat hinaus in die pinienduftende warme Luft und machte mich auf den Weg zum Eingang des Heiligtums.

    Ich hatte heute den umgekehrten Weg gewählt - vom Museum zum heiligen Bezirk. Die Touristen aus aller Herren Länder hatten bereits ihren Rundgang an den aufragenden Säulen des Apollon-Tempels hinter sich gebracht und schoben sich gerade im Museum von Raum zu Raum. An der Ausgrabungsstätte würde es ruhig sein.

    Einige Autos parkten entlang der Straße, ein Pärchen kam mir entgegen, zwei halbwüchsige Kinder trödelten hinter ihnen her. Die Kastalia-Quelle sprudelte in

Sichtweite. Sie übte, wie immer, eine unwiderstehliche Anziehungskraft aus, ich mußte sie spüren, schmecken, auf der Haut fühlen. Ich steuerte auf sie zu, hörte das leise Murmeln des Wassers. Die Quelle des Vergessens, des nicht mehr Erinnerns, der Reinigung der Gedanken! Ich streifte die Ärmel empor, legte die Sonnenbrille auf die Steinumrandung, spürte wohltuend die kühle Nässe über die Hände rinnen und tauchte den Kopf in die nassen Handmuscheln. So konnte ich meinen Gang zu Apollon beginnen, er würde mein Bemühen, rein vor ihn hinzutreten, an den Wassertropfen auf meinem Gesicht ablesen. Als ich die Augen öffnete, fiel mein Blick auf die Brüstung unter den alten Platanen, auf die Treppenstufen hinab zum Becken, in dem sich die Pythia und die Pilger den irdischen Staub abgestreift hatten, bevor sie sich dem Gott des Heiligtums näherten. Die Sonnenstrahlen huschten durch die Blätter der Bäume und zeichneten immer neue Muster auf den Weg. Ich mußte laut lachen, als ich die Zeit zurückspulte. Vor einigen Monaten stand ich hier, das Wasser lief über Gesicht und Hände, tropfte aus den Haaren. Ich spürte wie damals diesen intensiven Blick aus dem Schatten der Bäume, er haftete sich an mich, ließ mich nicht los. Chris! Wie es ihm wohl jetzt erging? Ob er nach Boston zurückgekehrt oder bei den Verwandten in Athen geblieben war?

Ich wischte mir die Nässe aus den Augen, schüttelte die Hände, damit die Wassertropfen abperlten und ging den Weg unter den schattigen Bäumen und duftenden Pinien zurück. Ab und zu gaben die Sträucher den Blick auf Säulen des antiken Gymnasiums frei, die Säulen des Tholos hoben sich von dem Grün der Bäume ab. Ich trat durch das Gittertor des abgezäunten Bereiches, schritt zum Kartenhäuschen. Eine der Wächterinnen erkannte mich, wir grüßten uns freundlich. Yasas, yasas. Ti kanete? Seien Sie gegrüßt. Wie geht es Ihnen? Sie strahlte, als sei ich nach Hause gekommen. Ich öffnete meine Tasche, fingerte meine am Museum erstandene Eintrittskarte heraus. Zu meiner Rechten registrierte ich aus dem Augenwinkel ein Plakat an der Holzwand direkt neben der Kassiererin, die mir immer noch freundlich durch die hochgeklappte Fensteröffnung zulachte. Vielleicht ein Konzert, wie ich es schon einmal im Vorhof des Museums erlebt hatte? Die Pythia thronte auf einem Dreifuß, wie auf den antiken Vasen. Darüber riesige Buchstaben - WANTED. Wie ein Steckbrief aus einem Westernfilm eines alten John Wayne-Klassikers. Ich schritt mit meiner Eintrittskarte in der Hand auf die Sperre zu, blickte zurück und sichtlich irritiert noch einmal auf das Plakat, auf die Pythia, auf die ins Auge springend Überschrift. WANTED, darunter: PYTHIA GESUCHT! Irgendetwas störte mich an dieser Zuordnung, ein Western-Plakat, das eine Pythia suchte, das paßte nicht. Ich hielt immer noch die Eintrittskarte in der Hand, um die Schranke zu passieren, trat einen Schritt zurück, ging auf das Plakat zu und begann den Text zu lesen.

Das Opfer ist gefunden.
Apollon erwartet die Gabe.
Pythia, die Hüterin des Hauses,
die hellsichtige,
vom Mai des Jahres,
die von der Kastalia gereinigte
aus dem fernen Germanien,
die der Götter Kundige,
sie sei erinnert an ihr Versprechen,
gemeinsam dem Gotte zu opfern.

Es traf mich wie der Blitz. Es hätte nicht des Namens bedurft, ich hätte auch ohne die letzte Zeile erkannt, wer wen suchte. Chris, Boston, stand unscheinbar unter dem Text.

Ich notierte die angegebene e-mail-Adresse. Ich hörte die freundliche Wärterin leise vor sich hinglucksen, auch die Kassiererin lachte verständnisvoll. War es eine dieser unvorhergesehenen Überraschungen, mit denen mich Apollon konfrontierte? Im Museum seine stille Abwesenheit und hier am Eingang zu seinem Heiligtum die Nachricht, die ich nicht zu interpretieren vermochte? Eine der unergründlichen Fingerzeige, die diesen Platz und seinen schönen Gott so berühmt gemacht hatten?

Ich schritt wie in Trance mit der Eintrittskarte durch die Sperre, Stufe für Stufe den Heiligen Weg empor, ich kam mir vor wie eine Pythia, die sich schlafwandelnd den Zielen der Götter unterwarf. An der Rampe des Apollon-Tempels legte ich, wie jedes Mal, die Hand auf den über die Jahrtausende abgeschliffenen Stein, dachte an die vielen Füße, die hier empor geschritten waren, an die Bitten, die Gedanken, die von hier aus in das undurchdringliche Blau drangen. Ich selbst eine winzige Stimme, ein Sandkorn im Meer, ein leiser Ruf, der es wagte, sich an die überirdische Macht zu wenden.

Ich sah alle über die Jahrtausende hinweg in den Äther geschickten Fragen nach oben dringen. Die Götter waren nicht zu beneiden. Um welche Schwierigkeiten mußten sie sich kümmern! Ihr Aufgabenbereich war größer als jegliche menschliche Vorstellungskraft. Er begann hier auf dieser Erde, es setzte sich fort außerhalb unserer im Weltall vor sich hintrudelnden Welt. Um Milliarden von Sternen, Sonnen, Planeten, Gaswirbeln, dunklen Löchern mußten sie sich kümmern. Alles mußte geordnet ablaufen, alles hatte seinen Platz, seinen Raum, nichts durfte ins Nichts und ins Nirgendwo fallen. Jede Nacht konnte man beruhigt nach oben blicken, die Sterne glitzerten wie frisch poliert an der gleichen Stelle. Kometen sausten durchs Weltall, schrammten dicht an uns vorbei, ohne unseren Planeten in Schutt und Asche zu legen und erfreuten uns mit Sternschnuppen, bei deren Sichtung wir uns etwas wünschen durften. Die Auswirkungen heftiger Sonneneruptionen, so erfuhren wir aus der Zeitung, gingen spurlos an unserem täglichen Leben vorbei, ohne einen Atomkrieg auf Erden auszulösen, ohne den Absturz der digitalen Welt. Alles lief wohlverwaltet in geordneten Bahnen und ließ eine ordnende Hand dort oben vermuten. Dann der viele Kleinkram: Die billionenfach nach oben gesandten Hoffnungen und Wünsche nach einer kleineren Nase, einen größeren Busen, dem richtigen Job, dem idealen Partner, einer Flasche Wasser mitten in der Wüste - alles mußte gehört werden. Die endlosen Wunschlisten aus allen Teilen der Welt wiesen unterschiedliche Adressaten auf, verknüpften sich mit heimischen und fremden Götternamen oder richteten sich gebündelt an die Adresse eines einzigen großen Gottes. Pausenlos und ohne Unterbrechung drangen in jeder Sekunde die Bittgesuche nach oben und wurden jeden Tag mit dem Anwachsen der Bevölkerung länger und länger. Ich versuchte mir vorzustellen, was sie sich in Afrika wünschten, in Sibirien, in Amerika, auf den Fidji-Inseln, bei den Saudis, im Iran. Ich umrundete die Welt mit einem offenen Wunschzettel, bis ich bei mir selbst landete und mich fragte, was eigentlich ich mir selbst am dringendsten wünschte.

Ich richtete den Blick orientierungslos nach oben in das undurchdringliche Blau und das sich darüber wölbende riesige Universum, stellte mir die vielen Planeten vor, die wir nicht kannten, deren fragliche Bewohner möglicherweise von ähnlichen oder ganz andersgearteten Problemen geplagt wurden. Wie wollten die dort oben die Wünsche der unzähligen Hilfesuchenden auf dieser winzigen blauen Murmel inmitten des riesigen schwarzen Universums und weiterer erdähnlichen Planeten sortieren nach berechtigt, hilfsbedürftig, kann warten, frech, unverschämt.

Vielleicht hatten auch Tiere oder Bäume ihre besonderen Wünsche nach mehr Licht, mehr Futter, schönere Weibchen, buntere Federn oder den alles überstrahlenden Wunsch, nicht gefressen zu werden? Ich sah den riesigen Berg der täglichen Anfragen vor mir, ich sah ihn wachsen und höher werden, höher als der Mount Everest, er begann zu wuchern, breitete seine riesigen Tentakel in alle Richtungen, schob sich vor die Sonne, verdunkelte den Himmel, wuchs ins Weltall, begann den riesigen dunklen Raum zu füllen mit nicht mehr zählbaren Wunschzetteln. Ich wollte den in die Unendlichkeit wachsenden Wunschkatalog nicht mehr sehen. Vielleicht ging ihnen das dort oben genauso. Vielleicht hielten sie sich die Ohren zu und dachten, jetzt regelt das mal alleine. Den Mist, den ihr ständig anrichtet, könnt ihr selber ausbügeln. Dafür habt ihr schließlich euren Kopf. Erschöpft und halb erschlagen von der nicht enden wollenden Flut gab ich den Befehl: Schluß! Ruhe im Kopf! Oh ihr Götter, ihr seid nicht zu beneiden!

Ich umrundete das Heiligtum und stand endlich wieder am großen Eingangstor. Ich war am Ende meines Pilgerweges angekommen. Ich fühlte Bodenhaftung. Ich war wieder von dieser Welt. Ich hatte eine Anschrift im Notizblock von einem Chris aus Amerika und wußte nicht, was sie in meinem Leben verändern würde. Yassas, yassas, bis zum nächsten Mal, verabschiedete ich mich von der freundlichen Wärterin. Yassas, bis zum nächsten Mal, antwortete sie freundlich wie eine alte Vertraute. Yassas!

Während der nächsten Monate hatte ich das Gefühl, die Erde drehe sich schneller, rase ununterbrochen um sich selbst, ohne Pause, ruhelos. Die Ereignisse überschlugen sich, Fragen auf Fragen bewegten sich in die eine Richtung, dann wieder kehrten sie um, bevor ich eine Lösung gefunden hatte oder mich mit ihnen abquälte. Es war, als füge sich alles ohne meine Einflußnahme durch eine unsichtbare Hand gelenkt, wie ein Puzzle, das von selbst die passenden Teile einsetzt.

Es begann mit den ersten e-mails, dann mit Telefonaten nach Boston. Chris amüsierte sich, als ich die Situation vor dem Kartenhäuschen schilderte und erst einmal an eine Veranstaltung dachte. Scherzhaft berichtete er über seine diversen Versuche, das nicht ganz unauffällige Plakat am Museum oder am Eingang zum Heiligtum anbringen zu dürfen. Die Museumsleitung lehnte erst brüsk und sichtlich irritiert ab. Es hatte zusätzlicher Kontakte über verschiedene Ecken bedurft, Freunde von Freunden hatten sich eingesetzt, und letztendlich hatte vielleicht ein besonderer Hinweis den Ausschlag gegeben. "Wer weiß", schloß er seine Erzählung über die verschiedenen Anläufe, "vielleicht hat ER sich persönlich eingeschaltet, weil er endlich seine versprochene Opfergabe erhalten will." Natürlich wußte ich, wer mit "er" gemeint war.

Chris telefonierte nach unserem ersten e-mail-Kontakt mit seinen Ansprechpartnern in Delphi, meldete den Erfolg und brachte noch einmal zum Ausdruck, er werde dem Gott persönlich danken, dies sei eine Bestätigung, daß der Gott auch heute noch wirke - zur Freude und Erheiterung des Personals, das das Plakat nach Erfüllung seines Zwecks abhängen konnte. Ich ahnte, die Wärterinnen würden mich jetzt noch freundlicher begrüßen, wenn ich am Kartenhäuschen in Delphi erschien.

Die Drähte zwischen Griechenland und den USA liefen manchmal heiß, die Funksignale füllten den Äther. Wir führten lange Gespräche über die Götter dort oben und die Menschen hier unten, über das alte und junge Griechenland, über unser Leben hier und dort. Unsere Gespräche wurden vertrauter, ich erfuhr viel über sein Leben, seinen Beruf, seinen Alltag.

Sein Geschenk für Apollon wollte mir Chris nicht verraten. Er würde im Dezember nach Griechenland kommen, um seine Verwandten zu besuchen und Weihnachten in Athen zu feiern. Ob ich ...? Dann könnten wir vielleicht gemeinsam ...?

Die Zikaden fungierten seit meiner Rückkehr aus Delphi nur noch eingeschränkt. Die Ausübung ihres Jobs als aufmerksame Geheimpolizei der Musen ließ zu wünschen übrig. Die Liebesrufe aus den Bäumen und Büschen dünnten sich aus. Das Zirpen wurde weniger und seltener, über den Garten legte sich eine ungewohnte Stille. Hier und dort hörte man vereinzelt einen eher kurzen und fast verzweifelten Laut aus den Zweigen, als sagten sie 'tschüs'. Sie hatten das Ziel ihres sommerlichen Liebesgesangs und ihres kurzen geflügelten Daseins in der oberirdischen Welt erreicht, den krönenden Begattungsakt der Weibchen zum Zwecke der Fortpflanzung vollzogen und verabschiedeten sich. Sie machten sich auf den Weg in den Zikaden-Himmel mit dem beruhigenden Gefühl, Ihrem gezeugten Nachwuchs wie beim Staffellauf den Job für die musische Geheimpolizei weitergereicht zu haben. Im nächsten Sommer würde mit dem Anschwellen der Temperaturen der Zikaden-Gesang einer neuen Generation erneut ertönen. Das Leben ging weiter.

III-12 Juan d'Austria in Planung

Die schweißtreibende Sommersaison war zu ende. Wir verlagerten unsere Treffen von den Cafés am Meer zum Burgcafé unterhalb des Kastells mit dem traumhaften Panoramablick.

"Braungebrannt, man sieht euch euer faules Lotterleben an, während ich jeden Tag mindestens eine Stunde im Meer schwimme", begrüßte uns Eleni. Wir ließen uns in die Korbstühle fallen. Das Grau der Polster war blasser geworden. Die Sommersaison hatte ihre Spuren hinterlassen. Es war Mittagszeit, wir saßen alleine unter den großen Pinien. Die Krähen zogen ihre Kreise ein Stück weiter unten am Hang. Sie wirkten heute friedlich. Manchmal drang ein heiseres Krächzen zu uns herauf und übertönte das Gehupe der Autos weit unter uns in den Straßen. Die Bedienung hatte gewechselt, sicher eine der vielen Cousinen des Besitzers, die in der Nebensaison aushalf. Sie brachte unsere Cappuccinos genauso freundlich, wie alle anderen vor ihr. Ansonsten schien kaum etwas verändert. Nur die Luft fühlte sich anders an. Der leichte Wind umfing uns weicher, das sanfte Licht ließ den Übergang zum Herbst erahnen. Der Cappuccino vor uns auf dem Tisch dampfte und duftete verführerisch. Eleni begann zu summen, bückte sich und wühlte in ihrer viel zu großen Handtasche mit beiden Händen herum.

"Eine Überraschung", fingerte sie einen kleinen Terminkalender aus dem Dunkel der Tasche. Das Summen ging in Trällern über. Ich verfolge aufmerksam die Melodie.

Kannte ich das Lied? War das nicht 'Ein Schiff wird kommen'?

"Ein wichtiger Termin!" Eleni schwenkte das kleine Buch in die Höhe. "Der 7. Oktober! Am 7. Oktober 1571 hat die Heilige Liga unter Juan d'Austria unsere Stadt von der Türkenherrschaft befreit. Stellt euch vor, ein junger Typ von gerade mal 24 Jahren hat den gefürchteten Ali Pascha besiegt."

°Juan d'Austria", nahm ich die Fährte auf, "ein deutscher Jüngling rettet euch vor den Türken. Wird das lobend erwähnt?"

Eleni und Lisa blickten mich entgeistert an.

"Spanier", korrigierte mich Eleni betont forsch. "Von Deutschen war in der Theatergruppe nicht die Rede. Die Planungen für die Schlacht von Lepanto sind fertig."

"Deutsch-Spanier, ein Bastard, ein unehelicher Abkömmling königlichen Geblüts mit einer schönen Maid niederen Geblüts aus Regensburg."

Aus dem Gedächtnis versuchte ich die Gedenktafel, die ich einmal bei einem Rundgang in Regensburg abgespeichert hatte, zu rezitieren:

"Herr Kaiser Karl der Fünft genannt, in aller Welt gar wohlbekannt, der hat auch hier zu guter Stund, geküsset einer Jungfrau Mund."

"Keine Ahnung!" Eleni wollte das Thema abhaken. "Unsere Planungen sind abgeschlossen."

"Dann draus wuchs dem Vater gleich, der Don Juan von Österreich, der bei Lepanto in der Schlacht, vernichtet hat der Türken Macht. Der Herr vergelts ihm allezeit, so jetzt wie auch in Ewigkeit."

Eleni hatte inzwischen das rotgebundene Büchlein aus den Sphären über unseren Köpfen eingeholt, legte es kopfschüttelnd auf den Tisch und schaute mich weiterhin skeptisch an. Ich hatte sie aus dem Konzept gebracht und

Zweifel geweckt. Also mußte ich die Verhältnisse genauer erläutern.

"Der uneheliche Sohn von Karl V. wurde sozusagen als Kanonenfutter mit seinen gerade mal 24 Jahren zum Anführer der Heiligen Liga ernannt, weil keiner an einen Sieg über die Türken glaubte."

Elenis Geduld mit mir schien am Ende. Sie war nicht gewillt, diesen Sachverhalt weiter zu vertiefen.

"Hm."

Lange Pause.

"Hm?"

Elenis Einstellung zu dem deutschen Bastard veränderte sich. Sie begann mit den Augen zu rollen, als flirte sie. Lisa schaute schweigend von einem zum anderen und wartete ab.

"Keine schlechte Idee. Vielleicht spiele ich im nächsten Jahr die Jungfrau, die den deutschen Kaiser verführt. Aber erst im nächsten Jahr. Bis dahin kann ich mir das noch einmal überlegen. Ich steige erst zur Wintersaison voll ein. In diesem Jahr können wir uns von hier oben das Spektakel rund um den Hafen ansehen, im nächsten Oktober könnt ihr mich dann dort unten bewundern."

Das Thema war für mich noch nicht ganz abgeschlossen. Ich konnte einen kleinen Seitenhieb nicht ganz unterdrücken.

"Wenn ihr euch dazu durchringen könntet, auf die deutsche Abstammung zu verweisen, würden endlich einmal positive Nachrichten über uns verbreitet."

Lisa nickte bestätigend und bekräftigte meinen Vorschlag.

"Die Liebesgeschichte solltet ihr auf jeden Fall erzählen. Das hat bisher noch keiner erwähnt."

"Eigentlich hätte unser Don Juan für diesen grandiosen Sieg ein Königreich verdient", toppte ich meine

Anregung und versuchte den Ruf des unehelichen Sohns von Kaiser Karl V. aufzupolieren und ihn ins Rampenlicht zu rücken.

Elenis ernste Miene ließ erkennen, sie begann, an unserem Verstand zu zweifeln.

"Heißt es nicht, Karl der Fünfte war der Kaiser, in dessen Land die Sonne nicht unterging?", nickte Lisa bestätigend. "Der mächtigste Mann der Welt ein Lüstling, der eine Jungfrau aus Regensburg schwängert?"

Eleni gab sich geschlagen, breitete die Arme aus, umarmte eine imaginäre Gestalt und küßte sie herzhaft.

"Im nächsten Jahr verführe ich erst Karl den Fünften. Dann werde ich dafür eintreten, Don Juan ein Königreich zu schenken. Schließlich war er ein Held. Er sorgte dafür, daß der gefürchtete Ali Pascha einen Kopf kürzer wurde."

Eleni fand immer mehr Gefallen an dem unehelichen Kaiserabkömmling. "Eigentlich eine gute Idee. Keiner in unserer Stadt kennt die Geschichte. Vielleicht verleiht ihm unser Bürgermeister posthum eine Einbürgerungsurkunde."

"Die Story läßt sich fortsetzen", überlegte ich. "Ihr könntet an eurem historischen Hafen Serien en masse über den deutsch-spanischen Don Juan aufführen, beispielsweise das Stück fortsetzen mit seiner Beziehung zu seinem Neffen Don Carlos oder noch interessanter: der Versuch, ihn mit Maria Stuart zu verheiraten. Die gesamte Sommersaison wäre gerettet - eine Story nach der anderen bis hin zu seinem frühen Ende. Die Cafés hier oben eignen sich gut als Zuschauertribüne. Man kann essen und trinken, anders als in Epidauros, ein Vergnügen für die ganze Familie. Vielleicht erhalten wir als Anerkennung für die Ankurbelung des Geschäfts kostenlose Cappuccinos."

"Ok, im nächsten Jahr, wenn ich dabei bin", lenkte Katharine ein, tippte auf ihrem rotgebundenen Büchlein herum und zeigte in meine Richtung. "Nur wenn du das Drehbuch schreibst. Ich werde das unserer Theatergruppe vorschlagen."

Sie lachte lauthals. Ich sah ihr an, sie hatte gerade einen Gedankenblitz. Sie blickte mich mit einem Ausdruck an, der nichts Gutes verhieß.

"Erst die Geschichte mit Nestor auf dem Baum. Darum kommst du nicht herum. Dann die Liebesaffäre von Karl dem Fünften. Dann das gesamte Leben von Don Juan d'Austria. Auf dich kommt Arbeit zu."

Ich wehrte energisch mit beiden Händen ab, während Lisa in die rhythmischen Kopfschüttel-Bewegungen verfiel, die ich aus Velvina kannte Etwas lag ihr am Herzen.

"Spielt bitte nicht die Köpfungs-Szene von Ali Pascha, wie im letzten Jahr. Ich fand das ganz schön gruselig."

Eleni hatte verstanden. Statt einer Antwort hob sie besänftigend die Arme und schälte sich in Zeitlupe aus den Polstern des Sessels. Sie strich alle Knitterfalten ihres Kleides gerade, legte feierlich die Hand auf die Brust, streckte die andere weit von sich in Richtung Hafenbecken und begann mit schmachtender Stimme:

"Ein Schiff wird kommen, und das bringt mir den einen, den ich so lieb wie keinen. Und der mich glücklich macht."

Alter Klassiker, dachte ich. Das war sicher nicht alles. Die Erklärung fehlt, wer Eleni glücklich machen soll.

Eleni sank prustend in den Sessel zurück und legte eine Pause ein, sie kostete unsere Neugierde aus und wies auf das Hafenbecken unter uns.

"Sie haben ein Schiff gechartert, ein schönes altes Segelschiff, das wird am Ende der Aufführung in den Hafen einlaufen, begleitet von einem gigantischen Feuerwerk. Juan d'Austria, euer deutsch-spanischer Abkömmling, wird von Bord gehen und der wartenden Hofgesellschaft den

Sieg verkünden. Er wird begeistert empfangen vom Dogen aus Venedig, dem Papst, dem spanischen König. Die gesamte damalige Prominenz in Damenbegleitung ist versammelt. Alle in prächtigen historischen Gewändern. Wir sind der Mittelpunkt der Welt. Alle werden rufen: Wir haben gesiegt, wir sind frei."

Eleni lachte und holte weit mit beiden Armen aus. "Bis nach Patras hinüber werden sie das Feuerwerk sehen und wissen, wir haben gesiegt. Nein, was sage ich! Der gesamten Welt verkünden wir: Wir sind frei, wir lassen uns nie mehr, nie mehr von irgend jemandem unterdrücken."

Eleni warf gerade im Überschwang ihrer Gefühle alle griechischen Siege und Niederlagen in einen großen Topf, rührte kräftig darin herum und zauberte die Fahne des griechischen Patriotismus daraus hervor. Sie reckte die Faust nach oben.

"Merkt euch den 7. Oktober! Der Sieg des glorreichen Abendlandes über die Ungläubigen! Hier in unserer Stadt!"

"Unter Führung unseres Deutsch-Spaniers Juan d'Austria", teilte ich ihre Begeisterung symbolisch und reckte beide Fäuste nach oben.

Lisa applaudierte und visierte gleichzeitig größere Ziele an:

"Könntet ihr nicht gleich den Sieg über die islamistischen Terrorgruppen mit verkünden?"

"Gute Idee", schloß ich mich an, holte die Arme wieder zurück. "Vor einem weiteren Krieg und dem Sieg über den IS sollten wir sie erst einmal alle einsperren, die Herren Trump, Putin, Xi, Erdogan, Assad, wie sie alle heißen! Alle die Unruhestifter der Welt zusammen in die Sixtinische Kapelle bei Wasser und Brot."

"Ich weiß, deine Lieblingsidee" konterte Lisa. "Trotzdem ist es keine gute Idee, kriegslüsterne Muslime zusammen mit kriegslüsternen Christen und einzusperren. Und dazu noch in den Vatikan!"

"Unter Michelangelos Schöpfungsakt. Unter dem Finger Gottes, mit dem er Adam seinen Geist einhaucht. Der Heilige Geist wird über sie kommen und sie erleuchten. Spätestens wenn der Magen knurrt, werden sie einsichtig und lassen weißen Rauch aufsteigen."

Meine geniale Idee schien Eleni und Lisa nicht zu überzeugen.

"Oder sie bringen sich gegenseitig um, dann herrscht auch Frieden", wies Lisa auf die Gefahren hin. "Schreib doch mal an die UN!"

Ein kurzer Seitenblick zu Elenis und Lisas nachdenklichen Gesichtern zeigte den schweren Verdauungsprozeß meines Friedensplans. Die Sonnenstrahlen fielen auf eine Bronzestatue am Hafen - ein Mahnmal an das Gemetzel, das an einem 7. Oktober vor mehr als vierhundert Jahren das Meer rot mit Blut färbte. Die dürre Metallgestalt auf der venezianischen Stadtmauer wies mit dem Arm ins Licht der Sonne, in der Hand die hockgereckte Feder, das Symbol seiner unblutigen Waffe. Die andere Handangewinkel war im Kampf gegen die Türken verletzt. Er kam mir vor wie ein Komplize.

"Cervantes", unterbrach ich das Schweigen und deutete nach unten. "Er und sein Ritter von der traurigen Gestalt bewachen eure Stadt. Er hätte Verständnis für meine Idee."

"Pah", deutete Eleni auf die dürre Gestalt. "Cervantes Geschichte konnte auch nicht verhindern, daß sie zurückkamen und an die vierhundert Jahre blieben. Der Unfrieden in der Welt hört nicht auf. Es ist ein fortdauernder Kampf gegen Windmühlen."

Wir hingen in unseren Gedanken fest, bis das näherkommende Krächzen der Raben uns in die Realität zurückholte. Die dunklen Schatten steuerten mit weitausholenden Schwingen auf unsere Pinie zu.

Lisa deutete auf die verwinkelten Straßen rund um den Hafen.

"Überall stehen Denkmäler und nützen nichts. Dort auf dem großen Platz das marmorne für einen Helden des griechischen Befreiungskampfes, auch gegen die Türken."

"Weißt du auch, warum sie nichts nützen?", konterte Eleni, mehr Provokation als Frage. Die Stimme vibrierte. Man sah ihr an, sie stand mit beiden Beinen in der Gegenwart. Die blaugrauen Augen schossen Blitze gegen uns. Sie wirkte wie ein unter Überdruck stehender Dampfkessel.

"Sie verdienen sich eine goldene Nase mit ihren Waffengeschäften. Die Waffenindustrie freut sich, wenn es Konflikte gibt. Wer weiß, ob nicht manchmal bewußt gezündelt wird. An erster Stelle müßte man die Waffenhändler in die Sixtinische Kapelle sperren."

Elenis Augen verdunkelten sich und funkelten gefährlich. Wir nickten zustimmend, bevor sie uns die Details zu Griechenlands Waffenkäufen unterbreiteten konnte. Ich wußte, was sie erregte. Ich erinnerte mich noch gut an den deutschen U-Boot-Deal mit Griechenland, die Schmiergeldzahlungen, die Prozesse gegen Minister. Und an die stattliche Zahl der deutschen Leopard-Panzer - zahnlose Tiger, da kein Geld für Munition vorhanden war.

"Die Kriege gehen weiter, und alle sehen zu." Lisas Stimme klang resigniert. "Das ist das immer gleiche Spiel um mehr Geld, mehr Macht."

Diesmal schüttelte nicht nur Lisa den Kopf, wir saßen zu Dritt vor unseren Cappuccino-Tassen und schüttelten die Köpfe. Unser Gespräch hinterließ Spuren. Die Feier anläßlich einer mehr als vierhundert Jahre zurückliegenden Schlacht würden wir nicht nur mit Freude feiern. Siege, Niederlagen, sie wechselten sich in der Geschichte der

Menschheit ständig ab, ohne Rücksicht auf Menschenleben. Trotz zweier Weltkriege mit Abermillionen von Toten ging es weiter.

"Die verknotete Pistole vor der UN! Steht sie dort nur als Dekoration? Der Frieden auf Erden - ein immerwährender Kampf gegen Windmühlen? Alles nur Hirngespinste wie bei Don Quijote?"

Wie sah die Welt der Gegenwart aus? Ich konnte auf Lisas Fragen nicht antworten, nur seufzen. Eleni blickte unverwandt auf ihren Teller. Es dauert eine Weile, bis sie die Sprache wiederfand.

"Du hast recht, es wäre wirklich am besten, wir würden sie alle in die Sixtinische Kapelle einsperren. Ich werde mir bis zu unserem Sieg über die Türken etwas überlegen!"

Eleni ließ mit ihrem Versprechen Dampf aus dem Überdruckkessel ab. Es begann ein winziger Funken Hoffnung aufzuglimmen. Sie begann, in ihrem Terminkalender zu blättern und hob mahnend den Zeigefinger.

"Bevor ich es vergesse, der 21. September! Das Erntedankfest in Kalydon. Wir dürfen es nicht vergessen." Sie verzog etwas den Mund, als lutsche sie an einem sauren Bonbon. "Oineus wurde bitterlich von den Göttern bestraft, weil er das Opfer für Artemis vergaß. Schon wieder ein Krieg."

III-13 Philemon und Baucis

"Wir danken den Göttern! Danke Artemis, danke Apollon! Die Erde will ich besingen", begann Eleni und blickte verstohlen auf ihren Text in der einen Hand, während sie die andere in Richtung der Tempel hob. Zum Erntedankfest, hatte sie verraten, wollte sie, wie in alten Zeiten, die Götter mit Lauten ehren, die sie kannten, mit einem alten Text, mit den Homerischen Hymnen. "Die Allmutter, die älteste aller Wesen, sie nährt alle Geschöpfe." Elenis rauhe Stimme klang wie ein kultischer Gesang. So mußte es damals bei ihren Ahnen gewesen sein, ein musisches Opfergebet. Eleni pries das fruchtbare Land, die Wiesen mit Vieh, zeichnete ein glückliches Bild unter dem Schutz der Mutter Erde.

Wir öffneten unsere Körbe und setzten uns auf die Treppenstufen des antiken Theaters, die Sonne hatte sie vorgewärmt. Knoblauch-Keftetakia-Duft drang verführerisch aus Elenis Schüssel. "Wir feiern erst hier unten und danach opfern wir den Göttern vor den Tempeln?" fragte Eleni sicherheitshalber. Unser Nicken löste den Griff zur Schüssel aus. Eleni hob sie in Richtung der Heiligtümer. Sie verknüpfte den Faden ein weiteres Mal mit ihren Ahnen und deren Göttern und mit unserem Suchen nach Antworten in der heutigen Zeit. Wir blickten in den blauen Himmel und über die Theaterstufen in Richtung der beiden Tempel. Dank sei euch Göttern! Die Katastrophen hatten uns gestreift, aber nicht gefährlich getroffen. Danke für Euren Schutz! Danke für unser täglich Brot! Elenis Keftetakia schmecken köstlich, wir werden sie zu Euren Tempeln tragen.

Die Hackfleischbällchen reduzierten sich. Gestärkt breitete Eleni die Arme aus, erhob sich, umfaßte Lisa zur rechten, mich zur linken, lupfte erst das eine Bein, dann das andere und zog uns hinunter zur Orchestra. Eins zwei drei hoppa. Ich hielt die Augen geschlossen, Apollons Antlitz zwinkerte mir vergnüglich zu. Ich sah die Menschen im Theater auf den Stufen sitzen, sah eine Generation nach der anderen vorbeiziehen, Tausende von Jahren. So mußte es auch damals im Theater gewesen sein. Sie hatten geschwatzt, den Komödien, den Tragödien gelauscht, gegessen, getrunken. Wir hingen an diesem Faden, der alles mit allem verband und sich fortsetzen würde, in einem ewigen Kreislauf.

Die Florentinakis lagen griffbereit in Lisas Tasche zum Versüßen unseres Prozessionszuges hinauf zu den Tempeln. Sie begann, die Überbleibsel unseres locker über die Treppenstufen verteilten Picknicks aufzuräumen. "Falls uns Hera erscheint. Damit sie sieht, daß wir das Theater ordentlich hinterlassen." Wir verstauten Besteck, Teller und Gläser in die Körbe, falteten die Matten, damit jeder Vorbeikommende erkennen konnte, wir kommen zurück. Eleni versenkte die Opfer für die Götter in ihre große Handtasche, und dann folgten wir dem Pilgerweg zu den beiden Tempeln.

Es hatte sich wenig verändert. Die Oliven schimmerten rund und grün durch die silbrigen Blätter der Bäume, sie hatten tüchtig an Umfang zugelegt. Die riesige Königskerze am Weg ragte braun und vertrocknet in den Himmel, die Samenkapseln ließen schlaff die Köpfe hängen - ein Zeichen, daß der Nachwuchs mit den Winden bereits das Weite gesucht hatte. Die Ameisenautobahn funktionierte immer noch reibungslos, es herrschte eifriges Treiben, tote

Käfer, Samen, Würmer bewegten sich zu den dunklen Eingängen am Rande des Spelzenhügels. Eleni und Lisa schwatzten, dazwischen zauberte Lisa immer wieder einmal Florentakis aus ihrer Tasche und reichte sie weiter. Erst einen, und noch einen, und wieder einen, bis nur noch die beiden für die Götter in dem kleinen Karton lagen. Mit einem Ohr hörte ich die neuesten Neuigkeiten und zwischendurch die Berichte über Politiker, die nicht immer zum Wohle der Gemeinschaft agierten.

Meine Blicke und Gedanken wanderten zum Ende des Tals, zu den Ausgrabungen der antiken Stadt zwischen den Olivenhainen. Die Wellblechabdeckungen sahen oberflächlich betrachtet noch genauso aus, wie beim letzten Mal. Ob sie noch bei den Römern herumgruben oder schon eine Stufe tiefer auf die Überreste des Oineus gestoßen waren?

Eleni hatte inzwischen zu den Schwierigkeiten im Gesundheitswesen übergeleitet. Den Berichten nach wirkte es wie eine immerwährende Baustelle. Das Zusammenspiel der Akteure funktionierte nicht so reibungslos wie auf der Ameisenautobahn. Ich blickte noch einmal auf den Spelzenhügel. Neben dem Haupteingang gab es zahllose weitere Öffnungen, in denen die herbeigeschaffte Beute im Dunkel verschwand. Die Ameisenarchitekten hatten praktikable Möglichkeiten geschaffen. Aber wie funktionierte die Verteilung im Inneren?

Die Sonne begleitete uns bei unseren irdischen und wenig feierlichen Überlegungen über den Zustand der Welt und näherte sich bereits dem Gebirgszug, hinter dem sie versinken würde. Die Strahlen warfen lange Schatten zwischen die Olivenbäume. Wir folgten dem Pilgerpfad der alten Griechen zügig in Richtung des heiligen Bezirks. Eleni steuerte an unserem Ziel direkt den Eingang zum Artemistempel an, den sie von unserem letzten Besuch noch gut kannte. Vor den beiden nebeneinander liegenden Tempeln verwandelte sie sich in eine Hohepriesterin mit feierlicher und ernster Ausstrahlung, als sei ihr dieses Amt in die Wiege gelegt worden. Sie zelebrierte ihre Aufgabe mit schlichten Worten, während sie die Keftetakia, versüßt mit Florentinakis auf die Stufen des Artemis- und Apollon-Tempels niederlegte.

Lisa wartete nach der Opferszene drei Schritte Distanz ab, bis sie mit einem realitätsnahen Verweis den Schlußpunkt unter die Zeremonie setzte.

"Vielleicht schicken Apollon und Artemis, wenn sie genug gerochen haben, heute Nacht einen Fuchs vorbei und morgen früh die Ameisen."

Eleni schüttelte entrüstet den Kopf. "Die Keftetakia sind Götterspeise."

"Wenn ein Fuchs vorbeischaut", beruhigte ich Eleni, "oder die Ameisen, dann im Auftrag von Artemis. Statt eines wilden Ebers einen Fuchs oder die Ameisen! Das ist doch beruhigend."

Eleni zog die Augenbrauen zusammen, streifte mich mit einem bösen Seitenblick. Wir kehrten ohne Kommentar zum Eingangsbereich des Artemis-Tempels zurück, setzten uns auf die warmen, von der Sonne aufgeheizten Steinblöcke dicht nebeneinander. Ein verräterischer Duft umhüllte Eleni und streifte mich aufdringlich mit jedem Atemzug. Ich schnupperte hörbar ein und rümpfte die Nase.

"Die Knoblauchfahne dringt bis in die Stratosphäre."

Eleni reagierte mit einem schnippischen Unterton: "Mein Geruch ist für die Götter bestimmt, nicht für dich. Übrigens riechst Du genauso."

"Ich auch", meldete sich Lisa. "Die Götter nehmen uns wie eine Einheit als knoblauchduftendes Trio wahr."

Wir saßen in unserer dreieinigen Geruchswolke entspannt und zufrieden auf den warmen Steinen und verfolgten den Lauf der untergehenden Sonne. Das verblassende

Licht legte einen Hauch von Frieden und Ruhe über die Berge. Die dürren Gräser leuchteten rötlich in dem verglühenden Licht. Es blieb noch ein wenig Zeit, bis der Augenblick kam, an dem der Tag sich anschickte, in die Dämmerung und dann in die Nacht hinüberzugleiten.

Eleni begann zu kichern. "Nestor im Baum! Irgendwo da unten muß er angstbibbernd gesessen haben."

Lisa ergänzte das Bild: "Und unter ihm sprang der Nackedei Meleagros aus dem Gebüsch und erlegte den Eber."

"Und Atalanta im Minirock", vervollständigte ich die Szene. "Dem Nestor wuchsen Stielaugen auf seiner Astgabel."

Eleni wollte sich nicht beruhigen. Ich spürte ihren Ellbogen in den Rippen.

"Nein", schüttelte ich den Kopf. "Nein! Ich schreibe kein Drehbuch für eure Theatergruppe. Das Thema Nestor ist abgehakt."

Eleni kicherte, lachte, als hecke sie gerade einen Plan aus. Nestor im Baum war ihr Lieblingsprojekt, sie hatte es noch nicht ad acta gelegt. Ich wußte, sie würde immer wieder einmal bohren. Irgendwo weiter unten am Hang kam ein Lachen wie ein Echo zurück. Eleni verstummte, drehte den Kopf und lauschte.

"Hera! Ich glaube es nicht! Hera ist im Anmarsch."

Lisa erhob sich, reckte sich nach oben, um besser sehen zu können.

"Nein, ein Pärchen, junge Leute. Sie sind gleich oben. Wer kommt außer uns auf die Idee, hier oben das Erntedankfest zu feiern?" Sie schüttelte verwundert den Kopf.

Ich zuckte mit den Schultern. "Immer wenn wir hier oben sind, gibt es eine Überraschung. Ich bin gespannt, wen sie uns heute schicken."

"Immerhin scheinen die beiden gutgelaunt", beruhigte uns Lisa und beendete das Kopfnicken. "Sie lachen. Sie sind gleich da."

Wir stellten uns neben Lisa auf die Steine und warteten gespannt auf die unvorhergesehenen Gäste.

"Wie die Erdmännchen", lachte ich leise, "wir stehen an der gleichen Stelle, die damals, als der Strohhut von Hera auftauchte."

Das Lachen aus dem Olivenhain klang synchron, männlich und weiblich, eine tiefere Stimme, eine höhere. Die beiden gackerten albern vor sich hin. Zwischen den Bäumen rechts und links am Ende des Plateaus tauchten zwei dunkle Haarschöpfe auf, einmal kurze, einmal lange Haare. Sie steuerten händchenhaltend auf uns und den Artemistempel zu, beachteten weder die Stoa noch irgendwelche anderen Fundamente, nickten freundlich, grüßten, schwenkten an uns vorbei und ließen sich unweit von uns auf den vordersten Steinen des Artemis-Tempels nieder. Aha, dachte ich, keine Geschichtskundigen, kein Interesse an der Antike. Ein verliebtes junges Paar. Sie schwatzten und lachten und ließen sich durch unsere Anwesenheit nicht stören. Der junge Mann zeigte mit dem Arm in der Gegend herum, manchmal gezielt auf eine bestimmte Stelle. Sie nickte und legte ihren dunklen Lockenkopf kurz auf seine Schulter, er drückte sie fest an sich.

"Sie turteln wie im honeymoon. Kannst du verstehen, was sie sagen? Frag sie doch, ob sie wegen des Sonnenuntergangs hier sind oder warum", flüsterte ich Eleni zu.

" "Es sind keine Griechen", flüsterte Eleni zurück. "Ich verstehe kein Wort. Es könnten Albaner sein."

Ich spürte, Eleni überlegte bereits, wie und wann sie mit ihrem Verhör beginnen konnte.

"Gleich", zischte sie mir zu. Ich spürte ihren Ellenbogen in den Rippen, der mir zu verstehen gab, laß mich das nur machen, ich bin die Expertin. Ich hörte es knistern, die Spannung in ihr stieg, ihre Neugierde bohrte und gab keine Ruhe. Der Fragebogen lag ihr bereits auf der Zunge. Mein Nachbohren hatte lediglich der Beschleunigung gedient, sozusagen als äußerliche Legitimation, um endlich starten zu können.

Vorsichtig begann sie: "Woher kommt ihr? Seid ihr von hier?"

Die beiden drehten sich zu uns um, die dunklen Locken der jungen Frau wippten. Ein wenig neidvoll registrierte ich das dichte, glänzende Haar. Wie ungerecht hatte die Natur ihre Güter verteilt, fand ich. Viele der südländischen Frauen dürfen sich über lockige Löwenmähnen freuen, während ich mich mit kerzengeraden Haaren herumschlagen muß.

Die beiden lachten uns zu, der verliebte junge Mann schwenkte den Arm in Richtung Meer.

"Von dort."

Den Namen hatte ich noch nie gehört.

"Woher?", fragte ich leise Eleni.

"Ein Dorf dort unten. Kenne ich nicht."

Nach der geographischen Zuordnung ging Eleni ins Detail. Sie startete harmlos mit der Frage nach dem Zweck des Hierseins.

"Ihr wollt euch den Sonnenuntergang anschauen?"

Der junge Mann schüttelte unschlüssig den Kopf, wies weit ausholend über die Ebene unterhalb des Artemis-Tempels und auf den gegenüberliegenden Hang.

"Wir kommen gerade von dort und sehen uns unsere Olivenbäume von oben an. All das!" Er wies wieder weit ausholend von rechts nach links und dann von links nach rechts und lachte uns an.

"Das sind deine?", bohrte Eleni weiter.

Er lachte lauthals und belustigt, auch die junge Frau lachte schallend.

"Wer bin ich? Ein kleiner Arbeiter aus Albanien. Wir haben gerade unsere Arbeit dort unten beendet und wollen uns das Ergebnis von oben ansehen. Aber irgendwie hast du recht, irgendwie sind die Bäume fast wie unsere. Aber jetzt sind wir erst einmal froh, daß wir unsere Arbeit geschafft haben."

Eleni ließ nicht locker. "Du sprichst gut griechisch, wie ein Grieche, bist du schon lange hier?"

Er zog die junge Frau an sich. "Wir." Die beiden schauten sich an. Er strich ihr über das Haar und gab ihr einen leichten Kuß auf die Wange. "Seit über zwanzig Jahren." Beide lachten uns vergnügt an.

Lisa kommentierte nuschelnd: "Sie müssen als Kinder gekommen sein. Sie sind noch so jung."

Eleni gab sich nicht zufrieden. Ich kannte das Ritual. Nach dem Vorgeplänkel, sozusagen der Einleitung, ging es beim Kennenlernen auf griechisch immer um die wichtigen Kernfragen nach Familienverhältnissen, Kindern, Haus. Danach konnte man in die Tiefe des offengelegten Fundus dringen und an Stellen weiterbohren, hinter denen sich interessante Themen verbargen, wie Schule, Alter der Kinder, Haus oder Wohnung, eventuell grobe Anhaltspunkte über Vermögen. Die nächste Frage hatte ich erahnt.

"Seid ihr verheiratet?"

Der junge Mann zog die junge Frau an sich, drückte sie.

"Glücklich seit 25 Jahren."

Die beiden ahnten wohl, daß Eleni keine Ruhe geben würde und die junge Frau ergänzte:

"Zwei Jungen, vierundzwanzig der eine, neunzehn der andere."

Wir staunten.

"Wie alt seid ihr", schaltete sich Lisa dazwischen und griff damit wildernd in Elenis Ressort ein. "Das kann doch nicht stimmen."

Nicht nur Lisa war überrascht, auch Eleni ließ ohne Protest den Zugriff auf ihr Hoheitsgebiet zu und wartete geduldig auf eine Antwort. Die beiden Albaner amüsierten sich.

"Ich werde fünfundvierzig", antwortete die junge Frau, "mein Mann ist vier Jahre älter."

Ich hatte die beiden eigentlich mindestens zehn Jahre jünger geschätzt. Eleni hakte nach.

"Das glaub ich nicht, ihr seht so jung aus. Und diese vielen Olivenbäume, das ist harte Arbeit. Ihr müßt sicher viel arbeiten."

Die junge Frau strich ihrem Mann zärtlich eine Strähne aus der Stirn.

"Gemeinsam. Ja, es ist viel Arbeit, aber wir schaffen das gemeinsam. So haben wir es von Anfang an geregelt. Im Sommer, wenn die Urlauber kommen, helfe ich noch zusätzlich in einem kleinen Hotel in der Küche aus. Unser Auskommen reicht. Wir haben genug zum Essen und Trinken, unsere Kinder sind gesund." Sie drückte den Arm ihres Mannes. "Und wir haben uns."

Eleni war noch nicht zufrieden.

"Trotzdem, wie macht ihr das? Wie kann man so jung auszusehen, wenn man so hart arbeitet, dann sind da noch eure Kinder. Langt das Geld denn für euch, heutzutage haben wir alle die gleichen Sorgen. Ihr müßt Miete zahlen, Krankenversicherung, all das steigt jedes Jahr. Das Einkommen gerade von denen, die ehrlich arbeiten, wird immer weniger."

Eleni sprach die Probleme an, die jedem Griechen auf der Seele brannten. Vor kaum zehn Minuten hatte sie sich mit Lisa darüber unterhalten.

"Wir hatten Glück - von Anfang an. Damals als wir mit einem kleinen Kind nach Griechenland kamen, nahm uns eine ältere griechische Familie auf. Ich habe die kranke Frau gepflegt, mein Mann half auf dem Feld. Dann starb die Frau, einige Jahre später der Mann. Dann hat uns der Sohn die Verwaltung über das Haus und die Felder übertragen. Er wohnt in Athen und kommt nur im Sommer oder an den Feiertagen. Wir können in seinem Elternhaus wohnen. Wir machen das schon seit über zwanzig Jahren. Er ist mit unserer Arbeit zufrieden, und wir sind mit unserem Verdienst zufrieden."

Ich sah Lisa verständnisvoll nicken. Die Fragestunde ging in ein lockeres Geplauder über, manchmal warf Lisa ein paar Worte dazwischen, manchmal Eleni. Die beiden Albaner erzählten von dem köstlichen Olivenöl, das die Bäume dort unten hervorbrachten - dank ihrer Pflege. Und dank des Einflusses von Meer und Bergen fügte ich in Gedanken an Maria und Kostas hinzu. Stolz berichteten sie von ihren Söhnen. An Weihnachten würden sie die Großeltern in Albanien besuchen. Ich verfolgte den vergnügten Wortwechsel und konnte mich als stiller Lauscher daran erfreuen. Lisa und Eleni waren beide erfahrene Kommunikationsstrategen.

Irgendwann verstummte das ungezwungene Hin- und Her, das Lachen verebbte. Wir blickten gebannt auf den Himmel. Rötliches Orange verschwamm zu einem dunklen Gelb, dehnte sich aus, nahm das Blau in Besitz, überzog es mit einem leuchtenden Glühen. Es legte sich um Gräser, Bäume. Es drang in jede Faser. Es senkte sich über das ferne Meer. Ich hörte Eleni tief einatmen, Lisa stand still neben uns. Die Silhouette des Paares hob sich dunkel vor dem Bergrücken ab. Die letzten Sonnenstrahlen umhüllten sie, rahmten sie ein. Der junge Mann hatte den Arm um seine Frau gelegt, ihr Kopf ruhte auf seiner Schulter.

Harmonie im Schein des sinkenden Sonnenballs. Kurz flackerte die Erinnerung an meine Großeltern auf und Trauer beim Gedanken an einen grauen Karton.

Eleni nahm Lisa an der linken, mich an der rechten Hand und zog uns an den Rand des Tempels. Ich suchte die Hand des jungen Mannes. Er erhob sich, seine Frau folgte. Eleni begann zu summen, der Zauber der Melodie legte sich um uns. Ich hörte die beiden Albaner und Lisa leise mitsingen. Wir waren Griechen, Albaner, Deutsche, verbunden mit den verschlungenen Händen, vereint durch die leisen Töne. Auf dem Fundament eines antiken-Tempels wuchsen wir zusammen und erahnten die Nähe des Göttlichen. Der glühende Ball senkte sich tiefer in die Konturen der Berge. Elenis löste sich von uns, trat einen Schritt nach vorne, hob beide Arme empor, ihre rauhe Stimme schwoll an:

Höre, reine Sonne der Gerechtigkeit, gleichfalls du, gepriesner Myrtenzweig!"
Nie, ihr beiden, bitte nie bringt mein Land
in Vergessenheit!"

III-14 Krieg und Frieden

Lachen, Klatschen, Gesprächsfetzen in englischer Sprache - eine Ansammlung von Menschen klumpte sich wie ein Schwarm vor Elenis Haustür zusammen. Ein Bienennest mit der Bienenkönigin Eleni im Zentrum! An ihrer Seite Lisa, daneben ein jugendlicher Mann, der Eleni um Haupteslänge überragte. Er gestikulierte, erzählte. Der Applaus brandete über den Platz bis zu meinem Auto. Ein Treffen von Elenis Theatergruppe? Die letzten Vorbereitungen für die 'Schlacht von Lepanto'? Ich stieg aus, versuchte mich durch die Menschentrauben zu schieben.   Klatschen, Lachen! Elenis dunkler Schopf drehte sich in meine Richtung, sie winkte heftig. Lisa reagierte zeitverzögert und schwenkte ebenfalls die Arme. Eleni ergriff die Initiative und ruderte mit ausgestreckten Ellbogen durch die Menschenmenge in meine Richtung. Sie schnappte sich meine Hand, zog mich mitten in das Zentrum des Schwarms, plazierte mich vor den jungen Mann, nuschelte etwas. Die Gesprächsfetzen versickerten im Gelächter und Geschwätz. Der junge Mann lachte kurz in meine Richtung, nickte, nuschelte etwas, ließ sich nicht stören, erzählte irgend etwas auf englisch. Es klang nach einer lustigen Story, er grinste über beide Ohren. Ich wunderte mich über die vielen jungen Menschen. Eleni hatte nie erzählt, daß sich so viel Jungvolk fürs Theaterspielen interessierte. Ihre Theatergruppe hatte keine Nachwuchssorgen. Der junge Mann setzte gerade den Schlußpunkt, das verriet die Intonation. Das Lachen reduzierte sich, die Jugend klatschte begeistert. Die story war zu Ende, die Vorstellung vor Elenis Haus beendet. Der junge Mann wandte sich an Eleni, Eleni an mich: "Parme?" "Parme", bestätigte ich, gehen wir.

Eleni faßte sanft den Ellbogen des jugendlich wirkenden Mannes, eine vertraute Geste, sie mußten sich gut kennen. Der junge Mann verabschiedete sich von einer Frau, winkte noch einmal in die Menge, bevor Eleni seine Hand ergriff und ihn durch das Gewühl zog. Wir bündelten unsere Stoßkraft und kämpften uns zu viert durch das Menschenknäuel in Richtung Auto. Höflich öffnete ich die Türen. "Voilà, der Shuttle-Service!" Lisa plazierte sich auf den Beifahrersitz, Eleni mit dem jugendlich wirkenden Mann auf die Rückbank. "Alles ok?", fragte ich noch einmal. "Alles ok", kam die Antwort klar und knapp. Ich blickte in den Rückspiegel. Kannte ich ihn? Ja? Nein? Eher Mittelalter, nicht mehr ganz so jung, hohe Stirn, graumelierte Schläfen, Drei-Tage-Bart, nein, ich hatte ihn noch nie gesehen, oder doch? Irgendwie kam er mir bekannt vor. Ich konnte Lisa auf dem Beifahrersitz nicht direkt fragen, das wäre unhöflich.

Die Parkplätze vor dem Kafeneon waren nur teilweise belegt, wir hatten Glück. Lange Beine in Jeans, weiße Turnschuhe - der nicht mehr ganz so junge Mann schälte sich auf meiner Seite aus dem Auto, richtete sich zur vollen Größe auf, stand vor mir, griffbereit für Fragen, auch wenn ich ein wenig nach oben blickten mußte. Immerhin war er fast einen Kopf größer als ich. Jetzt konnte direkt von Angesicht zu Angesicht seine Identität geklärt werden - auf englisch.

"Ich habe vorhin am Hafen deinen Namen nicht verstanden. Sind wir uns schon einmal begegnet?"

Der junge Mann lachte entwaffnend, beugte den Kopf höflich kurz nach unten.

"Tom! Nein!" Das klang klar und eindeutig. "Aber ich kenne dich."

Aha, Eleni! Was hatte sie wohl alles erzählt! Natürlich, die Theatergruppe! Die wußten alle von ihrem Lieblingsprojekt. Ich konnte mir das gut vorstellen, wie sie jedes Treffen ähnlich wie der Römer Cato mit dem immer gleichen Wortlaut eröffnete: 'Im Übrigen, was ich noch sagen wollte: Wir müssen Nestor ins Programm nehmen.' Sicher war in diesem Zusammenhang mein Name gefallen. Also gehörte der junge Mann zur Theatergruppe. Eleni und Tom gingen vertraut miteinander um. Sie kannten sich ewige Zeiten, das sah man. Trotzdem: Warum sprachen sie englisch und nicht griechisch?

Eleni schlug die Autotür zu, umrundete Lisa, die in ihrer Handtausche herumwühlte. Sie hakte mich an der einen Seite unter, Tom an der anderen. Tom war also ihr besonderer Gast, und ich sollte jetzt in die exklusive Beziehung einbezogen werden. Ein Kopfnicken in Richtung Lisa, die ihre Suchaktion beendete und sich kräftig die Nase putzte. Eleni lockerte den Griff an meinem Arm.

"Wir sollten uns beeilen" rief sie Lisa zu.

Die Autotür klappte hörbar, Eleni marschierte los, ihr Kleid verfing sich ein wenig in der rotleuchtenden Bougainvillea, die sich am Zaun des Kafeneon entlang zog. Sie zupfte am festhängenden Stoff und sprach jetzt nicht mehr englisch, sondern deutsch, also meinte sie Lisa und mich.

"Laßt uns einen Platz suchen, bevor der Ansturm losgeht. Vorne, in der ersten Reihe! Dort können wir das Schiff mit Georgeos als Don Juan am besten sehen!"

Lisa folgte gehorsam, ich folgte gehorsam. Tom fragte nicht nach. Ein einfühlsamer Mensch, interpretierte ich seine widerspruchslose Haltung, er konnte Elenis Gesichtsausdruck und Gestik richtig deuten, sie kannten sich sicher schon eine Ewigkeit. Also doch Theatergruppe.

Irgendwie kam mir dieser Tom merkwürdig vor. Warum sprach er nicht griechisch? Vielleicht eine Verbindung nach Athen zu einem anderen Theater? Oder ein Gast aus dem englischsprachigen Raum? Englisch mit einem amerikanischen Slang, also aus den USA? Elenis Verhalten fand ich noch merkwürdiger. Entgegen ihrer sonstigen Gewohnheit hatte sie mich nicht informiert. Kein Wort darüber, wen sie mitbringen wollte, kein Wort über ihren Gast. Heute morgen noch hatten wir telefoniert. Auch Lisas Schweigen war seltsam. Spürte sie nicht die nach einer Erklärung heischende Situation? Lisa, die ansonsten sensibel alle Stimmungen wahrnahm, konnte sie nicht wenigstens eine kleine Bemerkung an der richtigen Stelle plazieren, eine unverdächtige, flapsig hingeworfene Orientierung? Hinter Elenis Rücken durfte sie keine weitreichenden Informationen abgeben, das verstand ich. Aber eine vorsichtige Andeutung, das konnte man von einer Freundin erwarten. Lisa hatte bisher immer geschickt, diskret und rücksichtsvoll verstanden, schwierige Situationen zu entflechten.

Das Kafeneon fuhr noch auf Sparflamme. Nur wenige Gäste saßen an den kleinen Tischen auf dem grünen Rasen. Eleni steuerte unbeirrt auf einen Platz in der vorderen Reihe zu, direkt seitlich neben dem alten Olivenbaum. Keine zwanzig Zentimeter vor den zierlichen Beinen des kleinen Tisches klaffte ein dunkles Loch - es ging senkrecht nach unten, nur ein schmiedeeisernes Gitter trennte uns vom Abgrund. Mit dem Fuß prüfte ich vorsichtshalber die Eisenstäbe. Eine stabile Abgrenzung, stellte ich beruhigt fest und rückte den Stuhl trotzdem ein wenig zurück. Tom deutete mit der ausgestreckten Hand auf die Sitzgruppe und blickte uns einladend an, eine höfliche Aufforderung, uns zu setzen. Er winkte die Bedienung heran. "Was darf ich bestellen?" Perfekte Umgangsformen. Eleni schlug Wein vor, Wasser, ein Schälchen Nüsse. "Gute Idee", fand ich.

"Wenn dort unten die Schlacht tobt, können wir hier oben ein wenig knabbern und süffeln, ausgenommen meine Person, der shuttle-service bleibt bei Antialkoholischem.

Weit unter uns lag die zur Theaterkulisse umfunktionierte venezianische Stadtmauer, zwischen den beiden kleinen Leuchttürmen öffnete sich das runde Hafenbecken zum Meer hin. Von hier aus war einst ein Teil der türkischen Flotte in den Kampf gezogen, vielleicht sogar Ali Pascha selbst auf dem berühmt-berüchtigten Flaggschiff 'Sultana' mit dem grünen Segel und den tausendfach mit Goldfäden gestickten Namen Allahs. Die Vorbereitungen für die Siegesfeier liefen auf Hochtouren. Eine Standarte schwankte bedrohlich hin und her, bis ihr Standbein fest verankert war. Ein goldener Löwe prangte majestätisch auf dunkelrotem Hintergrund, unmißverständlich das Wahrzeichen Venedigs. Endlich einmal wieder nach so langer Zeit, dachte ich. Die Venezianer sind in ihren Hafen zurückgekehrt. Schließlich erinnerten unzählige Spuren an die lang zurückliegenden Handelsbeziehungen, bis ihnen die Türken das lukrative Geschäft verdarben. Nach der Eroberung setzten die neuen Besatzer ihre eigenen Duftnoten, davon zeugte ein vor nicht allzu langer Zeit renovierter Sultanspalast und die zum Kulturzentrum umfunktionierte Moschee mit der runden Kuppel.

Die zweite Standarte, die bereits gut vertäut aufrecht stand, schmückte eine Krone, darunter reckten rechts und links neben einem Wappen zwei Adler die Schnäbel über weitausladende schwarze Schwingen, das Wahrzeichen des spanischen Königshauses. Don Juan de Austria, der Anführer der Heiligen Liga, war ein Bastard, aber schließlich der anerkannte und geachtete Halbbruder des spanischen Königs und gefeierter Sieger der blutigen Schlacht.

Auf der Straße vor der Hafenmole ging es lebhaft zu. Statt hupender Autos drängten sich Menschenmassen um die Kaimauer. Ein gutes Stück weiter markierten die Blaulichter der Polizei die Absperrung für den Verkehr. Das siegeswillige Fußvolk durfte sich den besten Platz auf der zur Zuschauertribüne umfunktionierten Straße suchen. Die Menschen strömten aus den schmalen Gassen des historischen Zentrums zum Hafen. Das warme und schöne Herbstwetter trieb die Leute aus den Häusern zu einem der größten Spektakel der traditionsreichen Stadt. Auch neben und hinter uns füllten sich die Plätze. Unser Kafeneon wandelte sich zum Freilichttheater mit bester Sicht auf die Theaterkulisse am Hafen. Historische Kostüme in den unterschiedlichsten Farben flanierten hin und her oder plazierten sich in der Nähe des Cervantes-Denkmals. Weiße, rote, gelbe Farbtupfer, Gewänder mit weit ausladenden langen Röcken - die dekorativ herausgeputzte Weiblichkeit wetteiferte um das auffallendste Kostüm mit berüschten Dekolletés, bekrönt von großen Hüten, die auf- und abwippten. Die Begleiter flanierten in Kostümen mit auffallend weißen Strümpfen unter rotbraunen Kniebundhosen, als sei der bronzene Cervantes von seinen Mitstreitern umringt. Dunkle Gestalten krochen auf dem Boden herum, schraubten und machten sich an Kabeln und Lampen zu schaffen.

Tom deutete nach unten. "Ein idealer Platz! Wir haben alles im Blick. Wie in einer Theaterloge." Ich spürte seine Hand sanft auf meinem Arm. Tom blickte mir entwaffnend direkt und ohne Umschweife in die Augen. "Ich kenne dich bereits seit gestern abend" knüpfte er an unsere kurze Vorstellung an und lachte verschmitzt. Eleni schlug die Augen nieder, als plage sie das schlechte Gewissen. Ich wartete erst einmal ab und überlegte immer noch, was sie wohl alles verraten hatte. Den Namen Nestor würde ich komplett ignorieren, sollte sie oder er ihn ins Spiel bringen.

"Ich habe Eleni gefragt, ob ich mitkommen darf." Tom blickte mich fragend an, als wolle er nachträglich meine Zustimmung einholen. Lisa schien eingeweiht, sie lachte entwaffnend zu mir herüber. Der Ausdruck in den Augen sprach Bände und hieß: Jetzt kommt endlich alles auf den Tisch, jetzt muß ich mich nicht mehr verstellen, jetzt schlägt die Stunde der Wahrheit. Eleni senkte schon wieder die Augen, als plage sie das schlechte Gewissen, zog die Schulter in die Höhe. Es wirkte wie eine Entschuldigung. Sie meinte das nicht ernst, das sah ich an ihrer Mimik. Sie war die geborene Schauspielerin, die Theatergruppe würde ihre wahre Freude an ihr haben. Ich wartete immer noch auf nähere Informationen, die wenigen klärenden Sätze waren nicht alles. Wo sollte ich unseren Begleiter einordnen? Theatergruppe: ja. Aber die amerikanisch gefärbte englische Kommunikation?

"Eleni hatte mich und meine Frau gestern eingeladen", begann Tom mit der Auflösung des Rätsels. Er blickte Eleni an, als danke er ihr noch einmal für ihre Gastfreundschaft. Seine Hand auf meinem Arm hatte sich gelöst, er beugte sich kurz zu Eleni hinüber. Eleni nickte mit strahlendem Gesicht. Tom besaß also Elenis Zustimmung, um fortzufahren. Ich spürte Toms Hand leicht auf meinem Handgelenk und schon zog er die Hand wieder zurück. Die sanfte Berührung erinnerte mich seltsamerweise an ein Soufflé, luftig und flüchtig.

"Wir hatten unser Schiff in den Hafen gefahren, vertäut, stiegen aus und begannen gerade einen Rundgang, um uns den historischen Stadtkern anzusehen und die Gemäldeausstellung in der Moschee."

Eleni ergänzte: "Das Schiff, von dem ich euch erzählt habe. Das Schiff für Juan d'Austria. Es ankert jetzt dort draußen." Sie deutete in Richtung Meer, nach rechts, nach links.

Tom nickte bestätigend und half ihr: "Rechts, dort drüben, ein Stückchen weiter draußen, wenn man weiß, wo es liegt, kann man es erkennen. Die Schlacht ist geschlagen, sie haben gesiegt und warten auf ihren Einsatz, sie wollen feiern."

Er lachte schallend, und ich blickte ihn verdutzt an. Die Schlacht war geschlagen? Aha, er kannte das Theaterstück und wußte, wo es einsetzte, also nach der Schlacht, wenn das siegreiche Schiff in den Hafen einfuhr. Lisa blickte ungerührt auf das Meer, als suche sie die Stelle, an der das Schiff ankerte.

Wären wir alleine gewesen, hätte Eleni jetzt die Arme empor geworfen und gesungen 'Ein Schiff wird kommen'. Hatte sie Toms Lachsalve irritiert oder sogar eingeschüchtert? Ich blickte an Tom vorbei in Richtung Eleni, aber es kam kein Ton über ihre Lippen. Sie ließ sich zu nichts animieren. Das Lied paßte eigentlich perfekt genau in diesem Moment zu dieser Situation. Sie verhielt sich an der Seite dieses Tom seltsam zurückhaltend. So kannte ich sie nicht, so hatte ich sie noch nie erlebt. Und Lisa hatte mich mit einem kurzen Seitenblick gestreift und dann wieder das Meer ins Visier genommen. Zugegebenermaßen besaß dieser Tom ein schönes Segelboot, das sah ich, auch wenn es weit draußen lag. Es war ein beeindruckender Zweimaster, ein altes Holzboot, sicher Teakholz, und nicht eines der modernen Plastikboote. Es war fast windstill, kaum Wellen, die Segel waren eingeholt, das Schiff wartete auf seinen Einsatz.

"Dort drüben", Tom streifte mich mit einem kurzen Seitenblick, diesmal ohne die Hand souffléemäßig auf meinen Arm zu deponieren, zeigte in Richtung der alten Moschee, "genau dort standen wir."

Tom lachte kurz auf. Es klang eher wie ein Seufzen, eine mehrdeutige Heiterkeit.

"Wir gaben unserer Crew noch ein paar Anweisungen, vor allem, was die Verwaltung unseres Vorrats an Spirituosen angeht."

War die Crew etwa trinkfreudig? Tom verweilte nur kurz bei den hochprozentigen Genußmitteln, er vertraute offensichtlich seinem Personal. Er schwenkte mit dem Arm ein Stückchen nach links.

"Da öffnete sich eine Tür." Toms Arm wies direkt auf Elenis Haus. "Eine freundliche junge Frau lachte uns an."

Ich mußte an Frau Holle denken, es erschien das Bild aus meinem Kinderbuch, das lachende Gesicht, das aus dem Fenster lugte, der Adventskalender schob sich davor, das letzte Türchen öffnete sich und ein besonders kalorienhaltiges Stück Schokolade erschien.

"Es ergab ein Wort das andere, und dann lud uns Eleni zum Kaffee ein. Meine Frau zögerte keinen Augenblick, die beiden fingen sofort an zu palavern. Bla, Bla, Bla auf griechisch, wie Maschinengewehre, ich verstand kaum ein Wort. Eleni rückte die Stühle an der Hafenmole zurecht, holte ihren Mann. Statt eines Stadtrundgangs tranken wir erst Kaffee, dann Wein und hörten Elenis und Marcos Geschichten zu. Wir lernten alles Wissenswerte über die Stadt, die Umgebung, über Lepanto und Juan d'Austria, über Kalydon und die Götter."

Tom legte eine Kunstpause ein.

"Wir bewunderten die Bilder von Marcos und ...", Tom blickte mich direkt an und fuhr nach einer Pause fort: "und erfuhren alles über die Theatergruppe und dein Drehbuch."

Ich schüttelte entrüstet den Kopf und wollte energisch protestieren. Tom legte demonstrativ beschwichtigend den Arm, der gerade Elenis Haus markiert hatte, mit dieser besonderen, einzigartigen Flüchtigkeit auf mein Knie.

"Keine Angst. Das ist Sache meiner Frau. Meine Frau wird das mit dir und Eleni besprechen. Sie sammelt gerade Eindrücke für ihr neues Projekt."

Ich schüttelte noch energischer den Kopf und wollte gerade zu einem lautstarken Protest ansetzen. Toms linker Arm hob sich etwas, tätschelte einige Male beruhigend auf meinem Knie herum, bis er den Hafen ins Visier nahm.

"Dort unten steht sie, rechts neben ihr der Mann mit dem dunklen Kasten auf der Schulter ist der Kameramann."

Jetzt fiel es mir wie Schuppen von den Augen. Ich ahnte, woher ich ihn kannte. Deshalb der Menschenauflauf vorhin vor Elenis Haus! Ich blickte ihn verstohlen an. Er zwinkerte mir zu, nickte. Dieser Zug um die Mundwinkel, natürlich! Das war er! Das war typisch für seine Mimik, das Lachen unten am Hafen, die kleinen Äuglein, wenn er lachte, die Lachfalten, die leicht graumelierten Schläfen, deshalb kam er mir irgendwie bekannt vor. Und sein Zwinkern war die Bestätigung, daran gab es keinen Zweifel. Er lachte mich entwaffnend an, lachte mit diesem für ihn typischen Schalk in den Augen.

"Oh, es war ein weinseliger Abend."

Er griff sich mit beiden Händen an den Kopf und seufzte.

"Und wir haben Zukunftspläne geschmiedet. Die Sterne über uns, das Spiegeln der Lichter im Hafenbecken, das leise Murmeln der Wellen, die Geschichten über die Götter, unvergeßlich, aber ...!"

Tom griff sich mit beiden Händen wieder an den Kopf und schaute zu Eleni hinüber.

"Heute spüre ich den Wein im Kopf statt im Magen."

Eleni bekam leuchtende Augen und strahlte übers ganze Gesicht.

"Marcos kam heute morgen nicht aus dem Bett. Ich mußte ihm einen kalten Umschlag auf seinen benebelten Kopf legen."

"Wir beiden Männer haben am meisten getrunken", bestätigte Tom. "Aber unsere Frauen waren auch nicht gerade zurückhaltend. Die Eltern meiner Frau sind Griechen. Wir lieben griechischen Wein und lassen ihn uns nach New York schicken. Von Achaia Clauss, dort drüben." Der Arm zeigte in Richtung Patras.

Normalerweise würde Eleni jetzt aufspringen und das Lied vom griechischen Wein anstimmen. Tom gab ihr eigentlich eine Steilvorlage. Eleni wirkte völlig unbeteiligt, als ginge sie unser Gespräch nichts an, Lisa strahlte vor sich hin und blickte interessiert auf das Geschehen unter uns am Hafen. Ich erkannte, die Rollen waren verteilt. Dies war Toms Auftritt. Und Lisa wußte Bescheid, sie war Elenis Komplizin. Tom nahm eine tiefe Stimme an.

"Was du nie vergessen darfst, meine Tochter - deine griechischen Wurzeln. Die Zivilisation der gesamten westlichen Welt hat ihren Ursprung in unserer Heimat."

Tom hatte beide Hände erhoben und unterstrich eindrucksvoll die langsam und pointiert vorgetragenen Worte, als moduliere er sie mit Bedacht. Es hörte sich beeindruckend an, eine kleine Kostprobe des Oscar-Preisträgers live.

Eleni hing mit seligem Lächeln an seinen Lippen.

Mit normaler Stimme fuhr Tom fort: "Mein Schwiegervater!"

Er lachte, lachte immer mehr, die Augen wurden schmal, wie ich sie von seinen Filmen in Erinnerung hatte. Jetzt lachte er nicht über Nestor und das von Eleni anvisierte Drehbuch, er amüsierte sich über die patriotische Familie seiner Frau. Und dann mit tiefer Stimme:

"Daß du mir das nie vergißt, meine Tochter. Unsere Heimat ist die Wiege unserer Kultur."

Tom wechselte in seinen normalen Tonfall und deutete in Richtung Hafen.

"Deshalb steht sie dort unten. Auf der Suche nach ihrer Wiege. Sie plant einen neuen Film und nervt mich jeden Morgen schon beim Aufstehen mit ihren Ideen."

Er beugte sich zu Eleni hinüber, legte den Arm um ihre Schulter und blickte Lisa und mich dabei an.

"Wir haben gestern Gemeinsamkeiten entdeckt. Messolongion! Mein Schwiegervater stammt aus Messolongion. Meine Frau war begeistert. Vielleicht sind wir engste Verwandte. Hier in Griechenland ist doch jeder mit jedem verwandt. Wir werden das noch abklären müssen und unseren Stammbaum vergleichen."

Innerlich schüttelte ich immer noch den Kopf, äußerlich versuchte ich ruhig zu bleiben. Sicher! Elenis Haus am Hafen war ein Meeting-Point. Wen hatte Eleni nicht schon alles dort getroffen oder eingeladen. Was hatte sie nicht alles darüber erzählt: Von Touristen, Prominenz, weniger Prominenten, die sich an ihrem Tisch am Hafenbecke niedergelassen hatten und Kaffee bei ihr bestellten. Menschen aus aller Herren Länder klopften bei ihr an, aus dem Inland, aus dem Ausland. Wenn Fremde oder auch Einheimische um den kleinen runden venezianischen Hafen schlenderten, wenn ein Segelschiff anlegte und die Mannschaft von Bord ging, wenn Künstlergruppen und Kunstinteressierte eine Ausstellung in der renovierten Moschee besuchten, viele von ihnen landeten vor Elenis kleinem Tisch an der Hafenmole.

Ein Kafeneon neben dem anderen rund um das Hafenbecken - das suggerierte manchem Nichtkundigen, der kleine Tisch gehöre dazu und sei die Fortsetzung der Gastlichkeit, ein besonders intimer Platz am letzten Zipfel, an der schmalsten Stelle vor dem kleinen Leuchtturm, direkt vor den zwei schattigen Pfefferbäumen, ein ganz spezieller und romantischer Ort. Im Sommer stand Elenis Haustür sperrangelweit offen, um die kühle Luft des Meeres durch das aufgeheizte Haus streichen zu lassen. Manchmal entdeckte Eleni beim Blick nach draußen Fremde, die es sich auf ihren Stühlen bequem machten. Manche standen plötzlich bei ihr im Wohnzimmer und orderten Kaffee. Eleni lachte dann, klärte sie auf oder bat, es sich draußen gemütlich zu machen, sie könne ihnen aber nur einen griechischen Espresso anbieten. Manchmal hielten diese spontanen Bekanntschaften über Jahre hinweg, und sie stellte mir jemanden vor, wenn ich sie besuchte: "Sie haben vor zwei Jahren einmal bei mir Kaffee bestellt", amüsierte sie sich. Einmal hatte sie den englischen Botschafter samt Gattin klitschnaß in ihr Haus gezogen. Die beiden suchten bei einem Platzregen Schutz unter den Pfefferbäumen neben dem Haus und waren dankbar, bei Eleni Unterschlupf zu finden, bis die monsunartigen Regengüsse aufhörten.

Vor einiger Zeit wartete Eleni an dem Tischchen unter den Pfefferbäumen auf mich und strich bei meiner Ankunft über einen dicken, braunen Umschlag, als streiche sie über einen Schatz.

"Setz dich doch! Habe ich gerade abgeholt. Ich zeige dir etwas!"

"Hast du dein Konto geplündert? Dollar? Euro? Was ist drin?", bohrte ich nach.

"Für das Guggenheim-Museum in New York."

Elenis Gesicht strahlte und drückte ihre Hochachtung vor einem der bekanntesten Museen der Welt aus. Ich lachte, ein kleiner Scherz von Eleni, dachte ich. Ich konnte mir nicht vorstellen, was sie mit dem Guggenheim-Museum in New York verband.

"Ja, ja! Das Guggenheim-Museum!" bestätigte ich. "Deine Bewerbung? Willst du dort als Kuratorin anfangen?

Willst du uns etwa verlassen?" Ich bemühte mich, entrüstet auszusehen.

Eleni strahlte mich an. "Eine Überraschung!" Sie strich noch einmal vorsichtig mit der Hand über den Umschlag, blickte mir stolz in die Augen, öffnete die Klappe des braunen Umschlags und zauberte ihr Geheimnis aus dem unscheinbaren Kuvert. Dutzende großformatige Fotos, sie zog ein Feuerwerk von Farben hervor, breitete die Bilder auf dem Tisch aus, abstrakte Figuren, stilisierte Äpfel, weiße Muster im blauen Himmel, grüne Zweige, die auf einen dunklen Boden fielen, und Tauben, die in die Leere stürzten - Fotografien der Bilder ihres Mannes. Sie drehte den Umschlag um und deutete auf eine sorgfältig geschriebene Anschrift.

"Er hat versprochen, seine Beziehungen spielen zu lassen. Er will meinen Mann für eine Ausstellung im Guggenheim-Museum in New York empfehlen. Er hat es versprochen. Sie haben einen Segeltörn durch die griechischen Inseln gemacht, haben hier im Hafen geankert und bei uns Kaffee getrunken."

Das war nun schon Monate her. "Wer weiß", antwortete Eleni auf meine Nachfragen jedesmal hoffnungsvoll. "Manchmal dauert es eben etwas länger!"

Ihr Tischchen an der Hafenmole hatte viele wichtige und unwichtige Persönlichkeiten gesehen. Und jetzt Tom, Kapitän des Segelschiffs, dessen Crew Juan d'Austria in den Hafen von Lepanto leiten würde - ein weltbekannter Schauspieler und Oskarpreisträger.

"Es geht gleich los", riß mich Lisa aus meinen Gedanken und beugte sich über den Tisch in meine Richtung. "Sie proben die Elektronik." Musikfetzen drangen zu uns herauf, brachen ab, setzten erneut ein. Flinke Schatten eilten an der Stadtmauer und rund um den Hafen hin und her. Die Dämmerung verhüllte bereits die historischen Überreste und verlieh ihr den Charme einer kunstvollen Kulisse. Wie Mausezähnchen ragten die Konturen der Schießscharten aus den dunklen Schatten der Steine empor. Links neben der schmalen Hafeneinfahrt lehnten stilisierte Segel: Ein Symbol für die mörderische Seeschlacht mit hunderten von Booten?

Inzwischen hatte sich das Meer draußen vor der Stadtmauer silbrig-schwarz verfärbt und verschmolz mit den hohen Bergen des Peloponnes in der Dämmerung. An der gegenüberliegenden Küste zeichneten glitzernde Lichter der Häuser und Beleuchtungen der Straßen die Abgrenzung zum Bergmassiv wie eine leuchtende Perlenkette. Helles Flimmern inmitten des Dunkels der Berge markierte einzelne Dörfer an den Hängen. Die Nacht würde bald hereinbrechen.

Tom machte es sich in seinem Stuhl gemütlich. "Eine Premiere", lehnte er sich entspannt zurück, schlug die Beine übereinander. "Diiee Premiere!"

Er zog 'die' gekonnt in die Länge. Etwas Besonderes für ihn? Vielleicht wegen des Filmprojektes seiner Frau? Er klopfte auf seinen blauen Jeans herum.

"Ohne Smoking." Er lachte lauthals. "Ich bin auf den Augenblick gespannt, wenn unser alter Kahn einen fünfhundert Jahre alten Kaisersohn dort unten abliefert."

Er streckte den Arm weit aus, über den Abgrund hinweg in Richtung Hafen. "Eine tolle Sicht von hier oben, ich kann jeden Patzer sofort erkennen, ich führe Regie und keiner merkt es!"

Tom war nicht zu bremsen, lachte wieder lauthals, so mußte es vorhin unten am Hafen gewesen sein, ihm fiel ständig etwas Neues ein.

"Wir werden die Premiere feiern, " beugte er sich nach vorne, "falls sie auf dem Schiff noch etwas zum Feiern übriglassen."

Von einer Sekunde zur anderen wurde er todernst, als erkenne er erst jetzt die Tragweite seiner Worte.

"Oh!", wandte er sich an Eleni und Lisa, dann an mich, als erwarte er Hilfe von uns. "Der Karton!"

Ich entdeckte eine steile Falte zwischen der Nasenwurzel. Die grauen Augen drückten tiefe Besorgnis aus. Er hatte ein massives Problem, das sah man.

"Den Karton habe ich vergessen. Den Wein von Achaia Clauss. Er steht mitten in der Kajüte unter dem Tisch."

Er prustete los, die Falten waren verschwunden, die Augen wurden klein und schmal, er lachte schon wieder lauthals.

"Hoffentlich haben sie ihn nicht entdeckt und fangen nicht schon vor dem Sieg mit der Siegesfeier an."

Eleni dachte nach, das sah man ihr an. Ob sie schon das Festival dort unten in einer weinseligen Stimmung davon schwimmen sah? Ihr Ausdruck hellte sich auf.

"Nein, Georgeos macht das nicht. Georgeos spielt den Juan. Er war den ganzen Tag schon aufgeregt und hatte Lampenfieber. Er rührt keinen Tropfen an." Eleni Stimme gewann an Fröhlichkeit. "Nicht bis er die Türken besiegt hat."

Toms Augen wurden wieder schmal, er lachte und lachte. Jetzt verstand ich, warum sich die Jugend vorhin dort unten vor Elenis Haus wie ein Bienenschwarm um ihn geschart hatte. Seine ungebremste Heiterkeit wirkte ansteckend. Einige hatten ihn sicher erkannt, und er hatte seine Späßchen mit ihnen getrieben.

"Ich hoffe, Don Juan schafft es, die Crew zu überreden, zuerst zu siegen und erst danach zu feiern. Schließlich habt ihr sie alle in die lustigen alten Kostüme gesteckt. Sie müssen nüchtern bleiben. Sie dürfen nicht vergessen, in den Hafen einzulaufen. Ich muß das unbedingt erleben!"

Tom streckte beide Hände nach vorne und formte eine schmale Öffnung. "Durch die enge Durchfahrt! Unser schönes Schiff, hoffentlich schaffen sie es und liefern den alten Kaisersohn wohlbehalten ab."

Mitten im Lachen hielt Tom inne.

"Es geht los. Sie haben die Lautsprecher eingeschaltet. Soll ich schon einmal per Handy den Startschuß geben, damit sie auf dem Boot den Motor anwerfen?"

Seine Aufforderung an die Crew war nicht mehr nötig. Leuchtende Segel unterhalb des linken Leuchtturms unterbrachen sein Vorhaben. Die Helle des Lichts blendete, verschwimmendes Pink flimmerte entlang der Stadtmauer, wechselte zu einem Staccato in Blau und Grün. Ein Scheinwerfer tauchte das Cervantes-Denkmal in ein sanftes Gelb. Die Musikfetzen ordneten sich zu einer einheitlichen Tonfolge, nahmen an Länge zu, verdichteten sich zu einer schwermütigen Melodie, brachen ab.

Aus dem Dunkel der wartenden Hofgesellschaft löste sich ein Schatten und bewegte sich gemessenen Schrittes auf den leuchtenden Cervantes zu. Der Scheinwerfer erfaßte die Gestalt, die sich mit einer weit ausholenden Geste verbeugte. Der pelzverbrämte Mantel berührte den Boden, das Gesicht lag im Schatten einer dunklen Kappe, die an eine zu große Baskenmütze erinnerte. Der stattliche Mann richtete sich zu voller Größe auf, stand still vor dem bronzenen Cervantes. Aus dem weiten, dunklen Umhang blitzte eine schwere goldene Kette auf. Also ein hoher Würdenträger der damaligen Zeit, schloß ich aus der Kleidung. Mit einer langsamen Bewegung hob er beide Arme. Mit einer weitausholenden Geste begrüßte er die Gäste des Lepanto-Festivals, so verstand ich es mit meinem laienhaften Griechisch. Er wählte einfache Worte, die ich tausendfach bei Begrüßungen gehörte hatte. Cherete fili, seid gegrüßt Freunde. Seid willkommen. Nach einer kleinen Pause:

"Lepanto", begann er, "einer der Namen unserer Stadt, die für unsere lange historische Vergangenheit steht."

Ich hörte den Satz ein zweites Mal, Eleni flüsterte ihn in englischer Sprache in Richtung Tom. Sie ergänzte: "Unser Bürgermeister! Sein Sohn spielt den Don Juan."

Mit dem linken Ohr vernahm ich griechische Gesprächsfetzen, mit dem rechten die englische Übersetzung. Der rundherum bestrahlte Bürgermeister sprach langsam und bedächtig, das erleichterte die bipolare Verständigung. Ich konzentrierte mich auf mein rechtes Ohr, während das linke Ohr das griechische Original wie eine weiche, wohlklingende Melodie verarbeitete und das trockene Englisch weichzeichnete. Eleni übersetzte Historisches. Ich schnappte vor allem die groben Schlagwörter auf, Herakliden, Athener, die freiheitsliebenden Messener, deren Denkmal der Nike heute in Olympia an ihre Aufnahme in dieser Stadt erinnerte. Der Bürgermeister spannte den Bogen weiter zu den Römern, bis hin zu Byzanz und nach Venedig, bevor er eine kleine Ruhepause einlegte. Den Zuschauern blieben einige Sekunden Zeit, um darüber nachdenken, wie weit ihre Ahnentafel zurückreichte und ob sie ihre Urahnen auf die Dorer, die Römer, die Byzantiner oder andere Zugereiste zurückführten.

Dann endlich steuerte der Bürgermeister auf den einen Namen zu, dem alle entgegenfieberten – die Osmanen. Danach – Pause! Der Bürgermeister und Eleni verfielen erst einmal in Schweigen. Um uns herum tiefe Stille. Unten am Hafen – Ruhe. Oh je, dachte ich, es knistert, auf diesen Namen hat die Stadt gewartet. Osmanen, Türken, die Bedrohung lebt in den Herzen der Griechen fort. Gerade erst hatte es mehrere Zwischenfälle mit dem übermächtigen Nachbarn und ehemaligen Feind gegeben. Türkische Kampfflugzeuge waren irgendwo in der Ägäis über irgendeiner der vielen Inseln in den griechischen Luftraum eingedrungen.

Vielleicht hatten sie den Überblick über das Inselgewirr verloren. Vielleicht flogen sie einen Spezialeinsatz auf der Suche nach Gülen-Anhänger. Vielleicht lag das Corpus Delicti auf griechischer Seite. Vielleicht hatten die Griechen konzentriert nach unten geblickt, das Mittelmeer nach Schlauchbooten mit Flüchtlingen abgesucht und dabei einen kleinen Schlenker verursacht. Jeder gab jedem die Schuld an dieser Beinahe-Kollision. Die Griechen den Türken, die Türken den Griechen. Dicke Überschriften in den griechischen Zeitungen mit Rückforderungen von Inseln seitens der Türkei vervollständigten die aufgeheizte Stimmung und rissen die Wunden einer fast vierhundertjährigen Besatzung auf, obwohl das Ende bereits um die zweihundert Jahre zurücklag. Jetzt warteten alle dort unten und hier oben auf die Befreiung, die Errettung von der türkischen Knechtschaft in ihren Herzen. Sie sehnten die visuelle Niederringung herbei, die Ankunft eines Retters, eines strahlenden Siegers über die Peiniger, die mit ihrer Nadelstich-Taktik in der griechischen Wunde herumstocherten. Die Erzfeinde mußten endlich ein für allemal und hier und jetzt und am heutigen Abend besiegt werden. Jedes griechische Kind hatte mindestens einmal am jährlichen Nationalfeiertag in traditioneller Tracht sein Verslein zur Erinnerung an den griechischen Befreiungskampf aufgesagt. Eleftheria i thánatos, Freiheit oder Tod, die Alternativlosigkeit wurde im zarten Kindesalter eingeimpft, ein Brandmal, das nie ganz verheilte. Die Seeschlacht von Lepanto ging noch weiter zurück - bis zum Jahr 1571, dem Vorgeplänkel der Unterdrückung anno dazumal. Am heutigen Abend wurde die Geschichte umgeschrieben. Die Osmanen mußten heute endgültig, und zwar gleich vor dem Beginn ihrer Eroberungszüge, niedergerungen werden, das stand jetzt schon fest und sie sollten vor allem nicht nur heute, sondern für alle Zeit besiegt bleiben. Jedenfalls bis zum nächsten

Lepanto-Festival. Nie wieder Fremdherrschaft! Eleftheria i thànatos - Freiheit oder ... Nein!

Ein weiterer Scheinwerfer erfaßte die Spitze eines eleganten silbernen Damenschuhes, streifte ein weitschwingendes Kleid. Eine zierliche Frau trat aus dem Dunkel der Hofgesellschaft an die Seite des Bürgermeisters. Das weitausladende Gewand wippte bei jedem Schritt, das helle Licht fiel auf Spitzen am Rocksaum, auf ein rüschengesäumtes Dekolleté, einen überdimensionalen Hut mit Straußenfedern, der ein hübsches Gesicht krönte. Eine Gestalt aus der Vergangenheit, die in der Gegenwart lebte und aussah, als sei sie einem Bilderbuch entstiegen. Der Bürgermeister faßte ihre Hand.

"Laßt uns heute eines Sieges gedenken, der in die Geschichte einging."

"Das ist die Frau des Bürgermeisters", erklärte Eleni und fuhr mit der Übersetzung fort, zeitnah zum griechischen Wortlaut, als kenne sie den Text:

"Laßt uns nicht immer wieder die Fehler der Vergangenheit wiederholen, laßt uns heute auch und vor allem an die vielen unschuldigen Opfer denken, die jeder Krieg fordert."

Hörte ich richtig? Ich fühlte mich wie im Traum, wie damals in der Wallfahrtskirche der Maria in den Weinbergen, als der Abt von der Kanzel die Worte des großen griechischen Denkers Xenophanes verkündete. Oder wie in Delphi vor dem Relief des Schatzhauses, als Apollon augenzwinkernd seine blutigen Flegeljahre in die Vergangenheit verschob und nichts mehr vom Kämpfen wissen wollte. Ich blickte kurz an Toms markantem Profil vorbei auf Eleni. Nein, ich saß hier in der Realität. Elenis Mund bewegte sich, sie übersetzte bereits den nächsten Satz.

"Wenn wir heute einen denkwürdigen Sieg zelebrieren, laßt uns vor allem ihrer gedenken. Und..."

Die Stimme des Bürgermeisters hielt inne, die Stadt wartete mucksmäuschenstill auf die Botschaft, auch Eleni verstummte. Der Bürgermeister hob die Hand seiner Frau nach oben.

"Laßt uns darauf hoffen, daß dieses sinnlose Sterben auf der Welt endlich aufhört!"

Hatte Eleni der Theatergruppe nicht nur über Nestor im Baum sondern auch über unseren Pilgerzug zu den Göttern, die tiefschürfenden Gespräche über die Lysistrata des Aristophanes oder meinen Friedensplan im Vatikan berichtet? Schließlich spielte der Sohn des Bürgermeisters den Don Juan de Austria. Von ihm zu seinem Vater war es kein weiter Weg. Hatte Eleni bei der Eröffnungsrede mitgewirkt? Eleni hatte zeitgenau übersetzt. Eleni kannte den Text! Ich hörte mit dem linken Ohr den Schlußsatz und mit dem rechten die englische Version.

"Damit Friede auf der Welt einkehrt!"

Das Wort 'Irini' hallte im linken Ohr nach, hallte, verhallte. Friede auf Erden, ein wunderschöner Gedanke! Hörte Aristophanes dort oben irgendwo in den Himmelssphären diese Worte? Erinnerte er sich an sein Theaterstück vor mehr als zweitausend Jahren?

Die beiden strahlenden Gestalten auf der Mole verbeugten sich. Ich hielt den Atem an. Es fehlte nur noch das Victory-Zeichen. Aber der Bürgermeister zog es vor, nach einer nochmaligen Verbeugung mit seiner Gattin zurück in das Dunkel der Hofgesellschaft zurückzukehren, mitten in eine wahre historische Geschichte. Wir befanden uns im Zeitrahmen noch vor dem Sieg, wir mußten noch ein Weilchen warten, bis der Friede einkehren konnte. Ich vernahm Applaus von unten, Eleni klatschte, Tom und Lisa klatschten, alle im Kafeneon begannen zu applaudieren, Hoffnung überstrahlte in diesem Augenblick die Siegesvorfreude.

Wie eine Friedenstaube schwebte das Wort 'Irini' über der Stadt. Die bedrohlichen Zwischenfälle in der Ägäis und die dicken Schlagzeilen der Zeitungen versanken im Dunkel der Nacht.

Die Scheinwerfer erloschen. Rechts von mir an den schattenhaften Umrissen von Toms markanter Knubbelnase vorbei spürte ich Elenis kurzen Seitenblick. Sie nickte andeutungsweise mit dem Kopf, eine kleine Bewegung, die alles verriet: Sie hatte also ihre Finger mit im Spiel. Sie suchte mit der Hand auf dem Tisch herum. Ein paar Pistazien gerieten in Unruhe, umrundeten die Gläser, kullerten über den Rand nach unten und verloren sich ohne jedes Geräusch im Gras. Tom mußte unsere Gedanken erspürt haben, spontan ergriff er Elenis Hand im Pistazienteller.

"Das wird eine tolle Premiere! Habe ich dir das nicht gesagt, Eleni?"

III-15 Endlich Frieden

Durch die Dunkelheit huschte ein Lichtkegel, streifte den Leuchtturm, zog an stilisierten Segeln vorbei und haftete sich an ein kleines, in Nebelschwaden getauchtes Boot, das vom Meer her auf die Hafeneinfahrt zusteuerte. Leise Musikfetzen legten sich schwermütig über Ruderblätter, die sich im Takt gregorianischer Gesänge hoben und senkten. Die anschwellenden Klänge weckten die Visionen von Kirche, von Gottesdienst, während die Ruder grau-weiße Nebelfetzen zerrissen. Das Licht erfaßte vier Gestalten in dem schaukelnden Kahn. Helme blitzten auf - Soldaten in mittelalterlicher Rüstung. Noch ein Ruderschlag und sie setzten zu einer Drehung in Richtung des Cervantes-Denkmals an.

Einer der Männer sprang auf die Hafenmole, der zweite wagte in voller Rüstung den Sprung auf den festen Boden, um das kleine Boot zu vertäuen. Das Schwert an der Hüfte folgte den Bewegungen. Im Boot kauerte eine in einen dunklen Umhang gehüllte Gestalt. Zwei Männer stützten das zusammengesunkene Bündel, richteten es auf, als sei es etwas Zerbrechliches. Zwei Arme streckten sich aus dem dunklen Mantel und ergriffen die Hände der beiden Soldaten auf der Mole. Sie zogen vorsichtig, verstärkten den Griff, zogen noch einmal, bis das Häufchen Elend auf sicherem Boden stand. Das Boot entschwand mit leisen Ruderschlägen in den wabernden Nebelschwaden. Ein schwarzer Umhang glitt langsam von der sich aufrichtenden Gestalt. Ein gebeugter, gedoubelter Cervantes stand im Licht des

Scheinwerfers vor seinem eigenen Denkmal - die gleiche dünne Gestalt, der kleine Spitzbart, die Halskrause, Pluderhosen, aus denen staksige Beine Halt auf dem Boden suchten, lediglich die Feder in der Hand fehlte. Cervantes war zurückgekehrt, auferstanden als Mensch aus Fleisch und Blut. Blut - dunkelrot hatte es die schwarze Decke am Boden gefärbt, ein blutgetränkter Fetzen umschlang die linke Hand. Den Arm hielt Cervantes angewinkelt am Körper, getreu dem bronzenen Ebenbild.

Cervantes humpelte, gestützt von den beiden Soldaten, zu einem hölzernen Podest. Er ließ sich stöhnend auf die unterste Sprosse fallen, die Scheinwerfer erfaßten die roten Flecken auf dem Wams.

"Die rechte Hand habe ich gerettet", begann er stöhnend und hob den Arm empor, "damit ich schreibend berichten kann. Die linke verloren bei dem größten Ereignis, das die Welt gesehen hat."

Er wies mit einer Kopfbewegung auf das blutgetränkte Tuch. Aus der Versammlung der Hofgesellschaft umringten ihn Männer in historischen Gewändern und redeten auf ihn ein:

"Erzähl, ist es vorbei?"

"Ewigen Ruhm haben wir errungen", antwortete Cervantes und hob erneut die rechte Hand empor.

Ein Raunen ging durch die Versammlung. Männer, Frauen lösten sich aus der Gruppe, die weitschwingenden Röcke der Damen gerieten in Unruhe und wippten im Gleichklang mit den Hüten bei jedem Schritt. Die bestickten Westen der Männer, die goldenen Knöpfe an den Jacken blitzten im Scheinwerferlicht. Sie traten an Cervantes heran, redeten auf ihn ein. Cervantes stützte sich mit der unverletzten rechten Hand ab, kroch auf die oberste Stufe des Podestes und ließ sich stöhnend auf die schmale Bank fallen.

Die Segel auf der gegenüberliegenden Hafenmole erstrahlten im Scheinwerferlicht. Trommelwirbel! Cervantes begann:

"Wir hatten sie entdeckt! Wir wußten, wo sie ankerten."

Auf der gegenüberliegenden Hafenseite schritt ein Mönch in einer dunklen Kutte auf die Segel an der Stadtmauer zu, ein Kreuz in den hocherhobenen Händen.

Cervantes wies mit dem Arm hinüber. "Wir erflehten Gottes Segen."

Der schwermütige Gesang wehte düster bis zu uns empor. Im Takt der Musik richteten sich Körper unter den Segeln auf, als seien sie aus dem Schlaf erwacht. Einer hinter dem anderen, zusammengedrängt wie in den Galeeren der damaligen Zeit griffen sie mit den Armen nach imaginären Rudern. Ihre Bewegungen gewannen an Schnelligkeiten. Die Musik trieb sie an und bestimmte den Takt.

"Unsere Flotte fuhr durch Inseln, an Klippen vorbei. Wir ruderten um Sandbänke, durchquerten Untiefen. Wir passierten Ithaka und Kephallonia, und dann ..."

Ein Trommelwirbel unterbrach ihn. "Dort ..." wies Cervantes auf die Einfahrt zum Meer, während sich ein Raunen und Stöhnen durch die ihn umringende Hofgesellschaft zog. "Dort lagen sie, dort vor uns aufgereiht, halbmondförmig."

Die Ruderer verlangsamten den Rhythmus, die nackten Oberkörper beugten sich nach vorne, zogen die Arme nach hinten, richteten sich senkrecht auf und verharrten mitten in der Bewegung.

"Vor uns lag sie, die türkische Flotte, unzählbar, mehr als dreihundert Schiffe. Ali Pascha wartete auf uns. Vom grünen Banner der 'Sultana' blitzte tausendfach der mit Gold gestickte Namen Allahs."

Auf der anderen Seite des Hafens durchtrennten zwei Soldaten die Fesseln der Ruderer an den Handgelenken und schwenkten die ledernen Riemen über die Köpfe: "Eleftheria i thánatos!" schallte es immer wieder aus den Kehlen der Männer. Der Klang der Stimmen wurde begleitet von Cervantes Schilderungen der Vorbereitungen für die Schlacht. Von Rudersklaven berichtete er, denen die Freiheit winkte, von Wundärzten, von Geschützen, die in Stellung gebracht wurden, von der Anordnung der Kampfschiffe.

Freiheit oder Tod, hörte ich Eleni in Toms Richtung übersetzen. Sie stöhnte dabei. Die Vorbereitungen für den Kampf nahmen sie sichtlich mit, auch Lisa und Tom blickten mit angespanntem Ausdruck und stumm nach unten. Ein paar Nüsse kullerten zwischen den Gläsern herum, Elenis Hand tauchte inmitten der Schale auf, suchte nervös darin herum, sie benötigte Stärkung. Tom nahm einen kräftigen Schluck aus dem Weinglas.

Der Mönch trat an die von den Fesseln befreiten Ruderer, die immer noch mit erhobenen Armen 'Eleftheria i thánatos' brüllten, schwenkte das Kruzifix in ihre Richtung und segnete Mannschaft und Boote. Ein neuer Trommelwirbel übertönte die gregorianische Melodie, wurde schneller, wuchs zum Orkan.

Cervantes Stimme schwoll an, überschlug sich. "Kämpft, rief uns Don Juan zu. Kämpft im Namen unseres Gottes. Sieg oder Tod! Wir werden Unsterblichkeit erringen! Sieg oder Tod! Mit diesen Worten im Herzen begannen wir den Kampf!

Grüne Lichter huschten über die Segel, überlagerten das Gelb und verloschen. Die Ruderer schlugen blitzschnell mit imaginären Ruderblättern auf das nicht vorhandene Meer, schneller, immer schneller werdend. Hinter ihren Rücken näherten sich Gestalten mit dunkeln Mützen auf dem Kopfe, lange Hemden umwehten sie. Sie stürzten sich auf die Ruderer, fielen über sie her, schlangen die Arme um sie. Ein wildes Ringen begann, ein Kampf Mann gegen Mann.

Grüne, gelbe Lichter tobten über die Segel, verloschen, um noch schneller und heller zu leuchten. Pfeile schwirrten durch die Luft, die Einfahrt des Hafenbeckens verhüllte Rauch, wandelte sich an den Rändern in ein helles Rot, färbte sich dunkler, breitete sich aus und stieg im Dunst der Schwaden blutrot empor.

Cervantes Stimme übertönte die Musik, er berichtete von Verwundeten, von Feuern, untergehenden Schiffen, dem verzweifelten Kampf auf den Decks, dem Donner der Geschütze, den von Pfeilen durchlöcherten Bordwänden. Es war ein gräßliches Bild, Blut überall, schreiende, um ihr Leben ringende Menschen. "Kaum ist einer dort gefallen, so nimmt ein anderer seinen Platz ein, ohne dem Sterbenden Zeit zum Sterben zu lassen." Die Männer unter den grüngelben Lichtfetzen sanken einer nach dem anderen nach unten und blieben regungslos auf den Steinen der Mole liegen. Neben den gelb-grünen Lichtern formten sich rote Kleckse auf den Segeln, suchten nach den Schatten am Boden und hafteten sich an die regungslosen Körper.

Die Rudersklaven bewegten sich auf das äußere Segel zu, das in grünes Licht getaucht erstrahlte, schlugen auf den Stoff ein, bis nur noch Fetzen vom äußeren Rahmen herunterhingen. Einer der Männer hob eine lange Stange mit einem turbanähnlichen Stoffstück empor. Das Grün der Segelfetzen fiel in sich zusammen. In fahlem Licht klafften durch das dunkle Loch die düsteren Steine der Stadtmauer. Das Häuflein der verbliebenen Ruderer scharte sich um den stangentragenden Jüngling, reckte die Hände nach oben und rief: "Viki, viki, eleftheria, eleftheria, Ali Pascha ist tot, sie sind besiegt!"

Cervantes Stimme schwoll an, übertönte den Ruf aus den vielen Kehlen: "Wir haben gesiegt. Ali Pascha ist tot, die Heilige Liga hat gesiegt!"

Es wurde still unten am Hafen. Cervantes saß gedankenverloren auf dem Podest. Die Gregorianischen Gesänge setzten erneut ein, leise, als beweinten sie die vielen Opfer. Cervantes hob den Kopf empor, reckte ihn nach oben, dem dunklen Himmel und den Sternen entgegen.

"Oh Gott", rief er hinauf, "wo bist du? All die vielen Toten!"

Er hob die zerschossene Hand mit dem blutverschmierten Stoff ins grelle Scheinwerferlicht, während der Kopf schluchzend auf die Brust sank. Das Licht streifte rote Nebelfetzen über dem Wasser, glitt hinüber ins Dunkel, erlosch. Die Gesänge verebbten, die Schlacht war geschlagen. Sie durfte wieder in das Dunkel der Geschichte zurückkehren. Stille!

Tom streckte den Arm in Richtung Hafeneinfahrt aus. Er beugte sich in Richtung Eleni und Lisa, dann zu mir und flüsterte. "Jetzt. Es geht los, sie kommen."

Zwischen den beiden Leuchttürmchen am Hafen huschte ein Scheinwerfer über die blutgetränkten Nebelschwaden. Musik begleitete das Licht, freudige Klänge, wie bei Festen, wenn die Griechen sich an den Händen fassen, die Beine emporheben und zu tanzen beginnen. Der helle Strahl streifte den hölzernen Bug eines Schiffes, das sich durch die Hafeneinfahrt schob, tastete sich an den Planken nach oben und erfaßte es in seiner ganzen Pracht. Ein schönes, großes, ein altes Holzboot, Fähnchen wehten an der Spitze der Masten, Taue hingen herab wie Spinnennetze, bunt geschmückt mit Bändern, die Segel lagen zusammengerollt und verschnürt, die Schlacht war geschlagen. Das Licht erfaßte die Reling, das Deck, die siegreichen Heimkehrer, rote Jacken, blaue, braune Hosen, weiße Hemden, dunkle Mützen, Kappen. Das hellblaue Banner der Heiligen Liga flatterte im Wind. Und dann ertönte es aus unzähligen Kehlen:

"Viki kai irini, viki kai irini!", Sieg und Frieden!

Die Scheinwerfer bündelten sich und ließen eine Gestalt in der Mitte des Bootes erstrahlen, weißgekleidet, der glänzende Helm in der Beuge des Ellbogens leuchtete wie pures Gold - Don Juan de Austria, der strahlende Sieger. Er zog sein Schwert aus der Scheide, stemmte es nach oben und rief.

"Wir haben gesiegt, wir haben sie bezwungen. Der Sieg ist unser. Wir haben Unterdrückung und Terror besiegt."

Wieder ertönte es vom Schiff und rund um das Hafenbecken:

"Viki kai irini".

Es begann zu knallen, zu krachen, Feuerwerkskörper stoben vom Deck nach außen. Das Wasser spiegelte die Farbkaskaden und ließ sie verglühen. Die leuchtenden Funken zischten in den Nachthimmel und verwandelten den Hafen in eine märchenhafte Theaterkulisse.

Das Schiff drehte bei. Ein kleines Beiboot steuerte im Schatten auf die Mole zu und legte an, eine aufrecht stehende Gestalt in der Mitte, weißgekleidet - Don Juan. Er ergriff die Hände, die sich ihm entgegenstreckten und ihn zu Cervantes geleiteten. Er stieg zu ihm auf die oberste Sprosse des Podiums, ein Soldat plazierte das hellblaue Banner neben die Fahnen Venedigs und des spanischen Königs.

Cervantes wirkte putzmunter, hatte sich aufgerichtet, ergriff die Hand von Don Juan, hob sie nach oben und beide riefen:

"Viki kai irini! Sieg und Frieden! Hier und auf der ganzen Welt!"

Hinter ihnen erstrahlte die Stadtmauer in einem bunten Farbenspektakel, von den Zinnen schossen helle Feuerwerkskörper erneut in die Höhe, verglühten inmitten glimmernder Sternchen - bis die Scheinwerfer langsam erloschen. Don Juan und Cervantes mischten sich unter die wartende Hofgesellschaft, der Sieg war errungen, der Friede eingekehrt. Jetzt würden alle erst einmal feiern.

Tom erhob sich, trat an die Absperrung, Er drehte uns den Rücken zu. Ich sah, wie das Schiff von der Mitte des Hafens auf die große Treppe zusteuerte und angedockt wurde. Wir traten zu Tom an das Gitter, blickten über den dunklen Abgrund hinunter auf das Hafenbecken und die Menschen, die auf der Mole zusammenströmten, um zu feiern. In einiger Entfernung blinkten die blauen Lichter der Polizeiautos. Dort begann wieder das reale Leben, der Verkehr mußte in geordnete Bahnen gelenkt werden, damit alle sicher nach Hause fänden und über den ausgerufenen Frieden nachdenken konnten.

Das Leben ging weiter. Die Tavernen und Lokale füllten sich, um den Sieg zu feiern. Wir standen noch eine Weile an das Gitter gelehnt und blickten hinab. Tom lobte seine Crew und die komplikationslose Einfahrt des Schiffes in den Hafen und wechselte abrupt das Thema. Ob er nicht die Geschichte mit Nestor im Baum lesen könne. Wie der Kontakt zu den Göttern abgelaufen sei. Er bohrte!

"Ich mache etwas ganz anderes. Ich verfolge die Spuren der antiken West-Lokrer. DIe Geschichte mit Nestor war nur für die Einweihung des Theaters gedacht."

Er bohrte weiter und ließ nicht locker, bis ich von meiner Arbeit erzählte, über die Flurbegehungen, meinen Heiligen Abend in Pleuron, über unsere Pilgerreise nach Kalydon, und die Gestalten der Antike, die manchmal wie zu Opas Zeiten aus dem Dunkel der Vergangenheit schlüpften.

"Hmm", schüttelte er nach einer Weile nachdenklich den Kopf und hakte langgedehnt nach:

"Und was ist mit Kleopatra und Marc Anton? Stimmt das tatsächlich? Eleni erzählte gestern, sie hätten drüben in Patras einen Winter verbracht, bevor sie in den Untergang nach Aktium segelten?"

"Ist verbrieft."

Ich versuchte die Realität mit einem Schuß Phantasie zu schmücken. "Vielleicht haben sie in den Tempeln hier in der Nähe einen Stier geopfert."

Ist das auch verbrieft?"

"Nein", lachte ich. "Reine Phantasie, die manchmal aus den Seiten der Bücher schlüpft. Aber naheliegend ist es schon. Sie brauchten die griechischen Götter für ihren Plan. Sie konnten die Schlacht nur gewinnen, wenn Poseidon die richtigen Winde schickte."

Es folgte ein langgedehntes "Hmmm …"

Er lehnte sich weit über die Brüstung und blickte auf den Hafen. "Phantasie aus der Realität geboren, das ist der Stoff für Träume. Genau das ist es!"

Er dreht sich um, ging auf Eleni und Lisa zu, die am alten Olivenbaum lehnten und sich viel zu erzählen hatten.

"Ich habe gerade alles über Nestor im Baum erfahren."

Er legte den Arm um Elenis Schulter und zwinkerte mir zu.

"Eigentlich kam ich nur wegen der Schlacht von Lepanto. Und jetzt stehe ich mitten in euren Geschichten. Rundherum blicken mich Drehbücher an."

In seinen Augen saß der Schalk.

"Nestor im Baum, der Kalydonische Eber, Kleopatra in Patras, das Erscheinen der Stiergötter. Und dann noch der Vatikan als Schaltzentrale der Friedensbewegung."

Er lachte schallend. "Vielleicht haben sie sich wirklich zurückgemeldet. Kommt, laßt uns nach unten auf unser Boot gehen, damit meine Frau mithören kann. Sie wird lange Ohren bekommen und euch ausquetschen. Sie warten sicher schon alle auf uns."

Er holte sein Handy aus der Hosentasche, ein kurzer Blick.

"Elenis Mann ist gerade eingetroffen."

Er hob das Handy wie zum Beweis empor.

"Wir holen den Rest von unserem Wein unter dem Tisch hervor - wenn sie noch etwas übriggelassen haben, und überlegen, wie es mit euch und den Göttern weitergeht."

Eleni war begeistert.

"Vor allem mit Nestor im Baum."

Sie bog sich vor Lachen.

"Und dem kalydonische Eber", rief Lisa dazwischen.

"Und Kleopatra und Marc Anton", schüttelte Tom ungläubig den Kopf. "Das wird meine Frau interessieren."

Eleni trat einen Schritt nach vorne. Ihr Zeigefinger kam bedrohlich näher. Bevor sie ihre Lieblingsidee zum wiederholten Male an den Mann bringen konnte, kam ich ihr zuvor:

"Nein, ich schreibe definitiv kein Drehbuch!"

Tom hakte sich bei Eleni unter und bildete die Vorhut in Richtung Auto.

"Vielleicht hören die da oben mit, wenn wir eure Geschichten meiner Frau erzählen."

Wer weiß, welche Geschichten Eleni noch alles erzählt, ergänzte ich im Stillen!

III-16 Und drei Tage

Ende Oktober
Sibirien, Schweden, Norwegen - woher kamen sie? Zu Hunderten klebten sie an den oberen Zweigen der Zypresse, verschmolzen mit den wippenden Ästen, ein Gezwitscher unzähliger Vogelstimmen. Kleine dunkle Bällchen, als Einzelne kaum zu erkennen, die Konturen verschwammen, lösten sich auf in der Masse des singenden Wipfels, der bedenklich hin und herschwankte. Ein kurzes Flügelschlagen, ein anschwellender Laut, - sie stoben auseinander, nach oben, nach unten, an die Seite und zogen geordnet weiter. Zu den nahen Sümpfen, um dort zu überwintern? Oder nach Afrika?

Mitte Dezember
Die Vogelschwärme verdunkelten schon lange nicht mehr den Himmel, das Schwirren und Flügelschlagen war verebbt. Im Garten hüpften Rotschwänzchen zwischen den Sträuchern hin und her, sie waren geblieben. Manchmal rauschte ein dunkler Schatten über das Haus. Einige Zugvögel hatten sich in der näheren Umgebung niedergelassen und suchten in kleinen Verbänden nach Futter.

Der Winter kam mit Eilesschritten. Weiße Schneehauben hatten in der Nacht die Spitzen der Höhenzüge auf dem Peloponnes überzogen. Dunkle Regenwolken schoben sich am Tag über den Kamm der Berge, senkten sich tiefhängend und schwer über die Hänge und verbargen die glitzernden Vorboten der kalten Jahreszeit auf den Spitzen.

Es war Zeit! Mein Koffer stand gepackt. Die Rückreise stand bevor, in wenigen Tagen war es soweit. Ich würde Apollon, dem Lichtgott, folgen, der die Wintermonate bei den Hyperboreern, den Nordmännern verbrachte. In der Universitätsbibliothek wartete Literatur über das Westliche Lokris und die Ozolischen Lokrer. Vielleicht würde mir Apollon aus seinen weichen, grauen Wolkenbetten die Musen vorbeischicken, um meine Gedanken zu erhellen.

Ich hatte mich von Eleni und Lisa verabschiedet. Sie hatten mir einen 'Kalo chimona', einen guten Winter gewünscht und meinten: "Du kommst ja wieder. Also bis zum Frühjahr."

Nach den monsunartigen Regenfällen der vergangenen Woche fuhr ich zu einer letzten Recherche vor meiner Abreise nach Kalydon. Das antike Theater lag einsam und verwaist. Nichts mehr erinnerte an unseren Prozessionszug, an die Geschichte über den wilden Eber. Die Stufen verschmolzen mit der Stille der Erde, unauffällig schmiegten sie sich in dem düsteren Licht an den Hügel. Der Weg zum Artemis-Tempel lag sauber gewaschen vor mir. Der Regen hatte die Steine freigelegt, blitzblanke Kiesel bedeckten die braungelbe Erde. Die riesige Königskerze am Wegesrand ließ ihren zerfransten Kopf hängen, bald würde sie Platz machen für die nächste Generation. Ameisen-Pyramide und Ameisen-Autobahn waren hinweggespült. Nur noch wenige Insekten schlüpften langsam und bedächtig aus kleinen Löchern, die sich um die alten Zugänge ordneten. Ein Notprogramm, um den Ameisenstaat über den Winter zu retten? Eine Notbesetzung? Dunkelgrüne Blätter schoben sich ein Stückchen weiter aus der durchweichten Erde. Asphodill, der in wenigen Wochen mit fahlen Sternenblüten die Felder bis zu den Tempeln überziehen und an die Wiesen der Unterwelt und die verstorbenen Seelen erinnern würde.

Dunkle Wolken trieben über den Himmel und ließen hin und wieder einen Blick frei auf das Blau, hinter dem sich die Götter verbargen. Wie kleine Gucklöcher veränderten sich die Lücken, als zöge jemand an der Wolkendecke. Zum Meer hin öffnete sich das Grau und färbte sich langsam mit einem gelb-roten Guß ein Die tiefstehende Sonne schaffte sich Raum. Sie schob sich an den Rändern der Wolken vorbei und zog unbeirrt ihren goldverklärten Weg hinab aufs Meer.

Der Tag ging zur Neige, der Abschied von den Göttern für die Zeit der Wintermonate nahte. Ich wartete auf das Eintauchen des Sonnenballs in die silbrige Wasserfläche, ihre Bahn war kürzer geworden. Ihr Atem reichte nicht mehr bis zu den Konturen der Berge. Er wärmte nicht mehr, die Kühle verströmte göttliche Distanz, verhinderte ein Verschmelzen der Gedanken. Ich setzte mich auf die Stufen des Artemis-Tempels. Der glühende Rand des Sonnenballs hatte sich von den Wolken gelöst und berührte den Horizont. Die Zeit stand still, wartete auf das Eintauchen. Zwischenzeit, in der die güldene Rundung auf das bleierne Meer traf. Das eigene Leben zog sich zusammen, schrumpfte zu einem Teil im Zusammenspiel mit der Natur.

Die Häuser von Patras schimmerten hell zu mir herüber. Nach dem Weihnachtsfest würde ich dort ablegen, mit der Fähre an Kalydon vorbeiziehen, Artemis und Apollon ein letztes Mal vom Schiff aus grüßen und gen Norden tuckern, ein Abschied für kurze Zeit, ein Buch in der Reisetasche.

Der großen Fahrt Richtung Norden blickte ich mich einem lachenden und einem weinenden Auge entgegen. Morgen würde ich den Bus nach Athen nehmen, um im Museum vor Hermes, dem Götterboten, noch einmal meiner schmerzlichen Vertreibung aus dem Paradies ins Auge zu blicken. Ich hatte damals versprochen wiederzukommen. Ich mußte die letzte Seite der Geschichte von Adam und Eva aufgeschlagen, um sie zu beenden, um das Tor zum Garten Eden leise und endgültig zu schließen. Der ausgestreckte Arm mit den bronzenen Adern würde mir den Weg in die Zukunft weisen.

Artemis, seufzte ich in die schwächer werdenden Strahlen der Sonne hinein! Ich werde wie eine Schlange den letzten Teil meiner Häutung vollziehen, an den Anfang zurückkehren, dem Ende ins Auge sehen, um den Weg in die Zukunft zu finden. Der große Koffer für drei Monate arbeitsame Recherche in den Bibliotheken im Land der Hyperboreer stand griffbereit neben dem kleinen Handgepäck für drei Tage Athen. Drei Tage, die ich nach dem Abschied von Hermes mit Chris verbringen würde. Drei Tage, in denen wir Christi Geburt und die Wintersonnenwende feiern und den unzähligen Fragen seit unserem Abschied in Delphi nachspüren konnten. Wie würde es weitergehen?

21. Dezember
Das Wetter hatte sich über Nacht geändert. Aus dem Fenster des Busses blickte ich auf eine nach den Regenfällen klargewaschene Landschaft. Plantagen mit Orangenbäumen, deren reife Früchte aus den dunklen Blättern leuchteten, zogen vorbei. Entlang der steil abfallenden Felsenküste fiel der Blick auf das glitzernde Meer. Die Farbe des Himmels spiegelte sich im Wasser, kein Wölkchen trübte den freien Blick auf das Refugium der Götter.

Ein Taxi brachte mich zum Nationalmuseum. Die alte Zeder am Eingang des Parks markierte wie ein festgefügter Pflock Anfang und Ende. Die Sonnenstrahlen spielten in den Zweigen, bündelten sich und tauchten die breiten Treppen und die Säulenhalle in gleißendes Weiß. Die kleinen Einschlüsse in den Marmorstufen schimmerten bei jedem Schritt. Kurz vor Weihnachten diese Wärme! Das helle Licht blendete. Ich hielt die Hand schützend vor die Augen - und atmete tief ein.

Ein letzter Absatz, der Eingang in das antike Hellas! Der breite Durchgang von der großen Halle öffnete das Zeitalter der Ilias und der Odyssee. Ich schloß die Augen beim Übertreten der marmornen Schwelle in Erinnerung an das Löwentor von Mykene, den sagenumwobenen König, im Schlepptau die Kriegsbeute aus Troja, Kassandra, die Seherin.

In den Schaukästen vor mir breiteten sich die Bruchstücke von mehr als dreitausend Jahren aus - stumm und wohlgeordnet. Goldglänzend hinter Glas Agamemnon? Keiner wußte es. Ohne Namen strahlte die Maske fürsorglich präpariert für die Ewigkeit, der verwehte Hauch eines erloschenen Lebens. Die Augen ruhten versiegelt über den Bildern seiner ruhmreichen Epoche. Das Schwert mit eingelegten Jagdszenen lag griffbereit - eine vollendete Komposition zum Prunk für das Leben nach dem Leben. Über welche Schicksale hatte das strahlende Antlitz entschieden? Der zur Schau gestellte Kampf auf dem kalten Eisen enthüllte die Losung seines Lebens, um sie ins Buch der Geschichte zu schreiben.

Die Schätze der mykenischen Herrscher füllten die Vitrinen. Ihr Leben glänzte in Gold und Silber, - Trinkgefäße, Schmuck, vollendete Schöpfungen aus der Werkstatt einer genialen Schaffenskraft. Einen Fingerbreit daneben zeigte sich die dunkle Seite der Macht, die Entblößung menschlicher Abgründe: Schwerter mit tiefen Scharten, verbogene Pfeilspitzen - Zeugnisse von Kampf, Krieg, menschlicher Wut und Gier - katalogisiert und in Reihen geordnet. Wer war Kain, wer Abel? Wer hatte zuerst zum Schwert gegriffen, wer den ersten Pfeil geschossen? Neben den goldglänzenden Werken vollendeter Schönheit reihten sich die

Zeugnisse menschlicher Hybris. Nur wenige Schritte weiter häuften sich die Bruchstücke des täglich gelebten Lebens, Tonscherben als Webstücke der Geschichte, die eingesponnenen Fäden des Alltags. Mit beiden Händen hatten sie die Schalen gegriffen, um den Wein genußvoll zu schlürfen, warme Lippen hatten die kühlen Becher berührt. Die Amphore war gefüllt mit kostbarem Olivenöl!

Andächtig folgte ich den Spuren, gebündelt in Jahrhunderten. Ich durchschritt die weitverzweigten Säle, Zeugnisse der Menschheitsgeschichte, auch meiner Geschichte. Ich mußte tief einatmen, wie damals beim ersten Mal, als wir den Schaukästen gefolgt waren, uns an der Hand hielten, die Finger verschlungen. Ich wischte die Gedanken hinweg. Heute war ich gekommen, um den Schlußstrich zu ziehen. In einem der letzten Säle stand Hermes, der bronzene Götterbote, durch dessen dunkle Adern das Blut der Ewigkeit floß. Ihm hatte ich geschworen, zurückzukehren. Er markierte Anfang und Ende.

Die Muster veränderten sich von rund zu eckig, in der nächsten Vitrine von geometrisch zu mäandernd. Brüche und Verzahnungen überall, Zeugen menschlicher Daseinskämpfe, des Ringens mit der Natur und mit sich selbst. Die Übergänge an vielen Stellen nur schwer faßbar. Lücken brachen auf, schlossen sich erst nach Jahrhunderten, manchmal nie.

Die Erinnerungen ließen nicht los, drängten immer wieder an die Oberfläche und legten sich über die Trinkschale vor mir in der Vitrine. Kaum wahrnehmbare Schattierungen verrieten geklebte Stellen. Glichen meine letzten Jahre nicht auch einem Scherbenhaufen? Überschäumendes Glück in Stücke zerschlagen, überlagert vom Schmerz? Konnte ich mich wieder zusammenfügen, bis nur noch feine Risse an die Verletzungen erinnerten?

Die verwinkelten Säle flüsterten, raunten: Es braucht Zeit, bis sich die rauhen Ränder glätten, Fremdes zusammenwächst, Neues entsteht. Seht die Menschen, die Schicksale, die durch das wütende Feuer erstickten, erfühlt die Brandspuren am Körper, wenn ihr das Grau am roten Ton mit euren Blicken streift, empfindet das Leid, das an der verbogenen Pfeilspitze haftet, die nicht mehr in euer Fleisch dringen wird, sie hat bereits getötet. Kain und Abel! Immer wieder! Öffnet die Augen, mahnten die Helme, die Schwerter, die Schilder. Zerbeult, durchlöchert! So wird es auch euch ergehen, wenn ihr den irreführenden Parolen glaubt. Wischt die verschleiernde Trübung der Gedanken hinweg, öffnet den Blick! Nutzt eure Zeit! Schafft Frieden auf der Welt, sättigt die Hungrigen, sendet ihnen den Pflug und nicht das Schwert! Nie wieder Krieg! Brüllt es hinaus, schmettert es mit Fanfaren in die Grausamkeiten der Welt, damit sie aufhören, die Menschen zu töten, Völker zu morden im Namen der Götter, im Namen selbsternannter Herrscher, im Namen trickreicher Lügner. Hört auf, von Frieden zu reden, während ihr Waffen schmiedet! Es gibt keine gerechten Kriege!

Nein, es gibt keine gerechten Kriege. Auch in meinem Leben hatte ich Krieg, den psychischen Kampf zweier Menschen erlebt, die vorgaben, sich zu lieben. Wer war Kain, wer Abel? Wurde man bereits schuldig, wenn man sich auf den ersten Schwertstreich einließ?

Waren dies die Botschaften, die durch das sauber geputzte Glas der Vitrinen drangen? Konnte man die Schönheit und Vollkommenheit bewundern, die Geschichten der Geschichte aufsaugen, ohne die Kehrseite wahrzunehmen? Der Kampf, der im Kleinen begann, sich auswuchs und Spuren von verkrustetem Blut hinterließ? Konnte man am Abend die Schrecken heutiger Kriege über die Bildschirme flimmern sehen, ohne an die Alleingelassen zu denken, die Unschuldigen, ausgeliefert den Machtbesessenen?

Buchfetzen drängten sich aus der Erinnerung und flimmerten wie eine grelle Leuchtschrift quer über die Schaukästen.

Wer aber das Gewesene klar erkennen will und damit auch das Künftige, das wieder einmal, nach der menschlichen Natur, gleich oder ähnlich sein wird, der mag es so für nützlich halten, und das soll mir genug sein: zum dauernden Besitz, nicht als Prunkstück fürs einmalige Hören ist es aufgeschrieben[4].

Zum dauernden Besitz! Thukydides. Fünftes Jahrhundert vor Christus, Zeitzeuge der Machtkämpfe im antiken Hellas über fast dreißig Jahre hinweg. Warum hörte niemand seine Botschaft, las niemand seinen Bericht, um die Hintergründe von Machtkämpfen zu entwirren, um die Grausamkeiten der Kriege zu allen Zeiten zu erkennen?

Nicht nur Staaten und Völker erhoben die Keule gegeneinander. War es nicht auch ein Krieg, den wir zu Zweit geführt hatten? Wir hatten in diesen Hallen Abschied vom Land der Götter genommen. Jahre waren vergangen seit den glücklichen Tagen im Paradies, in denen wir Wasser aus dem Brunnen der Ewigkeit schöpften, den Göttern für unser Mahl aus den Fluten des Meeres dankten, den Nächten, in denen wir unter dem Licht der Mondgöttin Selene mit dem Universum verschmolzen waren.

Die Spur führte entlang der Vitrinen und Statuen. Beim Durchschreiten der Säle hatte sich der Blick für die andere Welt geöffnet. Das tief verwobene Miteinander der Götter mit den Menschen hatte sich um unsere Seelen

---

[4] Thukydides

gelegt. In Marmor gemeißelt, in Bronze gegossen blickten sie in den weitläufigen Hallen auf uns herab. Wir waren staunend durch die riesigen Säle des Nationalmuseums geschlendert. Hermes bildete den Abschluß. Hermes, durch dessen Adern das ewige Leben rann, geborgen aus den Fluten des Meeres. Wir hatten uns an der Hand gehalten und waren versucht, über die bronzene Haut des Götterboten zu streichen. Der Hauch des Göttlichen hatte ihn gestreift. Das Glück der ersten Liebe hatte unsere Sinne für seine Vollkommenheit geöffnet. Wir dankten den Göttern für unser Glück und versprachen dem bronzenen Jüngling wiederzukommen.

War unser sorgloses Dahinleben ohne Raum und Zeit im Rausch der Gefühle eine Illusion, Träume nur aus der Phantasie geboren? Hermes der Götterbote, der den Weg wies, hatte sich immer mehr aus unserem Leben zurückgezogen. Die Tür zum Garten Eden hatte sich geschlossen.

Die Artefakte zogen vorüber. Ich folgte den Linien der steinernen Gesichter, versuchte den Ausdruck der erloschenen Augen zu enträtseln. Die Vielzahl der Stimmen aus den stummen Mündern drängte mich weiter, trieben mich vor sich her. Ich konnte keine Skulptur mehr fassen, keine Speerspitze, kein noch so fein ziseliertes Gold. Ich mußte an das Ende der Reise gelangen. Ich eilte durch die Säle. Bis ich vor ihm stand. Hermes, der Götterbote! Durch dessen dunkle Adern das Blut der Ewigkeit fließt. Dessen Anblick den Schleier des Vergessens über den Schmerz legt. Dessen Arm den Weg weist. Ich vernahm die stille Botschaft der geschwungenen Lippen. Ich folgte dem Blick der Augen aus einer weit zurückliegenden Zeit in die Zukunft. Anfang und Ende.

III-17 Hermes

"Pythia?"
Ich spürte den leichten Druck der Hände auf den Schultern. Ich schloß die Augen.

"Hast du es geschafft? Hast du Hermes zum Leben erweckt?"

Seine Stimme spülte die Erinnerungen empor. Vor mehr als einem halben Jahr hatten sich unsere Wege gekreuzt. Es war Frühling, ich stand an der Kastalia. Ich hatte das süß schmeckende Naß aus den Handflächen geschlürft, über die Haare, die Stirn gegossen, die Sonnenstrahlen eingefangen, die das platschernde Wasser silbrig aufblitzen ließen. Ich spielte mit ihnen zwischen den Fingern, ließ die Nymphe Kastalia aus den Tropfen emporsteigen, die sich in eine Quelle verwandelt hatte, um den Nachstellungen Apollons zu entfliehen.

Er saß unter dem dunklen Blätterdach. Seine weich klingende Stimme hatte sich geräuspert. Er sei gekommen, um die Pythia nach seinem Schicksal zu befragen. Er suche Pythia, die Priesterin des Apollon! Das Orakel solle ihm den Weg weisen. Er sei ein Fremder, 'a stranger on the shore'.

Das Wasser der Kastalia tropfte aus meimen Haaren, rann über die Wangen. Er hatte den spirituellen Kraftstrom der Quelle unterbrochen. Er hatte die Nymphe Kastalia zurück ins Dunkel der Mythen gedrängt. Er hatte mich bei meiner rituellen Waschung belauscht, der Reinigung, die vor Tausenden von Jahren alle Priesterinnen Apolls an diesem Ort vorgenommen hatten. Etwas drängte mich, Ich konnte nicht anders. Wenn er sie suchte, so sollte er sie kennenlernen:

'Ich bin es! Ich bin Pythia', hatte ich dem im Dunkel der Bäume sitzenden Schatten zugerufen und war naßtriefend in sein Leben getreten.

Hatten uns die Götter zu diesem Platz geleitet, an die Schnittstelle zwischen Himmel und Erde, an der Apoll den Sterblichen den Blick in die Ewigkeit gewährte und für eine winzige Zeitspanne die Zukunft zeigte?

Ich öffnete die Augen.

„Hat sich die Pythia auf ihr Amt vorbereitet?"

Der Klang der Stimme verflüchtigte die Erinnerung und holte mich sanft zurück. Nein, heute war ich nicht Pythia, die Priesterin. Heute war ich in eigener Sache unterwegs.

"Ich bin inkognito. Apollon macht Urlaub. Im Winter ist er bei den Hyperboreern. Ich bin außer Dienst."

Er lachte, löste die Handflächen von den Schultern, drehte mich in seine Richtung mit dem Rücken zu Hermes, dem bronzenen Götterboten. Die grauen Augen strahlten, er drückte mich an sich, hielt mich wie damals, als sich unsere Seelen im Licht der Abendsonne geöffnet hatten und wir uns verstört in unsere weit entfernten Welten entließen, jeder in eine andere Richtung, nicht ahnend, wohin unsere Reise ging.

Seine Nähe schlug die Brücke vom Ende meiner Reise aus der Vergangenheit zurück in die Gegenwart! Ich hatte mit den dunklen Schatten abgeschlossen. Der Arm des Götterboten wies in die Zukunft.

"Adio!" flüsterte ich kaum hörbar.

Er blickte mich fragend an, hakte sich bei mir unter und lenkte den Schritt aus der Halle zur Treppe. Unsere Schritte hallten auf den marmornen Treppenstufen. Er blieb abrupt stehen, hielt mich einen Meter entfernt von sich. Nach einer Weile des Nachdenkens lachte er schallend.

"Wie kam Apollon auf die verrückte Idee, den Winter bei den Hyperboreern im Norden zu verbringen?"

"Es gibt Zentralheizung. Und nach Weihnachten den Winterschlußverkauf."

Er schüttelte ungläubig den Kopf. "Apollon ein Schnäppchenjäger?"

Unser Lachen schallte laut von den Wänden des Museums zurück. Er legte den Zeigefinger auf den Mund, kam nahe an mein Ohr und fragte leise:

"Du wirst mir verraten, wie man zu dem Job einer Pythia kommt. Du hast es versprochen! Darf ich die Pythia zu einem Cappuccino einladen?"

Mit dieser Frage hatten wir begonnen, unsere Leben für einander zu öffnen. Wir waren unter der blau blühenden Glyzinie die Treppen zum Kateneon hinabgestiegen. Die Schönheit und Mystik des Ortes umhüllte uns, ergriff Besitz, ein Hinabgleiten in eine andere Wirklichkeit.

Bis er mir seine Frage an das Orakel anvertraute. Bis seine Trauer das Tal erfüllte, von den Berghängen widerhallte und sich über die antike Stätte legte.

Wir hatten uns verwirrt und sprachlos geworden getrennt, obwohl wir wußten, daß sein Anliegen nach einer Antwort verlangte. Aber er hatte die Lösung nicht alleine den Göttern überlassen, er hatte nach der Pythia gesucht.

"Ich war schon hier, als du kamst. Bevor du mit dem Jüngling von Marathon ins Jenseits verschwinden würdest, habe ich Mut gefaßt und dich ins Diesseits zurückgeholt."

Scherzte er? Mich streifte ein belustigter Blick. Er hakte sich bei mir unter und drückte mich ein wenig an sich.

"Hermes ist gefährlich. Er könnte vom Sockel steigen. In seinen Adern fließt Blut, das sieht man. Aber du hast ihm 'adio' zugeflüstert. Leise! Aber ich habe es gehört. Du bleibst also erst einmal hier auf Erden und ich halte dich ganz fest."

Er konnte Gedanken lesen. Und er konnte es nicht lassen. Er hatte mich wie damals an der Kastalia still aus dem Hintergrund beobachtet, als ich über Krieg und Frieden brütete, als ich an den Anfang meiner Geschichte zurückgekehrt war, um dem Ende ins Auge zu sehen und den Schleier des Vergessens auszubreiten. Er wußte, Ich mußte diesen Schritt gehen, ich mußte an diesen Ort zurück, um mein Leben neu zu ordnen. Eine Geschichte mußte zu Ende geschrieben werden. Es war ein langer Weg, eine lange Reise.

Wir standen unter den Arkaden des Cafés. Er zeigte auf einen gerade freigewordenen Tisch.

"Hier?", wartete er mein Nicken ab. Er rückte die Stühle zurecht, deutete auf das die gesamte Wand ausfüllende antike Mosaik und dann nach oben.

"Medusa oder blauer Himmel?"

"Blauer Himmel!"

Der Stuhl stand seitwärts zum Gorgonenhaupt. Mit einem Seitenblick streifte ich die kleinen Steinchen. Medusa! Konnte ich die Gestalten der Vergangenheit im Zaum halten? Oder bewegten sich bereits die Schlangen aus den goldenen Haarsträhnen? Medusas Augen blickten über die Stuhlreihen hinweg. Wen traf ihr Blick? Suchten sie ihr Opfer unter den anwesenden Männern? Wer würde zu Stein verwandelt? Würden die beiden Flügel an ihrem Haupt zu schlagen beginnen und Pegasus aus ihrem Kopfe durch die Öffnung des Atriums in den blauen Äther aufsteigen? Die Steinchen verharrten unbeweglich an der Wand. Keine akute Gefahr.

Ich wandte dem Gorgonenhaupt den Rücken und wählte den Stuhl mit Blick über die grüne Rasenfläche nach oben in die Freiheit des Himmels. Dieses Blau kurz vor Weihnachten! 'Mein Gott', hatte Elytis, der große Dichter, der die Seele der Griechen in Worte goß, sein Seufzen in den Äther gesandt, 'wieviel Blau verschwendest Du, daß wir dich nicht sehen!'[5]

Gehörte dieses Licht und auch das erlebte Dunkel zum Leben, zu meiner Geschichte, ohne die ich nicht geworden wäre, was ich bin? Gehörten beide Teile, Licht und Dunkel, zu unser aller Leben, untrennbar miteinander verwoben?

Die einfallenden Strahlen brachten die umlaufenden Wände zum Leuchten. Die rötlich-braune Farbe glühte und erinnerte an Mykene. Die Statuen, die Stelen am Rand der Rasenfläche grüßten in reinstem Weiß aus dem antiken Hellas.

Eine hübsche, junge Bedienung eilte herbei und begann, den kleinen Tisch abzuräumen. Sie stellte die Gläser der letzten Gäste auf ihr Tablett, wischte mit einem Lappen einige Male über das Tischchen und schaute uns fragend an.

"Thio Cappuccino!" Er bestellte, bevor sie zum Sprechen ansetzen konnte und wiederholte an mich gewandt:

"Zwei Cappuccino wie damals? Richtig?"

Nach einer kleinen Pause, die Bedienung hatte uns den Rücken zugekehrt: "Was passiert in Delphi, wenn Apollon zu deinen Landsleuten in den Norden reist?"

Natürlich wußte er, daß im Winter das Orakel schwieg und Dionysos das Heiligtum in Delphi hütete. Am Giebel des Tempels zur aufgehenden Sonne hin thronte Apoll, Herr des Heiligtums. Dionysos wachte über das

---

[5] Elytis

Heilige Haus mit Blick zur Abenddämmerung. Das Dunkle war gebunden an das Licht, vereint unter dem gleichen Dach. Zum Licht gehörte das Dunkel.

Ich rückte den Stuhl in Blickrichtung Atrium, im Rücken das Medusa-Haupt. Nicht weit entfernt riß ein antiker Marmorlöwe das Maul weit auf. Er war in die Jahre gekommen und hatte die Hälfte des Unterkiefers verloren. Ein zahnloser Tiger!

"Dionysos feiert mit den Mänaden."

"Und die Pythia?"

Die kurzen, graumelierten Haare leuchteten im einfallenden Licht. Der Blick der grauen Augen - fragend durch die Schichten dringend, bis sie auf den Grund stießen und das Verborgene aufspürten.

"Die Pythia ist außer Dienst. Sie wird sich um die Ozolischen Lokrer kümmern. Recherche in den Bibliotheken der Hyperboreer. Bis ich im Frühjahr zurückkehre."

Er wartete ab, blinzelte versonnen in das quadratische Viereck des Atriums, das Raum ließ, die Gedanken in den Himmel zu senden.

"Und wir das versprochene Geschenk für Apollon gemeinsam nach Delphi bringen?"

Ich ahnte die Fortsetzung. Dies war die Überleitung, ich spürte es.

"Drei Tage und drei Abende! Bis zu deiner Abreise sind es drei Tage. Drei Tage, um die Frage nachzugehen, warum ich die Pythia gesucht habe und warum du dort an der Quelle standest."

Er schüttelte ungläubig den Kopf, als sei er immer noch verwundert, daß ich vor ihm saß. Er spielte mit dem kleinen silbernen Löffel, der auf dem Unterteller der Cappuccino-Tasse lag. Die Bedienung hatte sie wortlos mit einem Glas Wasser auf das Tischchen gestellt. Sie hatte verstanden, daß Worte störten.

Er streckte beide Arme aus, senkte den Blick und umschloß meine Hände. "Dionysos hütet im Winter das Heilige Haus in Delphi. Er gab uns den Wein, damit wir das Dunkel durchdringen können. Vor uns liegen drei Tage, in denen wir uns dem Dunkel in unserem Leben stellen und den Geheimnissen der Götter nachspüren! Und am dritten Abend feiern wir gemeinsam Christi Geburt mit dem besten Wein, den wir auftreiben können, und wir begehen die Wintersonnenwende, damit uns das Licht wieder leuchtet."

Er lehnte sich zurück, die Augen blitzten auf, er wirkte wie ein kleiner Junge, der sich auf eine Geschichte freut. "Und ich erfahre, wie die Götter ihre Priesterinnen erwählen, wie die Stellenausschreibung für den Job der Pythia funktioniert!"

Ich überlegte einen kurzen Augenblick. Wo hatte es angefangen, wo hatte ich sie erspürt? Wann hatte ich begonnen, durch die Zeiten zu reisen, wann die Stimmen der Götter vernommen? "In der Kindheit! Es beginnt in der Kindheit. Die Götter wählen. Man kann sich dem Ruf nicht entziehen."

Ich lachte, als habe ich gescherzt. Aber dies war kein Scherz! Er würde das in meinen Augen lesen. Er konnte auf den Grund der Seele sehen, das hatte ich vom ersten Augenblick gespürt. Er warnte mich:

"Wer weiß, was wir aus dem Dunkel ans Licht holen!"

Sein Lachen verdeckte den Ernst. Wir verschlangen die Hände. Die grauen Augen strahlten Freude aus, Fröhlichkeit, und die Offenheit, ein anders gelebtes Leben in die eigene Welt fließen zu lassen. Drei Tage, für das Helle und das Dunkle. Es war eine lange Reise.

Alle lebenden Personen in diesem Buch sind frei erfunden und entspringen der Phantasie und dem fortlaufenden Fluß der Erzählung

Danke

an Benjamin für seine Anregung, dieses Buch zu schreiben und sein Vertrauen an ein Gelingen.
An Katrin, Benjamin, an Bella und Josephine für die vielen schönen Eindrücke und Erlebnisse und für die Bereitschaft, an ihrem Familienleben teilnehmen zu dürfen und damit der Phantasie neuen Schwung zu verleihen.
An Katherina und Ursula für die vielen bereichernden gemeinsamen Stunden und Abenteuer, die uns immer wieder zu den Göttern und ihren Wirkstätten führten und dieses Buch ermöglichten.
An Gaby für ihre Unterstützung, ihre Bereitschaft, Ausdauer und Geduld, sich mit den vielen Seiten auseinander zu setzen.
An Claudia für ihr offenes Ohr, ihre gedanklichen Anregungen und unsere vielen mutmachenden Gespräche.
An meine Freundinnen für ihr geduldiges Ertragen meiner Fragen und Dank für die Ratschläge.
An meine Schwester Annette für ihren Entwurf.
An die vielen Menschen in Griechenland mit den lachenden Augen und ihre herzliche und unvoreingenommene Gastfreundschaft.
An Griechenland, dem Land der Götter, für das Vermächtnis seiner überreichen und faszinierenden Geschichte!